雨果小说全集

悲惨世界

I

【法】维克多·雨果 著

郑克鲁 译

复旦大学出版社

译 序

《悲惨世界》是继《巴黎圣母院》之后,在法国小说乃至世界小说创作史上的又一座丰碑,而且可以说是更加巍然耸立的丰碑。雨果作为世界杰出小说家的声誉从此稳固确立了。说它较之《巴黎圣母院》更为重要,是基于这样的事实:《巴黎圣母院》以中世纪末期为故事背景,通过曲折的手法反映当时的法国社会,而《悲惨世界》则直接描绘了十九世纪初期,即复辟王朝时期和七月王朝初期的法国社会,因此更具有现实感;《巴黎圣母院》集中描绘流浪者、乞丐、孤儿等下层人民,而《悲惨世界》则把视角从穷人扩展到社会渣滓和共和派,视野远为扩大,内容更为丰富,意蕴厚实得多。从《巴黎圣母院》到《悲惨世界》,相隔了三十多年,《悲惨世界》写作时间很长,毕竟是雨果呕心沥血之作!

从十九世纪二十年代开始,雨果便对社会问题产生了浓厚兴趣。他为死刑所困扰,参观了一些监狱和苦役场:一八二七年参观了比塞特尔的监狱,一八三四年参观了布列斯特的苦役监,一八三九年参观了土伦的趸船。在这种关注社会问题的思想指导下,雨果写出了一系列互有关联的小说:用自叙体写成的《死囚末日记》(1829)反对死刑,随后,《克洛德·格》(1834)描写一个找不到工作的穷工人,不得已行窃,被判五年监禁;由于典狱长故意将他与狱中伙伴拆开,并无端禁闭了他二十四小时,他一怒之下,杀死了典狱长。故事简洁而动人。这两篇小说反映了雨果对犯罪问题与社会状况之间的关系的思索。早在一八二八年,雨果就知道一个真实故事:一八〇六年,有个出狱的苦役犯,名叫皮埃尔·莫兰,他受到狄涅的主教米奥利的接待;主教把他交托给自己的兄弟赛克斯丢斯·德·米奥利将军。莫兰品行端正,以赎前愆,最后在滑铁卢英勇牺牲。这个故事就是《悲惨世界》的雏型。

三十年代,雨果不断积累工人艰辛劳动却食不果腹的资料。一八四一年一月,他目睹宵小之徒向妓女投掷雪球的场面,写下了记载这一场面的散文。当时有位作家儒勒·雅南写过一篇风俗研究《她零售自身》(1832),记述一个女子为穷困所迫,出卖自己的头发和一颗牙齿。这个故事雨果有可能知道。雨果为自己起草了这样一个故事的梗概:"一个圣人的故事——一个男子的故事——一个女子的故事——一个娃娃的故事。"这里已经预示了《悲惨世界》的四个主要人物:米里埃尔主教、让·瓦尔让、芳汀、柯赛特。从一八四五年十一月起至一八四八年二月十二日,在两年多的时间里,雨果断断续续在构思和写作小说《贫困》。一八四八年的事件打断了他的创作。流亡的前十年,诗歌创作的激情占据了他整个身心,直到《历代传奇》付梓问世之后,他才重新回到这部小说的创作上来。

从一八六〇年五月二十六日至十二月三十日,他花了七个月,"对出现在我脑海里的整部作品反复思考,融会贯通,使十二年前写的一部分和今后将写出的另一部分完全一致"。从一八六一年一月一日至一八六一年五月,他以惊人的毅力写作《悲惨世界》,直至精疲力竭。于是他到比利时旅行,从五月二十二日起,到滑铁卢战场凭吊,随即写作关于这场战役的篇章。六月三十日,他写完了全书。九月,他回到盖纳西岛以后,复看手稿,从十二月至次年五月,补写了第五部。小说在一八六二年上半年陆续出版。《悲惨世界》不仅是雨果篇幅最长的小说,而且是写作时间最长、花费精力最多的作品。它被看作雨果的小说代表作,享有崇高的世界声誉。但是,小说出版时,虽然受到读者的热烈欢迎,却不为评论家所充分了解。拉马丁认为"这部小说是危险的",就是一例。另外有人认为,倘若《悲惨世界》早问世二十年,也许会受到更加热烈的欢迎,同欧仁·苏的《巴黎的秘密》相媲美。历史是最公正的评判人。《悲惨世界》刚出版时,并没有获得《巴黎的秘密》当初人人争睹为快,排队等候刊载这部小说的报纸出售那种轰动一时的情形。雨果并不稀罕这种一时的成功,因为他不愿《悲惨世界》以报纸连载的形式问世,认为这有损于艺术品:"轻快而肤浅的剧作只能取得十二个月的成功;深刻的剧作会获得十二年的成功。"雨果的断言是正确的。《悲惨世界》在二十世纪受到长盛不衰的欢迎,流传于世界各国,它的读者远远超过了《巴黎的秘密》的读者。

　　《悲惨世界》具有持久的震撼人心的力量,原因首先在于小说以社会底层受苦受难、为生存而挣扎、受凌辱受欺侮、受迫害受压迫的穷苦人为对象，描绘了一幅悲惨世界的图景。《悲惨世界》的几个主人公都是生活在死亡线上的人物，他们代表了千千万万的穷人。雨果的写作主旨是很明确的，他要为这些穷人鸣不平。他在序言中说："在文明鼎盛时期，只要还存在社会压迫，只要依仗法律和习俗人为地把人间变成地狱，给人类的神圣命运制造苦难；只要本世纪的三个问题：贫穷使男人沉沦，饥饿使女人堕落，黑暗使儿童羸弱，还不能全部解决；只要在一些地区还可能产生社会压制，换言之，同时也是从更广泛的意义来说，只要这个世界还存在愚昧和困苦，那么，这一类作品就不会是无用的。"

这几句话言简意赅，充分表达了雨果对当时社会的基本看法。第一句话最为重要，道出了造成这个悲惨世界的根本原因。也就是说，雨果认为，由于存在社会压迫，所以在文明鼎盛时期造成了地狱般的生活；人生来本该幸福，却不可避免遭受灾祸。小说正是通过这三个人物——让·瓦尔让、芳汀、柯赛特——的遭遇，淋漓尽致地再现了这个人间地狱。

让·瓦尔让本是个善良纯朴的工人，有一年冬天，他失了业，七个外甥嗷嗷待哺，他不得已打破橱窗偷面包，结果被抓住并判了五年苦役。由于一再越狱，他坐了十九年的监狱。他的命运从此便决定了。他走出牢狱时，身上只有一丁点钱；找工作吧，他的黄色身份证会把所有雇主吓退。摆在他面前的只能是继续行窃。他连住宿的地方都找不到。只有米里埃尔主教款待了他，但他反而偷了主教的一套银器。他被抓住扭送到主教家里，不料主教说这套银器是送给他的，而且多送给他一对银烛台。他深受主教的感化，力求做好事。命运给了他机会，让他在制造黑玻璃小工艺品上有所发明而发达起来。他改了名字，办起了企业，为滨海蒙特勒伊城和穷人花了一百多万法郎，创办托儿所，创设工人救济金，开设免费药房，等等，最后当了市长。出门时他往往衣袋装满了钱，回来时却囊空如洗，钱都散发给了穷人。他确已改恶从善，可是，社会不能容忍一个曾经是罪犯的人改变身份，甚至跻入上层。他一再受到官府的追捕。在得知一个叫尚马蒂厄的流浪汉长得像他而蒙受冤屈时，他挺身而出，承认自己的身份。再次从狱中逃出后，他继续行善，又一次引起警方注意。他只得过着东躲西藏的生活。他认为这个世道实在不平等。他责问社会凭什么使一个穷人永远陷入一种不是缺乏工作，就是刑罚过量的苦海中。让·瓦尔让因偷了一只面包而判了那么重的刑罚，坐了那么长时间的监牢，一点点过错就成为累犯，要判终身监禁，真是秋荼密网啊。社会对于让·瓦尔让这样的穷人的惩罚达到如此残酷的地步，不能不令人发指。可悲的是，当让·瓦尔让向马里于斯透露了自己的身份时，竟遭到了马里于斯的鄙视。这种态度反映了人们的道德观念，而这种观念恰恰是社会对穷人施以不平等的一部分。小说结尾，让·瓦尔让在一对年轻夫妇的怀里溘然长逝，诚然是出自作家的善良愿望，好比一朵苍白的小花，点缀在荒凉的原野上，更显悲怆而已。

如果说让·瓦尔让还有一个圆满的结局，那么，芳汀的命运则是彻底的悲惨。她有美发皓齿，多情而又幼稚无知，爱上了一个逢场作戏的轻薄儿，失身怀孕，生下了女儿珂赛特。有个长舌妇告发了芳汀的隐私。具有讽刺意味的是，尊重社会习俗的马德兰市长(让·瓦尔让)解雇了她,从此开始了她悲惨的经历。这个被解雇的女工,再也没有人肯雇用她。她靠自己的劳动养活不了自己和寄养在泰纳迪埃那里的女儿。十法郎卖掉了一头秀发,四十法郎出售了两颗门牙,最后沦为娼妓,变为社会的奴隶。曾几何时,一个活泼泼的年轻少女,变得形容枯槁,病入膏肓了。社会对她这种人还加以歧视,她受到恶少把雪团塞进衣衫的捉弄,反而要被警察监禁。她看到自己的恩人让·瓦尔让遭到沙威逮捕,惊吓而死。芳汀是这个黑暗社会中劳动妇女的真实写照。同让·瓦尔让相比,就显出妇女比男人的命运更为悲惨,因为妇女是弱者中的弱者,更容易受到摧折。雨果描绘芳汀的笔墨不多,但却非常真实。芳汀与生活中的原型相差不大,这就说明生活在水深火热中的女子何止千万,小说家无需做大量的加工,便能再现一个受损害受侮辱者。在处理这个人物的结局时,雨果同样归咎于社会压迫:造成芳汀堕落和走投无路的不止一两个人,既有花花公子,也有乐善好施的让·瓦尔让;既有心毒手狠的泰纳迪埃夫妇,也有"维护社会治安"的警察,他们构成了残害像芳汀这样穷苦的单身女子的罗网。芳汀从踏上社会的第一天起,就注定了要遭受纷至沓来的灾祸,在人间地狱里受尽煎熬。及至让·瓦尔让醒悟过来,看到自己也参与了这种压迫时,想补救已经来不及了。尊重现实的复杂性,更加显得真实,这就是芳汀这个形象能动人心弦、令人深思的原因所在。

柯赛特给人留下的深刻印象,主要是儿童时代在泰纳迪埃家受到非人待遇:她随时随地受到辱骂、虐待、殴打;小小年纪便要干杂事,打扫房间、院子和街道,洗杯盘碗盏,甚至搬运重东西。

让·瓦尔让去寻找她的时候，正是圣诞节之夜，而柯赛特却要提心吊胆地到树林的泉边去打水。

柯赛特又瘦又苍白；她将近八岁，看上去只有六岁。她的大眼睛由于哭泣，深陷下去一圈。她的嘴角因为经常恐惧，耷拉下来，在犯人和绝望的病人身上可以观察到这种现象。她的手就像她的母亲所猜测的那样，"给冻疮毁了"。这时，照亮了她的火光使她显得瘦骨嶙峋，明显地十分吓人。由于她始终瑟瑟发抖，习惯了并紧双膝。她穿着破衣烂衫，夏天令人怜悯，冬天令人吃惊。她身上的衣服尽是窟窿；与毛料无缘。可以看到她身上青一块紫一块，表明泰纳迪埃的女人拧过的地方。她的光腿红通通，十分细弱。锁骨凹下去，令人伤心。这个孩子整个人，她的举止，她的姿势，她的声音，她说话的不连贯，她的目光，她的沉默，她细小的动作，都反映和表达一种想法：恐惧。

童年的柯赛特比童话中的灰姑娘还要可怜，她无亲无故，干的粗活不是孩子所能胜任的，更不用说挨打受骂，缺吃少穿。资本主义社会中的童工，不就是像柯赛特那样，要干过量的沉重活计吗？雨果并没有杜撰柯赛特的故事，他举出社会中确实存在这类五岁童工的事例。勾画出童年的柯赛特的可怜形象，《悲惨世界》这幅穷人受难图也就画全了：男人、女人、儿童，三个人物代表了所有的穷苦人，代表了这个悲惨世界。

雨果之所以要描绘这个悲惨世界，目的在于要消灭这种现象。

他的小说试图唤起人们思索，起来铲除愚昧和困苦。早在一八四八年，他在议会就曾大声宣称："诸位，我不属于那些认为可以消灭世间痛苦的人之列；痛苦是一个神圣的法则；但是，我属于那些认为和断言可以消灭贫困的人之列。"虽然他提不出多少消灭贫困的方案，但他努力探索造成社会压迫的根源。正如他在序言中所说，这是由于法律和习俗造成的。他尤其通过警探沙威来阐发自己的主张。沙威在小说中是法律的化身。他身上有两种感情："尊敬权力，仇视反叛。"他对有一官半职的人有一种盲目的尊敬和信任，而认为偷盗、谋杀和一切罪行，都是反叛的不同形式。他认为官吏不会搞错，法官从不犯错误，而犯过罪的人不可救药，从此不会做出什么好事来。他不承认有例外。他尽忠守职，铁石心肠，对发现了的目标穷追到底，恰如一条警犬那样，四处搜索，不达目的不甘罢休。不要说让·瓦尔让，就是"他父亲越狱，他会逮捕归案，他母亲违反放逐令，他会告发"。雨果认为他对自己的信条"做得过分，就变得近乎恶劣了"。沙威没有想到，他对让·瓦尔让紧追不舍，是对一个愿意改恶从善的人的迫害，执行的是不合理的法律条文的意志，他成了统治者的鹰犬。他的冷酷、刻板、严峻、对穷人的鄙薄，代表法律直接施以穷人的社会压迫。

作为人道主义者的雨果，力图以仁爱精神去对抗社会的恶。小说开卷，雨果便塑造了一个仁爱的化身——米里埃尔主教。他把自己宽敞的主教府让出来做医院，救治穷人。他将自己的薪俸一万五千利弗尔中的一万四千利弗尔捐助给慈善教育事业，至于车马费和巡视津贴则全部捐出，自己的生活俭朴清苦。由于他的善行义举，人们十分感激他，像迎接阳光一样接待他。他的仁爱居然达到这样的地步：一天，他为了不肯踏死一只蚂蚁，竟扭伤了筋骨。让·瓦尔让忘恩负义地偷走了他的银器，他不但不斥责让·瓦尔让，反而以心爱的银烛台相赠，说道："让·瓦尔让，我的兄弟，您不再属于恶，而是属于善。我赎买的是您的灵魂；我消除了肮脏的思想和沉沦的意愿，把您的灵魂给了天主。"从此，让·瓦尔让醒悟了。小说描写让·瓦尔让赎罪的一个又一个行动：拯救芳汀，保护和扶养柯赛特，为地方做善事，救济穷人，感化沙威，终于成了另一个宣扬仁爱的"使徒"。在这些行动中，最突出的是感化沙威。在雨果笔下，沙威并不是恶的化身，他还有善的一面，他虽然凶狠却很正直，而且刻苦、克己、节欲、纯朴，有高贵品质。只因他以为自己的信条是绝对正确的，决不能放过罪犯，他才那样死盯住让·瓦尔让。可是让·瓦尔让并不记恨他，相反，当起义者抓住了沙威，将沙威交给让·瓦尔让处死时，让·瓦尔让却放走了他。沙威的信仰至此破灭了，精神防线也随之崩溃，终于投塞纳河自尽。雨果以此描写仁爱精神的胜利。沙威之所以能转变，是因为身上有善的因素，经过点化，终于醒悟过来。而小说中作为恶的代表的泰纳迪埃，从他在滑铁卢战场上盗尸开始，继而虐待柯赛特，把柯赛特当作摇钱树，破产后他流窜到巴黎，以行骗、盗窃为生，与城狐社鼠结成一伙，企图敲诈让·瓦尔让，被马里于斯告发，警方将他逮捕，他潜逃后又企图勒索马里于斯，从头至尾他根本没有一丝一毫的向善之心，让·瓦尔让的高尚行为也丝毫触动不了他，仁爱精神对他起不了任何作用。雨果似乎意识到仁爱精神的局限性。

毫无疑问，雨果认为除了仁爱，还需要实现共和。他怀着巨大的热情，描绘了一八三二年六月五日的人民起义和共和主义的英雄们。这场起义的起因是，共和派的拉马克将军的出殡队伍受到政府军的阻遏，酿成冲突，共和派筑起街垒，与政府军对峙。这是共和主义与君主立宪的一次冲突。雨果鲜明地站在共和派一边，赞扬起义是"真理的发怒"，街垒是"英雄主义的聚会地"，他通过人物之口说："只要人类没有进入大同世界，战争就可能是必要的，至少抓紧时机的未来反对拖延滞后的往昔那种战争是必要的。……唯有用来扼杀权利、进步、理性、文明、真理的时候，战争才变得可耻。"雨果对正义战争的肯定，实际上与仁爱济世的思想是相抵触的。换言之，雨果在一定程度上超越了仁爱济世的观点。雨果赞美斗争，同他自身的行动——反对拿破仑第三——完全合拍，他思想上的升华是实际斗争的结果。他在小说中塑造了一组英雄群像。他笔下的昂若拉是罗伯斯庇尔的信徒，"ABC之友社"的核心人物。他认识到未来将消灭饥荒、剥削、随着失业而来的穷困、随着穷困而来的卖淫，目前的斗争"是为了未来必须付出的可怕代价。一次革命是一笔通行税。……兄弟们，在这儿牺牲的人，是死在未来的光辉里，我们要进入一座充满曙光的坟墓"。即通过斗争改变黑暗的社会，争取未来的太平盛世，这是充满民主激情的话语。他坚定沉着，临危不惧。雨果有可能根据法国大革命的领袖之一的圣鞠斯特来塑造他。马伯夫是个八旬老翁，平时侍弄花草，生活清贫，但起义爆发后，便赶到街垒，街垒上的红旗被击落时，他视死如归，攀登到街垒的最高处，把红旗牢牢地竖起，壮烈地牺牲了。加弗罗什是个巴黎的流浪儿

(泰纳迪埃把他遗弃了),虽然生活无着,却总是快活乐观,自由自在,爱哼幽默小调。他很狡黠,又很成熟,是贫困和谋生的需要把他造就成这样的。他有金子般的心肠,对比他小的流浪儿慷慨解囊,侠义相助,关怀保护。这个"世上最好的孩子"是法国文学中最生动传神、机灵可爱的儿童形象之一。他参加过一八三〇年七月革命,如今又是一马当先,出入于街垒的枪林弹雨之中,如入无人之境。最后,起义者即将弹尽无援,他跑出街垒去搜集子弹,一面还唱起调侃的小曲嘲弄政府军,不幸饮弹而亡。这一青一老一小,代表了敢于起来斗争的人民,在他们身上,体现了新时代的曙光,寄托了雨果的共和思想。英雄群像的塑造,多少减弱了雨果人道主义的说教。

在起义的参加者中,还应该提到马里于斯。雨果笔下的人物很少表现出思想的曲折变化,而马里于斯是个例外。他原先受到外祖父吉尔诺曼的影响,是个保王派。他父亲蓬梅西是拿破仑手下的战将,在滑铁卢战役中立了战功,受封为男爵。吉尔诺曼敌视他,不让他与马里于斯见面,否则要剥夺马里于斯的继承权。蓬梅西为儿子的前途着想,只得忍气吞声,只能趁儿子上教堂之际,偷偷去看儿子。他死时给儿子留下遗嘱。马里于斯受到震动,暗地里查阅书报,了解到父亲的英勇事迹,终于改变了立场,与外祖父决裂,离家出走,接触到"ABC之友社"的共和派青年。不过,他心底里还残留着旧观念:他对于自己的姓氏上加上一个"德"字表示贵族身份,还是相当看重的;他得知匪首泰纳迪埃是他父亲的"救命恩人"后,不忍开枪报警;泰纳迪埃入狱后,他每星期哪怕借钱,也要送给这个恶棍五法郎。后来他又赠给泰纳迪埃一大笔钱,帮他逃往美洲。他参加街垒战起初是因为失恋,想一死了之,但经过街垒战的洗礼,马里于斯最终成为共和主义者。他的变化反映了整整一代青年的思想转变历程。雨果并不讳言,这个人物有着他自身的影子。雨果青年时代由保王派转向共和派,从母系观点转向父系观点,与马里于斯相似。甚至马里于斯和柯赛特的爱情也有雨果和朱丽叶的爱情投影:柯赛特的教育近似朱丽叶所受的教育,柯赛特和马里于斯的婚礼在一八三三年二月十六日举行,这一夜雨果就是在朱丽叶家度过良宵的。由于马里于斯的形象糅合了作者的个人经历,因此他的思想转变过程写得层次分明,细致含蓄,较有深度。雨果把他放到起义中接受洗礼,表明他对共和理想的追求和向往。

《悲惨世界》在艺术上也取得了重大成就。

从《巴黎圣母院》到《悲惨世界》,雨果的小说艺术有很大变化。《巴黎圣母院》纯粹是浪漫主义的,而在《悲惨世界》中,现实主义占有不小比例,这部小说是现实主义和浪漫主义相结合的作品。用法国的雨果研究专家让-贝特朗·巴雷尔的话来说,《悲惨世界》的现实主义,"是以巴尔扎克的方式使人相信一个浪漫的故事"。雨果在一八六二年给阿尔贝·拉克罗瓦的信中说:"这部作品,是掺杂戏剧的历史,是从人生的广阔生活的特定角度,去反映如实捕捉住的人类的一面巨大镜子。"这句话强调的是真实地再现人生,十分注重现实主义的写作方法。雨果还说过:"但丁用诗歌造出一个地狱,而我呢,我试图用现实造出一个地狱。"在这种观点的指导下,《悲惨世界》成了一幅历史壁画:基本上从滑铁卢战役揭开序幕,而以复辟时期和七月王朝初期为主要时代背景,战场、贫民窟、修道院、法庭、监狱、贼窟、新兴的工业城市、巴黎大学生聚集的拉丁区、硝烟弥漫的街垒等等,构成了一幅广阔的十九世纪初期法国社会生活的绚丽画面。雨果以史诗的雄浑笔力、鲜明色彩和抒情气氛来再现这幅时代壁画。滑铁卢战役是一篇惊天动地、惨烈壮观的史诗;让·瓦尔让的受苦受难,挣扎奋斗,为在社会上取得立足之地而历尽坎坷,这也是一篇动人心魄、感人肺腑的史诗;一八三二年六月的人民起义,更是一篇英勇壮丽、响彻云霄的史诗。雨果的史诗笔法本身已包含了现实主义和浪漫主义。滑铁卢的每一个重要细节、事件的发展顺序,雨果都不违背史实,力求准确。雨果认为拿破仑的惨败是符合规律的,他早已无立足之地,败机早已隐伏。这无疑是现实主义的观点。然而,战争那种阴惨不祥的气氛,沉寂了的战场恐怖的夜景,雨果对命运注定的渲染:"一只巨大的右手在滑铁卢投下了阴影。这是决定命运的一天,超人的力量确定了这一天……冥冥中有一种可怕的存在。"这些都带上了浪漫主义色彩。小说中的场景大半是写实的,但有的篇章,如巴黎下水道的奇景纷呈和藏污纳垢,让·瓦尔让身背受伤的马里于斯长途跋涉,遇到下陷的泥坑而免于一死,在出口处又遇上泰纳迪埃和沙威,真是无奇不有。在人物塑造方面,让·瓦尔让基本上是通过现实主义的方法描绘的,但他能扛起陷在泥沙里的马车;冒险在高空救出跌落在半空中的水手,随后又摔下去,落在两艘大船中间,潜水逃脱;在大批警察包围中,他不仅自己翻过高高的围墙,而且把柯赛特也弄进修道院;他毫无惧色地将烧红的烙铁按在赤裸的手臂上,然后又神不知鬼不觉地从窗口逃走;他几次都能死里逃生,令人扼腕称奇。让·瓦尔让几乎是一个半神半人的人物。雨果宣称，小说写的是他"从恶走向善，从错误走向正确，从假走向真，从黑夜走向白天，从欲望走向良知，从腐朽走向生命，从兽性走向责任，从地狱走向天堂……起始是七头蛇，结尾是天使"。雨果是通过浓厚的浪漫主义手法去描写他的经历的。

《悲惨世界》在艺术上的一个重要特色是精细的心理描写。浪漫派素来对心理描写十分重视。但在《巴黎圣母院》中，心理描写还没有大量采用，这一艺术手法在《悲惨世界》中则放出异彩。雨果在描绘让·瓦尔让、沙威、马里于斯和吉尔诺曼时，充分运用了心理描写。对让·瓦尔让的思想分析，贯穿这个人物的始终。小说开卷，他刚刚出狱，对社会加于他的残害感到愤怒和敌视。随后，他重新做人，面对尚马蒂厄的冤案，他的脑海里掀起了风暴。他完全可以不理这个案件：他好不容易当上了市长，为百姓造福，如果承认了自己的身份，就要重新坐牢，变成不齿于人的狗屎，滨海蒙特勒伊城就要毁于一旦。可是这样做违反了良心，要对得起良心，这才是他一生最重要的追求。他窃取了另一个人在阳光下的位置、生活和安宁，置别人于死地，这样他就会虚度一生，白白地苦行赎罪了。他斗争了一夜，总算想清楚一点，于是毅然赶往开庭审判的地方。他曾庆幸找不到马车；当马车的辕木折断时，他又欣喜地感到去不成了；待到听见案子审完了，他又松了一口气；走不进审判大厅，又斗争了许久，他一度往回走，最后还是返回。这一连串描写，淋漓尽致地写出了他要克服自己的杂念，苦苦挣扎的心理状态。自从他与柯赛特相依为命以后，他生怕失掉了她。一旦发现马里于斯的异常表现以后，马上带柯赛特离开武人街，搬回普吕梅街。及至从镜子上看到吸墨纸上柯赛特写给马里于斯的字条，真是如雷轰顶，陷入惊慌失措、惶惶不可终日之中。但他对柯赛特的爱仍然起着作用，这使他关心马里于斯的下落和安全。他恨马里于斯要夺走他的心头肉，却又在马里于斯受伤倒下时把他救走，历尽艰难，把马里于斯送到吉尔诺曼家里。这种爱与恨混杂的微妙心理写得活灵活现、真实感人。他不愿因自己的苦役犯身份，有碍于柯赛特的婚姻和幸福，想方设法不在婚约上签字，不参加婚宴。他也不愿意对马里于斯永远隐瞒自己的身份，及时地向马里于斯和盘托出，宁愿受到鄙视，可是却无法克制想看到柯赛特的心愿。至此，一个脱胎换骨、无比正直的人物终于塑造出来了。

　　雨果对沙威也依仗心理描写来刻画，其难度不下于描绘让·瓦尔让。这样一个死心塌地为官府效力的警探，源于他有一套深信不疑的信条，他要严厉执法，毫无同情之心，凡是犯过罪的人，他认为永远不可救药；在他看来，沦为妓女必然下贱，而公子哥儿的所作所为必定是对的。他脑子里似乎没有思想斗争。但是，奇迹在他身上发生了。让·瓦尔让不仅没有利用机会报复，把他枪决，反而将自己的住址告诉了他，让他去捉拿。面对这样的宽厚、人道，他无地自容，他的信条动摇了，他"偏离正道"，居然放走了让·瓦尔让。这时，他展开了激烈的思想斗争："交出让·瓦尔让，这样做不好；给让·瓦尔让自由，这样做也不好。第一种情况，执法的人堕落得比苦役犯还低贱；第二种情况，苦役犯比法律还高，将脚踩在法律上面。这两种情况都有损于沙威，采取哪种决定都要堕落。"他不能容忍存在"一个神圣的苦役犯,一个不受法律制裁的苦役犯"。他失去了信念之后,感到惶恐不安,认为自己出于怜悯而违犯法纪。他发现自己面前升起一颗"陌生的美德太阳",这个"秩序的监守者、不可腐蚀的警察、保卫社会的看门狗",是"在法律的模子里整块铸成的惩罚塑像",如今发现自己有一颗讲人道的心。他对自己的变化无法解释,他对自己的行为无法调和,于是只有一条出路:跳下塞纳河自尽。雨果对这个人物的最后转变是描写得合情合理的,他的心理状态把握得十分准确。

马里于斯的转变过程和所思所想,同样描写得细致入微。他从保王派转到共和派是在查阅了报纸和战报之后,他"又怕又喜地看到群星璀璨……还有升起一颗太阳"。他发觉至今对拿破仑和其他事态发展都搞错了,认识到拿破仑策划了"旧世界崩溃",是一个"负有天命的人"。他从崇拜拿破仑转到站在共和派一边,他的观点甚至比共和派有过之而无不及。他觉得自己有负于父亲,便念念不忘执行父亲的遗嘱。可是,他找不到泰纳迪埃。他想不到泰纳迪埃是个歹徒,他委决不下:如果他开枪报警,那个白发先生就会得救,而泰纳迪埃却要完蛋;如果他不开枪,白发先生就会牺牲,他无法向柯赛特交代,而泰纳迪埃就会逃之夭夭。要么违背父亲的遗嘱,要么让罪恶得逞!他处于两难境地。这是爱情与报恩遇到了矛盾,他无法解决,其实他是怂恿了罪恶,要执行父亲的遗嘱办事略占上风。后来,他得知割风先生是苦役犯以后,设法要同他划清界限,把他从家里赶走,直到发现让·瓦尔让是自己的救命恩人,他给柯赛特的巨款是他自己的钱以后,才醒悟过来,感到让·瓦尔让行为崇高。

而他对泰纳迪埃的勒索虽然气愤,却仍然慷慨地送给他钱,并出了一大笔钱让泰纳迪埃逃到美洲去,而不是报警,对这个坏蛋绳之以法。两相对照,仍能看出他思想深处的偏袒心理。

吉尔诺曼是一个顽固的老古董,坚定不移的保王派。他发现了马里于斯怀念自己的父亲以后,两人剑拔弩张,互不相让。他一怒之下,把马里于斯赶出了家门。可是,他是真心喜欢这个外孙,几年下来,他的防线渐渐守不住了:他要求别人不再向他提起马里于斯的名字,又暗暗抱怨别人对他俯首帖耳;他从不打听马里于斯的情况,可是总在想他;他的自尊心对他说要赶走马里于斯,但他默默地摇着老迈的头,忧郁地回答不。他非常希望马里于斯能回到身边,但他嘴上还是很硬的,而且浪荡的习性不改,见到马里于斯以后,无意中贬低了柯赛特,得罪了马里于斯,马里于斯再次愤然离去。这一次终于把他打垮了,最后他向马里于斯彻底屈服,答应让马里于斯娶柯赛特,甚至在马里于斯面前赞扬雅各宾党,但他实在说不下去,跑出房间,把真心话吐出来。这个老人的特殊心态刻画得惟妙惟肖。

应该指出,对照艺术在《悲惨世界》中也有所体现。作为对照艺术大师,雨果善于作人物的对比。让·瓦尔让与沙威是一对矛盾体,互为对照。一个虽是罪犯,但要改恶从善;另一个虽是警察,但执法过严。一个不断做善事,却屡屡碰壁;另一个不断做错事,也未见得步步高升。一个平安死去,另一个以自杀告终。让·瓦尔让与福来主教是彼此有关的另一对。让·瓦尔让由恶至善,而福来主教是善的化身;后者是善的本源,前者是善的扩散。沙威与泰纳迪埃又是互有关联的另一对。沙威是一条看门狗,不管什么人都乱吠一气，本质上并不能说很坏；而泰纳迪埃是恶的化身，狡猾、阴险、恶毒、工于心计（他的妻子与他构成夫唱妻随的又一对，形体上一胖一瘦，一大一小，精神上虽是同样歹毒，妻子只是他的跟屁虫）。芳汀和柯赛特的身世形成对照，芳汀悲惨，而柯赛特是先苦后甜，她享受到母亲得不到的幸福。马里于斯和吉尔诺曼老人是一对。他们都是犟脾气，一个年轻气盛，决不让步，爱情热烈专一；另一个年老体衰，出于爱后代不得不让步，性格轻薄，爱寻花问柳。雨果已不再仅仅限于美丑对照，像在《巴黎圣母院》中所做的那样，而是以不同类型的性格、经历、精神特点、点与面等等差异，作为对照物，使对照艺术得到更充分的运用。人物对照艺术有助于人物形象显得更为鲜明，避免雷同；而在叙述上也更为曲折有致，增加兴味。

　　从全书的结构来看，描写起义的第四部是高潮。前三部的人物都朝着街垒战发展，经过三重的准备，一下子将所有的人物都集中在一起，熔铸于一炉；包括沙威的感化都是在这一事件的过程中发生的。小说至此，已达到最高点，随后便通向结局。结构上取得了均衡的效果。有序幕：米里埃尔主教感化让·瓦尔让；有发展：让·瓦尔让做善事、芳汀的故事、柯赛特的故事、让·瓦尔让与沙威的周旋；循序渐进，一步步达到高潮；最后是大团圆的结局。就像一出戏剧，安排得当，情节虽大起大落，却错落有致，显示了雨果的小说艺术达到了炉火纯青的地步。

作者序

  在文明鼎盛时期，只要还存在社会压迫，只要依仗法律和习俗人为地把人间变成地狱，给人类的神圣命运制造苦难；只要本世纪的三个问题：贫穷使男人沉沦，饥饿使女人堕落，黑暗使儿童羸弱，还不能全部解决；只要在一些地区还可能产生社会压制，换言之，同时也是从更广泛的意义来说，只要这个世界还存在愚昧和困苦，那么，这一类作品就不会是无用的。

一八六二年一月一日于上城别墅

目　录

001　第一部　芳　汀

371　第二部　柯赛特

687　第三部　马里于斯

979　第四部　普吕梅街的牧歌和圣德尼街的史诗

1397　第五部　让·瓦尔让

第一部

芳　汀

第一章
正直的人

一、米里埃尔先生

一八一五年，沙尔-弗朗索瓦-福来·米里埃尔先生是迪涅的主教。这是一个约莫七十五岁的老人；打从一八〇六年以来，他就担任这个圣职。

尽管有个细节，与下文叙述的故事丝毫无关，但在这里提及他来到教区时，有关他流行的闲言碎语和论长道短，兴许不是废话闲文，哪怕只是为了不偏不倚。街谈巷议不管是真是假，往往在议论对象的生活里，尤其在他们的命运中，同他们的所作所为一样，占有同等地位。米里埃尔先生是埃克斯法院的推事，穿袍贵族[1]的儿子。据说，他的父亲留下他在身边，想让他继承自己的职务，按照吃法律饭的家庭相当流行的做法，在十八岁或者二十岁，早早就让

---

[1] 穿袍贵族指资产阶级出身，买来贵族称号的阶层。

他娶了亲。沙尔·米里埃尔置这门婚姻于不顾,传说招来不少飞短流长。他人长得相貌堂堂,纵然个子矮小,但潇洒、优雅、才智横溢;他的早年生活虚掷给上流社会和追逐裙钗。大革命遽然而至,种种事件接踵来到,司法人员不少家破人亡,受到驱逐和追捕,风流云散。沙尔·米里埃尔先生在大革命之初,就流亡到意大利。他的妻子死于肺病,她早就染上此疾。他们没有孩子。在米里埃尔先生的遭遇中,随后发生了什么事呢?法国旧社会的崩溃,他自己的家庭的解体,九三年的悲惨景象,而这些景象也许对远离国外,怀着越来越恐惧的心情去观望的流亡者来说,显得更加可怖,是这一切使他产生了弃绝尘世和孤独地生活的想法吗?一个人在社会灾难来临,生活和财产受到打击时,可能会岿然不动,可内心一旦受到某些神秘而可怕的打击,有时会被击倒在地;米里埃尔先生是不是在平生有闲情逸致和谈情说爱时也受到这种打击?谁也说不清究竟;大家所知道的只是,他从意大利归来时,已是个教士。

一八〇四年,米里埃尔先生是布里尼奥勒的本堂神父。他已经年迈了,深居简出。

将近在皇帝加冕[1]时,也不知是什么原因,有一件堂区里的小事,使他来到巴黎。为了他的教民,他在有势力的人中间,去找费什红衣主教说情。有一天,皇帝来拜访他的叔叔,高尚的本堂神父正在候见室等候,陛下经过时遇上了他。拿破仑发现这个老人有点好奇地注视他,便回过身来,蓦地说:

---

[1] 拿破仑于1804年12月2日在巴黎圣母院加冕称帝。

"注视我的这个老头是谁?"

"陛下,"米里埃尔说,"您看着一个老头,而我呢,我看着一个伟人。我们彼此各取所需。"

当天晚上,皇帝向红衣主教询问这个本堂神父的名字,不久,米里埃尔先生十分惊讶地得知,他被任命为迪涅的主教。

在关于米里埃尔先生前期生活的传说中,究竟有多少属实呢?无人知晓。没有几个家庭了解大革命之前的米里埃尔一家。

在一个小城里,说闲话的人多的是,而会思索的头脑少而又少;米里埃尔先生就要碰到一切新来者都会碰到的遭遇。他理应如此,虽然他是主教,而且因为他是主教。但是,尽管如此,对他的评头品足也许只是闲谈,只是风言风语、废话、空话;比空话还不如,正如南方准确有力的语言所说的,是"胡说八道"。

无论怎样,在迪涅任主教和住了九年之后,所有这些无稽之谈,在小城和老百姓中最初吸引人的谈资,已经被人深深遗忘了。甚至没有人敢于提起,没有人敢于回忆起来。

米里埃尔先生来到迪涅时,有一个老姑娘伴随着,她叫巴普蒂丝汀小姐,是他的妹妹,比他小十岁。

他们的仆人只有一个和巴普蒂丝汀小姐年龄相同的女仆,她叫玛格鲁瓦尔太太,在当了"本堂神父先生的女仆"六年之后,眼下她兼有小姐侍女和主教大人女管家的双重头衔。

巴普蒂丝汀小姐身材修长,苗条,脸色苍白,脾气温柔;她体现了"可亲可敬的"一词表达的理想含义;因为看来一个女人必须是母亲,才能令人肃然起敬。她从来不是漂亮的;她整个一生做了一系列懿行善事，结果落在她身上的是一种清白和光彩；垂垂老矣时，她获得了所谓仁慈之美。她年轻时的瘦削，在成熟期变得玲珑剔透；这种半透明让人看到天使下凡。与其说她是个处子，不如说她是个幽灵。她这个人好像由暗影组成；几乎没有足够的肉体来显示性别；有点儿包含闪光的物质；大眼睛总是低垂着；这些是依托，才能使灵魂留在人间。

玛格鲁瓦尔太太是个小老太婆，白皙，肥胖，肉墩墩的，忙忙碌碌，总是气喘吁吁，首先是由于她活动多，其次是由于她有哮喘病。

米里埃尔先生到来时，安顿在主教府里，帝国法令将主教排在旅长之后，他就享有这种荣耀。市长和法庭庭长先来拜见他，而他这方面，则先拜访将军和省长。

安顿下来后，小城等待它的主教着手工作。

二、米里埃尔先生变成福来主教大人

迪涅主教府与医院毗邻。

主教府是一座宽敞、漂亮的石头宅第，上世纪初由亨利·普热主教大人建成，他本是巴黎大学的神学博士，西莫尔修道院院长，一七一二年他在迪涅当主教。这个大宅是一座真正的领主邸宅。里面的一切，主教的几个套房、那些客厅、房间、主要庭院都很有气派，其中庭院非常宽敞，拱廊供散步之用，依照佛罗伦萨昔日的方式，花园种植着郁郁葱葱的树木。底楼的餐厅建成华丽的长廊，通向花园，亨利·普热主教在一七一四年七月二十九日大摆宴席，宴请的大人物有：昂布仑的亲王、大主教沙尔·布吕拉尔·德·让利斯；嘉布遣会修士、格拉斯的主教安东尼·德·梅格里尼；圣奥诺雷-德-莱兰的修道院院长、法兰西修道院院长菲利普·德·旺多姆；旺斯的男爵兼主教弗朗索瓦·德·贝尔通·德·格里荣；格朗代弗的主教赛查·德·萨布朗·德·福尔卡吉埃；还有奥拉托利会教士、国王的讲道师、塞奈兹的主教让·索阿南。这七位显要的肖像装饰着餐厅，一七一四年七月二十九日这个值得纪念的日子，用金字镌刻在一张白色大理石桌子上。

医院是一幢狭窄、低矮、只有两层的房子，有一个小花园。

主教到任后三天，访问了医院。访问结束时，他派人请院长千万到主教府来一下。

"院长先生，"他说，"眼下您有多少病人？"

"二十六个，主教大人。"

"我点到的就是这个数，"主教说。

"病床挤得很，"院长接着说。

"我已经注意到了。"

"病室原来只是卧房，空气很难流通。"

"我感觉到了。"

"再说，有太阳的时候，花园对养病的人来说太小。"

"我心里正是这样捉摸的。"

"至于流行病，今年有过伤寒。两年前流行过粟粒热，多达上百个病人；我们束手无策。"

"我刚才想到这件事。"

"有什么办法呢,主教大人,"院长说,"只得将就。"

这场谈话发生在底楼的长廊餐厅里。

主教沉吟了一会儿,然后他猛然转过身,对医院院长说:

"先生,您想,就这个餐厅,能容纳多少张病床?"

"主教大人的餐厅!"院长惊讶地大声说。

主教扫视一下餐厅,好像在目测和盘算着。

"可以足足放下二十张病床!"他说,仿佛在自言自语。(然后他提高声音:)"噢,医院院长先生,我要对您摆一摆情况。很明显出了错儿。你们二十六个人挤在五六个小房间里。我们这里是三个人,却有六十个人的位置。对您说吧,这是个错儿。你们住着我的房子,而我住着你们的房子。把我的房子还给我吧。这里是你们的家。"

第二天,二十六个穷人住进主教府,而主教住到医院去。

米里埃尔先生没有财产,他的家庭在大革命中破产了。他的妹妹拿到五百法郎的年金,在主教家里,已足够她个人的花费。米里埃尔先生作为主教,从国家那里领到一万五千法郎的薪俸,他住进医院那一天,米里埃尔先生决定以如下方式一劳永逸地安排这笔款子。

家庭开支分配单

支助小修院 ……………………………………一千五百利弗尔

支助传教圣会 ……………………………………一百利弗尔

支助蒙迪迪埃的遣使会教士 ……………………一百利弗尔

支助巴黎的国外传教修院	两百利弗尔
支助圣灵圣会	一百五十利弗尔
支助教廷的宗教机构	一百利弗尔
支助母爱会	三百利弗尔
另外支助阿尔勒的母爱会	五十利弗尔
支助改善监狱的善事	四百利弗尔
支助抚慰和解救囚犯的善事	五百利弗尔
支助替做家长的囚犯还债	一千利弗尔
补助教区穷苦的小学校长的工资	两千利弗尔
支助维修上阿尔卑斯省的丰收粮仓	一百利弗尔
支助迪涅、马诺斯克和西斯特龙的女子圣会,免费教育穷人女孩	一千五百利弗尔
救济穷人	六千利弗尔
个人花销	一千利弗尔
总计	一万五千利弗尔

在迪涅任职期间,米里埃尔先生对这个安排几乎没有改变。正如上述,他把这个表称之为"家庭开支分配"。

巴普蒂丝汀小姐唯唯诺诺地接受这个安排。对这个圣洁的女子来说,德·迪涅先生既是她的哥哥,又是她的主教,既是同气相求的朋友,又是教堂里的上级。她爱他,而且不折不扣地尊敬他。当他说话时,她颔首低眉;当他行动时,她踊跃参与。唯有女仆玛格鲁瓦尔太太有点儿嘀嘀咕咕。读者可能已经注意到,主教先生只给自己留下一千利弗尔。这笔钱加上巴普蒂丝汀小姐的年金,每年共有一千五百法郎。两个老女人和这个老头,就靠这一千五百法郎生活。

倘若有个乡村本堂神父来到迪涅,主教先生靠了玛格鲁瓦尔太太的严格樽节和巴普蒂丝汀小姐的精明管理,还有办法款待来客。

他来到迪涅快有三个月,有一天,主教说:

"要应付这一切,我真是捉襟见肘!"

"我想确实如此!"玛格鲁瓦尔太太大声说,"主教大人一直没有要求领取省里给他上城里去和巡视教区应该支付的车马费。对以前的主教,这是照例给的。"

"对!"主教说,"您说得对,玛格鲁瓦尔太太。"

他提出了要求。

不久,省议会考虑了他的要求,投票给了他每年三千法郎,归在这一项目下:"拨给主教先生的专车费、驿车费和教区巡视费的津贴。"

这件事令地方上的布尔乔亚大事喧嚷了一阵。当时,帝国元老院的一位议员,他曾是五百人院成员,支持雾月十八日政变[1],住在迪涅城附近,享有一笔可观的年俸。他写给司祭比戈·德·普雷阿姆纳先生一封机密的、气势汹汹的信。我们一字不差地摘引如下几行:

---

[1] 拿破仑在1799年雾月18日(即11月9日)发动政变,夺取了政权。

——专车费？在一座居民不到四千人的城市里，为什么这样做？驿车费和巡视费？首先，何必巡视？其次，在山区，驿车怎么行驶？没有道路。人们仅仅骑马。从杜朗斯到阿尔诺古堡的那座桥，只能负载牛车。这些教士都是一丘之貉。既贪婪又吝啬。这一位初来乍到时装出是个正人君子。如今他的所作所为像别人一样。他提出要专车和坐驿车。他像以前的主教一样要摆阔。噢！这些狗教士！伯爵先生，只有当皇上把我们从教士那里解救出来时，才会万事顺遂。打倒教皇！（当时正在和罗马闹摩擦。）至于我，我只拥护恺撒[1]……

相反，事情却让玛格鲁瓦尔太太喜不自禁。

"好啊，"她对巴普蒂丝汀小姐说，"主教大人从为别人开始，但是他最后只得为自己着想。他安排好所有的善行义举。如今终于给我们争到三千利弗尔！"

当晚，主教写下这样一份清单，交给了他的妹妹：

车马费和巡视费开支

用于给医院病人熬肉汤 …………………………一千五百利弗尔

支助埃克斯的母爱会 …………………………两百五十利弗尔

支助德拉吉尼昂母爱会 …………………………两百五十利弗尔

救济弃儿 ………………………………………………五百利弗尔

---

[1] 指拿破仑。

救济孤儿	五百利弗尔
总计	三千利弗尔

这就是米里埃尔的预算。

至于教区的额外收入，如婚礼预告改期费用、特许费、代洗费、讲道费、大教堂或小教堂祝圣费、婚礼费等等，尤其因为主教要捐赠给穷人，他就越加贪婪地向有钱人搜刮。

不久，捐款源源不断而来。有钱人和穷人都来敲米里埃尔先生的门，一部分人是来散金，另一部分人是来讨施舍。一年不到，主教就成了所有施主的司库和所有穷困者的出纳。巨款通过他的手；可是什么也不能使他改变一点生活方式，让他在必需品之外再添加一点多余的东西。

事情远非如此，由于下层的贫困总是多于上层的博爱，可以说，还未收到赠款，已经统统给光；这就好似一滴水落在干旱的土地上；他收到钱也是徒劳，他永远没有钱。于是他剥夺自己。

按惯例，主教在训谕和通报的前面要写下自己的教名，当地穷人以某种友好的本能，在主教的名和姓之中选择他们看来有含义的一个。他们称米里埃尔为福来[1]主教大人。我们也照此办理，有时这样称呼他。再说，这个称呼令他高兴。

"我喜欢这个名字，"他说，"福来减轻了主教的威严。"

---

[1] 福来的法文是"Bienvenu"，意为"欢迎"，指米里埃尔为百姓造福，受到欢迎。现按原文的字母组合所含有的意思译出，"Bien"（福）"venu"（来）。

我们并不认为上文所画的肖像是逼真的；我们仅仅说它很相似。

三、好主教遇到苦教区

主教先生虽然把他的专车费变成了布施，却并不因此而少做巡视。迪涅教区是个令人棘手的地方。平原稀少，山峦起伏，几乎没有公路，这在上文已经说过了；有三十二个堂区，四十一个副本堂神父教区，两百八十五个附属教区。视察这一切，是件麻烦事。主教先生却能如愿以偿。倘若是在附近，他就以步当车；倘若是在平原，他就坐马车；倘若是在山里，他就乘双椅驮鞍。两个老女人陪伴着他。要是行程对她们来说过于艰辛，他便独自前往。

一天，他骑驴来到塞奈兹，以前这是一座主教任职的城市。当时他囊中羞涩，不允许有其他装备随从。市长到主教府门口来迎迓他，不以为然地看着他从驴背上下来。有几个市民在他周围讪笑。

"市长先生，"主教说，"还有各位市民，我看出是什么使你们反感；你们感到，一个可怜的主教胯下是耶稣基督有过的坐骑，未免狂妄自大。说实话，我这样做是出于需要，而不是出于虚荣。"

他巡视时宽容、和蔼，与其说在说教，不如说在谈话。他决不把品德问题提到高不可攀的地步。他从不到远处寻找论据和范例。他对当地的居民援引邻近地方的例子。在对穷人无情的边远地区，他说："请看看布里昂松人吧。他们给予穷人、寡妇、孤儿比别人提前三天收割牧草的权利。当他们的房子倒塌时，又免费为他们重建家园。因此，这是个受到天主祝福的地方。在整整一个世纪里，没有出现过一个杀人犯。"

在唯利是图、巧取豪夺的村子里,他说:"请看看昂布仑人吧。如果在收获期间哪家人的孩子服役,姑娘在城里打工,家长生病,手足无措,本堂神父在主日讲道时便要信徒为他祈祷;礼拜天,弥撒之后,所有村子里的人,男男女女和孩子,都到穷人的地里去为他收割,帮他把麦子和麦秸运到谷仓里。"他对被金钱和遗产问题搅得四分五裂的家庭说:"请看看德沃尔尼的山里人吧。这个蛮荒之地,五十年里也听不到一次夜莺叫。咳,只要一个家庭父亲去世,男孩子便出门寻找发财机会,把财产留给女孩子,让她们能找到丈夫。"有的边远地区喜欢争讼,佃户因告状而倾家荡产,他说:"请看看盖拉山谷的善良农民吧。那里有三千口人。主啊!就像一个小小的共和国。既不知有法官,也不知有执达员。镇长包揽一切。他分派捐税,凭良心向每个人征税,免费判决争吵,免费分配遗产,免费做出宣判;大家服从他,因为他是一群纯朴的人之中一个正直的人。"有的村子他找不到小学教师,他仍然举出盖拉人的例子说:"你们知道他们干什么吗?由于一个只有十二至十五户人家的村子总是不能养活一个乡村教师,整个山谷的人便为他们聘请几个小学教师,这些教师从这个村跑到那个村,在这个村待八天,在那个村待十天,给孩子们上课。这些乡村教师上集市时,我看见过他们。他们在帽子的绦子间插上羽毛笔,别人可以认出来。只教人阅读的插一支笔,既教阅读又教算术的插两支笔;阅读、算术、拉丁文都教的插三支笔,他们很有学问。不学无术脸上无光啊!向盖拉人看齐吧。"

他这样谈论着,庄重,慈父一般,缺乏例子,便杜撰出一些寓言,言简意赅,形象丰富,鞭辟入里,抵得上自信而又能服人的耶稣基督的雄辩。

四、言行一致

他的谈话和蔼可亲,令人愉快。他让那两个在他身边生活的老女人能理解他的话;他笑的时候,这是一个小学生的笑。

玛格鲁瓦尔太太宁愿管他叫"大人"。一天,他从扶手椅里站起来,走到书柜找一本书。这本书放在上面的一格。由于主教身材矮小,他够不着。

"玛格鲁瓦尔太太,"他说,"给我端一把椅子来。本大人还够不到那块木板呢。"

他的一个远亲,德·洛伯爵夫人,很少放过一次机会,在他面前历数她的三个儿子的所谓"锦绣前程"。她有好几个十分年迈,行将就木的直系亲属,她的三个儿子自然是他们的继承人。小儿子要从一个姑婆那里继承整整十万利弗尔的年金;二儿子被指定为叔叔的公爵头衔的替代继承人;大儿子要继承祖父的贵族院议员称号。主教像往常一样默默地倾听这个做母亲的天真无邪、可以原谅的炫耀。只是有一次,当德·洛夫人重新历数这些继承机会和"锦绣前程"时,他显得比平时更加若有所思。她不耐烦地打住了话头:"我的天,表哥!您究竟在想什么啊?"主教说:"我在想一句怪话,大概出自圣奥古斯丁:'把你的希望寄托在什么也继承不到的人身上吧。'"

另一次,他收到当地一个贵族去世的讣告,上面除了罗列死者的头衔以外,还写满他所有亲戚的所有封建的和贵族的称号。"死人的脊背多么结实啊!"他高声说,"别人让他轻快地扛着多么了不得的称号重负啊!人也真会动脑子,居然这样利用坟墓来满足虚荣心!"

一有机会,他就说出一些温和的讽刺话,里面几乎总是包含着严肃的意思。在一次封斋期间,一个年轻的副本堂神父来到迪涅,在大教堂讲道。他相当雄辩。讲道的题目是关于仁慈。他劝告有钱人救济穷人,以避免下地狱;他将地狱描绘得极其阴森可怕;同时也为了上天堂,他把天堂描绘得美妙迷人。听众中有一个歇业的富商,放点高利贷,名叫热博朗先生。他生产粗呢、哔叽、卡迪斯粗斜纹呢和加斯盖呢,赚了五十万。热博朗平生没有布施过穷人。这次讲道之后,大家注意到,他每个礼拜天施舍一个苏给大教堂大门口的一些乞丐老婆婆。她们六个人平分这一个苏。一天,主教看见他做善事,微笑着对他的妹妹说:"瞧,热博朗先生出钱去买一个苏的天堂呢。"

当关系到做善事时,他不会灰心气馁,即使面对拒绝。这时他会找到一些令人思索的话来。一次,他在城中的一个大厅里为穷人募捐。德·尚泰西埃侯爵在场,他年迈、富有、悭吝,有本事将极端保王派和极端伏尔泰派集于一身。有过这样的多元合一。主教走到他身边,碰碰他的手臂说:"侯爵先生,您该施舍点什么给我呀。"侯爵回过身来,生硬地回答:"主教大人,我有自己的穷人。"主教说:"把他们施舍给我吧。"

一天,在大教堂里,他这样布道:

"亲爱的兄弟们,善良的朋友们,法国有一百三十二万个农舍,它们只有三个开口,另有一百八十一万七千个农舍,它们只有两个开口,就是大门和一扇窗,最后还有三十四万六千个窝棚,它们只有一个开口,就是门。这是由于一件事的缘故,即要交所谓的门窗税。请你们替我将穷人家、老婆婆、小孩子塞到这些住人的地方去吧,你们就会看到产生各种热病和疾病!唉!天主给人以空气,法律却把空气卖给人。我并不是指责法律,但我感谢天主。在伊泽尔、勒瓦尔、两个阿尔卑斯省,即上下阿尔卑斯省,农民甚至没有独轮车,他们用背脊运肥料;他们没有蜡烛,他们点的是含树脂的树枝和浸在松脂里的寸绳,在多菲奈的全部山区都是这样。他们烤一次面包要吃六个月,烘烤用的是干牛粪。冬天,他们用斧头砸碎面包,在水里浸二十四小时才能吃。弟兄们,发发善心吧!看看你们周围的人在受苦受难啊!"

他出生在普罗旺斯,很容易熟习南方的各种方言。他学下朗格多克方言说:"Eh bé! moussu, sès sagé?"("喂!先生,好吗?")学下阿尔卑斯方言说:"Onté anaras passa?"("你好吗?")学上多菲奈方言说:"Puerte un bouen mouton embe un bouen froumage grase."("宰一头肥羊装满一桶肥奶酪。")这讨老百姓喜欢,对他接近各色人等大有帮助。他来到茅屋,来到山区,就像在自己家里一样。他善于用最粗鄙的方言去解说最庄重的事。会说各种方言,他就能进入每个心灵。

再有，他对上层人士和老百姓一视同仁。

他不周详考虑环境形势，绝不匆忙去谴责。他说："让我们看看产生错误的过程吧。"

他曾是个"回头浪子"，会笑吟吟地这样形容自己，他决不会板着脸，盛气凌人。他大声宣教，而且不像那些凶狠无情的正人君子那样剑眉倒竖，他的教义大致可以归纳如下：

"人有肉体，这肉体同时是人的负担和诱惑。人拖着它，向它屈服。

"人应该看住它，约束它，压制它，坚守到最后才服从它。这样服从，还会有过错；但这样犯下的过错是可以宽恕的。这是一种堕落，不过是双膝跌倒在地，可以在祈祷中自我完善。

"成为一个圣人是少有的；成为一个正直的人，这是教规。会徘徊，支持不住，犯罪，但是要做正直的人。

"尽可能少犯罪，这是为人的准则。一点儿不犯罪，那是梦想做天使。凡人必然要犯罪。犯罪是一种万有引力。"

当他看到人人声色俱厉，勃然大怒时，他微笑着说："噢！噢！看来，这是人人会犯的大罪。其实是惊慌失措的伪善匆匆忙忙在抗辩，想遮人耳目。"

他对妇女和穷人宽宏大量，因为人类社会的重负都压在他们身上。他常说："妻子、孩子、仆人、弱者、穷人和无知的人所犯的错误，正是丈夫、父亲、主人、强者、富人和学者的错误。"

他还说："对那些无知的人，你们要竭尽所能教给他们尽量多的东西；社会不办免费教育是有罪的；它制造了黑夜，要为此负责。

人的心灵充满了黑暗，罪恶便要在里面萌生。有罪的不是那个犯罪的人，而是在心灵里制造黑暗的人。"

可以看出，他有一种奇特的和独有的判断事物的方式。我猜想他是从福音书中得来的。

一天，他在一个沙龙里听到有人讲述一件罪案，此案正在预审，快要判决了。一个生活悲惨的人，出于对一个女人和一个她给他生下的孩子的爱，一筹莫展，便制造假币。当时造假币要判处死刑。那个女人使用那个男人制造的第一枚假币，被抓了起来。虽然抓住了她，但却只有起诉她的证据。唯有她能告发她的情人，招认出来，便要他的命。她矢口否认。法庭追问下去。她坚持否认。检察长对此想出了一个办法。他欺骗说，她的情人变了心，他用巧妙拼凑书信片断的方法，终于说服了这个不幸的女人，她有一个情敌，这个男人欺骗了她。于是，她因嫉妒而恼怒，揭发了她的情人，和盘托出，一一证实。那个男人完蛋了。不久就要和他的女同谋犯一起，在埃克斯受到判决。有人叙述了这件事，大家都很赞赏那个法官能干。他让嫉妒心起作用，使真相因愤怒而显现出来，使正义因报复而得到伸张。主教默默地听完这一切。案情讲完了，他问道：

"这个男人和这个女人在哪儿受审？"

"在重罪法庭。"

他又说："检察官先生又在哪儿受审？"

迪涅发生了一件惨事。一个男人因杀人被判处死刑。这是一个不幸的人，他不是胸无点墨，不是完全无知无识，他曾在集市上卖艺，当过代笔人。全城都很关注这个案件。执法的前一天，监狱的神父生病了。必须有个教士在受刑人临终时帮助他。于是去找本堂神父。看来他拒绝了，他说："这与我无关。我不需要做这件苦差事，也不需要这个卖艺的人；我也生病了；再说我的位置不在那儿。"有人把这个答复传给主教听，他说："本堂神父先生说得对。他的位置不在那儿，那是我的位置。"

他立即前往监狱，下到"卖艺人"的牢房里，呼唤囚犯的名字，捏住他的手，同他说话。他在囚犯身边过了一天一夜，废寝忘食，为死囚的灵魂向天主祈祷，也请死囚为他自己的灵魂祈祷。他对死囚谈着最美好、也最普通的真理。他既是父亲，又是兄弟和朋友；身为主教仅仅是为了祝福。他什么都教给囚犯，让他放心，宽慰他。这个人死前绝望了。对他来说，死亡仿佛是个深渊。他站在这个阴惨惨的门口，浑身发抖，恐惧得后退。他不是愚蠢无知，不会绝对无所谓。他的判刑，深深地震撼了他，可以说在他周围这儿那儿粉碎了这堵隔墙：它把我们同事物的神秘分隔开来，我们称它为生活。他通过这致命的缺口，不断探望外界，所见的只是黑暗。主教却让他看到一线光明。

第二天提走不幸的人的时候，主教在那里。他尾随在后。他在人群面前露面时穿着主教的紫披肩，颈上挂着主教的十字架，同那个五花大绑的败类肩并肩站在一起。

他同死囚一起登上囚车，又一起登上断头台。死囚在前一天是那样沮丧，那样消沉，如今满面光彩。他感到他的灵魂得到祝福，他希望见到天主。主教拥抱了他，就在铡刀即将落下的时候，主教对他说："被杀的那个人，天主会让他复活；受兄弟们唾弃的人，会见到圣父。祈祷吧，信仰吧，走进生活吧！天父就在那里。"当他从断头台上走下来的时候，目光中有点东西使百姓夹队肃立。说不清是他的苍白还是他的宁静，令人肃然起敬。回到他笑眯眯地称之为"他的府第"那幢寒伧的住所时，他对妹妹说："我刚做完主教仪式。"

正因为最崇高的事往往也最不为人所理解，所以城里有的人在评论主教此举时说："这是装模作样。"这只不过是沙龙里的言辞。老百姓不把神圣的行为理解成狡黠，却深受感动，表示赞赏。

至于主教，看到断头行刑对他是一击，好久才恢复过来。

他在场的时候，断头台竖起和耸立在那里，确实有点令人惊骇的东西。一般人对死刑可能有点无动于衷，只要还没有见过断头那一幕，也不会说什么，既不说好，也不说坏；但是，如果见到了，那么震动是强烈的，必须做出决定，是赞成还是反对。有的人像德·梅斯特尔[1]那样表示赞同；还有的人像贝卡里亚[2]那样，表示憎恨。断头台是法律的凝结；它名叫"公诉"；它不是中立的，而且不允许你保持中立。谁见到它，都引起最神秘的颤栗。一切社会问题都在这把铡刀周围打上一个问号。断头台是给人看的。断头台不是一个木架，断头台不是一部机器，断头台不是一部木头、钢铁和绳子做成的无感觉的机械。似乎这是一种有生命的东西，难以形容地

---

[1] 梅斯特尔（1753～1821），法国政治家、作家，大革命期间流亡到瑞士的洛桑，后投靠撒丁岛的沙尔-埃玛纽埃尔第四，被派往圣彼得堡。他反对大革命，坚持君主制，拥护教皇。著有《论法国》《论教皇》《圣彼得堡之夜》等。
[2] 贝卡里亚（1738～1794），意大利法学家，在《论犯罪和刑罚》中提出司法改革和减轻刑法。

气势逼人；不妨说，这把铡刀在观看，这部机器在倾听，这架机械在理解，这些木头、钢铁和绳子在索取。在断头台给人的心灵产生可怕的梦幻里，它显得很恐怖，热衷于它的所作所为。断头台是刽子手的同谋；它吞噬；它吃人肉，它喝血。断头台是一种法官和木匠造出的魔鬼，一个似乎过着制造死亡的可怕生活的幽灵。

因此，主教留下的印象是可怖的，深刻的；行刑的第二天，直到过了许多日子，主教仍然深受压抑。行刑的一刻近乎磐石般的泰然自若已经消失了；社会正义这个幽灵却缠绕着他。平素他每做完一件事回来，总是心满意足，光彩奕奕。如今他仿佛在自责。有时他自言自语，小声嘟囔着悲伤的独白。有一晚他的妹妹听到和记住这样一句话："我想不到会这样残酷。沉湎在神圣的法则中，以致再也看不到人间的法律，那是个错误。死亡只归天主掌握。人有什么权利管这种玄妙的东西呢？"

随着时间的推移，这些印象缓和下来了，而且可能消失了。然而，人们注意到，今后，主教避免走过那个行刑广场。

可以随时把米里埃尔先生叫到病人和垂危者枕边。他不是不知道，这是他最重要的职责和最重要的工作。寡妇或者孤儿之家不需要向他提出，他会自动到来。他会长久地坐在失去妻子的男人和失去孩子的母亲身边，默默无言，他也知道何时开口。噢，多么出色的安慰者啊！他并不是竭力通过遗忘去消除痛苦，而是力图通过希望使痛苦变得伟大和崇高。他常说："要注意面对死者的方式。不要去想化为腐朽的东西。定睛细看。您就会看到您死去的亲人在天堂深处闪烁的光芒。"他知道信仰是有益身心的。他力求通过给绝望的人指出安于命运的人，来劝告和宽慰他，并向他指点，用仰望星星的痛苦的方式，去改变注视墓穴的痛苦。

五、福来主教大人的教袍穿得太久

米里埃尔先生的家庭生活同他的社会生活一样，支配的思想相同。对于有机会就近见过他的人来说，迪涅的主教先生自觉自愿生活在清贫中，真是一幅庄严而动人的景象。

他像一切老人和大多数思想家一样，睡得很少。这短暂的睡眠十分深沉。每天早上，他静修一小时，然后宣讲弥撒，要么在大教堂里，要么在他的小礼拜堂。弥撒宣讲完毕，他吃一块在自家母牛的奶里浸一浸的黑麦面包。随后他开始工作。

一个主教是一个大忙人；他每天要接待主教区秘书，通常这是议事司铎；几乎每天要接待那些代理主教。他要监督圣会，要给人优惠，要视察整个教会图书馆，包括祈祷书、主教管区的教理书、日课经，等等，要起草训谕，批准讲道，要给本堂神父和镇长做调解，要写教会方面的信件，要处理行政方面的信件，一是政府的，一是教廷的，有上千件事。

这上千件事、弥撒、日课经之外，余下的时间，他先是给了穷人、病人和忍受痛苦的人；忍受痛苦的人、病人和穷人之外，余下的时间，他给了工作。有时他在自己的园子里翻土，有时他看书和写东西。这两种工作，他有一个词来形容，说成是"从事园艺"。他常说："精神是一块园地。"

中午，他吃午饭。午饭同早饭一样。

将近两点钟，天气好的时候，他走出家门，在田野或城里漫步，常常走进那些破屋。人们看见他踽踽独行，专心致志，目光低垂，撑着他的长拐杖，穿着暖和的紫色长棉外套、紫袜子和笨重的鞋，戴着平顶帽，像菠菜籽的三束金流苏从三只角中挂下来。

他在哪里出现，那里就热闹得像过节似的。不妨说，他所过之处如同散播温暖和阳光。老老少少走到门口，迎接主教，好似迎接太阳一样。他给人祝福，人人也为他祝福。凡是有所需求的人，别人就向他指点他的家。

他四处停下来，同小男孩和小姑娘说话，对母亲们笑脸相迎。只要他有钱，他就访问穷人；他没有钱的时候，便拜访富人。

由于他的教袍穿了许多年月，他不想让人发觉，他出门上城里，只穿那件紫色长棉外套。夏天，这使他有点受不住。

每天晚上八点半钟，他和妹妹一起吃晚饭，玛格鲁瓦尔太太站在他们身后，侍候他们吃饭。真是粗茶淡饭。一旦主教留下一个本堂神父吃饭，玛格鲁瓦尔太太便趁机让大人吃上几条美味的湖鱼或者几样山里的野味。不论哪个本堂神父，都是一顿美餐的借口；主教听之任之。除此以外，他平时的饭餐只有水里煮熟的蔬菜和素油汤。因此城里人说："只要主教不招待本堂神父，他就招待苦修会会士。"

晚饭以后，他和巴普蒂丝汀小姐和玛格鲁瓦尔太太闲聊半个小时；然后回到自己房间，重新写东西，有时写在活页上，有时写在对开本的边缘空白上。他是有学问的，有点博古通今。他留下了五六部相当奇特的手稿；其中一部评论《创世记》的卷首："开初，上帝的精灵漂荡在水面上。"[1] 他把这句话同三句译文对照。阿拉伯译文写道："上帝的风吹拂着。"弗拉维乌斯·约瑟夫[2]的译文写道："空中的一股风扑向地面。"最后，昂克洛斯[3]的迦勒底语译文写道："来自上帝的风在水面上吹拂。"在另一篇论文中，他研究普托莱玛伊斯的主教、本书作者的曾叔祖雨果的神学作品。他论证在上一世纪，以笔名巴尔莱库发表的各种小册子，应该归在这位主教的名下。

有时在看书的时候，不管手中拿着什么书，他会突然陷入沉思默想，回复过来时在书上写下几行。这几行字往往与书的内容没有丝毫关系。我们见过他在一部四开本的书上所写的按语，书名是《热尔曼爵士和克兰通、柯尔恩瓦利斯两将军以及美洲海防司令的通信。凡尔赛普安索书店及巴黎奥古斯丁教士沿河路皮索书店发行》。

按语是这样写的：

噢！您是存在的！

《传道书》称您为全知全能者，马卡伯人称您为造物主，《致以弗所人书》称您为自由，巴鲁克[4]称您为广大无边，《诗篇》称您为智慧和真理。约翰称您为光明，《列王纪》称您为天主，《出埃及记》称您为天公，《利未记》称您为神圣，《以斯拉记》称您为正义，《创世记》称您为上帝，人称您为天父；但所

---

1 见《圣经》第1章第2节。
2 弗拉维乌斯·约瑟夫（37～95），犹太历史学家。
3 昂克洛斯，古代犹太法学家。
4 巴鲁克，先知耶律米的门徒兼秘书。

罗门称您为仁慈,这才是您最美的名字。

晚上九点钟左右,两个女人抽身出来,上楼到自己的房间让他独自一个在楼下待到早上。

这里,我们有必要对迪涅主教的住所做一番准确的描绘。

六、他托谁看守房子

上文说过,他所住的房子由底层和二楼组成:底楼三间房,二楼三间房,上面有个顶楼。屋子后面是一个十公亩左右的花园。两个女人占了二楼。主教住在楼下。第一个房间面向街道,用作餐厅,第二个房间是卧室,第三个房间是祈祷室。走出祈祷室不能不经过卧室。在祈祷室的尽里头,有一个封闭的凹室,有一张给客人留宿的床。主教先生把这张床留给因教区事务和需要来到迪涅的乡村本堂神父。

原来医院的药房是座小房子,附属于大房子,面向花园,已改成厨房和食物贮藏室。

另外,花园里有一间牲畜棚,原来是医院的厨房,主教在那里养着两头母牛。不管母牛产多少奶,他每天早上都不变地给医院的病人送去一半。他说:"我在付什一税。"

他的卧室相当大,在严寒季节很难弄得热起来。由于在迪涅木柴很贵,他就设想在牛棚里用木板隔开一个房间。寒冬腊月他就在那里度过夜晚。他称之为他的"冬季客厅"。

在这个客厅里,就像在餐厅里一样,除了一张白木方桌和四把草垫椅子，没有别的家具。餐厅还摆着一口用胶画颜料漆成粉红的旧餐具橱。主教用同样的餐具橱，妥妥帖帖地包上白桌布和假花边，做成祭坛，装饰祈祷室。

迪涅来忏悔的富婆和信女，常常凑钱要给主教大人的祈祷室建造一个漂亮的新祭坛；每次他收下钱款，都给了穷人。

"最美的祭坛，"他说，"是感谢天主、得到安慰的穷人的心灵。"

在他的祈祷室里，有两张草垫跪凳，他的卧室里有一把同样是草垫的扶手椅。偶尔他同时接待七八个人，省长、将军、驻守的团级军官或小修道院的几个学生，这时就不得不到牛棚去寻找冬季客厅的椅子，到祈祷室去寻找跪凳，到卧室去寻找扶手椅；这样，能够给来访的人凑到十一个座位。每一次有人来访，都要从别的房间搬椅子。

有时候，来了十二个人；要是在冬天，主教便站在壁炉前，掩盖尴尬局面。要是在夏天，他就提议到园子里兜一圈。

在封闭的凹室里，确实还有一把椅子，可是椅子的草垫散了一半，而且只有三只脚支撑，所以只有靠墙才能站稳。巴普蒂丝汀小姐的卧室里也有一张很大的安乐椅，木头从前是金色的，罩上宽条子北京花绸，由于楼梯太窄，不得不从窗户把这张安乐椅搬到二楼；因此，它不能算到备用的家具中。

巴普蒂丝汀小姐梦寐以求的是，能买一套客厅家具，料子是带蔷薇花饰的乌得勒支黄色天鹅绒，桃花心木做成天鹅颈式，配上靠背长沙发。但这至少要花五百法郎，她看到五年才好不容易为此积蓄了四十二法郎零十个苏，最终还是放弃了这个打算。再说，有谁能如愿以偿的呢？

要想象出主教的卧室，是最简单不过了。一扇落地窗朝向花园，正对着床；这张医院的铁床，天盖是绿色哔叽的；床帏后面的暗陬处，盥洗用具仍然透露出上流社会男子从前的优雅习惯；两扇门中，一扇靠近壁炉，开向祈祷室；另一扇靠近书柜，开向餐厅；书柜是只很大的玻璃橱，摆满了书；壁炉的木框漆成大理石，惯常是不生火的；壁炉里一对铁柴架装饰着两只刻上条纹状和花冠的瓶子，瓶子以前镀成银闪闪的色彩，这是一种主教的奢华方式；壁炉上方，一般放镜子的地方，有一个镀银脱落的耶稣受难铜像，固定在金色剥落的木框中，垫底是磨损的黑丝绒。靠近玻璃门，放一张大桌子，上面有墨水缸，还摆满了乱放的纸和厚厚的书。桌子前面是一张草垫扶手椅。床前有一张跪凳，是从祈祷室借用来的。

两幅肖像装在椭圆形的框架中，挂在床两旁的墙上。肖像旁是灰白色的背景，上面有金色的小字题词，表明两幅肖像中一个是圣克洛德的主教德·沙利奥神父，另一个是阿格德的副主教图尔托神父，又是沙特尔教区西托修会[1]、格朗尚修道院长。主教在医院的病人之后占用这个房间时，看到这两幅肖像，让它们挂在那里。这两个教士也许是捐赠人：这是他尊敬两幅肖像的两个理由。他对这两个人物的了解，只知道他们在同一天，即一七八五年四月二十七日，由国王任命，一个当了主教，另一个获得他的圣职。玛格鲁瓦尔太太曾取下画像掸灰尘，主教发现在格朗尚修道院长的肖像后面，用四块封信的小面团粘住一小方块纸，纸因年深日久而发黄，上面用

---

[1] 西托修会，在12世纪初建立，中叶时拥有340多个修院，于16世纪衰落。

淡墨水写明上述的巧合。

他的窗挂着一条陈旧的粗呢窗帘，窗帘实在太旧，为了避免花钱买一条新的，玛格鲁瓦尔太太只得在正中间缝了一大块布。缝补处形成十字形。主教时常对人指出这一点。

"缝得真好！"他说。

底楼和二楼所有的房间，毫无例外，都用石灰水刷白了，这是军营和医院的一种装饰方式。

最近几年，玛格鲁瓦尔太太像后文所描述的那样，在石灰浆粉刷过的墙纸下，发现了装饰着巴普蒂丝汀小姐的房间的绘画。这幢房子在成为医院之前，曾经是接待市民的会客室。因此有这种装饰。各个房间铺的是红砖，每个礼拜洗刷一遍，每张床前铺上草席。此外，两个女人打点的这幢住宅，从上到下一尘不染。主教只允许这种奢华。他常说：

"这丝毫不向穷人索取什么。"

不过还要说一句，他的旧物中还剩下六副银餐具和一把大汤勺，玛格鲁瓦尔太太每天都乐滋滋地看着它们在白色的厚桌布上放射夺目的闪光。我们在这里如实地描绘迪涅主教，还应该添上，他不止一次说："我很难放弃在银器中吃饭的习惯。"

在这套银器之外，还得加上两个整块铸成的大银烛台，来自他的一个姑婆的遗产。烛台插着两支蜡烛，平日放在壁炉上面。有客人吃饭的时候，玛格鲁瓦尔太太便点燃蜡烛，把两个烛台放在桌上。

在主教的卧室里，床头处有一只小壁橱，玛格鲁瓦尔太太每晚将六副银餐具和大汤勺塞进去。要说的是，壁橱从来不拿下钥匙。

上文说过，花园被一些相当丑陋的建筑破坏了一点，里面有四条交叉的甬道，在一口排污水的渗井周围形成散射状；另有一条甬道环绕花园一周，沿着一道粉白围墙铺砌。这些甬道切割成四个方块，甬道边上种上黄杨树。玛格鲁瓦尔太太在三块方地上栽种蔬菜；主教在第四块地上种花。这里那里散种着几棵果树。

有一次，玛格鲁瓦尔太太带着一种淡淡的揶揄对他说："主教大人，您什么都要利用，但这是一块没用的地。还不如种上生菜，可要比种花强些哩。""马格鲁瓦尔太太，"主教回答，"您搞错了。美同实用一样有用。"他沉吟一下，又说："也许更有用。"

这块方形的地，由三四个花坛组成，几乎像他的书一样令主教先生关心。他喜欢在那里过上一两个小时，修剪、除草、四处挖一些坑，放上种子。他不像园丁那样敌视昆虫。再有，他对植物学毫无兴趣；不知道类型和固体病理学说；他绝不想在图纳富[1]和博物学方法之间做出选择；他既不看好胞果，反对子叶，也不支持于西厄[2]，反对林内[3]。他不研究植物；他喜欢花卉。他非常尊敬学者，更加尊敬无知的人，而且从来对他们不失去尊敬，夏天每到傍晚，他都手提一把漆成绿色的白铁喷水壶浇花坛。

整幢房子没有一扇门上锁。上文说过，餐厅的门没有台阶，开向大教堂广场，从前像监狱门一样装有锁和闩。主教让人把所有的

---

[1] 图纳富（1656～1708），法国植物学家和旅行家，曾任巴黎植物园的植物学教授，到欧洲各国和小亚细亚作考察旅行。回到巴黎后，他在法兰西学院教授医学。在植物学方面，他是林内的先驱。
[2] 于西厄（1699～1777），法国植物学家，为御花园推介异国植物。
[3] 林内（1707～1778），瑞典博物学家，曾任御医和王家植物学家，后任教授，对植物和动物做出分类。著有《自然体系》等。

锁都拆下，而这扇门，黑夜和白天一样，只安上插锁。随便什么人，随便什么时候，只要一推门就行。起初，两个女人对这扇门从来不上锁非常忐忑不安；但是迪涅的主教先生对她们说："如果你们高兴，你们的房间上锁好了。"她们最终信服了他，或者至少做得像信服他一样。唯有玛格鲁瓦尔太太不时地有点担忧。至于主教，人们可以通过他在《圣经》的一页空白上所写的几行字，感到他的思想得到解释，或者至少点明了："这里有细微差别：医生的门决不应该关闭；教士的门应该始终敞开。"

在另一本题为《医科哲学》的书上，他写下了这个按语："难道我不像他们一样是医生？我呀，我有病人；首先我照顾他们的病人，他们是这样称呼的；其次我有自己的病人，我称之为不幸的人。"

在另一个地方他又写道："对您留宿的人，不要问他的名字。不便说名字的人，正是需要住宿的人。"

有个可尊敬的本堂神父，不知是库路布卢的本堂神父，还是蓬皮埃里的本堂神父，有一天竟敢问他（或许这是在玛格鲁瓦尔太太的怂恿下），主教大人是不是十拿九稳，日日夜夜让大门敞开，给想进来的人大开方便之门，不会有不谨慎之虞，是不是不用担心一个看守得如此不严的家会发生不幸吗。主教庄重而和蔼地拍拍他的肩膀说："Nisi Dominus custodierit domum, in vanum vigilant qui custodiunt eam."[1] 然后他又谈别的事。

他往往说："正如有龙骑兵上校的骁勇一样，也有教士的勇敢。

---

[1] 拉丁文，意为："除非天主不保护这家人，否则保持警惕也是枉然。"

只不过,"他又说,"我们的勇敢应当是平和的。"

七、克拉瓦特

这里自然而然要插入一件我们不应遗忘的事,因为它能使人清楚地看到,迪涅的主教先生是何许人。

加斯帕·贝斯匪帮曾经横行奥利乌勒山谷;它被歼灭以后,他的一个副手克拉瓦特躲藏到大山里。他和加斯帕·贝斯匪帮的余部,在德·尼斯伯爵领地内躲了一段时间,然后来到皮埃特蒙,突然又出现在法国巴塞罗奈特那一带。先是发现他在若齐埃,随后在图伊勒。他躲进"鹰箍"山洞,再从于拜和于拜耶特洼地下山来到村落里。他甚至胆敢长驱直入,到达昂布仑,一天夜里闯进大教堂,劫掠了圣器室。他的强盗行径使当地惊惶不安。当局派出宪兵队追捕他,但是徒然。他总是溜之大吉;有时他相搏拒捕。这是一个大胆的歹徒。在人心惶惶之际,主教来到当地。他做巡视。在沙斯特拉,镇长找到他,催促他返回。克拉瓦特控制了大山,一直到阿尔什和更远的地方。即使有护送队,也很危险。派出三四个可怜巴巴的宪兵,是白白地冒险。

"因此,"主教说,"我打算赶路,不要护送队。"

"您考虑好了,主教大人?"市长嚷道。

"我仔细考虑过了,我绝对拒绝宪兵护送,过一小时我就出发。"

"出发?"

"出发。"

"一个人？"

"一个人。"

"主教大人！您不要这样做。"

"在大山里，"主教说，"有一个弹丸之地的寒碜小镇，我有三年没去看看了。都是我的好朋友。是些性情温柔，品德正直的牧民。他们看管三十头羊，只有一头是自己的。他们绞出非常好看的毛线，五颜六色，他们用六孔小笛吹出山歌。他们需要有人时不时地同他们讲善良的天主。他们会怎样议论一个贪生怕死的主教呢？如果我不到他们那里去，他们会说些什么呢？"

"可是，主教大人，有强盗哪！如果您遇到强盗，就有好瞧的了！"

"唔，"主教说，"我考虑到了。您说得对。我可能遇到他们。他们也需要有人对他们讲起善良的天主。"

"主教大人！这可是一帮匪徒！这是一群狼啊！"

"镇长先生，也许耶稣正是让我成为这群狼的牧师。谁知道天主的意图呢？"

"主教大人，他们会抢劫您。"

"我一无所有。"

"他们会杀死您。"

"杀一个年迈敦厚、走过时嘟哝着经文的教士？啊！何必呢？"

"啊！天哪！您遇到他们就糟了！"

"我会请他们给穷人布施。"

"主教大人，以上天的名义，别去！您会有生命危险的。"

"镇长先生,"主教说,"显然,就为这个吗?我活在世上不是为了保存自己的生命,而是为了保存灵魂。"

只得让他自行其是。他出发了,只有一个孩子陪伴他,孩子给他当向导。他的固执闹得满城风雨,引起恐慌。

他既不愿意带走妹妹,也不愿意带走玛格鲁瓦尔太太。他骑着骡子越过大山,没有遇到任何人,毫发未损地来到他的"善良的朋友"牧人家里。他在那里待了十五天,讲道,行圣事,教导人,劝导人。他快要离开时,决意以隆重的仪式演唱感恩赞美诗。他对本堂神父谈了此事。不过怎么进行呢?没有主教仪式的装饰物。能供他使用的只有一间简陋的乡村圣器室,还有几件用旧的锦缎祭披,饰带还是仿造的。

"啊!"主教说,"本堂神父先生,在主日讲道时总是宣布要演唱感恩赞美诗。这事会安排好的。"

大家在周围的教堂寻找衣服。这些寒伧的堂区凑起来,拿出的全部华丽服装还不够体面地装备大教堂的唱经班。

正当束手无策时,有两个陌生的骑手运来两只大箱子,放在本堂神父住宅,是给主教先生的。那两个人立即走掉。大家打开箱子;里面有一件金线呢披风,一顶镶满钻石的主教冠,一个大主教使用的十字架,一根华美的权杖,一个月前从昂布伦的圣母院的库房里盗窃来的所有主教仪式服装。一张纸上写着这几个字:"克拉瓦特献给福来主教大人。"

"我就说过这事会安排好的!"主教说。(然后他笑盈盈地补充说：)"谁满足于穿一件本堂神父的宽袖白色法衣,天主便送来一件大主教的披风。"

"主教大人,"本堂神父含笑摇着头喃喃地说,"天主,——或者是魔鬼。"

当他返回沙斯特拉时,一路上好奇的人都来看他。他在沙斯特拉的本堂神父住宅看到巴普蒂丝汀小姐和玛格鲁瓦尔太太在等候他。他对妹妹说：

"咳,我说得对吧？可怜的教士到山里的穷人家去时两手空空,回来时手里捧满了东西。我出发时只带走对天主的信仰,我带回来一座大教堂的宝物。"

晚上,就寝之前,他又说：

"永远不要怕盗贼和杀人犯。这是来自外部的危险,是小危险。要怕我们本身。偏见是盗贼；恶习是杀人犯。大危险在我们体内。威胁着我们的头颅或钱袋的东西算不了什么！只考虑威胁着我们灵魂的东西吧。"

然后,他朝妹妹转过身来说：

"妹妹,就教士来说,永远不可以有防人之心。身边人所做的事,都是天主允许的。当我们认为危险要落在我们身上时,我们只消向天主祈祷。向天主祈祷吧,不要为我们祈祷,不要让我们的兄弟因我们而犯错误。"

在他的一生中,很少有大事。我们不妨将所知的事叙述出来；通常,他在同样时刻总是做同样的事,一生如此。他一年中的每一个月,同他一天中的每一小时相似。

至于昂布仑大教堂的"宝物"下文如何，要问我们倒把我们难住了。偷出来为穷人所用，这倒是些很漂亮的东西，很诱人，做得很值得。况且这些宝物已经偷来了。曲折的经历已经完成一半；余下的只是改变盗窃的方向，朝穷人那边再走一小段路。对此我们不置可否。不过，有人在主教的故纸堆中，找到了一句模棱两可的话，也许与此有关，话是这样写的："问题在于是否应该归还大教堂，还是给医院。"

八、酒后的哲学

上文提到的那个元老院议员，是一个很精明的人，他笔直走路，不顾遇到什么，障碍啊，所谓的良心啊，信誓旦旦啊，正义啊，责任啊，都置之不理；他径直奔向目标，在前进和获取利益的路线上，一点也不犹豫。他以前是检察官，因成功而变得心软了，决不是个恶人，尽力为几个儿子、女婿和亲戚，甚至朋友行各种各样的小方便；又乖巧地从生活中得到好处、好机会和意外之财。他觉得其余的都是傻事。他才智横溢，颇有学识，以致自认为是伊壁鸠鲁[1]的门徒，也许他只是个皮戈-勒布仑[2]的后代。他往往乐呵呵地嘲笑无限的永恒的事物，以及"主教老头的无稽之谈"。有时，他可爱而又专横地当面嘲弄米里埃尔先生，后者则洗耳恭听。

---

[1] 伊壁鸠鲁（公元前341～前270），古希腊哲学家，在雅典等地开办学校，著作很多，但大多散佚，他的学说宣扬享乐。
[2] 皮戈-勒布仑（1753～1835），法国喜剧家和小说家，笑料低级，作品有《狂欢节的孩子》《博特先生》。

在不知哪一次半官方的仪式上，某伯爵（就是这位元老院议员）和米里埃尔先生都去省长府邸赴宴。吃饭后点心时，元老院议员尽管一向老成持重，却有点情不自禁，大声说：

"主教先生，让我们聊聊。一个元老院议员和一个主教相对而视很难不递眼色。咱们俩都是预言家。我要对您坦白一件事。我有自己的哲学。"

"您说得对，"主教回答。"人总是躺下搞哲学的。您躺在帝王的床上，元老院议员先生。"

元老院议员受到鼓舞，接着说：

"让咱们都做老好人吧。"

"甚至做好魔鬼，"主教说。

"对您实说吧，"元老院议员又说，"德·阿尔让侯爵、皮隆、霍布斯和奈荣[1]先生不是可鄙的人。我的书柜里有着我喜爱的所有哲学家的著作，切口烫金。"

"像您本人一样，伯爵先生，"主教打断说。

元老院议员继续说：

"我憎恶狄德罗[2]；这是一个空想理论家，一个夸夸其谈的人，一个革命者，说到底信仰天主，而且比伏尔泰[3]更加笃信宗教。伏尔泰

---

1 阿尔让侯爵（1704～1771），法国作家，蛰居荷兰，发表一系列反基督教的小册子，著有《犹太人书信》等；皮隆（约公元前365～前275），古希腊怀疑派哲学家；霍布斯（1588～1679），英国哲学家，主张机械唯物主义；奈荣（1738～1810），法国作家。
2 狄德罗（1713～1784），法国启蒙思想家，在哲学、文艺理论、小说、戏剧等方面都有建树。
3 伏尔泰（1694～1778），法国启蒙思想家，在哲学、诗歌、戏剧、小说、历史等方面均有建树。

嘲讽过尼德哈姆[1]，而他错了；因为尼德哈姆的鳗证明天主是没有能耐的。在一勺面团里放一滴醋，便弥补了 fiat lux[2]。假设醋多些，勺大些，您就获得世界了。人，就是鳗。那么，何必要永恒的天父呢？主教先生，虚拟出耶和华令我生厌。这只能有助于产生爱做空想的瘦猴儿。打倒这个使我烦躁不安的宇宙万物的主宰！让我心境宁静的虚无万岁！说句知心话，而且是和盘托出，向我有教养的牧师忏悔，对您实说吧，我可有理智。耶稣经常宣扬捐弃和牺牲，我不会热衷于你们的耶稣。这是吝啬鬼对乞丐的劝告。捐弃！为什么？牺牲！何必？我看不出一只狼会为另一只狼做牺牲。因此，让咱们留在自然界吧。咱们处在顶峰；我们有更高级的哲学。倘若只看得到别人的鼻尖，不能看得更远，那么，待在顶峰上面又有什么用。快乐地生活吧。生活就是一切。但愿人有另一种未来，在别的地方，在天上，在地狱，在某个地方，我不相信骗人的话。啊！建议我做出牺牲和捐弃，我应该对自己的所作所为小心谨慎，我必须对善与恶，对正义和非正义，对"fas"和"nefas"[3]不惜撞破自己的头。为什么？因为我要汇报自己的行动。什么时候？在我死后。多好的梦想啊！在我死后，多好的结局，把我夹得紧紧的。让一只亡灵的手抓住一把灰。咱们是在行的人，掀起过爱西丝神[4]的裙子，说说真话吧：既没有善，也没有恶；只有生长。咱们寻找真实吧。深

---

1 尼德哈姆（1713～1781），英国学者，创建布鲁塞尔文学协会，发表了哲学和生物学的著作，伏尔泰讽刺他调和自然繁殖理论和宗教信仰。
2 拉丁文，要有光。据《创世记》，上帝说："要有光，"于是有了光。
3 拉丁文，神圣和罪恶。
4 爱西丝是古希腊神话中司婚姻、农业的女神。

挖下去。直达底里,见鬼!必须预感到真理,在地底下搜寻,抓住真理。于是它就会给您美妙的欢乐。于是您就成为强者,发出笑声。我呀,我是直肠直肚的。主教先生,人的不朽在于择善而从。噢!多迷人的诺言呀!相信它吧。像亚当开出的空头支票!人有灵魂,人可以做天使,人可以在肩胛骨上长出蓝色的翅膀。帮助我吧,难道不是泰尔图连[1]说,幸福的人会来往于星球吗?是的。人会从星球上跳来跳去。然后,就会看到天主。嗒,嗒,嗒。所有这些天堂都是胡扯。天主是一篇鬼话。当然,我不会在《箴言报》上这样说。但我是在朋友间说悄悄话。"Inter pocula。"[2] 把地球牺牲给天堂,这是将猎获物让给幽灵。受无限的愚弄!岂不是愚蠢。我是虚无。我名叫虚无伯爵,元老院议员。在我生前,我存在吗?不。在我死后,我存在吗?不。我是什么。一点尘埃,由一个机体聚集起来。我在人间要做什么呢?我需要选择。受苦或者享乐。痛苦把我带到哪里?带到虚无。但是我要始终受苦。享乐把我引到哪里?引到虚无。但是我要始终享乐。我已经做出了选择。必须去吃或者被人吃掉。我吃。宁愿做牙齿,不要做草。这就是我的格言。因此,让我推着你往前走,掘墓工就在那里,那是我们这些人的万神庙,一切都落入大窟窿里。结束。"Finis。"[3] 彻底了结。这是消逝的地方。死神已经死了。相信我吧。说什么那里有个人有事要告诉我,想起来我就要发笑。这是奶妈的杜撰。是吓孩子的妖怪,镇住成年人的耶和华。

---

1 泰尔图连(150至160~约220),拉丁语作家,作品有《反对各民族》《护教论》《反对洗礼》等。
2 拉丁文,在杯盏之间。指私下里说说。
3 拉丁文:结束。

不，我们的明天是黑夜。在坟墓后面，只有一样的虚无。你曾经是萨尔达纳帕尔[1]，你曾经是万桑·德·保罗[2]，这都一样微不足道。这就是真相。因此，尤其要好好生活。当您掌握自我时，要好好利用。说实在的，我对您说了，主教先生，我有自己的哲学，而且我有几种自己的哲学。我不会让自己被空话引诱。然后，必须给底层的人、乞丐、收入低微的人、生活悲惨的人一点东西。人们让他们轻信传说、幻想、灵魂、不朽、天堂、繁星。他们咀嚼着，放在干面包上。一无所有的人有个好天主。这是最起码的。我决不阻挠，但我为自己保留奈荣先生。好天主对老百姓是善良的。"

主教拍起巴掌来。

"高论！"他大声说。"这唯物主义是美妙的东西，真是妙极了的东西！想要的人却得不到。啊！有了它，就不会受骗了；不会愚蠢地像加通[3]那样任人放逐，也不像埃蒂安[4]那样被石头砸死，不像贞德[5]那样被活活烧死。凡是成功地掌握这唯物主义妙论的人，就有这种快乐：他们感到自己可以不负责任，认为能够放心地吞噬一切，包括地位、闲职、高官厚禄、好歹得来的权力、有利可图的出尔反尔、背信弃义、黑了良心还沾沾自喜，就等这些都消化完了，才进入坟墓。这是多么快意的事啊！我不是专指您，元老院议员先生。您说过，您有一种自己的哲学，而且这种哲学对您是美妙的，精致

---

1 萨尔达纳帕尔，传说中亚述的国王，是个暴君，最后自杀。
2 万桑·德·保罗（1576～1660），法国教士，做过苦役犯的总布道师。
3 加通（公元前234～前149），古罗马政治家。晚年曾被派往迦太基。
4 埃蒂安，在耶路撒冷传教，被犹太人用石头砸死，被看作第一个基督教殉教者。
5 贞德（约1412～1431），法国民族女英雄，领导民众抗击英国入侵者，被英国人俘虏后活活烧死。

的，只有富人可以接受，能适应各种调料，给生活的享乐出色地换换口味。这种哲学是在地底深处获得的，被专门的探索者挖了出来。但您是善良的王公贵戚，您不会反对，信仰天主是百姓的哲学，差不多就像栗子煨鹅是穷人的块菰焖火鸡一样。"

九、妹妹笔下的哥哥

为了勾勒出迪涅主教的家庭生活，描绘出这两个圣洁的姑娘的行动、思想、动辄易惊的女人本能，是怎样从属于主教的习惯和意愿，他甚至用不着现身说法，什么也比不上我们在这里转录巴普蒂丝汀小姐给她童年的女友德·布瓦什弗隆子爵夫人的一封信。这封信在我们手里。

我的好太太，没有一天我们不在谈论到您。我们习惯这样，不过还有一个理由。请设想，在洗刷和除去天花板和墙壁灰尘的时候，玛格鲁瓦尔太太有所发现；眼下我们那两间蒙上被石灰刷白的旧糊墙纸的房间，比得上您那座有气派的古堡。玛格鲁瓦尔太太撕掉了所有的糊墙纸。墙纸下有东西。我的客厅里没有家具，我们用来晾洗过的衣服。客厅高十五尺，呈四方形，长宽都是十八尺。天花板以前漆成像金色的小梁，和您家一样。这里是医院的时候，蒙上了一块布。最后，细木护壁板是我们祖母辈时代的。但应该看看我的房间。玛格鲁瓦尔太太至少在十张墙纸下面发现了绘画，画虽然不算好，但也过得去。画的是密涅瓦[1]接待作为骑士的忒勒马科斯[2]的场面,还有他在花园里。地方名字我记不得了。是罗马贵妇只消魂一夜的地方。我要对您说什么?画着罗马男女(这儿有一个字漫漶了)和整队随从。玛格鲁瓦尔太太统统揩拭干净,今年夏天,她要修补几处细小的破损,恢复一切,我的房间就会成为一个真正的博物馆。她在顶楼的一个角落里还找到两张老式的、半边靠墙的蜗形脚木桌。重新漆成金色要花去两个值六利弗尔的埃居,还不如给穷人算了;再说桌子很难看,我宁可要一张桃花心木的圆桌。

我一直非常幸福。我的哥哥心地善良。他把一切都给了穷人和病人。我们生活十分拮据。这里冬天寒冷,必须为缺衣少穿的人做点事。我们家取暖和照明都还凑合。您看,全家和睦融洽。

我的哥哥有自己的习惯。他闲聊时说,一个主教应该如此。请想想,我家大门从来不锁上。谁想进来就进来,可以马上来到我哥哥家里。他一无所惧,甚至在夜里。正像他所说的,他个人的胆量就在这里。

他不愿意我为他担心,也不愿意玛格鲁瓦尔太太担心。他敢冒千难万险,他甚至不愿意我们显出觉察到危险的样子。必须学会理解他。

---

[1] 密涅瓦,罗马神话中的智慧女神。
[2] 忒勒马科斯,希腊神话中的奥德修斯之子,杀死其母的求婚者;法国作家费纳龙据此改写成《忒勒马科斯历险记》。

下雨天他出门时，蹚着水走，冬天他去旅行。他不怕黑夜和有危险的路，也不怕和坏人遭遇。

去年，他独自一个到强盗出没的地方。他不愿意带我们去。他十五天不见踪影。他回来时，什么事也没有，大家以为他死了，他却好好的，他说："看看怎么抢我的东西吧！"他打开了一只箱子，里面装满了昂布仑大教堂各种各样的宝物，是强盗送给他的。

这一回，他回来的时候，我和他的一些朋友走了两法里[1]路去迎接他，我忍不住责备了他几句，不过等到马车发出辚辚声时才开始说话，免得别人听见。

起初，我心想："没有什么危险阻挡得了他，他真是了不起。"现今，我终于习惯了。我朝玛格鲁瓦尔太太示意，让她不要使他不高兴。随他去冒险好了。我呀，我拉走玛格鲁瓦尔太太，回到自己房间里，我为他祈祷，我睡着了。我很平静，我知道，如果他出了事，那就是我的末日。我要同我的哥哥和主教一起去见天主。玛格鲁瓦尔太太要习惯她所说的不谨慎，则比我更艰难。但眼下问题迎刃而解了。我们两人都祈祷，一起担惊受怕，然后睡着了。就让魔鬼进我们的家，为所欲为吧。我们在这幢房子里究竟害怕什么呢？总有一个人同我们在一起，他是最强有力的人。魔鬼路过这里，而天主住了下来。

我是心满意足了。如今我的哥哥甚至不再需要对我开口。

---

[1] 1法里约等于4千米。

他不说话我也了解他，我们信赖天主。

必须如此对待一个心灵崇高的人。

关于您向我打听傅家的情况，我问过我的哥哥。您知道，他无所不知，记忆力惊人，他总是一个善良的保王派。这确实是诺曼底的冈城财政区家世古老的家庭。五百年前，有一个拉乌尔·德·傅，一个让·德·傅，一个托马斯·德·傅，他们都是贵族，其中出了一个罗什福尔的领主。最后一代是吉-埃蒂安-亚历山大，他是团长，在布列塔尼的近卫骑兵队算是个角色。他的女儿玛丽-露易丝嫁给了路易·德·格拉蒙公爵的儿子阿德里安-沙尔·德·格拉蒙；公爵是法兰西贵族院议员，法国禁卫军上校，陆军少将。姓氏写成福克斯，福克和法乌克三种。

善良的夫人，您要请您的亲戚红衣主教先生为我们祈祷。至于您的掌上明珠西尔瓦妮，她在您身边度过的时刻短暂，不给我写信情有可原。她身体健康，按您的愿望工作，始终爱我。这正是我所希望的。通过您，我收到了她的问候。我感到很高兴。我的身体不错，但我天天见瘦。再见，纸不够写了，我不得不与您分手。万事如意。

巴普蒂丝汀
18……年12月16日于迪涅

又及：您的嫂子同她的孩子一家始终在这里。您的侄孙很可爱。您知道，他刚刚满五岁！昨天，他看见一匹安上护膝甲的马经过，便说："它的膝盖怎么啦？"这个孩子，他是那样可爱！他的弟弟在房间里拖着一把旧扫帚，就像拖一驾马车一样，嘴里还吆喝着："吁！"

正如通过这封信所看到的，这两个女人善于顺从主教的行为办事，使出女人的特殊才干，女人了解男人，胜过男人对自身的了解。迪涅的主教始终保持和蔼、天真的神态，有时做出崇高、大胆的壮举，却显得不在意。她们为此瑟瑟发抖，但让他去做。有时，玛格鲁瓦尔太太想事先给以告诫；不过决不在进行当中和过后。一件事开始时，她们从来不打扰他，哪怕做个表示。有时，也许他自己感觉到了，就不需要对他说。他真是璞玉浑金，她们隐约地感觉到，他在履行主教的职责；于是她们在家里只是两个影子。她们被动地侍候他，如果说退避三舍就是服从的话，她们就会退避三舍。她们以出色的精细本能，知晓某些关切会妨碍人。因此，即使相信他处在危险中，她们也心有灵犀一点通，不再照应他，我不说她们了解他的思想，而是说了解他的本性。

此外，正如上文所述，巴普蒂丝汀说过，她哥哥的死期也是她的忌日。玛格鲁瓦尔太太没有这样说，然而她知道这一点。

十、主教面对玄妙的智慧

在上文援引这封信稍后的日子里，发生了一件事，全城沸沸扬扬，说是较之主教穿越强盗出没的大山还要危险。

迪涅郊外的农村里，有一个人孤单单地生活着。说句骂人的话，这个人以前是国民公会议员。他姓G。

在迪涅的小孩子中，提起国民公会议员G，都要谈虎色变。您想，一个国民公会议员是何许人？那时，人们都是以你相称，称呼是：公民。这个人近乎是个魔鬼。他虽没有投票赞成处死国王，但几乎是赞成的。这是个近乎弑君的人。他曾经心狠手辣。在正统王室返回时，怎么没有把这个人传到重罪法庭呢？随便您怎么认为，当局并没有砍掉他的头，需要宽容啊，是的；不过，得到的是善意的终身放逐。罪有应得啊！再说这是一个无神论者，就像所有那类人一样。——这都是鹅群对鹰隼的说长道短。

G究竟是不是一只坐山雕？是的，如果通过他的孤独所透出的凶顽来判断的话。由于他没有投票赞成处死国王，所以他未列入放逐法令中，可以留在法国。

他生活在离城市三刻钟路程的地方，远离村落，远离道路，深居在蛮荒的山谷中。据说，他在那里开垦了一片地，有一个洞穴，一个窝。没有邻居；甚至没有过路人。自从他住在这个山谷里，通往那里的小路便消失在草丛中。人们提起这个地方，仿佛在说一个刽子手之家。

可是主教在思索，不时地遥望天边那一丛树所标志的、老国民公会议员居住的山谷，说道："那里有一个孤独的灵魂。"

他在思想深处又说："没拜访他，我对他还欠着什么呢。"

但是，说实在的，这个想法最早是自然而然产生的，在思索之后他又觉得它古怪而无法办到，几乎令人讨厌。因为说到底，他也有大家的感觉，他虽然没有明确地感到，国民公会议员使他产生了这种感觉，它犹如达到仇恨的临界点，反感一词就足以表达了。

然而，母羊身上的疥癣该让牧羊人后退吗？不。不过，这是一头怎样的羊呀！

善良的主教左右为难。有时，他朝那边走去，然后又返回。

一天，城里传言纷纷，说是有一个照料生活在陋居中的国民公会议员的牧童来找医生；老罪人垂危，他瘫痪了，过不了夜里。"感谢天主！"有的人还添上这么一句。

主教拿起他的拐杖，上文说过，他的教袍有点旧，又由于晚上很快就要起风，所以他穿上了外套，然后就出发了。

当主教来到那个被逐者居住的地方时，落日西沉，几乎碰到地平线了。他的心有点怦怦地跳，他辨认出自己来到这兽穴附近。他跨过壕沟，越过树篱，打开栅栏门，踏入一个破败不堪的园子，大胆走了几步；突然，在荒地的尽头，在高高的荆棘丛后面，他看到了洞穴。

这间破屋异常低矮，寒伧，窄小，但干净，正面钉着葡萄架。

门前，有一个白发人，坐在一把旧轮椅里，这是农民的扶手椅；他对着太阳微笑。

老人旁边站着一个小孩，就是那个小牧童。他递给老人一只盛奶的大碗。

正当主教凝望时，老人提高声音说：

"谢谢，我什么也不需要了。"

他的微笑离开了太阳，落在孩子身上。

主教走上前去。听到他走路的声音,坐着的老人转过头来,他的面孔惊愕万分,那是在耄耋之年才会有的。

"自从我到这里以来,"他说,"这是第一次有生客来到我家。您是谁,先生?"

主教回答:

"我叫福来·米里埃尔。"

"福来·米里埃尔!我听人说起过这个名字。老百姓称之为福来大人的,就是您吗?"

"是我。"

老人又略带笑容说:

"这样的话,您是我的主教啰?"

"不错。"

"请进,先生。"

国民公会议员向主教伸出手来,但是主教没有握住。主教仅仅说:

"我很满意地看到,别人欺骗了我。在我看来,您没有生病。"

"先生,"老人回答,"我快痊愈了。"

他停了一下,又说:

"过三小时我就要死去。"

然后他又说:

"我懂点医术;我知道临终一刻怎样到来。昨天,我的脚变冷了;今天,寒冷上升到膝盖;现在我感到寒冷上升到腰部;当寒冷上升到心脏时,我就会寿终正寝。太阳是美丽的,不是吗?我让人推到外面来，想对世界最后看一眼。您可以同我说话，这一点不使我疲倦。您来照料一个行将就木的人，做得很好。这一刻有人在场是令人宽慰的。人有怪癖；我很想活到黎明。但我知道我只有三小时的活命。天快黑了。说实话，有什么关系！了结一生是一件普普通通的事。因此用不着活到早晨。是的。我会在繁星满天时死去。"

老人转身对着牧童说：

"你呢，去睡觉吧。昨晚你守了夜。你疲倦了。"

孩子走进了破屋。

老人目送着他，仿佛自言自语地补充说：

"我在他睡着时死去。两种睡眠可以为邻。"

主教没有激动，宛如他无法激动似的。他不相信这种死法能感觉到天主。我们将一切和盘托出，因为伟大的心灵具有的小矛盾也愿意被人全都指出来。当时他很愿意嘲笑自身，人家不称他为大人，他感到有点被冒犯了，他几乎想反唇相讥，称对方为：公民。他忽发奇想，要粗鄙地亲热一下，这样做是医生和教士习以为常的，但他本人并不习惯。这个人，说到底，这个国民公会议员，这个人民代表，曾是人间的强者；也许主教生平头一遭感到心情严峻。

但国民公会议员朴实而热情地注视着他，目光中兴许能辨别出屈辱，快要花落成泥时，这是很相称的。

至于主教那方面，尽管他通常避免好奇，据他看来，好奇与冒犯相连，但是他禁不住要仔细观察国民公会议员；这种注意纵然不是出于同情，要是面对另一个人，仍然可能遭到自己良心的责备。他觉得，一个国民公会议员是违拗法律的，甚至违拗仁慈的法则。

G很平静，胸脯差不多挺直，声音颤抖，这种八旬老人会令生理学家惊异。大革命产生过许多这类与时代相称的人。在这个老人身上，可以感受到历尽磨难。他虽然濒临末日，却保持动作灵活。在他明澈的顾盼中，在他坚定的音调中，在他有力的耸肩中，有着令死神困惑的东西。穆罕默德的圣墓天使阿兹拉埃尔会半路返回，以为找错了人家。G好像要死了，因为他很想死。他临终时获得了自由。只有腿不能动弹。黑暗这样抓住了他。腿死了，变冷了，而脑袋却生机勃勃，似乎充满了光芒。在这庄严的时刻，G酷似东方故事中的国王，上身是血肉，下身是大理石。

那里有一块石头。主教坐了下来。开场白"ex abrupto"[1]。

"我祝贺您，"他用谴责的口吻说。"您始终没有投票赞成处死国王。"

国民公会议员没有显出注意到"始终"这个词隐藏的辛辣的言外之意：他回答时笑容从他脸上全部消失了。

"不要过分祝贺我，先生；我投票赞成暴君末日来临。"

面对严厉的声调，这是严峻的声调。

"您这是什么意思？"主教问道。

"我意思是说人有一个暴君，就是愚蠢。我投票赞成这个暴君末日来临。这个暴君产生了王权；王权取自虚假的权力，而科学是取自真实中的权力。人只应由科学主宰。"

"还有良知，"主教补充说。

---

[1] 拉丁文，意为：突如其来。

"这是一回事。良知,就是我们自身具有的、与生俱来的种种科学。"

福来主教倾听着,有点惊讶,对他来说,这种语言十分新颖。

国民公会议员继续说:

"至于路易十六,我表示过反对。我认为自己没有权利杀人;但是我感到自己有责任消灭罪恶。我投票赞成暴君的末日来临。就是说,对妇女而言是卖淫的结束,对人而言是奴役的结束,对孩子而言是黑夜的结束。我投票赞成共和国,赞成的是这个。我投票赞成博爱、和睦、黎明!我协助偏见和错误的消除。错误和偏见的湮没产生了光明。我们这些人,我们使旧世界崩溃,而旧世界是贫困的污泥罐,翻倒在人类身上,变成了一只取乐罐。"

"混杂的快乐,"主教说。

"您也可以说快乐被搅乱了,而今日,在一八一四年这倒霉的复旧之后,快乐消失了。唉,我承认,大革命没有完成;我们事实上拆毁了旧制度,我们没有完全在头脑中消灭它。消灭流弊,这还不够;必须改变风俗。磨坊不存在了,但风还没有停止吹拂。"

"你们推翻了它。推翻可能有用;但我不相信的是,这推翻被愤怒弄得复杂化了。"

"正义要愤怒,主教先生,而且正义的愤怒是一个进步的因素。没有关系,无论如何,法国大革命是基督降临以来,人类跨出的最有力的一步。不是完美无缺,是的;但十分崇高。它解放出一切社会的未知数。它使人的精神缓和下来;它使人平静、缓解、开明;它使文明浪潮席卷大地。它是好的。法国大革命,这是人类的加冕礼。"

主教禁不住喃喃地说：

"是吗？九三年！"

国民公会议员在轮椅上坐直，庄重得近乎悲哀，他以一个垂死的人所能具有的力气，大声说道：

"啊！您说出来了！九三年！我正等着这个词。一千五百年来，形成了一片乌云。十五个世纪到了尽头，它爆裂开来。您控告的是雷霆的轰击。"

主教也许不会承认，他感觉到自己被击中了。然而他极力忍耐住。他回答：

"法官以正义的名义说话；教士以怜悯的名义说话，怜悯只是更高的正义而已。雷霆的轰击不应该落错地方。"

他定睛望着国民公会议员，又说：

"路易十七呢？"

国民公会议员伸出了手，抓住主教的臂膀说：

"路易十七！哦，您哭悼谁？哭悼那个无辜的孩子吗？那么，是的。我同您一起哭悼。是哭悼王子吗？我要思索一下。对我来说，卡尔图什[1]的兄弟，那个无辜的孩子，吊死在格雷夫广场的绞架下，只因为他是卡尔图什的弟弟。他不是也同路易十五的孙子一样痛苦吗？路易十五的孙子这个无辜的孩子，关在神庙塔里受折磨，只因为他是路易十五的孙子。"

1　卡尔图什（1693～1721），法国强盗，在18世纪初骚扰巴黎和郊区，长期逃脱警察追捕，后被凌迟处死。

"先生，"主教说，"我不喜欢将这两个名字凑在一起。"

"卡尔图什？路易十五？您指的是哪一个？"

缄默了一会儿。主教几乎后悔来拜访，他朦胧地和奇异地感到动摇了。

国民公会议员继续说：

"啊！教士先生，您不喜欢事实的严酷。基督呢，他却喜欢。他拿起一根节鞭，洁净圣殿。他那充满闪电的鞭子道出严酷的真理。当他大声说：'Sinite parvulos'[1]时，他不区分孩子。让巴拉巴的太子接近希律[2]的太子，他并不感到为难。先生，天真无辜至高无上，根本不需要成为殿下。不管是身披破衣烂衫，还是百合花图案[3]的王袍加身，它都同样庄严。"

"不错，"主教低声说。

"我坚持己见，"国民公会议员G继续说，"您对我提起路易十七。我们来协调一下。我们哭悼所有无辜的人，所有殉难的人，所有的孩子，所有下层的人和上层的人吗？我同意。但我对您说过必须上溯到比九三年更远，我们应为路易十七之前的人流眼泪。我同您一起哭悼历代国王的孩子，只要您同我一起哭悼人民的孩子。"

"我哭悼所有的人，"主教说。

"竟然一样对待！"G嚷着说，"如果天平应该倾斜，那就应该倾

---

1 拉丁文：让孩子们到我这里来。原文出自《马太福音》第19章，这是耶稣对那些不允许孩子听道的门徒说的话。
2 巴拉巴，据《圣经》，犹太死囚，经祭司长等怂恿，犹太人要求赦免他而处死耶稣；希律（公元前73～前4），犹太国王。
3 百合花图案是波旁王朝的徽号。

斜到人民一边。人民痛苦的时间更长。"

又沉默了一会儿。是国民公会议员打破沉默。他撑着手肘抬起身，在拇指和弯曲的食指之间捏住一点面颊，如同审讯时法官下意识的动作。他以垂危时仍充满毅力的目光质问着主教。这几乎是爆发出来的：

"是的，先生，人民早就受苦受难了。再说，咦，还不止这些呢，您是来向我提出问题，谈起路易十七吗？我呢，我不认识您。自从我来到此地，一个人生活在四壁之内，足不出户，不见任何人，只有这个孩子帮助我。您的名字确实模模糊糊传到我这里，应该说，口碑不错；不过这并不意味着什么；机灵的人有的是办法，使正直的平民百姓受骗上当。对了，我没有听到您的马车的滚动声，您大概让马车停在那边大路岔口的矮林后面。我说，我不认识您。您刚才告诉我，您是主教，但是这丝毫不能让我稍微了解一点您的道德观。总之，我向您重复一个问题。您是什么人？您是一个主教，就是说一个教堂的王爷，像您这样的人，穿绣金线的华服，有徽号，享受年金和丰厚的教士俸禄——迪涅教区有一万五千法郎的固定工资，一万法郎的额外收入，总共二万五千法郎——有厨子厨娘，有仆役，饭菜丰盛，星期五吃黑水鸡，走路趾高气扬，仆人前后簇拥，坐着赴盛会的轿式马车，住着广厦大宅，以耶稣的名义坐着华丽马车奔驰，而耶稣是赤脚走路的！您是一个高级教士，年金、豪宅、车马、仆役、口福，声色犬马包揽无余，您像别人一样享有，您像别人一样享受，这很好，但这并没有夸大其词或者说得不够；这还不能使我搞清您固有的和基本的价值,您到这儿来也许是想使我明智些。我在跟谁说话呢?您是什么人?"

主教耷拉着头回答:"Vermis sum."[1]

"一条坐华丽马车的蚯蚓!"国民公会议员咕哝着说。

这回轮到国民公会议员傲然于色,而主教低眉颔首。

主教蔼然可亲地说:

"先生,是的。但请给我解释一下,我停在树丛后不远处的华丽马车,我在星期五吃的丰盛饭菜和黑水鸡,我的二万五千法郎年金,我的豪宅和仆役,凭什么能证明怜悯不是一种品德,宽容不是一种责任,九三年不是残酷无情的呢?"

国民公会议员用手掠一下额头,仿佛要赶走一片乌云。

"在回答您之前,"他说,"我请您原谅我。我刚才犯了个错误,先生。您在我家里,您是我的客人。我对您本应彬彬有礼。您在探讨我的思想,我理应只限于批驳您的议论。您的富有和享受使我在批驳您时拥有优势,不过,还是不使用才有品位。我答应您不再利用。"

"谢谢您,"主教说。

G 接着说:

"言归正传,回到您刚才要我做出的解释上吧。我们说到哪儿?您对我说什么来着?说是九三年残酷无情?"

"是的,残酷无情,"主教说。"您对马拉向断头台拍手做何

---

[1] 拉丁文:"我是一条蚯蚓。"

感想？"

"您对博须埃[1]唱感恩赞美诗，赞赏龙骑兵对新教徒的迫害做何感想？"

回答很生硬，不过是以钢锥的锐利刺去，一语中的。主教哆嗦起来；他想不出任何反驳的话，但是他对提及博须埃的方式感到恼怒。出色的头脑自有它们的偶像，对别人不尊重逻辑，有时会隐约地感到被伤害。

国民公会议员开始气喘吁吁；这是临终前的哮喘，与最后的喘气混在一起，打断了他的声音；然而，他的眼睛里还保持心灵的异常明晰。

他继续说：

"我们再拉杂说几句，我乐意这样。大革命总体而言是对人道的巨大肯定；此外，唉！九三年却遭人非议。您感到它残酷无情，但是，整个君主制呢，先生？卡里埃[2]是一个强盗；可是，您对蒙特勒维尔何以名之？福吉埃-坦维尔[3]是一个乞丐；而您对拉姆瓦尼荣-巴维尔有什么看法？马亚尔[4]是可怕的，但请问索克斯-塔瓦纳[5]呢？杜歇纳神父是凶狠的，然而，您能给勒泰利埃神父什么形容词呢？

---

[1] 博须埃（1627～1704），法国作家，神学家，曾任主教，做过太子师父。作品有《讲道集》《诔词集》《关于世界史的讲话》等。
[2] 卡里埃（1756～1794），法国政治家，山岳党议员，杀人甚众。他参与推翻罗伯斯庇尔，但不久仍被判死刑。
[3] 福吉埃-坦维尔（1746～1795），法国法官、政治家，被看作恐怖时期严厉无情的象征，热月政变后，经长期审判，被判死刑。
[4] 马亚尔（1763～约1794），法国政治家，公安委员会委任他组织革命警察署。
[5] 索克斯-塔瓦纳（1509～1573），法国元帅，屠杀新教徒的策划者；上文的蒙特勒维尔（1636～1716）和拉姆瓦尼荣-巴维尔（1648～1724）均残害过新教徒。

砍头魔茹尔当[1]是个魔鬼，但不及德·卢伏瓦侯爵[2]先生。先生，先生，我为玛丽-安托瓦内特[3]大公夫人和王后抱冤叫屈；可是我也为那个可怜的胡格诺[4]女人抱冤叫屈，一六八五年，在路易大帝治下，先生，她正在奶孩子，被捆绑在一根柱子上，直到腰部赤裸着，孩子放在一边；她的乳房充满了乳汁，心里充满了不安；婴儿饥肠辘辘，脸色苍白，望着这乳房，奄奄一息，哭喊着；刽子手对那个做母亲和喂孩子的女人说：'发誓弃绝原来的宗教信仰吧！'让她在孩子的死和良知的死之间做出选择。用惩罚坦塔罗斯[5]的酷刑来对付一位母亲，您对此有什么可说的呢？先生，好好记住这个，法国大革命有它的理由。它的愤怒将得到未来的宽恕。它的结果，就是更美好的世界。从它最可怕的砍头中，诞生出对人类的爱抚。长话短说。我打住了，我打的好牌太多了。况且，我要死了。"

然后，国民公会议员不再看主教，用这几句平静的话结束他的想法：

"是的，进步的过激就叫作革命。每当过激结束，人们就会承认这一点：人类受到了粗暴对待，但是它前进了。"

国民公会议员没有觉察到，他刚刚接二连三地将主教心中的一

---

1 砍头魔茹尔当（1749～1794），法国革命者，恐怖时期杀人甚多，得此绰号，后上断头台。
2 卢伏瓦侯爵（1639～1691），法国政治家，曾获得路易十四信任，与柯尔贝不和；残忍、严厉、专横。
3 玛丽-安托瓦内特（1755～1793），奥地利的大公夫人，路易十六的王后，死在断头台上。
4 胡格诺，法国新教徒的一种称谓。
5 坦塔罗斯，宙斯和自然女神之子，因助凡人，被罚入地狱，低头喝水，水就退去，伸手摘果，树枝就抬高。

切自卫手段席卷而去。不过还剩下一种，这是福来主教最高的抗拒策略，由此产生一句话；这句话几乎全部再现开场的激烈言辞：

"进步应该信仰天主。善不能有卑劣的仆从。无神论者是人类的坏引导者。"

年迈的人民代表没有回答。他颤抖了一下。他望着天空，一滴眼泪慢慢地产生在这注视中。当眼泪盈眶时，便沿着刷白的面颊淌下来，他低声地自言自语，几乎在咕哝着，目光消失在天宇深处：

"噢，你呀！噢，理想！唯有你存在！"

主教感到一种难以形容的震动。

沉默了一会儿以后，老人朝天空抬起一只手指，说道：

"无限存在着。它在那里。如果无限不属于我，我就是它的边界；它就将不是无限；换句话说，它不再存在。然而，它确实存在。因此，它有一个自我，这个无限的自我，就是天主。"

垂危者高声说出最后几个字，并带着心醉神迷的颤抖，宛若他看到了某个人。他说话时，眼睛闭拢了。他已经精疲力竭。显然，刚才，他在一分钟里生活了他剩下的几小时。他刚说的话使他接近了死亡。临终的一刻来到了。

主教明白这一点，时不我待，他正是作为教士前来的；他从极度的冷漠，逐渐过渡到极度的激动；他望着这双闭拢的眼睛，拿起那只皱巴巴的冰凉老朽的手，俯向那个垂死的人：

"这一刻属于天主。难道您没有感到，我们徒劳地相会值得遗憾吗？"

国民公会议员重新张开眼睛。一种带有阴郁的严肃神态刻印在他的脸上。

"主教先生,"他说,那种慢吞吞也许是来自心灵的高尚,而不是来自体衰力弱,"我一生在思考、研究和观察中度过。当我的国家召唤我,要我参与国家事务时,我已经六十岁。我服从了。存在腐败,我同腐败做斗争;存在暴政,我摧毁了暴政;存在权利和原则,我宣布出来,加以确认。国土遭到入侵,我保卫了它;法国受到威胁,我挺身而出。我并不富有;我是穷人。我曾是国家的首脑之一,国库的地窖里摆满了钱币,以致不得不用支柱撑住墙壁,因为墙壁在金币和银币的重压下有裂开的危险。我在枯树街吃饭,每份二十二苏。我援助受压迫者,我减轻受苦者的痛苦。我撕碎祭坛的桌布,确有其事;但这是为了包扎祖国的伤口。我始终支持人类迈向光明,我有时也冷酷无情,抗拒进步。有时我保护过自己的敌人,像你们这些人一样。在佛兰德尔的彼特根,墨洛温王朝[1]的诸王在那里建造了夏宫,那里有一座城市派修道院,就是博利厄的圣克莱尔修道院,是我在一七九三年救出来的。我尽力履行我的责任,做我能做的好事。因此我受到驱逐、追捕、通缉、迫害、抹黑、嘲讽、喝倒彩、诅咒、放逐。多少年以来,我满头白发,心想,许多人自以为对我有权蔑视,对无知的可怜的人群,我是一副罪人的面孔,我不憎恨任何人,我接受仇恨造成的孤独。如今我八十六岁了,即将死去。您这次来对我有什么要求?"

"给您祝福,"主教说。

---

[1] 墨洛温王朝,法兰克诸王的第一个王朝,自5世纪中叶至751年。

他跪了下来。

当主教抬起头来时，国民公会议员的脸变得很庄严。他刚刚咽了气。

主教回到家里，沉浸在无以名之的思索里。他整夜在祈祷。第二天，有几个好奇的人想向他打听国民公会议员 G 的情况；他仅仅指指天空。从这时开始，他对小人物和受苦的人越加悯瘵在抱。

但凡有人提到这个"老混蛋 G"，都使他陷入奇异的思考中。谁也不能说，那个人的精灵在他的思想前掠过，那个伟大的良知在他的良知上的反映，在他接近完美境界时没有什么作用。

这次"田园拜访"，对地方上的小宗派自然是唧唧喳喳议论的机会："这样一个垂死的人的枕边，就是一个主教的位置吗？显然，是等不到改宗的。所有这些革命者都是归附异端的人。那么，为什么要去呢？他到那里看什么呢？因此，魔鬼带走灵魂大概是很有趣的。"

一天，有个又无耻又多变的富孀，却自以为机智，她对主教说出这句俏皮话："主教大人，有人问，大人什么时候戴红帽[1]。""噢！噢！这是一种重要的颜色，"主教回答，"幸亏蔑视这种帽子颜色的人，却尊敬主教帽的红颜色。"

十一、保　留

倘若由此得出，福来大人是"一个讲哲学的主教"或者是"一

---

[1] 法国大革命时期有首革命歌曲以小红帽为名，凡戴此帽者均被视为革命者。

个爱国的本堂神父",那就很可能大错特错。这次相会,几乎可以称之为与国民公会议员的会合,给他留下的是惊诧莫名,使他变得更加和蔼。如此而已。

尽管福来大人根本不是一个政治家,也许在此有必要十分简略地指出,他对当时的事件是什么态度,假设福来大人曾想过要有一种态度的话。

因此,让我们上溯若干年。

米里埃尔先生提升为主教后过了几年,与其他几位主教一起,皇帝册封他为帝国的男爵。众所周知,软禁教皇发生在一八〇九年七月五日至六日夜里;当时,米里埃尔先生被拿破仑召去参加在巴黎召开的法国和意大利主教联席会议。这次主教会议在圣母院召开,第一次会议是在一八一一年六月十五日举行,由费什红衣主教主持。米里埃尔先生属于赴会的九十五位主教之列。但他只参加了一次大会和三四次特别会议。作为一个山地教区的主教,生活在大自然之中,过的是乡村的贫困生活,看来,他给这些显要人物带来一些思想,改变了会议的气氛。他很快回到迪涅。有人问他为什么这样快返回,他回答:

"我令他们不舒服。外界的空气由我带给了他们。我给他们造成打开了一扇门的印象。"

另有一次,他说:

"我有什么办法呢?那些先生是王亲国戚。我呢,我只是一个可怜的农民主教。"

事实是,他令人不快。怪事不少,有一件事他不由自主说了出来，一天晚上，他待在一个地位煊赫的同事家里：

"漂亮的挂钟！漂亮的地毯！漂亮的仆役服装！这真是很令人讨厌！噢！我可不愿意所有这些浮华的东西，在我耳边不停地叫唤：有人饿了！有人冷了！有穷人！有穷人！"

顺便说说，憎恨奢华不会是明智的。这种憎恨会带来憎恨艺术。然而，在教会人士家里，在摆排场和宗教仪式之外，奢华是个错误。看来这不像显露真正仁慈的习俗。一个肥胖的教士是违背常理的。教士应当待在穷人身边。可是，是否能不停地、日日夜夜地接触各种困苦，各种不幸，各种穷人，而自身却不沾一点这种神圣的贫困，就像劳动能不沾一点灰尘呢？能设想一个人待在炭火边，却不感到热吗？能设想一个工人在一只大火炉旁干活，却没有一根头发被烧掉，一根手指被熏黑，没有一滴汗，脸上也没有一点灰吗？教士，尤其是主教身上，仁慈的首要证明，就是贫穷。

这无疑正是迪涅的主教的所思所想。

再说，也许不应该认为，他在某些敏感的问题上，有着我们所说的"本世纪的思想"。他很少参与当时的神学争论，对教会和国家达成和解的问题保持沉默；不过，要是对他逼得紧，看来不如把他看作教皇绝对权力主义者，而不是拥护法国教会自主的人。由于我们是在描绘一幅肖像，不想隐瞒什么，我们不得不补充说，他对日落西山的拿破仑态度冷淡。从一八一三年起，他参加或者欢呼一切敌意的示威。在拿破仑从厄尔巴岛返回路过时，他拒绝去看皇帝。在百日期间，他在自己的教区拒绝盼咐为皇帝做公开祈祷。

除了他的妹妹巴普蒂丝汀小姐，他有两个兄弟：一个是将军，另一个是省长。他常常写信给他们俩。他对前者一度严厉，因为在戛纳登陆时期，这位将军是普罗旺斯的一个统帅，指挥着一千二百个人，追赶皇帝时却想把他放走。他对另一个兄弟的通信显得更加友爱，这个以前的省长正直、高尚，蛰居在巴黎的卡塞特街。

福来大人也曾经拥有党派思想，这是他悲苦的时期，笼罩着乌云。当时激情的阴影，掠过这关注永恒事物的、和善而崇高的头脑。自然，这样一个人与没有政治见解是相称的。但愿读者不要误解我们的观点，我们绝不将所谓"政治见解"和对进步的孜孜以求，以及和崇高的、爱国的、民主的、人道的信念混淆起来；今日，这种信念理当成为一切通达之士的根底。我们不想深入探索与本书无直接关系的问题，只想这样说：福来大人不是保王派，他的目光一刻也不离开平静的注视，那是幸事；人们在他的注视中，清晰地看到，在人间事物的风云变幻之上，有三注纯洁的光芒在闪闪发光：真理、正义、仁慈。

我们承认，天主创造出福来大人，绝不是要他起政治作用。我们理解和赞赏他以法律和自由的名义对手握全权的拿破仑提出抗议，傲然表示反对，这是正确而危险的抗拒。可是，我们面对飞黄腾达的人感到顺眼，而对一落千丈的人感到不那么顺眼。我们只喜欢在有危险的地方进行战斗；无论如何，唯有最初的斗士才有权利成为最后全歼敌人的斗士。谁在兴盛时期没有成为不屈不挠的揭发者，谁就应该在崩溃时保持沉默。只有成功的揭露者，才是失败的合法辩护人。至于我们，当天主参与进来并进行打击时，我们就听之任之吧。一八一二年，有人开始缴我们的械。一八一三年，受到灾祸鼓动的、以前缄默不语的立法会议卑怯地打破沉默，表示愤慨，人们对此表示赞许是不对的；一八一四年，面对那些背叛的元帅，面对从一个泥潭到另一个泥潭、被捧到天上以后詈骂不止的参议院，面对撒腿逃跑、向偶像啐唾沫的狂热崇拜者，掉过头去是一种责任；一八一五年，空气中弥漫着大灾大难，法国对灾难临头感到颤栗，能隐约辨别到滑铁卢在拿破仑面前张开大口，军队和人民对受命运判决的人发出痛苦的欢呼，这一切丝毫没有可笑的地方。一颗像迪涅主教那样的心，即使对暴君做了全部保留，也许不该视而不见一个伟大民族和一个伟人在深渊边的紧紧拥抱，所具有的壮美和动人之处。

　　除此以外，他在各个方面，过去是现在仍然是正直的、真诚的、公平的、明智的、谦卑的和高尚的；乐善好施，和蔼仁慈（这是另一种乐善好施）。这是一个教士，一个贤者，也是一个人。应该说，即令从我们刚才责备过他，并随时准备近乎严厉地评判的政治见解来看，他也是宽容大度的，随和易处的，或许胜过评头品足的我们。——皇帝将市政府的门卫安置在这里。这是一个老禁卫军的下级军官，奥斯特利兹[1]的外籍军团士兵，像鹰一样是个波拿巴主义者。[2]这个可怜的人偶尔说了几句欠考虑的话，当时的法律称之为"煽动性言论"。自从皇帝的侧面像从荣誉勋位勋章上消失了以后，他就像自己所说的那样，决不按"军规"穿衣服，为的是用不着戴他的十字勋章。拿破仑颁发给他的十字勋章，他虔诚地将上面的皇

1　奥斯特利兹，位于捷克，1805年12月2日，拿破仑在此大败奥俄联军。
2　鹰徽是拿破仑的徽号。

帝像取下来，这造成了一个窟窿，他根本不愿意恢复原状。他说："我宁死也不愿把三只癞蛤蟆挂在我的心房上！"他往往大声地嘲讽路易十八[1]。"穿英国护腿套的患痛风的老鬼，"他说，"让他带着波罗门参，到普鲁士去吧！"他很得意，能在一句骂人话中集中了他最痛恨的两样东西，即普鲁士和英国。他的所作所为使他丢了职位。眼下他携家带口，流落街头，没有面包。主教把他叫来，温和地责备他，任命他当大教堂的看门人。

米里埃尔先生在教区里是真正的牧师，人人的朋友。

在九年中，由于善行义举和举措温和，福来主教让全城人充满了又敬又爱，像对长辈一样的感情。甚至他对拿破仑的行为也被老百姓接受了，仿佛默默地加以原谅。老百姓是善良的柔弱的羊群，崇拜他们的皇帝，不过也爱他们的主教。

十二、福来大人的孤单

在一个主教周围，几乎总是有一班小神父，犹如一个将军周围有一群年轻军官一样。这正是迷人的圣弗朗索瓦·德·萨勒[2]，在某处称为"初出茅庐的教士"那种人。一切职业都有渴望者，对志得意满者列队相迎。没有一个强有力的人没有簇拥他的人；没有一个发迹的人没有奉承者。未来的追求者围着现今已辉煌的人转圈。凡

---

[1] 路易十八（1755～1824），法国国王，复辟王朝初期颁布的宪章表明他实行君主立宪。
[2] 弗朗索瓦·德·萨勒（1567～1622），日内瓦主教，他的宗教著作文字简洁严谨。

是大主教所在之地都有智囊团。凡是有点影响的主教身边，都有一班神学院的可爱孩子转悠，在主教府巡逻和维持秩序，围着主教的微笑站岗。令一个主教满意，对一个副助祭来说，就等于成功在望。发迹要走对路；传教士并不轻视议事司铎的头衔。

同别处有重要冠冕一样，教会也有显赫的主教冠。那是受宠的主教，富有，享受年金，灵活，上流社会欢迎，无疑善于企求，也善于央求，并不顾忌让整个教区的信徒在候见室久等，在圣器室和外交活动之间牵线搭桥，与其说是神父不如说是神职人员，与其说是主教不如说是高级教士。能接近他们的人是幸运的！他们是有信誉的人，他们对四周献殷勤的人和幸运的人，对善于拍马逢迎的年轻一代，抛掷有油水的教区、教士职位、主教代理、指导神父和大教堂职位，随后等待着主教的显赫职位。他们高升，也让他们卫星般的喽啰跟着升迁；这是运行中的太阳系。他们红色的光芒跟随着他们。他们的发迹分散成一小级一小级，落在边远地区。老板的主教管区越大，宠幸者的本堂神父堂区也就越大。况且还有罗马。一个懂得怎样成为大主教的主教，一个懂得成为红衣主教的大主教，会把您作为教皇选举人的随员领走，让您进入教会的最高法院，您就有大主教的白羊毛披带，您成了门生，您成了红衣主教的侍从，您成了主教大人，从主教大人到红衣主教阁下，只有一步之遥；在红衣主教和教皇陛下之间，只隔了一层选举的薄烟。凡是教士都梦想教皇的三重冕。今日，唯有教士才能合法地成为国王，而且是什么样的国王啊！最崇高的国王。因此，一个神学院产生多少野心勃勃的人啊！多少唱诗班面孔红扑扑的孩子，多少年轻神父头上顶着佩蕾特的奶罐[1]啊！野心轻易地就取名"志向"，谁知道呢？也许是真诚的，自欺欺人的，它是多么怡然自得啊！

　　福来大人谦卑、贫穷、与众不同，不属于那些粗鄙的主教之列。就他周围连一个年轻教士也没有来看，这一点是显而易见的。可以看到，在巴黎，"他没有得宠"。这个孤独的老人根本得不到未来的青睐。没有一棵有野心的草傻到想在他的树荫下变绿。他的议事司铎和副主教都是些善良的老头，像他一样禁锢在这个无路通向红衣主教的教区，他们就像他们的主教那样，不同的是他们是完善的，而他是十全十美的。在福来主教身边难以成长，以致他培养的年轻人一从神学院出来，便设法能让人推荐给埃克斯或奥什的大主教，很快就走掉。因为重复一遍，说到底，人总是想得到提升。一个生活在极端自我牺牲之中的圣人，是一个危险的邻居；他会传染给你无可救药的贫穷，对前进不利的骨节僵硬，总之，超过自愿的克己；一般人会避开这种生疥疮的潜质。福来主教的孤立由此而来。我们生活在一个可悲的社会中。功成名就，就是学乖了，一步步腐化堕落。

　　顺便说说，功成名就是一件很丑的事。它同功勋似是而非，容易骗人。对人们来说，功成名就几乎有着至高无上的外表。成功，与才能看来酷似，它有一个受骗者：历史。唯有尤维纳利斯和塔西陀[2]对此颇有微词。今日，有种近乎官方的哲学成了成功的仆从，

---

[1] 寓言中的佩蕾特是一个爱幻想的姑娘，她在卖牛奶的路上，梦想着一步步发财致富，不料把牛奶罐摔在地下，梦想成了泡影。
[2] 尤维纳利斯（约55～约140），拉丁语讽刺诗人；塔西陀（约55～约120），拉丁语历史家。

穿上成功的仆从服装，在候见室里侍候。飞黄腾达吧：这自成理论。兴旺发达意味着有本事。彩票中奖，您就是一个有能耐的人。胜利者受到尊敬。生来运气好，就有了一切。时来运转，您便有了其余的东西；生活美满，别人就会以为您高贵。除了本世纪五六个光芒四射的例外伟人，现代人的赞誉几乎是近视的。金色的便是金子。捷足先登者，只要他是暴发户，那就什么事也不会弄糟。平庸的人是一个年迈的纳喀西斯[1]，在顾影自怜，赞美平庸的人。摩西、埃斯库罗斯、但丁、米开朗基罗[2]或拿破仑得以成功的巨大才能，大众一下子便识别出来。不管在什么方面，谁达到目的，便发出欢呼。倘若一个公证人变成了议员，倘若一个假高乃依[3]写出《蒂里达特》，倘若一个阉奴占有了一个后宫，倘若一个从武的普吕多姆[4]意外地取得一个时代决定性战役的胜利，倘若一个药剂师为桑布尔-马斯军团发明了纸板鞋垫，用纸板卖作皮革而获得四十万利弗尔年金，倘若带撑架的网球袋与高利贷结合，孕育出七八百万，这笔钱的父亲是网球袋，母亲是高利贷，倘若一个讲道师因讲话带鼻音而成了个主教，倘若一个富户总管离职后十分有钱，以致做了财政部长，人们便把这些称作天才，同样，他们说是莫斯克通[5]的脸俊俏，克洛德的

---

1 纳喀西斯，希腊神话中的美少年，被众女神报复，爱上自己水中的影子，憔悴而死。
2 摩西，《圣经》中的先知，带领以色列人出埃及；埃斯库罗斯（约公元前525～前456），古希腊悲剧诗人，作品有《被缚的普罗米修斯》《阿伽门农》等；但丁（1265～1321），意大利诗人，作品有《神曲》；米开朗基罗（1475～1564），意大利雕塑家、画家、建筑师。
3 高乃依（1606～1684），法国古典主义悲剧奠基人，作品有《熙德》《贺拉斯》等。
4 普吕多姆，法国作家亨利·莫尼埃（1799～1877）创造的舞台形象，他想紧随时代的发展，以为掌握一切知识，其实他非常愚蠢，循规蹈矩。
5 莫斯克通，大仲马的小说《二十年后》中的仆人，好吃懒做。

脖子神气。他们把苍穹中的星光和鸭蹼在软泥地上踩出来的星形印迹相混同。

十三、他相信的事

从正统的观点来看,我们根本用不着去摸清迪涅的主教先生的底细。面对这样一个心灵,我们只有敬佩之情。法官的良心应从他的言辞中得知。再者,就某些特质来说,我们承认人类品德的一切优点,可以在不同于我们的信仰中获得发展。

他对这种教理或神秘的观点有何看法呢?人的内心秘密只有在灵魂赤条条地进入坟墓时,才能为人所知。我们确信的是,对他来说,信仰的困惑从来不会伪善地解决。钻石是决不会腐烂的。他竭尽所能地信仰。"Credo in Patrem,"[1]他常说。他还从善行义举中汲取这种无愧于良心的满足,它低声地对人说:"你同天主在一起。"

我们认为要写出来的是,可以说,表面上,在主教的信仰之外,他有一种过度的爱心。正是由于他"quia multum amavit"[2],那些"严肃的人"、"庄重的人"和"有理智的人"认为他脆弱;我们悲苦的人间有一些被人喜爱的格言,在这类格言中,自私自利的思想获得学究气的警辟。这过度的爱心是什么呢?这是一种从容的仁爱,正如上文所指出的那样,能推己及人,而且有机会的话,会扩展到事物上。他无怨无恨地生活着。他对天主的创造抱宽容态度。但凡人,

---

[1] 拉丁文:信仰天父。
[2] 拉丁文:多多爱人。

即使是最优秀的,身上也有一种不假思索的严酷,那是专门对待动物的。迪涅的主教根本没有这种严酷,而许多教士却固有。他还没有达到婆罗门教的境界,但他似乎思考过《传道书》的这句话:"人们是否知道动物的灵魂到哪里去呢?"面貌丑陋,本能畸形,这不能扰乱他,使他愤怒。他感到的是激动,近乎怜悯。他若有所思,仿佛到表面生活之外,去寻找原因、解释或理由。有时,他似乎请天主减轻刑罚。他观察自然界中还存在的大量混乱事物时不愠不怒,带着语言学家辨认隐迹纸本的目光。这种沉思默想有时使他说出一些古怪的话来。一天早上,他待在花园里;他以为自己是独自一人,其实他的妹妹走在他后面,而不让他看见;他忽然停住脚步,看着地上的一样东西,这是一只黑色的大蜘蛛,毛茸茸的,很可怕。他的妹妹听到他说:

"可怕的动物!这不是它的过错。"

这些出于仁爱、近乎神圣的幼稚话,为什么不能说呢?幼稚,是的;但这些崇高的幼稚属于圣弗朗索瓦·德·阿西斯和马克-奥雷尔[1]的话。一天,他为了不踩死一只蚂蚁,闪了腰。

这个正直的人就是这样生活的。有时,他睡在园子里,没有什么更可敬佩的了。要是相信关于他青年时代甚至壮年时的记载,福来主教从前是一个爱激动的或许是激烈的人。他的普济世人不是一种本能,而是一种巨大信念历经世事,进入心灵,一个个想法慢慢落到他身上的结果;因为对性格而言,就像对岩石而言一样,是会

---

[1] 圣弗朗索瓦·德·阿西斯(1181 或 1182～1226),耶稣会第三任首领;马克-奥雷尔(121～180),罗马皇帝,哲学家,著有《思想录》。

水滴石穿的。这种挖掘磨灭不掉；这种形成摧毁不了。

上文说过，一八一五年，他已经七十五岁，但他显得不到六十。他身材并不高大，有点儿肥胖，为了减肥，他常常走长路；他脚步稳健，略微伛偻，对此，我们根本不想下结论；格列高利十六世[1]在八十岁时身板笔直，笑口常开，他却仍然是个坏主教。福来主教具有老百姓所说的"漂亮的面孔"，不过，这副面孔太可爱了，以致人们忘了这是漂亮的。

他谈话时快乐而天真，这是他的优雅举止之一，上文已经提过；人们在他身边感到很自在，似乎快乐从他整个人身上散发出来。他红润鲜艳的脸色，一口洁白的牙齿，完好无缺，一笑就露出来，这些给了他坦荡、随和的神态，这种神态令人这样评价一个人："这是个老好人，"令人这样评价一个老人："这是一个憨厚的老头。"读者记得，这是他给拿破仑的印象。初一接触，或第一次见到他的人，这确实是个憨厚的老头。但只要在他身边多待几个小时，只要稍微看到他在沉思凝想，这憨厚的老头便逐渐改变了，具有无以名状的威严；他饱满的天庭因白发而显得严肃、庄重，由于思索而变得令人敬畏；稳重从仁慈中显示出来，而仁慈却不断地闪出光芒；人们会感到某种激动，这正如我们看到一个天使不断地微笑，慢慢地张开翅膀，就会有这种激动一样。敬佩，难以表达的敬佩，逐步地渗入到您身上，升到您的心房。人们感到面前是一个强有力的、可靠的、宽容的心灵，他的思想博大，因此也只能是温和的。

---

1 格列高利十六世（1765～1846），第二百五十二任教皇（1831～1846）。

正如大家所看到的，祈祷、举行宗教祭礼、布道、给痛苦的人以安慰、种一小块地、有博爱心、粗茶淡饭、好客、弃绝欲念、信任人、研究、工作，充实着他生活的每一天。"充实"这个词用得正好，主教这一天非常充实，好想法、好言语、好行动满溢而出。但是，如果天气寒冷或者下雨，晚上，两个女人抽身回房了，他无法在睡前到园子里度过一两小时，那么，这一天就过得不完整。他面对夜空的壮丽景致思索起来，准备睡觉，对他来说，仿佛这是一种宗教仪式。有时，在深夜一点钟，若是两个老姑娘没有睡，她们会听到他在小径上慢慢踱方步。他独自一人，冥思苦想，平静安宁，充满了爱，他的心的宁静赛过以太的宁静，在黑夜中可见的群星璀璨和不可见的天主的熠熠光华使他情动于怀，他把心灵开向从冥冥中落下的思想。此时此刻，正当夜花散发出芬芳，他的心像星空中的一盏灯那样燃烧，他面对天地万物的光芒普照，心扉敞开，心醉神迷。他也许会说出心里的所思所想；他感到有某种东西飞出体内，又有某种东西降落在自己身上。这是心灵的深渊和宇宙的深渊神秘的交流！

他想到天主的伟大和存在；想到未来的永恒这古怪的秘密；想到过去的永恒这更古怪的秘密；想到各种各样的无限，它们在他的眼底下渗入各个方向；他不想去理解不可理解的东西，而是正视它。他不研究天主；他对天主目眩神迷。他注视着原子壮丽的会合，这些原子形成物质的外貌，显示原子的力量，加以证实，在整体中创造出个体、大小比例、无穷无尽，并通过光产生美。这些会合不断连成一片又分开；生死由此而来。

他坐在一张靠着一株老朽的葡萄藤的木长凳上，透过果树瘦削的单薄的影子，遥望星星。这四分之一阿尔邦[1]，花木疏疏落落，却布满破房子和车棚，他觉得很亲切，很满足。

这个老人白天摆弄园艺，晚上凝视沉思，享受生活的闲暇，尽管这闲暇很少；他还需要什么呢？这片狭窄的园地，天空是天花板，难道不足以在那里轮流瞻仰天主最迷人的作品和最崇高的作品吗？这不就是一切吗，还要期望什么呢？一个可以散步的小园子，有无限的空间可以遐想。脚下可以种植收获；头上可以研究沉思；地上有几朵花儿，天上有各种各样的星星。

十四、他的所思所想

最后要说的话。

尤其在我们眼下的时代，借用目前的一种说法，这类细节能给予迪涅的主教某种"泛神论"的面貌，要么是责备他，要么是赞扬他，让人相信在他身上有一种本世纪固有的个人哲学，这种哲学有时在孤独的头脑中孕育，形成，发展到代替宗教。我们强调这一点：凡是认识福来主教的人，没有一个不相信自己可以作如是观。照亮这个人的东西是心灵。他的明智是从心里发出的光芒形成的。

根本没有体系，却有许多作品。深奥的思辨包含着令人头昏目眩的东西；没有什么表明他让自己的头脑去探索可怕的事。使徒可

---

[1] 阿尔邦，旧日的土地面积单位，相当于 2～50 公亩。

能是大胆的,但主教必须胆小。他本来可以审慎地深入探索某些要留给怪才的问题。在谜底下有一些神圣而恐怖的东西;这些黑黝黝的洞大张着口,但是有样东西对您这个生活的过客说,不要进来。进来的人会遭到不幸!天才待在抽象和纯粹思辨的奇特深渊中,可以说站在教条之上,向天主提出他们的思想。他们大胆地祈求讨论。他们的崇敬在提出质问。这是直率的宗教,对于想攀登悬崖峭壁的人,它充满不安和责任感。

人类的思考没有止境。它自身承担一切后果,分析和挖掘自己的目迷心醉。几乎可以说,它以一种杰出的反应,使大自然眼花缭乱;我们周围的神秘世界将它获得的东西还原出来,注视者可能被注视。无论如何,世上有人——这是人吗?——在梦境深处清晰地看到绝对的高度,人具有看到无穷山脉的可怕视力。福来主教不是一个天才。他害怕这种卓越才能:有的人,即使十分伟大,像斯威登堡和帕斯卡尔[1],陷入神经错乱。当然,这些强有力的沉思具有精神效力,通过崎岖的道路,才会接近理想的完美。他呢,他走捷径:看《福音书》。

他丝毫不想让人在他的祭披上缝出以利亚[2]披风的皱褶,他绝不把未来的光芒投射在暗影浮动的事件上,他不力图把事物之光聚集成火焰,他没有任何先知和星占家的因素。这个卑微的心灵具有博爱,如此而已。

---

[1] 斯威登堡(1688~1772),瑞典学者,神秘学派的创立者;帕斯卡尔(1623~1662),法国作家,思想家,科学家,著有《外省人信札》《思想录》。
[2] 以利亚,《圣经》中的先知。

说他把祈祷扩大成非同一般的期望，这是可能的；但是，人们既不可能祈祷太久，也不可能爱得太久；要是越出经文去祈祷算作异端，那么圣女苔蕾丝和圣热罗姆就会是异端分子[1]。

他对痛苦呻吟和垂死的人过问关怀。在他看来，宇宙就像巨大的疾病；他处处看到发烧，处处听到痛苦，但他不寻求找出谜底，而是竭力包扎伤口。世间事物呈现的可怕景象，把他的感情容易激动推进一步；他只着意为自己找到，又为他人启迪获得诉苦和减轻痛苦的最好方式。对这个少见的好教士来说，凡是存在的东西都是悲苦不断的，要寻求安慰。

有的人致力于掘金；他呢，他致力于挖掘同情。普天下的穷困就是他的矿藏。到处的痛苦，永远是发善心的机会。"你们不分畛域地相爱吧"；他认为这已经十全十美了，并不期望更多的东西，而且这就是他的全部主张。一天，那个自以为是"哲学家"的人，那个贵族院议员，那时他已得到任命，他对主教说："您看看世界的景象吧；这是一场大家彼此相搏的战争；强者最有头脑。您的'你们不分畛域地相爱吧'是一句蠢话。"——"那么，"福来主教不做争辩地回答，"如果这是一句蠢话，那么心灵就应深藏其中，犹如珍珠藏在蚌壳中一样。"因此他深藏其中，生活其中，绝对满足，而把那些吸引人和使人惊惶的不可思议的问题，关于抽象构成的难以捉摸的远景，玄学形成的悬崖，一切汇聚的深渊，都抛在一边，留给天主的信徒和相信虚无的无神论者；命运，善与恶，人反对人的战争，

---

1 圣女苔蕾丝（1515～1582），西班牙加尔默罗会修女，神秘主义者，遵循极严格的教规；圣热罗姆（约347～420），神父，曾任教皇秘书，创立几座修道院。

人的良知,生物的梦游症,死亡产生的变化,坟墓包含的生活回顾,对常青的自我不断的爱进行不可理解的嫁接,本质,实体,尼罗河和恩斯河[1],心灵,大自然,自由,必然性,也都抛在一边;人类精神的巨大天使飞临其上、高深莫测的问题,也抛在一边;卢克莱修、摩奴[2]、圣保罗和但丁以盯住无限,似能孕育出星星的目光注视的可怕深渊,也抛在一边。

简而言之,福来主教是这样一个人:他从外部观察神秘问题,而不去探索它们,不做争论,不打乱自己的思想,心中对幽灵充满了尊敬。

---

1 恩斯河,多瑙河支流,在奥地利,长 260 千米。
2 卢克莱修(约公元前 98~前 55),拉丁语诗人,著有《物性论》;摩奴,印度婆罗门教主之一。

第二章
堕　落

一、黄昏，走了一天

　　一八一五年十月的头几天，下山前约一小时，有个赶路的人走进迪涅小城。此时待在窗口或门槛上的稀稀拉拉的居民，忐忑不安地望着他。很难遇到一个外表更不堪入目的行路人了。这个人中等身材，粗壮，孔武有力，正处于身强力壮的年纪。他约莫四十六岁至四十八岁。一顶皮檐下垂的鸭舌帽，遮住被日晒风吹和汗水灼伤的脸。他的黄色粗布衬衫，由一只小银锚扣紧在脖子上，让人看到他毛茸茸的胸膛；他的领带扭成绳子一样，一条蓝色、用旧的、皱巴巴的人字斜纹布裤子，一个膝头已经磨白了，另一个已有破洞，一件破破烂烂的灰色旧罩衫，一个手肘处补了块绿呢，是用细绳缝上的，背上背着一只装得鼓鼓囊囊的军用包，扣得紧紧的，保持崭新，他手上挂着一根多节的大棍子，脚上套着铁钉鞋，不穿袜子，理了个平头，留着长胡子。

汗水、炎热、步行、灰尘，给这身破衣烂衫添上无法形容的肮脏不堪。

头发虽然理得很低，可是根根竖起；因为开始长出来了一点，好像最近没有理过发。

没有人认识他。显然这只是一个过路人。他从哪里来？从南方来。兴许来自海边。因为他进入迪涅时所走的路，正是七个月前拿破仑皇帝从戛纳到巴黎所走过的路。这个人大概走了一整天。他看起来十分疲惫。住在下城的旧镇妇女，看到他停留在伽桑狄大道的树下，在散步场的尽头的泉水边喝水。他准定非常口渴，因为尾随着他的孩子们看到他在两百步开外的地方，市场广场的喷泉边停下来喝水。

他来到普瓦什维街的拐角，转向左边，朝市政厅走去。他走了进去，一刻钟以后出来。一个宪警坐在门口的石凳上；三月四日，德鲁奥将军曾登上石凳，向迪涅惶惶然的居民朗读茹昂海湾的公告。这个人脱下鸭舌帽，谦卑地向宪警致意。

宪警不理会这问候，凝神注视他，用目光跟踪了他一会儿，然后走进市政厅。

当时，在迪涅，有一间漂亮的旅店，店名是"柯尔巴的十字架"。这个旅店的老板名叫雅甘·拉巴尔，城里人认为他与另一个在格勒诺布尔开了间"三太子"旅店，在精锐骑兵部队服过役的拉巴尔有亲戚关系。在皇帝登陆时期，当地对"三太子"旅店众说纷纭。据说，贝特朗将军装成赶大车的，当年一月常常光顾这个旅店，在那里向士兵颁发荣誉十字勋章，并向市民大把散发拿破仑金币。事实是,拿破仑进入格勒诺布尔时,拒绝安顿在市政厅;他感谢市长时说:"我要到我认识的一个正直人的家里。"他到"三太子"旅店去。"三太子"旅店老板拉巴尔的荣誉反射到二十五法里以外,直到"柯尔巴的十字架"旅店的拉巴尔身上。城里人这样说他:"这是格勒诺布尔那个老板的堂兄弟。"

赶路人朝这家旅店走去,那是当地最好的旅店。他走进厨房,厨房平展展地开向街道。所有的炉子都生着火;熊熊的火焰在壁炉里欢快地燃烧着。老板同时也是厨师长,从炉灶走到有柄平底锅那里,忙碌得很,监督着为运货马车夫准备的一顿丰盛的菜肴,可以听到他们在隔壁大厅里大声说笑。谁旅行过,都知道运货马车夫的饭餐是最讲究的了。一只肥旱獭,配上白嫩的山鹑和大松鸡,架在炉火前的长叉子上转动;在炉子上煮着两条洛泽湖的肥鲤鱼和一条阿洛兹湖的鳟鱼。

老板听到门打开,走进一个陌生人,没有从炉子旁抬起眼睛,说道:

"先生想要什么?"

"吃饭和睡觉,"那个汉子说。

"那再容易不过了,"老板接口说(这当儿他转过头来,从上到下扫视一眼赶路人,又说):"要付现钱。"

那个汉子从他的罩衫里掏出一个大皮夹子,回答说:

"我有钱。"

"这样的话,为您服务,"老板说。

那个汉子把皮夹子放回口袋里,卸下他的背包,放在靠门的地上,手里仍然握着棍子,坐在炉旁一张矮凳上。迪涅是在山区。十月的夜晚是寒冷的。

然而,老板走来走去打量着这个赶路人。

"马上吃晚饭吗?"那个汉子问。

"待一会儿,"老板说。

正当新来的人转过背去取暖时,那个神气十足的旅店老板雅甘·拉巴尔从口袋里掏出一支铅笔,然后从摊在窗户旁边一张小桌上的旧报纸撕下一角。他在空白边写下一两行字,折好后也不套上信封,把纸片交给一个孩子,这孩子好像既当厨房小学徒,又当仆人。旅店老板在厨房小学徒的耳边说了句话,孩子朝市政厅那边跑去了。

赶路人对此没有看出什么来。

他又问一次:

"马上吃晚饭吗?"

"待一会儿,"老板说。

孩子回来了。他带回那张纸。老板急匆匆地打开来看,仿佛在等待回音。他显出在仔细地看,然后点了点头,沉思了一会儿。最后,他朝赶路人走近一步,后者好像沉湎在不平静的思索中。

"先生,"老板说,"我不能接待你。"

那个汉子从坐凳上半探起身。

"怎么!您担心我不付钱吗?您要我先付钱吗?我对您说,我有钱。"

"不是为这个。"

"那么为什么?"

"您有钱……"

"是的,"那个汉子说。

"而我呢,"老板说,"我没有房间。"

那个汉子平静地说:

"我就睡到马厩去。"

"我办不到。"

"为什么?"

"马占满了位置。"

"那么,"那个汉子接口说,"在阁楼里占个角落。要一捆麦草。我们吃完晚饭后去看看。"

"我不能供你吃晚饭。"

这句声明虽然声调有节制,但很坚决,陌生人感到声色俱厉。他站了起来。

"啊!可我饿得要死呢。我从日出走到现在。我走了十二法里。我想吃东西。"

"我没有东西,"老板说。

那个汉子哈哈大笑,朝炉子和烟囱那边转过去。

"没有东西!这一切呢?"

"这一切有人向我预定了。"

"谁预定的?"

"那些运货马车夫先生。"

"他们有多少人?"

"十二个。"

"那里有二十个人吃的。"

"他们事先都预定了,而且付了钱。"

那个汉子坐了下来,没有提高声音,说道:

"我是在旅店里,我饿了,而且我要留下来。"

老板于是俯向他的耳畔,用使他发抖的声音说:

"你走吧。"

赶路人这时弯着腰,用包着铁皮的棍端拨动火炭,他猛然回过身来,好似张开嘴要反驳,老板凝视着他,始终低声地说:

"啊,说得够多了。你要我说出你的名字吗?你叫让·瓦尔让。现在你要我说出你是谁吗?看到你进来,我就捉摸到有点事,我派人到市政厅去,这就是他们给我的回音。你识字吗?"

他这样说着,一面把刚才从旅店到市政厅,再从市政厅到旅店那张打开的纸递给外地人。那个汉子朝上面瞥了一眼。旅店老板歇了一会儿说:

"我习惯对所有人彬彬有礼。你走吧。"

那个汉子耷拉着头,捡起刚才放在地上的背包,离开了。

他走上大路。他漫无目的地朝前走,贴近房子,宛若一个受到侮辱,心境悲凉的人。他一次也没有回过身来。如果他回转身,他会看到"柯尔巴的十字架"旅店掌柜站在门口,所有的旅客和所有的街上行人围成一圈,他们热烈地议论着,用手指点他。从人群轻蔑的和惶恐的目光,他会揣测出,不久,他的到来会成为全城的一件大事。

他并没有看到这一切。心情沉重的人不会向后看。他们很清楚，厄运在后头紧追不舍。

他这样走了一段时间，走呀走，穿过他不认识的街道，漫无目的，忘却了疲劳，就像创巨痛深的人会发生的一样。蓦地，他感到饥肠辘辘。黑夜已经来临。他环顾四周，想看看是不是能发现住处。

漂亮的市政厅对他来说是关上大门的；他寻找不起眼的小酒馆或者寒伧的破屋。

恰巧街的尽头闪出一注光亮；一根松枝挂在T形铁架上，衬托在黄昏发白的天空中。他朝那边走去。

这果真是一间小酒馆。小酒馆位于沙弗街。

赶路人站定了一会儿，透过玻璃窗朝小酒馆的低矮大厅内张望，大厅由桌上的一盏小油灯和壁炉里的熊熊火光照亮着。几个人在喝酒。老板在烤火。火焰烧得挂在铁钩上的一只铁锅吱吱响。

这间小酒馆也是旅店，有两扇门可以进去。一扇开向街道，另一扇朝向堆满肥料的小院子。

赶路人不敢从通街道的门进来。他溜到院子里，停住脚步，然后胆怯地抬起插销，推开了门。

"是谁呀？"掌柜问。

"有人想吃饭和睡觉。"

"很好。这是吃饭和睡觉的地方。"

他走了进去。所有喝酒的人都回过身来。油灯从一侧，炉火从另一侧照亮了他。正当他卸下背包时，大家审视了他一会儿。掌柜对他说：

"这儿有火。锅里煮着饭。过来暖和一下,老兄。"

他走过去坐在炉灶边。他把累坏了的双脚伸到炉火前;从锅里冒出一股香喷喷的味道。他低垂的鸭舌帽下面能够分辨出的脸容,隐约显出一种舒适的表情,掺杂着习惯了痛苦而具有的令人心酸的另一种容貌。

他的侧面轮廓坚毅、有力、愁苦。这副面容组合得很奇特;开始显得很谦卑,最后显得很严肃。目光在眉宇下像荆棘丛中的炭火一样闪烁。

就餐的人中有一个是鱼贩子,他走进沙弗街的小酒馆之前,把马牵到拉巴尔的马厩里。当天早上,他十分凑巧地遇到这个面色不好的外地人,在阿斯湾和……我忘了名字,我相信是埃斯库布龙之间赶路。遇到他时,这个汉子已经显得十分疲累,请求鱼贩子让他坐上马背;鱼贩子不予理会,加快了步子。半个小时以前,这个鱼贩子属于围在雅甘·拉巴尔身边的那群人之列,向"柯尔巴的十字架"旅店的客人叙述了他在早上那次令人不快的遭遇。他从座位上向小酒馆掌柜做了一个难以觉察的暗示。小酒馆掌柜朝他走过来。他们低声地交换了几句话。那个汉子这时陷入了沉思。

小酒馆掌柜回到壁炉边,突然把手放在那个汉子的肩膀上,对他说:

"你从这里出去。"

外地人回过身来,温和地回答:

"啊!您知道?……"

"是的。"

"另外一家旅店把我打发走。"

"而这家旅店把你赶走。"

"您要我到哪里去?"

"到别的地方去。"

那个汉子拿起他的棍子和背包,走了出去。

有几个孩子从"柯尔巴的十字架"旅店起一直衔尾相随,看来在等着他,他一出来,便朝他扔石头。他悻悻地往回走,举起棍子威胁他们;孩子们作鸟兽散。

他从监狱门前经过。门口挂着一根铁链,铁链连着一口钟。他敲响了钟。

一扇小窗打开了。

"门房先生,"他脱下鸭舌帽恭恭敬敬地说,"您肯把门打开,让我住上一夜吗?"

一个声音回答:

"监狱不是旅店。你让人逮捕吧。那时就会给你开门。"

小窗又关上了。

他蹅入一条小巷,那里有许多园子。有的用篱笆围起来,这使小巷显得令人悦目。在这些园子和篱笆中,他看见一幢两层楼的小房子,窗户给照亮了。他透过窗户往里瞧,就像刚才在小酒馆所做的那样。这是一个大房间,用石灰刷过,床蒙上了印花布,角落里有一只摇篮,几把木椅子,墙上挂着一把双筒枪。房间中央一张桌子摆上饭餐。一盏铜灯照亮了白色粗桌布,一把锡壶像银子一样闪光,盛满了酒,一只大汤碗冒着热气。桌子旁坐着一个四十来岁的男人，面孔开朗，笑嘻嘻的，让一个小孩子在膝盖上跳跳蹦蹦。他身旁有一个年纪轻轻的女人，在给另一个孩子喂奶。父亲笑呵呵，孩子笑哈哈，母亲笑吟吟。

外地人面对这幅温馨祥和的景象，沉思了一会儿。他身上发生了什么？只有他自己说得出。很可能他在想，这幢欢乐的房子是好客的，他看到乐融融的景象，也许能在那里找到一点怜悯。

他轻轻地敲了敲窗子。

里面的人没有听见。

他再敲一下。

他听到那个女人说：

"老公，我好像听到有人敲窗子。"

"没有，"丈夫回答。

他敲了第三下。

丈夫站了起来，拿起了灯，走到门口，打开了门。

这是一个高个儿男子，半是农民，半是工匠。他系着一条宽大的皮围裙，一直高挂到左肩，一把锤子、一条红手帕、一只火药壶、杂七杂八的东西，用腰带束紧，就像放在口袋里。他的头往后仰；他的衬衫敞开着，领子翻开，露出白皙的公牛般的光脖子。浓眉毛，黑色的大胡子，凸出的眼睛，脸的下部像动物，这一切与这幅家庭气氛比附，简直无以名之。

"先生，"赶路的人说，"对不起。我付钱，您能给我一盆汤，在园子的车棚里挪出一个角落睡觉吗？说吧，可以吗？我付钱呢？"

"您是谁？"房子的主人问道。

那个汉子回答：

"我来自普伊-姆瓦松。我走了一整天。我走了十二法里。可以吗？我付钱呢？"

"我不会拒绝付钱住宿的人，"农民说，"但是，您为什么不去住旅店呢？"

"没有地方。"

"啊！不可能。今儿个不是赶集的日子，也不是做买卖的日子。您去过拉巴尔的旅店吗？"

"去过。"

"怎么样？"

赶路的人尴尬地回答：

"我不知道，他没有接待我。"

"您到过沙弗街那间旅店吗？"

外地人更加尴尬了。他支支吾吾地说：

"他也没有接待我。"

农民的脸显出怀疑的表情，他从头到脚打量着陌生人，突然，他抖抖索索地叫起来：

"您是那个人吗？……"

他又盯了外地人一眼，往后退了三步，把灯放在桌上，从墙上取下枪来。

听到农民的话："您是那个人吗？……"女人站了起来，搂住她的两个孩子，匆匆躲到她的丈夫身后，骇然地望着外地人，她的胸脯敞开，眼睛惶乱，咕噜着说：

"Tso-maraude."[1]

这一幕比想象的发生得更快。屋主审视了一会儿那个汉子,犹如观察着一条毒蛇,然后回到门口,说道:

"滚吧。"

"行行好,"那个汉子说,"给杯水喝吧。"

"给颗枪子儿!"农民说。

随后他砰地关上门,那个汉子听到两根粗门闩的抽动声。过了一会儿,窗户关上了护窗板,放上铁条的响声传到门外。

夜幕继续落下。阿尔卑斯山区的寒风呼啸着。在夕阳的余晖中,外地人瞥见街道旁的一个园子里有一间茅屋,好像是由草皮块垒成的。他毅然地越过一道木栅,来到园子里。他走近茅屋;茅屋有一个低矮、狭窄的开口充作门,酷似养路工在大路旁建造的房子。他准定在想,这是一间养路工的房子;他又冷又饿;他忍饥挨饿,至少这个地方可以御寒。这类房子一般夜里是不住人的。他趴在地上,钻进了茅屋。里面热烘烘的,他找到一张不错的麦草床。他在床上躺了一会儿,他精疲力竭,动弹不得。由于背包妨碍着他(不过这是一只现成的枕头),他便解开一根皮带。这当儿,响起一阵凶恶的狂吠声。他抬起眼睛。一只大狗的头在屋门口的暗影中显现出来。

这是一只狗窝。

他毕竟是强壮和令人生畏的;他以棍子防身,以背包作盾牌,尽力钻出狗窝,他的破衫自然撕大了口子。

---

1 法国阿尔卑斯山区的方言,意为:贼猫。——原注

他从园子退出来，不过是后退着走的，为了小心提防看门狗，不得不耍起了棍子，用的是剑术教师称之为"遮玫瑰"的招式。

他好不容易再越过木栅，又来到街上，茕茕孑立，没有住的地方，没有屋顶遮蔽，没有藏身之地，竟然从这麦草床和不堪入目的狗窝里被赶出来，这时，他毋宁说是倒下来，而不是坐在一块石头上。有个行人路过时似乎听到他嚷着说：

"我甚至还不如一条狗！"

片刻后，他站起身来，重新上路。他走出城市，指望在田野里找到一棵树或一堆麦垛，可以躲在里面。

他这样走啊走，头总是耷拉着。当他感到远离有人居住的地方时，他抬起眼睛，向四周扫视。他待在一块地里；前面是一个小土丘，留下了低低的麦茬，收割之后，土丘宛如平顶头。

天际漆黑一团；这不仅是黑夜暗影幢幢；还有压顶的乌云，似乎支撑在土丘上，在逐渐升高，布满了整个天空。由于月亮就要升起，天宇中还残留着一点暮色，乌云在天顶上形成一种淡白的穹顶，向大地泻下一柱光来。

因此，地面比天空更加明亮，造成的效果特别阴森可怖，土丘的轮廓纤瘦可怜，衬托在暗黑的天际上，显得朦胧、灰白。整个一片丑陋、鄙俗、凄惨、局促。无论在田野里还是在土丘上，都是光秃秃的，只有一棵难看的树七歪八扭，在离赶路人几步远的地方抖动着。

这个汉子显然远远没有那种纤巧的智力和思维习惯，使人对事物神秘的外貌十分敏感；不过，在天空、土丘、平原和这棵树上，有种令人哀感顽艳的东西,以致他一动不动,沉思凝想了一会儿以后,突然往回走。有的时候,大自然显得充满敌意。

他按原路走回去。迪涅家家户户的大门紧闭着。迪涅在宗教战争[1]时期坚守过围城,时至一八一五年,四周还有旧城墙,本来城墙角上耸立着方塔,后来拆掉了。他越过一个缺口,回到城里。

眼下可能是晚上八点钟。由于不认识街道,他又开始漫无目的地乱走。这样,他来到省政府,然后是神学院。经过大教堂的广场时,他向教堂挥舞拳头。

在广场的一角上有爿印刷所。正是在这儿,由拿破仑本人口授,从厄尔巴岛带回来的,皇帝和禁卫军向全军的公告,第一次就在这里印刷。

他精疲力竭,一无所求,躺在印刷所门口的石凳上。

这当儿,一个老妇人从教堂里出来。她看到躺在暗影中的这个人。

"您在这儿干什么,我的朋友?"她问。

他生硬地、气鼓鼓地回答:

"您看到了嘛,好心的太太,我在睡觉呢。"

这位好心的太太果真名实相符,她是德·R侯爵夫人。

"睡在石凳上?"她问。

"我睡了十九年的木板褥子,"那个汉子说,"今儿个我睡石头褥子。"

"您当过兵吗?"

"是的,好心的太太。当过兵。"

---

1 宗教战争,16世纪下半叶,天主教徒和新教徒因信仰不同,断断续续打了36年的仗。

"您为什么不去旅店呢?"

"因为我没有钱。"

"唉,"德·R夫人说,"我的钱包里只有四个苏。"

"给我吧。"

那个汉子接过四个苏。德·R夫人继续说:

"那么一点钱您住不了旅店。您尝试过吗?您无法这样过夜。您一定又冷又饿。有人会好心留您住宿。"

"我敲过每家的门。"

"怎么样?"

"到处都把我赶出来。"

"好心的太太"拍拍汉子的手臂,向他指一指广场另一边,在主教府旁边的一所小房子。她说:

"您敲过所有人家的门了吗?"

"是的。"

"您敲过那一家的门吗?"

"没有。"

"去敲一敲吧。"

二、劝明智者谨慎

这天晚上,迪涅的主教先生在城里散过步后,关在他的房间里,直到深夜。他在撰写一部关于"责任"的大部头著作,这部书可惜一直没有完成。他孜孜矻矻地搜集过教会神父和圣师有关这个严肃问题说过的话。他的书分成两部分;第一部分是众人的责任,第二部分是每个人按所属阶级的责任。众人的责任是重大责任。共有四个。圣马太指出过:对天主的责任(《马太福音》第六章),对自己的责任(《马太福音》第五章29,30),对邻人的责任(《马太福音》第七章12),对造物的责任(《马太福音》第六章20,25)。至于其他责任,主教在别的地方找到了明确和规定的说法;对君主和臣民,是在《罗马人书》中;对法官、妻子、母亲和年轻男人,圣彼得说过;对丈夫、父亲、孩子和仆人,是在《以弗所书》里;对信徒,是在《希伯来书》里;对处女,是在《哥林多书》里。在所有这些规定中,他不惮劬劳地汇集成一个和谐的整体,想呈献给众人的心灵。

晚上八点他还在工作,一本厚书摊开在膝盖上,在一块小方纸上面很不舒服地写着,这时玛格鲁瓦尔太太走了进来,按惯例在床边的壁柜里取走银器。过了一会儿,主教感到餐具摆好了,他的妹妹也许在等他吃饭,便合上书,从书桌旁站起来,走进餐厅。

餐厅是长方形的,带壁炉,门朝向街道(上文已经说过),窗开向园子。

玛格鲁瓦尔太太确实摆好了餐具。

她一面忙于开饭,一面和巴普蒂丝汀小姐聊着。

桌上放着一盏灯;桌子靠近壁炉。炉火烧得很旺。

很容易想象这两个女人,她们都过了六旬:玛格鲁瓦尔太太矮小、肥胖、活跃;巴普蒂丝汀小姐温柔、修长、单薄,比她哥哥略高,穿一件棕褐色绸连衣裙,这种颜色在一八〇六年流行,她是在巴黎买来的，至今还穿着。有的俗语能以一个词表达一页才够说明的思想；这里可以借用一下：玛格鲁瓦尔太太模样像一个"农妇"，巴普蒂丝汀小姐则像一个"贵妇"。玛格鲁瓦尔太太戴一顶管状褶裥的白便帽，脖子上挂着金十字架，这是这所房子里女人仅有的首饰，黑色粗呢、袖子宽而短的连衣裙露出一块雪白的方围巾，红绿方块相间的棉布围裙，腰上束着一条绿丝带，外加一条同样布料的胸巾，上面两只角用针别住；脚上穿着笨重的鞋和黄袜子，就像马赛的妇女那样。巴普蒂丝汀小姐的连衣裙按一八〇六年的样式剪裁，上半身很短，裹得很紧，袖子有肩带，衣袋有盖，钉着纽扣。灰白的头发藏在所谓"孩子"式带卷的假发下。玛格鲁瓦尔太太神态聪颖、活泼、和善；两边嘴角不对等地翘起，上嘴唇厚过下嘴唇，给她一种忧郁易怒和威严的意味。只要主教缄口禁语，她就怀着尊敬和自由的混杂心情，对他说话；但只要主教说话，她就像老小姐一样百依百顺。巴普蒂丝汀小姐甚至缄口不言。她只限于服从和取悦别人。即便她年轻时，也并不漂亮，她大大的蓝眼睛鼓凸出来，长鼻子成鹰钩状；但她整个脸，整个人，在小说开卷我们已经说过，散发出难以形容的和蔼。她始终命中注定是宽厚的；可是，信仰、仁慈、希望，这三种品德慢慢激励她的心灵，逐渐把这种宽厚提高到圣洁的地步。自然把她生成一只绵羊，宗教把她变成一个天使。可怜的圣洁的姑娘！美好的回忆已经消失了！

　　巴普蒂丝汀小姐后来多少次谈起过这一晚在主教家里所发生的事，好几个至今活着的人还记得最小的细节。

　　正当主教进来时，玛格鲁瓦尔太太正起劲地说着话。她对小姐谈起一件常说的事，主教对这件事已经习以为常了。这就是关于大门的插锁。

看来，玛格鲁瓦尔太太一面为晚饭采购，一面在不同的地方听人说起一些事。有人谈到一个面目可憎的流浪汉；这个可疑的流浪汉可能来到本地，他大概在城里的某个地方，今夜敢于迟归的人可能与他狭路相逢。鉴于省长先生和市长先生不和，竭力挑起事端，相互损害，警方便软弱无力。因此明智的人不如自我防卫，保持警惕，必须小心把门关严，上好门闩，家里做好设防，"切实门关户闭"。

玛格鲁瓦尔太太加重最后一句话的语气；主教刚从自己房间出来，他在那里感到很冷，便坐在壁炉前取暖，然后想着别的事。他没有注意到玛格鲁瓦尔太太刚才所强调的话。她重复了一遍。巴普蒂丝汀小姐想满足玛格鲁瓦尔太太，而又不触怒她的哥哥，鼓足勇气胆怯地说：

"哥哥，您听到玛格鲁瓦尔太太所说的话吗？"

"我模模糊糊听到一点，"主教回答。

然后他半转过椅子，双手放在膝盖上，朝老女仆抬起热情的、很容易笑嘻嘻的脸，脸被火焰从下边照亮了：

"哦。出了什么事？出了什么事？我们大祸临头了吗？"

于是玛格鲁瓦尔太太重述了一遍整个故事，不知不觉添油加醋。看来，有一个波希米亚人，一个流浪汉，一个危险的乞丐，此刻就在城里。他不请自来，想住在雅甘·拉巴尔的旅店里，拉巴尔不想接待他。有人看到他穿过伽桑狄大街，黄昏时在街上踯躅。这个十恶不赦的坏蛋面目可憎。

"当真?"主教说。

这种询问中表示赞同,鼓励了玛格鲁瓦尔太太;这向她表明,主教离惊慌不安不远了;她得意洋洋地继续说:

"是的,主教大人。一点不错。今夜在城里会发生不幸。大家都这样说。对此,警方软弱无力(有用的重复)。生活在山区,夜晚街上甚至没有路灯!走出门来。黑得像在炉子里。什么!我说,主教大人,小姐在这儿,像我一样说……"

"我呀,"小姐打断说,"我什么也没有说。我哥哥做事才万无一失。"

玛格鲁瓦尔太太继续说下去,仿佛没人反驳她:

"我们说,这幢房子一点不安全;如果主教大人允许,我就去对锁匠保兰·缪兹布瓦说一声,叫他来安装旧门闩;门闩就放在那里,安上是一眨眼的事;我说,必须安门闩,主教大人,哪怕只有今夜安上;因为我说,一扇门被随便什么路过的人从外面一拉开插销就打开,那是最可怕不过的了;主教大人习惯这样吩咐别人进来,再说,即使在夜里,噢,我的天哪!甚至用不着得到允许……"

这当口,有人很重地敲了一下门。

"进来,"主教说。

三、百依百顺的英雄气概

门打开了。

它猛然大开,仿佛有人有力而坚决地推开它。

一个人走了进来。

这个人我们已经认识。这是我们刚才看见的,四处游荡,寻找住处的赶路人。

他走了进来,迈了一步,止住了脚,没有关上身后的门。他的肩上挎着背包,手里拿着棍子,眼睛里一副粗鲁、大胆、疲倦和激烈的表情。炉火照亮了他。他是可怕的。这是一个阴郁的幽灵。

玛格鲁瓦尔太太甚至没有勇气喊出声来。她瑟瑟发抖,目瞪口呆。

巴普蒂丝汀小姐转过身来,望着进门的那个人,骇异地半欠起身,然后,慢慢地把头转向壁炉,望着哥哥,她的脸恢复镇静和安详。

主教平静地凝视这个人。

他张开嘴,无疑想问陌生人要什么,那个人用双手同时拄在棍子上,目光轮流扫视老人和两个女人,不等主教说话,大声说道:

"是这样。我叫让·瓦尔让。我是一个苦役犯。我在苦役监里度过了十九年。四天前我被释放了,动身回到蓬塔利埃,那是我的目的地。我从土伦走了四天。今儿个我步行了十二法里。今天黄昏,我来到这儿,走进一个旅店,由于我在市政厅拿出了黄色身份证,人家把我打发走了,对我说:'滚吧!'在这一家和另一家都是这样。没有人愿意留下我。我来到监狱,守门人没有开门,我来到一个狗窝。这只狗咬了我,把我赶了出来,好像它做过人一样。简直可以说,它知道我是谁。我来到田野里,想睡在露天下。没有星星。我想天要下雨,天主不会阻止下雨,我便回到城里,想找到一个门洞。

在广场上,我想睡在一块石头上。一个好心的女人给我指出您的房子,对我说:'敲那扇门吧。'我敲了门。这儿是什么地方?是一个旅店吗?我有钱。一大把。我在苦役监里关了十九年,挣了一百零九法郎十五苏。我会付钱。这有什么关系呢?我有钱。我很累,走了十二法里,我饿坏了。您让我留下吗?"

"玛格鲁瓦尔太太,"主教说,"您再放一副餐具。"

那个人走了三步,走近放在桌上的灯。"啊,"他又说,"好像他没有听明白,不是这个意思。您听到了吗?我是一个苦役犯。一个苦役犯。我来自苦役监。(他从口袋里掏出一大张折好的黄纸。)这是我的身份证。黄色的,像您看到的那样。用处是,我走到哪里,那里就把我赶出来。您想看吗?我呀,我识字。我在苦役监时学会的。有一个学校,给想读书的人办的。瞧,这就是身份证上写的:'让·瓦尔让,开释的苦役犯,生于……(这与您无关……)在苦役监关了十九年。破坏盗窃罪判五年。四次企图逃跑判十四年。这个人非常危险。'就这样!大家都把我扔到外面。您呢,您肯接待我吗?这是一个旅店吗?您肯给我吃和住吗?您有马厩吗?"

"玛格鲁瓦尔太太,"主教说,"您在凹室那张床上铺上白床单。"

我们已经解释过,两个女人的服从达到何种程度。

玛格鲁瓦尔太太走出去执行这些吩咐。

主教朝那个汉子转过身去:

"先生,请坐,暖和一下吧。过一会儿我们就吃晚饭,我们吃晚饭时,有人替您铺床。"

这时,那个汉子完全明白了。他脸上的表情至今是阴沉的、粗暴的，如今带着惊诧、怀疑、快乐，变得异乎寻常。他像一个发狂的人那样，开始念叨起来：

"当真？怎么？您留下我？您不赶走我？一个苦役犯！您管我叫'先生'！您不用你来称呼我！'滚吧，狗！'别人总是这样对我说。我原来以为您会赶走我。所以我马上说出我是谁。噢！那个教人到这儿来的女人真是正直！我就要吃晚饭！有一张床！一张带褥子和床单的床！像大家一样！十九年来我没睡过一张床！您不希望我走开！你们是高尚的人！再说我有钱。我会付钱。对不起，旅店掌柜先生，您怎么称呼呢？要付多少钱都行。您是一个正直的人。您是旅店老板，是吗？"

"我是住在这里的一个教士，"主教说。

"一个教士！"那个汉子又说，"噢！一个正直的教士！那么您不问我要钱吗？本堂神父，是吗？这个大教堂的本堂神父？啊！不错，我多么愚蠢啊！我没有看到您的教士圆帽！"

他一面说话，一面把背包和棍子放在一个角落里，然后将他的身份证放进口袋，坐了下来。巴普蒂丝汀小姐和蔼地注视他。他继续说：

"您有同情心，本堂神父先生。您不藐视人。一个好教士真不错。那么您需要我付钱啰？"

"不需要，"主教说，"留着您的钱吧。您有多少钱？您不是说一百零九法郎吗？"

"还有十五苏，"那个汉子补充说。

"一百零九法郎十五苏。您花了多少时间挣到这笔钱？"

"十九年。"

"十九年啊！"

主教长叹了一口气。

那个汉子继续说：

"我保存着所有的钱。我在格拉斯帮人卸车，挣到二十五苏。四天以来，我只花了这笔钱。既然您是神父，我要对您说，我们在苦役监有一个布道师。有一天，我见到一个主教。人家管他叫大人。这是马赛的德·拉马若尔主教。这是管本堂神父的本堂神父。您知道，对不起，我是胡乱说的，但对我来说，这是那么遥远的事！——您明白，我们这些人哪！——他在苦役监中做弥撒，站在一个祭坛上，他有一样尖东西，是金的，戴在头上。晌午大太阳的时候，闪闪发光。我们排着队。分三面围着。我们对面是大炮，导火线点着了。我们看不清楚。他在说话，不过站得太里面，我们听不见。主教就是这样的。"

他说话的时候，主教走过去把一直敞开的门关上。

玛格鲁瓦尔太太进来了。她拿来一份餐具，放在桌上。

"玛格鲁瓦尔太太，"主教说，"把这份餐具放在离炉火最近的地方。（朝他的客人回过身来：）阿尔卑斯山区的夜风十分凛冽。您大概感到冷吧，先生？"

每次他说"先生"这个词时，声音温和、庄重，彬彬有礼，对一个苦役犯说"先生"，等于给美杜莎[1]造成的遇难者一杯水。堕落

---

1 美杜莎，希腊神话中的蛇发女怪，被其目光触及者即化为石头。

者渴望得到尊敬。

"这盏灯不够亮,"主教说。

玛格鲁瓦尔太太明白了,她到主教的卧室的壁炉上去找两只银烛台,她点燃了,放在桌上。

"本堂神父先生,"那个汉子说,"您心地善良。您不小看我。您在家里接待我。您为我点燃蜡烛。我不向您隐瞒我来自什么地方,我是一个不幸的人。"

主教坐在他身边,轻轻地触摸他的手。"您本来不必告诉我您是谁。这儿不是我的家,这是耶稣基督的家。这扇门不问进来的人姓甚名谁,而是问他有没有痛苦。您有痛苦;您又饿又渴;欢迎您来。不要谢我,不要对我说,我在家里接待您。这里不是哪个人的家,除了需要有栖身之地的人。您经过这里,我对您说,您是在自己家里,而不是在我家里。这里的一切都是您的。我干什么需要知道您的名字?况且,您对我说出您的名字之前,我已经知道您的一个名字了。"

那个汉子睁大惊讶的眼睛。

"当真?您知道我叫什么?"

"是的,"主教回答,"您叫作我的兄弟。"

"啊,本堂神父先生!"那个汉子叫道,"进来时我饿得发慌;您是那么好,眼下我不再知道自己饿不饿,饿劲已经过去了。"

主教望着他,对他说:

"您受过很多苦吗?"

"噢!穿红囚衣,脚上拖着铁球,只有一块木板睡觉,炎热,寒冷，干活，做苦工，挨棍打！一点儿事就上双重铁链。一句话就关黑牢。甚至病倒在床也上锁链。狗，狗也更幸福！十九年！我已经四十六岁。眼下拿的是黄色身份证！这就是。"

"是的，"主教说，"您从一个苦地方出来。听着。一个忏悔的罪人脸上挂着泪水，比穿白袍子表示样样正确的人，在天上有更多的快乐。如果离开那个苦地方时带着对人仇恨、愤怒的思想，您就值得怜悯了；如果您离开时带着仁爱、和善、平静的思想，您就胜过我们任何一个人。"

玛格鲁瓦尔太太已经准备好晚饭。水、油、面包、盐、一点肥肉、一块羊肉、无花果、鲜奶酪做成汤，还有一大块黑麦面包。她在主教先生的家常饭菜之外，还加上一瓶莫弗的陈酒。

主教的面孔陡地泛起好客的人才有的快乐神情："上桌！"他热情地说。每当有个生客同他一起吃晚饭，他就习惯这样。他让那个汉子坐在他的右边。巴普蒂丝汀小姐非常平静和自然，在他左边落座。

主教念了饭前经，然后按他的习惯喝汤。那个汉子贪婪地吃起来。

主教突然说："我觉得桌上少了样东西。"

玛格鲁瓦尔太太确实只放上三副绝对必不可少的餐具。然而，当主教有客人吃晚饭时，家里的习惯是桌布上要放上六副银餐具，这是天真无邪的炫耀。这个温馨而又严肃的家，将贫困提高到高贵的地步，这种奢华的优雅外表，是一种充满魅力的稚气表现。

玛格鲁瓦尔太太明白了这句话的言外之意，一言不发地出去了，过了片刻，主教所要求的三副餐具对称地摆在三个就餐的人面前，在桌布上闪烁发光。

四、细说蓬塔利埃的干酪业

现在，为了对饭桌上发生的事有个了解，我们不如转引巴普蒂丝汀小姐写给德·布瓦什弗龙夫人的一封信，苦役犯和主教的谈话在信中叙述得详尽而又朴实：

……

……这个人不注意任何人。他像个饿鬼一样贪婪地吃东西。然而，喝过汤以后，他说：

"善良天主的本堂神父先生，对我来说，这一切太好了，但我应该说，那些不愿意让我跟他们一起吃饭的运货马车夫，吃的胜过您的美味佳肴。"

私下里说说，这种看法有点冒犯我。我的哥哥回答：

"他们比我更劳累。"

"不，"这个人接着说，"他们钱更多。您很贫穷。我看得出来。或许您连本堂神父也不是。您仅仅是本堂神父吗？啊！如果天主是公正的，您就确实是本堂神父。"

"善良的天主再公正不过，"我的哥哥说。

片刻，他又添上说：

"让·瓦尔让先生，您是到蓬塔利埃去吗？"

"必须走这条路线。"

我确信，这个人是这样说的。然后他继续说：

"明天破晓我就该上路。赶路是苦事。要是夜里寒冷，白天就会很热。"

"您是到一个好地方去，"我的哥哥接口说，"大革命时，我的家庭破产了，我起先躲在弗朗什-孔泰省，在那里有一段时期自食其力。我意志坚定。我找到事情做。只消选择就是了。有造纸厂、制革厂、烧酒厂、榨油厂、大型钟表厂、炼钢厂、炼铜厂、至少有二十家炼铁厂，其中四家在洛德、沙蒂荣、奥凡库、伯尔，规模巨大……"

我自信没有搞错，这些正是我哥哥举出的名字，然后他打住了话头，对我说：

"亲爱的妹妹，我们在那个地方没有亲戚吗？"

我回答：

"有亲戚，其中，德·吕塞奈先生是旧制度下蓬塔利埃看守城门的队长。"

"是的，"我哥哥又说，"但是，九三年，人们再也没有亲戚了，只有自己的手臂。我干活。在您要去的这个蓬塔利埃，让·瓦尔让先生，当地人有一种极其古朴而迷人的工业，妹妹。就是他们的干酪业，他们叫做制干酪工场。"

于是我哥哥一面让这个人吃喝，一面向他详细地解释蓬塔利埃的干酪业是怎么回事；"人们分成两种：大仓是属于富人的，里面有四五十头母牛，每个夏天生产七八千块干酪；联合仓是属于穷人的，中部山区的农民把他们的母牛聚在一起，分享产品。他们雇用一个制干酪工人，称之为格吕兰；格吕兰每天三次过滤合作者的奶，在一块双合板上刻记上数量；大约到四月末，制干酪的工作开始了；六月中旬左右，制干酪工人把母牛赶到山里去。"

那个人一面吃着，一面活跃起来。我哥哥让他喝莫弗的好酒，但连他自己也不喝，因为他说这酒昂贵。我哥哥以您了解的那种动不动就高兴起来的劲头讲述这些细节，我觉得他在话里插入一些优雅的语句。他一再提到格吕兰的入息好，仿佛他希望，不用直接而生硬地向他建议，这个人就会明白，这会是他的一个安身之地。有一件事令我惊讶。这个人的底细，我已经对您说过了。唉！我哥哥在吃饭的全部时间内，在整个晚上，除了他进来时说过几句关于耶稣的话，没有说过一个字，能令这个人想起他是谁，也没让这个人知道我哥哥是谁。训导一下，把主教的头衔压在这个苦役犯身上，让他留下路过的痕迹，看来确实是个机会。也许对别人来说，遇到这个恶人，看来应该在让他填饱肚子的时候，也该充实一下他的头脑，训斥他几句，既有教诲，又有劝告，或者再加上一点同情，并且激励他将来品行好些。我哥哥甚至没有问他是哪个地方的人，也没有问他的身世。因为他早先犯过罪，我哥哥好像避免提到一切能使他回想起来的事。甚至于这样：我哥哥谈到蓬塔利埃的山里人时，说是他们有一份靠近天堂的好工作，还说，因为他们是纯朴的，所以是幸福的，他猛不丁地停住话头，生怕这句话里漏出什么，会伤害这个人。由于考虑到这点,我以为明白了我哥哥的心理活动。他大概在想,这个人叫作让·瓦尔让,脑子里老想到他的贫困,最好是使他散散心,让他相信,哪怕是一会儿,他像别人一样是个人,是个普通人。深刻理解仁爱不就是这样吗?善良的夫人,不做训斥,不做开导,不作暗示,在这种体贴中,难道没有真正合乎福音的东西吗?当一个人身上有痛点的时候,最好的同情难道不是根本不去触摸它吗?我觉得,我哥哥的内心思想可能是这样的。无论如何,我能说的是,即使他有这些想法,他也没有表示出来,哪怕是对我;他从头至尾像天天晚上那样,他跟让·瓦尔让吃晚饭,神态和举止像同热德昂·勒普雷沃先生或者同教区的本堂神父先生一样吃晚饭。

快吃完饭时,我们正在吃无花果,有人敲门。这是热尔博大妈,怀里抱着她的小不点。我哥哥亲了亲孩子的额角,向我借了十五苏,我正好揣在身上;他给了热尔博大妈。这时,那个人心不在焉。他不再说话,显得非常疲惫。可怜的老热尔博走了,我哥哥念了饭后经,然后转向这个人,对他说:您想必很需要睡觉了。玛格鲁瓦尔太太很快撤走餐具。我明白,我们该退走,让这个赶路人睡觉,我们两个上楼去了。过了一会儿,我让玛格鲁瓦尔太太给这个人的床上盖上一张黑森林的麂子皮,那是放在我房间里的。这一阵夜里寒冷彻骨,这张皮保暖,遗憾的是陈旧了,所有的毛已经脱落。我哥哥在德国多瑙河源头附近的托特林根买来的,包括我吃饭时使用的那把象牙柄的小刀。

玛格鲁瓦尔太太几乎马上回到楼上,我们开始在晾内衣的厅里向天主祈祷,然后我们各自一声不吭地回到自己的房间里。

五、静　谧

向妹妹道过晚安后,福来主教拿起放在桌上的两盏银烛台中的一盏,把另一盏递给他的客人,对他说:

"先生,我来带您到您的房间里去。"

那个汉子尾随着他。

从上文所述中,读者可以注意到,屋子的布局使人必须通过主教的卧室,才能走到凹室所在的祈祷室去,并从那里出来。

正当主教穿过房间时,玛格鲁瓦尔太太把银器塞进床头边的壁橱里。每晚她去就寝之前,最后操心的是这件事。

主教把客人安顿在凹室里。那里刚支上一张床,铺上干净的白床单。

"好了,"主教说,"晚安。明天早上,动身之前,您喝一杯我们的母牛挤的奶,热乎乎的。"

"谢谢,神父先生,"那个汉子说。

他刚说完这句平平和和的话,骤然间没有过渡,做了一个古怪的动作,倘若两个圣洁的女人看到了,准定会吓得浑身冰凉。直到今日,我们仍然很难分析此刻他缘何这样做。他想提出警告,还是抛出一个威胁?他只是顺从一种本能的,自己也茫无所知的冲动吗?他冷不防朝老人转过身来,抱起手臂,对主人投以凶蛮的目光,用喑哑的声音大声说：

"啊！很明显！您让我住在您家里，是这样紧紧靠着您啊！"

他止住话头，发出狰狞的笑声，补上说：

"您充分考虑过吗？谁告诉您，我没有杀过人呢？"

主教朝天花板抬起眼睛，回答道：

"善良的天主才管这事。"

随后，他庄重地蠕动着嘴唇，仿佛在祈祷，或者自言自语，他举起右手的两根手指，祝福那个不肯弯腰的人，然后头也不回，也不朝后看，回到自己的卧室里。

当凹室里有人住时，祈祷室从这边到那边，用一大块斜纹哔叽布遮住祭坛。主教经过这块布帘时跪了下来，做了短短的祈祷。

过了一会儿，他来到园子里，踯躅，遐思，仰望，全身心沉湎在夜晚天主给依然张开的眼睛指出的伟大而神秘的事物中。

至于那个汉子，他当真异常疲倦，甚至没有利用那些洁白的床单。他像苦役犯那样用鼻孔吹灭了蜡烛，和衣倒在床上，立刻酣然入睡。

午夜敲过，主教从园子里回到他的房间。

几分钟以后，这幢小房子里一切都睡着了。

六、让·瓦尔让

将近夜半，让·瓦尔让醒了过来。

让·瓦尔让出身布里地区一个贫苦的农民家庭。童年时代，他没有读过书。成年时，他是法弗罗尔的树木修剪工人。他的母亲名叫让娜·马蒂厄；他的父亲名叫让·瓦尔让或者弗拉让，可能这是绰号，或者"这是让"的简称。

让·瓦尔让生性好沉思默想，但不忧愁，这是多情善感的性格本质。总之，让·瓦尔让好像沉睡未醒，至少表面看来毫无可取之处。他在幼年时便失去了父母。他的母亲没有被照顾好，死于产褥热。他的父亲像他一样是树木修剪工人，从一棵树上摔下来，命丧黄泉。让·瓦尔让只剩下一个姐姐，她成了寡妇，带着小子姑娘共七个孩子。这个姐姐把让·瓦尔让抚养大。她的丈夫在世时，她让弟弟有住有吃。丈夫死了。大孩子八岁，最小的一岁。让·瓦尔让刚刚满二十五岁。他代替了父亲，轮到他支撑那扶养他长大的姐姐。这样做很普通，就像尽责一样，即使让·瓦尔让那方面有点性情粗暴。他的青年时代就这样在艰苦的低酬劳的工作中消磨掉了。他在当地从来没有"女朋友"。他没有时间谈情说爱。

傍晚，他疲惫地回家，埋头喝汤，不发一言。他的姐姐让娜大妈在他吃饭时，常常从他盆子里取出饭菜中最好的东西，肉块呀，肥肉片呀，菜心呀，给她的一个孩子；他呢，趴在桌子上不断吃着，头几乎陷到汤里，他的长发洒落在盆子周围，遮住他的眼睛。他好像什么也没有看到，听之任之。在法弗罗尔，离瓦尔让的茅屋不远，小街的另一边，有一个名叫玛丽-克洛德的农妇；瓦尔让家的孩子经常挨饿，有时以他们妈妈的名义，向玛丽-克洛德借一品脱的牛奶，在篱笆后面或者小路的角落里喝掉，由于匆匆忙忙地争夺奶罐，小姑娘们把奶都洒在围裙上和小水沟里。大妈如果知道这样干坏事，会严厉地加以惩罚。让·瓦尔让虽然粗鲁和爱抱怨，却背着大妈，将一品脱牛奶的钱付给玛丽-克洛德，孩子们没有受到惩罚。

他在修剪树木的季节每天挣到二十四苏，他又当收割工、小工、牛场伙计、干重活。他能干什么就干什么。他的姐姐也干活，但是，要带七个孩子，能干什么呢？贫困包围和逐渐压抑着这悲惨的一群。有一年冬天非常寒冷。让没有工作。家里没有面包。没有面包。一点儿没有。七个孩子。

一个星期天的晚上，法弗罗尔的教堂广场上的面包商莫贝尔·伊扎博准备睡觉了，这时他听到铺子带铁栅的玻璃橱窗发出砰的一声。他及时赶到，看见一只手臂从一拳打碎的洞里伸进铁栅和玻璃窗内。这只手臂抓住一只面包，拿走了。伊扎博赶紧跑出去；小偷拔腿就逃；伊扎博在后面追赶，把他抓住了。小偷已经扔掉面包，但他的手臂鲜血淋漓。这是让·瓦尔让。

事情发生在一七九五年。让·瓦尔让"以黑夜闯进民宅破坏盗窃的罪名"，被传到法庭。他有一支枪，比上流社会的枪手枪法更准，有时偷猎；这对他不利。当时对偷猎者有一种合理的成见。偷猎者同走私者一样，接近强盗。但顺便说说，在这类人和城里卑劣的杀人犯之间，有天渊之别。偷猎者生活在森林里；走私者生活在山里或海上。城市产生恶人，因为城市产生堕落的人。大山、大海、森林产生野蛮的人。它们对凶狠的一面推波助澜，但往往并不摧毁人道的一面。

让·瓦尔让被宣判有罪。法律词汇是明确的。在我们的文明中，有可怕的时刻；刑罚宣布灭顶之灾。社会远离而去，彻底抛弃一个会思想的人，那是多么悲哀的时刻啊！让·瓦尔让被判处五年苦役。

一七九六年四月二十二日，巴黎人欢呼意大利军团司令官取得了蒙特诺特战役的胜利，共和四年花月二日，五百人院的督政府的咨文称这位将军为波拿巴；同一天，在比塞特，给犯人上了一条大铁链。让·瓦尔让列入这条铁链中。一个以前的监狱守门人，目下已经近九十岁，他还清楚地记得这个不幸的人，他锁在大院的北角第四排的顶端。他像其他犯人一样坐在地上。看来他根本不明白自己的处境，只知道十分可怕。也许他通过一个愚昧无知的可怜人的朦胧思想，分辨出要采取某些极端措施。

正当在他脑袋的背后重槌钉上枷锁的螺钉时，他哭泣起来，眼泪堵住了他的喉咙，使他说不出话来，他仅仅断断续续地说："我是法弗罗尔的树木修剪工人。"随后，他一边呜咽，一边举起右手，再逐级降低七次，仿佛他依次触摸七个高低不等的脑袋，通过这个动作，别人捉摸出他所做的事，就是要给七个孩子吃的和穿的。

他被押解到土伦，走了二十七天，锁链套在脖子上，坐在囚车里。在土伦，他穿上了红色囚衣。他生活中的一切都抹去了，包括他的名字；他甚至不再是让·瓦尔让；他是24601号。姐姐情况怎样了？七个孩子怎样了？谁来照顾这一切呢？从根部锯掉的幼树，树叶会变得怎样呢？

以后的经历总是一样的。这些活在世上的可怜虫，这些天主的创造物，今后毫无依靠，没有向导，没有栖身之所，漫无目的地乱闯，谁知道结果会怎样呢？也许每个人有各自的情况，他们逐渐陷入这片冷雾中,那正是孤独的命运葬身之地。这是一片阴沉沉的黑暗,那么多不幸的人加入人类艰难的行进,相继消失其中。他们离乡背井。他们的故乡忘却了他们;他们的田界忘却了他们;让·瓦尔让在苦役监待了几年以后,也忘却了它们。这颗心有过伤口,留下了伤疤。就是这样。他在土伦度过的所有时间里,仅仅有一次听到别人提到他的姐姐。我想,这是在他囚禁的第四个年头末尾。我不晓得这个信息是通过什么渠道传到他耳朵里的。有个认识他们的人,见过他的姐姐。她在巴黎。她住在圣苏尔皮斯教堂附近的一条穷街,就是冉德尔街上。她身边只有一个孩子,一个小男孩,最小的那个。其余六个孩子在哪里呢?也许连她自己也不知道。每天早上,她到萨博街三号的一间印刷所去,她是折页工和装订工。清早六点钟就该到那里,冬天则要在天亮之前。在印刷所里,有一所学校,她把七岁的小儿子带到这所学校里去。只不过,由于她在六点到印刷所,学校要到七点开门,孩子必须在院子里等着过一小时学校才开门;冬天在露天的黑暗中等一小时。人们不肯让孩子进入印刷所,说是因为他碍事。工人早上经过时,看到这个可怜的小孩坐在石子路上,睡着倒在那里,而且往往睡在暗陬中,蹲在和蜷曲在他的篮子上。下雨时,有个老妇人,就是看门女人,怜悯他;她把他收留在自己的破屋里,屋里有一张破床,一架纺车和两把木椅。小孩睡在一个角落里,怕冷而挤紧了猫。七点,学校开门了,他走进校门。这就是别人告诉让·瓦尔让的情况。有一天别人给他叙述一遍,只一会儿,闪电般一刹那,仿佛一扇窗朝他所爱的亲人的命运骤然打开,然后一切又关上;他再也没听人说起过,永远杳无信息。他们的情况再也到不了他那里；他从来没再见过他们，遇到过他们，在这个悲惨的故事的下文里，再也找不到他们。

将近第四年末尾，轮到让·瓦尔让逃跑了。他的同伴帮助他，就像在这个凄惨的地方这种事所发生的那样。他逃了出来。他在田野里自由地转悠了两天；倘若这样也算自由的话：受到追捕，时刻要回过头来，一有响声便瑟瑟发抖，什么都害怕，怕冒烟的屋顶，怕路过的人，怕吠叫的狗，怕奔驰的马，怕敲响的钟，怕看清东西要天亮，怕看不清东西要天黑，怕大路，怕小径，怕灌木丛，怕睡眠。第二天傍晚，他又被抓住了。三十六个小时以来他没吃没睡。滨海地区法庭因这逃跑罪，判处他延长三年徒刑，这就等于判了八年徒刑。第六年，又轮到他逃跑；他不放弃，可是他逃跑不成。点名时他没有应到。响起有人越狱的炮声，夜里，巡逻队发现他躲在一艘正在建造的船的龙骨下；他抗拒抓住他的苦役犯看守。越狱和拒捕。这个特别法典预见到的情况，受到增加五年监禁的惩罚，其中两年锁上双重铁链。十三年。第二年，又轮到他逃跑，他再次加以利用。他又没有成功。因这次新企图，延长三年。十六年。最后，我想是在第十三年，他做了最后一次尝试，消失之后四小时，他又被抓获。这四小时逃跑换来三年监禁。十九年。一八一五年十月，他被释放了；他于一七九六年因为打碎一块玻璃和拿了一块面包而入狱。

这里插入一小段话。本书作者在研究犯罪问题和律法判刑时，第二次遇到因偷一块面包而成为命运的出发点。克洛德·格偷过一块面包；让·瓦尔让偷过一块面包。一项英国人的统计表明，在伦敦，五分之四的偷窃直接原因都是饥饿。

让·瓦尔让哭泣着和颤抖着被关到苦役监；他出来时冷漠无情。他进去时是绝望的；他出来时是阴郁的。

这个人的心灵中发生了什么？

七、绝望的内涵

让我们试着说个明白。

既然是社会做的事，就应该正视。

我们说过，这是一个无知的人；但他不是一个坏蛋。他身上点亮了自然之光。不幸也有它的光芒，加强了这个心灵中具有的一点亮光。在棍棒下，在锁链下，在黑牢里，在疲劳时，在苦役监的炽热阳光下，在苦役犯的木板床上，他在自己的良知中反省和思索。

他为自己建立了法庭。

他以审判自己开始。

他承认，他不是被冤枉的无辜者。他承认，他犯过越轨的应受谴责的行为；假使他提出要求，或许别人不会拒绝给他面包；无论如何，最好是等待，要么等待怜悯，要么等待工作；完全没有理由反驳说：肚子饿的时候还能等待吗？首先，完全是饿死的情况是很少的；其次，不管是好是坏，人这样创造出来，在精神和肉体上能够长期受苦，而且能受许多痛苦，而不至于死去；因此必须有耐心；对那些可怜的小孩子来说，这样甚至更好；对他这个不幸的、微不足道的人来说，激烈地揪住整个社会的衣领，想通过偷窃摆脱贫困，那是疯狂的行动；不管怎样，由此投身于卑劣之中以摆脱贫穷，那是一道邪恶的门；末了，他是做错了。

然后，他心里思索：

在他拖累终身的这一经历中，只有他犯了过错吗？首先，他这个劳动者没有工作，他是勤劳的，却没有面包，这难道不是严重的事吗？其次，错误犯下了和承认了，惩罚是不是凶狠和过分呢？法律滥用刑罚，是不是超过了犯罪者放任自己犯罪呢？在天平的一个托盘里，也就是赎罪那个托盘里，是不是多压了分量呢？刑罚过量是不是能消除轻罪，并达到这个效果：扭转情况，以镇压错了来代替轻罪犯人的过错，把犯罪者变成受害者，把债务人变成债主，最终把权利给予侵犯权利的一方呢？由于企图逃跑而不断加重的刑罚，是不是最后变成强者对弱者的一种戕害，变成社会对个人的犯罪，每天重新开始的犯罪，持续十九年的犯罪呢？

他心里想，人类社会是不是有权利让它的成员同样这样去忍受：一种是失去理智的盲目，另一种是无情的先见之明，是不是有权利在缺乏和过度，即缺乏工作和过度惩罚之间，永远抓住一个可怜的人呢？社会这样对待在命运分配的财产中拥有最少，因而也最应该得到照顾的成员，是不是过分了？

这些问题提出和解决以后，他审判社会，对之判决。

他判决社会仇恨他。

他让社会负责他所遭受的命运，心想，他也许会毫不犹豫地有朝一日向社会算账。他对自己宣布，在他造成的损害和别人对他造成的损害之间，是不是平衡呢？最后他下结论：对他的惩罚，说实在的,并不公正,肯定地说,这是不公。

愤怒可能变得狂暴和荒唐;人可能因愤怒而犯错误;只有在内心知道哪方面有理,才会义愤填膺。让·瓦尔让感到义愤填膺。

再说,人类社会只对他干下坏事。他只看到它这副所谓正义,向打击的人显露的发怒的脸。人们只要接触他,就伤害他。凡是同他们接触,对他都是迎头一击。从他孩提时代起,不管是他的母亲还是他的姐姐,他从来没有遇到过一句友好的话,一个和蔼的目光。他经历过种种痛苦,逐渐达到这个想法:生活是一场战争;在这场战争中,他是战败者。除了仇恨,他没有别的武器。他决意在苦役监中磨快这件武器,离开时带走它。

在土伦,有一个由无知兄弟会[1]主持的犯人学校,给那些有过良好意愿的不幸者传授最必需的知识。他属于有良好意愿的人之列。他在四十岁时上学校,学会读、写、算。他感到,加强他的智力,也就是加强他的仇恨。在某些情况下,教育和智慧会用作延长恶。

说起来令人悲哀,他审判了造成他不幸的社会之后,又审判了社会的天主。

他是这样判决天主的。

在这十九年忍受折磨和做牛做马之后,这个心灵既升高又跌落下来。一边进来的是光明,另一边进来的是黑暗。

读者已经看到,让·瓦尔让本质不坏。当他来到苦役监时,他仍然是善良的。他在监狱里谴责社会,感到自己变得凶恶了;他还

---

[1] 无知兄弟会,1680年在法国建立的天主教团体。

谴责天主，感到自己变成亵渎宗教了。

这里，需要做进一步的思索。

人性就这样完全、彻底地改变了？人由天主创造出来时是善良的，是否会让人又变得凶恶呢？心灵会不会让命运整个儿重塑，由于命运邪恶而变得邪恶呢？心灵在不成比例的不幸压迫下，会不会畸形，变得丑陋和无可救药、残缺不全，就像垂直的柱子在过于低矮的穹顶下那样变形呢？在一切人类心灵中，尤其在让·瓦尔让的心灵中，难道没有第一闪火花，一种神圣的因素，在世间不可腐蚀，在冥间则会不朽，善可以使之扩展、拨旺、点燃、发出熊熊火焰，照得通明雪亮，而恶永远不能完全熄灭它呢？

这些问题严肃而晦涩，对于最后一个问题，一切生理学家如果在土伦见过让·瓦尔让在休息时（对他来说是沉思的时候）交叉着手，坐在绞盘的铁杆上，锁链末端放在口袋里，不让拖在地上，很可能会回答："否。"这个阴郁、严肃、寡言少语、若有所思的苦役犯，是法律判决的贱民，他恶狠狠地望着人；他又是文明的罪人，严峻地望着天空。

诚然，我们不愿意隐瞒，进行观察的生理学家在这里会看到救助不了的贫困，也许他会抱怨违反法律的病患，但他甚至不想医治；他在这个心灵里看到一些空洞，却掉转了目光；如同地狱门口的但丁，他想从这个人身上抹去天主的手指在所有人的额角上写下的字："希望！"

我们力图分析的他的这种心灵状态，对让·瓦尔让来说，也是明白如画吗？上文我们已经竭力给读者把他的心灵状态还原出来。

随着他的道德贫困所组成的一切因素得以形成，让·瓦尔让是不是清晰地看到，或者已经清晰地看到了这些因素呢？这个粗鲁的没有文化的人，是不是清楚地意识到这些络绎不绝的思想，由此他逐级升降，直到目睹多少年来他内心的地平线上呈现的阴郁景象呢？他是不是意识到在他身上发生的一切，和在里面活动的一切呢？这是我们不敢断言的；这甚至是我们不愿相信的。在让·瓦尔让身上，过分愚昧无知，甚至在经历了那么多的不幸之后，他还混混沌沌。时常他不能准确知道自己的感受。让·瓦尔让处在黑暗中；他在黑暗中受煎熬；他在黑暗中仇恨人；简直可以说，他仇恨面前的一切。他习惯于生活在这片黑暗中，像瞎子和做梦的人一样摸索。只不过，他时不时兀地从自身或从外部袭来一阵愤怒的颤抖，一阵痛苦的加剧，照亮他整个心灵的苍白而短暂的电闪，骇人的强光把他周围前前后后，所有地方，呈现出命运可怕的悬崖和阴暗的峭壁。

电闪过去，黑夜重新降临，他在哪儿？他一无所知。

在这类痛苦中，无情的东西，就是说粗野的东西起主宰作用；痛苦的本质是通过某种愚蠢的变容，把一个人变成一头野兽。有时变成一头恶兽。让·瓦尔让的越狱企图一而再，再而三，足以证明法律对人的心灵所起的古怪作用。让·瓦尔让会重新再尝试多少次，哪怕徒劳和疯狂，只要机会出现，他丝毫也不考虑后果和已经做过的尝试。他就像笼门打开后的狼一样猛冲出来。本能告诉他：快逃命！理智则会告诉他：留下来！可是，面对这样强烈的诱惑，理智早已消失了；只剩下本能。只有野兽在行动。当他又被抓获时，对他施加的严厉措施，只会使他格外惊慌失措。

我们不应遗漏一个细节,就是他拥有苦役监犯人所没有的体力。拉钢丝绳,转动绞盘,即使疲乏了,让·瓦尔让也抵得上四个人。他能提起,有时在背上顶住巨大的重量,遇到机会能代替千斤顶,这个工具叫做"自豪",顺便说说,靠近巴黎菜市场的自豪峰街就取了这个意思为名字。他的伙伴给他起了个绰号:"千斤顶让"。有一次,修葺土伦市政厅的阳台,一根普热[1]雕塑的出色的女像柱支撑着这个阳台,却坼裂了,险些倒了下来。让·瓦尔让当时在那里,用肩膀顶住了女像柱,使工人能及时赶到。

他的灵活还超过了他的力气。有的苦役犯,日思夜想越狱,最后将力量和灵活综合起来,变成一门真正的学问。这是肌肉的学问。囚犯永远羡慕苍蝇和飞鸟,他们每天在实践一门神秘的静力学。攀登悬崖,在只有一个突出的地方寻找支撑点,对让·瓦尔让来说,这是一场游戏。利用一个墙角,以背部和腿弯的张力,手肘和脚后跟撑住石头的凹凸处,他好像变魔术似的爬上四楼。有时,他这样爬到苦役监的屋顶。

他寡言少语。他不笑。必须极其激动,一年才有一两次使这个苦役犯露出阴郁的笑,仿佛魔鬼的笑的回声。看到他时,他好像专注于持续地盯着某样可怕的东西。

他确实目迷神驰了。

通过不健全的体质和受压抑的智力的病态感觉,他模模糊糊地感到,有一样恶魔般的东西压在他身上。在他匍匐的混沌迷蒙中,

---

[1] 普热(1620~1694),法国雕刻家、画家、建筑师,1656~1657年为土伦市政厅的大门雕塑。

每次他回过头来，想抬起目光，便怀着恐惧与狂热，看到事物、法律、偏见、人、事实摞成可怕的一堆，层层叠叠，互相支撑，越过他的头，升高至望不到顶；这堆东西底部无边无际，大得令他惊骇，其实，这座惊人的金字塔不是别的，就是我们所谓的文明。在这挤紧的丑陋的整体中，这儿那儿，时而靠近他，时而远离他，在达不到的高台上，他分辨出被照得雪亮的一个地方，这里是小狱吏和他的棍棒，警察和他的佩刀，那里是戴着主教帽的大主教，高处，皇帝戴着冠冕，像太阳一样闪闪发光。他觉得，这远处的光辉非但没有驱散他的黑夜，反而使黑夜分外漆黑和阴惨惨。这一切，法律、偏见、事实、人、事物，在他头顶上，按照天主给予文明复杂而神秘的运动来来去去，踩在他身上，带着难以形容的平静态度残忍地，而且是冷漠无情地踏碎他。被法律排斥的人是落入极端不幸的深渊的心灵，是被遗弃在地狱的最底层、什么也看不到的不幸者，他们感到这个人类社会以全部重量压在他们的头上；人类社会对在它之外的人来说是非常可怖的，对处在底层的人来说是极其可怕的。

让·瓦尔让思索时处在这样的状态中，他的遐想属于什么性质呢？

如果磨盘下的黍粒有思想的话，它大概会像让·瓦尔让那样思索。

所有这些东西，包括充满鬼怪的现实和充满现实的幻景，最后都为他创造出一种几乎难以描述的内心境界。

有时，他在苦役监干活时，停了下来。他开始思索。他的理智比以前更加成熟，也更加混乱，这时愤然而起。他遇到的一切，他觉得很荒谬；他周围的一切，他觉得很怪诞。他心里想：这是一个梦。他望着离他几步路站着的狱卒；他觉得狱卒是一个幽灵；突然幽灵给了他一棍子。

对他来说，可见的自然勉强存在。这样说差不多是对的：对让·瓦尔让来说，根本没有太阳，没有夏天美好的日子，没有光辉灿烂的天空，也没有四月凉爽的黎明。平时，从通气窗射进来的、难以形容的日光，才会照亮他的心灵。

最后，概而言之，上文所述能概括起来，转为积极的结论是：我们只限于表明，在十九年里，让·瓦尔让，这个法弗罗尔与人为善的树木修剪工人，土伦的可怕苦役犯，在苦役监的调教下，变得能够干出两种坏事来：第一种坏事是迅速、不假思索、昏头昏脑、完全出于本能、对所受痛苦的报复而做出来的；第二种坏事是沉重的，严肃的，经过良心斗争、带着这样的不幸会产生的错误思想去思考而做出来的。他的预谋经过三个相连接的阶段，只有经过一定考验的人才会经历完，这三个阶段就是议论、向往、坚持。他的动机是：一贯的愤慨、心灵的辛酸、受到不公正待遇的深沉感受，甚至反对好人、无辜的人和正直的人，如果有这类人的话。他所有的思想的出发点和归结点，就是仇视人间法律；如果这种仇视由于天意的突发事件而在中止发展，它在一定时期内便会变成对社会的仇恨，然后是对人类的仇恨，再然后是对造物的仇恨，末了表现为一种朦胧的，不断的，粗野的，只要是人无论谁都伤害的愿望。可以看到，身份证把让·瓦尔让说成"非常危险的人"，不是没有理由的。

这个心灵一年年越来越枯竭，慢慢地，然而是不可阻挡的。心灵干涸，眼睛也干涸。走出苦役监，他有十九年没有流过一滴眼泪了。

八、波浪和黑暗

一个人掉进大海。

没关系！航船没有停止前进。狂风呼啸，这艘悲惨的船有一条航路，不得不继续往前。它开过去了。

那人消失了，然后又出现，他沉入水底，又升上海面，他在呼唤，他伸出手臂，没有人听到呼唤；这艘航船在风暴中颤抖，一切都在风暴的操纵下，水手和乘客甚至看不到落水的人；他可怜的头在浩瀚的浪涛中只是一个点。

他在海浪中发出绝望的叫喊。这片远去的帆是什么幽灵啊！他望着它，发狂地望着它。它远去了，变成白蒙蒙的，越缩越小。刚才他就在上面，他是乘客，同别人一起在甲板上走来走去，他有自己的一份空气和阳光，他是一个活人。现在，究竟发生了什么事？他滑了一下，跌倒了，完了。

他落在可怕的水里。他脚下在下陷，在崩塌。狂风撕碎了波浪，波浪可怕地包围着他，深渊的摆动把他席卷而去，水花在他的头的四周晃动，一股浪头扑在他身上，混沌的大口几乎吞噬了他；每次他陷下去，他都瞥见黑洞洞的深渊；不认识的可怕植物抓住他，缠住他的脚，拖向它们；他感到，他变成深渊，他属于泡沫，浪涛一个个扑向他，他喝着苦涩的海水，卑怯的大洋竭力要淹没他，大海玩弄着他的垂死。看来海水怀有仇恨。

然而他在搏斗,他想自卫,他想坚持,他努力挣扎,他在游泳。他呀,尽管用尽了可怜的力气,还是同永不枯竭的力量搏斗。

航船在哪儿?在那边。在天际灰蒙蒙的地方几乎看不见。

风暴肆虐;浪花使他难以忍受。他抬起眼睛,只看到苍白的云彩。垂死挣扎中,他看到海洋无边的狂乱。这种狂乱折磨着他。他听到人们陌生的声音,这声音仿佛来自世外和难以形容的吓人天外。

云层中有飞鸟,就像人的悲苦之上有天使一样,但是,对他来说,天使有什么用呢?飞呀,唱呀,翱翔呀,而他呢,他在咽气。

他感到同时被海洋和天空这两个无限淹没了;一个是坟墓,另一个是尸布。

黑夜降临,他游了好几小时,力气用尽;这艘航船,这遥远的东西,上面有人,但航船消失了;在可怕的黄昏深渊中,只有他一个人,他沉下去,僵硬了,扭曲了,他感到身下是看不见的鬼怪浪涛;他呼喊。

一个人也没有。天主在哪里?

他呼喊。来人哪!来人哪!他不断在喊。

天边一无所见。天边一无所见。

他哀求大海、浪涛、海藻、暗礁;周围闭目塞听。他哀求风暴,不可变更的风暴只服从无限。

他周围是黑暗、孤独、无意识的动荡、混乱,狂暴的水难以确定的皱褶。

他感到恐惧和疲惫。他身下是陷落。没有支撑点。他想到尸体在无边的黑暗中的神秘历险。无限的寒冷使他麻木。他双手痉挛和闭拢来,抓住虚无。狂风、乌云、旋风、气流、星星,有什么用!怎么办?绝望的人自暴自弃,厌生的人决意要死亡,听之任之,随波逐流,他放弃搏斗了,永远滚入阴森森的吞没人的深渊中。

噢,人类社会无法改变的前进!一路上失去多少人和心灵啊!法律使之沉落的一切,要沉落到这大洋中!援救的人可悲地消失了!噢,道德沦亡了!

大海,这是无情的社会之夜,刑罚将罪人丢弃到里面。大海,这是无边的苦难。

心灵,舍弃在这深渊中,会变成一具尸体。谁会使它复活呢?

九、新的不满

当出狱的时刻来临,当让·瓦尔让耳朵里听到这古怪的话:"你自由了!"这一时刻不像真的,是第一次听到,这时,一缕强烈的光芒,一柱活生生的真正光芒,骤然渗入他体内。但是这股光芒很快就变淡了。让·瓦尔让已经被自由的想法弄得目眩神迷。他相信获得了新的生命。他很快看出,别人给他黄护照,这种自由是怎么回事。

在这周围,是千辛万苦啊。他计算过,在苦役期间,他的积蓄大概达到一百七十一法郎。应该补充说,他忘记星期天和节日只得休息,这要计算在内,十九年就要减少二十四法郎左右。无论如何,由于各种扣除,这笔积蓄减少到一百零九法郎十五苏,他在出狱时给他结清。

他对此一点儿不明白，自以为挨斩了。说白了，是被人偷了。

他获释第二天，在格拉斯，他在一爿橘花酿酒厂的门前，有一群人在卸包。他毛遂自荐要效劳。这事很紧迫，别人接受了。他干了起来。他是聪明的、强壮的、灵活的；他很卖力气；老板很高兴。正当他干活时，走过一个警察，注意到他，问他要证件。只得出示黄色身份证。事后，让·瓦尔让重新干活。过了片刻，他问其中一个工人，他们干这活儿每天挣多少；人家回答他："三十苏。"黄昏，由于他不得不在第二天早晨动身，他去见酒厂老板，请他付钱。老板一言不发，给了他二十五苏。他不满意。老板回答他："对你这已经相当好了。"他坚持要加钱。老板眯着眼看他，对他说："小心下大牢！"

他再次认为自己被偷了。

社会、国家，一面减少了他的积蓄，一面大肆盗窃他。如今，轮到个人小批盗窃他。

释放不是解脱。犯人从苦役监出来，但不是走出判决。

这就是在格拉斯他遇到的事。读者已经看到他在迪涅得到怎样的接待。

十、半夜醒来

大教堂的钟敲响了凌晨两点，这时让·瓦尔让醒了过来。

他醒过来是因为床太舒服了。他快有二十年没睡过床了。即令他没有脱衣服,感觉还是太新颖,不能不打扰他的睡眠。

他睡了四个多钟头。他的疲乏消退了。他已习惯用不着长时间睡眠就可以得到休息。

他张开眼睛,凝视了一会儿周围的黑暗,然后,他又闭上眼睛,想重新入睡。

白天受各种感情激荡过,脑子里考虑过许多事,会睡得着,却不能重新入睡。初次睡眠很快就来,却不容易再来。让·瓦尔让就是这样的。他再也睡不着,便思索起来。

当时,他脑子里思想一片混乱。思路晦涩。新旧回忆杂乱地飘荡其间,乱七八糟地交汇,失去了形态,无限地膨胀,随后突然地就像消失在一片激荡的泥水里。许多想法纷至沓来,但只有一种想法不断地出现,赶走了其他想法。这个想法,我们这就道来:他已经注意到玛格鲁瓦尔太太放在桌子上的那六副银餐具和大勺子。

这六副银餐具困扰着他。——它们呈现在那里。——离开几步远。——刚才他穿过旁边的房间,来到他睡觉的房间时,老女仆把它们放进了床头边的小壁橱里。——他注意到这个壁橱。——从餐厅进来的时候,在右边。——它们很厚实。——是旧日的银器。——光大勺子,至少就可以捞到二百法郎。——是他十九年挣到的两倍。——不错,如果"当局"不"偷窃"他,他会挣得更多。

他的想法游移了整整一小时,还夹杂了斗争。三点钟敲响了。他又睁开眼睛,蓦地在床上挺起身来,伸出手臂,摸索着他扔在凹室角落里的背包,然后将双脚伸下来,踩在地上。他几乎不知道要干什么,呆坐在床上。

要是有人看见他在人人入睡的房子里醒过来,在黑暗中保持这种姿态,会觉得事情不妙;他这样沉思凝想了一会儿。突然,他弯下腰,脱掉鞋子,把鞋子轻轻放在床边的席子上,随后又恢复沉思姿势,纹丝不动。

在这样邪恶地思考时,上文所说的思想不断搅动他的头脑,进进出出,像重负一样压抑着他;不知为什么,他带着机械的固执念头,想起在苦役监时认识的一个名叫布勒维的苦役犯。这个人的裤子只有一根棉布编成的背带吊着。这条背带的格子图案不断回到他的脑子里。

他呆在这种状态中,倘若钟没有敲击一下,表示一刻或半点钟,他或许会一直到天亮也仍然迟疑不决。这一下钟声仿佛对他说:"干吧!"

他站起身来,还踌躇了一会儿,倾听着;屋子里寂然无声;于是他笔直地小步走向他瞥见的窗户。黑夜并不很晦暗;风驱赶着大片乌云,掠过一盘满月。这就使得外面明暗交替,月亮被遮住了,然后又闪闪发光,而屋内像一片苍茫的暮色。这暮色已足够让人辨别方向;由于乌云掠过,暮色是间断的,酷似从人来人往的地窖通气窗落下的苍白亮光。让·瓦尔让来到窗前观察。窗没有铁栅,面向园子,按照当地习惯,只用一只小楔关上。他打开窗子,但由于一股强烈的冷风突然吹进房间,他便马上把窗关上。他专注地望着园子,目光中研究多于观察。园子被一堵相当低矮的粉墙围住,很容易翻爬出去。墙边和墙外,他辨别出等距离隔开的树梢,这表明围墙由一条林荫路或种树的小径隔开。

察看过以后，他做了一个下定决心的动作，走向他的床边，拿起他的背包，打开来摸索，掏出一样东西来，放在床上，把鞋子揣进口袋里，又扣上背包，背在肩上，戴上鸭舌帽，把帽檐压低到眼睛上，摸索着寻找他的棍子，将棍子放到窗角，然后回到床前，坚决捏住放在床上的东西。这像一根短铁棍，一端像长矛一样尖尖的。

在黑暗中很难辨别这铁器是用来干什么的。也许是根撬棍？也许是大头棒？

白天，可以认出这不是别的，是矿工的烛台。当时人们利用苦役犯挖掘土伦附近高高的山丘上的岩石，他们常常使用矿工的工具。矿工的烛台是整块铁铸成的，底部形成尖端，用来插进岩石间。

他右手拿着烛台，屏住气息，放轻步子，走向隔壁房间的门口，读者知道，这就是主教的房间。来到门口，他发现房门半掩。主教根本没有关上门。

十一、他所做的事

让·瓦尔让谛听着。悄无声息。

他推一推门。

他用指尖去推，轻得如同一只猫想进来时带着悄悄的不安的轻柔。

门在压力下退让，难以觉察地、悄然无声地闪开，扩大了一点口子。

他等了一会儿，然后第二次更加大胆地推门。

门继续无声地退让。现在开口大得可以过人了。但是门边有一张小桌子，与门构成一个死角，挡住了入口。

让·瓦尔让看到了困难。必须使劲才能让门开得更大些。

他打定主意，第三次推门，比前两次更有力。这回，有一个缺油的铰链兀地在黑暗中发出一下暗哑的拖长的吱叫声。

让·瓦尔让哆嗦了一下。这铰链的响声在他的耳朵听来，犹如最后审判的喇叭声一样嘹亮和可怕。

第一分钟时，这响声奇异地扩大，他几乎以为这铰链刚刚活动起来，突然具有可怕的生命，像一只狗那样吠叫，向所有的人发出警告，唤醒睡着的人。

他瑟瑟发抖，惊慌失措地止住脚步，本来踮起脚尖，如今又落下脚跟。他听到血管在太阳穴像铁槌那样敲击，他觉得他的呼气宛如从洞穴逸出的风，从胸膛吐出。他觉得这生气的铰链可怕的喧声，不可能不像地动山摇那样震动着整幢房子；他推开的门发出了警报，要叫人来；老人就要起来，两个老女人就要叫喊，别人要来援助；再过一刻钟，全城就会骚动起来，宪兵整装待发。一时之间，他以为完蛋了。

他站在原地，呆若木鸡，一动也不敢动。

几分钟过去了。房门敞开着。他大胆朝房里张望。毫无动静。他侧耳细听。屋里悄然无声。生锈的铰链发出的响声没有惊醒任何人。

第一个危险过去了，但他还惊惧不安。可是他没有后退。他只想快点结束。他迈了一步，走进房间。

这个房间寂静无声。这里那里可以分辨出模糊不清的形状，白天才能看出是散乱放在桌子上的纸张、打开的对开本的书、摞在一张凳子上的书籍、一把堆满衣服的扶手椅、一张祈祷凳，此刻，这只是黑暗的角落和白蒙蒙的地方。让·瓦尔让小心翼翼地往前走，避免碰到家具。他听到房间尽里面主教睡着时发出的均匀而平稳的呼吸声。

他蓦地停下来。他来到床边。他比料想的到得更快。

大自然有时以一种阴郁而精明的巧合，将它的效果与景象和我们的行动糅合起来，仿佛它想让我们思索一样。将近半个小时以来，一大块乌云遮住了天空。正当让·瓦尔让面对床止住脚步时，这块乌云散开了，好像是故意这样做似的，一缕月光穿过长窗，骤然照亮了主教苍白的脸。他安然地沉睡。由于下阿尔卑斯地区夜晚寒冷，他睡在床上几乎穿着衣服，一件褐色的羊毛衫遮盖住他的手臂，直到手腕。他的头仰翻在枕头上，放松地休息；戴着主教指环的手垂在床外，这只手做出了多少善行义举啊。他整个脸因隐约的满意、期望和至福的表情，光彩奕奕。这表情超过了笑容，近乎闪射出光芒。他的额角上有着看不出来的、难以形容的反光。正直的人的心灵在睡觉时，瞻仰着神秘的天穹。

这天穹的一缕闪光照在主教身上。

同时这是一个发光的透明体，因为这天穹在他心中。这天穹就是他的良知。

正当月光可以说与这内心的光芒重叠时，睡着的主教就像显现在荣光里。但这依然显得柔和，蒙上了无以名状的半明半暗。天上的月光、半睡的大自然、纹丝不动的园子、静谧的房子,此时此刻,宁静,给这个圣贤可称颂的睡眠添上了难以言说的庄严,以一种华美和宁静的光晕罩上这苍苍白发、这闭拢的眼睛、这张充满希望和信赖的脸、这老人的头和这孩子般的睡眠。

在这个如此崇高却不自知的人身上,几乎有着神圣。

让·瓦尔让呆在黑暗中,手里拿着铁烛台,站着一动不动,被这个光闪闪的老人震慑住了。他从来没有见过这样的景象。这种信心使他惶悚。精神世界没有比这更崇高的景象了:一个受到扰乱和不安的良知,处在做坏事的边缘,瞻仰着一个正直的人的睡眠。

这处在隔离状态中的睡眠,旁边站着一个像他这样的人,他模糊而摆脱不掉地感到有种崇高的东西。

谁也说不出他身上发生了什么,连他也说不出。要想领会,就必须想象最暴烈的人面对着最柔和的人。即使在他的脸上,也确实不能分辨出什么。这是一种野性难驯的惊恐。他凝望着。如此而已。他有什么想法?不可能猜测出来。显而易见的是,他感动了,震惊不已。但这种激动属于什么性质呢?

他的目光不离开老人。从他的姿势和面容清楚地显示出来的东西,仅仅是一种古怪的踌躇不决。简直可以说,他在两个深渊之间踯躅不前,即毁灭的深渊和得救的深渊。他觉得要么粉碎这头颅,要么去吻这只手。

过了片刻,他的左手慢慢朝脑门举起,脱掉鸭舌帽,然后又同样慢慢地垂落下来。让·瓦尔让又沉浸在瞻仰之中,左手捏住鸭舌帽,右手捏住大头棒,凶蛮的脑袋上头发竖起。

主教在这惊惶的注视中，继续沉睡在深深的安详里。

一柱月光朦胧地照出壁炉上面的耶稣受难十字架，它好像对这两个人张开手臂，对一个带着祝福，对另一个带着宽宥。

突然，让·瓦尔让重新戴上鸭舌帽，然后沿着床，也不看主教，快步径直走向壁橱，他瞥见壁橱就在枕边；他举起铁烛台，仿佛要撬掉锁；锁匙挂在上面；他打开壁橱；呈现在他眼前的第一件东西是银器篮；他提走了，大步穿过房间，不再小心翼翼，不担心发出响声，来到门边，返回祈祷室，打开窗户，抓住他的棍子，跨过底楼的窗台，把银器塞进背包，扔掉篮子，穿过园子，像只老虎从围墙上跳越过去，逃之夭夭。

十二、主教在工作

第二天，旭日初升，福来主教在园子里散步。玛格鲁瓦尔太太惊慌失措地朝他跑来。

"大人，大人，"她叫道，"大人知道银器篮在哪里吗？"

"是的，"主教说。

"祝福天主！"她又说，"我不知道篮子放在哪里。"

主教刚刚在一个花坛里捡到了篮子。他拿给玛格鲁瓦尔太太看。

"在这里。"

"怎么？"她说。"里面什么也没有！银器呢？"

"啊！"主教接口说。"您关心的是银器吗？我不知道银器在哪里。"

"伟大的善良的天主！银器被盗了！是昨晚那个人偷了银器！"

一眨眼间，玛格鲁瓦尔太太带着灵活的老女人的冲动，跑到祈祷室，来到凹室，再回到主教身边。

主教刚刚弯下腰来，感叹着欣赏一棵吉荣的辣根菜，那只篮子越过花坛落下时，砸烂了这棵植物。听到玛格鲁瓦尔太太的喊声，他直起身子。

"大人，那个家伙溜了！银器失窃了！"

她一面发出这声惊呼，一面双眼落在园子的一角，那边可以看到逃跑的痕迹。墙檩被拔掉了。

"瞧！他是从那边跑掉的。他跳到科什菲莱小径！啊！十恶不赦！他偷走了我们的银器！"

主教有一会儿缄口不言，随后抬起严肃的目光，和蔼地对玛格鲁瓦尔太太说：

"首先，这套银器是属于我们的吗？"

玛格鲁瓦尔太太噤若寒蝉。沉默了片刻，主教继续说：

"玛格鲁瓦尔太太，我不该长期持有这套银器。它是属于穷人的。这个人是什么人？显然是个穷人。"

"耶稣啊！"玛格鲁瓦尔太太又说。"这既不是为了我，也不是为了小姐。我们都无所谓。但这是为了大人。眼下大人要用什么吃饭呢？"

主教惊讶地望着她：

"啊！可是，难道没有锡器餐具吗？"

玛格鲁瓦尔太太耸了耸肩：

"锡器有一股气味。"

"那么，用铁器餐具。"

玛格鲁瓦尔太太做了一个意味深长的鬼脸。

"铁器有一股味道。"

"那么，"主教说，"用木头餐具。"

过后，他在让·瓦尔让昨天坐在那里用餐的桌子旁进餐。一面进餐，福来主教一面愉快地向一言不发的妹妹和低声咕哝着的玛格鲁瓦尔太太指出，为了把一块面包泡在牛奶杯里，根本用不着一把勺子和一只叉子，哪怕是木头的。

"真是想得出！"玛格鲁瓦尔太太说，独自走来走去，"接待这样一个家伙！让他住在自己身边！他只偷窃还算是运气的呢！啊！我的天！一想起来，令人直哆嗦！"

正当兄妹二人从桌边站起来时，有人敲门。

"进来，"主教说。

门打开了。一群古怪、粗暴的人出现在门口。有三个人抓住第四个人的衣领。这三个人是宪警；另一个人是让·瓦尔让。

一个宪警队长好像是带队的，待在门口旁边。他走了进来，朝主教走去，向主教行了个军礼。

"大人……"他说。

听到这个词，阴沉沉好像很颓唐的让·瓦尔让惊讶地抬起了头。

"大人！"他喃喃地说。"这不是本堂神父……"

"闭嘴！"一个宪警说。"这是主教大人。"

但福来主教在高龄允许的情况下尽量快地走过来。

"啊！您来了！"他瞧着让·瓦尔让，大声说。"我见到您很高兴。

那么，我送给您烛台，这可是银的，您可以卖到两百法郎。为什么您不把餐具带在身上？"

让·瓦尔让睁大眼睛，带着任何人类语言都无法表达的神情，望着可尊敬的神父。

"大人，"宪警队长说，"这个人所说的话难道是真的吗？我们遇到了他。他像在逃跑。我们抓住他想看个明白。他带着这套银器……"

"他对你们说，"主教微笑着打断他，"银器是一个老教士给他的，他在教士家过的夜，是吗？我看出是这样。你们把他带到这里来了？这是一个误会。"

"这样的话，"队长说，"我们可以放他走了？"

"毫无疑问，"主教回答。

宪警们松开让·瓦尔让，他退后一步。

"让我走是当真的吗？"他用近乎咬字不清的声音说，仿佛是在梦中说话。

"是的，让你走了，你难道没有听到吗？"一个宪警说。

"我的朋友，"主教说，"这是您的烛台，您走之前，拿走吧。"

他走到壁炉旁，取下两只银烛台，递给让·瓦尔让。两个女人一声不吭地看着他这样做，也没有一个动作，没有一个打扰主教的眼光。

让·瓦尔让浑身颤抖。他机械地、茫然地接过两只烛台。

"现在，"主教说，"放心地走吧。——对了，您再来的时候，我的朋友，不必穿过园子。您可以通过临街大门进出。大门日夜只用插销关上。"

然后向宪警队转过身去:

"诸位,你们可以退走了。"

宪警离开了。

让·瓦尔让好像就要昏倒一样。

主教走近他,低声对他说:

"别忘记,永远别忘记您答应过我,利用这笔钱成为正直的人。"

让·瓦尔让想不起答应过什么,闭口不语。主教说这些话时加重了语气。他正言厉色地又说:

"让·瓦尔让,我的兄弟,您不再属于恶,而是属于善。我赎买的是您的灵魂;我消除了肮脏的思想和沉沦的意愿,把您的灵魂给了天主。"

十三、小热尔维

让·瓦尔让像逃走一样离开市区。他急急忙忙在田野里行走,不择道路,没有发觉时刻都在往回走。他这样游荡了一个早晨,没有吃过东西,也不感到饿。他受到一连串新感觉的袭击。他感到一种愤怒;他不知道泄愤于谁。他说不出是感动还是屈辱。不时有一种古怪的感动袭上心来,他与之斗争,以近二十年的艰苦与之相抗衡。这种状态使他疲累。他不安地看到,惨遭不幸使他内心具有的那种可怕的平静动摇了。他在琢磨,什么会代替这一切。有时他确实宁愿让宪警押到监狱里,而不愿事情这样发生;他就不会这样激动。虽然时值深秋,一簇簇篱笆还有几朵迟开的花,他走过时,花香使他想起了童年。这些回忆几乎是难以忍受的,已经多少年没有浮上他的心头了。

一整天,难以表达的想法就这样汇集在他身上。

落日西斜,将地上小石块的阴影拖长了。让·瓦尔让坐在不见人影的褐色大平原的一丛灌木后面。天际只有阿尔卑斯山。甚至见不到有远处村庄的钟楼。让·瓦尔让离迪涅可能有三法里路。一条切断平原的小径,伸展在离灌木丛几步远的地方。

他在思索,而这种思索不会不使遇到他的人感到他的破衣烂衫可怕。这时他听到一阵快乐的歌声。

他回过头来,看到一个十来岁的小萨瓦人唱着歌,从小径走过来,腰间挂着古提琴,背上背着货品箱;这是那些和气、快乐的孩子中的一个,他们走乡串街,膝盖从长裤的破窟窿里露出来。

孩子一面唱歌,一面不时停下步子,用手里的几个钱币玩着掷骰游戏;这些钱也许是他的全部财产。在这些钱币中,有一枚值四十苏。

孩子在灌木旁停下来,没有看到让·瓦尔让。他抛起一把钱币,他一直灵巧地用手背全部接住。

这一次,四十苏的钱币飞了出去,滚向灌木丛,一直滚到让·瓦尔让那里。

让·瓦尔让用脚踩在上面。

但孩子注视着钱币滚动,看到了让·瓦尔让的动作。

他一点不惊讶,径直朝这个人走去。

这是一个绝对荒僻的地方。凭目远眺，无论在平原还是在小径上，都不见人影。只听得到一群候鸟在高空中飞过的微弱叫声。孩子背对着太阳，阳光照得他的发丝金黄，而将让·瓦尔让蛮横的脸染成血红色。

"先生，"小萨瓦人说，那种孩子的信心由无知和天真组成，"我的钱币呢？"

"你叫什么名字？"让·瓦尔让问。

"小热尔维，先生。"

"滚开，"让·瓦尔让说。

"先生，"孩子又说，"请把我的钱币还给我。"

让·瓦尔让低下头来，不做回答。

孩子又说：

"我的钱币，先生！"

让·瓦尔让的目光注视着地上。

"我的钱币！"孩子嚷道，"我的白花花的钱币！我的钱！"

让·瓦尔让好像没有听见。孩子揪住他的罩衫衣领，摇晃着他。与此同时，他使劲要推开踩在他的财富上面的笨重铁鞋。

"我要我的钱币！我的四十苏钱币！"

孩子哭泣着。让·瓦尔让的头抬了起来。他始终坐着。他的眼睛模糊了。他有点惊奇地望着孩子，然后把手伸向棍子，用可怕的声音叫道：

"谁在那儿？"

"是我，先生，"孩子回答。"小热尔维！是我！是我！请把四十苏还给我吧！请挪开您的脚，先生！"

虽然他还很小，他却恼怒了，几乎变得咄咄逼人：

"啊，挪不挪开您的脚？挪开您的脚呀。"

"啊！还是你！"让·瓦尔让说。

他冷不丁地站起身来，脚始终踩在钱币上，补上一句：

"你想不想逃命！"

惊惶的孩子望着他，然后从头抖到脚，吓呆了一会儿，才开始拼命奔逃，不敢回过头来，也不发出喊声。

隔开一段距离，由于气喘吁吁，他不得不停下来，让·瓦尔让在沉思中听到他在呜咽。

过了一会儿，孩子消失不见了。

太阳沉落。

让·瓦尔让的周围黑影幢幢。白天他没有吃东西；可能他发烧了。

他茕茕孑立，自从孩子逃走以后，他没有改变姿势。他的呼吸掀动着胸脯，间隔很长，而且不均匀。他的目光停留在前面十至十二步远的地方，仿佛在凝神研究一只扔在草丛中的蓝色瓷瓶的碎片形状。

突然，他哆嗦起来；他刚感到夜寒料峭。

他扣紧额上的鸭舌帽，下意识地想对迭和扣上罩衫，迈了一步，俯下身来要捡起地下的棍子。

这当口，他看到那枚四十苏的钱币，他的脚将钱币半踩进地里，它在石子中闪烁有光。

这有如电击一般。——这是什么玩意儿？他在牙缝中咕噜着。他后退三步，然后站住，目光摆脱不开他的脚刚才踩住的那一点，仿佛这样在黑暗中闪光的东西是一只盯住他的眼睛。

过了几分钟，他痉挛地扑向银币，抓住它，遥望平原的远方，目光扫视着天际的各个方向，站着瑟瑟发抖，好似一头惊恐的野兽在寻找存身之地。

他一无所见。黑夜已降临，平原寒意袭人，朦朦胧胧，大片紫色薄雾在黄昏的光亮中升起。

他说："啊！"快步朝孩子消失的方向走去。走了百来步路，他站住了，瞭望着，什么也看不见。

于是，他放开喉咙喊道：

"小热尔维！小热尔维！"

他住了声，等待着。没有人回应。

田野空寂无人，凄凄惨惨。周围广袤无边。四周什么也没有，唯有他的目光消失其中的黑暗和他的声音消融其中的死寂。

寒风骤起，给他周围的东西一种凄切的生命。灌木以难以想象的狂热摇动着它们瘦小的支臂。简直可以说，它们威胁和追逐着一个人。

他又往前走，随后跑了起来，不时停下脚步，在这孤寂的旷野中，用人间最可怕、最凄厉的声音喊道：

"小热尔维！小热尔维！"

如果孩子听到了，他会害怕的，不敢露面。但孩子无疑已经走得很远。

他遇到一个骑马的教士。他走近教士说：

"本堂神父先生，您看见一个孩子走过吗？"

"没有，"教士说。

他从背包里掏出两枚五法郎的钱币，交给教士。

"本堂神父先生，这是给您的穷人的。——本堂神父先生，这是一个十岁左右的小孩，我想，他有一只货品箱，还有一把古提琴。他在赶路。一个萨瓦人，您知道吗？"

"我没有见到他。"

"没见到小热尔维吗？他不是这一带村子里的人？您能告诉我吗？"

"如果像您所说的，我的朋友，那么这是一个外地小孩。他路过本地。大家不认识他。"

让·瓦尔让猛地掏出另外两枚五法郎的钱币，交给教士。

"给您的穷人，"他说。

然后，他迷迷糊糊地补上说：

"神父先生，叫人逮捕我吧。我是一个小偷。"

教士用双脚踢马，惊骇不已地一溜烟跑了。

让·瓦尔让朝他刚才选择的方向奔跑起来。

他这样跑了一段很长的路，东瞧瞧，西喊喊，可是再也遇不到人。有两三次他在平原朝一样东西，他觉得像个躺着或蹲着的人那边跑去；这只是地面上的灌木或岩石。末了，在一个三岔口，他站定了。月华升起。他极目远眺，最后一次喊道："小热尔维！小热尔维！小热尔维！"他的喊声消失在薄雾中，甚至没有唤起一下回声。

他还在嗫嚅着:"小热尔维!"可是声音微弱,几乎咬字不清。这是他最后一次努力;他的腿弯突然屈了下来,仿佛有一股看不见的力量猛然以他的坏良心的重负压抑他;他精疲力竭地倒在一块大石头上,双手插在头发里,面孔夹在膝盖间,他喊道:

"我是一个混蛋!"

这时,他的心难过得要命,他哭泣起来。十九年来,这是他第一次哭泣。

当让·瓦尔让离开主教的家时,读者看到,他摆脱了至今的思想状态。他没有意识到身上发生的一切。他想顶住老人天使般的行为和温柔的话语。"您答应过我要成为正直的人。我赎买了您的灵魂。我消除了沉沦的意愿,我把您的灵魂给了善良的天主。"这些话不断回到他的脑海里。在我们身上,骄傲就像恶的堡垒一样;他就以这骄傲和至高无上的宽容相对抗。他朦胧地感到,这个主教的原谅是最大的冲击,最可怕的攻击,他受到了动摇;倘若他抗拒这个宽恕,他就是彻底的死硬;倘若他让步,他就必须放弃这种仇恨:多少年来,别人的行动使他的心灵充满了这种仇恨,这种仇恨令他愉快;这一回,他要么战胜,要么被战胜,斗争,一次巨大和决定性的斗争,在他的恶和这个老人的善之间展开了。

面对这熠熠光辉,他像一个醉汉踉踉跄跄。正当他这样目光慌乱地走路时,他是否清楚地意识到,他在迪涅的经历对他会产生什么后果呢?他听到这神秘的嗡嗡声在他生活的某些时刻提出警告,或者纠缠着他的脑子吗?一个声音在他的耳畔说,他刚越过他的命运庄严的时刻,对他来说再没有中间道路,如果今后他不是最优秀的人，他就会是最卑劣的人，可以说，眼下他要么比主教升得更高，要么比苦役犯跌得更低，如果他想保持卑鄙，他是否要变成魔鬼呢？

这里，他要向自己提出这些问题，我们在别的地方已经提过了。在他的思想中，他还模糊地保留着这一切的某些阴影吗？上文说过，不幸能使人明智；但值得怀疑的是，让·瓦尔让能否弄清这里所说的一切呢？如果这些想法来到他的脑子里，他只能瞥见，而看不清楚，就会使他陷入难以忍受，几乎痛苦的混乱中。他走出苦役监这个丑恶的黑暗的地方时，主教刺痛他的心灵，就像过于强烈的光会刺痛走出黑暗的人的眼睛一样。未来的生活，今后展现在他眼前、纯洁而光辉、可以想见的生活，使他充满了颤栗和不安。他确实不知道他处在什么状态之中。犹如一只猫头鹰蓦地看到太阳升起一样，这个苦役犯被美德弄得眼花缭乱，像瞎了一样。

确定无疑的是，他没有料想到的，就是他已经不再是同一个人，他身上的一切起了变化，主教没有对他说过的，没有感动他的，他再也做不了。

在这种精神状态中，他遇到了小热尔维，窃取了小家伙的四十苏。为什么？他确实不能解释；这是他从苦役监带来的邪恶思想的最后表现和最高反应吗？是偷窃癖的残余，静力学称之为"既有之力"的结果吗？正是这样，也许比这稍差一些。简而言之，偷窃的不是他，不是人，而是野兽，它出于习惯，出于本能，愚蠢地把脚踩在这枚钱币上，而理智在这么多未曾见过的新困扰中挣扎着。当理智醒来，看到这个野兽的行为时，让·瓦尔让惴惴不安地后退了，发出惊惧的叫声。

这是因为，窃取这个孩子的钱是奇特的现象，只有在他目前的状态下才可能发生，他做了一件再也不可能做的事。

无论如何，这最后一件坏事对他产生了决定性的后果；他陡地越过存在于他的理智中的混沌，消除了它，将浓浓的黑暗搁在一边，将光明搁在另一边，在他的心灵所处的状态中，对它施加影响，如同某些化学反应作用于混合物，抛弃一种因素，澄清另一种因素。

首先，在自我审察和思考之前，他像想逃命的人失魂落魄一样，竭力找到孩子，把钱还给他，然后，当他看到这已是徒劳和不可能时，他便绝望地止住了。正当他喊道："我是一个混蛋！"他刚发现自己是这样一个人，他已达到同自我分离，他觉得自己只是个幽灵，面前的自己有血有肉，手里拿着棍子，身上穿着罩衫，背上的背包塞满了偷来的东西，面容坚决、阴沉，脑子里充满罪恶的计划，他是个卑劣的苦役监犯让·瓦尔让。

上文已经指出，过度不幸可以说把他变成一个有幻觉的人。这就像一个幻觉。他确实看到面前这个让·瓦尔让，这副阴郁的面孔。他几乎很纳闷，这是何许人，他感到恐惧。

他的脑子处在这样一种激烈而可怕的状态中：幻觉十分深沉，以致融入现实中。他再也看不见自身周围的东西，在头脑中的形象看来像在自身之外。

他在自我端详，可以说面对面，彼此同时进行，通过这个幻觉，他在神秘的深处看到一种光，他起先以为是火炬。更专注地凝望在他的良知中出现的光芒时，他发现它有人形，这火炬就是主教。

他的良知轮流观察站在面前的这两个人,即主教和让·瓦尔让。不需要压低前者,使后者变得柔和。出于心醉神迷所固有的古怪效果,随着他的幻觉延长,主教在他眼里变大了,闪闪发光。让·瓦尔让则变小了,消失不见。有一会儿,他只是一个黑影。冷不防他消失了。只有主教留下。

他以灿烂的光华充满了这个卑劣的人的灵魂。

让·瓦尔让哭了很久。他热泪涟涟,放声大哭,比一个女人更加脆弱,比一个孩子更加恐惧。

正当他哭泣时,他的脑子里光亮越来越强,这是一种异乎寻常的光,一种既令人愉悦又令人害怕的光。他以往的生活,他的第一次过失,他漫长的赎罪,他外表的粗野,他的硬心肠,他获得的自由能痛快地实施那么多的复仇计划,他在主教家遇到的事,他干下的最后一件坏事,窃取一个孩子的四十苏,尤其在他得到主教的宽容之后,这件罪行就格外卑怯和可怕,这一切来到他的脑海中,出现在他眼前,清清楚楚,不过衬托在他从来未见过的亮光中。他注视着自己的生活,他看来显得可怖;他的心灵,他看来显得丑恶。但是一柱柔和的光投射在这生活和心灵上。他觉得在天堂的光辉中看到了撒旦。

他这样哭了多久呢?他哭过以后做什么呢?他到哪里去?人们一无所知。只能证实的是,在这一天夜里,一个当时到格勒诺布尔去运货的车夫,约莫凌晨三点来到迪涅,穿过主教府那条街时,看到一个人跪在石子路面上,处在福来主教门前的黑暗里,保持祈祷的姿势。

第三章
一八一七年

一、一八一七年

一八一七这一年，路易十八带着不乏倨傲的王族的坚执，称之为他统治的第二十二年。这一年，布吕吉埃尔·德·索尔苏姆先生出了名。所有的假发店期望恢复扑粉和王鸟[1]归来，都刷上了蓝色和百合花饰。这个朴实的时期，兰什伯爵每个星期天身穿法兰西贵族院议员服装，戴着红绶带，像本堂区财产管理委员，坐在圣日耳曼-草场教堂的委员席位上。他有个长鼻子，侧面的威严是建立过勋业的人所特有的。兰什先生的勋业是这样的：一八一四年三月十二日，作为波尔多市长，他有点过早地把城市交给了德·安古莱姆公爵。他的贵族院议员由此而来。一八一七年，流行的时尚是四至六岁的小男孩戴上摩洛哥皮的宽边鸭舌帽，护耳很像爱斯基摩人

---

1 一种发髻。

的头巾。法军穿上奥地利式的白军装；团队称作军团；不用数字，而用省名作番号。拿破仑在圣赫勒拿岛，由于英国人拒绝他穿绿呢军装，他就叫人翻改旧衣。一八一七年，佩勒格里尼唱歌，比戈蒂尼小姐跳舞；波蒂埃是台柱子；奥德里还不存在。萨基夫人接替福里奥索。在法国还有普鲁士人。德拉洛先生是个人物。正统派砍掉普莱尼埃、卡尔博诺、托勒隆的拳头，然后是脑袋，刚刚确立。侍从长塔莱朗[1]亲王，指定的财政大臣路易神父，相对而视，发出两个预言者的笑声；一七九〇年七月十四日，他们两人在练兵场举行"联盟"[2]的弥撒；塔莱朗像主教那样做弥撒，路易像副祭那样协助。一八一七年，在这同一个练兵场的平行侧道上，可以看到粗大的圆木，躺在雨中，在草丛中腐烂，漆成蓝色，带着失去镀金层的鹰和蜜蜂留下的痕迹。这些支柱在两年前支撑着皇帝在"五月场"的检阅台。驻扎在"大石子"附近的奥地利士兵，这里那里把木头都熏黑了。有两三根柱子被扎营士兵烧掉了，烤热了德国兵的大手。"五月场"令人注目的一点是，它保留到六月，并且是在练兵场中。一八一七年，有两件事遐迩闻名：《伏尔泰-图盖》[3]和宪章中的鼻烟壶问题。巴黎人最近的激动是关于陀腾的罪行，他把兄弟的头扔到花市的池子里。人们让海军部调查那条该死的驱逐舰"美杜莎号"，它让肖马雷耻辱，让籍里柯[4]光荣。塞尔弗上校到了埃及，成为索利

---

[1] 塔莱朗（1754～1838），法国政治家，因事故而变瘸腿，1788年任主教，但接受新思想，与教会分道扬镳。大革命中出使英国，拿破仑时期任外交大臣，后与拿破仑分手，迎接路易十八，曾任议长、驻英大使。
[2] 1789年法国各城市建立联盟，次年七月十四日定为联盟节。
[3] 图盖上校在1821年出版了一部《伏尔泰选集》，在1820年出售刻有宪章的鼻烟壶。
[4] 籍里柯（1791～1824），法国画家，作品有《背负行李的轻骑兵军官》《美杜莎木筏》。

曼帕夏。竖琴街的泰尔姆宫用作桶店。在克吕尼大宅的八角形塔楼的平台上，还可以看到小木板房，它给路易十六的海军天文学家梅西埃用作天文台。德·杜拉斯公爵夫人在她的用天蓝色缎子做成的X形装饰的小客厅里，向三四个朋友朗读未发表的《乌丽卡》。人们刮掉卢浮宫中的N字母[1]。奥斯特利兹桥废除了，改名为御园桥，这是双重的谜，把奥斯特利兹桥和植物园同时掩盖起来。路易十八一面用指甲点出贺拉斯[2]，一面又关心成为皇帝的英雄和成为太子的木鞋匠；他有两个心头之患：拿破仑和马图林·布吕诺[3]。法国科学院提出有奖征文：《学习获得的幸福》。贝拉尔先生真正雄辩。可以看见在他的阴影下，孕育出未来的代理检察长德·布罗埃，他要受到保尔-路易·库里埃的嘲讽。有一个假的夏多布里昂[4]，名叫马尔尚吉，后来有一个假马尔尚吉，名叫德·阿尔兰库。《克莱尔·德·阿尔布》和《马莱克-阿德尔》是杰作；柯坦太太[5]被称为当时首屈一指的作家。法兰西学院将拿破仑·波拿巴从名单上抹去。一道国王的圣旨下令将安古莱姆建成海军学校，因为安古莱姆公爵是海军大元帅，显然，安古莱姆这座城市自然具有海港的一切优点，否则，君主制原则就要动摇了。内阁会议争论的问题是，是否要容忍代表马戏的装饰图案，这种图案使弗朗柯尼的海报显得有趣些，把街上

---

1 拿破仑名字的首字母。
2 贺拉斯（公元前65～前8），拉丁语诗人，作品有《诗艺》《讽刺诗》《颂歌》等。
3 布吕诺是鞋匠，曾冒充路易十七。
4 夏多布里昂（1768～1848），法国作家，浪漫派先驱，作品有《基督教真谛》等，敌视拿破仑，复辟时期起过重要的政治作用，晚年主要撰写《墓中回忆录》。
5 柯坦太太（1770～1807）于1799年发表小说《克莱尔·德·阿尔布》；马莱克-阿德尔不是作品名，而是一部回忆录中的人物。

的顽童聚集在一起。《阿涅丝》的作者帕埃尔[1]先生是个方脸老人，面颊上有一个缺陷，他指挥主教城街的德·萨塞奈侯爵夫人的私人小音乐会。所有的年轻姑娘都唱由爱德蒙·热罗作词的《圣阿维尔的隐士》。《黄色侏儒》改成《镜子》。朗布兰咖啡店得到皇帝支持，与得到波旁王室支持的瓦洛亚咖啡店相对抗。德·贝里公爵和西西里的一位公主刚刚成亲，公爵已经被卢维尔在暗中盯住了。德·斯塔尔夫人[2]在一年前去世。禁卫军向玛尔斯[3]小姐喝倒彩。大报都是小型的。开张受到限制，但十分自由。《宪政报》主张立宪。《密涅瓦报》把夏多布里昂的最后一个字母"d"写成"t"。这个"t"使资产者好不嘲弄这位伟大作家。在卖身的报纸上，卖身的新闻记者侮辱一八一五年的流亡者；大卫[4]再没有才能，阿尔诺再没有才智，卡尔诺[5]再没有诚实；苏尔特[6]打不了胜仗；拿破仑确实再没有天才。没有人不知道，通过邮车写给一个放逐者的信，很少到达他那里，警察把截获这些信作为虔诚的职责。再没有新鲜事；受驱逐的笛卡尔[7]大发怨言。然而，大卫在一份比利时报纸上披露收不到来信是多么恼火，保王党的报纸却觉得这很有趣，当时它们嘲笑这个流亡者。一方说："弑君者，"另一方说："投赞成票者，"一方说："敌人，"另

---

[1] 帕埃尔（1771～1839），法国喜歌剧作家。
[2] 斯塔尔夫人（1766～1817），法国女作家、理论家，浪漫派先驱，作品有《论文学》《论德意志》。
[3] 玛尔斯（1779～1847），法国女演员，善演悲剧，百日时期拥护拿破仑。
[4] 大卫（1748～1825），法国画家，作品有《萨宾人》《马拉被刺》《加冕礼》等。
[5] 阿尔诺，帝国时期剧作家；卡尔诺，百日时期的内政大臣。
[6] 苏尔特（1769～1851），法国元帅，在大革命和第一帝国时期闻名，参加过奥斯特利兹战役。
[7] 笛卡尔（1596～1650），法国哲学家，著有《方法论》，强调理性的作用。

一方说："同盟者，"一方说："拿破仑，"另一方说："波拿巴，"隔开双方，更甚于隔开一个深渊。一切有理智的人都同意，革命的世纪由绰号"宪章的不朽作者"路易十八永远封闭了。在新桥的土堤要放上亨利四世[1]的台座上，刻上了"Redivivus"[2]这个字。皮埃[3]先生在苔蕾丝街四号召开秘密会议，想巩固君主制。右翼首领在局势严重时说："应该给巴柯[4]写信。"卡努埃尔、奥马霍尼、德·沙普德莱纳先生，在国王大兄弟的赞同下，初步描绘出后来那次"水边密谋"的构想。"黑别针社"[5]则从他那方面密谋。德拉维尔德里同特罗戈夫接洽。德卡兹[6]先生在一定程度上思想自由，主宰局面。夏多布里昂天天站在圣多米尼克街二十七号的窗前，穿着长及脚面的裤子和拖鞋，花白的头发戴着一顶马德拉斯布帽，眼睛盯住一面镜子，一只全套牙医工具箱在他面前打开。他剔着牙，他的牙齿长得很漂亮。他给秘书皮洛尔日先生口授《按宪章构成的君主制》的变动。权威的批评更喜欢拉封而不是塔尔马[7]。德·费莱兹先生署名 A.；霍夫曼先生署名 Z.。沙尔·诺迪埃[8]写出《苔蕾丝·奥贝尔》。废除了离婚。公立中学称作一般中学。中学生衣领上装饰一朵金色百合花，因提到罗马王[9]而相互殴打。反警察机构向伯爵夫人殿下[10]揭露，

---

1 亨利四世（1553～1610），法国国王，波旁王朝的老祖宗。
2 拉丁文：复活。
3 让-皮埃尔·皮埃（1763～1864），右翼议员，曾纠集二百来人密谋。
4 巴柯，男爵，极端派议员。
5 波拿巴派的秘密社团。
6 德卡兹，公爵，1815年任警务大臣。
7 塔尔马（1763～1826），法国演员，善演悲剧，得到拿破仑赞赏。
8 诺迪埃（1780～1844），法国作家，作品有《特里比》《斯玛拉或夜魔》。
9 罗马王，拿破仑的儿子被封为罗马王。
10 伯爵夫人殿下指贝里公爵的母亲阿尔图瓦伯爵夫人，她对旁支的活动十分注意。

奥尔良公爵[1]的肖像到处陈列，他身穿轻骑兵总司令的军装，胜过贝里公爵[2]身穿龙骑兵总司令的军装；太不合适了。巴黎城自费重新给残老军人院的圆屋顶镀金。持重的人纳闷，德·特兰克拉格[3]先生在这样那样的场合会做什么；克洛泽尔·德·蒙塔先生在各个方面同克洛泽尔·德·库塞尔格先生分道扬镳；德·萨拉贝里先生心里不满意。演员皮卡尔进入科学院，而演员莫里哀[4]却当不了院士；前者在奥台翁剧院演出《两个菲利贝尔》，剧院的门楣上脱落的文字还依稀可辨：皇后剧院。有人赞成，有人反对居内·德·蒙塔尔洛[5]。法布维埃是个乱党；巴武是革命者。佩利西埃书店在这个标题下发表伏尔泰的一个版本：法兰西科学院院士伏尔泰作品集。"这会招徕顾客，"天真的出版商说道。公众舆论是，沙尔·鲁瓦宗先生将是本世纪的天才；有人开始羡慕他，这是荣耀的标志；有人给他写了这句诗：

即使小鹅[6]飞翔，仍露出它的蹼掌。

——红衣主教费什拒绝辞职，阿马齐的大主教德·潘斯先生管理里昂教区。瑞士和法国之间关于达普谷的争端，是从后来成为将

---

1 奥尔良公爵（1810～1842），路易-菲利普国王的长子，在一次马车事故中丧命。
2 贝里公爵（1778～1820），查理十世的次子。因遭自由派嫉恨，被刺杀，引起德卡兹内阁倒台。
3 特兰克拉格，右翼代表，曾于1816年和1817年竞选议长，均告失败。
4 莫里哀（1622～1673），法国喜剧家，作品有《吝啬鬼》《伪君子》。
5 蒙塔尔洛，"睡狮社"秘密集团成员。
6 法语中鲁瓦宗与小鹅同音。

军的杜福尔上尉的回忆录开始的。圣西门[1]默默无闻,构筑起他崇高的梦想。科学院有一个著名的傅立叶,后世把他遗忘了,而寒伦的阁楼里有一个无声无息的傅立叶[2],未来将记得他。拜伦[3]爵士开始崭露头角;米勒沃瓦的一首诗的注释,用这几个字向法国宣布他的存在:"有个拜伦爵士。"大卫·德·昂热[4]想揉碎大理石。卡隆神父在佛扬丁的死胡同那些神学院修士的小范围内,赞扬一个名叫费利西泰·罗贝尔、不为人知的教士,他后来成了拉默奈[5]。有样东西在塞纳河上冒烟,汨汨作响,发出狗游水的响声,在杜依勒里宫的窗户底下来来去去,从王家桥到路易十五桥;这是一部不起眼的优良机械,一种玩具,空想发明家的梦想,一种乌托邦:一艘汽船。巴黎人冷漠无情地望着这无用的玩意儿。德·沃布朗先生由于政变、赦令和拉帮结派,成了法兰西学院的改革家,因炮制了好几个院士而出名,成功以后,自己却做不了院士。圣日耳曼区和马尔桑公馆企望德拉沃[6]先生当警察厅长,因为他很虔诚。杜普伊特朗和雷卡米埃在医学院的梯形教室展开争论,关于耶稣基督的神圣拔拳相向。居维叶[7]一只眼睛盯住《创世记》,一只眼睛盯住大自然,竭力将化石

---

1 圣西门(1760～1825),法国空想社会主义者。作品有《一个日内瓦居民给同胞的信》《十九世纪科学工作导论》。
2 傅立叶(1772～1837),法国空想社会主义者。作品有《论农业的家庭联合》《工业和社会的新世界》。
3 拜伦(1788～1824),英国诗人,作品有《唐璜》等。
4 大卫·德·昂热(1788～1856),法国雕刻家,为先贤祠的门楣雕塑。
5 拉默奈(1782～1854),法国思想家,1848年在立宪议会任人民代表,创办《人民报》。作品有《一个信仰者的话》《人民之书》《国家、政府和一种哲学概述》。
6 马尔桑公馆是阿尔图瓦伯爵府邸;德拉沃于1821年任警察厅长。
7 居维叶(1769～1832),法国博物学家、考古学家。建立动物分类学,对进化论起过影响。作品有《比较解剖学教程》《骨化石研究》等。

和圣经文本调和起来，通过乳齿象让人赞美摩西，迎合虔诚者的反应。弗朗索瓦·德·纳沙托先生是帕尔芒蒂埃回忆录的可敬耕耘者，他千方百计让马铃薯发音为"帕尔芒蒂埃"，却没有成功。格雷瓜尔神父以前是主教、国民公会议员、参议员，在保王派的笔战中转成了"卑劣的格雷瓜尔"。我们运用了这个词组："转成了"，罗瓦伊埃-柯拉尔先生说成是新词。在耶拿桥的第三个桥孔下，还可以分辨出那块新安上的石头的白色，两年前，人们用这块石头堵住了布吕歇挖出来放炸药炸桥的洞。法院把这个人传到法庭，他看到德·阿尔图瓦伯爵[1]走进圣母院，于是高声喊道："见鬼！我怀念看到波拿巴和塔尔马手挽着手走进野人舞厅的时代。"有煽动性的言论。六个月监禁。叛徒露面时恬不知耻；在战斗前夕投敌的人，毫不隐瞒要得到报酬，在光天化日之下大摇大摆地走路，厚颜无耻地炫耀财富与地位；利尼和"四臂"的逃兵，他们的卑劣行径得到报酬，丑不堪言，他们赤裸裸地展示对君主制忠诚；忘却了英国公厕内墙上写着的字："Please adjust your dress before leaving."[2]

　　这就是今日已被人遗忘的一八一七年杂乱地浮出表面的事。历史几乎忽略了所有这些富有特点的事，而且不会有别的做法；无限包容了它。然而，这些细节，人们称之为小事是错误的，——在人类身上既没有小事，在植物界也没有小叶子——它们是有用的。历代的面貌正是由一年年的面貌组成的。

---

1 阿尔图瓦伯爵，即查理十世（1757～1836），法国国王，逆时代潮流而动，引起七月革命，推翻了他的统治。
2 英文：出去之前，请整理好衣服。

在这一八一七年,有四个年轻的巴黎人耍了"一场恶作剧"。

二、两个四重奏

这些巴黎人中,一个是图鲁兹人,另一个是里摩日人,第三个是卡奥尔人,第四个是蒙托邦人;不过他们是大学生,而且谁是大学生,谁就是巴黎人;在巴黎求学,就是生在巴黎。

这几个年轻人是微不足道的;人人都见过这类面孔;四个新来者的样品;不好不坏,不博学不无知,不是天才不是傻瓜;二十岁被称为"迷人的四月天"体现的美。四个平平常常的奥斯卡[1],因为那时亚瑟[2]一类的人还不存在。"为他而点燃起阿拉比的香料,"有首抒情诗写道,"奥斯卡向前走,奥斯卡,我就要见到他!"这出自峨相[3]的诗,那种雅致属于斯堪的纳维亚式和卡莱多尼亚[4]式,纯粹的英国方式只是在后来才占据上风,第一位亚瑟类型的人威灵顿刚刚打赢滑铁卢战役。

这几位奥斯卡中,一位叫费利克斯·托洛米耶斯,图鲁兹人;另一位叫利斯托利埃,卡奥尔人;第三位叫法默伊,里摩日人;最后一位叫布拉什维尔,蒙托邦人。当然,每一个都有情人。布拉什维尔爱着法乌丽特,这样称呼是因为她去过英国;利斯托利埃崇拜大丽花,她把一种花的名字用作假名;法默伊迷恋瑟芬,这是约瑟

---

1 奥斯卡(1799~1859),瑞典和挪威国王,进行了议会改革。
2 亚瑟(1830~1886),美国第二十一届总统,建立了共和党。
3 峨相,公元3世纪爱尔兰吟游诗人,被浪漫派视为宗师。
4 卡莱多尼亚,苏格兰的古称。

芬的简称；托洛米耶斯有芳汀，又名金发女郎，因为她有金色阳光一样的美丽头发。

法乌丽特、大丽花、瑟芬和芳汀，是四个艳丽的姑娘，香气扑鼻，光彩奕奕，不过还当女工，没有完全摆脱针线活，谈情说爱要打搅她们的活计，她们的脸上还留下一点干活的平静，心灵中还有这种贞洁之花，那是女人第一次失身之后还保存着的。四个姑娘中有一个被称为妹妹，因为她最年轻；另一个叫老太。老太二十三岁。不用讳言，前面三个姑娘比金发的芳汀阅历更多，更加无忧无虑，更加卷入生活的喧嚣中；芳汀还处在最初的幻想里。

大丽花、瑟芬，尤其是法乌丽特却不能这样说。她们刚刚开始的浪漫史中，已经有不止一个插曲。情人在第一章中叫做阿道尔夫，在第二章中成了阿尔封斯，在第三章中则是居斯塔夫。贫穷和爱俏是一对要命的出主意的人；一个责备，另一个谄媚；两人一个一边，都在下层的漂亮姑娘耳畔说悄悄话。这些不自重的心灵聆听着。她们由此而堕落，别人向她们扔石头。人们以洁白无疵和洁身自爱的光辉做对比，数落她们。唉！要是少女峰[1]也饥寒交迫呢？

法乌丽特在英国待过，瑟芬和大丽花都赞赏她。她很早就有一个家。她的父亲是一个粗暴和爱吹牛的数学老教师；他没有结过婚，尽管上了岁数，仍然为做家庭教师而奔走。这个教师年轻时，有一天看到一个女仆的连衣裙挂在壁炉挡灰板上；他因这件事而坠入爱河。由此生下了法乌丽特。她时不时遇到她的父亲，他向她打招呼。

---

[1] 少女峰，瑞士境内的一座山峰，海拔4166米。这里把它看作纯洁的象征。

一天早上，一个不发愿修女模样的老女人，走进她家，对她说："您不认识我吗，小姐？"——"不认识。"——"我是你的母亲。"然后老女人打开食橱，又吃又喝，叫人送来她的一张褥子，安顿下来。这个母亲脾气不好，十分虔诚，不跟法乌丽特说话，几小时待在那里不吭一声，早中晚三顿吃喝抵得上四个人，下楼到看门人那里聊天，净说女儿的坏话。使大丽花接近利斯托利埃，也许接近别的人，喜欢无所事事的是，她有过于漂亮的玫瑰红指甲。这样的指甲怎么干活呢？谁想保持贞洁，谁就不应该可惜自己的手。至于瑟芬，她运用机灵的小手腕，娇媚地说："是的，先生。"于是征服了法默伊。

几个年轻男子是伙伴，几个姑娘是朋友。他们的爱情由于这种友谊不断增长。

贞洁和达观，这是两码事；能做证明的是，除了不正常的结合，法乌丽特、瑟芬和大丽花是达观的姑娘，而芳汀是个贞洁的姑娘。

贞洁，怎么说？托洛米耶斯呢？所罗门会回答，爱情属于聪明之列。我们只限于说，芳汀的爱情是初恋，唯一的一次爱情，忠实的爱情。

四人之中唯有她只被一个男子用你来称呼。

芳汀属于这样的人：可以说是在人民的底层孕育出来的。她从社会阴影深不可测的浓黑中走出来，额角上打上无名氏和未知数的印记。她生在滨海蒙特勒伊。父母亲是谁？谁说得出呢？从来没有人知道她的父亲和母亲。她名叫芳汀。为什么叫芳汀？别人不知道还有别的名字。在她出生的年代，督政府还存在。她没有姓，没有家庭；没有教名，因为那时已没有教堂。她还是孩提的时候，赤着脚在街上走路，遇到她的路人随便给她起了这个名字。她得到这个名字，就像下雨时她的脑门承接乌云形成的水一样。人家叫她小芳汀。没有人知道得更多了。这个人就是这样来到生活中。十岁，芳汀离开城市，到附近的佃户家去打工。十五岁上，她来到巴黎，"寻找发财机会"。芳汀是美丽的，尽可能久地保持纯洁。这是一个俏丽的金发女郎，美目皓齿。她有金子和珍珠作嫁妆，但她的金子在她的头上，她的珍珠在她的嘴里。

她干活是为了生活；始终为了生活，因为心灵也有饥饿的时候，她在恋爱。

她爱托洛米耶斯。

他是逢场作戏，她则动了真情。拉丁街区充满了大学生和女工，这场梦幻就在这里开始。在先贤祠高坡的迷宫里，那么多艳史有始无终；芳汀长时间躲开托洛米耶斯，但是设法总是遇到他。有一种避开的方法，就像在寻找。总之，田园牧歌开场了。

布拉什维尔、利斯托利埃和法默伊组成以托洛米耶斯为首的一伙。他有思想。

托洛米耶斯是个老资格的大学生了；他很有钱；他每年有四千法郎的入息；四千法郎入息，在圣热纳维埃芙山上令人咋舌。托洛米耶斯三十岁，是个爱寻欢作乐的人，未老先衰。他满脸皱纹，牙齿脱落；他开始谢顶，对此，他毫不发愁地说："三十岁的脑袋，四十岁的膝盖。"他消化不良，一只眼睛常常流泪。但随着他的青春消逝，他点燃取乐之火；没有牙齿他插科打诨，没有头发他乐乐呵呵，身体不行他嘲弄一番，流泪的眼睛不断地笑。他已破败不堪，但正当盛年。他的青春未到，年龄便卷起铺盖，秩序井然地愈战愈退，哈哈大笑，人们只看到火一般的热情。通俗笑剧剧场曾经拒绝过他的一出戏。他在这里那里做了一些平平常常的诗。另外，他高高在上地怀疑一切事物，在弱者眼中他有强大的力量。因此，虽然他爱讽刺和秃顶，他仍然是头儿。"Iron"是个英国字，意思是铁。讽刺（ironie）一字是由此而来的吗？

一天，托洛米耶斯把另外三个人拉到一边，做了一个权威的手势，对他们说：

"将近一年前，芳汀、大丽花、瑟芬和法乌丽特要我们让她们大吃一惊。我们庄重地答应了她们。她们一直对我们提起这件事。就像在那不勒斯，老女人对圣让维埃嚷道：'Faccia gialluta, fa o miracolo，黄脸汉，快显灵！'我们那几个美女不断地对我说：托洛米耶斯，你什么时候造出你的大吃一惊来？我们的父母亲同时也给我们写信。两面夹攻。我觉得这时刻来到了。商量一下吧。"

说到这里，托洛米耶斯放低声音，神秘地说了几句非常好笑的话，从四个人的嘴里同时发出格格的奸笑声，布拉什维尔大声说：

"这是个妙招！"

路边有个烟雾腾腾的小咖啡馆，他们走了进去，他们余下的商议就消失在暗影中。

这次密议的结果是一次奇妙的郊游，就在下一个星期天，四个年轻人向四个姑娘发出邀请。

三、四对四

四十五年前大学生和女工的郊游是怎样的,今日的人很难想象。巴黎还没有那些郊区;半个世纪以来,巴黎周遭地区的生活面貌已经完全改变了;那时有杜鹃的地方,如今有了火车;那时有海关检查艇的地方,如今有了汽船;今日的人说起费康,就像那时的人说起圣克卢。一八六二年的巴黎,是一个以法国为郊区的城市。

当时郊游所有疯狂的事儿,四对年轻人都尽兴玩过了。时值假期,而且这是夏天一个炎热、天清气朗的日子。只有法乌丽特会写字,前一天,她以四个人的名义给托洛米耶斯写下这句话:"清早出门很快乐。"[1]因此,他们凌晨五点钟起来。他们坐公共马车来到圣克卢,看到干涸的瀑布,便嚷了起来:"有水的时候该多么美啊!"他们在"黑头饭店"吃饭,卡斯坦还没有到过那里。他们在梅花形的大池子里玩了一局套圈,登上迪奥热纳顶上的塔,用蛋白杏仁甜饼去押塞弗尔桥的轮盘赌,在普托采花,在纳伊买芦笛,到处吃卷边果酱土豆馅饼,玩了个痛痛快快。

姑娘们像逃脱的黄莺一样唧唧喳喳,说个不停。玩得发狂了。她们不时拍拍打打年轻人。生活中清晨令人迷醉的气息!多迷人的年代!蜻蜓的翅膀在振动。噢!不管您是谁,您还记得吗?您在灌木中行走,要避开树枝,因为那可爱的头颅紧随在您身后吗?您笑着同您的意中人一起,滑倒在被雨水淋湿的斜坡上,她拉住您的手,

---

[1] 原文中清早与快乐两字因发音相同,颠倒了位置,表示法乌丽特文化水平很低。

嚷道:"啊!我崭新的高帮皮鞋!糟蹋成什么样子啦!"

我们要马上说,这种快乐中有点不愉快,即一阵骤雨,但这兴冲冲的一伙并没有遇上,尽管法乌丽特出发时以权威的母亲般的口吻说:"鼻涕虫在小径上爬过,下雨的预兆,我的孩子们。"

四个姑娘美若天仙。一个古典派老诗人,当时大名鼎鼎,这个老人也有一个美人儿,这位德·拉布伊斯骑士先生那天在圣克卢的栗子树下溜达,在上午十点左右看到她们;他叫道:"多了一个。"他想到了美惠三女神[1]。布拉什维尔的女友法乌丽特,就是二十三岁那个"老太",在巨大的绿枝下往前奔跑,跳过壕沟,发狂地跨过灌木丛,以年轻农牧女神的热情,控制这种快乐。命运让瑟芬和大丽花长得美,她们互相接近,互相补足,从不离开,更显身价,更多的不是出自友谊,而是出自爱俏的本能。她们互相依偎,采取英国人的姿态;最初几本《妇女时装》刚刚出版,女人崇尚忧愁,正如后来男人沾染上拜伦主义。女子的头发开始披散而下。瑟芬和大丽花的头发做成卷。利斯托利埃和法默伊正议论他们的教授,给芳汀解释德尔万库先生和布隆多先生的差异。

布拉什维尔生下来,似乎是专门为了在星期天,把法乌丽特那条不规则的特尔纳牌披巾挂在手臂上。

托洛米耶斯紧随着殿后。他非常快活,但是别人感到他在控制局面;他的快活中有着专横;他的主要服装是一条南京布象腿裤,有铜丝带子系住脚管;手里拿着一根值二百法郎的粗藤条手杖,仿

---

[1] 古希腊神话中的三女神,为宙斯的女儿。

佛他自由不羁，嘴上叼着名叫雪茄的怪东西。对他来说，没有神圣的东西，他抽烟。

"这个托洛米耶斯令人惊讶，"有的人尊敬地说。"多帅的裤子啊！多有毅力啊！"

至于芳汀，这是欢乐的化身。她闪光的牙齿显然从天主那里获得一种使命，就是笑。她更喜欢手里拿着，而不是头上戴着一顶编织草帽，长饰带是白色的。浓密的金黄色的头发，老是飘起来，很容易松开，需要不断束住，仿佛天生是为了让伽拉忒娅[1]逃到垂杨之下。她殷红的嘴唇迷人地喁喁细语。嘴角肉感地翘起，好似埃里戈娜的古代怪面饰，模样在鼓励男子大胆接近；但她暗影重重的长睫毛不起眼地垂向脸的下部的骚动，以便制止它。她的全身打扮有一种难以形容的喜气洋洋和光彩夺目的东西。她穿一条淡紫色的巴勒吉纱罗连衣裙，脚上是金褐色的小厚底靴，鞋带结成 X 形，衬在挑花细布白袜上，平纹细布的斯宾塞式上衣是马赛的新产品，叫做无袖女式胸衣，是"八月十五"按卡纳比埃尔大街上的发音转换成的，意思是指好天气、炎热和南方。上文说过，另外三个姑娘要胆大些，穿着干脆是袒胸露肩，夏天，在插满鲜花的帽子下面，非常妩媚和迷人；但是，在这些大胆的打扮旁边，金发的芳汀的无袖女式胸衣是透明的，不审慎而又有保留，既隐又露，好像是对端庄大方有挑逗性的新发现。那个海青色眼珠的子爵夫人主持的有名情宫，也许能给这种与贞洁媲美的无袖女式胸衣娇艳奖。最天真的有时是最灵

---

[1] 伽拉忒娅，希腊神话中的海洋女神，是平静海洋的化身。

巧的。这种事就发生了。

面孔容光焕发,侧面细腻柔媚,眼睛深蓝色,眼皮肥厚,弓形脚小巧,手腕和脚踝奇妙地不大不小,白皙的皮肤让人多处看到血管发蓝的乔木状,脸颊稚嫩鲜艳,头颈粗壮像埃伊纳岛的朱诺[1],颈背有力而灵活,双肩像库斯图[2]制作的,透过平纹细布,可以见到当中有一个肉感的小窝;有一种梦幻般的冷冰冰的快乐;像雕塑一般,极有韵味;这就是芳汀;在这些服饰和衣带下面,可以捉摸出一座雕像,在这座雕像中可以捉摸出一颗心灵。

芳汀是俏丽的,她却不太晓得。很少有几个沉思者,他们是美的神秘祭司,默默地以十全十美来衡量一切事物;他们在这个小女工身上,透过巴黎式的优雅,看到了古代神圣的和谐。这个出身卑微的姑娘是纯种的。她在这两方面都是美的,即风格和节奏。风格是理想的形式;节奏是理想的运动。

我们说过,芳汀是欢乐的化身;芳汀也是贞洁的化身。

对一个仔细研究过她的观察者来说,透过年龄、季节和轻浮的爱情散发出来的狂热,从她身上逸出的是节制和谦逊的难以抑制的表情。她仍然有点惊奇。这种神圣的惊奇是区分普叙刻和维纳斯[3]的细微差别。芳汀有细长白皙的手指,那是用金别针搅动圣火之灰的供奉神庙的贞女之手。即使她什么也不拒绝,托洛米耶斯仍然清楚

---

[1] 埃伊纳岛属于希腊,1811年出土大批塑像,其中有几尊朱诺像。朱诺是罗马神话中的天后。
[2] 库斯图,法国雕塑家家族,最有名的是大威廉·库斯图(1667～1746),雕塑具有动感。
[3] 普叙刻,希腊神话中人的灵魂的化身,以长着蝴蝶翅膀的少女形象出现。在《金驴记》中,她是公主,美貌无比,人们崇敬她,却把维纳斯冷落在一边。

地看到，她的脸在歇息时仍然是纯真至极的；有一种庄重的、近乎庄严的自尊，有时候会突然渗透到她心中。看到欢乐这么快在她身上消失，沉思毫无过渡地接替了喜悦，那是没有什么可以奇怪的和令人发窘的。这种突然的庄重，有时凝聚得很冷峻，酷似女神的蔑视。她的脑门，她的鼻子，她的下巴呈现出线条的平衡，与比例的平衡迥然不同，面孔的和谐由此而来；在鼻子根和上嘴唇之间轮廓分明的间隔中，她有着一种难以觉察的迷人皱褶，这种贞洁的神秘标志使巴布卢斯爱上了在圣像挖掘中找到的一尊狄安娜。

谈情说爱是一个错误；是的，芳汀是浮在错误上面的无辜者。

四、托洛米耶斯非常快乐，竟然唱起一支西班牙歌曲

这一天，从头到尾都是黎明。整个大自然好像放假了，喜笑颜开。圣克卢的花坛芬芳扑鼻。塞纳河上吹来的微风隐约拂动着树叶；树枝在风中指手画脚；蜜蜂窃取茉莉花的花蜜；整个蝴蝶的流浪家族扑向蓍草、苜蓿和野燕麦；在壮美的法国御花园里，有一群游荡者，就是飞鸟。

欢天喜地的四对人，沐浴在阳光、田野、花朵、树木丛中，光彩照人。

在这来自天堂的小团体中，说笑、唱歌、奔跑、跳舞、追逐蝴蝶、采集旋花，她们粉红色的挑花袜子，在高高的草丛中弄湿了，散发出新鲜气息，疯疯癫癫，绝不气势汹汹，这儿那儿挨到大家的一吻，除了芳汀以外，她固守在沉思和不合群的隐约抗拒中，而且

她在恋爱。"你呀,"法乌丽特对她说,"你总是心事重重。"

这就是欢乐。这几对快乐的情人的掠过,是对生活和大自然的深沉召唤,让抚爱和光辉从一切事物中逸出。从前有一个仙女,特意为情侣变出草地和树木。因此,情侣总是要逃学,不断周而复始,只要有灌木丛和学生,就会延续下去。因此,春天在思想家中流芳百世。贵族和流动磨刀匠,公爵、贵族院议员和愚笨的乡下人,宫廷和城里的人,如同从前的人所说的那样,人人都是这个仙女的臣民。大家欢笑,相互寻找,空中有一种神灵之光,恋爱使人面貌一新!公证人的见习生成了天神。嘻嘻的笑声,在草丛中追逐,在飞奔中搂住腰肢,像旋律一样的切口,在说一个音节的方式中爆发出崇拜,从这张嘴到那张嘴夺来的樱桃,这一切都闪闪发光,幻成无上的荣光。漂亮的姑娘们有点虚掷自身。她们认为这永远不会结束。哲学家、诗人、画家,望着这些狂喜的场面,不知道如何处理,他们看得眼花缭乱。到西泰尔[1]去!华托[2]叫道;平民画家朗克雷[3]欣赏在蓝天飞舞的市民;狄德罗向所有这些轻浮爱情的场面张开手臂,而德·于尔菲[4]在其中加进德洛伊教祭司。

吃过饭后,四对情侣来到当时人所谓的国王方地,参观新近从印度运来的一棵植物,此刻我们忘了它的名字,当时这棵植物把全巴黎的人吸引到圣克卢来;这是一棵古怪而迷人的灌木,亭亭玉立,

---

[1] 西泰尔,位于希腊伊奥尼安群岛的最南端,被看作爱情和欢乐的逍遥乡。
[2] 华托(1684~1721),法国画家,善于观察和表达爱情的细微差异。
[3] 朗克雷(1690~1743),法国画家,常以音乐会、跳舞、人生的各个时期为题材,也画女演员肖像、风俗场面。
[4] 于尔菲(1567~1625),法国田园小说家,著有《阿丝特蕾》。

无数的细枝像线一样，散乱不堪，没有叶子，覆盖着千百朵白色的小玫瑰形花；使得这棵灌木就像缀满花朵的肮脏长发。总是有一大群人欣赏它。

看过灌木以后，托洛米耶斯叫道："我请大家骑驴！"他们同一个驴夫谈妥价钱，从旺弗尔和伊西那边回来。在伊西，有个插曲。那里的公园是国家财产，当时由粮食供应商布尔甘拥有，向冒险的人大开方便之门。他们越过栅栏，参观了洞穴里的隐士模型，尝试了有名的镜厅的神秘效果，这是好色的捕兽器，比得上成为百万富翁的林神，或者是杜卡雷变成了普里亚普[1]。他们使劲地摇晃秋千的粗绳，那是固定在两棵栗子树上的，贝尔尼神父[2]曾赞颂过这两棵树。一个接一个摆荡这些漂亮的姑娘，裙裾飞扬起来，引起大家阵阵笑声，格雷兹[3]会从中找到可利用的题材。图鲁兹人托洛米耶斯有点西班牙的血统，因为图鲁兹和托洛萨沾亲带故。他按忧郁单调的旋律，唱起一首古老的西班牙歌曲，这首歌曲或许是受到一个美丽姑娘在两棵树之间的绳子上大幅摆荡的启发而写成的：

我来自巴达霍斯。
受到爱情的召唤。

---

[1] 杜卡雷是法国18世纪作家勒萨日笔下的包税人；普里亚普是古希腊神话中的丰饶之神。
[2] 贝尔尼神父（1715～1794），法国主教、政治家，因他写的轻佻诗歌和谈锋很健，得到蓬巴杜夫人的信任，担任驻威尼斯大使、外交大臣、大主教、驻罗马大使等职。写过《回忆录》。
[3] 格雷兹（1725～1805），法国画家，受到狄德罗的赞赏，作品有《家长向孩子们解释圣经》《受惩罚的坏儿子》《打碎的陶罐》。

我的整个儿心坎,
聚在我的眼睛里。
为什么你竟然要
裸露出你的腿脚。

只有芳汀拒绝荡秋千。

"我不喜欢这样装模作样,"法乌丽特相当尖酸地说。

离开了驴子,又有新的快乐;大家坐船游塞纳河,从帕西步行来到星形广场的城门处。读者记得,他们从凌晨五点以来走到现在;可是,咳!"星期天没有疲倦,"法乌丽特说,"星期天,疲倦不工作。"将近三点钟,四对情侣又快乐又害怕,从滑车道冲下来,这是一幢古怪的建筑,当时占据了博荣高地,可以看见在香榭丽舍大街的树木上面它弯弯曲曲的线条。

法乌丽特不时叫道:

"大吃一惊呢?我要大吃一惊。"

"耐心点,"托洛米耶斯回答。

五、在蓬巴达小酒馆

滑车道玩过,大家想到吃中饭;八个人光彩奕奕,不过有点疲惫,来到蓬巴达小酒馆,这是香榭丽舍大街那爿著名的蓬巴达餐馆开设的分店,在德洛姆胡同旁边的里沃利街,可以看到总店的招牌。

一个大房间,但是很丑陋,尽里面是凹室和床(由于星期天小酒馆挤得满满的，只得接受这个住处）；有两扇窗，可以透过榆树，眺望沿河大道和塞纳河；八月的艳阳照在窗上；两张桌子；一张上面撂着山积一样的花束，混杂着男帽和女帽；四对情侣坐在另一张桌旁，桌上热热闹闹地堆满了盆子、碟子、酒杯和瓶子；啤酒壶同葡萄酒瓶混在一起；桌上杯盘狼藉，桌下也有点混乱；莫里哀说：

> 他们在桌子下
> 不老实的脚乱响，像棍子拍打。

凌晨五点钟开始的田园牧歌，到下午四点半左右就成了这样。太阳西下，胃口也消失了。

香榭丽舍大街阳光灿烂，人群熙熙攘攘，一片光彩，尘土飞扬，这是构成荣耀的两样东西。马尔利雕塑的马，这些会嘶鸣的大理石，在一片金色的云彩中趵蹄子。华丽的轿式马车来来去去。一队服饰华丽的卫士，由号手领头，走下纳伊林荫大道；白旗在落日下幻成淡红色，飘拂在杜依勒里宫的圆顶上。协和广场当时又变成路易十五广场，拥挤着快乐的行人。许多人戴着银色百合花，用波纹闪光的饰带挂着；一八一七年，这饰带还没有从纽扣孔中消失。围成一圈的行人在鼓掌，跳轮舞的少女在风中送出一首当时很有名的波旁舞曲，这首曲子旨在抨击百日政府[1]，重复的一句歌词是：

---

[1] 拿破仑从东山再起至滑铁卢败北下野，历时一百天，称为百日时期。

把我们的父亲从根特送回来，

把他还给我们。[1]

一群群身穿节日盛装的郊区居民，有时甚至像市民一样戴着百合花徽，散布在大方地和马里尼方地里，玩着套圈游戏，骑着旋转木马；还有的在喝酒；有的是印刷所学徒，戴着纸帽子；可以听到他们的笑声。一切都光彩夺目。这是一个不可否认的和平时期和保王派维持的安定时期；那时，警察厅长昂格莱斯给国王的一份关于巴黎郊区特殊的私人报告，以这几行字收尾："仔细考虑过以后，陛下，对这些人没有什么可害怕的。他们像猫一样无忧无虑，懒懒散散。外省的下层人民在骚动，而巴黎的下层人民不是这样。他们都是小人物。陛下，他们必须两个加在一起，才抵得上您的一个精锐部队士兵。对于首都的民众，丝毫没有什么可担心的。值得注意的是，五十年来，这些人的身高还在减低；而巴黎郊区的人比大革命前更加矮小。根本没有什么危险的。总之，这是善良的下等人。"

一只猫也会变成狮子，警察厅长却认为不可能；其实确是这样，巴黎人民就创造了这个奇迹。再说，昂格莱斯伯爵视如草芥的猫，却得到古代共和国的尊敬；在古代共和国看来，猫体现了自由，为了充作皮雷[2]那没有翅膀的弥内弗[3]的对应物，在科林斯的公共广场

---

1 路易十八当时流亡到比利时的根特。
2 希腊古港，位于萨洛尼克海湾。
3 罗马神话中的智慧女神。

上，有一只巨大的青铜猫。复辟时期的警察厅长把巴黎人民看得太"美"了。这决不像他所相信的那样，是"善良的下等人"。巴黎人之于法国人，就像雅典人之于希腊人；没有哪里的人比他睡得更好，比他更轻浮、更懒散，比他更健忘；不过不要信以为真；巴黎人会享受各种各样的消遣活动，但是，一旦荣耀处于绝境，巴黎人会做出惊天动地的事来。给巴黎人一根长矛，他会创造出八月十日[1]；给他一支枪，他会搬演出奥斯特利兹战役。他是拿破仑的支柱，丹东[2]的本源。关系到祖国吗？他挺身而出；关系到自由吗？他起出铺路石筑街垒。小心！他的怒发可歌可泣；他的罩衫穿在身上，像古希腊人的短披风。留神！他会将随便哪一个格勒内塔街，变成卡夫丁峡谷。[3]倘若时刻到来，巴黎郊区人会长大，这个小个子会奋然而起，眦目而视，他的呼吸会变成风暴，从这瘦弱可怜的胸脯会吹出狂风，改变阿尔卑斯山的山脊。正是由于巴黎郊区人，革命才卷入军队，征服了欧洲。他唱歌，这是他的欢乐。让他按性格来唱歌，就有您瞧的！只要他的复调唱出《卡马纽勒》[4]，他就会推翻路易十六；让他唱出《马赛曲》，他就会解放世界。

这个注释写在昂格莱斯的报告的空白边缘，然后我们再回到四对情侣身上。上文说过，晚饭吃完了。

---

[1] 1792年8月10日，巴黎人民攻入王宫，逮捕了路易十六。
[2] 丹东（1759～1794），法国政治家，建立科尔得利俱乐部，后被罗伯斯庇尔派判处死刑。
[3] 公元前321年，萨姆尼特人在卡夫丁峡谷击败罗马军队，强迫他们通过"轭形门"；通过卡夫丁轭形门，意为遭受莫大的侮辱。1839年，巴贝斯和布朗基在格勒内塔街举行起义。
[4] 《卡马纽勒》是大革命期间的一首革命歌曲，抨击路易十六和王后。

六、相爱篇

饭席上的话和情话,两者都一样难以抓住;情话是云,饭席上的话是烟。

法默伊和大丽花在哼小调;托洛米耶斯喝酒;瑟芬哈哈笑;芳汀在微笑。利斯托利埃吹一支在圣克卢买的喇叭。法乌丽特情意绵绵地望着布拉什维尔说:

"布拉什维尔,我爱你。"

这句话引来布拉什维尔的一个问题:

"如果我不再爱你,法乌丽特,你会干出什么事来?"

"我嘛!"法乌丽特嚷道。"啊!别说这个,哪怕是说笑!如果你不再爱我,我就向你扑去,用手抓你,撕破你的皮,往你身上泼水,让人把你抓起来。"

布拉什维尔像一个人的自尊心受到奉承,美滋滋地微笑着。法乌丽特又说:

"是的,我会报警!啊!我会难受死的!坏蛋!"

布拉什维尔怔怔地出神,仰坐在椅子上,得意洋洋地闭上双眼。

大丽花一面吃东西,一面在嘈杂声中对法乌丽特低声说:

"那么你很爱他,你的布拉什维尔啰?"

"我呀,我恨他,"法乌丽特抓住她的叉子,用同样的声调回答。"他很吝啬。我爱我家对面那个小个子。他非常好,这个年轻人,你认识他吗?看得出他有演员的派头。我喜欢演员。他一回家,他的母亲就说:'啊!我的天!我的安静完蛋了。他马上要叫唤。可是,我的朋友,你使我头昏脑涨!'——因为他在屋子里转悠,跑到有老鼠的阁楼和黑洞里,他能爬得那样高,——唱歌,朗诵,我呀,我怎么说呢?别人在底下听到他的声音!他在一个诉讼代理人的事务所里抄写诉状,已经每天挣到二十苏。他是圣雅克-高步街上一个以前的抒情诗人之子。啊!他非常好!他很爱我,有一天,他看到我揉面团做油煎鸡蛋煎饼,便对我说:'小姐,你的手套做出来的煎饼,我也会吃下去。'只有艺术家才会说出这样的话来啊!他非常好。我正疯狂地爱上这个小个子。这无所谓,我对布拉什维尔说我爱他。我在骗人!嗯?我在骗人哪!"

法乌丽特停了片刻,继续说:

"大丽花,你看,我很忧郁。整个夏天阴雨连绵,刮风令我不快,不能令人心平气和,布拉什维尔是个守财奴,只要市场上有青豌豆,就净吃这个了。我有忧郁症,就像英国人说的,黄油这样贵!再说,你看,多么恶心,在我们吃饭的地方有一张床,这使我厌恶生活。"

七、托洛米耶斯的智慧

当有的人在唱歌,别的人在唧唧喳喳地谈话时,大家是混杂在一起的;只发出嘈杂的声音。托洛米耶斯插进来说:

"咱们不要乱谈一气,也不要七嘴八舌,"他大声说。"考虑一下,咱们会不会头昏目眩。过分脱口而出,会愚蠢地掏空我们的头脑。一直在流的啤酒不会积起泡沫。各位,不要匆匆忙忙。美餐一顿时还得端庄些；吃饭时要思索；慢慢地吃吃喝喝。不要着急嘛。看看春天吧；要是它急急忙忙，就会火烧似的，也就是说冻结了。过热会使桃树和杏树完蛋。过热会扼杀盛宴的优雅和快乐。不要过热，各位！格里莫·德·拉雷尼埃尔[1]赞成塔莱朗的意见。"

这群人中响起一阵不同意的喃喃声。

"托洛米耶斯，让我们太平一点吧，"布拉什维尔说。

"打倒暴君！"法默伊说。

"蓬巴达、盛宴和寻欢作乐！[2]"利斯托利埃叫道。

"星期天没有过去，"法默伊又说。

"我们是有节制的，"利斯托利埃补上一句。

"托洛米耶斯，"布拉什维尔说，"看一看我的平静吧。"

"你倒会装文雅潇洒，"托洛米耶斯回答。

这种平庸的文字游戏产生的效果就像一块石头扔到一个池子里。德·平静山侯爵[3]当时是一个有名的保王派。所有的青蛙都不吱声了。

"朋友们，"托洛米耶斯大声说，声调像重掌帝国大权，"振作起来吧。对这个从天而降的双关语，用不着过于惊呆。凡是这样唾手可得的东西，必然都不值得表示热情和尊敬。双关语是飞翔的精神拉出的屎。插科打诨，可不分场合；孕育出一句蠢话之后，又直上云天。落在岩石上的一个泛白的污迹，不会妨碍大兀鹰翱翔。轻视

---

1 拉雷尼埃尔，法国烹调名家，著有《美食家年鉴》。
2 这三个词声音接近，有戏谑之意。
3 文字游戏，"平静山"含"我的平静"之意。

双关语与我无关！我在符合它的价值的范围内赞美它；如此而已。人类最壮美、最崇高和最美妙的东西，也许超越人类之外，就是做文字游戏。耶稣基督对圣彼得说过双关语[1]，摩西对伊萨克说过双关语，埃斯库罗斯对波吕涅克斯说过双关语[2]，克莱奥帕特拉对奥克塔夫[3]说过双关语。要指出的是，克莱奥帕特拉的双关语说在亚克兴角战役之前，如果没有这句双关语，谁也不会想起托里纳城，这个希腊名字意为汤勺。同意这一点以后，我再回到我的告诫上来。兄弟们，我再说一遍，不要过热，不要躁动，不要过分，即便讲讽刺话、玩笑话、开心话、玩文字游戏。听我说，我有安菲亚拉乌斯[4]的谨慎和恺撒[5]的秃顶。要有限度，即使猜字谜也罢。'Est modus in rebus.'[6]要有限度，即使吃饭也罢。你们喜欢吃苹果酱馅饼，女士们，不要吃得过多。即使吃馅饼，也要有理智和方法。贪食会惩罚贪食的人。咦，要惩罚肚子。消化不良是善良的天主用来教训胃的。记住这一点：我们的每种激情，甚至爱情，都有一个胃，不可撑肠拄肚。凡事都要及时写上'终止'这个词，必须自我约束，一旦情况紧急，就要对胃口拉上门栓，将自己的怪念头囚禁起来，不越雷池一步。聪明人会在一定时刻自我囚禁。请多少相信我的话。因为我学过一点法律，考试成绩说明了这一点，因为我知道动机问题和悬而未决

---

1 见《马太福音》第15章："我呢，对你说你是石头（按，石头与彼得是同一字），在这石头上，我将建起我的教堂。"
2 见埃斯库罗斯的剧本《七将攻忒拜》，波吕涅克斯意为"酷爱争吵的人"。
3 克莱奥帕特拉（公元前69～前30）是埃及女王，奥克塔夫即奥古斯都大帝（前63～14），公元前31年，他在亚克兴角打败安东尼和克莱奥帕特拉。
4 安菲亚拉乌斯，古希腊传说中阿耳戈斯城的先知，他预言攻打忒拜必遭败北。
5 恺撒（公元前101～前44），古罗马帝国皇帝。
6 拉丁文：任何事物都要有分寸。引自古罗马诗人贺拉斯的《讽刺诗》。

问题之间的区别,因为我用拉丁文写过一篇论文,论述穆纳蒂乌斯·德芒斯担任弑君罪审问官时,罗马执行酷刑的方式,因为我看来将成为博士,因此,无论如何,我不是一个傻瓜。我劝你们要节制欲望。实话实说,就像我叫费利克斯·托洛米耶斯一样。一旦时刻来临,像苏拉或奥里杰内斯[1]一样,做出英勇的决定,自动引退的人,那是幸福的人!"

法乌丽特全神贯注地倾听着。

"费利克斯,"她说,"多美的字啊!我喜欢这个名字。这是拉丁文。意思是说'繁荣'。"

托洛米耶斯继续说:

"市民们,绅士们,骑士们,朋友们!你们根本不想感受男欢女爱,免去婚床,无视爱情吗?再简单也没有了。这就是药方:喝柠檬水,过度锻炼,做苦工,干到腰酸背痛,拖重物,不睡觉,熬夜,喝足饮饱含硝的饮料和睡莲汤,品尝罂粟膏和牝荆膏,给我严格节食,肚子饿得咕咕叫,再加上洗冷水浴,用草绳扎腰,脚上绑铅块,用醋酸擦身,用淡醋热敷。"

"我宁可要一个女人,"利斯托利埃说。

"女人!"托洛米耶斯接口说,"退避三舍吧。沉迷到女人的水性杨花中,那是不幸的人!女人是寡情薄义、爱转弯抹角的。女人出于同行的嫉妒,憎恨蛇,蛇就是对门的铺子。"

---

[1] 苏拉(公元前138~前78),古罗马将军、政治家,后任终身执政,公元前79年突然让出权力退隐;奥里杰内斯(约185~约254),用希腊文写作的神学家,自愿阉割,受酷刑自戕而死。

"托洛米耶斯,"布拉什维尔叫道,"你喝醉了!"

"当然啰!"

"那么就快活起来吧,"布拉什维尔说。

"我同意,"托洛米耶斯回答。

于是,他斟满酒杯,站起身来:

"光荣属于美酒!'Nunc te, Bacche, canam'![1]对不起,小姐们,这是西班牙语。证据嘛,'señoras',[2]这就是:有什么样的民族,就有什么样的酒桶。卡斯蒂利亚的拉罗布容量十六公升,阿利坎特的康塔罗容量十二公升,加那利群岛的阿尔穆德容量二十五公升,巴利阿里的库亚丹容量二十六公升,沙皇彼得的普特容量三十公升。[3]这个沙皇万岁,他是伟大的,他的普特更大,也应万岁!女士们,一个朋友的劝告:你们要是高兴,就欺骗旁边的人。爱情的本质,就是飘忽不定。轻松的爱情天生不是蹲在那里,昏头昏脑,就像英国女仆,膝盖磨出老茧。这种爱情天生不是这样的,甜蜜的爱情快乐地游荡!有人说:出错是人之常情;我呢,我说:出错是爱情常有的。女士们,我对你们每一个都爱得入迷。噢,瑟芬,噢,约瑟芬,面孔虽不端正,但还可爱,如果不是面孔长得不规则,您会是迷人的。您的面孔模样妙极了,就像给人坐歪了。至于法乌丽特,噢,林神和缪斯啊!有一天,布拉什维尔经过盖兰-布瓦索街的阳沟,看见一个漂亮姑娘,拉紧的白袜显示出她的双腿。这个开头

---

[1] 拉丁文:现在,酒神,我要歌唱你!引自古罗马诗人维吉尔的《农事诗》。

[2] 西班牙文:小姐们。

[3] 卡斯蒂利亚、阿利坎特、加那利群岛,都是西班牙地名;拉罗布、康塔罗、库亚丹等是容器名称。

令他喜欢，布拉什维尔钟情了。他爱的姑娘就是法乌丽特。噢，法乌丽特，你有爱奥尼亚型的嘴唇。以前有一个希腊画家，名叫厄弗里荣，绰号叫嘴唇画家。只有这个希腊画家配得上画你的嘴唇。你生来像维纳斯那样获得苹果，或者像夏娃那样吃掉苹果。美从你开始。我刚说到夏娃，是你创造了夏娃。你应获得漂亮女人的发明证书。噢，法乌丽特，我不再称您为你，因为我从诗歌转到散文。刚才您提到我的名字。这使我感动；但是，不管我们是谁，不要相信名字。名字可能名不符实。我叫费利克斯，但并不幸福。文字是骗人的。不要盲目接受文字给我们的指示。写信到列日买木塞，写信到波城买手套就大谬不然了。[1] 大丽花小姐，我换了您，就叫萝莎。[2] 花儿必须有香味，女人必须有头脑。我对芳汀不想评头品足，这是一个爱沉思、爱幻想、爱思索、十分敏感的女孩；这是林神成形，修女有廉耻心之前的幽灵，她误入女工的生活，但躲在幻想里，唱歌，祈祷，望着蓝天，却不太清楚看到什么，在做什么。她仰望天空，以为在这样一个花园里徘徊：那里的鸟比实际的更多！噢，芳汀，要知道这一点：我，托洛米耶斯，我是一种幻想；但爱幻想的金发女郎甚至不听我说话！再说，她是鲜艳、甜美、青春、晨曦。噢，芳汀，与您相衬的姑娘应叫做雏菊或者珍珠，您是倾国倾城的美女。女士们，第二个劝告：决不要结婚，婚姻是一种嫁接；或好或坏；逃避这种危险吧。不过啊！我在这儿瞎扯些什么？我语无伦次了。姑娘们要嫁人就不可救药了；我们这些聪明人，即使我们能

---

[1] 列日是比利时城市，意为软木；波城是法国南部城市，与皮肤发音相同。
[2] 萝莎有玫瑰之意。

言善辩,也阻止不了做背心、做高帮皮鞋的女工梦想嫁给戴满钻石戒指的丈夫。总之,算了;可是,几位美人,请记住这点:你们吃糖吃得太多了。你们只有一个过错,噢,女人,就是喜欢嚼糖。噢,啮齿类的性别,你洁白漂亮的小牙酷爱吃糖。不过,请听明白,糖是一种盐。凡是盐都吸收水分。糖是各种盐中最吸收水分的。它通过血管将血中的水分吸出来;这样,血液就要凝结,然后凝固;这样就会得肺病,就会死亡。因此,糖尿病与肺病相连。所以,不要嚼糖,您就会长寿!我转到男人方面。各位先生,要征服女人。彼此毫无内疚地争夺情人。追逐女人,彼此争夺。在爱情上,没有朋友。凡是有漂亮女人的地方,就有公开的敌对。没有宽容,殊死搏斗!一个漂亮的女人是一个"casus belli"[1];一个漂亮女人是一起现行犯罪。历史上所有的入侵都是由裙子决定的。女人是男人的权利。罗慕卢斯[2]劫走了萨宾女人,威廉[3]劫走了萨克森女人,恺撒劫走了罗马女人。得不到爱的男人,像秃鹫一样,盘旋在别人的情妇头上;至于我,我向所有独身的不幸男人,发出波拿巴向意大利军队的崇高声明:'士兵们,你们缺少一切,敌人却什么都有。'"

托洛米耶斯止住话头。

"喘口气,托洛米耶斯,"布拉什维尔说。

这时,布拉什维尔在利斯托利埃和法默伊的协助下,按一首悲

---

[1] 拉丁文:开战理由。
[2] 罗慕卢斯,传说中罗马城的创建者(公元前753年),曾由一头牝狼收留,由一个牧人养大。
[3] 威廉(1027或1028~1087),诺曼底公爵(1035~1087),英国国王(1066~1087)。他掠夺了萨克森人的土地。

歌的调子，哼起一支工场歌曲，这种歌曲即兴填词，韵律丰富，却毫无韵味，内容空洞，就像树枝摇曳和风声一样，它从烟斗的烟中产生，并随之消失和飘散。下面一节歌词是三人合唱对托洛米耶斯高谈阔论的答复：

> 几个蠢神父交给
> 代理人不少大洋，
> 让克莱蒙-响雷
> 圣约翰节当教皇；
> 克莱蒙不是教士，
> 当教皇决不可以；
> 代理人气得发狂，
> 又把钱如数奉上。

唱完这首歌还不能平息托洛米耶斯海阔天空地谈论的兴头；他将酒一饮而尽，重新斟满，又说了起来。

"打倒智慧！统统忘掉我刚才说过的话吧。既不要一本正经，也不要小心谨慎和正直贤明。我为欢乐举杯；让我们快快乐乐！让我们以狂欢和欢宴补充我们的法律课吧。消化不良和容易消化[1]。让查士丁尼是雄性，珍馐美味是雌性！纵情欢乐吧！噢，天地万物，生活吧！世界是一颗巨大的钻石！我是幸福的。鸟雀不同凡响。到处

---

1 双关语，容易消化，又有《学说汇纂》之意，这是东罗马帝国皇帝查士丁尼（482～565）所颁布的《国法大全》的一部分。

是狂欢！黄莺是免费的埃勒维乌[1]，夏天，我向你致意。噢，卢森堡公园，噢，公主街和天文台小径的农事诗！噢，爱幻想的年轻士兵！噢，所有这些可爱的女仆，她们一面照看孩子，一面以设想自己孩子的模样为乐趣！倘若没有奥台翁剧院的柱廊，美洲大草原就令我喜欢。我的心灵飞向原始森林和美洲大草原。一切都是美的。苍蝇在阳光中嗡嗡飞舞。太阳打喷嚏打出了蜂鸟。抱吻我吧，芳汀！"

他搞错了，抱吻了法乌丽特。

八、马之死

"埃东酒馆要比蓬巴达酒馆饭菜好，"瑟芬叫道。

"我更喜欢蓬巴达，而不是埃东，"布拉什维尔表明态度。"这里更排场，更有亚洲情调。看看楼下的大厅吧。墙上有不少镜子。"

"我更关心自己盘子里的东西，"法乌丽特说。

布拉什维尔坚持说：

"看看这些刀吧。蓬巴达酒馆的刀柄是银的，埃东酒馆的刀柄是骨头的。银子比骨头更贵重。"

"对有银下巴的人是例外，"托洛米耶斯指出说。

这时他眺望着残老军人院的圆顶，从蓬巴达的窗口依稀可见这圆顶。

---

[1] 埃勒维乌（1769～1842），法国喜剧演员。

沉默了一会儿。

"托洛米耶斯,"法默伊高声说,"刚才,利斯托利埃和我,我们有过一场争论。"

"争论是好的,"托洛米耶斯说,"争吵就更好。"

"我们争论哲学。"

"不错。"

"你更喜欢笛卡尔的哲学还是斯宾诺莎[1]的哲学?"

"我喜欢德佐吉埃[2],"托洛米耶斯说。

下了这个断语以后,他喝了一口酒,又说:

"我同意要生活。既然还能胡说八道,世间的一切就还没有结束。我为此感谢永生的天神。人们在欺骗,但却在笑嘻嘻。人们在肯定,可是却又怀疑。三段论会引出意想不到的情况。这很妙。世上还有人会愉快地打开和关上悖论这玩偶盒。女士们,你们平静地喝着的,是马代尔葡萄酒,要知道,这是库拉尔·达弗雷拉出产的,这地方海拔三百十七图瓦兹[3]!而蓬巴达先生,出色的酒馆老板,给你们供应海拔三百十七图瓦兹的产品,只要四法郎五十生丁!"

法默伊又打断说:

"托洛米耶斯,你的见解就是法律。你喜爱的作家是哪一位?"

"贝尔……"

"贝尔甘[4]?"

---

1 斯宾诺莎(1632~1677),荷兰哲学家。
2 德佐吉埃(1772~1827),法国民谣歌手。
3 图瓦兹,法国旧长度单位,合1.949米。
4 贝尔甘(1747~1791),法国作家,作品有《田园牧歌》《情歌》《孩子们的朋友》。

"不,贝尔舒[1]。"

托洛米耶斯继续说:

"光荣属于蓬巴达!如果他能给我找到一个埃及舞女,他就赛过穆诺菲斯·德·埃莱方塔,如果他献给我一个希腊名妓,他就赛过蒂吉利荣·德·谢罗内!噢,女士们,因为在希腊和埃及,也有过蓬巴达一类的老板。这是阿普列尤斯[2]告诉我们的。咦!总是老一套,没有什么新东西。在造物主的创造中,再也没有什么新颖的东西!'Nil sub sole novum,'[3]所罗门说;'amor omnibus idem,'[4]维吉尔说;医科女生和医科男生一起登上圣克卢的帆船,正如阿丝帕齐和佩里克莱斯[5]一起登上萨莫斯的战舰。最后一句话。你们知道阿丝帕齐是什么样的人吗,女士们?尽管她生活在妇女还没有头脑的时代,她却是一个有头脑的人;具有玫瑰色和紫红色的头脑,比火焰更炽热,比黎明更清新。阿丝帕齐这个人,在她身上,女人的两极相连;她是妓女又是女神。是苏格拉底[6]加上曼侬·莱斯戈[7]。阿丝帕齐是应普罗米修斯[8]的需要而创造出来的一个婊子。"

托洛米耶斯一打开话匣子,就很难止住话头,如果这当儿不是

---

1 贝尔舒,19世纪法国食谱作者。
2 阿普列尤斯(125~180),拉丁语作家,他的作品《金驴记》记载了古代美食的资料。
3 拉丁文:阳光下没有任何新东西。
4 拉丁文:爱情对所有人一视同仁。
5 佩里克莱斯(公元前495~前425),雅典政治家,阿丝帕齐是他的情妇,以美貌和睿智著称。
6 苏格拉底(公元前470~前399),古希腊哲学家,他的学说由学生留传下来。
7 法国作家普莱沃同名作品中的女主人公,生性浪荡。
8 普罗米修斯,希腊神话人物,因给人类盗来火种,受到宙斯惩罚,锁在高加索山上,被鹰永远啄食肝脏。

有一匹马倒在沿河道上的话。大车和高谈阔论的人一下子戛然止住。这是一匹博斯地区的牝马,又老又瘦,该送到宰马的人那里去;它拉着一辆非常沉重的大车。这头牲口走到蓬巴达酒馆时,精疲力竭,压得受不了,不再往前走。这个事故引来一大群人。车把式气得咒骂起来,刚不温不火地骂了一声:"混账!"狠狠的一鞭抽下去,老马就倒下,再也起不来了。在行人的嘈杂声中,托洛米耶斯的快乐听众回过头来,托洛米耶斯利用这个场面,以这节忧郁的诗结束他的讲话:

> 它活在这世上:无论什么马车
> 　　命运都是一样,
> 既是驽马,就像驽马一样生活,
> 　　活一刹那:混账!

"可怜的马,"芳汀叹息说。

大丽花叫道:

"看,芳汀怜悯起马来!真要像这匹牲口,多难看啊!"

这当口,法乌丽特交叉起手臂,往后仰起头,死盯住托洛米耶斯,说道:

"喂!大吃一惊的事呢?"

"正好。时候已到,"托洛米耶斯回答。"各位先生,让这些女士们大吃一惊的时候到了。女士们,请等我们一下。"

"先亲一下,"布拉什维尔说。

"亲在脑门上，"托洛米耶斯补充说。

他们每个人在情妇的额角上郑重其事地亲了一下；然后四个人鱼贯朝门口走去，一面把手指按在嘴唇上。

法乌丽特在他们出去时拍起巴掌。

"已经够有趣的，"她说。

"时间别太长了，"芳汀喃喃地说。"我们等着你们。"

九、寻欢作乐的愉快结局

年轻姑娘单独留下来，两个一对，手肘支在窗槛上，歪着头，隔着窗口，互相闲聊。

她们看着那几个青年手挽着手，走出蓬巴达小酒馆；他们回过身来，笑着向她们挥手，从每个星期天都弥漫在香榭丽舍大街的尘嚣中消失了。

"不要太久！"芳汀叫道。

"他们要给我们带回来什么东西呢？"瑟芬说。

"肯定很妙，"大丽花说。

"我呀，"法乌丽特接着说，"我希望是金器。"

不久，她们被河边的活动分了心，她们在大树的枝杈间分辨出这幅景象，看得有滋有味。这是邮车和驿车出发的时刻。几乎所有到南方和西方的货车，当时都经过香榭丽舍大街。大部分货车沿着河滨大道走，从帕西城门出去。漆成黄色和黑色的大车，压得沉甸甸的，轭具吱嘎作响，由于行李、篷布和箱子而变形，车上都是脑袋，随即消失了，车轮碾着路面，将每块路石都变成打火石，像铁匠的炉子火花四溅，一刻不停地穿过人群，尘土飞扬，狂奔而去。这种喧嚣令年轻姑娘们喜上眉梢。法乌丽特感叹道：

"多么吵吵闹闹！可以说一串串锁链飞到空中。"

有一次来了一辆车，在榆树浓密的枝叶间很难看清。这辆车停下一会儿，然后飞驰而去。这令芳汀觉得奇怪。

"真怪！"她说。"我以为驿车半路从来不停呢。"

法乌丽特耸了耸肩。

"这个芳汀大惊小怪。我出于好奇走过来观察她。她对样样东西都目眩神迷。假设我是个旅客，我对驿车车夫说，我先走一步，你经过河滨时把我捎上。驿车过来了，看到我就停下，把我捎上。这种事天天发生。你不了解生活，亲爱的。"

这样过了好久。突然，法乌丽特动了一下，好像惊醒过来一样。

"啊，"她说，"怎样大吃一惊呢？"

"对了，不错，"大丽花接口说，"怎样大吃一惊呢？"

"他们走了很久了！"芳汀说。

芳汀刚感叹完，侍候吃饭的那个伙计走了进来。他手里拿着一样东西，好像一封信。

"这是什么？"法乌丽特问。

伙计回答：

"这是一张条子，那几位先生给太太们留下的。"

"为什么不马上拿来？"

"因为那几位先生吩咐过，"伙计回答，"过一小时再交给各位太太。"

法乌丽特从伙计手里夺过字条。这确实是一封信。

"啊!"她说。"没有地址。但是上面写着一行字:

　　这就是大吃一惊的事。"

她急忙拆开信,打开来念(她识字):

　　噢,我们的情人!

　　要知道我们有双亲。双亲,你们不太知道是什么。幼稚但公正的民法称之为父亲和母亲。双亲在哀叹,这些老人在恳求我们,这些善良的老头和老太把我们称作浪子,他们期望我们回头,要为我们宰牛。我们是讲道德的,听从了他们。你们在看这封信的时候,五匹烈马把我们送回我们的爸爸和妈妈身边。我们像博须埃所说的那样,溜走了。我们动身,我们走了。我们躲到拉菲特号驿车的怀抱里,卡伊亚号驿车的翅膀下。图鲁兹的驿车把我们拉出深渊,深渊就是你们,噢,我们美丽的小妞!我们回到社会中,回到职责中和秩序中,以每小时三法里的速度飞驰而去。对社稷来说,重要的是,我们要像大家一样,当上省长、家长、乡警和参议员。尊重我们吧。我们做出了牺牲。快快为我们哭一场,赶快把我们换掉。如果这封信使你们撕心裂肺,那么就把它撕碎。永别了。

在将近两年中，我们使你们感到幸福。不要怨恨我们。

       布拉什维尔

       法默伊

       利斯托利埃

       费利克斯·托洛米耶斯

       （签字）

  附言：餐费已付。

  四个年轻姑娘面面相觑。

  法乌丽特第一个打破沉默。

  "好啊！"她叫道，"这个恶作剧还真妙。"

  "真逗，"瑟芬说。

  "大概是布拉什维尔想出这个主意，"法乌丽特又说。"这使我爱上了他。人一走，倒爱上。真是怪事。"

  "不，"大丽花说，"这是托洛米耶斯的主意。看得出来。"

  "这样的话，"法乌丽特接口说，"布拉什维尔该死，托洛米耶斯万岁！"

  "托洛米耶斯万岁！"大丽花和瑟芬叫道。

  她们哈哈大笑。

  芳汀像其他人一样笑着。

  一小时后，当她回到房间里时，她哭了。上文说过，这是她的初恋；她像献身给丈夫一样献身给托洛米耶斯，可怜的姑娘怀上了孩子。

第四章
托付，有时就是断送

一、一个母亲与另一个母亲相遇

十九世纪头二十五年，在巴黎附近的蒙费梅，有一间低级小饭店，今日已不复存在。这间小饭店由泰纳迪埃夫妇开设。它位于面包师傅小巷。门上方可以看到一块木板，平钉在墙上。这块木板上画着一样东西，像一个人背上背着另一个人。后者戴着金色的将军大肩章，上面镶着几颗大银星；红点表示血迹；画面的其余部分是硝烟，可能画的是一场战役。下面写着这行字："滑铁卢中士之家。"

客栈门前停着一辆载重车或大车，那是再平常不过了。不过，一八一八年春天的一个傍晚，堵住滑铁卢中士小饭店门前那条街的那辆车，或者更准确地说，车的残骸，它的主体准定会吸引路过那儿的画家的注意。

这是一种板车，在林区使用，用来运厚木板和树干；眼下只剩前半部。这前半部由一大根铁轴组成，套着一根粗辕木，由两只巨大的车轮托住。整个儿粗笨、沉甸甸、难看。可以说这是大炮的炮架。车辙给车轮、轮辋、轮毂、车轴和辕木蒙上一层泥浆，淡黄色难看的一层，活像装饰大教堂的灰浆。木头在泥浆下消失了，铁轴在铁锈下也消失了。车轴下像帘子一样吊着一根粗铁链，足以锁住做苦役的歌利亚[1]。这根铁链令人想起的不是它用来搬运梁木，而是它能套上拉车的乳齿象和猛犸；它像苦役监，但这是囚禁独眼巨人和超人的苦役监，而且像从妖怪身上解下来似的。荷马[2]会用来锁住波吕菲摩斯[3]，莎士比亚会用来锁住卡利班[4]。

缘何这架板车的前半部放在当街呢？首先，为了堵住街道；其次，为了让它生锈。在旧社会秩序下，有许多机构就这样堵在露天的路上，这样做没有别的理由。

车轴下的链子中段快垂到地上。这天傍晚，在链子弯曲处，就像在秋千绳索上，坐着两个小姑娘，搂得很亲热，一个大约两岁半，另一个一岁半，小的倚在大的怀里。一条手帕系得很巧妙，不让她们摔下来。有个母亲当初看到这条可怕的铁链，说过："啊！这可以给我的孩子们做玩具。"

再说，两个孩子打扮得很可爱，有点讲究，她们光彩照人；简直可以说两朵玫瑰插在废铁上；她们的眼睛令人叫绝；她们鲜艳的脸蛋笑眯眯的。一个是栗色头发，另一个是褐色头发。她们稚嫩的面孔又惊又喜；附近一丛开花的灌木向行人散发出香气，这香气似

---

1 歌利亚，《圣经》中的勇士，后被大卫王所杀。
2 荷马，传说中的希腊史诗诗人，著有《奥德修纪》和《伊利昂纪》。
3 希腊神话中的独眼巨神。
4 卡利班，莎士比亚的剧本《暴风雨》中的妖怪。

乎来自她们身上；一岁半那个小不点露出可爱的光肚皮，显示了小孩纯真的失礼。这两颗娇嫩的脑袋生活在幸福中，沐浴在阳光里；在她们的头顶和周围，板车巨大的前半部，锈迹斑斑，近乎骇人，交错着狰狞的曲线和棱角，好像岩洞的入口一样呈圆弧形。隔开几步远，那个母亲蹲在客栈门口，这个女人面目不善，但此刻倒是令人感动的：她用一根长绳摆荡着两个孩子，用唯恐出事的目光盯住她们，那种又是动物的又是钟爱的表情是母性所特有的；每次荡来荡去，难看的铁环就发出尖厉的响声，好似愤怒的喊叫；两个小姑娘心醉神迷，落日也来同乐。一条绑缚神魔的锁链，变成了小天使的秋千，没有什么比这造化的任性更迷人的了。

母亲一边摇着她的两个孩子，一边用假嗓子哼着一首当时有名的情歌：

　　必须如此，一个武士……

她一面唱歌，一面注视女儿，便听不到和看不见街上发生的事。然而她开始唱情歌的第一节时，有人走近了她。突然她听到一个声音在她耳畔说：

"太太，您有两个漂亮的孩子。"

　　……对美丽温柔的伊莫琴说。

母亲继续唱她的情歌，作为回答，然后，她回过头来。

一个女人站在她面前,离开有几步远。这个女人,她也有一个孩子,抱在怀里。

她还背着一只很大的旅行袋,看来很重。

这个女人的孩子像仙女下凡。这个小姑娘有两三岁,衣着打扮可以同另外两个小姑娘媲美;她戴一顶包发细布帽,长袖内衣有飘带,便帽镶瓦朗西纳花边。裙裾翻起,露出白白胖胖而又结实的大腿。她的脸红扑扑,身体健康。美丽的小姑娘令人不由得想在她苹果似的脸颊上咬一口。她的眼睛准定非常大,睫毛美极了,此外难以评说。她睡着了。

她睡得很踏实,是这种年龄的孩子所特有的。母亲的怀抱充溢着柔情;孩子酣睡在里面。

至于那个母亲,模样又贫苦又忧愁。她是女工打扮,又有重新做农妇的意味。她很年轻。她漂亮吗?或许是的;但这身打扮显不出来。她的头发露出金黄色的一绺,看来非常浓密,但完全隐没在一顶难看、绷紧、狭窄、在下巴结好带子的修女帽下。她笑时露出美丽的牙齿;可是她从来不笑。她的眼睛好像长久没有干过。她脸色苍白;模样十分疲惫,带点病态;她怀着抚育孩子的母亲所特有的神情,望着怀里沉睡的女儿。一条宽大的蓝手帕,像残废者擤鼻涕所用的那一种,对角折起来,笨拙地遮住她的腰。她的双手晒黑了,布满雀斑,食指僵硬,都是针痕,披一件粗毛褐色斗篷,穿着粗布连衣裙和笨重的鞋。这是芳汀。

这是芳汀。很难认出她来。可是,仔细打量她,她仍然是漂亮的。一条显出忧愁的皱纹,仿佛要露出讥笑,使她的右脸打皱。至于她的装束,从前那身平纹细布、有飘带的轻盈服装,好像是由快乐、疯狂和音乐织成的,缀满铃铛,散发出丁香花的香味,如同阳光下钻石般闪闪发光的美丽霜花一样消失了;霜融化了,留下黑乎乎的树枝。

自从那场"妙极的恶作剧"之后,十个月过去了。

在这十个月内,发生了什么事?可以猜想到。

被抛弃以后,艰难接踵而至。芳汀随即看不到法乌丽特、瑟芬和大丽花;男人方面关系一旦断裂,女人方面的关系也就解体了;两个星期之后,如果有人对她们说,她们是朋友,那会使她们非常吃惊;过去的事已经一去不复返了。芳汀依然独自一人。她的孩子的父亲走了,——唉!关系断裂,不可挽回了,——她感到茕茕孑立,但还保留了少干些工作的习惯和多点享受的兴趣。她和托洛米耶斯的来往,导致厌恶她熟悉的低贱职业,她忽略了自己的前途;此路不通了。一筹莫展。芳汀勉强会看书,但不会写;她小时候别人教会她签名;她让一个代笔人给托洛米耶斯写了一封信,然后是第二封信,再然后是第三封信。托洛米耶斯连一封信也不回答。一天,芳汀听到几个见到她女儿的长舌妇说:"人们会认真对待这些孩子吗?只会耸耸肩罢了!"于是她想到了托洛米耶斯,他对自己的孩子会耸耸肩,不认真对待这个无辜的孩子;想到这个男人,她的心变得沉重。但要打定什么主意呢?她不知道向谁诉说。她犯了一个过错,不过,大家记得,她的人品是纯洁无疵、光明磊落的。她朦胧地感到,她即将陷入穷困和最糟的境况中。要有勇气;她有勇气,振作起来。她想回到家乡滨海蒙特勒伊。那里也许有人认得她,给她工作做。是的，但必须隐瞒她的过错。她模糊地看到有必要和女儿分离，这次分离比第一次分手还要痛苦。她的心揪紧了，可是她下定了决心。读者将会看到，芳汀敢于直面人生。

她已经勇敢地放弃戴首饰，身穿粗布衣，把她所有的丝绸、旧衣、丝带和花边打扮女儿，这是她剩下的唯一的，也是圣洁的虚荣心。她卖掉自己所有的一切，弄到二百法郎；她把小小的债务还清以后，只有八十法郎左右。她二十二岁，在一个春光明媚的上午，离开了巴黎，背上背着她的孩子。有人看到她们俩经过时，也会心生怜悯。这个女人在世上只有这个孩子，而这个孩子在世上也只有这个女人。芳汀养育她的女儿；这累坏了她的胸脯，她有点咳嗽。

我们将不会再有机会谈到费利克斯·托洛米耶斯先生了。我们仅仅要说，二十年后，在路易-菲利普国王治下，他是外省一个大腹便便的诉讼代理人，很有影响，十分富有，是个明智的选民和严厉的陪审员；始终爱寻欢作乐。

为了得到休息，芳汀搭乘巴黎郊区那种所谓小马车，每法里平均三四个苏的车费，走走停停；将近中午，她来到蒙特勒伊的面包师傅小巷。

当她经过泰纳迪埃的旅店门前时，那两个小姑娘坐在她们难看的秋千上自得其乐，芳汀不禁感到目眩神迷，她面对这幅快乐的景象止住了脚步。

确实很有魅力。这两个小姑娘对这个母亲来说，就是一幅有魅力的景象。

她满怀激情地注视着她们。眼前这两个天使，就预示着天堂。

她以为在这个旅店上方看到了神秘的"天主在此"。这两个小不点显然是这样幸福!她望着她们,欣赏她们,正当那个母亲唱到两句歌词之间喘口气的时候,她激动得禁不住脱口而出,读者刚才已经读到了那句话:

"您有两个漂亮的孩子,太太。"

即使最凶恶的人,看到别人在温存她们的孩子,也要变得温和。那个母亲抬起头来,表示感谢,让过路的女人坐在门前的长凳上,她自己就坐在门口。两个女人交谈起来。

"我叫泰纳迪埃太太,"那两个小姑娘的母亲说。"我们开着这个旅店。"

然后,她又哼起那首抒情歌曲:

必须如此,我是骑士,
我动身到巴勒斯坦。

这个泰纳迪埃太太是个红棕色头发女人,肉墩墩的,性情粗暴;类乎大兵,毫无风韵。也是怪事,她看了一些传奇故事,学到歪着脑袋沉思的神态。又爱撒娇,又男性化。纸张破损的旧小说,对小饭店的老板娘,就会产生这种效果。她还年轻,刚刚三十岁。要是这个蹲着的女人站直了,也许她的高身材和适合市集流动摊贩的巨人般的虎背熊腰,一开始就会吓坏那个赶路女人,搅乱她的信任感,我们要叙述的故事便化为乌有了。一个坐着而不是站着的女人,关系到一些人的命运。

赶路的女人讲起自己的经历,不过有点改变:

她是个女工;丈夫去世了;她在巴黎找不到工作,要到别的地方去找;到她的家乡;她在当天早上步行离开了巴黎;由于她背着孩子,感到疲乏,遇到去维尔蒙布尔的马车,便上了车;她从维尔蒙布尔步行到蒙费梅,小姑娘走了一段路,但不长,她太小,只得抱着,小宝贝睡着了。

说到这儿,她给女儿热烈的一吻,把孩子惊醒了。孩子睁开眼睛,大大的蓝眼睛像她的母亲那样,瞧什么?什么也不瞧,又什么都瞧,就像小孩子那种严肃、有时严峻的神态,这是面对我们美德的黄昏,光芒四射的纯洁显示的一种奥秘。仿佛他们感到自己是天使,知道我们是凡人。然后孩子笑了起来,尽管母亲拉住她,她还是滑到地上。一个小生命想奔跑,那股劲头是遏制不住的。突然,她看到另外两个孩子坐在秋千上,便止住脚步,伸出舌头,表示赞叹。

泰纳迪埃太太给两个女儿解开绳子,让她们从秋千上下来,说道:

"你们三个一起玩吧。"

这种年龄的孩子是很快就会混熟的,不一会儿,两个小泰纳迪埃和新来的小姑娘在地上玩挖洞,有无穷的兴趣。

这个新来的小姑娘非常快乐;母亲的善良刻印在孩子的快乐上;她捏着一小块木头,用作铲子,起劲地给一只苍蝇挖坑。掘墓工的活儿在孩子手上变成喜笑颜开的了。

两个女人继续交谈。

"您的小不点叫什么名字?"

"柯赛特。"

柯赛特,本名是厄弗拉齐。小姑娘本来叫厄弗拉吉。母亲把厄弗拉吉改成柯赛特,这是出于做母亲和平民温柔亲切的本能,这种本能把约塞法改成普皮塔,把弗朗索瓦丝改成西叶特。这是一种派生词,打乱和颠倒了词源学家的全部学问。我们认识一个老妈妈,她成功地把泰奥多尔改成格农。

"她几岁?"

"快三岁。"

"像我的大孩子一样。"

三个小姑娘聚在一起,既惶惶不安,又乐不可支;出了一件事:一条大蚯蚓刚钻出地面;她们很害怕,又看得入迷。

她们容光焕发的额头凑到一起,可以说三只脑袋罩在一个光晕里。

"孩子们,"泰纳迪埃大妈叫道,"好像一会儿就混熟了!瞧,真可以说是三姐妹呢!"

这个词闪闪发光,可能就是另一个母亲所期待的。她抓住泰纳迪埃大妈的手,凝视着对方,说道:

"您肯替我看管我的孩子吗?"

泰纳迪埃大妈吃了一惊,既不是同意,也不是拒绝。

柯赛特的母亲继续说:

"要知道,我不能把女儿带到家乡去。找活干不允许。带着一个孩子,找不到活儿。这个地方的人非常可笑。仁慈的天主让我经过您的旅店前面。当我看到您的小姑娘那么漂亮、那么干净、那么高兴时,受到了震动。我说:'这是一个好母亲。'就该这样;她们会是三姐妹。再说,不用多久,我就会回来。您肯替我看管我的孩子吗?"

"那得看看,"泰纳迪埃屋里的说。

"我每月给六法郎。"

这当儿,一个男人的声音从蹩脚小饭店里响起:

"不能少于七法郎。而且先付半年。"

"六七四十二,"泰纳迪埃屋里的说。

"我付钱就是了,"做母亲的说。

"另外还有十五法郎,是初来的费用,"男人的声音又说。

"一共是五十七法郎,"泰纳迪埃太太说。

她一面说出这笔数目,一面含混地哼着:

必须如此,一个武士说。

"我付钱就是了,"做母亲的说,"我有八十法郎。我得留下回乡的盘缠。我步行去。在那边,我能挣钱。只要有了钱,我就来找我的心肝宝贝。"

男人的声音又说:

"小姑娘有衣服吗?"

"是我的丈夫在说话,"泰纳迪埃屋里的说。

"她当然有衣服,这可怜的宝贝。我已看出这是您的丈夫。还是很像样的衣服呢!多得要命。全是成打的;就像贵妇人的绸裙。就放在我的旅行袋里。"

"必须交出来,"男人的声音又响起来。

"当然会交出来的!"做母亲的说。"如果我让我的女儿赤裸裸地留下来,那不是太好笑吗!"

老板的脸出现了。

"好吧,"他说。

交易谈妥了。做母亲的在客店里过夜,付了钱,留下孩子,她的旅行包原来塞满了衣服,如今变瘪了,变轻了,第二天早上,她系好旅行包的带子,就出发了,打算不久便回来。人们总是平静地安排启程,但这是生离死别啊。

泰纳迪埃夫妇的一个女邻居在路上遇到做母亲的,回来时说:

"我刚看到一个女人在街上哭泣,真是好伤心。"

当柯赛特的母亲走了以后,那个男的对女的说:

"我可以付清明天到期的一百一十法郎的期票了。我缺五十法郎。你知道执达吏会拿着拒付证书来找我吗?你利用两个小姑娘,做了一个巧妙的捕鼠器。"

"我可没有想到,"那个女的说。

二、两副贼相的初次素描

逮住的老鼠瘦骨伶仃;而即令是瘦老鼠,猫儿也心满意足。

泰纳迪埃夫妇是何许人呢?

现在先说一点。下文再补全这幅草图。

这类人属于杂七杂八的阶层，由粗俗的暴发户和落魄的聪明人组成，位于所谓的中等阶层和下等阶层之间，综合了下等阶层的某些缺陷和中等阶层几乎所有的恶习，却既没有工人的豪爽奔放，也没有平民的循规蹈矩。

这类小人，一旦受到邪火的烧炙，便很容易变得穷凶极恶。在女的身上有着泼妇的底子，在男的身上有着无赖的材料。两个人都最大限度地为非作歹。世上有一种人，像螯虾一样，不断地退向黑暗，在生活中非但不向前进，反而后退，利用自己的经验加剧丑行，日益等而下之，变得越来越黑心肠。这个男的和这个女的就属于这类人。

对于善看面相的人，泰纳迪埃特别令人讨厌。有的人，只要看上几眼，就令人提防，感到他们从头黑到脚。他们背地里躁动不安，而表面上咄咄逼人。他们身上有令人捉摸不透的东西。不能担保他们所做过的事，也不能担保他们要做的事。他们目光中的阴霾，却暴露了他们。只要听他们说一句话，或者看到他们做一个动作，便能约略看出他们过去的隐私和将来的阴谋。

这个泰纳迪埃，不妨相信他的话，曾经当过兵；他说是个中士；他可能参加过一八一五年的战役，看来甚至表现得相当勇敢。下文就可以看到他是哪种人。他的旅店的招牌影射他的一次战功。他亲自油漆，因为他什么都会干一点；但干得很糟。

当时，古典主义时期的旧小说，在《克莱莉》之后，就只有《洛多伊斯卡》[1]，始终保持典雅，但越来越庸俗，从德·斯居戴利小

---

1 《洛多伊斯卡》，1791年上演的一出歌剧。

姐[1]降到巴泰勒米-阿多夫人[2]，从德·拉法耶特夫人[3]降到布尔农-马拉尔姆夫人[4]。这类小说点燃了巴黎看门女人欲火炎炎的心灵，甚至有点横扫郊区。泰纳迪埃太太正好有这点聪明，能看这类小说。她从中得到滋润。她把自己的智力都投入其中；她年轻的时候，甚至稍后一点，已养成一种在丈夫身边沉思的神态。她的丈夫是个城府颇深的无赖，拉皮条，识字，但不讲语法，既粗鲁又精明，至于说到情感方面，爱看皮戈-勒布仑[5]的作品，就像他的隐语所说的，专门看"有关性的描写"，不过他却是个守规矩和不掺假的粗人。他的妻子比他小十二岁至十五岁。后来，当她的浪漫地披散的头发开始花白时，当帕美拉[6]变成了悍妇时，泰纳迪埃的婆娘就只是一个凶恶的大肥婆，爱赞赏愚蠢的小说。可是，读蠢书不会不受惩罚。因此，她的大女儿叫做爱波尼娜。至于小女儿，可怜的小姑娘差点儿叫古尔娜；幸亏受到杜克雷-杜米尼尔[7]一部小说讲不清的影响，改叫阿泽尔玛。

另外，顺便说说，这里提及的给孩子乱起名的古怪时代，并非什么都浅薄可笑。除了刚才指出的浪漫因素以外，还有社会风气。今日，放牛娃叫阿瑟、阿尔弗雷德或者阿尔封斯，并不罕见。而子

---

1 斯居戴利小姐（1607～1701），法国女作家，善写田园小说，《克莱莉》是其中较重要的一部。
2 巴泰勒米-阿多夫人（1763～1821），法国女作家，写过不少历史小说。
3 拉法耶特夫人（1625～1697），法国女作家，写出欧洲第一部心理小说《克莱夫王妃》。
4 布尔农-马拉尔姆夫人（1753～1830），法国末流作家。
5 皮戈-勒布仑（1753～1853），法国通俗小说家。
6 帕美拉，英国感伤主义小说家理查生同名小说的女主人公，是个美貌的女子。
7 杜克雷-杜米尼尔（1761～1819），法国作家，作品有《维克托，森林的孩子》。

爵——如果还有子爵的话——叫做托马斯、皮埃尔或者雅克。平民起"高雅"的名字，贵族起村民的名字，这种移位只不过是平等思潮的一种骚动。新风不可抗拒，无孔不入，这一点就像其他各个方面一样。这种表面的不协调之下，有着伟大而深刻的东西：法国大革命。

三、云　雀

凶狠并不能兴旺发达。小旅店营业很糟糕。

亏了赶路女人的五十七法郎，泰纳迪埃才避免了收到拒付证书，保住他签名的声誉。下一个月，他们仍然需要钱；那个女的将柯赛特的一包衣服拿到巴黎，送进当铺，换到六十法郎的一笔款子。这笔钱一花完，泰纳迪埃夫妇习以为常地把小姑娘看做出于仁慈收留的一个孩子，并以此去对待她。由于她没有替换的衣服，便让她穿泰纳迪埃两个孩子的旧裙和旧衬衫，就是说破衣烂衫。给她吃的是残羹剩饭，比狗好一点，比猫差一点。再说，猫和狗往往与她同餐共食；柯赛特同它们一起，在桌下用和它们一样的木盆吃饭。

读者在下文会看到，柯赛特的母亲定居在滨海蒙特勒伊，每个月都写信，或者不如说让人代笔，想知道孩子的情况。泰纳迪埃夫妇回信千篇一律：柯赛特好极了。

六个月过去了，第七个月，柯赛特的母亲寄出七法郎，此后按月准确地寄钱。一年还没有结束，泰纳迪埃就说："承蒙她的好意，我们真是不胜荣幸！她这七法郎，能让我们干什么呢？"于是他写信去要十二法郎。他们让孩子的母亲相信，她的孩子很幸福，"过得很好"；她顺从了，寄来十二法郎。

有的人生性是一方面喜欢，另一方面又憎恨。泰纳迪埃大妈深深爱着她的两个女儿，这使得她憎恶外来的孩子。一个母亲的爱竟然有丑恶的方面，真是不堪设想。即使柯赛特在她家占据少得可怜的位置，她还是觉得抢占了她的孩子的地方，这个小姑娘减少了她女儿呼吸的空气。这个女人像同类的许多女人一样，每天都要有所发泄，一是抚爱，一是拳打脚踢和詈骂。如果她身边没有柯赛特，那么即使她的女儿多么受到宠爱，肯定也要受到这种对待；外来的孩子帮了个忙，把挨打转到自己身上。她的女儿就只接受抚爱了。柯赛特不敢动一动，否则无理的严厉惩罚就像冰雹似的落在她的头上。温顺柔弱的孩子不断受惩罚、责骂、训斥、挨打，却看到身边像她一样的两个小姑娘生活在朝霞的沐浴中，她不知该怎么理解这人世和天主！

由于泰纳迪埃恶毒对待柯赛特，爱波尼娜和阿泽尔玛也变得很凶恶。这种年纪的孩子，只不过是母亲的复制品。尺寸小一些，如此而已。

一年过去了，然后又是一年。

村里人说：

"泰纳迪埃夫妇可是好样的。他们并不富，却扶养人家扔在他们家的一个穷孩子！"

他们以为柯赛特被她母亲遗忘了。

可是泰纳迪埃不知从什么渠道获悉，这个孩子可能是私生子，她的母亲不可能承认这一点，于是要求每月付十五法郎，说是"姑娘"长大了，"吃得多"，威胁要把她打发走。"她可别给我添麻烦！"他嚷道，"她神秘兮兮的倒自在，我把她的小孩扔到她身上。可得给我加钱才是。"孩子的母亲付了十五法郎。

一年又一年，孩子长大了，苦难也在增长。

柯赛特小不点的时候，她是另外两个孩子的受气包；她长大了一点，也就是说甚至在五岁之前，她就成了这个家的女仆。

五岁，有人会说，这不可能。唉！千真万确。社会痛苦什么年龄都可以开始。最近，我们不是看到一个叫杜莫拉尔的案件吗？他是一个孤儿，变成了强盗；官方的文件说，从五岁开始，在世上他就独自一人"干活谋生和偷窃"。

泰纳迪埃家让柯赛特干杂活，打扫房间、院子、街道，洗碗碟，甚至搬运重物。尤其因为一直待在滨海蒙特勒伊的那个母亲开始钱寄少了，泰纳迪埃夫妇就认为更有理由这样做。有几个月没有寄钱了。

要是这个母亲三年后回到蒙费梅，她会一点儿认不出自己的孩子。柯赛特来到这个家时那样漂亮和鲜艳，如今又瘦又苍白。她的举止有着难以名状的惶惶不安。"鬼鬼祟祟！"泰纳迪埃夫妇说。

虐待使她变得脾气很坏，苦难使她变得丑陋。她只剩下一对美丽的眼睛，令人看着难受，因为眼睛那么大，仿佛从中看到那么多的忧愁。

冬天，这可怜的还不到六岁的孩子，衣不蔽体，浑身哆嗦，天不亮，冻得通红的小手拿着一把大扫帚扫街，大眼睛里噙着泪花，看了实在令人揪心。

当地人管她叫云雀。这个小不点,比鸟儿大不了多少,浑身颤抖,惊惶不安,每天早晨在家里和村里头一个醒来,黎明之前就来到街上或田野里;老百姓是喜欢形象的,乐意用这个称呼她。

不过,可怜的云雀从来不唱歌。

第五章
下坡路

一、黑色玻璃制造业的进展史

按蒙费梅村民的说法，这个母亲似乎抛弃了她的孩子，她境况如何？她在哪里？她在干什么？

她把自己的小柯赛特托付给泰纳迪埃夫妇以后，继续赶路，来到滨海蒙特勒伊。

读者记得，这是在一八一八年。

芳汀离开家乡已经有十多年了。滨海蒙特勒伊已改变了面貌。正当芳汀慢慢地走向穷困时，她的家乡却繁荣起来。

大约两年以来，这里实现了一件工业壮举，在小城中这是大事。

这个细节事关重大，有必要展开说明一下；几乎可以说有必要强调一下。

滨海蒙特勒伊以仿造英国碧玉和德国的黑色玻璃为特种工业，已经年代久远了。由于原料昂贵，影响到人工费，这门工业始终发展不顺利。正当芳汀来到滨海蒙特勒伊时,这种"黑色工艺品"生产进行了一项空前的改革。将近一八一五年末,有一个人,一个陌生人,定居在这个城市,想到在生产中用漆胶代替树脂,尤其是制造手镯,用接头靠拢的扣环来代替焊接。这一小小的改变是一场变革。

事实上,这一小小的改变惊人地降低了原料的费用,首先能提高人工价格,对当地来说是个福音;其次,改善了制作方法,对消费者来说又是好事;第三,可以降低售价,利润提高三倍,厂主有利可图。

因此,这是一箭三雕。

不到三年,这个方法的发明者成了富人,这是好事,又使他周围的人富有起来,这是更好的事。他不是本省人。关于他的身世,人们一无所知;对于他踏入社会的情况,大家知之甚少。

据说他来到这个城市时囊中羞涩,至多有几百法郎。

正是用这笔微薄的资本,实施一个好主意,加以安排有序,考虑周密,他发财致富了,也让整个地方发了财。

他来到滨海蒙特勒伊时,他的衣服、举止和谈吐都属于工人。

看来是,他在十二月的一天傍晚,背着背包,手里拿着荆棍,默默无闻地来到滨海蒙特勒伊小城那天,市政厅刚刚燃起大火。这个人扑进火里,冒着生命危险,救出宪警队长的两个孩子;所以别人没有想到要看他的身份证。此后,大家知道了他的名字。他叫做马德兰老爹。

二、马德兰先生

这个人约莫五十岁，神态忧心忡忡，心地善良。关于他，大家只能说这些。

由于他的出色改动，这门工业获得迅速进展，滨海蒙特勒伊变成重要的商业中心。西班牙是个重要的黑玉消费国，每年都来人大笔定购。在这项生意上，滨海蒙特勒伊几乎可以同伦敦和柏林竞争。马德兰老爹利润极其丰厚，以至到第二年，他能建起一个大工厂，厂里有两个大车间，一个是男工车间，另一个是女工车间。饥肠辘辘的人可以来求职，准定能找到工作和面包。马德兰老爹要求男的心地善良，女的品行端正，要求所有的人诚实。他分成男女车间，就是让姑娘和妇人能安分守己。对这一点，他是铁面无情的。可以说，唯独这方面他毫不宽容。尤其因为滨海蒙特勒伊是个驻防城市，堕落的机会比比皆是，所以制定了这个严格的措施。况且，他来到这里是一个福音，他的存在是一种天意。在马德兰老爹来到之前，当地一切死气沉沉；如今人人安居乐业，强有力的流通使一切热气腾腾，并渗透到所有地方。失业和贫困见不到了。羞涩的囊中也多少有点钱，破屋陋室里也多少有点欢乐。

马德兰老爹雇用所有的人。他只要求一点：做正直的男人！做正直的女人！

正如上文所述，马德兰老爹是这种繁忙的动因和中枢，他从中发了财，但是，奇怪的是，作为一个普通商人，他主要关心的根本不是发财。他好像更多地想到别人，很少想到自己。一八二〇年，大家知道他有六十三万的一笔款子,以他的名义存入拉菲特银行;可是,他为自己存入这六十三万法郎之前,已为该城和穷人花费了一百多万。

医院设施很差,他加放了十张病床。滨海蒙特勒伊分为上城和下城。他所住的下城只有一个学校,破破烂烂的校舍变成了废墟;他建造了两所学校,一所是女校,另一所是男校。他出钱给两名小学教师补贴,数目是他们微薄的正式工资的两倍。有一天,他对一个感到吃惊的人说:"国家首要的两种公务员,就是奶妈和小学教师。"他出钱建造了一个托儿所,这在法国当时还鲜为人知,又为老工人和残废工人设立了救济金。他的工场是一个中心,一个新区很快在他周围出现,里面有许多贫穷的家庭;他在新区创办了一个免费药房。

起初,看到他白手起家,那些好人说:"这家伙想发财。"看到他在自己发财之前让地方致富,那些好人又说:"这是个野心勃勃的人。"尤其是这个人信教,在一定程度上还参加宗教活动,这在当时是很受重视的,这种说法就更有可能。他每个星期天必去听小弥撒。有个地方议员,到处探听有没有人跟自己竞争,很快就对他的宗教信仰感到担心。这个议员曾是第一帝国时期的立法院成员,他赞成一个以富歇之名著称的奥拉托利神父,即德·奥特朗特公爵的宗教思想;他是公爵的心腹和朋友。关起门来,他对天主不无微词。当他看到富有的厂主马德兰参加七点钟的小弥撒时,从中看出可能有个竞选人,决意要超过他;他选了一个耶稣会士当忏悔神父,又去望大弥撒和做晚祷。那时的野心,说白了,就是奔向钟楼。穷人就像天主一样从这种恐惧中得益，因为可敬的议员也在医院安设了两张病床；病床就有十二张了。

但在一八一九年，一天早上，城里传说纷纷，说是在省长的举荐下，而且考虑到造福于当地，马德兰老爹就要被国王任命为滨海蒙特勒伊的市长。那些早先把这个新来者说成"野心家"的人，激动地抓住这个人人都渴望的机会，大声喊道："瞧！我们说什么来着？"滨海蒙特勒伊全城沸沸扬扬。传闻有根有据。几天后，任命发表在《通报》上。第二天，马德兰老爹婉言拒绝。

也是在一八一九年，马德兰发明的用新方法制造的产品，陈列在工业展览会上；根据评审会的报告，国王授予发明人荣誉勋位。小城里又一次街谈巷议。哦！原来他想要十字勋章！马德兰老爹拒绝接受十字勋章。

这个人可真是个谜。那些好人给自己转圜说："无论如何，这是一个冒险家。"

有目共睹的是，当地大大得益于他，穷人全部有赖于他；他是这样有能耐，大家最后不得不尊敬他，他是这样和蔼，大家最后不得不热爱他；特别是他的工人敬爱他，而他带着某种严肃而忧郁的神情接受这种敬爱。一旦确认他是富翁，"上流社会人士"便向他致意，在城里，大家称他为马德兰先生；他的工人和孩子们继续叫他马德兰老爹，这是最能使他喜笑颜开的事。随着他的地位上升，请柬就越是如雨般落在他的头上。"上流社会"需要他。滨海蒙特勒伊那些倨傲的小客厅，当初对这个手艺人自然闭门不纳，现今双扇门敞开，欢迎这个百万富翁。大家向他献殷勤。他拒绝了。

这回,那些好人仍然没有被难住。"这是一个无知的人,受过低级教育。不知他从哪里钻出来的。他不会在交际场中打交道。没有什么证明他会读书。"

有人看到他赚到钱,就说:"这是个商人。"看到他散钱,就说:"这是个野心家。"看到他推拒荣誉,就说:"这是个冒险家。"看到他谢绝上流社会,就说:"这是个粗人。"

一八二〇年,在他来到滨海蒙特勒伊五年后,他对当地的贡献光彩夺目,当地人的愿望完全一致,国王再次任命他为市长。他再次拒绝,但是省长不接受他的拒绝,所有的名流都来恳请,老百姓上街请求,坚决要求是这样强烈,他终于接受了。大家注意到,使他下了决心的,似乎主要是一个平民老妇近乎发怒的责备;她在他的门口气愤地对他喊道:"一个好市长,对大家有好处。要做好事,怎能后退呢?"

这是他地位上升的第三阶段。马德兰老爹变成了马德兰先生,马德兰先生又变成市长先生。

三、拉菲特银行的存款

况且,他仍然像第一天那样朴实。他头发花白,目光严峻,晒黑的肤色像个工人,若有所思的脸像个哲学家。通常他戴一顶宽边帽,穿一件粗布长礼服,纽扣一直扣到下巴。他履行市长的职责,工作之余,他孤独地生活着。他很少同人说话。他躲避繁文缛节,侧身一施礼,赶快就躲开了,微笑是为了免得交谈,施舍是为了免得微笑。妇女们这样谈论他："多温和的一头熊！"他的乐趣是在田野里漫步。

他总是独自进餐，面前打开一本书阅读。他有一个精美的小书橱。他爱书籍；书籍是冷漠而可靠的朋友。随着财富增加，闲暇随之而来，他好像用来充实头脑。自从他来到滨海蒙特勒伊，人们注意到他的谈吐一年年变得更彬彬有礼，更字斟句酌，更谦和。

他散步时喜欢带一支枪，但很少使用。偶尔一开枪，则是弹无虚发，令人胆寒。他从来不射杀与人无犯的动物。他从来不射杀小鸟。

尽管他已不年轻，据说他还力大无穷。他给有需要的人助一臂之力，扶起一匹马，推动陷入泥泞中的车轮，抓住牛角，止住一匹逃走的公牛。他出门时口袋里总是装满了硬币，回来袋里空空如也。他经过村子时，衣衫褴褛的小孩高高兴兴地跑在他后面，像一群小飞虫围住他。

大家以为猜准了，从前他大概靠农活为生，因为他知道各种各样有用的秘密，教给农民。他教他们用普通盐水喷洒粮仓，冲洗木板缝隙，消灭麦蛾，在墙壁、屋顶、屋子里挂起开花的奥维奥草，驱逐谷象虫。他有一些"秘诀"，根除地里的野鸠豆草、麦仙翁、野豌豆、山涧草、狐尾草，各种各样侵害小麦的寄生草。他在兔子窝里放上一只北非种的小猪来防范老鼠，老鼠怕闻到这气味。

一天，他看到当地人忙于拔荨麻。他望着这堆拔出来已经晒干的植物，说道："死掉了。如果懂得利用，这可是好东西。荨麻幼小的时候，叶子是美味的蔬菜；老了有纤维，像大麻和亚麻一样。荨麻布比得上大麻布。剁碎了，可以喂家禽；磨碎了，可以喂牛羊。荨麻籽掺在饲料里，能让牲口的毛发光；荨麻根拌盐，能产生好看的黄颜料。再说，这是上好的草料，一年能收割两次。而荨麻生长需要什么呢？一点点土，不要照料，不用种植。只不过它的籽边熟边落，很难收获。如此而已。只要稍微花点力气，荨麻就成为有用的东西；忽略不管，它就成为有害的东西。于是让它死掉。多少人像荨麻啊！"过了一会，他又补充说："朋友们，请记住，既没有莠草，也没有坏人。只有外行的庄稼汉。"

  孩子们喜欢他，还因为他会用麦秸和椰子壳做出美妙的小玩意儿。

  只要他看到教堂门口张挂黑纱，就走进去；他寻找葬礼，就像别人寻找洗礼一样。由于他慈悲为怀，丧偶和别人的不幸吸引着他；他加入到吊唁的朋友、服丧家庭、在棺柩旁叹息的教士的活动中。仿佛他乐意将充满彼界图景的追思圣诗用作自己思想的范本。他仰视天空，怀着对无限的种种神秘的向往，倾听着在死亡的幽暗深渊边上的悲歌。

  他暗地里做着一系列善行义举，有如偷偷做坏事那样。傍晚，他悄悄溜进民宅，悄无声息地爬上楼梯。一个穷鬼回到他的破屋时，发现门是洞开的，有时甚至是他不在家时被撬开的，于是嚷了起来：有坏人来过啦！他走进屋去，看到的第一样东西，是一枚金币，被人遗忘在家具上。来过的"坏人"，就是马德兰老爹。

  他慈眉善目，又愁容满面。老百姓都说：

  "这个人有钱，但并不傲慢。这个人幸福，但并不快活。"

有些人认为这是个神秘人物,断定从来没有人进过他的房间,那是真正的隐修士的单身房间,里面摆着几个沙漏,装饰着翅膀、交叉的死人股骨和骷髅头。这一点传闻很多,以至于有几个滨海蒙特勒伊的俏丽而狡黠的年轻女子,有一天来到他家,问他说:"市长先生,让我们看看您的卧室吧。据说这是个岩洞。"他露出微笑,马上把她们带进这个"岩洞"。她们大失所望。这个房间简简单单地摆了几件桃花心木家具,像同类的家具一样相当难看,墙壁糊上十二苏的壁纸。她们所能注意的只是两只旧式烛台,放在壁炉上,样子像是银的,"因为上面打了验印"。这是小城市的人充满睿智的观察。

人们还依旧说,没有人进过这个房间,这是一个隐士的岩洞,一个沉思遐想的地方,一个洞穴,一座坟墓。

人们还窃窃私语,说他有巨款存在拉菲特银行里,可以随时提取,又说,马德兰先生只消上午来到拉菲特银行,签上一张收据,十分钟之内就能提走两三百万。实际上,这两三百万,上文说过,要减少到六十三四万。

四、马德兰先生服丧

一八二一年年初,各报刊登了迪涅主教、"外号福来大人",即米里埃尔先生的死讯,他有幸享年八十二岁。

这里补充一个报纸遗漏的细节,迪涅主教已经有好几年双目失明,他去世时,他的妹妹在他身边,他失明倒还自在。

顺便说说,眼睛失明并有人爱,在事事难全的世间,实际上,这是幸福最美妙的古怪的形式之一。身边总有一个女人，一个姑娘，一个姐妹，一个妙人儿，她在那里，因为你需要她，因为她不能缺少你，自知对我们需要的人来说不可或缺，能以她出现在我们身边的次数不断衡量她的感情，心里想："既然她把所有的时间都给了我，足见我拥有她的整颗心"；尽管看不到脸，却看到思想；在世界的隐没中，确认一个人的忠诚，感到一件衣裙的窸窣声，就像翅膀的拍打声，听到她来来去去，出出进进、说话、唱歌，心想自己是这些脚步声、说话声、歌声的中心，每时每刻都表现出自己的吸引力，尤其因为虚弱，更感到自己强有力，在黑暗中，而且正是由于黑暗，成为这个天使围着旋转的星球，能与此媲美的幸福世上少有。人生的最高幸福，就是确信得到别人的爱；就本身而言得到爱，说得确切些，不由自主地得到爱；这种确信，这个失明的人就有。在这种不幸中，有人侍候，就是受到抚爱。他缺少什么吗？没有。有了爱，就根本没有失去光明。而且是什么样的爱啊！完全由美德构成的爱。凡是有确信，就根本没有失明。摸索的心灵寻找心灵，而且找到了。这个找到并得到验证的心灵，是一个女人。有只手在扶着你，这是她的手；有张嘴触到你的脑门，这是她的嘴；你听到身旁有呼吸，这是她。从她那里得到一切，从她的崇敬到她的同情，她永远不离开，得到这种温柔而单薄的力量的扶助，能依靠这坚强不屈的芦苇，双手能触摸到天主，搂在自己怀里；天主可以触摸到，多么使人心醉神迷啊！心灵，这朵暗色的美妙的花朵，终于神秘地开放了。人们不会用所有的光明去换取这黑暗。心灵天使就在那里，不断在那里；如果她走开了，那么要再回来；她像梦幻一样消失，又像现实一样重新出现。你感到有热量靠近,这是她。你身上充溢了宁静、快乐和陶醉;你是黑夜中的一束光。千百种细小的关怀。芥蒂小事,在这虚空中却显得非常巨大。最难以形容的女声在于抚慰你,为你取代消失的天地。你受到心灵的温存。你什么也看不到,但却感到有人爱你。这是黑暗构成的天堂。

福来主教正是从这个天堂过渡到另一个天堂。

滨海蒙特勒伊的地方报纸转载了他的讣告。第二天,马德兰先生出现时全身穿黑色丧服,帽子上也缠了黑纱。

城里人注意到这身丧服,议论纷纷。对马德兰先生的身世,这仿佛一道光芒。由此推断,他和可敬的主教有某种因缘。"他为迪涅主教服丧,"沙龙里的人这样说;这大大提高了马德兰先生的声誉,他在滨海蒙特勒伊的贵族社会一下子获得几分敬重。当地的微型圣日耳曼区想到不再孤立马德兰先生,因为他可能是主教的亲戚。马德兰先生发现自己地位提高了,得到老女人更多的尊敬和年轻女人更多的微笑。一天晚上,一个上流社会小圈子年纪最大的女人,依仗资格最老,十分好奇,大着胆子问他:"市长先生大概是已故的迪涅主教的亲戚吧?"

他回答:"不是,夫人。"

"可是,"老太太又问,"您怎么为他服丧呢?"

他回答:"这是因为年轻时我在他家当过仆人。"

大家还注意到,每当有个周游乡镇,给人通烟囱的年轻萨瓦人经过本城,市长先生便派人把他叫来,询问他的名字,给他一点钱。年轻的萨瓦人口口相传,经过此地的不计其数。

五、天际隐约可见闪电

随着时光流逝，所有的反对意见逐渐烟消云散了。马德兰先生先遭到恶毒攻击和造谣污蔑，这是一种规律，凡是青云直上的人总有这种遭遇；然后只是恶意贬低，再然后只是戏言相待，接着便完全灰飞烟灭；大家变得一致毕恭毕敬，热情相迎，将近一八二一年，市长先生这个词说出来，终于在滨海蒙特勒伊同主教大人这个词在一八一五年用的几乎是同样的声调。方圆十法里的人，都来向马德兰先生请教。他调解纠纷，劝阻打官司，让敌对者和解。人人都把他看作判事公正的法官。他的头脑仿佛是一部自然法典。敬重好像能传染，在六七年间逐渐遍及整个地方。

在城里和周围地区，只有一个人绝对不受这种传染，不管马德兰老爹做什么，他仍然不买账，仿佛有一种不可腐蚀和不可动摇的本能，使他保持警惕和不安。事实上，似乎在某些人身上存在一种真正的动物本能，同一切本能一样纯粹和正直，产生反感和好感，将一种本性和另一种本性截然区分开来，不会犹豫，不会心慌意乱，不会沉默无言，从不说谎，默默无闻，却心明眼亮，不犯错误，威严庄重，对各种明智的建议和理智的融合无动于衷，无论命运怎样安排，这种本能暗暗地警告"狗—人"，有"猫—人"出现，警告"狐狸—人"，有"狮子—人"出现。

每当马德兰先生走过一条街，平静、亲热，受到大家的感恩戴德，常常有一个高个子，身穿铁灰色的礼服，拿一根粗手杖，戴一顶垂边帽，同马德兰先生交臂而过，突然回过身来，目送着他，直到他消失为止，抱着手臂慢悠悠地摇着头，用下嘴唇顶高上嘴唇，直至碰到鼻子，那副意味深长的怪相好像在说："这究竟是个什么人？——我准定在什么地方见过他。——无论如何，我不会一直受他的骗。"

这个人严肃得近乎威严，属于匆匆一见就引人注目的那种人。

他名叫沙威，在警察局任职。

他在滨海蒙特勒伊履行警探烦难而有益公众的职责。他不知道马德兰先生当初的经历。沙威现在的任职，靠的是当时的巴黎警察厅长、后来的内阁大臣昂格莱斯伯爵的秘书沙布耶先生的保荐。沙威来到滨海蒙特勒伊时，这位大工厂主已经发财了，马德兰老爹成了马德兰先生。

有些警官有特殊的面相，卑琐外加威严，十分复杂。沙威就有这种面相，不过没有卑琐。

在我们看来，倘若肉眼能看得见灵魂，那么就可以清晰地看到这种怪事：每一类型的人都与某一类型的动物相应；我们也就很容易辨认出思想家仅能约略看到的这一事实：从牡蛎到老鹰，从猪到老虎，一切动物都反映到人的身上，每一种动物反映在某个人身上。有时，人身上甚至同时反映了好几种动物特性。

动物只不过是我们的美德和恶习的形象再现，这些形象在我们眼前徘徊，活像我们灵魂可见的幽灵。天主把它们显示给我们，让我们去思索。不过，由于动物只是投影，从完整的意义上说，天主决不把它们创造成具有可以教育的特性；何必呢？相反，由于我们的灵魂是实在的，具有固有的目的，天主给予它们智慧，就是说可以教育。良好的社会教育，不管是什么样的灵魂，都能从中抽取出它包含的有用性。

当然，这是就表面的尘世生活的狭义而言的，并没有预见到没有人形的前世和后世的深奥问题。可见我决不允许思想家否认潜藏的我。交代了这一点，我们再往下说。

现在，如果大家都同意我们的观点，认为一切人身上都有一种兽性，我们就很容易说明治安警官沙威是怎样一个人。

阿斯图里亚斯[1]的农民深信，在一窝狼崽里，必有一只属狗性，要被母狼杀死，否则，它长大了，就会吃掉其他小狼。

这只母狼生的小狗，有一副人面，这便是沙威。

沙威生在监狱里，母亲是个用纸牌算命的女人，父亲那时在服苦役。长大后他想，自己处在社会之外，他对永远回不了社会感到绝望。他注意到，社会将两种人排挤在外，决不原谅，这就是攻击社会和保卫社会的人；他只有在这两种人之中选择；同时，他感到自己有一种难以言说的刻板、规矩和正直的本质，复杂的是，他还对自己所属的流民有一种难以形容的仇恨。他当了警察。

他成绩卓著。四十岁上，他成了警官。

他年轻时在南方的监狱里任过职。

在详细介绍他之前，我们先解释一下刚才用在沙威身上的人面这个词。

沙威的人面有一只塌鼻子，鼻孔很深，浓密的颊髯耸立在面颊

---

[1] 阿斯图里亚斯，西班牙地名。

之上。乍看像两片森林和两个岩洞,叫人不舒服。沙威笑时很少,很可怕,薄嘴唇张开,不仅露出牙齿,还露出牙床,鼻子周围像猛兽的嘴一样,有一条扁平凶蛮的皱纹。沙威严肃时是头猎犬;笑时是只老虎。此外,额角很低,下颚宽大,头发遮住脑门,垂到眉毛上,双眼之间总是皱起一个疙瘩,像愤怒的标志,目光阴沉,嘴巴闭紧,令人畏惧,神态恶狠狠地生威。

这个人由两种非常普通的情感构成:尊敬权力,仇视反叛。这两种情感相对来说是很好的,但他做得过分,就变得近乎恶劣了;在他看来,盗窃,谋杀,一切罪行,不过是反叛形式。凡是在官府任职的人,从首相到乡警,他都盲目地深信不疑。凡是犯过一次法的人,他都投以鄙视、憎恨和厌恶。他讲绝对,不承认例外。一面他说:"官吏不会搞错,法官从不犯错误。"另一面他又说:"这些罪人不可救药。不会做出什么好事来。"他充分赞成那些走极端的人的见解,赋予人间法律某种权力,能判决或者能确定该下地狱的人,将一个斯蒂克斯[1]放在社会的底层。他清心寡欲,严肃朴实,若有所思,愁容满面,像狂热的人既谦卑又高傲。他的目光如同一根钢钻,冰冷而有穿透力。他的全部生活包含在这两个词中:保持警惕和监视。他在人间曲曲折折的道路中引入直线;他意识到自己是有用的,虔诚地热爱自己的职责,他是密探又像是教士。落在他手上的人就倒霉了!他父亲越狱,他会逮捕归案,他母亲违反放逐令,他会告发。而且他会因大义灭亲而心满意足。因此,他生活清苦节

---

[1] 斯蒂克斯,希腊神话中的冥河女神。

樽，孤孤单单，忘我克己，圣洁无疵，从来没有消遣。这是铁面无情的责任，就像斯巴达人对斯巴达那样理解警察，毫不留情的监视，不合群的正直，冷酷的密探，布鲁图斯[1]转世的维多克[2]。

沙威整个人体现出是个躲在暗处窥伺的人。约瑟夫·德·梅斯特尔[3]的神秘学派，当时以高深的天体演化论给所谓的极端派报纸增色；它恐怕不会错过机会说，沙威是一个象征。他的脑门消失在帽子下，别人看不到；他的眼睛消失在眉毛下，别人看不到；他的下巴缩入领带，别人看不到；他的双手缩进衣袖里，别人看不到；他的手杖藏在礼服下，别人也看不到。可是，一旦时机来临，骨棱棱的狭窄脑门，要致人死地的目光，咄咄逼人的下巴，一双大手，吓人的粗木棍，宛如伏兵一样，便突然从暗处显露出来。

他闲暇时间很少，这时，虽然他是厌恶书本的，他却看书；因此他并非一字不识，这从他说话有点夸大其词可以看出来。

上文说过，他没有任何恶习。他对自己感到满意时，就吸一撮鼻烟。这是他通点人性的地方。

不难理解，司法部每年的统计表上，"无业游民"这一栏指定的人，全都惧怕沙威。一说出沙威的名字，他们就四散而逃；沙威一露面，他们就吓得呆若木鸡。

这个人就是这样令人生畏。

沙威好像一只始终盯住马德兰先生的眼睛。这是充满怀疑和猜

---

[1] 布鲁图斯（公元前85～前42），古罗马政治家，恺撒的继子，但后来谋杀了恺撒。
[2] 维多克（1775～1857），曾是大盗，后投靠当局，当上警官。
[3] 梅斯特尔（1753～1821），法国政治家、作家，敌视大革命，著有《论法国》《论教皇》《圣彼得堡之夜》。

测的眼睛。马德兰先生终于发觉了，但他似乎毫不在意。他甚至没有对沙威提出问题，既不招惹沙威，也不回避沙威。他好像没有留意到一样，面对这令人难堪、几乎施压的目光，他像大家一样，自然而友好地对待沙威。

从沙威漏出的话来看，可以猜度出，他以同类人应有的好奇心，既出于本能，也出于自身意愿，暗地里调查过马德兰老爹过去在别的地方留下的一切踪迹。他看来知道，有时他欲言还止地说，有人到某个地方，了解到某个消失的家庭的一些情况。一次，他自言自语地说："我相信我抓住了他的把柄！"随后，他有三天沉思默想，一言不发。仿佛他自以为抓住的线索中断了。

另外，有必要纠正一些词可能产生的过于绝对的意义。一个人不可能做到真正的万无一失，本能的特性正是容易受到干扰，迷失方向，误入歧途。要不然，本能便高于智慧，禽兽便比人聪明了。

沙威看到马德兰先生衣着自然，态度安详，显然有点困惑不解。

但有一天，他的古怪行为好像对马德兰先生产生了印象。实情如下。

六、割风老爹

一天上午，马德兰先生经过滨海蒙特勒伊的一条没有铺石的小巷。他听到闹嚷嚷的一片喧声，看到远处有一群人。他走了过去。一个老人，名叫割风老爹，刚刚倒在他的马车下，驾辕的马摔倒了。

这个割风也是马德兰先生当时有数的冤家对头之一。马德兰来到当地的时候，当过公证文书誊写人，几乎有点文墨的割风在做生意，但经营开始不顺利。割风看到这个普通工人发财致富，而作为老板的他倒要破产。这使他极其嫉妒，他一有机会就尽其可能损害马德兰。他终于破产了，他已经年迈，只有一驾马车和一匹马，再说没有成家，没有孩子，为了生活，他当了赶大车的。

马断了两条腿，站不起来。老人卡在轮子中间。他摔得很不巧，整部马车压在他的胸脯上。马车货装得很沉。割风老爹在喘气，惨不忍睹。大家想把他拖出来，可是徒劳。如果使劲不得当，救人笨手笨脚，马车一倾斜，就会要他的命。除了将马车从下面抬起来，无法把他拖出来。沙威正好在出事时来到，叫人去找一个千斤顶。

马德兰先生来了。大家尊敬地让开。

"救命啊！"割风老人喊道。"哪个孩子心肠好，救救老头子啊？"

马德兰先生朝围观的人转过身来：

"谁有千斤顶？"

"已经有人去找了，"一个农民回答。

"多久才能拿来？"

"到最近的地方，弗拉肖，那里有个马蹄铁匠；不管怎样，要足足一刻钟。"

"一刻钟啊！"马德兰嚷道。

昨天下过雨，地面泥泞不堪，大车时刻往地里陷，越来越压迫老车夫的胸脯。显然，再过五分钟，他的肋骨就会被压碎了。

"不能再等一刻钟，"马德兰对围观的农民说。

"非等不可啊！"

"但等不及了！你们难道没有看到，大车往下陷吗？"

"当然啰！"

"听着，"马德兰又说，"大车下面还有地方，够一个人钻进去，用背将车拱起来。只要半分钟，就可以把可怜的人拖出来。这儿谁有腰劲又有胆量？能挣到五个金路易！"

人群中没有人动弹。

"十个路易，"马德兰说。

在场的人都垂下眼睛。其中一个嗫嚅道：

"要大力士才行。再说，要冒压死的危险呢！"

"来吧，"马德兰又说，"二十路易。"

同样没有响应。

"他们不是缺少诚意，"有个声音说。

马德兰先生回过身来，看到是沙威。他来到时没有看见警官。

沙威继续说：

"缺少的是力气。用背把大车拱起来，要了不起的人才办得到。"

然后，他盯住马德兰先生，一字一顿地继续说：

"马德兰先生，我只知道有一个人，能做您要求的事。"

马德兰哆嗦起来。

沙威始终盯住马德兰，轻描淡写地添上说：

"他曾经是苦役犯。"

"啊！"马德兰说。

"关在土伦苦役监。"

马德兰变得脸色煞白。

大车继续慢慢地往下陷。割风老爹喘着气喊道：

"我憋死了！肋骨要压断了！千斤顶！来样东西！哎哟！"

马德兰环视四周：

"难道没有人愿意挣二十路易，救出这个可怜的老人吗？"

在场的人没有一个动弹。沙威又说：

"我只知道有一个人能代替千斤顶。他是个苦役犯。"

"哎哟！就要把我压死啦！"

马德兰抬起头来，遇到了沙威一直盯住他的鹰眼，又望着那些一动不动的农民，苦笑了一下。然后，他一声不吭，跪了下来，人群还来不及喊出声来，他已经钻到车底下去了。

等待的时刻鸦雀无声，人人心惊胆颤。

只见马德兰几乎贴地趴在这吓人的负载下面，两次竭力让手肘靠拢膝盖，弓起身子，可是徒劳。人们向他喊道："马德兰老爹！退出来吧！"连割风老人也对他说："马德兰先生！退出去吧！要知道，该我送命！您也要压死啦！"马德兰一声不吭。

在场的人喘不过气来。车轮继续往下陷，马德兰已经几乎不可能从车下退出来。

猛然间，只见庞大的车体晃动起来，大车渐渐地抬高，车轮离开车辙有一截。只听到一个憋住的声音喊道："快点！帮帮忙！"这是马德兰刚做出最后的努力。

大家一拥而上。一个人奋不顾身，激发起所有人的胆量，也来出力。大车被二十只臂膀抬了起来。割风老人得救了。

马德兰爬了起来。他脸色苍白，汗流如注。他的衣服撕破了，沾满了污泥。大伙儿流下了眼泪。老人亲吻马德兰的膝盖，称他为善良的天主。他呢，他脸上有一种难以形容的痛苦表情，不过是快乐的、绝美的。他用平静的目光盯住一直望着他的沙威。

七、割风在巴黎成了园丁

割风摔倒时髋骨脱臼了。马德兰老爹派人把他抬到自己的工厂大楼，为工人开设的诊疗所里去，诊疗所由两名修女照料。第二天早上，老人在他的床头柜发现一张一千法郎的钞票，还有一张马德兰老爹亲笔写的字条："我买下您的大车和您的马。"大车压坏了，而马已经死了。割风痊愈了，但他的膝盖变得僵硬，马德兰先生通过修女和本堂神父的推荐，把老人安置在巴黎圣安东尼区的一个女修道院当园丁。

不久，马德兰先生被任命为市长。沙威第一次看到马德兰先生披上全权治理城市的肩带时，感到一阵颤栗，如同一只看门狗嗅出一只狼穿上它的主人的衣服，便颤抖起来一样。从这时起，他竭尽所能回避马德兰先生。当公务要求，他不得不和市长见面时，他就怀着十二分的尊敬讲话。

马德兰老爹在滨海蒙特勒伊创造的繁荣，除了上文指出的明显标记，还有另外一种征象，即使看不出来，却也不是毫无意义。这一点绝对错不了。居民生活维艰，缺少工作，商业萧条，纳税人因赤贫而抗税，到期、过期都不交，国家为了催缴税款，耗费不赀。而一旦就业机会多的是，百姓幸福富有，容易缴纳捐税，国家花费也少。可以说，百姓的贫富有一个准确无误的气温表，就是收税费用的多少。在七年里，滨海蒙特勒伊地区，收税所需费用缩减了四分之三，因此，当时的财政大臣德·维莱尔经常表彰这个地区。

当芳汀来到这里时，当地情况就是这样。没有人记得她，幸亏马德兰先生的工厂大门友好相迎。她去找工作，录用在妇女车间。芳汀完全是个新手，不可能十分麻利，一天干下来所得甚微，不过也足够了。问题得到解决，她自食其力。

八、维克图尼安太太为道德花了三十五法郎

芳汀看到自己能维持生计了，高兴了一阵。体面地自食其力，这是上天的恩赐啊！她身上工作的兴趣又真正恢复了。她买了一面镜子，喜孜孜地从中看到自己的青春，自己的秀发和皓齿，忘却许多往事，只想她的柯赛特和未来的希望，她几乎是幸福的。她租了一个小房间，以今后的工作做担保，买了一些家具布置房间；这是她生活习惯杂乱无章留下的痕迹。

由于她不能说自己结了婚，上文读者已经看到了，她小心谨慎不提到自己的小女儿。

读者已经知道，开初，她按时给泰纳迪埃夫妇寄钱。因为她只会签名，她不得不让代笔人给他们写信。

她常常写信。这引人注目。在妇女车间，大家开始窃窃私语，说是芳汀"常写信"，她"行为很怪"。

窥伺别人的行为，最起劲的莫过于与事情毫无干系的人。——

为什么那位先生总在黄昏时来到？为什么那位先生每逢星期四，总是不把帽子挂在钉子上呢？为什么他总是走小巷呢？为什么那位太太到家之前就下车呢？为什么"她的匣子里装满信纸"，她还要派人去买一本信笺呢？等等。——有这样一种人，他们想了解谜底，尽管与此毫不相干，也要花费比做十件善事更多的钱，更多的时间，更多的精力；而且分文不取，只是为了高兴，为了好奇而好奇。他们整天跟随这个男人或这个女人，在街角，在过道的门洞里，夜晚，冒着寒冷和霪雨，守候几个小时，贿赂跑腿的人，灌醉车夫和仆人，收买女仆，串通看门人。图什么？一无所图。纯粹出于强烈地想看、想知道和想深入了解。纯粹出于渴望说话。一旦秘密了解到，隐私公之于众，谜底大白于天下，带来的是灾难、决斗、破产、家破人亡，"发现这一切"的人却幸灾乐祸，其实他们本来并不图利，纯粹出于本能。真是可悲可叹啊。

有些人很恶毒，仅仅在于要饶舌。他们的谈话，在客厅里谈心，在候见厅闲聊，如同很快就烧光木柴的壁炉一样；它们需要许多燃料，燃料就是周围的人。

因此，人们注意到芳汀。

除此之外，不止一个女人嫉妒她的金发和皓齿。

大家注意到，在车间里，在大庭广众之中，她常常回过身去擦一滴眼泪。这时，她正想到她的孩子；兴许也想起她爱过的男人。

割断以往的情怨，这是个痛苦的差事。

大家注意到，她每个月至少写两次信，总是同一个地址，而且她自己贴邮票寄信。有人终于弄到了地址：蒙费梅的旅店老板泰纳迪埃先生。代笔人是个肚子里不灌满红酒，就不会把秘密倒出来的老头儿，人家在小酒店里把他的话套了出来。总之，大家知道，芳汀有个孩子。"大概是个女儿。"有一个长舌妇，到蒙费梅转了一圈，同泰纳迪埃说过话，回来后说：

"我花了三十五法郎，把事情弄明白了。我看到了孩子！"

这样做的长舌妇是个魔女，名叫维克图尼安太太，所有人的品德的守卫者和看门人。维克图尼安太太五十六岁，既丑又老，戴上这双重面具。声音颤抖，思想古怪。这个老婆子有过青春，那真是咄咄怪事。她年轻时正值九三年，嫁给一个从修道院逃出来的修士，他从贝尔纳教派转到雅各宾派，戴上红帽子。她冷酷无情，难以相处，脾气暴躁，专爱挑剔，动辄易怒，近乎狠毒；她是个寡妇，但常常思念她的修士，他把她治得俯首帖耳，唯唯诺诺。这是一棵被修士道袍拂来拂去的荨麻。在王政复辟时期，她成了一个虔信的女人，她是那样热诚，以致教士们原宥了她的修士。她有一小笔财产，她大事张扬地遗赠给一个宗教团体。在阿拉斯主教区，她非常受人重视。这个维克图尼安太太到蒙费梅跑了一趟，回来后说："我看到了孩子。"

这件事发生后过了一段时间。芳汀在工厂里干了一年多，一天上午，车间工头代市长先生交给她五十法郎，对她说，她不再是厂里的人了，而且市长吩咐，劝她离开本地。

正是在这个月，泰纳迪埃夫妇继十二法郎而不是六法郎的要价之后，刚要求付十五法郎而不是十二法郎。

芳汀吓呆了。她不能一走了之，她欠着房租和家具钱。五十法郎不够还清这笔债。她咕哝了几句求情的话。女工头通知她，她要立刻离开车间。芳汀只不过是个低级女工。她很绝望，更感到耻辱，离开了车间，回到自己房里。她的过错如今人人知晓了！

她感到没有勇气申辩。人家劝她去找市长先生；她不敢。市长先生给了她五十法郎，因为他心地善良，但把她赶走，因为他按章办事。她在这判决下屈服了。

九、维克图尼安太太得逞

修士的寡妇适宜做某种事。

再说，马德兰先生对此一无所知。生活充满了这种事件的组合。马德兰先生习惯几乎不到妇女车间去。他让一个老姑娘管理这个车间，这是本堂神父推荐给他的，他完全信任这个女工头，她真正值得尊敬，办事坚决，公正廉洁，心地仁慈，不过仅限于施舍，并没有达到理解和宽容别人的程度。马德兰先生把什么事都交给她处理。最善良的人往往不得已下放权力。女工头握有全权，又确信自己办事有方，她调查了这个案子，对芳汀做出判决、定罪，并加以执行。

至于那五十法郎，是她从女工救济款中抽出来的；马德兰先生让她支配这笔款，她不用报账。

芳汀自荐当佣人；她从这家到那家。没有人愿意雇她。她无法离开城市。她买的是什么家具啊！而那个旧货商对她说："如果您走掉，我会叫人把您当作小偷抓起来。"她欠房租，那个房东对她说：

"您年轻漂亮,有办法付房租。"她将五十法郎平分给房东和旧货商,把四分之三的家具还给商人,只留下必需用品。她没有工作,无立身之地,只有一张床,还有大约一百法郎的债。

她开始为驻守部队士兵缝制粗布衬衫,每天挣十二苏。她的女儿用去她十苏。正是从这时起,她开始拖欠付给泰纳迪埃夫妇的钱。

但有个老太婆在她每天晚上回家时,为她点亮蜡烛,还教会她怎样在贫困中生活。靠一点点东西生活,进一步是一无所有地生活。就像两个房间;第一间是幽暗的,第二间是漆黑的。

芳汀学会了冬天怎样完全不用生火,怎样摈弃一只每两天才吃掉四分之一苏黍米的小鸟,怎样将裙子改成被子,将被子改成裙子,怎样借对面窗户的亮光吃饭,节省蜡烛。有些弱小的人到老了也是一贫如洗,但老老实实,搞不清他们是怎样擅长用一文钱掰成两半用的。最后这会变成一种才能。芳汀掌握了这种绝妙的才能,恢复了一点勇气。

那时,她对一个女邻居说过:

"噢!我心想,只睡五个钟头,其余时间都在缝衣服,我总算挣到差不多够吃的面包。再说,心里难受,也吃不下。咦!痛苦、不安,一方面有点面包,另一方面有烦恼,这一切就喂饱我了。"

在这种困苦中,如果她的小女儿在身边,那真是莫大的幸福。她想把女儿接来。什么!让女儿跟她一起受穷吗!再说,她欠着泰纳迪埃夫妇的钱!怎样还清呢?还有旅费!付得起吗?

教给她所谓怎样过苦日子的老太婆,是一个圣洁的处女,名叫玛格丽特,是个虔诚的女信徒,虽然贫穷,却对穷人,甚至对富人都讲仁爱,识字的程度只达到会签自己的名字"玛格丽特",信仰天主,这里可有学问。

世上有许多这种品德优秀的人;有朝一日,这类人会到天上。这种生活拥有未来。

起初一段日子,芳汀羞愧难当,不敢出门。

她来到街上时,捉摸出身后的人转过身来,用手指点她;大家打量她,却没有人向她打招呼;行人严厉而冷漠的轻蔑,像北风一样刺入她的肌肤和灵魂。

在小城市里,一个不幸的女人仿佛赤身裸体,忍受众人的讥讽和好奇的目光。在巴黎,至少没有人认识你,而这种不为人知是一件衣服。噢!她多么想回到巴黎!办不到。

必须习惯贬抑,就像她已经习惯赤贫一样。她逐渐打定了主意。两三个月后,她摆脱了耻辱心理,又开始出门,好似什么事也没有。"这对我无所谓,"她说。她昂起头,带着苦笑,来来去去,感到自己变得厚颜无耻。

维克图尼安太太有时看到她从自己窗前走过,注意到"这个品行不端的女人"处境不妙,正由于她,"恢复了原来地位",她感到高兴。恶人要幸灾乐祸。

干活过度使芳汀感到劳累,她的干咳加重了。她有时对邻居玛格丽特说:

"您摸一摸,我的手多烫啊。"

不过,每天早上,她用半截的旧梳去梳她那一头光滑如丝,泻落下来的秀发时,总有一刻想好好打扮一下。

十、得逞的后果

她是在冬末被辞退的；夏天过去了，但冬天又来了。白天短，活儿干得少。冬天没有热力，没有阳光，没有中午，晚上连着早上，多雾，总像黄昏，窗户灰暗，看不清外面的东西。天空是一个通风窗。整个白天是一个地窖。太阳像一个穷人。可怕的季节！冬天把天上的水和人心变成石头。债主纠缠着她。

芳汀挣不了几个钱。她的债越来越多。泰纳迪埃夫妇收到的钱少，不断写信给她，信的内容使她感到忧虑，要汇钱去她承受不了。一天，他们写信告诉她，她的小柯赛特要赤裸裸地过冬了，她需要一条呢裙子，至少做母亲的要寄十法郎来。她收到了信，整天在手里揉着信。晚上，她走进街角的一家理发店，解下梳子。她柔美的金发一直垂落到腰间。

"多美的头发啊！"理发师嚷道。

"您要下来出多少价钱呢？"她说。

"十法郎。"

"剪掉吧。"

她买了一条针织的裙子，寄给了泰纳迪埃夫妇。

这条裙子让泰纳迪埃夫妇气坏了。他们要的是钱。他们让爱波尼娜穿这条裙子。可怜的云雀继续冻得发抖。

芳汀想："我的孩子不再感到冷了。我给她穿上我的头发。"她自己戴上小圆帽，遮住光头，这样子她仍然很漂亮。

芳汀心里越想越难以排解阴郁的心情。她看到自己再也不能梳头，便开始仇恨自己周围的一切。长期以来，她同大家一样尊敬马德兰老爹；但是，由于她心里一再重复，是他把自己赶走的，他造成了自己的不幸，她终于也憎恨他，尤其是他。她等在工厂门口，候着工人经过那里时，装出又笑又唱。

有一次，一个老女工看到她这样又唱又笑，说道：

"这个姑娘结局不妙啊。"

她随便找了一个情人，她并不爱这个汉子，只是心里气不过，想装装门面。这是一个穷光蛋，靠奏曲乞讨，是个游手好闲的无赖，还要打她，像她当初随便找到他那样，倒胃口就离开她。

她爱的是自己的孩子。

她越是沉沦下去，周围的一切就越是变得黑暗，那个温柔的小天使就越是在她心灵深处闪闪发光。她常常说："待我发了财，柯赛特就会和我在一起"；于是她笑了。她的咳嗽没有停止过，她背上出虚汗。

一天，她收到泰纳迪埃夫妇的一封信，信是这样写的："柯赛特病了，得的是一种地方病，大家叫粟粒热。要吃贵重的药。这要让我们破产，我们再也付不起。如果一星期之内您不给我们寄来四十法郎，小姑娘就会死掉。"

她放声大笑，对邻居老太婆说：

"啊！他们多好！四十法郎！就这些！等于两个拿破仑金币！叫我到哪儿去弄到呢？这些乡下人，真是愚蠢！"

然而她走到楼梯，在天窗附近再看一遍信。

然后她下楼，跑跑跳跳，始终笑着，出了大门。

有人遇到她，对她说：

"您这样快乐，究竟怎么回事？"

她回答：

"乡下人刚给我写来一封信，说了一番蠢话。他们问我要四十法郎。乡下人，得了！"

她经过广场时，看到许多人围住一辆形状古怪的马车，一个穿红衣服的男人站在车顶上哇里哇啦。这是一个走江湖的牙医，向围观者兜售整副假牙、牙膏、牙粉和药酒。芳汀挤进人群，开始像其他人一样边听边笑起来；那个牙医的话既有坏人的切口，又有体面人的隐语。那个拔牙的看到这个漂亮的姑娘在笑，突然叫道：

"您有一口漂亮的牙齿，那边在笑的姑娘。如果您愿意把您的两片小浆给我，我可以给您每一片一个拿破仑金币。"

"我的小浆是什么？"芳汀问。

"小浆，"牙医接着说，"就是门牙，两颗上门牙。"

"吓死人了！"芳汀叫道。

"两个拿破仑金币！"有一个老掉牙的女人嘟哝着说。"这个女人真运气！"

芳汀逃走了，用手捂住耳朵，不听那个人向她呼喊的沙哑声："考虑一下吧，美人儿！两个拿破仑金币，能派用场呢。如果您想清楚了，今晚到'银甲板'旅店来找我吧。"

芳汀回到家，她气愤难平，把事情讲给好心的女邻居玛格丽特听："您明白吗？难道他不是一个可恶透顶的人吗？怎能让这种人在当地晃来晃去呢？拔掉我的两只门牙！我会非常难看！头发会再长出来,但是牙齿呢!啊!魔鬼!我宁愿头冲下从六层楼摔到马路上!他对我说,他今晚会在'银甲板'旅店。"

"他给什么条件?"

"两个拿破仑金币。"

"等于四十法郎。"

"是的,"芳汀说,"等于四十法郎。"

她若有所思,开始做活儿。过了一刻钟,她撂下活计,到楼梯上再看一遍泰纳迪埃夫妇的信。

回到屋里时,她对在旁边干活的玛格丽特说:

"粟粒热究竟是怎么回事?您知道吗?"

"知道,"老姑娘回答,"这是一种病。"

"需要吃很多药吗?"

"噢!多得要命。"

"这病怎么得的?"

"随随便便就会得。"

"孩子会染上吗?"

"尤其是孩子。"

"得这病会死吗?"

"很可能,"玛格丽特说。

芳汀走出房门,再一次到楼梯上去看信。

晚上,她下楼去,有人看见她朝旅店集中的巴黎街走去。

第二天早上,玛格丽特在天亮前走进芳汀的房间,因为她们俩总是一起干活,这样,两人只点一根蜡烛照明。她看见芳汀坐在床上,脸色苍白,浑身冰凉。她没有睡过觉。她的帽子落在膝盖上。蜡烛点了一整夜,几乎完全燃尽了。

玛格丽特在门口站住了,因这杂乱无章的景象而惊呆,叫道:

"主啊!蜡烛都烧光了!出了大事了!"

然后她望着芳汀,芳汀把光秃秃的头转向她。

从昨夜以来,芳汀老了十岁。

"耶稣啊!"玛格丽特说,"您怎么啦,芳汀?"

"我没有什么,"芳汀回答。"正相反。我的孩子不会死于这种可怕的病了,不治就没命。我很高兴。"

这样说着,她向老姑娘指了指在桌上闪闪发光的两枚拿破仑金币。

"啊!耶稣天主啊!"玛格丽特说。"这是一大笔钱!您从哪儿弄到这些金路易?"

"金路易是属于我的,"芳汀回答。

与此同时她笑了。蜡烛照亮了她的脸。这是血淋淋的笑。一道殷红的唾沫弄脏了她的嘴角,她的嘴里有一个黑洞。

两颗牙齿被拔掉了。

她将四十法郎寄到蒙费梅。

这是泰纳迪埃夫妇弄钱的一个诡计。柯赛特没有生病。

芳汀把她的镜子扔到窗外去了。她早就从三楼的小房间搬到屋顶下用插销关门的阁楼里;这类陋室的天花板和地板构成斜角,时刻都会撞上你的头。穷人只能越来越弯腰,才能走到房间的尽头,就像走到命运的尽头那样。她已经没有床,只剩下一块破布,她称之为被子，还有一张铺在地下的褥子和一把露出麦秸的椅子。一小盆玫瑰，遗忘在角落里干枯了。在另一个角落，有一只盛水的黄油钵，冬天水结了冰，一层层水迹由一圈圈冰碴久而久之显示出来。她早已失去了羞耻心，现在又失去了爱俏。这是最后的标志。她戴着脏兮兮的帽子出门。要么没有时间，要么毫不在意，她不再缝补衣服。随着袜子跟磨破，她就抽一点上来。这从一些竖纹就可以看出来。她用几块白布缝补又旧又破的胸衣，稍一动作，胸衣就会扯破。她的债主跟她"大吵大闹"，绝不让她安宁。她在街上遇到他们，又在楼梯上遇到他们。她整夜整夜哭泣和沉思凝想。她的眼睛非常明亮，但她感到肩上有一个固定的痛点，就在左肩胛骨的上方。她咳嗽不止。她对马德兰老爹深恶痛绝，却从来不抱怨。她一天缝纫十七个小时；可是一个监狱的包工头压低了女囚犯的工钱，使得个体女工每天减低到收入九苏。每天十七个小时干活，却只有九苏！她的债主们比以前更加无情。旧货商几乎拿走了所有的家具，不停地对她说："你什么时候付清欠我的钱，婊子？"好天主，人家要把她逼到什么田地呢？她感到受到围歼，于是在她身上某种猛兽的本性发展起来。大约在同一时间，泰纳迪埃给她写信，说是他仁至义尽，等得够久了，他马上需要一百法郎；否则，他要把小柯赛特赶出门去，管她变成什么，小姑娘饿死随她便。"一百法郎，"芳汀想。"可是，哪儿有工作，一天能挣一百苏呢？"

"得了！"她说，"剩下的全卖了吧。"

苦命人做了妓女。

十一、CHRISTUS NOS LIBERAVIT[1]

芳汀的故事含义何在？这是社会买下一个女奴。

向谁买的？向贫困买的。

向饥饿、寒冷、孤独、遗弃、匮乏买的。痛苦的交易。一个灵魂换一块面包。贫困献出，社会收进。

耶稣基督的神圣法则统治着我们的文明，但并没有渗透进去。有人说，奴隶制已从欧洲文明中消失了。这是错误的。它一直存在，不过对妇女压迫更重，它叫做卖淫。

它压迫着妇女，就是说压迫着优雅、柔弱、美、母性。对男人来说，这并非是微不足道的耻辱。

惨剧发展到这一步，从前那个芳汀已不复存在。她变成了烂泥，也就变成了石头。触摸她的人感到一阵冰冷。她在你面前经过，敷衍你，不知道你；她是受凌辱的、朴实的形象。生活和社会秩序已经对她做了定论。凡是要发生的事，她都已经发生过了。她一切都感受过、忍受过、经历过、遭遇过、丧失过、哭泣过。她逆来顺受，这种忍让酷似冷漠无情，如同死亡酷似睡眠。她什么都不再回避。她什么都不再害怕。满天乌云都落到她头上，整个大洋都卷过她身上！这对她有什么关系！她是一块吸饱了水的海绵。

至少她是这样想的，但是，设想人已经穷尽了命运，触到了任何东西的底部，那就不对了。

唉！各种各样命运这样杂乱无章地受到摆布，是怎么回事呢？

---

1 拉丁文："基督解救我们"。

朝什么方向发展呢？缘何这样呢？

了解底细的人，也就看清全部黑暗。

他是独一无二的。他叫做天主。

十二、巴马塔布瓦先生的无所事事

在一切小城市里，尤其在滨海蒙特勒伊，有一批年轻人，他们在外省逐渐吃掉一千五百法郎年金，好像巴黎的青年每年吃掉二十万法郎一样。他们属于众多的中性的一类人；去了势，寄生，毫无能耐，有点儿田产，有点儿愚蠢，也有点儿机灵，在沙龙里是粗野的人，在小酒馆里自诩是贵族。他们说：我的牧场、我的树林、我的农民，向剧院的女演员喝倒彩，以证明他们是有品位的人。他们同驻守部队的军官争吵，想表明他们是军人。他们打猎，抽烟，打呵欠，喝酒，嗅鼻烟，打台球，看旅客走下驿车，泡咖啡馆，到客栈吃饭，养一条狗在桌下啃骨头，养一个情妇上菜，看重每一个苏，过分看重时髦衣着，欣赏悲剧，轻视妇女，旧鞋要穿破，通过巴黎模仿伦敦风尚，通过穆松桥模仿巴黎的风尚，到老仍然迟钝，从不工作，什么事也干不了，但也造成不了多大损害。

费利克斯·托洛米耶斯先生待在外省，从来没有见过巴黎，就属于这样的人。

如果他们更加富有，人们会说：这是风雅之士；如果他们稍穷一点，人们会说：这是些游手好闲的人。干脆就是无所事事的人。在这些无所事事的人中，有令人讨厌的人，有自寻烦恼的人，有胡思乱想的人，还有几个怪人。

当时，一个风雅之士的打扮是：大高领，大领带，链子带饰物的怀表，三件颜色不同的背心，蓝色和红色的穿在里面，橄榄色的短燕尾服，上面是两条紧靠的银纽扣，一直排到肩头，浅橄榄色的长裤，两条裤缝有数量不定的凸纹，但总是奇数，从一个到十一个，这个限度从不超过。除此之外，还要穿上后跟钉小铁掌的短统靴，戴一顶窄边高筒帽，头发浓密，一根粗手杖，谈话用波蒂埃式的双关语来烘托。最显眼的是马刺和颊髯。当时，颊髯意味着资产者，马刺意味着有身份的人。

外省的风雅之士马刺更长些，颊髯更粗野些。

当时正值南美的共和党人反对西班牙国王，波利瓦尔[1]反对莫里约[2]的斗争时期。保王派戴窄边帽，叫做莫里约帽；自由党人戴宽边帽，叫波利瓦尔帽。

上文叙述的事发生之后八至十个月，约莫在一八二三年一月初，一个下雪的晚上，这样的一个风雅之士，即无所事事的人，"正统思想者"，因为他戴莫里约帽，另外暖和地穿了一件厚厚的大衣，能在寒冬腊月弥补时装的不足。他在调戏一个女人，她穿着舞裙，敞肩露胸，头上戴着花，在军官们聚集的咖啡馆橱窗前徘徊。这个风雅之士在抽烟，因为无疑这是时尚。

每当那个女人经过他前面，他就向她喷去一口烟，他以为这是机智有趣的贬斥，意思是说："你多丑啊！——你想躲起来！——你

---

[1] 波利瓦尔（1783～1830），南美将军、政治家，率领远征军，解放了委内瑞拉、哥伦比亚和玻利维亚。
[2] 莫里约，西班牙将军，当时率领殖民军攻打波利瓦尔。

没有牙齿！"等等。——这位先生叫做巴马塔布瓦。那个女人浓妆艳抹，愁苦、憔悴，在雪地上逡巡，没有理会他，甚至不看他一眼，仍然默默地、阴郁而有规律地踯躅，每隔五分钟又走去接受一次戏弄，好像被判受罚的士兵再来受鞭笞一样。不见什么效果，无疑刺激了那个闲得无聊的人；他利用她转过身来的一刹那，蹑手蹑脚窜到她身后，憋住笑声，俯下身来，在马路上抓起一团雪，猛然塞进她赤裸的双肩之间的背部。妓女发出一声吼叫，转过身来，像只豹子一样跳起来，扑向那个男人，指甲掐进他的面孔，破口大骂，不堪入耳。由于喝白酒，她声音嘶哑，加以缺了两颗门牙，咒骂从嘴里倾吐出来，更加难听。这是芳汀。

听到这样发出的吵闹声，军官们成群从咖啡馆出来，行人也围拢来，形成一大圈人，又笑又叫又鼓掌，围住那两个扭作一团的人，很难分清是一男一女，男的在挣扎，他的帽子掉在地上，女的拳打脚踢，脸色气得发青，十分骇人。

突然，一个高身材的男人从人群里冲出来，抓住女人沾满污泥的缎子上衣，对她说："跟我来！"

女人抬起头来；她愤怒的声音戛然而止。她的眼睛呆滞无神，脸色从铁青转为惨白，她吓得瑟瑟发抖。她认出了沙威。

那个风雅之士乘机溜之大吉。

十三、警察局对某些问题的处理方法

沙威分开围观的人，冲出圈子，大步走向广场尽头的警察局，身后拖着那个可怜的女人。她机械地让人拉着走。他和她都一声不吭。一大群围观的人,高兴到极点,嘲笑着跟在后面。极端不幸的事,倒是发泄猥亵话的机会。

警察局办公室是楼下一间大厅,生了炉子取暖,临街是一扇安了铁栅的玻璃门,有一个岗亭。沙威推开门,同芳汀一起进去,然后关上门;那些好奇的人大失所望,他们踮起脚尖,伸长脖子,想通过岗亭模糊不清的玻璃,往里张望。好奇是一种饕餮,张望就是吞噬。

芳汀进来后,倒在一个角落里,一动不动,沉默无言,像一条恐惧的母狗一样蹲着。

一个中士端来一支蜡烛,放在桌上。沙威坐下,从兜里掏出一张公文纸,开始写起来。

法律将这类女人完全交给警察处置。警察可以为所欲为,随意惩罚她们,任意剥夺她们称之为行当和自由这两件可悲的东西。沙威是铁面无情的;他严肃的脸决不流露出激动。他庄重而又深深地专注于事务。这一刻他要毫无约束地,但极其审慎和严肃认真地行使决定他人自由的可怕权力。这时,他感到他的警察板凳是一个法庭。他在判决。他判决,并且在定罪。他围绕自己所办的大事,尽量调动他脑子里的思想。他越审察这个妓女所做的事,越是感到气愤。显而易见,他刚才看到她在犯罪。他刚才在街上看到,一个有产者选民所代表的社会,受到一个最下贱的女人的侮辱和攻击。一个妓女在侵害一个有产者。他,沙威,他看到了这个。他默默地做笔录。

他写完以后,签上名,折好公文纸,交给中士,对他说:"带上三个人,把这个婊子押进牢里。"然后他向芳汀转过身:"你要关六个月。"

不幸的女人瑟瑟发抖。

"六个月!六个月关在牢里!"她叫道。"六个月每天只挣七苏!柯赛特可怎么办?我的女儿!我的女儿,我还欠泰纳迪埃夫妇一百多法郎呢,警官先生,您知道吗?"

她跪在所有这些男人沾泥的靴踩湿的石板上,不站起来,双手互相捏住,用膝盖迈着大步。

"沙威先生,"她说,"我求您开开恩。我向您担保,我没有错儿。如果您看到开头,您就会明白啦!我向仁慈的天主发誓,我没有错儿。是这位我不认识的老板把雪塞到我的背上。我们正安安稳稳地经过,没有伤害任何人,难道别人有权把雪塞到我们背上吗?令我难受死了。要知道,我有点病了。再说,他已经捉弄我有一会儿了。你真丑!你没有牙齿!我很清楚我没有牙齿了!我呀,我什么也没做;我想:这位先生在开玩笑。我对他很安分,我没有同他说话。就在这时候,他向我塞雪团。沙威先生,我的好警官先生!难道这里没有人看见现场,对您说这是真话吗?也许我生气是错了。您知道,一下子控制不了自己。火冒三丈。再说,你没有料想到,就把那么冷的东西塞到你背上!我把那位先生的帽子毁了是做错了。为什么他走掉了?我要请他原谅。噢!我的天,请他原谅,我不在乎。今天,这一次给我开恩吧,沙威先生。咦,您不知道这个,在监狱里只挣七苏,这不是政府的过错,但挣七苏,您想想看,我欠人一百法郎，否则就要把我的小姑娘打发回来。噢，我的天！我不能跟她在一起。我干的事真可恶！噢，我的柯赛特！噢，我的慈悲圣母的小天使，可怜的宝贝，她怎么办呢？我要对您说，泰纳迪埃夫妇是旅店老板，乡下人，是不讲理的。他们只要钱。不要把我送进监狱！要知道，他们会把小姑娘扔在大路上，寒冬腊月，到处乱走，这种事真该可怜啊，我的好沙威先生。如果年纪大一点，可以自己谋生，但是这种年纪，办不到啊。我本质上不是个坏女人。不是卑劣和贪吃把我变成这样。我喝酒，是因为穷愁潦倒。我不喜欢酒，但是酒能醉人。以前我日子更幸福的时候，只要看看我的衣柜，就会明白，我不是一个淫荡的妖艳女人。那时我有衣服，有许多衣服。可怜我吧，沙威先生。"

她这样说着，身子弯成两折，因呜咽抽搐着，泪眼模糊，胸口裸露，绞着双手，短促地干咳，慢慢地咕哝着，声音像要断气。创深剧痛是一道圣洁而可怕的光芒，能使生活悲惨的人改容。这时，芳汀又变得美了。有一段时间，她止住话头，温柔地吻着密探的衣摆。她能打动一颗花岗岩的心；但打动不了一颗木头的心。

"得啦！"沙威说，"我一直听你讲。你讲完了吗？现在走吧！你要关六个月。永恒的天父本人对此也无能为力。"

听见这句威严的话："永恒的天父本人对此也无能为力"，她明白了，已经做出判决。她瘫倒在地，嗫嚅着说：

"行行好吧！"

沙威转过身去。

宪警们抓住她的手臂。

几分钟之前,有一个人走了进来,没有人注意到他。他关上了门,靠在门上,听到了芳汀绝望的哀求。

正当宪警的手落在不肯站起来的不幸女人身上时,他上前一步,走出暗处,说道:

"请等一下!"

沙威抬起眼睛,认出是马德兰先生。他脱下帽子,不自然而又恼火地致意:

"对不起,市长先生……"

市长先生这个词在芳汀身上产生了古怪的效果。她犹如从地下钻出来的幽灵一样,一翻身站了起来,双臂推开宪警,别人拦不住她,她笔直走向马德兰先生,疯癫癫地盯住他,喊道:

"啊!市长先生就是你呀!"

然后,她哈哈大笑,朝他脸上啐了一口。

马德兰先生擦拭了一下脸,说道:

"沙威警官,放走这个女人。"

沙威感到自己快要发狂了。这时,他接连地,几乎是混杂在一起地感受到有生以来最强烈的震撼。看到一个妓女向市长的脸上啐唾沫,这件事真是岂有此理,即使做最过度的设想,哪怕相信会发生这种事,他也看作一种亵渎。另一方面,在他的思想深处,他朦朦胧胧把这个女人的身份和这个市长可能的身份可怕地凑在一起,于是,恐惧地看到在这惊人的冒犯中,有着难以言明的普普通通的东西。他看到这个市长,这个行政长官平静地擦拭面孔,说道:"放走这个女人,"他真是惊呆了;他脑子一片空白,话也说不出来;他能承受的惊愕程度已经超过了。他哑口无言。

这句话给芳汀的震动也同样古怪。她抬起赤裸的手臂，抓住炉门的扳手，仿佛摇晃不定似的。她环顾四周，开始低声说话，好似在自言自语：

"放走！让我走！我不去坐六个月监狱啦！谁这样说的？不可能说出这样的话。我听错了。不可能是这个魔鬼市长说的！是您吗，我的好沙威先生，您说过把我放走吧？噢！听着！我要对您说，您就会放我走。这个魔鬼市长，这个老无赖市长，一切都是他引起的。您想想，沙威先生，他把我赶走！因为一伙婊子在车间里风言风语。把一个老老实实干活的可怜姑娘解雇，这不是太狠了吗！于是我挣的钱不够，各种厄运纷纷来了。首先，这些警察局的先生应该改进一下工作，禁止监狱里的包工头损害穷人。我来给您解释一下，您听着。您做衫衬挣十二苏，却跌到九苏，再也没有办法活下去了。但要尽可能对付下去。我呢，我有小柯赛特，我不得不变成一个坏女人。现在您明白了，正是这个无赖市长作恶多端。后来，我在军官们聚集的咖啡馆门前踩踏那位布尔乔亚先生的帽子。而他呢，他用雪团毁了我的连衣裙。我们这些人，我们只有一件晚上穿的丝绸连衣裙。要知道，我从来没有故意干坏事，真的，沙威先生，我到处看到比我恶得多的女人，远远比我幸福。噢，沙威先生，是您说的把我放走，对吗？您打听一下吧，问一问我的房东，眼下我按期付房租了，人家会告诉您，我是个老实人。啊！我的天，我请求您原谅，我不小心碰到了炉门扳手，冒出烟来了。"

马德兰先生聚精会神地听她讲。她说话的时候，他在背心里摸索，掏出钱袋，把它打开。钱袋是空的。他把钱袋又放进袋里。他对芳汀说：

"刚才您说欠多少钱？"

芳汀只看着沙威，这时转过身来：

"我在对你说话吗？"

然后她对宪警说：

"你们说吧，你们看见我怎样啐他的脸吧？啊！老恶棍市长，你来这里想吓唬我，但我不怕你。我怕沙威先生。我怕善良的沙威先生！"

这样说着，她转向警官：

"要知道，警官先生，情况讲清了，应该公正。我明白您是公正的，警官先生。其实非常简单，一个男人恶作剧，把一团雪塞进一个女人的背部，这是要让军官们发笑，人总要找点什么开开心，我们这些人，我们是给人取乐的，就是这样！再说，您，您来了，您不得不恢复秩序，您把有错儿的女人带走，不过，您心地好，经过考虑，您说放走我，这是为了小姑娘，因为坐六个月的牢，这就会妨碍我扶养我的孩子。不过，别再闹事了，坏女人！噢！我不再闹事了，沙威先生！现在不管怎样戏弄我，我也不再动一动。要知道，今天我叫喊，是因为弄得我很难受，我一点没有料到这位先生用雪塞我。另外，我对您说过，我身体不太好，我咳嗽，我胃里好像有一只球在烧我，医生对我说：'要照顾自己。'啊，摸一摸吧，伸出您的手，不要怕，在这里。"

她不再哭泣，她的声音是柔和的，她把沙威粗糙的大手按在自己白皙、细嫩的胸脯上,她微笑着,望着他。

突然,她匆匆整理一下凌乱的衣衫,捋平连衣裙的皱褶;她在地上爬的时候,连衣裙几乎翻到膝盖处。她朝门口走去,一面友好地点点头,低声对宪警们说:

"孩子们,警官先生说过放走我,我走了。"

她将手放在门闩上。再走一步,她就来到街上。

直到这时,沙威一动不动地站在那里,眼睛盯着地上,身体侧着,在这个场合里仿佛一尊挪动过的塑像,等待人们把它放在某个地方。

门闩的声音唤醒了他。他无比威严地抬起头来,权力越低,这种表情就越可怕,在一头猛兽身上就越凶恶,在一个微不足道的人身上就越残忍。

"中士,"他叫道,"你没有看到这个娘们儿要走吗!谁对你说让她走的?"

"是我说的,"马德兰说。

芳汀听到沙威的声音,颤抖起来,放下门闩,就像小偷放下偷走的东西。听到马德兰的声音,她回过身来,从这时起,她不发一言,甚至不敢自由自在地喘气,她的目光从马德兰转到沙威,再从沙威转到马德兰,要看是哪一个说话了。

显然,沙威必定是到了俗话说的"怒不可遏"的地步,才敢在市长催促放走芳汀以后,像刚才那样斥责中士。他竟至于忘了市长先生在场吗?他终于在心里说,"当局"不可能做出这样一个命令,市长先生不用说大概指鹿为马了?或者是,面对两小时以来他目睹的荒谬行为,他心里想,必须做出最后的决断,小人物必须成为大人物,警官要成为行政长官,警察要变成法官吗?在这惊人的过激行为中,难道秩序、法律、道德、政府、整个社会,都体现在沙威的身上吗?

无论如何,当马德兰先生说出"是我",大家刚刚听到时,只见沙威朝市长先生转过身来,脸色苍白,表情冷酷,嘴唇发青,目光绝望,全身难以觉察地颤抖着,而且未曾见过的是,他说话时目光低垂,但声音坚决:

"市长先生,这样做是不行的。"

"怎么?"马德兰先生说。

"这个臭女人污辱了一个有产者。"

"警官沙威,"马德兰先生声调和缓、平静地又说,"听着。您是一个正直的人,我跟您解释决不费事。真实情况是这样。您带走这个女人时,我正好经过广场,那里还有一些人,我打听了一下,了如指掌,不对的是那个先生,按警章办事他倒应该被逮捕。"

沙威又说:

"这个臭婊子刚才侮辱了市长先生。"

"这只关系到我,"马德兰先生说。"对我的侮辱也许只关我的事。我愿意怎么处理都行。"

"我请市长先生原谅。对市长的侮辱不关市长的事,要由司法来管。"

"警官沙威,"马德兰先生反驳说,"第一位的司法,是良心。我听到了这个女人的一番说话。我知道自己所做的事。"

"而我呢，市长先生，我不明白我看到的事。"

"那么，您服从就是了。"

"我服从我的职责。我的职责是要把这个女人关禁六个月。"

马德兰先生温和地回答：

"听好了，她一天也不进监狱。"

听到这句决断，沙威大胆地盯住市长先生，以一种始终极其尊敬的声调对市长说：

"我抵制市长先生，感到很遗憾，这是我生平第一次，但请允许我指出，这是我职权范围之内的事。既然市长先生要这样，我再来谈那位先生的事。我当时在场。这个妓女扑向巴马塔布瓦先生，他是选民，拥有广场角上、全部方石砌成的、带阳台的四层漂亮住宅。说到底，世上有些事是要考虑的！无论如何，市长先生，街头警察的事与我有关，我扣留芳汀这个女人。"

这时，马德兰先生抱起手臂，说话的严厉声调城里还没有人听到过：

"您所说的事归保安警察管。根据刑事诉讼法第九条、第十一条、第十五条和第六十六条，我是这类刑事的审判官。我命令释放这个女人。"

沙威想做最后一次努力。

"可是，市长先生……"

"我提醒您注意一七九九年十二月十三日关于擅自拘捕法令第八十一条。"

"市长先生，请允许……"

"别说了。"

"但是……"

"出去,"马德兰先生说。

沙威像个俄国士兵,站着迎面当胸挨了一击。他向市长先生鞠躬到地,走了出去。

芳汀从门口让开,惊讶地看着他走过去。

她也受到异常的震动。可以说她刚才看到两种相反的力量在争夺自己。她看到眼前两个人在搏斗,他们掌握着她的自由、生命、灵魂和孩子;其中一个人把她拖向黑暗,另一个人把她拉回光明。这场搏斗通过她的惊恐扩大而显示出来,她觉得这两个人好像是巨人;一个说话像她的魔鬼,另一个说话像她的守护天使。天使战胜了魔鬼,而使她从头抖到脚的是,这个天使,这个救星,正是她深恶痛绝的人,她长期以来看作造成她的一切不幸的市长,这个马德兰!就在她痛骂了他以后,他解救了她!她搞错了吗?她的心灵要改过来吗?……她不知道,她在颤抖。她昏乱地听着,她惊愕地看着,听到马德兰先生的每一句话,她都感到仇恨的可怕愚昧在自己身上融化了,消失了,在她心中萌生出难以形容的温暖,这是高兴、信赖和爱。

沙威出去以后,马德兰先生转向她,用缓慢的声调对她说话,就像一个生性严肃、不想哭出来的人那样说话艰难:

"我听到了您所说的话。我一点儿不知道您刚才所说的事。我相信这是真的,我感到这是真的。我甚至不知道您离开了我的车间。为什么您不来找我?这样吧:我来付清您的债务,我派人领回您的孩子,或者您去找她。您生活在这里、巴黎,或者您愿意去的地方。我负担您和您的孩子的生活费用。如果您愿意,您就不必工作了。您所需要的钱,我都给您。您重新获得幸福,同时成为正派的人。听着,甚至我当即向您宣布,如果您所说的全部属实,我也并不怀疑,那么您在天主面前始终是贞洁和圣洁的。噢!可怜的女人!"

可怜的芳汀实在忍不住了。领回柯赛特!摆脱这种卑污的生活!同柯赛特一起过上自由、幸福、富裕、体面的生活!突然看到在她的苦难中展现天堂般的现实!她惊愕地望着这个对她说话的人,只能发出两三下哽咽声:噢!噢!噢!她的双膝弯下来,跪在马德兰先生面前,他来不及制止,感到她拿起他的手,嘴唇按在上面。

随后她昏厥了。

第六章
沙　威

一、开始休息

马德兰先生派人把芳汀抬到他工厂的诊所,交给嬷嬷,送到床上。她发起高烧。夜里高声呓语。但她最后睡着了。

第二天,将近中午,芳汀醒了过来,她听到床边有呼吸声,便拉开床帷,看到马德兰先生站在那里瞧着她头上的一样东西。他的注视充满同情和忧虑,他在祈求着。她朝着这方向看去,看到他在对挂在墙上的耶稣受难像默语。

马德兰先生从此在芳汀的心目中改变了形象。她觉得他罩上了光环。他沉浸在祈祷中。她久久地注视他,不敢打断。最后她胆怯地对他说:

"您在干什么?"

马德兰先生站在这个位置上已经有一小时了。他等待着芳汀醒来。他捏住她的手,给她把脉,回答说:

"您觉得怎样？"

"很好，我睡着了，"她说，"我相信我好多了。不要紧的。"

他又开口，回答她前面提出的问题，仿佛他刚刚听到似的：

"刚才我在祈求天上的受难者。"

他在脑子里补充说："为了人间的受难女子。"

马德兰先生整夜和早上都在调查。眼下他对事情了如指掌。他了解芳汀身世中所有催人泪下的细节。

他继续说：

"您受了很多苦，可怜的母亲。噢！不要抱怨，您眼下有了当选民的财产了。人就是这样造就天使的。这绝不是他们的过错；他们不知道换一种方法去干。要知道，您摆脱的地狱是天堂的第一种形式。必须由此开始。"

他深深地叹气。她虽然缺了两颗牙，却嫣然而笑。

在同一夜，沙威写了一封信。第二天早上，他亲自将这封信投到滨海蒙特勒伊的邮局里。信寄到巴黎，地址写着：警察厅长秘书沙布叶先生启。由于警察局里发生的事传了出来，邮局女局长和另外几个人见到了要寄出去的信，从信封地址上认出了沙威的笔迹，便认为这是他寄的辞职信。

马德兰先生赶快给泰纳迪埃夫妇写信。芳汀欠他们一百二十法郎。他给他们寄去三百法郎，告诉他们用这笔款来支取费用，马上将孩子送到滨海蒙特勒伊，她母亲病了，叫她回来。

泰纳迪埃眼花缭乱了。"见鬼！"他对妻子说，"不能放走孩子。这个瘦猴儿要变成一头奶牛了。我猜得出来。有个笨伯恋上她的母亲了。"

他寄回来一张五百零几法郎的账单。在这份做得很细的账单里，有两张三百多法郎的无可争辩的清单，一张是医生的，另一张是药剂师的，他们是给爱波尼娜和阿泽尔玛看病和开药。上文说过，柯赛特没有生病。将名字改了一下而已。泰纳迪埃在账单下面写上："收到分期付的三百法郎。"

马德兰先生立即寄出另外三百法郎，并附言："赶快把柯赛特领来。"

"天啊！"泰纳迪埃说，"我们不放孩子走。"

但芳汀一点没有复元。她一直在诊所里。

嬷嬷们起先以厌恶的态度接受和照顾"这个妓女"。凡是见过兰斯教堂浮雕的人，会记得规矩的处女望着狂热的处女撇嘴的表情。古代的贞洁女子对荡妇的蔑视，是女性尊严最深的本能之一；嬷嬷们感到的蔑视，由于宗教信仰而变本加厉。但在短短的几天中，芳汀使她们态度温和下来。她说起话来谦卑、温柔，她身上的母性使人感动。一天，嬷嬷们听到她在发烧时说："我曾经是一个女罪人，不过，一旦我的孩子回到我身边，就是说，天主原谅了我。我堕落沉沦的时候，不愿意柯赛特跟我在一起，我忍受不了她惊奇和愁苦的目光。但我却是为了她而堕落的，所以天主才原谅我。当柯赛特来到这里时，我会感到仁慈天主的祝福。我会端详她，看到这个天真无邪的孩子，会使我好起来的。她一无所知。要知道，嬷嬷，这是个天使。在这个年龄，翅膀还没有蜕掉呢。"

马德兰先生一天两次去看望她，每次她都问他：

"我很快就能看到我的柯赛特吗?"

他回答她:

"也许明天早上。她随时都会来到,我等着她呢。"

做母亲的苍白的脸豁然开朗。

"噢!"她说,"我会多么幸福啊!"

上文说过,她没有复元。相反,她的情况一周比一周更严重了。这把雪塞在两块肩胛骨之间的皮肤上,突然使出汗功能消失,多年潜伏的病终于剧烈地爆发出来。当时,在研究和治疗肺病方面,开始采用拉埃内克[1]的出色指点。医生给芳汀做了听诊,摇了摇头。

马德兰先生问医生:

"怎么样?"

"她不是想看看自己的孩子吗?"医生说。

"是的。"

"那么,赶快把孩子接来吧。"

马德兰先生颤抖一下。

芳汀问他:

"医生说什么啦?"

马德兰先生竭力微笑:

"他说快点把您的孩子接来。这能使您恢复健康。"

"噢!"她又说,"他说得对!泰纳迪埃夫妇留住我的柯赛特要干什么!噢!她快来了。我终于看到幸福来到我身边了!"

---

[1] 拉埃内克(1781～1826),法国医生,发明肺病听诊法,创立临床解剖学。

但泰纳迪埃不肯"放走孩子",提出上百个恶劣的理由。柯赛特有点不舒服,冬天不能上路。再说,当地还剩下几小笔逼得很紧的债,他要把发货单都收齐了,等等。

"我派人去找柯赛特,"马德兰老爹说。"必要的话,我亲自跑一趟。"

他在芳汀的口授下写了这封信,让她签上名字:

泰纳迪埃先生:
请将柯赛特交给来人。
会给您付清各种小债务。
布礼!
　　　　　　　　　　　　芳汀

其间,出了一件大事。构成人生的神秘石块,我们竭力想凿穿也是徒然,命运的黑色纹理总是在其中出现。

二、让如何变成尚

一天上午,马德兰先生在他的办公室,忙于提前处理市政府的几个紧迫问题,以便决定到蒙费梅跑一趟,这时,有人来告诉他,警官沙威求见。听到这个名字,马德兰先生禁不住露出不快的表情。自从在警察局那次遭遇之后,沙威更加回避他,而马德兰先生再没有见到沙威。

"让他进来，"他说。

沙威进来了。

马德兰先生仍然坐在壁炉旁边，手里拿着笔，眼睛看着翻阅的卷宗，写着批语，这是交通警察关于违章的笔录。他根本不因沙威而受到打扰。他禁不住想到可怜的芳汀，他表示冷淡是合适的。

沙威恭敬地向市长先生鞠躬，市长背对着他，不看他一眼，继续批阅文件。

沙威在办公室里走了两三步，一言不发地站住了。

要是一个善于相面的人熟悉沙威的本性，长期研究过这个为文明效力的蛮子，这个由罗马人、斯巴达人、僧侣和下士混合而成的怪物，这个不会说谎的密探，这个纯粹的警官，要是这个善于相面的人知道他对马德兰先生的旧怨宿仇，关于芳汀，他和市长的冲突，此时他注视沙威，会这样想："他出了什么事？"显然，凡是了解这个耿直、爽快、真诚、廉正、刻板和凶狠的人，会发现沙威摆脱了一场激烈的内心斗争。沙威心里有什么，就会反映到脸上。他像性情暴烈的人一样，容易突然改变态度。他的表情从来没有这样古怪和出人意料。进来的时候，他向马德兰先生曲背弯腰，目光中既没有怨恨、愤怒，也没有怀疑，他在市长的椅子后面几步路的地方站住了；如今他站在那里，近乎毕恭毕敬，像一个从来没有和气过、但总是有耐心的人那样直愣愣、冷漠和粗鲁；他一声不响，纹丝不动，真正的低声下气，默默地忍让，等待着市长先生想到回过身来，他平静，严肃，手里拿着帽子，眼睛低垂，神态介于士兵见到军官和罪犯见到法官之间。别人能够设想他具有的一切感情和往事回忆都消失了。在这张难以捉摸,像花岗岩一样普通的脸上,毫无表情,只有一丝沮丧的悲哀。他整个人散发出卑下与坚定,是一种难以言表的自甘受罚的神情。

市长先生终于放下了笔,半转过身来:

"怎么啦!什么事?要说什么,沙威?"

沙威半晌保持沉默,似乎在凝思,然后提高声音,庄重、忧郁但不失朴实地说:

"市长先生,出了一件大逆不道的行为。"

"什么行为?"

"一个下级警察极其严重地不尊敬行政长官。由于这是我的职责,我来向您陈述事实。"

"这个警察是谁?"马德兰先生问道。

"是我,"沙威说。

"是您?"

"是我。"

"那个要怪罪警察的行政长官是谁?"

"是您,市长先生。"

马德兰先生从扶手椅里站起来。沙威神态严肃,眼睛始终低垂,继续说话:

"市长先生,我来请求您向上级提出免我的职。"

马德兰先生惊讶得瞠目结舌。沙威抢先说:

"您会说,我本来可以辞职,但这不够。辞职是体面的。我犯了错误,应当受罚。我必须被免职。"

稍停，他补充说：

"市长先生，那天您对我严厉是不对的。今天您倒可以严厉处理我。"

"啊！为什么？"马德兰先生大声说。"胡说些什么呀？这是什么意思？您怎么冒犯过我？您对我怎么啦？您触犯了我什么？您负荆请罪，您想由别人替换……"

"想被免职，"沙威说。

"想被免职，是的。这很好。我不明白。"

"您会明白的，市长先生。"

沙威长吁了一口气，始终冷静而悲哀地说：

"市长先生，六个星期以前，为了那个妓女发生争执之后，我十分恼怒，告发了您。"

"告发我！"

"向巴黎警察厅告发了您。"

马德兰先生本来远不像沙威爱笑，这时却笑了起来。

"告发我作为市长侵犯警察的权利吗？"

"告发您以前是苦役犯。"

市长的脸变得煞白。

沙威没有抬起眼睛，继续说：

"我以为是这样。我早就有这种想法。长得像，您派人到法弗罗尔打听过情况，在割风老人发生车祸时您的腰劲，您高明的枪法，您的腿走路有点拖，我还知道什么？干蠢事！总之，我把您看作一个名叫让·瓦尔让的人了。"

"名叫?……您说的是什么名字?"

"让·瓦尔让。这是一个苦役犯,二十年前我见过,那时我在土伦当副监狱长。这个让·瓦尔让出了监狱后,好像在一个主教家里偷窃过,然后他在大路上手持凶器,又抢劫了一个小萨瓦人。八年来,他躲了起来,不知去向,警方还在通缉他。我呢,我设想……总之,我干了这件事!是气出来的,我向警察厅告发了您。"

马德兰先生刚才又拿起了文件,他用泰然自若的口吻又说:

"他们怎么答复您?"

"说我荒唐。"

"是吗?"

"是啊,他们说得对。"

"您承认这一点很难得啊!"

"必须承认,因为真正的让·瓦尔让抓到了。"马德兰先生手里拿着的那张纸滑落下来,他抬起头来,盯住沙威,用难以表达的声调说:"啊!"

沙威继续说:

"事情是这样的,市长先生。据说在本地,靠近埃利高钟楼那边,有一个名叫尚马蒂厄的老头。他非常穷困。大家不注意他。这种人,不知道靠什么为生。最近,今年秋天,尚马蒂厄老爹因为偷造酒的苹果被逮住了,作案是在……不管在哪家!他偷了东西,越墙而过,树枝掰断了。抓住了这个尚马蒂厄。他手里还捏住果树枝。这家伙给关了起来。至此,这还不过是一桩刑事案件。但这也是天意。由于牢房条件太差,初审法官先生认为将尚马蒂厄转到阿拉斯为宜，那里有省级监狱。在这座阿拉斯监狱里，有一个以前的苦役犯，名叫布勒维，不知什么原因关在那里，由于他表现好，当了同一间牢房的看守。市长先生，尚马蒂厄一到牢里，布勒维就叫了起来：'啊呀！我认识这个人。他是干柴[1]。看着我，老头！你是让·瓦尔让！'——'让·瓦尔让！谁是让·瓦尔让？'尚马蒂厄假装吃惊。'别装蒜了，'布勒维说，'你是让·瓦尔让！你在土伦苦役监关过。二十年前。我们在一起。'尚马蒂厄否认。当然啦！您明白。人们深入调查，对这件事寻根究底。结果查到：这个尚马蒂厄三十年前在好几个地方，尤其在法弗罗尔是个修剪树枝的工人。到此失去了线索。过了很久，在奥韦涅又找到他，然后在巴黎，他在那里当车匠，有一个洗衣女工跟他过，但这没有得到证实；最后是在本地。可是，在他犯了加重情节的偷盗罪关入苦役监之前，让·瓦尔让是什么人？修剪树枝工。在哪里？在法弗罗尔。另一件事。这个瓦尔让用他的洗礼名字让，而他的母亲姓马蒂厄。人们认为他出狱后用了母亲的姓，隐蔽起来，改名让·马蒂厄，这不是自然不过吗？他到了奥韦涅。那里让的发音变成了尚，大家叫他尚·马蒂厄。这个人听其自然，他就变成了尚马蒂厄。您在听我讲，是吗？人们在法弗罗尔调查。让·瓦尔让的家已不存在。不知道到哪里去了。您知道，这种阶层，一个家庭烟消云散是常有的事。调查一无所获。这种人，如果不是烂泥，也是尘埃了。再说，这些事要追溯到三十年前，在法弗罗尔已没有人认识让·瓦尔让。人们到土伦调查。除了

---

[1] 干柴意为从前的苦役犯。——原注

布勒维,只有两个苦役犯见过让·瓦尔让。两个无期徒刑犯柯什帕伊和什尼迪厄。将两犯从苦役监提到阿拉斯,和所谓的尚马蒂厄对质。他们没有犹豫。他们和布勒维一样,确认是让·瓦尔让。同样的岁数,他五十四岁,同样的身材,同样的神态,总之是同一个人,就是他了。也正是在这时,我向巴黎警察厅寄出了揭发信。给我的答复是,我昏了头,让·瓦尔让收押在阿拉斯。您想想,这令我多么吃惊,我还以为在这里抓住了让·瓦尔让本人呢!我写信给初审法官先生。他把我召去,将尚马蒂厄带到我面前……"

"怎么样?"马德兰先生打断说。

沙威带着铁面无情和悲哀的神情回答:

"市长先生,事实就是事实。我很遗憾,但那个人正是让·瓦尔让。我呀,我也认出了他。"

马德兰先生用低沉的声音问:

"您肯定吗?"

沙威笑了起来,那是失去确信的痛苦笑声:

"噢!肯定!"

他沉吟了一下,机械地从桌上的木钵里取出一点吸干墨水的木屑,补充说:

"既然现在我见到了真正的让·瓦尔让,我也不明白我怎么会相信是别的人。我请您原谅,市长先生。"

六周前,就是这个人,在警察局当众侮辱他,对他说:"出去!"沙威这个傲慢的人,讲出这句认真求饶的话,是充满朴实和崇高的,但他不自知。马德兰先生对他的请求只答以这个突然的问题:

"这个人说什么?"

"啊,当然!市长先生,案件情况严重。如果这是让·瓦尔让,就是累犯。越墙而过,掰断树枝,偷走苹果,对一个孩子来说,这是淘气行为;对一个成年人来说,这是轻罪;对一个苦役犯来说,这是一桩罪行。爬墙和偷窃,那就全了。这不再由轻罪法庭,而要由重罪法庭来审判了。这不再是关禁几天,而是终身苦役。另外,还有小萨瓦人那件事,我希望他到时出庭。见鬼!还要挣扎一番,对吗?是的,对于不是让·瓦尔让的人而言,就会这样。但让·瓦尔让是个狡猾的人。在这一点上,我又认出是他。另一个人会感到事情严重了;他会坐立不安,他会嚷嚷,就像炉火上的开水壶那样吱吱叫,他不愿承认是让·瓦尔让,等等。他呢,他的样子像摸不着头脑,他说:'我是尚马蒂厄,我不是那个地方出来的!'他的模样很吃惊,装作是粗人,这一招更高明。噢!这家伙很狡猾。但是没关系,证据确凿。有四个人认出了他,老混蛋会判刑。押上阿拉斯的重罪法庭。我要去作证,我已经接到传讯了。"

马德兰先生又坐在办公桌前,拿起文件,平静地翻阅,如同一个忙人看看写写。他朝沙威回过身来:

"够了,沙威。说实话,所有这些细节我不感兴趣。我们在浪费时间,公事很忙。沙威,您立即到圣索尔夫街角卖草的老女人布佐皮埃家里。您告诉她,去控告那个车夫皮埃尔·舍斯纳龙。这个人很粗暴,差点压着这个女人和她的孩子。他要受到惩罚。您再到尚皮尼钟表街沙尔塞莱先生家。他抱怨邻居的檐槽把雨水灌到他家,侵蚀他家的墙基。然后,您到吉布尔街陀里斯寡妇家和加罗-布朗街勒内·勒博塞太太家，查一下有人向我投诉的违法行为，并做好笔录。我让您做那么多事。您不是要出门吗？您不是对我说，八到十天之后为了那个案子要到阿拉斯吗？……"

"还要早些，市长先生。"

"究竟哪一天？"

"我好像对市长先生说过，明天审判，今晚我就要乘驿车出发。"

马德兰先生做了一个难以觉察的动作。

"这个案件要审理多长时间？"

"最多一天。最迟明晚要宣布判决。但我等不到判决，判决不会改期。证词作完，我就回来。"

"很好，"马德兰先生说。

他摆了摆手，让沙威退下。

沙威不走。

"对不起，市长先生，"他说。

"还有什么事？"马德兰先生问。

"市长先生，我还有一件事要提醒您。"

"什么事？"

"就是我应该被辞退。"

马德兰先生站起身来。

"沙威，您是一个重视荣誉的人，我尊敬您。您夸大了自己的错误。况且，这仍然是对我的冒犯。沙威，您应当晋升，而不是降级。我希望您保留职位。"

沙威注视着马德兰先生，他那单纯的眸子深处，好像可以看出

他的意识虽然不够清晰,但是严格、纯洁,他用平静的语调说:

"市长先生,我不敢苟同。"

"我再说一遍,"马德兰先生反驳说,"这事由我处理。"

但沙威抱着执着的念头,继续说:

"说到夸大,我丝毫没有。我是这样考虑的。我错误地怀疑了您。这不是小事。我们这些人,我们有权怀疑,虽然怀疑上级是过分了。但没有证据,出于恼怒,为了报复,我告发您是苦役犯,您是一个应受尊敬的人,一个市长,一个行政长官!事情是严重的。十分严重。我作为替国家权力办事的警察,却冒犯了体现在您身上的国家权力!如果我的一个下属做了我所做的事,我会宣布他不称职,把他辞退。对吗?——嗯,市长先生,还有一句话。我平生常常很严厉。对待别人。这是对的。我做得对。现在,如果我不对自己严厉,我所做对的一切就变得不对了。难道我对自己要比对别人宽容一点吗?不。怎么!我只善于惩罚别人,而不是自己!我就会是一个可怜虫!'沙威这个无赖!'说这话的人就算说对了。市长先生,我不希望您对我宽容,您对别人宽容,已经使我心烦意乱。我不愿这样对待我。宽容就是怂恿妓女冒犯有钱人,怂恿警察冒犯市长,怂恿下级冒犯上级,我称之为姑息养奸。这样宽容,社会就会解体。我的天!好心太容易了,公正才困难呢。嘿!如果您真是我怀疑的那个人,我呀,我才不对您宽容呢!够您瞧的!市长先生,我对待自己应当像对待别人那样。当我镇压坏蛋,严惩不法之徒的时候,我常常心里想:你呀,要是你出差错,一旦我抓住了你当场出丑,有你好受的!——我出了差错,我抓住自己当场出丑,活该！那么，辞退，免职，开除！好得很。我有胳膊，我可以种田，这对我无所谓。市长先生，办事办得好要有典范。我仅仅要求将警官沙威撤职。"

这番话用谦卑、自负、绝望和自信的口吻说出来，使这个古怪而正直的人有一种无法形容的崇高。

"再看吧，"马德兰先生说。

他向沙威伸出了手。

沙威退后一步，用粗野的声调说：

"对不起，市长先生，不应该这样。一个市长不能把手伸给一个密探。"

他咕噜着又说：

"密探，是的；我滥用了警察的权力，眼下只是一个密探。"

然后他深深地鞠躬，朝门口走去。

他在门口转过身来，眼睛始终耷拉着。

"市长先生，"他说，"我继续干下去，直到有人代替我。"

他走了出去。马德兰先生若有所思，听着这坚定、自信的脚步在走廊上远去。

第七章
尚马蒂厄案件

一、森普利斯嬷嬷

下文叙述的事件,在滨海蒙特勒伊,并没有全部揭晓,但是从中透露出来的点滴情况,已在城里留下深刻印象,倘若不细致地叙述,便会给本书造成重大遗漏。

读者在这些细节中,会遇到两三个不真实之处,出于尊重真实,我们维持原状。

在沙威拜访之后那个下午,马德兰先生像平常一样去看望芳汀。

他走进芳汀的病房之前,先约见森普利斯嬷嬷。

照料诊所的两个修女名叫佩尔贝迪嬷嬷和森普利斯嬷嬷,像所有做善事的嬷嬷一样,都属于遣使会。

佩尔贝迪嬷嬷是个普通的村妇,十分粗俗,皈依天主好像找到事儿做。她当修女,如同别人当厨娘一样。这种人并不罕见。各个修会都乐意接收这种粗笨的乡下器皿,很容易调教成嘉布遣会或圣絮尔会的修女。这类村妇，可以用来干教会里的粗活。一个牧童变成一个加尔默罗会修士，没有什么烦难；这一个成为那一个，不费多大的事；乡村和修院共同的愚昧本质，是现成的准备阶段，能马上使乡下人和僧侣等量齐观。罩衫裁宽一点儿，就是一件僧袍了。佩尔贝迪嬷嬷是一个健壮的修女，来自蓬图瓦兹附近的马里纳，一口方言，说话像唱圣诗，嘟嘟囔囔，看长期卧床的病人是虔诚还是假信教，再决定往药剂里加多少糖，对患者态度粗暴，跟垂死的人发脾气，几乎把天主掷到他们的脸上，用气鼓鼓的祷告去对待病人的临终，但有胆量、正直、脸色红润。

　　森普利斯嬷嬷生得白皙，像蜡一样白。她站在佩尔贝迪身边，犹如白蜡烛衬托红蜡烛。万桑·德·保尔[1]出色地确定了献身慈善的嬷嬷的形象，他说得既十分自由，又十分有约束，用语不凡："她们以病院为修道院，以租赁的房间为静修室，以本教区的教堂为祈祷室，以城里的街道或医院的大厅为隐修院的回廊，以敬畏天主作为铁栅，以谦卑作为面纱。"在森普利斯嬷嬷身上，这个理想成为活生生的形象。没有人能说出森普利斯嬷嬷的年龄；她从来没有年轻过，好像也从来不应该年老。这是一个平静、刻板、好相处、冷漠和从来不说谎的人——我们不敢说是一个女人。她是那么温柔，以致显得脆弱；其实比花岗岩还要坚实。她用细巧、洁净的手指接触穷人。可以说，在她的话中包含着沉默，只讲必要的话，她的音色既能修造一个神工架，又能迷住一个沙龙。这种细腻与粗呢衣裙倒也相衬，

1　万桑·德·保尔（1576～1660），法国教士，曾到乡村布道，做过苦役监的总布道师。

在这种粗细的接触中，能令人不断想起上天和天主。我们要强调一个细节。从来不说谎，从来不会为了一种利益，哪怕轻描淡写地讲一句违背事实、违背神圣事实的话，这就是森普利斯嬷嬷的鲜明特点；这就是她的品德的独特风格。因为这种不可动摇的诚实，她在教会中相当有名。西卡尔神父在给聋哑人马西厄的一封信中，谈到森普利斯嬷嬷。不管我们多么真诚，多么光明磊落，多么纯洁，我们的耿直至少有无邪地说点谎的瑕疵。而她却没有。说点谎，哪怕是无邪的谎，不就是存在说谎吗？说谎，绝对是恶。说一点谎，这是不可能的；说谎的人，就是全部说谎；说谎，这是魔鬼的本来面目；撒旦有两个名字，他叫做撒旦，又叫做说谎。她就是这样想的。她这样想，就这样做。上文所说的洁白就是由此而来的，这种洁白的光彩覆盖了她的嘴唇和眼睛。她的微笑是白色的，她的目光是白色的。在这颗良心的玻璃上，没有一丝蛛网，没有一粒灰尘。她皈依圣万桑·德·保尔时，特意选择了森普利斯这个名字。众所周知，西西里的森普利斯是这样一个圣女，由于她生在西拉库斯，她宁愿被割去双乳，也不说生在塞杰斯塔，哪怕这样说谎能救她一命。这位主保圣女正适合她的灵魂。

森普利斯嬷嬷修行之前有两个缺点，后来逐渐改掉了；她曾喜欢吃糖果，喜欢收到信。她从来只看一本拉丁文的大字体祈祷经。她不懂拉丁文，但她懂得这本书。

这个虔诚的修女喜欢芳汀，或许是感到她身上潜在的美德，几乎专心一致地尽力照料她。

马德兰先生把森普利斯嬷嬷拉到一边，把芳汀交托给她，修女后来回想起来，所用的声调很古怪。

他离开嬷嬷，走近芳汀。

芳汀每天等待马德兰先生出现，宛若等待阳光和欢乐。她常对嬷嬷们说：

"市长先生在眼前，我就不存在了。"

这一天，她热度很高。她一看见马德兰先生，就问他：

"柯赛特呢？"

他含笑回答：

"快来了。"

马德兰先生像平时一样同芳汀在一起。只不过待了一小时，而不是半小时，令芳汀非常惊讶。他对大家千叮咛万嘱咐，不要让病人缺少什么。大家注意到，有一会儿他的脸变得十分阴沉。当大家知道医生曾俯在他耳边，对他说："她衰弱了很多。"这时，一切都不言自明了。

然后他回到市政厅，办公室的仆役看到他仔细地看挂在墙上的一张法国公路地图。他用铅笔在一张纸上写了几个数字。

二、斯科弗莱尔师傅的洞察力

他从市政厅来到城市另一头一个佛兰德尔人家中。这是斯科弗拉埃师傅，法文变成斯科弗莱尔，他出租马，"马车也随意租用"。

要去斯科弗莱尔那里，最短的路是走一条行人稀少的街道，本堂神父和马德兰先生都住在这条街上。据说本堂神父是一个德高望重的人，为人排忧解难。正当马德兰先生来到神父的住宅门前时，路上只有一个行人，这个行人注意到，市长先生走过本堂神父的住宅以后，停住了脚步，一动不动，然后又走回来，来到本堂神父的门前，那是独扇的大门，有一个铁门锤。他猛地抓住门锤，提了起来，又停住了，仿佛在思索，过了几秒钟，非但没有重重地敲门，反而轻轻地放下，又继续赶路，比原来更匆忙。

马德兰先生到了斯科弗莱尔师傅那里，他正忙于修鞍具。

"斯科弗莱尔师傅，"他问，"您有一匹好马吗？"

"市长先生，"佛兰德尔人说，"我的马都是好马。您说的好马指的什么？"

"我指的是一天能跑二十法里的马。"

"见鬼！"佛兰德尔人说，"二十法里！"

"是的。"

"拉着带篷的双轮轻便马车？"

"是的。"

"跑到了能歇多长时间？"

"必要的话，第二天还要再出发。"

"再跑同样长的路程？"

"是的。"

"见鬼！见鬼！是二十法里吗？"

马德兰先生从口袋里掏出用铅笔写上数字的那张纸。他递给佛兰德尔人看，上面写着5， 6， 8 1/2。

"您看，"他说。"总共十九点五，相当于二十法里吧。"

"市长先生,"佛兰德尔人又说,"您的事我揽下了。我的小白马,您大概见过它经过。这是下布洛内的小种牲口,性情暴烈。起先想把它训练成坐骑。唉!它尥蹶子,把骑上去的人都摔到地上。大家认为它难驾驭,不知道拿它派什么用场。我买下来,套在车上。先生,它愿意这样;它像姑娘一样温顺,跑起来像风一样。啊!不该骑在它的背上,它不愿意当坐骑。物各有志嘛。拉车,可以;驮人,不行;应该相信它这样想。"

"那么它跑得下来了?"

"您那二十法里,一路碎步小跑,不到八个钟头。不过有几个条件。"

"说吧。"

"第一,跑完一半路程,您让它歇一个钟头;它吃草料,这时,别让客栈伙计偷它的燕麦;因为我注意到,在客栈里,燕麦往往是给马厩伙计,而不是给马吃掉的。"

"会有人守在那里的。"

"第二……马车是给市长先生乘坐的吗?"

"是的。"

"市长先生会驾车吗?"

"会的。"

"那么,市长先生独自旅行,不带行李,免得加重马的负担。"

"一言为定。"

"不过,市长先生没有陪同,只好劳神亲自监看燕麦了。"

"错不了。"

"我每天要收费三十法郎。休息天照付。不能少一分一毫。牲口的饲料要由市长先生承担。"

马德兰先生从钱包里拿出三个拿破仑金币,放在桌上。

"预付两天的。"

"第四,跑这么长的路,带篷马车也太重了,会累着马的。市长先生可得同意坐上我的小型轻便马车旅行。"

"我同意。"

"车是轻便了,但是暴露在外。"

"我无所谓。"

"市长先生考虑过眼下是冬天吗?……"

马德兰先生没有回答。佛兰德尔人又说:

"考虑过天气很冷吗?"

马德兰先生保持沉默。斯科弗莱尔师傅继续说:

"考虑过可能下雨吗?"

马德兰先生抬起头来说:

"明天凌晨四点半,车和马要停在我的门前。"

"说定了,市长先生,"斯科弗莱尔回答。(然后,他用食指指甲刮去木桌上的一个污点,以佛兰德尔人善于遮掩精明的不在意的神情又说:)"现在我才想到!市长先生还没有告诉我要到哪儿去。市长先生要上哪儿呀?"

谈话开始,他可能没想别的事,但他不知道为什么一直没敢提出这个问题。

"您的马前腿有劲吗?"马德兰先生问道。

"有劲,市长先生。下坡时您勒紧一点。一路上下坡路多吗?"

"别忘了凌晨四点半在我的门口等候,要非常准时。"马德兰先生回答。

然后他走了。

佛兰德尔人"傻愣着",就像过后他自己所说的那样。

市长先生走了之后两三分钟,门又打开了:这是市长先生。

他的神态依旧无动于衷和忧心忡忡。

"斯科弗莱尔先生,"他说,"您要租给我的那匹马和那辆车,连马带车,您估计要多少钱?"

"连马带车,市长先生,"佛兰德尔人哈哈大笑地说。

"是啊。说呀!"

"市长先生想向我买下来吗?"

"不,不过要防万一,我想给您担保金。我回来后,您再把款子还给我。连马带车您估计要多少钱?"

"五百法郎,市长先生。"

"如数奉上。"

马德兰先生把一张钞票放在桌上,然后出去了,这次不再回来。

斯科弗莱尔师傅非常后悔,没有说一千法郎。其实,连马带车统共只值五个埃居。

佛兰德尔人把妻子叫来,把事情告诉她。市长先生会到什么鬼地方去呢?他们商量起来。"他到巴黎去,"妻子说。——"我不相信,"丈夫说。"马德兰先生把写着数字的字条放在壁炉上了。"佛兰德尔人拿起这张纸,研究起来。"五,六,八又二分之一?大概是表示驿站。"他向妻子转过身来。"我有数了。"——"怎么样?"——"从这里到埃斯丹有五法里,从埃斯丹到圣波尔有六法里,从圣波尔到阿拉斯有八法里半。他到阿拉斯。"

马德兰先生回到家里。

他从斯科弗莱尔师傅那里回来,走的是最远的路线,仿佛本堂神父的大门对他有一种诱惑,他想回避。他上楼到他房间,关上了门,这再简单不过,因为他想早点睡觉。但厂里的看门女人也是马德兰先生的唯一女仆,她观察到灯光在八点半熄灭,她告诉了回来的出纳,还说:

"市长先生生病了吗?我觉得他的神态有点古怪。"

这个出纳所住的房间恰好在马德兰先生的卧室下面。他根本没有留意看门女人的话,躺下睡着了。将近午夜,他突然醒了过来;他在睡眠中听到头顶上有响声。他谛听着。这是踱步的声音,好像上面房间的人在走路。他更仔细地倾听,听出是马德兰先生的脚步声。他觉得很奇怪;通常,马德兰先生的房间里直到他起床前不发出任何声音。过了一会儿,出纳听到好像有只大柜被打开了,又关上。然后,在搬动家具,寂静了一会儿,脚步声重新响起。出纳翻身坐了起来,完全醒了,睁眼看去,透过玻璃窗,看到对面墙上有一扇窗亮灯的红色反光。根据光线的方向,这只能是马德兰先生房间的窗户射出来的。反光在颤动,好像是火光,而不是灯光。没有窗格的影子,这窗子是敞开的。天气很冷,打开窗户真是怪事。出纳又睡着了。一两个钟头以后,他又醒了过来。同样的脚步声,缓慢而均匀,始终在他头顶上来来去去。

反光总是映在墙上,可是现在变得黯淡和稳定了,像是灯光或烛光。窗户一直开着。

马德兰先生的房间里发生的事是这样的。

三、脑海中的风暴

读者无疑猜到,马德兰先生不是别人,正是让·瓦尔让。

我们已经观察过这颗良心的深处,此刻还要再看一下。我们这样做,不能不激动,不能不颤栗。没有比这种观察更触目惊心的了。在精神之眼看来,没有什么地方比人心更令人眩目,也更黑暗。它所注视的任何东西,也没有人心那么可怕、复杂、神秘和广袤无边。比海洋更壮伟的景色,这就是天空;比天空更壮伟的景色,这就是人心。

描写人心的诗篇,哪怕只涉及一个人,哪怕涉及一个最低贱的人,那也会将所有的史诗都融汇在一部高级的终极的史诗中。人心是怪想、贪婪和企图的混合,是梦想的熔炉,是卑劣思想的巢穴;是诡辩的魔窟,是激情的战场。在一定的时刻,通过一个思索的人苍白的脸去探索,往后面观察,观察灵魂,观察这混沌。外表沉默之下,有着荷马史诗中巨人的搏斗,有着弥尔顿诗中龙蛇的混战和成群的鬼怪,有着但丁诗中幻象的盘旋上升。人人身上拥有的无限是阴森森的,人却以此来绝望地衡量头脑中的意愿和生活行动!

一天,但丁遇到一道阴森可怖的门,感到犹豫不决。我们面前也有一道门,我们同样犹豫不决。我们还是进去吧。

关于让·瓦尔让与小热尔维相遇之后所发生的事,读者已经了解，要补充的情况不多。从那时起，读者已经看到，他成了另一个人。主教期待他脱胎换骨，他这样做了。这不只是改变，这是洗心革面。

他终于销声匿迹，变卖了主教的银器，只留下烛台作为纪念，从这座城市溜到另一座城市，穿越法国，来到滨海蒙特勒伊，产生了前面讲过的念头，做出了一番事业，成了一个很难绳之以法和不可接近的人。今后，他在滨海蒙特勒伊定居，高兴地感到他的良心痛悔过去，要以后半生臧否前半生。他平静地生活，安安心心，满怀希望，只有两种想法：隐姓埋名和生活圣洁；逃避世人和皈依天主。

这两种想法紧密结合在他的脑子里，以致合而为一；它们同样有吸引力，同样强烈，主宰了他的一举一动。平日，它们同心协力，处理他的生活行动；它们让他转向暗处；它们使他变得和蔼、朴实；它们建议他做同一件事。但有时它们之间也有冲突。在这种情况下，读者记得，整个滨海蒙特勒伊称为马德兰先生那个人，就毫不犹豫地牺牲前者，捍卫后者，牺牲安全，捍卫他的品德。因此，尽管他事事保留，谨小慎微，他还是留下了主教的烛台，为主教服丧，把所有路过的小萨瓦人叫来询问，打听法弗罗尔人的家庭情况，不顾沙威含沙射影的威胁，救出割风老人的命。我们已经注意到，他仿效所有明智、圣洁和正直之士，认为首要的职责不是为了自己。

然而，应该说，类似的情况还从来没有发生过。我们正叙述这个不幸的人经历的痛苦；主宰他的两个念头，从来没有进行过如此严重的斗争。沙威走进他的办公室，才说几句话，他就朦胧地，但深切地明白了。他深藏不露的名字，被人这样离奇地说出来，他目瞪口呆，仿佛为自己命运的怪异不祥而震惊。他在惊骇中不禁颤栗，这是巨大打击的前导。他像一棵橡树面对风暴，又像一个士兵面对冲锋一样弯下身子。他感到乌云压顶，就要雷电交加。在听沙威说话时，他头一个想法是动身，跑去自首，将尚马蒂厄营救出狱，自己坐牢；这就像割肉一般痛苦、锥心；事后他心想："得啦！得啦！"他压下第一个豪爽的冲动，在英勇行为面前退却了。

这个人听了主教的神圣教诲之后，多年来痛改前非，克己忘我，开端出色，即使面临凶险的局面，也不会丝毫犹豫，会继续以同样的步伐走向天国所在的深渊，这无疑是很美的；可能很美，但实际并非如此。我们必须考虑到这颗心灵里演变的情况，我们只能照实道来。最初占上风的，是保存自己的本能；他匆匆重新整理自己的思想，压抑自己的激动，将沙威的出现看作巨大的危险，在恐惧中坚决推迟一切决定，昏昏然不知该怎么办，宛如一个斗士拾起自己的盾牌，重新镇定下来。

白天的其余时间，他处在这种状态中，内心思潮翻滚，外表镇静自若；他只能采取所谓的"保护措施"。脑子里仍然乱糟糟的，互相冲突；乱得他分不清任何念头；他说不清自己怎么回事，只知道自己刚挨了沉重的打击。他像平常一样来到芳汀的病床边，出于善良的本能，拖长探病时间，心想应该这样做，把她托付给嬷嬷，以防万一他要出门。他隐约地感到，也许他必须到阿拉斯去，虽然还丝毫没有决定此行，他心里想，既然没有受到一点怀疑，他去看看发生的事没有什么不妥，于是他定了斯科弗莱尔的马车，准备应付一切事件。

晚餐他胃口相当好。

回到房里后,他潜心静思。

他分析形势,觉得前所未有;真是匪夷所思,想着想着,在难以解释的不安推动下他站起来,离开椅子,插上门闩。他担心有人进来。他筑起障碍,以防不测。

过了一会儿,他吹灭灯火。亮光妨碍他。

他觉得可能有人看到他。

有人,是谁?

咦!他想赶出门去的人已经进来了;他想使之看不见的东西在看着他。是他的良心。

他的良心就是天主。

但最初他心存幻想;他有一种安全和隔绝感;门闩插上,他以为别人闯不进来了;蜡烛吹灭,他感到别人看不见。于是他控制住自己;他把手肘支在桌上,用手托住头,在黑暗里开始思索。

"我处境如何?——我不是在做梦吧?——别人对我说了些什么?——我确实见到沙威吗?他真的对我这样说的吗?——这个尚马蒂厄会是什么人呢?——他像我吗?——这可能吗?——昨天我这样平静,什么也没有怀疑,真想不到!——昨天同一时刻我在做什么来着?——这件事是怎么回事?——怎么了结呢?——怎么办?"

他心烦意乱。他的脑子失去了止住思想的力量,它们像波浪一样掠过,他双手抱住脑门,想止住它们。

这种躁动搅乱了他的意志和理性,他竭力从中抽取出明显的思路和一个决心,但只得出忧虑不安。

他的脑袋火烧火燎似的。他走到窗口,把窗敞开。天空没有星星。他回来坐到桌旁。

第一个钟头就这样过去了。

但渐渐地模糊的轮廓开始在他的思索中形成并确定下来,他力求对现实有准确的把握,可以看到的不是整个局面,而是某些细节。

他开始承认,不管局面多么异乎寻常和严峻,他已完全能够主宰。

但他的惊愕不断增长。

他的行动没有严格的宗教目的,迄今他所做的一切,只不过是一个洞穴,他挖掘出洞来是为了隐姓埋名。他在内省的时刻,在不眠之夜,始终最恐惧的东西,就是听到别人说出这个名字;他心想,对他来说,那就一切都结束了;这个名字一旦重新出现,他就会让他的新生活在他周围销声匿迹,谁知道有没有这一天呢?他体内怀有新的心灵。一想到这是可能的,他便瑟瑟发抖。当然,倘若这时有人对他说,这个名字在他耳畔响起的时刻即将来临,这个可怕的名字,让·瓦尔让,突然会从黑夜中冒出来,挺立在他面前,这骇人的光芒,是为了消除裹着他的神秘;它骤然在他头上闪闪发光;但愿这个名字不会威胁他,这光芒只会产生更浓重的黑暗,这撕破的面纱会扩展神秘,这场地震会巩固他的建筑,这奇异的事件只要他愿意,没有别的结果,只会使他的生活更加明朗,更加令人摸不透,同让·瓦尔让的幽灵会过面之后,善良和高尚的有产者马德兰先生变得比先前格外荣耀，格外平静，格外受人尊敬，——要是有人这样说，他会摇摇头，像疯子一样朝这些话瞪眼。咦！这一切恰好刚刚发生了，这一大堆不可能的事却成了事实，天主容许这种不可思议的事成为真事！

他的思索继续明晰起来。他越来越意识到自己的处境。

他觉得，他刚从不可名状的睡眠中惊醒过来，他在黑夜中从一个斜坡上滑下来，站着瑟瑟发抖，徒劳地退到一个深渊的边缘。他在黑暗中清晰地分辨出一个陌生人，一个外地人，命运把这个人算作他，代替他推到深渊里。为了让深渊闭拢，必须有人摔下去，他或者别人。

他只得听之任之。

亮光变得大放光明，他承认这一点：——他在苦役监里的位置空着，他怎样做也是枉然，它始终等待着他，抢夺小热尔维的事把他导向那里，这个空位置等待着他，一直把他吸引到那里去，这是不可避免的和注定的。——继而他想：眼下他有一个替身，好像一个叫尚马蒂厄的人倒了霉运，至于他，今后在苦役监中以这个尚马蒂厄出现，而在社会里用的是马德兰先生的名字，他再没有什么可害怕的，只要他不妨碍人们在这个尚马蒂厄的头上封死这块耻辱的石头，它就像墓石一样，一旦落下，便永远不再掀开。

这一切如此强烈和如此古怪，以致在他身上突然产生一种难以描绘的冲动，任何人一生中不会感受到两三次，这是一种良心的抽搐，搅动着心灵中的怀疑，它由讽刺、快乐和失望组成，可以称之为内心的大笑。

他忽然点燃蜡烛。

"怎么啦！"他思忖，"我担心什么？我何必这样想？如今我得救了。一切已经结束。我面前只有一扇半掩的门，我的过去可以通过这扇门闯进我的生活；这扇门被堵上了！永远堵上了！这个沙威长期以来找我麻烦，这种可怕的本能好像猜出我是什么人，是啊！而且当真猜出我是什么人，到处跟随着我，这条凶恶的猎犬发现了我就站住了，如今又失去了踪迹，找到别的地方，绝对找不到了！今后他心满意足了，让我太平，他抓住了他的让·瓦尔让！谁知道呢，也许他想离开城市！发生这一切，我没有插手！我一点儿也不明白！但居然有这种事！其中出了什么不幸的事呢？说实话，见到我的人会以为我遇到祸事了！无论如何，要是有人倒霉，这决不是我的错。一切是天意所为。表面看来上天非要如此！我有权利打乱上天的安排吗？眼下我有什么要求呢？我去掺和什么呢？这与我无关。怎么！我并不高兴。但我究竟要干什么呢？我那么多年来追求的目标，我夜里做的梦，我对上天的祈求，就是安全，我达到了！天主愿意如此。我没有必要违抗天主的意愿。为什么天主愿意这样呢？为了让我继续做已经开始的事，为了让我做善事，为了让我有朝一日成为伟大的、鼓舞人心的楷模，为了能说，我的忏悔、我弃恶从善终于得到一点幸福！我当真不明白，为什么我害怕走进这个正直的本堂神父家里，像对听忏悔的神父那样对他和盘托出，向他讨主意，显然他会这样告诉我。就这样定了，顺其自然吧！让善良的天主安排吧！"

他在良心深处这样思索着，俯身对着可以称之为他自己的深渊。

他从椅子上站起来，开始在房间里走动起来。"得了，"他说，"别再想了。决心定了！"但是他丝毫不感到快乐。

恰恰相反。

人们不能阻挡思想返回原地，就像海水要返回岸边一样。对水手来说，这叫做潮水；对罪犯来说，这叫做愧疚。天主掀动灵魂就像掀起大海一样。

过了一会儿，他不由自主地又开始这场阴沉的对话，说话的是他，听讲的也是他，他说他想说的话，他听他不想听的话，屈服于这种神秘的力量，这力量对他说："想下去！"就像两千年前对另一个被判决的人所说的："往前走！"

继续往下叙述之前，为了让读者充分了解，我们要强调一个必不可少的见解。

人准定会自言自语，凡是会思想的人无不都有这种体验。甚至可以说，言语只有在人的内心，从思想到意识，再从意识回到思想，才具有更美妙的神秘性。本章常用的"他说""他嚷道"，这些字眼只能从这个角度去理解。人在思索，在自言自语，在心中嚷嚷，不打破表面的沉默。心中喧嚣不已，除了嘴巴以外，全身都在讲话。灵魂的存在，虽然看不见摸不着，却仍然是存在。

因此，他思忖自己的处境到了哪一步。他自我询问这个"就这样定了"。他承认，刚才他在脑子里安排的一切十分残酷，"顺其自然吧，让善良的天主安排吧"，这实在可怕。让命运和人的这种错误得以实现，不加阻拦，以沉默表示赞同，总之什么也不做，这就等于做了一切！这是极度的卑劣和虚伪！这是卑鄙、怯懦、狡猾、无耻、丑恶的犯罪!

不幸的人八年来第一次尝到邪恶的思想和邪恶的行动的苦味。

他厌恶地吐了出来。

他继续扪心自问。他严厉地责问自己,"我的目标达到了!"这是什么意思?他自我声称,他的一生确有一个目标。但这是什么目标?隐姓埋名?欺骗警察?他所做的一切,就为的是这区区小事吗?他没有别的目标,伟大的真正的目标吗?不是拯救他的躯体,而是拯救他的灵魂。重新变得正直和善良。做一个有正义感的人!这不是他始终特别和唯一追求的吗?不是主教特别和唯一嘱咐的吗?——对自己的过去关上大门?但他并没有关上,伟大的天主!他干了一件卑劣的事,重新打开了大门!但他重新变成一个贼,而且是最可恶的贼!他偷走了别人的生存、生活、宁静、在太阳下的位置!他变成了一个杀人犯!他杀死了、从精神上杀死了一个可怜的人!硬要让他成为可怕的活死人,这是所谓苦役监中暴尸式的死亡!相反,自首,救出那个蒙了不白之冤的人,恢复真名实姓,出于责任感,重新成为苦役犯让·瓦尔让,这才真正实现复活,永远关闭他脱身的地狱!看似重坠地狱,实则脱离地狱!这样做才是!要是不这样做,他就什么也没有做!他整个一生是虚度的,他的全部忏悔就付诸东流,他只消说:"何必这样呢?"他感到主教在眼前,主教去世了,反倒更加活生生,主教盯着他,今后,德高望重的马德兰市长就会可憎可恶,而苦役犯让·瓦尔让则令人赞叹,在他面前是纯洁的。人们看到的是他的面具,而主教看到他的脸。人们看到他的生活,而主教看到他的良心。因此必须去阿拉斯,解救那个假让·瓦尔让，揭露那个真的！唉！这才是最大的牺牲，最惨烈的胜利，要跨越的最后一步；可是必须这样做。痛苦的命运啊！唯有他回到世人眼中的耻辱地位，他才能进入天主眼中的神圣境界！

"那么，"他说，"就这样定了！履行我们的职责！解救这个人！"

他高声说出这些话，却没有发觉在高声说话。

他拿起自己的书，检查一遍，理理整齐。他把有困难的小商人的一捆债条扔到火里。他写了一封信并封好，如果当时他的房间里有人，会看到信封上写着："巴黎阿尔图瓦街，银行家拉菲特先生启"。

他从一个抽屉里取出一只皮夹，里面有几张钞票和身份证，他用来参加同一年的选举。

他一面沉思默想，一面做完这些杂事；倘若有人这时看到他，是不会想到他内心的变化的。只不过他的嘴唇时而在翕动，时而他抬起头来，目光盯住墙上的某一点，仿佛上面正好有样东西他想弄清或者要了解。

给拉菲特先生的信写好以后，他将信和皮夹塞进口袋里，重新开始踱步。

他的思路没有改变。他继续清晰地看到他的职责，用这些光闪闪的字写出来，在他眼前放射光芒，并随着他的目光移动："去吧！说出你的名字！自首吧！"

同样，他看到至今成为他生活双重规则的两种想法：隐姓埋名，为自己的灵魂赎罪，仿佛这两种想法以可感知的形体在他眼前活动。他觉得它们第一次显得清晰异常，他看到两者的差异。他承认，其中之一自然是好的,而另一个则可能变得邪恶;一个利人,另一个为私;一个说:"别人,"另一个说:"为我;"一个来自光明,另一个来自黑夜。

它们在互相搏斗,他看到这搏斗。随着他的思索,它们在他思想的目光中变大了,眼下体形巨大;他似乎看到自己内心,在上文所说的广大无边中,在黑暗与亮光中,有一个女神和一个魔女在交手。

他充满了恐惧,但他觉得为善的思想占了上风。

他感到自己接近了良心和命运的又一个决定性时刻;主教标志他的新生活的第一阶段,而这个尚马蒂厄标志第二阶段。在严重的危机之后,是严峻的考验。

刚才平息下来的激动,又逐渐返回。脑际掠过千百种想法,不过都是继续使他坚定决心。

半晌,他想:"也许处理这件事太急了,无论如何,这个尚马蒂厄不值得关心,总之他偷了东西。"

他回答自己:"如果这个人确实偷了几个苹果,那就关一个月监狱。远远不是做苦工。谁知道呢?他偷窃了吗?得到证实了吗?让·瓦尔让的名字压抑着他,好像就不用证明了。检察官通常不是这样做的吗?人们认为他是小偷,因为知道他是苦役犯。"

时而他又想,一旦他自首,或许会考虑他的行动是英勇的,还考虑他七年来的循规蹈矩的生活、为本地所做的事,于是就会赦免他。

可是,这种设想很快就消失了,他苦笑着想,抢夺小热尔维的四十苏,他就构成累犯,这案件肯定会东窗事发,法律明文规定,要判决他终身苦役。

他摆脱一切幻想,逐渐超脱尘世,从别的地方寻找安慰和力量。他思忖,必须尽自己的责任;也许他尽了责比规避责任未必更不幸;如果他"顺其自然",如果他留在滨海蒙特勒伊,他的声望,他的美名,他的善行义举,对他的尊敬,对他的看重,他的仁慈,他的富有,他的威望,他的品德,都要被一件罪行玷污;所有这些高风亮节和这件丑事连在一起,是什么滋味啊!但要是他做出牺牲,他就会将至高无上的思想介入苦役监、绞刑架、枷锁、绿色犯人帽、不停歇的苦役、无情的耻辱中。

末了,他想,必须如此,他的命运是这样注定的,他不能作主改变上天的安排,无论如何他只得选择:要么外美内丑,要么内美外丑。

虽然千百种忧思在翻腾,但他没有气馁,不过他的脑子疲乏了。他开始不由自主地想别的事、无关紧要的事。

他的太阳穴的动脉剧烈跳动。他一直来回踱步。先是教堂,然后市政厅的钟敲响了午夜。两口钟他都数出十二下,还比较了一下钟声。这时他想起,几天前他在一间废铁铺看到一口要卖的古钟,钟上铸着这个名字:"罗曼维尔的安东尼·阿尔班。"

他感到冷。他生起了火。他没有想到关窗。

他又陷入发呆。他要费很大的劲才想起午夜钟声敲响之前考虑的事。最后想起来了。

"啊!是的,"他想,"我下了决心自首。"

然后,他突然想到芳汀。

"啊！"他说，"还有这个可怜的女人！"

于是爆发了一场新的危机。

芳汀突然出现在他的沉思中，犹如一道逆料不到的光芒。他觉得周围的一切都改变了面貌，他大声说：

"怎么搞的！至今我只考虑自己！只为自己着想！我沉默好还是自首好——隐姓埋名还是拯救我的灵魂——，做一个卑劣的却受人尊敬的行政长官，还是做一个可鄙的却受人敬重的苦役犯，想的是我，总是我，仅仅是我！可是，我的天，所想的全是自私自利！这是自私自利的不同形式，但却是自私自利！要是我想到一点别人怎样呢？首要的圣德是想到别人。好，考虑一下。排除我，抹掉我，忘掉我，情况会怎样呢？——如果我自首呢？把我抓起来，释放尚马蒂厄，重新把我关到苦役监，这很好。然后呢？这里发生什么事？啊！这里，有一个地方，一个城市，一些工厂，一种工业，工人，男女老少，穷人！我创造了这一切，我养活了这一切；凡是有壁炉冒烟的地方，是我在火里放的柴，在锅里放的肉；我缔造了富裕、流通、信贷；我来之前，一无所有；我使整个地区复兴、有生气、活跃、繁荣、发展、富足起来；少了我，就少了灵魂。我离开，一切便死去。——这个女人吃了那么多的苦，在沉沦中多么正气凛然，我不知不觉造成了她的一切不幸！我想去寻找这个孩子，我对做母亲的许过诺言！我不是欠了这个女人一点什么，要弥补对她造成的损害吗？如果我消失了，会发生什么事？母亲死掉。孩子会惨不忍睹。如果我自首，情况就会这样。——如果我不自首呢？啊，如果我不自首呢？"

提出这个问题以后，他停顿下来，仿佛有点犹豫和颤栗；但时间持续不久，他平静地回答：

"那么，让这个人到苦役监去，不错，可是，见鬼！他偷了东西嘛！我说他没有偷也是枉然，他偷了！我呢，我留在这里，继续干下去。过十年，我能挣一千万，都撒到当地，自己一点不留，留钱对我有什么用呢？我做事不是为我自己！大家越来越兴旺，工业兴起和繁荣起来，工场和工厂如雨后春笋般增加，幸福的家庭成百成千；人口兴旺；只有农场的地方出现村庄，荒无人烟的地方出现农场；贫困消失，随之放荡、卖淫、盗窃、谋杀、各种各样恶习、各种各样罪行也消失了！这个可怜的母亲抚养大她的孩子！整个地方富裕，安居乐业！这样的话，刚才我疯了，我太荒唐了，我说什么要自首？真的要小心为是，千万不要匆忙。什么！就因为我乐意做个伟大和慷慨的人，——这毕竟是做戏而已！——就因为我只想到自己，只想到我个人，什么！为了使一个人免遭惩罚，这惩罚虽然过分了一点，但说到底是正确的，谁知道他是什么人，他是个小偷，显然是个坏人，为了救他，整个地方就要遭殃！一个可怜的女人就要死在医院里！一个可怜的小姑娘就要死在街上！像狗一样！啊！真是可恶透顶！甚至母亲再见不到她的孩子！孩子几乎不认识她的母亲！这一切都是因为这个偷苹果的无赖，如果不是为了这件事，他肯定也会为别的事进苦役监！解救一个有罪的人，牺牲许多无辜的人，解救一个老流浪汉，说到底，他只有几年可活，待在苦役监同待在他的破屋里是一样的不幸，可是却要牺牲一个地方的居民、母亲、女人和孩子，多妙的顾虑啊！这个可怜的小柯赛特，她在世上只有我,当下在泰纳迪埃夫妇的破屋里准定冻得发青!这对夫妇也是坏蛋!我却会对所有的穷人失职!我要去自首啊!我要干这种荒谬的蠢事!让我们从最坏处来考虑。假设这件事我做错了,有一天我要受良心责备,那么,就为了别人的利益,接受只落在我身上的责备吧,接受只损害我的心灵的错误行为吧,这才是献身,这才是美德。"

他站起来,又开始踱步。这回,似乎他感到高兴了。

只有在地底的黑暗中才能找到钻石;只有在思想的深处才能找到真理。他觉得,下到这深处,在最黑暗的地方长久摸索,他刚刚终于找到了这样一颗钻石,这样一个真理,他捏在手中,目眩神迷地瞧着它。

"是的,"他想,"就是它了。我算对了。我有了解决办法。最终必须有所坚持。我的主意已定。听天由命!不再犹豫了,不再后退了。这是为了大家的利益,而不是为了我的利益。我是马德兰,一直是马德兰。让那个让·瓦尔让倒霉吧!这不再是我。我不认识这个人,如果眼下有个人成了让·瓦尔让,我就不再是他,让他自己想法子吧!这不关我的事。这是一个在黑夜飘浮的厄运的名字,如果它停下来,落在一个人的头上,就让这个人倒霉吧!"

他对着壁炉上的小镜子照了照,说道:

"咳!拿定了主意,倒是心宽了!眼下我成了另一个人。"

他又走了几步,然后猛然站住。

"好了,"他说,"既然拿定主意,不管有什么后果,都不应该犹豫。还有一些线把我与这个让·瓦尔让连在一起,必须割断!就在这个房间里，有一些东西会暴露我，有一些不会说话的东西会成为物证，干脆，要消失殆尽。"

他在口袋里搜索，掏出一个钱包，打开来，取出一把小钥匙。

他将这把钥匙塞进一个几乎看不到的锁孔，这个小洞眼安在壁纸花纹最深的地方。一只暗橱打开了，它安装在墙角和壁炉台之间。暗橱里只有几件破衣烂衫，一件蓝粗布罩衣，一条旧长裤，一只旧背包，还有一根两头包铁的粗荆棍。一八一五年十月，让·瓦尔让路过迪涅时，那些见过他的人，很容易认出这整套褴褛装束。

他保存下来，就像留下了银烛台一样，为的是始终回忆起他的起点。只不过他藏起了来自苦役监的东西，而让人看到来自主教的烛台。

他偷偷朝门边瞥了一眼，仿佛担心门会打开，尽管上了闩；然后，他动作又快又突兀，一把抱起这些破衣烂衫，棍子，背包，他冒着危险，已珍藏多年，现在连一眼也不看，统统扔到火里去。

他又关上暗橱，虽然里面空了，今后没有什么用，他仍然倍加小心，推过去一件大家具，遮住暗橱的门。

过了几秒钟，房间和对面墙上被一大片颤动的红光照亮了。所有的东西都烧起来。荆棍噼啪作响，把火星掷到房间中央。

背包和里面的破衣烂衫烧尽时，露出一样东西，在灰烬中闪闪发光。俯下身可以很容易认出是一枚银币。无疑，这是从小萨瓦人那里抢来的四十苏钱币。

他没有注视火，始终迈着同样的步子，踱来踱去。

突然，他的目光落在两只银烛台上，壁炉上模糊地映出烛台的反光。

"啊!"他想,"让·瓦尔让还整个儿在里面呢。也必须毁掉这个。"

他拿起这两只烛台。

炉火还相当旺,足以使它们迅速变形,变成别人认不出的银条。

他俯向壁炉,烘烤了一会儿,感到非常舒服。

"真暖和!"他说。

他用一只烛台拨着火炭。

再过一分钟,烛台就扔在火里。

这当儿,他似乎听到一个声音在他内心向他呼喊:

"让·瓦尔让!让·瓦尔让!"

他的头发倒竖。他好像听到一件可怕的事。

"是的!就是它了,结束吧!"这声音说。"完成你所做的事!毁掉这两只烛台!铲除这回忆!忘掉主教!忘掉一切!毁了这个尚马蒂厄!干吧,很好。向自己鼓掌!这样就说定了,解决了,不要多讲了,这是一个人,这是一个老人,他不知道别人要他干什么,也许他什么也没有做,是个无辜的人,你的名字造成了他的全部不幸,你的名字就像一桩罪行压在他身上,他要代替你被抓起来,他要被判刑,他要在耻辱和恐惧中了结一生!很好。你做个体面的人吧。照样做市长先生,照样位高誉满,受人尊敬,使城市富裕,养活本地人,扶养孤儿,生活幸福、德高望重。在这段时间里,你处在快乐和光辉中,有一个人却穿上你的红囚衣,为你冒名顶替生活在耻辱中,在苦役监拖着你的锁链!是的,这样安排很好!啊!多么卑鄙!"

汗从他的脑门淌下来。他朝烛台投以惊恐的目光。但在他内心说话的人没有说完。声音继续说：

"让·瓦尔让！在你周围会有许多声音吵吵闹闹，大声说话，给你祝福。只有一个声音没有人听到，它在黑暗中诅咒你。听啊，卑鄙的人！所有这些祝福没有到达天堂，就会跌落下来，只有诅咒一直升到天主那里！"

这个声音先是很微弱，从他良心最晦暗的地方升起来，逐渐变得响亮和巨大，现在他在耳朵里听到了。仿佛它出自内心，如今在体外说话。他以为非常清晰地听到最后几句话，以致他怀着恐惧在房间里张望。

"这里有人吗？"他高声问，精神恍惚。

然后他又笑了起来，活像一个白痴在笑：

"我多么蠢啊！这里不可能有人。"

其实有人；但在房里的人肉眼不可能看见。

他把烛台放在壁炉上。

他重新单调而又凄迷地踱步，这扰乱了他的思索，惊醒了沉睡在他体内的那个人。

踱步使他轻松些，同时使他迷醉。有时，人在紧急关头要走动一下，似乎要向走动中遇到的一切讨主意。过了一会儿，他不知道自己该怎么办。

面对决心轮流变换，现在他怀着同样的恐惧后退了。为他出谋献策的两种想法，他觉得一样的令人沮丧。——命运多么会捉弄人啊！这个尚马蒂厄被人看作是他，这是多么巧的事啊！上天所用的办法，初看在于巩固他的地位，其实正好把他推上绝路！

他半晌考虑着未来。自首，天啊！自首！他无比悲哀地思索着他要离开的一切，他要重新恢复的一切。要向这如此美好、如此纯洁、如此辉煌的生活诀别，要向人人敬重、荣誉和自由诀别！他以后不会再到田野里漫步，不再听到五月鸟儿的啁啾，不再向小孩子们施舍！他不再感到感激和热爱的目光注视着他的温馨！他要离开这座他建造的房子，离开这个房间，这个小房间！此刻，他觉得一切非常迷人。他不再阅读这些书，不再在这张白木小桌上写字！他的看门老女人，他唯一的女仆，早上不再给他端来咖啡。天哪！相反，是苦役、锁链、红囚衣、脚镣、疲惫、黑牢、行军床，各种各样人所共知的吓人的东西！在他的年纪，有过这样的地位！如果他还年轻也就罢了！可是，年迈，随便什么人都不用尊重，让狱卒搜身，挨小狱吏的棍子！光脚穿箍铁皮的鞋！每天早晚伸腿给人检验脚镣的环扣！要忍受外地人的好奇，有人对他们说："这一个是大名鼎鼎的让·瓦尔让，他做过滨海蒙特勒伊的市长！"晚上汗流浃背，疲惫不堪，绿帽子扣到眼睛上，在中士的鞭子下两个一对，登上水上牢房的软梯！噢！多么悲惨啊！难道命运像精明的人那样凶恶，像人心那样残暴吗？

无论他做什么事，他总是又回到他的思索深处这令人寒心的两难推理中："待在天堂里，还是变成魔鬼！回到地狱中，还是变成天使！"

怎么办，天啊！怎么办？

他好不容易摆脱的风暴，重新在他身上肆虐。他的思绪重新起伏不定，具有绝望所固有的难以形容的痴呆和下意识状态。罗曼维尔这个名字，伴随着他从前听到的一首歌的两句诗，不断回到他的脑海里。他想起罗曼维尔是巴黎附近的一个小树林，四月，年轻情侣要去那里采摘丁香。

他内外一样，踉踉跄跄。他如同一个放手让他自己走的小孩一样走路。

有时，他要同疲倦斗争，竭力使精神振作起来。他尽力向自己最后一次提出问题，对此，他终于筋疲力尽了。要自首吗？要沉默吗？——他无法看清楚。他的思索中孕育的各种各样推理模模糊糊，颤颤悠悠，一个接一个烟消云散。只是他感到，无论他做出什么决定，他身上的一部分必然要死掉，他无法避免；不管是从右面还是从左面，他都要进入坟墓；他要完成一种终结，不是幸福的终结，就是德行的终结。

唉！他重新游移不决起来。他不比开始时更往前走一步。

这个不幸的灵魂就这样忧虑不安地挣扎着。距这个不幸的人一千八百年前，那个将人类的一切圣洁和一切痛苦集于一身的神秘的人，正当橄榄树在太空劲风中颤动时，长久地用手推开那只可怕的杯子，他觉得杯底布满星辰，而阴影和黑暗从杯中满溢而出。

四、睡眠中的痛苦状

凌晨三点的钟声敲响了，他这样踱步了五个小时，几乎没有停顿，这时他跌坐在椅子上。

他睡着了，做了一个梦。

这个梦像大多数梦一样，只有无以名状的凄惨和悲凉与当前的情势有关，但给他留下强烈印象。这个噩梦令他异常震惊，后来他记述下来。他留下亲笔写的一张纸。我们认为应该照录在这里。

不管这个梦是怎样的，倘若遗漏了，这一夜的故事就不完整了。这是一个处境困难的灵魂的不祥经历。

梦境如下。在我们找到的信封上，写着这行字："今天夜里我做的梦。"

我在田野里。一大片令人愁惨的平野，寸草不生。我觉得既不是白天，也不是黑夜。

我同兄弟一起漫步，那是我童年时代的兄弟，应该说，我从来不想他，几乎不记得他。

我们交谈，遇到一些行人。我们谈到一个从前的女邻居，自从她住在我们那条街上，她干活总是窗户打开。我们聊天的时候，因为那扇开着的窗，感到冷。

原野上没有树。

我们看到一个人从我们面前经过。这个人赤身裸体，肤色如灰，骑在一匹土色的马上。这个人没有头发；可以看见他的脑壳和脑壳上的血管。他手里拿着一根棍子，像葡萄藤一样柔软，像铁一样沉重。这个骑手经过，不对我们说一句话。

我的兄弟对我说：我们走那条低洼的路吧。

有一条低洼的路，看不到一丛灌木，也看不到一点苔藓。

一切都呈土色,甚至天空也是如此。走了几步,当我说话时,他不再回答我。我发觉我的兄弟已不同我在一起。

我走进一个看到的村庄。我想,这大概是罗曼维尔(为什么是罗曼维尔?)[1]

我踏入的第一条街空寂无人。我走进第二条街。在两条街形成的夹角后面,有一个人靠墙站着。我对这个人说:这是什么地方?我在哪里?那个人不回答。我看到一座房子的门开着,便走了进去。

第一个房间空无一人。我走进第二个房间。在这个房间的门后,有一个人靠墙站着。我问这个人:这是谁的家?我在什么地方?那个人没有回答。

我走出房子,进入花园。花园空无一人。在第一棵树后,我看到一个人站着。我问这个人:这是谁家的花园?我在哪里?那个人没有回答。

我走进村庄,我发觉这是一个城市。所有街道不见人影,家家的门都打开了。街道上没有一个活人经过,房间里没有一个人行走,花园里没有一个人散步。但是,在每一个墙角后面,在每一扇门后面,在每一棵树后面,有一个人默默站在那里。但每次都只能见到一个人。这些人看着我经过。

我从城里出来,开始漫步在田野里。

过了一段时间,我回过身来,看见一大群人跟在我后面。

---

[1] 这个括号是让·瓦尔让亲手加的。——原注

我认出在城里见过的所有的人。他们的脑袋都很古怪。他们看来并不匆忙,不过他们走得比我快。他们走路不发出任何声音。这群人一下子赶上我,围住我。这些人的面孔是土色的。

我进城时看到和询问的第一个人于是对我说:您去哪儿?您不知道您已经早就死了吗?

我张开嘴想回答,发觉周围一个人也没有了。

他醒了过来。浑身冰冷。一阵像晨风一样的冷风,把打开的窗框吹得直晃。炉火熄灭了。蜡烛快要燃尽。天还是漆黑的。

他站了起来,走到窗前。天空始终没有星星。

从窗口可以看到院子和街道。楼下突然响起枯涩而粗重的响声,引得他朝下看。

他看到楼下有两颗红星,光芒在黑暗中古怪地伸长又缩小。

他的思想还半淹没在梦境的迷雾中。"咦!"他想,"星星不在天上,如今却在地上。"

但这种迷乱消失了,第二下响声同第一下一样,把他唤醒了,他张望着,看出这两颗星星是一辆车的灯笼。借着它们投射的光,他认出这辆车的形状。这是一匹小白马驾辕的轻便敞篷马车。他刚才听到的响声,是马蹄踩踏石子路面的声音。

"这辆车是怎么回事?"他心里想。"谁一大早来到呢?"

这当儿,他的房门上有人轻轻敲了一下。

他从头到脚颤抖起来。用可怕的声音喊道:

"是谁?"

有人回答：

"是我，市长先生。"

他听出是老女人、他的女门房的声音。

"什么事？"他又问。

"市长先生，早上五点过了。"

"这跟我有什么相干？"

"市长先生，马车来了。"

"什么马车？"

"轻便敞篷马车。"

"什么轻便敞篷马车？"

"市长先生不是订了一辆轻便敞篷马车吗？"

"没有，"他说。

"车夫说，他来接市长先生。"

"什么车夫？"

"斯科弗莱尔先生的车夫。"

"斯科弗莱尔先生？"

这个名字使他颤栗，仿佛一道闪电掠过他面前。

"啊，是的！"他又说，"斯科弗莱尔先生。"

如果老女人这时看到他，她会大惊失色。

沉默了好长时间。他呆呆地注视烛火，将烛芯周围滚烫的蜡挖一点出来，在手指里揉搓着。老女人在等待。但她大胆地提高了声音：

"市长先生，我该怎么答复？"

"就说好吧，我马上下来。"

五、棍子卡住车轮

当时,从阿拉斯到滨海蒙特勒伊的驿站,还使用帝国时期的小邮车。这种邮车是双轮马车,车厢里覆盖着浅黄褐色皮革,悬在保险弹簧板上,只有两个位子,一个是给车夫的,另一个是给旅客的。车轮装有保护长毂,能与别的马车保持距离,如今在德国的大路上还能见到。邮箱极大,呈长方形,安在马车后面,与车身连成一体。邮箱漆成黑色,车身漆成黄色。

这种马车,今日已没有类似的了,难以描摹的丑怪,像驼背一样,看到它们从远处经过,在天际的路上爬行,就像所谓的白蚁那类昆虫,细腰拖着大身子。不过,它们行驶速度很快。等巴黎的邮车到达以后,邮车每夜一点从阿拉斯出发,在早晨五点钟不到一点到达滨海蒙特勒伊。

这一夜,邮车从埃斯丹大路开往滨海蒙特勒伊时,进城的当口,在一条街的拐角挂上了一辆白马驾辕的轻便敞篷马车,它从相反方向开来,车上只有一个人,裹着一件大衣。轻便敞篷马车的车轮挨了重重的一击。邮差向这个人喊停车,但他不理,飞快地继续赶路。

"这个人真急得要命!"邮差说。

这样急急忙忙赶路的人,就是我们刚刚目睹心潮澎湃,挣扎不已,无疑值得同情的那个人。

他到哪里去?他也说不出。为什么他急急忙忙?他不知道。他漫无目的地往前赶车。上哪儿去?不用说是上阿拉斯;但他也许到别的地方。他不时感到这一点,便哆嗦起来。

他冲进黑夜,就像冲进深渊。有样东西推动着他,有样东西吸引着他。他身上发生的变化,没有人说得出,大家以后就会理解。进入未知数的幽暗洞穴中,谁一生不是至少有过一次呢?

再说,他根本没有下决心,根本没有做出决定,根本没有确定什么,根本没有做过什么。他内心没有定下任何行动。他好像仍然处于最初状态。

为什么他到阿拉斯去?

他重复着在订下斯科弗莱尔的轻便马车时想过的话:不管结果如何,亲眼看一看,亲自做判断,没有什么不合适的;甚至这样做是谨慎的,必须知道所发生的事;没有察看过和研究过,什么也不能决定;在远处什么事都会小题大做;归根结底,见过这个尚马蒂厄,这个混蛋,也许他的良心会放宽些,让这个家伙替自己服苦役;诚然,沙威在那里,还有布勒维、什尼迪厄、柯什帕伊,这几个苦役犯认识他;但他们准定认不出他;啊!什么念头!沙威万万没有想到;所有的推测和设想都集中在这个尚马蒂厄身上,而且推测和设想再固执不过;因此决没有危险。

毫无疑问,这一刻很难熬,但他会走出困境;他毕竟掌握着命运,不管命运多么不祥,还是在他手里;他能主宰。他抓住了这个念头。

其实,说到底,他宁愿不去阿拉斯。

然而他去了。

他一面想,一面挥鞭赶马,那马步子均匀、稳健,一小时能跑两法里半。

随着马车前进,他感到心里有样东西在后退。

拂晓时分他来到旷野；滨海蒙特勒伊城在他身后已很远。他望着天际发白；冬天黎明的萧瑟景物从他眼前掠过，他却视而不见。早晨像晚上一样有幽灵。他看不到，但不知不觉地透过一种几乎是穿透物体的洞察力，树木和山冈的黑影给他激动的心灵增加了说不出的阴郁和悲凉。

每次经过大路旁孤零零的房子时，他就心想："里面的人都在睡觉。"

马儿的碎跑，辔头的铃声，车轮的辚辚声，柔和而单调。快乐的人觉得迷人，而忧郁的人觉得凄凉。

他到达埃斯丹时，天已大亮。他停在一间旅店门前，让马喘口气，喂它吃燕麦。

这匹马就像斯科弗莱尔所说的那样，是布洛内的小种马，头太大，肚子太大，头颈不够长，但胸部宽阔，臀部宽大，腿部干瘦，蹄子坚实；其貌不扬，但是健壮。这头出色的牲口两小时跑五法里，臀部没有一滴汗珠。

他没有从马车上下来。马厩伙计拿来燕麦，突然俯下身来，察看左轮。

"您继续赶很远的路吗？"这个人说。

他几乎没有摆脱沉思，回答道：

"怎么啦？"

"您从很远的地方来吧？"伙计又问。

"离这儿五法里。"

"啊！"

"您为什么说:啊?"

伙计又俯下身来,半晌沉默不语,目光盯住车轮,然后挺起身来说:

"这只轮子走了五法里是可能的,不过眼下肯定走不了四分之一法里。"

他从马车上跳下来。

"您说什么,我的朋友?"

"我说,您走了五法里没有连人带马滚到大路的沟里,真是奇迹。您还是看看吧。"

车轮当真严重损坏了。小邮车撞裂了两根轮辐,轮毂划出道道痕迹,上面的螺母拴不住了。

"我的朋友,"他对马厩伙计说,"这儿有车匠吗?"

"当然有,先生。"

"劳驾把他找来。"

"他就在旁边。喂!布加亚师傅!"

车匠布加亚师傅出现在门口。他察看了车轮,像外科医生观察一条断腿那样做了个鬼脸。

"您能马上修好这只车轮吗?"

"能,先生。"

"我什么时候能出发?"

"明天。"

"明天!"

"这活儿要干一整天。先生有急事?"

"很急。最多过一个钟头我必须再动身。"

"不可能，先生。"

"要多少钱我都照付。"

"不可能。"

"那么过两个钟头。"

"今天不可能。要重做两根轮辐和一个轮毂。先生不到明天走不了。"

"我要办的事等不到明天。如果不修轮子，换一只呢？"

"怎么换？"

"您是车匠吗？"

"当然是，先生。"

"您没有轮子可以卖给我吗？我就可以马上动身。"

"卖一只替换的轮子？"

"是的。"

"我没有现成的轮子给您的马车。两只轮子要成对。两只轮子不能随便配对。"

"这样的话，卖给我一对轮子吧。"

"先生，并不是所有的轮子和轮毂都配对的。"

"不妨试试。"

"没有用，先生。我只有板车的轮子可卖。我们这里是小地方。"

"您有马车租给我吗？"

车匠师傅头一眼就看出，这是一辆租来的马车。他耸耸肩。

"您租来的车，料理得真好！我有车也不会租给您。"

"那么，卖给我呢？"

"我没有马车。"

"什么？一辆蹩脚的车也没有，您看得出，我是不挑剔的。"

"我们这里是小地方。在那边车棚里，"车匠补充说，"有一辆旧的敞篷四轮马车，是城里一位有钱人的，他让我保管，从来也不使用。我可以租给您，这对我有什么关系呢？不过不要让他看见马车驶过；还有，这是一辆四轮车，需要两匹马。"

"我就套驿站的马。"

"先生要到哪儿去？"

"到阿拉斯。"

"先生想今天赶到吗？"

"是的。"

"套驿站的马？"

"为什么不呢？"

"先生凌晨四点钟到达不在乎吧？"

"当然不行。"

"要知道，有件事倒要说说，套驿站的马……先生有身份证吗？"

"有。"

"咦，套驿站的马，先生明天之前到不了阿拉斯。我们是在一条斜线上。驿站服务不周到，马都在地里。冬耕季节开始了，要用壮实的马拉犁，大家到处找马，到驿站也到别的地方。先生到每个驿站换马，至少要等三四个钟头。再说要用平常的速度赶路。要爬许多坡。"

"得了，我骑马。卸车吧。这地方能卖给我一副马鞍吧。"

"当然。可是，这匹马能忍受鞍具吗？"

"不错，您提醒了我。它忍受不了。"

"那么……"

"村子里我能租到一匹马吗？"

"能一口气跑到阿拉斯的马！"

"是的。"

"您要的马，我们这地方没有。您先要买下来，因为我们不认识您。但是，不管是卖，还是租，是五百法郎，还是一千法郎，您都找不到马！"

"怎么办？"

"实话实说，最好是由我来修车轮，您明天上路。"

"明天就太晚了。"

"天哪！"

"没有到阿拉斯的小邮车吗？邮车什么时候经过？"

"今天夜里。有两辆邮车夜里当班，一辆走上坡路，一辆走下坡路。"

"怎么！您要一天工夫修理这只轮子？"

"一天，而且是整整一天！"

"用两个工人呢？"

"用十个工人也不行！"

"如果用绳子缚住轮辐呢？"

"缚住轮辐可以；缚住轮毂不行。再说，轮辋情况也很糟糕。"

"城里有租车的吗？"

"没有。"

"有另一个车匠吗?"

马厩伙计和车匠师傅同时摇着头回答:

"没有。"

他感到无比高兴。

显然,老天爷在干预,损坏马车轮子,中途停下来。第一次警告他没有听从;他千方百计继续赶路;他认认真真地、一丝不苟地用尽了各种办法;面对严寒、疲劳和花费,他都毫不退缩;他没有什么要自责的。倘若他不能走得更远,这再也与他无关。这不再是他的过错,这不关他的良心,而是上天的事。

他吁了一口气,自从沙威来访,这是他第一次自由地深呼吸。他觉得二十四小时以来抓住他的铁腕,刚刚松开了。

在他看来,现在天主站在他一边,表明了态度。

他心想,他已经竭尽所能了,眼下可以心安理得地往回走了。

倘若他和车匠的谈话发生在旅店的房间里,没有在场的人,也没有人听见,事情就会到此为止,下文发生的事可能就无从叙述了;但这场谈话是在街上进行的。凡是在街上的交谈不可避免会引来一群人。总是有人想围观。正当他向车匠询问时,有几个来往行人在圈子旁站住。听了几分钟,一个没有人注意到的年轻小伙子离开人群跑开了。

就在这个赶路的人心里慎重考虑过,决定原路返回时,这个孩子回来了。有个老妇人陪伴着他。

"先生,"女人说,"我的孩子告诉我,您想租一辆马车。"

这句普通的话，由一个孩子领来的老女人说出来，却使他汗流浃背。他认为松开他的那只手又在他的背后阴影中出现，正准备重新把他抓住。

他回答：

"是的，老太太，我想租一辆马车。"

他又赶紧补上一句：

"不过本地没有马车。"

"恰好相反，"老女人说。

"车在哪儿？"车匠问道。

"在我家，"老女人回答。

他不寒而栗。要命的那只手又把他抓住了。

老女人确实在车棚里有一辆柳条车。看到赶路的人抓不住了，车匠和旅店伙计感到遗憾，便插了进来。

"这辆破车够吓人的。"——"直接搁在轴上。"——"里面的长凳用皮带吊着，一点不假。"——"雨水漏到里面。"——"车轮生锈了，而且因潮湿烂掉。"——"不比轻便马车走得更远。"——"真正的蹩脚货！"——"这位先生坐上去就大错特错了。"如此等等。

这些话都是事实，但这辆旧车，这辆破车，这样东西，无论如何，能在两只轮子上滚动，驶到阿拉斯。

他付了要价，留下轻便马车在车匠那里修理，准备回来时再领回。他让人把白马套上破车，坐了上去，又踏上早上走的那条路。

正当破车启动时，他承认刚才想到去不了，一度有过快乐。他带着某种愤怒审视这种快乐，感到十分荒唐。缘何往回走会快乐呢？说到底，他是自愿跑这一趟的。没有人强迫他。

毫无疑问，无论要发生什么事，都是他自觉自愿的。

当他驶出埃斯丹时，他听到有个声音朝他喊道："停下！停下！"他猛然止住了马车，动作中还有难以形容的焦躁不安和痉挛，好似抱着一点希望。

原来是老女人的孩子。

"先生，"他说，"是我给您弄到这辆车的。"

"怎么样？"

"您什么也没有给我。"

他平时那样慷慨大方地施舍给大家，现在却感到这种要求太过分，几乎可恶了。

"啊！是你，混小子，"他说，"你什么也没有！"

他扬鞭催马，飞驰而去。

他在埃斯丹失去了许多时间，他本想追回来。小马很卖力，像两匹马那样拉车；但眼下是二月，下过雨，道路泥泞。况且，这已不是轻便马车。破车又笨又重，还要爬坡。

从埃斯丹到圣波尔花了近四个小时。四个小时走五法里。

在圣波尔，他遇到第一间旅店就解套，叫人将马牵到马厩。由于他答应过斯科弗莱尔，马吃饲料时，他站在旁边。他想着令人忧愁、朦朦胧胧的事。

旅店老板娘走进马厩。

"先生不想吃午饭吗？"

"啊，不错，"他说，"我胃口大开。"

他跟着这个女人,她面色鲜艳,满面春风。她把他带进楼下大厅,有几张桌子,铺的是漆布。

"快一点,"他说,"我得赶路。我有急事。"

一个肥胖的佛兰德尔女仆匆匆地放上餐具。他舒舒服服地望着这个姑娘。

"我原来需要这个,"他想,"我没有吃过饭。"

食物端上来了。他抓起面包,咬了一口,然后慢慢放回桌上,不再碰了。

有一个车夫在另一张桌上用餐。他对这个人说:

"他们的面包为什么这样苦?"

车夫是德国人,听不懂。

他回到马厩,待在马的旁边。

一小时后,他离开了圣波尔,朝坦格驶去,坦格离阿拉斯只有五法里。

这段路程他干什么?他想什么?像早上一样,他望着树木、茅草屋顶、耕耘过的土地掠过,每拐一个弯,景色就支离破碎,消失不见了。这样观看有时能满足心灵,几乎可以不思不想。这是第一次,也是最后一次观看万千景物,有什么更令人黯然神伤,更加动人心魄的呢!旅行,这是每时每刻在生生死死。在他的脑海最朦胧的领域,也许正在以这变幻不定的视野比拟人生。生活中的各种各样事物,不断地从我们眼前掠去。明暗交替:在光华四射之后,是暗淡无光;人在观看,匆匆忙忙,伸出手去想抓住掠过的东西;每个事件都是道路的转弯;突然人变老了。好像感到一阵震颤,一切漆黑，看得见一道幽暗的门，拖着你那匹深色的生命之马站住了，只见一个朦胧的陌生人在黑暗中给马解套。

正当放学的孩子们望见这个旅行者进入坦格时，黄昏降临。确实，一年中这个季节仍然白天很短。他在坦格没有停下。他离开村子时，一个养路工抬起头来说：

"这匹马累坏了。"

可怜的牲口确实只能慢慢地行走了。

"您是去阿拉斯吗？"养路工又说。

"是的。"

"要是您这样走下去，很晚才能到。"

他勒住了马，问养路工：

"从这里到阿拉斯，还有多远？"

"将近七法里。"

"怎么回事？驿站手册标明只有五又四分之一法里。"

"啊！"养路工又说，"您难道不知道在修路吗？离这里一刻钟的地方，道路要被切断。没办法往前走了。"

"当真？"

"您可以往左走，路一直通往卡朗西，您渡过河去；到了康布兰，您再往右拐；这条圣埃洛瓦峰大路通往阿拉斯。"

"可是黑夜降临了，我会迷路的。"

"您不是本地人吗？"

"不是。"

"既然这样，又都是岔路……喂，先生，"养路工又说，"您愿意我给您出个主意吗?您的马疲倦了,返回坦格村吧。有一间好旅店。在那里过夜。明天再到阿拉斯。"

"今晚我必须到达那里。"

"这就不同了。那么您还是到那家旅店去,补充一匹马。马厩伙计会带您走近道。"

他听从养路工的主意,原路返回,半小时后,他又路过同一个地方,不过换了一匹好马,飞驰而去。一个马厩伙计充当车夫,坐在车辕上。

但是他觉得丢失了时间。

天已经黑透了。

他们走近路。道路很糟糕。破车从一条车辙掉到另一条车辙里。他对车夫说:

"一直快跑,赏钱加倍。"

在一次颠簸中,车前横木折断。

"先生,"车夫说,"车前横木折断了,我不知该怎么套住马了,夜里这条路很难走;如果您想回到坦格睡觉,我们明天一大早就能到阿拉斯。"

他回答:

"你有绳子和小刀吗?"

"有的,先生。"

他折断一根树枝,做成车前横木。

这又失去二十分钟;马车重新奔驰起来。

平原一片黑暗。低低的、短促的、黑沉沉的夜雾匍匐在山冈上,像烟雾一样散去。乌云中有泛白的光。强劲的海风在天际的各个角落发出搬动家具的声音。隐约可见的景物，都有骇人的形态。在浩荡的夜风中，有那么多的东西在瑟瑟发抖！

寒冷砭入他的肌肤。从昨夜到现在，他没有吃过东西。他模糊地回忆起在迪涅郊区的另一次夜行。那是八年前，他觉得这恍如隔世。

远处的一座钟楼敲响了一下。他问那个伙计：

"几点啦？"

"七点，先生。八点我们就到阿拉斯了。我们只剩下三法里了。"

这时，他第一次考虑起来，——心中奇怪没有更早考虑：他这样奔波劳累，也许是一场空；不过他不知道什么时候开庭；至少他本该了解清楚；他这样往前走，不知道有什么用，也够荒谬的。然后他在脑子里捉摸，平时刑事法庭在早上九点开庭；这类案件不会拖得很长；偷苹果很快就能结案；随后只有一个身份问题；四五个人作证，律师没有多少话可说；等他到达，一切都了结啦！

车夫扬鞭催马。他们过了河，将圣埃洛瓦峰抛在后面。

夜越来越深沉了。

六、森普利斯嬷嬷受到考验

但就在这时，芳汀却心情愉快。

她度过了极其难受的一夜。剧烈咳嗽，高烧不退；她还做梦。早上，在医生查病房时，她说呓语。医生神色不安，吩咐等马德兰先生一来就通知他。

整个上午她闷闷不乐,少言寡语,把床单揉皱了,一面低声计算着,好像是计算里程。她的眼窝深陷,目光呆滞,几乎黯淡无光,不时又闪闪发光,仿佛星星一样。似乎悲惨的时刻临近,天上的光芒要充满大地之光离弃的人心。

每当森普利斯嬷嬷问她觉得怎样时,她一成不变地回答:

"很好。我想见马德兰先生。"

几个月以前,芳汀刚失去她最后的廉耻心、最后的羞愧和最后的快乐时,她体形不变;如今她成了自身的幽灵。肉体的病痛补全了精神病痛的作用。这个二十五岁的女人,额上已添皱纹,双颊松弛,鼻孔紧绷,牙齿松动,面孔铅灰色,脖子瘦削,锁骨突出,四肢孱弱,皮肤土灰色,金黄的头发夹杂着白发。唉!疾病催人老啊!

中午,医生又来了,开了一些药方,并问市长先生是不是来过诊所,然后摇了摇头。

马德兰先生通常在三点钟来探望病人,由于准时是仁爱,他是守时的。

将近两点半钟,芳汀开始骚动不安。在二十分钟里,她向修女问了不下十次:

"嬷嬷,几点了?"

三点的钟声敲响。到第三下,芳汀挺身坐了起来,而平时她几乎不能在床上挪动;她痉挛地将两只瘦骨嶙峋、皮肤发黄的手捏紧在一起,修女听到从她的胸膛里发出一声长叹,仿佛要掀起重负。

然后芳汀转过身来,望着门口。

没有人进来;门没有打开。

她这样待了一刻钟,目光盯住门,纹丝不动,仿佛屏息静气。嬷嬷不敢对她说话。教堂的钟敲响了三点一刻。芳汀又倒在枕头上。

她一言不发,又开始揉床单。

半小时过去了,然后是一小时。没有人进来。每当钟声敲响,芳汀便坐起来,望着门那边,随后又倒下。

她的心思昭然若揭,但她不说出任何名字,不怨天尤人。只是她咳得很伤心。仿佛晦暝之物降临她身上。她脸色惨白,嘴唇发青。她不时露出微笑。

五点的钟声敲响了。嬷嬷听见她低声慢慢地说:

"既然我明天要走,今天他不该不来呀!"

连森普利斯嬷嬷对马德兰先生迟到也感到吃惊。

芳汀仰望床的上方。她好像在竭力回忆起什么。突然,她开始用气息奄奄的声音唱起来。修女倾听着。这就是芳汀所唱的歌:

> 我们要买的东西真是靓,
> 沿着城郊漫游高兴万分。
> 矢车菊蔚蓝,玫瑰红艳艳,
> 矢车菊蔚蓝,我爱心上人。
> 圣母玛利亚来到我炉边,
> 昨天刺绣的大衣披在身,
> 对我说:"面纱里的小不点,

你向我哀求,我才让你生。"
赶快跑进城,粗布要挑拣,
再买一点线,还要买顶针。

我们要买的东西真是靓,
沿着城郊漫游高兴万分。

仁慈的圣母,来到我炉边,
我装饰摇篮用的是丝带。
天主拿最美的星也不换,
你给我的小宝宝我更爱。
"太太,这块布你作何打算?"
"做套衣服给我的小乖乖。"

矢车菊蔚蓝,玫瑰红艳艳,
矢车菊蔚蓝,我爱心上人。

"洗一洗这布。""哪里?""在河边。"
别糟蹋别弄脏,做件衣服,
一条漂亮裙子,有长袖管,
我要加上刺绣,鲜花满布。
"孩子不在了,太太,怎么办?"
"做成裹尸布,把我埋入土。"

> 我们要买的东西真是靓,
> 沿着城郊漫游高兴万分。
> 矢车菊蔚蓝,玫瑰红艳艳,
> 矢车菊蔚蓝,我爱心上人。

这是一首古老的摇篮曲,从前她用来催小柯赛特入睡,五年来孩子不在她身边,她的脑际也就没有出现这首曲子。她用极其忧郁的声音唱着,曲调极其柔和,简直要催人泪下,连修女也不例外。嬷嬷虽然见惯了严峻的事,仍然眼噙泪花。

大钟敲响了六点。芳汀似乎没有听见。她仿佛对周围的事漠不关心。

森普利斯嬷嬷派一个值勤的姑娘到工厂的看门女人那里打听,市长先生是不是回来了,是不是很快就要来诊所。过了几分钟,姑娘回来了。

芳汀始终一动不动,似乎专注于自己的心事。

女仆低声对森普利斯嬷嬷说,市长先生当天早上六点以前,坐上一辆白马驾辕的轻便马车出发,冒着天寒地冻,独自一人,甚至不带车夫,不晓得他走哪条路,有人说看到他转向去阿拉斯的大路,还有人确信在去巴黎的路上遇到他。出发的时候,他像平时一样十分和蔼,只对看门女人说今晚不要等他。

正当这两个女人背对着芳汀的床窃窃私语,嬷嬷提问题,女仆在推测时,芳汀踢躇不安,像某些机体疾病将健康人的动作自由和死人的骨瘦如柴混合在一起,爬起来跪在床上,两只痉挛的拳头撑

在枕头上,脑袋伸出床帷去倾听。突然她喊道:

"你们在谈马德兰先生!为什么低声说话?他在干什么?为什么他不来?"

她的声音非常突兀和沙哑,两个女人以为听到了一个男人的声音;她们惊慌地回过身来。

"回答呀!"芳汀喊道。

女仆支支吾吾地说:

"看门女人告诉我,今天他不能回来。"

"我的孩子,"嬷嬷说,"安静下来,躺到床上。"

芳汀没有改变姿态,用既威严又嘶哑的声调高声说:

"他不能回来?为什么?你们知道原因。你们在那里悄悄说话。我想知道。"

女仆赶快在修女的耳畔说:"就说他在开市议会,忙得很。"

森普利斯嬷嬷微微脸红;女仆向她提议说谎。另一方面,她觉得对病人说出真相,无疑是给她可怕的打击,在芳汀所处的情况下,就会变得严重了。脸红时间很短。嬷嬷向芳汀抬起平静而忧郁的目光,说道:

"市长先生出发了。"

芳汀又挺起身来,盘坐在脚后跟上。她的眼睛闪烁发光。从未有过的喜悦绽开在痛苦的脸容上。

"出发了!"她喊道。"他去找柯赛特了!"

然后她朝天伸出双手,整个脸变得难以形容。她的嘴唇翕动着,她在低声祈祷。

祈祷结束后,她说:

"嬷嬷,我很想躺下,我愿做要我做的一切;刚才我很凶,我请您原谅我说话这样大声,大声说话很不好,我知道,我的好嬷嬷,但要知道,我非常高兴。天主是仁慈的,马德兰先生是仁慈的,您想想,他到蒙费梅去找我的小柯赛特了。"

她重新躺下,帮助嬷嬷理好枕头,吻了吻森普利斯嬷嬷给她的、挂在颈上的小小的银十字架。

"我的孩子,"嬷嬷说,"现在好好休息,别再说话。"

芳汀把嬷嬷的手捏在自己汗湿的手里,嬷嬷感到这汗湿,强忍着。

"今天早上他出发到巴黎去了。其实他用不着经过巴黎。蒙费梅,就在回来的路上偏左一点。您记得吧,昨天我和他谈起柯赛特时,他对我说过:'快了,快了。'他想让我惊喜。您知道吗?他让我在一封信上签了名,好将柯赛特从泰纳迪埃夫妇那里接回来。他们无话可说了,对不对?他们会归还柯赛特。因为已经付清他们的钱了。政府不允许清了债还留下孩子。嬷嬷,不必向我示意,我不该讲话。我幸福极了,我感到很好,我一点没病了,我就要再见到柯赛特,我甚至感到很饿。我快有五年没见到她了。您不能想象,孩子是多么令人牵挂!再说她是那样可爱,您会看到的!要知道,她粉红色的小手指多么好看啊!首先,她的手会很美。一岁时,她的手很可笑。是这样!——现在她该长大了,她有七岁,是一个大姑娘了。我管她叫柯赛特,但她叫做厄弗拉齐。是啊,今天早上,我看到壁炉上有灰尘,我就想到我不久会看到柯赛特了。我的天!

真不该多少年看不到孩子！本该想到生命不是永恒的！噢！市长先生出发了，他多好啊！天气很冷，是吗？他至少穿上大衣吧？明天他会回来，对吧？明天就像过节。明天早上，嬷嬷，您要提醒我戴上有花边的小便帽。蒙费梅，是个小地方。那年我步行走过这条路。对我来说路很远。但驿车走得很快！明天他会带柯赛特回来。这儿离蒙费梅有多远？"

嬷嬷对距离没有任何概念，回答道：

"噢！我相信明天会回到这里。"

"明天！明天！"芳汀说，"明天我就会看到柯赛特！您看，天主的好嬷嬷，我没有病了。我发狂了。只要有人愿意，我会跳舞。"

谁要是一刻钟之前见过她，对此会莫名其妙。现在她变得满脸红艳艳，她说话的声调热烈而自然，她整个脸笑嘻嘻。她不时笑着，低声自言自语。母亲的快乐，近乎孩子的快乐。

"嗨，"修女说，"您多高兴啊，听我的话，别再说话了。"

芳汀把头搁在枕头上，小声说："是的，躺下吧，既然你的孩子就要回到身边，你要乖一点。森普利斯嬷嬷说得对。这里所有的人都说得对。"

随后，她一动不动，头也不转，却用睁大的眼睛环顾四周，喜气洋洋，她再也不说话了。

嬷嬷拉上床帷，希望她小睡一会儿。

在七点钟和八点钟之间，医生来了。听不到任何声响，他以为芳汀睡着了，轻轻地走了进来，踮起脚尖走到床边。他撩开床帷，借着灯光，看到芳汀望着他的平静的大眼睛。

她对他说:"先生,会让她睡在我床边的小床上,对吗?"

医生以为她在说胡话。她又说:

"瞧一瞧吧,正好有位置。"

医生把森普利斯嬷嬷拉到一边,她向他解释情况,马德兰先生要离开一两天,病人以为市长先生到蒙费梅去了,大家都没把握,也就不该向她说破;话说回来,她也有可能猜对了。医生表示赞同。

他又走近芳汀的床边,她说:

"要知道,早上,当她醒来时,我会向这可怜的小猫咪说早安。晚上,我不先睡,会听到她睡着。她的呼吸轻微,会让我舒服。"

"把您的手伸给我,"医生说。

她伸出手臂笑着大声说:

"啊!瞧!确实是真的,您不知道!我痊愈了。柯赛特明天就到。"

医生非常吃惊。她好多了。气闷微乎其微。脉搏又变得有力。一种突然恢复的生命力,使这个可怜的濒危的人又有了活力。

"医生先生,"她又说,"嬷嬷告诉您,市长先生去接小家伙了吗?"

医生嘱咐要安静,避免难以忍受的激动。他开了纯金鸡纳霜药剂,万一夜里热度又起,便服镇静剂。离开时,他对嬷嬷说:"情况好些了。如果运气好,市长先生明天果然带着孩子回来,谁知道呢?有的病情非常令人吃惊,大喜过望一下子止住了病;我深知这一位肌体有病,而且病入膏肓,不过一切神秘莫测!也许我们能救活她。"

七、到达就准备返回的旅人

当上文赶路的那辆车进入阿拉斯的驿站旅馆大门时,已将近晚上八点钟。我们始终紧随的那个人下了车,不经意地回答旅店伙计的殷勤接待,将补充的那匹马打发回去,亲自将小白马牵到马厩;然后他推开底楼台球厅的门,坐了下来,手肘支在桌子上。他赶这段路花了十四个小时,而他原来打算花六个小时。他自我评骘,并不是他的错儿;说到底,他没有为此而生气。

老板娘走了进来。

"先生过夜吗?先生吃晚饭吗?"

他摇了摇头。

"马厩伙计说,先生的马非常疲劳!"

这时他打破了沉默。

"明天早上马再上路不行吗?"

"噢!先生!至少得休息两天。"

他问:

"这里是邮局吗?"

"是的,先生。"

老板娘把他带到邮局,他出示身份证,了解有没有办法当天夜里坐邮车返回滨海蒙特勒伊;邮差旁边的位子正好空着;他订了这个位子,付了钱。

"先生,"邮局办事员说,"不要耽误了,凌晨一点整在这里出发。"

事情办完后，他走出旅馆，在城里走动一下。

他不熟悉阿拉斯，街道阴暗，他信步走去。但他似乎坚持不向行人问路。他穿过克兰松小河，来到迷宫似的小巷中，迷了路。有个市民打着灯笼走过来。他迟疑了一下，决定向这个市民问路，但先朝身前身后张望一下，仿佛担心有人听到他提出的问题。

"先生，"他说，"请问法院在哪儿？"

"您不是本城人吧，先生？"市民回答，他是一个上了年纪的人，"喂，跟我来吧。我正好到法院那边，也就是省政厅那边。因为眼下正在修缮法院，法庭暂时在省政厅开庭。"

"刑事法庭也在那里开庭吗？"他问。

"当然，先生。要知道，今日的省政厅在大革命前是主教府。一七八二年，德·孔齐埃先生任主教，他在府里建造了一个大厅。眼下正是在这个大厅里审案。"

路上，那个市民对他说：

"如果先生想看审案，那就有点晚了。通常六点钟就休庭。"

他们走到大广场时，市民给他指点一幢黑黝黝的大建筑，正面的四扇长窗有灯火照亮。

"真的，先生，您来得及时，您运气好。您看到这四扇窗吗？就是刑事法庭。里面有灯光。所以没有休庭。审案拖长了，晚上继续审理。您对这个案子感兴趣吗？这是一桩罪案吗？您是证人吗？"

他回答：

"我来不为什么案子，只想同一个律师交谈。"

"那就不同了，"市民说。"瞧，先生，这是大门。站岗的在那里。

您只要登上大楼梯就是了。"

他按市民的指点走,几分钟后来到大厅,里面有许多人,人群中混杂着穿袍子的律师,这里那里在小声交谈。

看到一群群身穿黑袍的人在法庭门口低声细语,总是一件令人心情紧张的事。他们的话很少有仁慈和怜悯,而往往说的是事先做出的判决。这些三五成群的人,在从旁边经过、沉思遐想的人看来,就像阴森森的蜂窝一样,嗡嗡叫的各种精灵在里面共同建造各种各样不可思议的建筑。

这个宽广的大厅只有一盏灯照亮,以前那是主教府的候见厅,现在用作休息厅。双扇大门这时关闭着,把它同刑事法庭的大房间分隔开来。

大厅里非常暗,以致他不用担心,对遇到的第一个律师说:

"先生,案子审到什么程度了?"

"审完了,"律师说。

"审完了!"

这个词重复的声调异乎寻常,以致律师回过身来。

"对不起,先生,也许您是一个亲戚吧?"

"不是,这里我谁也不认识。判决了吗?"

"当然。不可能是别的。"

"判苦役?"

"判无期徒刑。"

他说话声音微弱,几乎听不清:

"身份验明了吗?"

"什么身份?"律师回答。"用不着验明身份。案件很简单。这个女人杀死了她的孩子,杀子罪得到了证明,陪审团排除了蓄意犯罪,便判了无期徒刑。"

"那么是个女人啰?"他问。

"当然。妓女利莫赞。您究竟跟我谈什么?"

"不谈什么。既然结束了,大厅还亮着灯干什么?"

"是为了另一个案子,开庭审理快两个小时了。"

"另一个什么案子?"

"噢!这个案子也很清楚。这是一个无赖,一个累犯,一个苦役犯,偷东西。我不太清楚他的名字。您会觉得这个人有一副强盗的相貌。仅仅这副相貌,我就要判他做苦役。"

"先生,"他问道,"有什么法子进入大厅?"

"我想确实进不去了。人很多。不过现在休庭。有人出来,再开庭的时候,您可以试试。"

"从哪里进去呢?"

"从这个大门进去。"

律师离开了他。刚才,他几乎同时感到万般激动,心情错综复杂。这个冷漠的人的话像冰针和火舌,轮番穿过他的心。当他看到案子还没有审完,便松了一口气;但他说不出,他的感受是高兴还是痛苦。

他走近好几群人,听他们在说什么。这次审理任务繁重,庭长指出当天要审理两个普通的、费时不多的案子。先审杀子案,现在要审苦役犯、累犯、"二进宫"。这个人偷了苹果,不过看来证据不足；已证实的是，他在土伦服过苦役。这就使他的案子情节加重了。再说，审问已经结束，证人要陈述；还有律师辩护和检察院提出公诉；午夜之前结束不了。这个人看来要判刑；代理检察长一向很出色，他控告的人无一"幸免"；这个年轻人很有才智，常常写诗。

一个执达吏站在进入刑事法庭的门口。他问这个执达吏：

"先生，快开门了吧？"

"门不打开了，"执达吏说。

"怎么！再开庭时，门不打开吗？不是休庭吗？"

"马上就要重新开庭，"执达吏回答，"但是门不再打开了。"

"为什么？"

"因为大厅坐满了人。"

"什么！再没有位子啦？"

"一个也没有。大门关上了。谁也进不去。"

执达吏停了一下，又说：

"在庭长先生后面还有两三个位子，但他只允许官员坐。"

说完，执达吏对他转过背去。

他低着头退走，穿过候见厅，重新慢慢走下楼梯，好像每一步都踌躇不决。很可能他在心里盘算。从昨天起他心里进行的激烈斗争没有结束；每时每刻他都在经历新的曲折路程。走到楼梯平台上时，他靠在栏杆上，交抱着手臂。突然，他解开礼服，掏出皮夹，取出铅笔，撕下一张纸，借着灯光，迅速在纸上写下这行字："滨海蒙特勒伊市长马德兰先生。"然后他又大步登上楼梯，分开人群，径直走向执达吏，威严地对他说：

"把这个交给庭长先生。"

执达吏接过字条,看了一眼,照办了。

八、优待入场

滨海蒙特勒伊市长这样名闻遐迩,连他自己也没有料到。七年来,他的美名传遍整个下布洛奈,终于越过了一个小地方的界限,遍及两三个邻近的省。除了他创建了黑玻璃工业,给首府做出巨大贡献以外,滨海蒙特勒伊区的一百四十一个村镇,没有一个不受到他的恩惠。他甚至善于在必要时帮助和发展其他地区的工业。正是这样他有机会以信贷和资金支持过布洛涅的珠罗纱厂、弗雷旺机织麻纺厂和康什河畔布贝的水力织布厂。人们到处尊敬地说出马德兰先生的名字。阿拉斯和杜埃羡慕幸运小城滨海蒙特勒伊有这样的市长。

杜埃王家法院推事主持这次阿拉斯的刑事法庭,他像大家一样熟悉这个如雷贯耳和人人敬重的名字。执达吏小心地打开会议室通向法庭的门,在庭长扶手椅后面俯下身去,交给他那张字条,还说:"这位先生想参加旁听。"庭长做了一个尊敬的动作,抓住一支笔,在字条下面写了几个字,交还执达吏,对他说:

"请他进来。"

我们不幸的主人公待在大厅门口,站在原地,保持执达吏离开时的姿势。他在沉思中听到有人对他说:"请先生赏光跟我来。"就是这个执达吏,刚才对他转过背去,现在对他一躬到地。同时执达吏递给他字条。他打开字条,碰巧他就在灯旁,他看到:

"刑事法庭庭长向马德兰先生表示敬意。"

他在手里揉着字条,仿佛这几个字给他留下奇怪的苦味。

他跟在执达吏后面。

几分钟后,他独自待在一间有护壁板的办公室里,里面气氛森严,有两支放在绿桌布上的蜡烛照明。他耳朵里还响着执达吏刚才离开他时的话语声:"先生,现在您在会议室;您只要转动这扇门的铜把手,就会进入法庭,来到庭长先生的扶手椅后面。"这些话在他的脑子里,同刚才经过的狭窄走廊和幽暗楼梯的模糊回忆搅在一起。

执达吏留下他独自一个。最后一刻来到了。他想集中精力,却办不到。尤其最需要把思维的每一根线索与生活的残酷现实联系在一起时,这些线索却在头脑里断裂了。他就待在法官们讨论和定罪的地方。他平静而痴呆地望着这个宁静的可怕的房间,多少生命在此断送,他的名字待会儿就要在这里响起,他的命运此刻正通过这里。他望着墙壁,然后看看自己,奇怪就是在这个房间,就是他自己。

超过二十四小时他没有吃东西,他被破马车的颠簸弄得精疲力竭,但他并没有感到;他似乎一无所感。

他走近挂在墙上的一个黑镜框,在玻璃下压着一封信,是巴黎市长兼部长让·尼古拉·帕什的亲笔,日期无疑错写成共和二年六月九日[1]。帕什在信中向这个镇发回在家中被捕的部长和议员的名单。此刻能目睹他和观察他的人,一定会以为他对这封信很感兴趣,因为他目不转睛,看了两三遍。其实他视而不见,也没发觉。他想着

---

1 法国大革命时期的新历,共和二年即1794年。

芳汀和柯赛特。

他一面想一面回过身来，他的眼睛遇到把他和刑事法庭隔开的那道门的铜把手。他几乎忘了这道门。他的目光起先是平静的，停留在门上，盯住铜把手，然后变得惊惶、呆定，逐渐恐慌不安。大滴汗珠从头发间冒出来，太阳穴上汗如雨下。

一时之间他做了个难以描绘的动作，带着威严和反抗，好像在说，而且说得很好："见鬼！有谁强迫我？"然后他猛然回过身来，看到前面是他进来的那扇门，便走过去，打开来，出去了。他离开了那个房间，来到外面，在一个走廊里，一条狭长的走廊，间以台阶和小窗口，曲里拐弯，有一些像病房的守夜灯一样的油灯照亮着，他进来时走过。他在呼吸，谛听；他身前身后毫无声响；他奔逃起来，好像有人在追赶他。

他在走廊里跑了好几个拐弯，又倾听一下。他周围总是同样的寂静和同样的昏暗。他气喘吁吁，踉踉跄跄，靠在墙上。石头冰冷，他的汗在脑门上变得冰凉，他瑟瑟发抖地挺起身来。

于是，他孤零零站在黑暗中，冷得发抖，也许还有别的原因，他沉思起来。

他已经想了一整夜，想了整个白天；他在内心只听到一个声音说："唉！"

一刻钟就这样过去了。最后，他耷拉着头，忧郁地叹气，垂下双臂，又往回走。他徐徐地走，好像心劳神疲。似乎有人在他逃跑时抓住了他，把他领回来。

他回到会议室。他看到的第一件东西，就是门把手。这铜把手又圆又光滑,对他来说像骇人的星座一样闪光。他望着它,俨然一头母羊望着一只老虎的眼睛。

他的目光无法离开它。

他不时迈一步,接近门口。

如果他倾听,他会听到隔壁大厅的响声,像一种模糊的喃喃声;但是他没有听,而且他听不见。

突然,他也不知怎么回事,来到门边。他痉挛地抓住把手;门打开了。

他步入法庭。

九、罗织罪证的地方

他跨了一步,机械地关上身后的门,站在那里,注视眼前的场面。

这是一个相当宽敞的大厅,灯光昏暗,时而闹闹哄哄,时而寂静无声,审理一件罪案的机器,虽然庄重,却庸俗而阴森地在人群中运转。

他置身的大厅一端,身穿旧袍的法官心不在焉,啃着指甲,或者合上眼皮;在另一端,是一群衣衫破烂的听众;律师姿态各种各样;士兵脸容正直而僵硬;旧护壁板污迹斑斑,天花板脏兮兮的,桌子铺着与其说是黄的还不如说是绿的哔叽布,几扇门被手摸得发黑;护壁板上的钉子,挂着小咖啡馆的油罐灯,烟多于亮光;桌上的铜烛台点着蜡烛;昏暗、丑陋、愁惨;从中散发出刻板和威严的印象，因为可以感觉到所谓法律这件人间庄严的东西和所谓正义这件神圣的庄严的东西。

人群中没有人注意他。所有的目光都集中在一点上，集中在庭长左侧沿墙靠着一道小门的一条长木凳上。好几支蜡烛照亮这张长凳，上面坐着一个人，夹在两个法警中间。

这个人，就是这个人。

他没有寻找，却看到了。他的目光自然而然朝向那里，仿佛事先知道这副面孔在什么地方。

他相信看到了自己，变老了，无疑绝对不是面孔相像，而是姿态和外貌惟妙惟肖，头发乱蓬蓬，眼珠浅黄褐色，忐忑不安，身穿罩衣，活像那天他进入迪涅时的模样，满怀怨怼，心灵中邪恶地珍藏着十九年来在苦役监的路上搜集的恶念。

他打了个寒颤，暗忖道：

"我的天！我变成了这副模样吗？"

这个人看来至少六十岁。他有着难以形容的粗野、愚蠢和惊惶。

听到开门声，大家给他让开点位置，庭长回过头来，明白刚刚进来的人就是滨海蒙特勒伊的市长先生，便向他致意。代理检察长由于公务不止一次到过滨海蒙特勒伊，见过马德兰先生，认出是他，同样致意。对此他几乎没有注意到。他处在一种幻觉之中；他注视着。

审判官、一个书记、法警、这群幸灾乐祸来看热闹的人，以前，在二十七年前，他已经见过不止一次。这些令人沮丧的场面，他又见到了，在他眼前，蠕动着，存在着。这不再是他回忆的结果，不是他头脑的幻象,这是真正的法警和真正的审判官,真正的一群人,真正有血有肉的人。完了,他看到自己往昔的可怕场面以现实令人生畏的形式重新出现,在他周围复活了。

这一切在他面前张开大口。

他感到惊恐万分,闭上了眼睛,在心灵深处喊道:绝不!

命运的恶作剧使他所有的神经都颤动起来,几乎令他发狂,这是另一个他在那里!要接受判决的这个人,人人都叫他让·瓦尔让。

出于从未有过的幻觉,他眼皮底下,像是再现了他生平最可怖的一刻,这是由他的幻念扮演的。

全部都在那里,同样的机构,同样在夜里,几乎同样的审判官、士兵和听众。只不过,在庭长的头顶上有一个耶稣受难十字架,这是判决他时法庭上所缺少的东西。判决他的时候,天主缺席。

他身后有一张椅子;他想到有人看到他,害怕起来,便跌坐在椅子上。他坐下后,利用一摞放在审判官桌子上的文件夹,遮住自己的脸,不让整个大厅的人看见。现在他可以观看,而不让人看见。他逐渐稳定下来。他完全恢复了现实感;他达到心境平静,能够倾听的程度。

巴马塔布瓦先生是陪审团成员。

他寻找沙威,但是没有看见他。证人席被书记的桌子挡住了。再说,上文已经讲过,大厅灯光暗淡。

正当他进来的时候,被告的律师宣读完辩护词。大家的注意力达到顶点;审案进行了三个小时。三个小时以来,这群人看到一个人,一个陌生人,一个极其愚蠢或者极其狡猾的无赖,逐渐在可怕的真正的重负下屈服了。读者已经知道,这个人是一个流浪汉,在地里被人抓住时,揣着一根长满熟苹果的树枝,是在附近的皮埃龙的果园里从苹果树上折下来的。这个人是谁?进行过调查;证人刚作完证词,他们的说法一致,通过辩论,真相大白。起诉书指出:"我们抓住的不仅是一个偷苹果的人、一个偷农作物的人;我们手里抓获的是一个强盗,一个潜逃的累犯,一个以前的苦役犯,一个极其危险的大坏蛋,一个名叫让·瓦尔让的坏人,司法当局缉拿已久,八年前,他从土伦苦役监出来,就持械在大路上抢劫了一个名叫小热尔维的萨瓦孩子,触犯刑法第三百八十三条,一俟在法律上证实该犯身份,我们保留今后加以追究。他又犯下新的偷窃罪,构成累犯。先判新案,再判旧案。"面对这个指控,面对证人的众口一词,被告显得非常惊讶。他摇头摆手,表示否认,或者望着天花板。他说话吞吞吐吐,回答欲言又止,不过他整个人从头到脚都在否认。他像个白痴,面对所有这些聪明人向他进攻,又像一个外来人,面对抓住他的这伙人。但对他来说,未来威胁重重,每时每刻真实程度越来越大。所有听众怀着比他更大的不安,注视充满诬陷的判决越来越压到他身上。如果身份得到确认,如果小热尔维的案件稍后以判罪了结,除了进苦役监,甚至有可能让人看到判处死刑。他是什么人?他这样麻木不仁是何种性质?是愚蠢还是狡黠?是懂得太多,还是完全不明白?众说纷纭,好像陪审团也分成两种意见。这件案子既骇人听闻,又令人称奇;案情不单可悲,而且模糊不清。

律师辩护得相当出色,他所使用的外省语言,长期以来构成了辩护律师的口才,从前所有的律师都使用,不管在巴黎,还是在罗莫朗坦或蒙布里宗，今日已变成经典语言，只有法院的官方辩护师才使用，就是因其响亮、庄重、威严；这种语言将夫妻称为"配偶"，将巴黎称为"艺术和文明的中心"，将国王称为"君主"，将主教大人称为"高级神职人员"，将代理检察长称为"诉讼雄辩的代言人"，将辩护词称为"刚刚听到的高论"，将路易十四世纪称为"伟大的世纪"，将剧院称为"墨尔波墨涅[1]的神庙"，将执政的王族称为"诸王的崇高血统"，将音乐会称为"音乐的典礼"，将指挥一省的将军称为"大名鼎鼎的武士"，将神学院学生称为"稚嫩的教士"，将归咎于报纸的错误称为"在刊物的栏目中散布毒素的欺诈行为"，等等。——因此，律师先以解释偷苹果开始，——用文雅的说法不容易；但贝尼涅·博须埃[2]本人在诔辞中不得不提到一只母鸡，振振有词，自圆其说。律师认为，偷苹果没有得到事实证明。——作为辩护人，他坚持称他的委托人为尚马蒂厄，没有人看到他越墙而过，折断树枝。——抓住他的时候，他拿着这根树枝（律师更愿意称为"枝杈"）；——他说是在地上看到和捡到的。反证又在哪里呢？——无疑有人爬墙而过，偷折了这根树枝，后来惊慌失措的贼把树枝扔在那里；显然是有一个贼。——但有什么能证明这个贼就是尚马蒂厄呢？只有一件事，他以前是苦役犯。律师不否认，这个身份不幸得到证实；被告在法弗罗尔住过；被告在那里是修剪树枝的工人；尚马蒂厄这个名字可能原本是让·马蒂厄；这些都是真实的；最后，

---

[1] 墨尔波墨涅，希腊神话中专司悲剧的女神。
[2] 贝尼涅·博须埃（1627～1704），法国主教，散文家。他在悼念安娜·德·贡查格的诔辞中提到"一只变成母亲的母鸡"。典出《马太福音》，耶稣以母鸡用翅膀保护小鸡自喻，聚集耶路撒冷的群众。

四个证人毫不犹豫地、确切地认出尚马蒂厄是苦役犯让·瓦尔让；对于这些指控，这些证词，律师只能以他的委托人的否认，他的当事人的否认来反驳；假设他是苦役犯让·瓦尔让，就能证明他偷苹果吗？这至多是一个推测，而不是一个证明。不错，而且辩护人"本着诚意"，也应该同意，被告采用"一种拙劣的辩护方式"。他坚持否认一切，包括偷窃和苦役犯的身份。承认后者肯定要好一些，能得到审判官的宽恕；律师曾经建议他这样做；但被告坚持拒绝，无疑认为毫不承认能挽救一切。这是一个错误；但，难道不应该认为他的智力短缺吗？这个人明显愚蠢。长年不幸待在苦役监，出狱后长期过着贫困的生活，使他变得鲁钝，等等。他辩护得很差，是否就有理由给他判罪呢？至于小热尔维的案件，律师没有必要争论，这与本案毫无关系。律师下结论时请求陪审团和法庭，如果他们认为让·瓦尔让的身份是显而易见的，那也该判处潜逃罪，而不是按累犯的苦役犯来严惩。

代理检察长反驳辩护律师。他像代理检察长通常所做的那样，言辞激烈，辞藻华丽。

他祝贺辩护律师"忠诚"，并且巧妙地利用这种忠诚。他从律师做出的所有让步去攻击被告。律师好像同意，被告是让·瓦尔让。他注意到这一点。这个人确是让·瓦尔让。这一点在起诉书中已经确认，不容否认。这里，代理检察长用灵巧的换称法，追溯犯罪的根源和原因，抨击浪漫派的不道德，这一流派刚刚兴起，《方形王旗》和《日报》的评论称之为"撒旦派"！他煞有介事地将尚马蒂厄的轻罪，归咎于这种堕落文学的影响，说得确切点，是让·瓦尔让的影响。这些见解发挥完以后，他转到让·瓦尔让本人身上。让·瓦尔让是何许人？将他描绘一番。一个令人作呕的魔鬼，等等。这种描绘的典范存在于泰拉梅纳[1]的记述中，这位政治家的记述对写悲剧没有用，但每天对法庭的雄辩倒大有帮助。听众和陪审团成员为之"颤栗"。描绘结束，代理检察长抑制不住演说的冲动，为了第二天早上将省报的热情推到顶点，又说："这个人如此这般，是流浪汉、乞丐，没有谋生手段，等等，——受过去生活的影响，惯于犯罪，在苦役监待过，屡教不改，对小热尔维的犯罪就是证明，等等，——这样一个人在大路上公然抢劫，越墙而过才走几步路，手里还拿着偷来的东西，却否认当场犯罪、偷窃、爬墙，通通矢口否认，连名字也否认，连身份也否认！且不说上百条其他的证据，四个证人认出是他，沙威，正直的警官沙威，还有三个他以前的罪犯伙伴，就是苦役犯布勒维、什尼迪厄和柯什帕伊。对惊人的一致指控，他反驳得了吗？可是他否认。多么顽固不化！陪审团的先生们，你们会主持正义的，等等。"代理检察长讲话时，被告张大了嘴听着，十分吃惊，但不免也有点赞赏。显然，他惊讶于一个人能这样高谈阔论。就在指控最"有力"的时刻，代理检察长口若悬河，控制不住，贬斥的形容词汹涌而出，像风暴一样将被告包住；被告不时慢慢地从右到左，再从左到右摇摇头，从辩论一开始，他就只有这种忧郁的、无言的抗议。有两三次坐在他最旁边的听众听到他小声说："没有问过巴鲁先生，就只能这样说！"代理检察长向陪审团

---

1 泰拉梅纳（公元前450～前404），古希腊雅典政治家，属于温和派。

指出这种呆痴的态度，显然是蓄意的，它显露的不是蠢笨，而是灵巧、狡猾、习惯欺骗法庭，并将这个人的"邪恶透顶"暴露无遗。他结束讲话时，对小热尔维案件保留指控权利，并要求严厉惩处。

读者记得，马上就要判处终身苦役。

辩护律师站起来，以恭维"代理检察长先生"的"出色讲话"开始，然后尽其所能反驳，但软弱无力，显然他立足不稳了。

十、否认的方式

结束辩论的时刻到了。庭长叫被告站起来，向他提出照例的问题："您还有什么要为自己辩护吗？"

那个人站着，手里揉着一顶难看的帽子，好像没有听见。

庭长重复一下问题。

这回，那个人听到了。他好像明白过来，他做了一个动作，好像惊醒一样，目光环顾四周，望着听众、法警、律师、陪审团、法庭，把他那可怕的拳头搁在他长凳前细木护壁板的边缘上，看了又看，突然，他把目光盯住代理检察长，说起话来。就像火山爆发一样。话语从他嘴里脱颖而出，断断续续，急促猛烈，互相撞击，乱七八糟，好像同时挤在一起，夺路而出。他说：

"我有话要说。我在巴黎当过车匠，甚至是在巴鲁先生那里。这是一个辛苦的行当。干车匠这一行，总是在露天、在院子、在有钱的主人家的车棚里干活，从来不在关上门的车间里，因为要有空档，明白吗？冬天，天气太冷，要拍打手臂取暖；可是东家不愿意，他说耽误时间。路上有冰的时候，摆弄铁器，真够受的。一个人很快就折腾完了。干这种行当年纪轻轻就显老。到四十岁，一个人就玩儿完了。我呀，我五十三岁，吃了不少苦。再说，工人非常刻薄，一个人不再年轻了，就叫你老傻瓜，老畜生！我一天只挣三十苏，付给我的钱少得不能再少，东家借口我年龄大。再说，我有个女儿，在河边洗衣，也能挣点钱。我们父女俩还凑合过。她也受够了罪。整天半身泡在洗衣桶里，不管下雨、下雪和割脸的寒风；结冰时仍然照旧，还得洗衣；有些人没有揽到多少衣服，只好等着；如果不洗，就会丢掉饭碗。木板拼接不严，水滴得你身上到处都是。裙子上上下下全湿了。还往里渗水。她也在'红孩子洗衣坊'干过，那里用自来水，不用站在洗衣桶里。对着水龙头洗衣服，在身后的池子里漂净。房子是关严的，所以身上不那么冷。但水蒸气太厉害，要毁掉你的眼睛。她在晚上七点钟回家，很快就睡着；她是这样疲倦。她的丈夫打她。她死了。我们不是很幸福。这是一个好姑娘，不上舞场，非常安静。我回想起一次狂欢节的最后一天，她八点钟就睡觉了。就是这样。我说的是实话。打听一下就知道了。啊，是的，打听一下！我多么蠢啊！不过我对你们提到巴鲁先生。到巴鲁先生家去看看吧。说完这些，我不知道别人还想要我说什么。"

这个人住了声，但仍然站着。他讲这些事，声音又高、又快、又沙哑、又粗鲁，天真的态度带着激怒和粗野。有一次，他停了下来，向人群中的一个人打招呼。他的断言好像随意抛出来，像打嗝一样，他还助以樵夫砍柴的手势。他说完以后，听众爆发出笑声。他望着听众，看到大家笑，并不明白，自己也笑了起来。

这情景很悲怆。

庭长是个细心和善良的人，他提高声音说话。

他提醒"陪审团先生"："巴鲁先生，以前的车铺老板，被告说是曾经在他那里干过活，提出来毫无用处。他破了产，也找不到他。"然后他转向被告，要后者注意听他要说的话：

"必须考虑您的处境。对您的推测极为严重，会带来致命的后果。被告，从您的利益出发，我最后一次督促您，您要清楚地解释两件事：第一，您有没有越过皮埃龙果园的围墙，折断树枝，偷窃苹果，就是说犯下越墙偷窃罪？第二，您是不是开释的苦役犯让·瓦尔让？"

被告带着能自主的神态摇了摇头，就像他完全明白，知道要回答什么。他张开嘴，转向庭长说：

"首先……"

然后他瞧着他的帽子，又望着天花板，一声不吭。

"被告，"代理检察长用严厉的声音说，"注意。您答非所问。您局促不安说明您有罪。显然，您不叫尚马蒂厄，您是让·瓦尔让，先是用您母亲的姓，以让·马蒂厄隐姓埋名，您到了奥弗涅，您生在法弗罗尔，在那里当树枝修剪工。显然，您越墙而过，在皮埃龙的果园里偷了熟苹果。陪审员先生们会做出判断的。"

被告本来又坐下了；代理检察长说完以后，他猛地站了起来，大声说：

"您非常凶狠，您啊！这就是我本想说的话。我先是没有找到词儿。我根本没有偷。我不是天天能吃上饭的人。我那天从埃利过来，刚下过雨，田野一片黄泥浆，甚至沼泽都漫出水来，路旁的沙子里长出了小草茎，我在地里找到一根折断的树枝，枝上有苹果，我捡起树枝，却不知道会给我带来麻烦。我坐了三个月的牢，现在又把我押来押去。这样，我说不出来，别人控告我，对我说：'回答！'法警倒是和气，推推我的手肘，低声对我说：'回答呀。'我不会解释，我呀，我没有念过书，我是个穷人。看不到这个就错了。我没有偷。我在地上捡了本来就有的东西。你们说让·瓦尔让，让·马蒂厄！我不认识这些人。这是些乡下人。我在济贫院大街的巴鲁先生那里干过活。我叫做尚马蒂厄。说得出我生在什么地方，就算你们聪明。我呀，我不知道。不是人人来到世上都有房子住。这就太舒服了。我相信我的父亲和我的母亲是在大路上流浪的人。再说，我也不知道。我小时候，人家叫我小家伙，眼下人家叫我老家伙。这就是我的教名。叫哪个随你们的便。我在奥弗涅待过，我在法弗罗尔待过，当真！怎么？没干过苦役，就不能待在奥弗涅，也不能待在法弗罗尔吗？我对你们说，我没有偷过，我是尚马蒂厄老爹。我在巴鲁先生那里干过，住在他家。总之，你们用这些蠢话来纠缠我！干吗大家发狂地缠着我呢？"

代理检察长一直站着；他对庭长说：

"庭长先生，被告想被人看作白痴，可是办不到——我们已经预见到这一点；面对他含含糊糊，然而非常狡猾的抵赖，我们要求您和法庭再次传讯犯人布勒维、柯什帕伊和什尼迪厄，还有警官沙威出庭，最后一次询问他们，被告与苦役犯让·瓦尔让是不是同一人。"

"我要向代理检察长先生指出，"庭长说，"警官沙威一作完了证，便回邻区首府履行公务，离开了本庭甚至本城。我们已征得代理检察长先生和被告辩护律师的同意，准许他离开。"

"不错，庭长先生，"代理检察长又说。"既然沙威先生不在，我想应该提醒陪审团各位先生，不久前他在这里说过的话。沙威受人尊敬，他铁面无情，廉洁正直，担当下层然而重要的职务，深受赞赏。他的证词是这样的：'我甚至用不着推测和物证，就能揭穿被告的抵赖。我完全认得他。这个人不叫尚马蒂厄；他以前是非常凶恶和臭名远扬的苦役犯，名叫让·瓦尔让。他服刑期满，司法机关才万不得已地释放了他。他犯了加重情节的盗窃罪，服了十九年的苦役。他有五六次企图越狱。除了抢劫小热尔维和偷窃皮埃龙果园，我还怀疑他在已故的迪涅主教大人家偷窃过。我在土伦苦役监担任副监狱长时，常常见到他。我再说一遍，我完全认得他。'"

这斩钉截铁的证词，看来对听众和陪审团产生了强烈印象。代理检察长结束时强调，尽管沙威不在，三个证人布勒维、什尼迪厄和柯什帕伊还是要重新作证，受到严正的质问。

庭长将一张传票交给执达吏，过了一会儿，证人室的门打开了。执达吏在一个准备助他一臂之力的法警陪同下，把犯人布勒维带进来。听众非常紧张，人人的胸膛一齐跳动，仿佛只有一颗心。

老苦役犯布勒维身穿黑灰两色囚衣。布勒维六十岁左右，面孔像经纪人，神态却像无赖。两者有时并行不悖。他因再次犯罪而锒铛入狱，担当看守一类的职务。这种人，当头的会说："他竭力表现得好。"布道神父能作证明，他有宗教习惯。不该忘了这是在王政复辟时期。

"布勒维，"庭长说，"您受过加辱刑罚，不能宣誓……"

布勒维垂下目光。

"可是，"庭长又说，"一个人受法律的贬黜，只要上天怜悯恩准，还会有荣誉和公正的意识。在这决定性的时刻，我正要唤起这种意识。如果您身上还有的话，而且我希望如此，您在回答我之前先考虑一下，观察这个人，一方面，您一句话就会使他完蛋，另一方面，衡量一下正义，您一句话可以让法庭明了真相。这一时刻是庄严的，如果您认为自己搞错了，还有时间收回前言。——被告，站起来。——布勒维，仔细瞧瞧被告，好好回忆一下，凭着您的良心告诉我们，您是不是坚持认出这个人就是您以前的同监犯让·瓦尔让。"

布勒维看了看被告，然后转身对着法庭：

"是的，庭长先生。是我第一个认出他的，我坚持不变。这个人是让·瓦尔让。他在一七九六年进土伦监狱，一八一五年出狱。我是一年以后出狱的。眼下他样子有点蠢，大概是上年纪迟钝了；在苦役监，他是狡猾的。我确实认出是他。"

"您去坐下吧，"庭长说，"被告，仍旧站着。"

把什尼迪厄带了上来，他的红囚衣和绿帽子表明他是终身苦役犯。他在土伦苦役监服役，因这件案子从那里提审出来。这是一个小个子，约莫五十岁，活跃，满面皱纹，瘦削，脸色黄蜡蜡，厚颜无耻，脾气急躁，四肢和整个人有一种病恹恹的模样，而目光却有极大的威力。同监狱的伙伴给他起个绰号叫"我—否认—天主"。

庭长对他说的话大致和布勒维相同。正当提醒他,他的罪行剥夺了他宣誓的权利时,什尼迪厄抬起头来,对视着听众。庭长叫他静下心来,像对布勒维一样,问他是不是坚持认出被告。

什尼迪厄哈哈大笑:

"当然!我是不是认出他!我们拴在同一根锁链上有五年。你在赌气哪,老兄?"

"去坐下吧,"庭长说。

执达吏把柯什帕伊带上来。这个来自苦役监的无期徒刑犯人,像什尼迪厄一样穿红囚衣,他是卢尔德的农民,比利牛斯地区熊一样的人。他曾在山里放牧,从牧人沦为强盗。柯什帕伊不那么粗野,但看来比被告更蠢笨。这种不幸的人,造化把他生成野兽,社会最终把他变成苦役犯。

庭长力图用几句感人的、严肃的话使他活跃起来,又像对另外那两个证人一样,问他是不是毫不犹豫和毫无差错地坚持认出站在面前的这个人。

"这是让·瓦尔让,"柯什帕伊说。"他力大无穷,大家管他叫'千斤顶让'。"

这三个人的确认显然是真心诚意的,每次都在听众中引起一阵不利于被告的喃喃声,每当累加一个新的确认,喃喃声就更响更长。被告满脸惊讶地听着,根据起诉书,这是他主要的自卫方法。第一次确认时,站在他旁边的法警听见他在牙缝里咕噜着:"啊!好样的!"第二次确认时,他说得声音大点,神情几乎是满意的:"好!"

到第三次确认,他大声说:"呱呱叫!"

庭长质问他:

"被告,您听到了。您有什么话要说?"

他回答:

"我说:呱呱叫!"

听众中爆发出一阵喧哗,几乎波及陪审团。显然,这个人完了。

"执达吏,"庭长说,"让大家肃静。我就要宣布辩论结束。"

这时,庭长旁边一阵骚动。只听见一个声音叫道:

"布勒维、什尼迪厄、柯什帕伊!朝这边看。"

这声音非常凄惨可怕,听到的人都感到毛骨悚然。大家目光转向声音发出的地方。坐在法庭后面贵宾席上的一个人刚刚站起来,他已推开分隔审判席和法庭的栅栏门,站在大厅中间。庭长、代理检察长、巴马塔布瓦先生以及许多人都认出他,一起喊出来:

"马德兰先生!"

十一、尚马蒂厄越来越惊讶

确实是他。书记官的灯光照在他的脸上。他手里拿着帽子,衣服丝毫不乱,礼服仔细地扣好。他脸色非常苍白,微微颤抖着。他的头发在他到达阿拉斯时还是花白的,如今完全变白了。他来到这里才一小时,头发就全变白了。

人人都抬起头来,引起的轰动难以描绘。听众一时都愣住了。声音是这样凄厉,站着的那个人却显得这样平静,起先大家都不明白，在纳闷是谁叫喊，无法相信是这个平静的人发出这骇人的叫声。

疑虑只持续了几秒钟。庭长和代理检察长还来不及开口，法警和执达吏还来不及动作，此刻大家还称作马德兰先生的那个人，已向三个证人柯什帕伊、布勒维和什尼迪厄走去。

"你们认不出我吗？"他说。

这三个人都呆住了，摇了摇头表示根本不认识他。胆怯的柯什帕伊敬了个军礼。马德兰先生转向陪审团和法庭，用柔和的声音说：

"各位陪审团先生，请释放被告。庭长先生，把我抓起来吧。你们寻找的人不是他，而是我。我是让·瓦尔让。"

人人都屏息静气。在第一阵惊愕爆发之后，接着而来的是死一般的沉默。在大厅里可以感到这种宗教的恐惧，每当壮举实现之际，这种恐惧就会攫住群众。

然而庭长的脸流露出同情和忧虑；他和代理检察长迅速交换了一个手势，又低声同陪审员说了几句话。他面对听众，用人人都理解的声调问道：

"这里有医生吗？"

代理检察长开了口：

"各位陪审员先生，事情非常离奇，非常意想不到，打乱了审判，使我们，也使你们产生无需解释的感觉。你们大家都认识滨海蒙特勒伊的市长、尊敬的马德兰先生，至少听说过他的大名。如果听众中有医生，我们也同庭长先生一起，请他自愿照顾一下马德兰先生，并护送他回去。"

马德兰先生不让代理检察长讲完，用和蔼而又威严的声调打断了他。下面是他讲的一番话；这是当场的一位目击者，在退场后立即原原本本地记下来的，将近四十年前听到的人，至今还言犹在耳。

"我感谢您，代理检察长先生，但我没有发疯。您就会明白。您就要铸成大错，释放这个人吧，我在完成一项责任，我是这个不幸的罪犯。这儿只有我看得清楚，我来把真相告诉您。眼下我所做的事，高高在上的天主看得见，这就够了。您可以把我抓起来，既然我在这里。我已经尽力而为。我隐姓埋名；我成了富翁，我当了市长；我想回到正直人当中。看来办不到。总之，有许多事我不能说，我不会向您叙述我的生平，有朝一日大家会知道的。我偷过主教大人的东西，不错；我偷过小热尔维的东西，不错。对您说，让·瓦尔让曾经是一个非常凶狠的坏家伙，这是对的。也许错不全在他。听着，各位审判官先生，一个像我这样堕落的人，没有什么可指责上天的，也没有什么要告诫社会；但是，要知道，我想摆脱的卑鄙无耻，是损人利己的东西。苦役制造苦役犯。如果您愿意，请想一想吧。在进苦役监之前，我是个智力低下的可怜的乡下人，白痴一样；苦役监改变了我。我曾经是愚蠢的，后来变得凶狠；我曾经是块木柴，后来变成焦炭。严厉的法律毁了我，后来宽恕和仁慈又救了我。对不起，你们不会明白我所说的话。你们会在我家里的壁炉灰中，找到七年前我在小热尔维那里偷来的四十苏钱币。我没有什么要补充的了。把我抓起来吧。我的天！代理检察长先生摇摇头，您在说：'马德兰先生发疯了。'您不相信我的话！这确实令人苦恼。

至少不要判决这个人!什么!他们几个认不出我!我希望沙威在这里。他呀,他认得出我!"

讲这番话的声调是那样悲哀、宽容和凄切,很难还原出来。

他转向三个苦役犯:

"喂,我呀,我认得您!布勒维!您记得吗?……"

他止住话头,沉吟一会,又说:

"你记得那时你在苦役监有织成花格的背带吗?"

布勒维吃惊地颤抖一下,惶惶然地从头到脚打量他。他继续说:

"什尼迪厄,你给自己起的绰号是'我—否认—天主',你的整个右肩深深烧伤过,因为有一天你把右肩压在满满的一盆炭火里,想烧掉 T.F.P. 三个字母,可是始终看得出来。回答呀,是吗?"

"不错,"什尼迪厄说。

他对柯什帕伊说:

"柯什帕伊,你在左臂肘弯旁边,曾用滚烫的粉刻出蓝色的字,是皇帝在戛纳登陆的日期,一八一五年三月一日。把你的袖管撩起来吧。"

柯什帕伊撩起袖管。他周围的人都将目光投向他赤裸的手臂。一个法警把一盏灯拿过来;手臂上面有日期。

不幸的人含着微笑转向听众和审判官,凡是看到过的人,后来回想起来,仍然感到难受。这是胜利的微笑,这也是绝望的微笑。

"你们看清楚了,"他说,"我是让·瓦尔让。"

在这个法庭上,再也没有审判官、原告和法警;只有注视的目光和激动的心。没有人记得要扮演的角色;代理检察长忘了他在这里是为了起诉,庭长忘了他在这里是为了主持审判,辩护律师忘了他在这里是为了辩护。惊人的是,不再提出任何问题,没有任何权力干预。这种景象的卓绝,在于抓住了每个人的心灵,把所有在场的人都变成观众。也许没有人意识到自己的感受;无疑,没有人想,他看到伟大的光芒在闪耀;大家的内心感到迷惑。

显然,大家盯着看让·瓦尔让。他的行动熠熠闪光。这个人的出现足以照亮刚才还十分模糊的案子。今后用不着任何解释,所有这些人仿佛受到触电的启示,一眼就马上明白这个故事又简单又壮美,这个人献身是为了不让另一个人代替他判罪。细节、犹豫、尽可能的小抵抗,都消失在这件光芒四射的壮举中了。

这种印象虽然转瞬即逝,但在当时是不可抗拒的。

"我不想更多打扰法庭,"让·瓦尔让又说。"既然不逮捕我,我就走了。我有几件事要办。代理检察长先生知道我是谁,知道我到哪里去,只要他愿意,他可以逮捕我。"

他朝出口走去。没有谁发出声音,没有人伸出手臂去阻拦他。大家让开道。这时,有一种难以名之的神圣使得人群后退,对一个人夹道相迎。他缓慢地穿过人群。不知道是谁打开了门,但他来到门口时,门肯定是打开了。来到门口,他回过身来说:

"代理检察长先生,我听候您的处置。"

然后他对听众说:

"你们大家,你们所有在这里的人,你们感到我值得怜悯,是吗?我的天!当我想到即将要做的事时,我感到自己是值得羡慕的。但我宁愿这一切不会发生。"

他走了出去，门像刚才打开那样重新自动关上，因为凡是做出至善至美之事的人，总是确信人群中有人鼎力相助。

不到一小时，陪审团决定撤销对尚马蒂厄的一切控告；尚马蒂厄马上获释，他目瞪口呆地走了，以为大家都疯了，对这个场面大惑不解。

第八章
影　响

一、马德兰先生在什么镜子里看头发

　　天开始拂晓。芳汀一夜发烧和失眠，不过满脑子幸福的图景；早上，她睡着了。看护她的森普利斯嬷嬷趁她睡着，去准备新的金鸡纳霜药剂。称职的嬷嬷在诊所的实验室已经待了一段时间，她俯向药物和药瓶，由于清晨的雾气笼罩在物体上面，她要凑近去看。突然，她回过头来，轻轻叫了一声。马德兰先生站在她面前。他刚刚悄无声息地进来了。
　　"是您，市长先生！"她大声说。
　　他低声回答：
　　"这个可怜的女人情况怎样？"
　　"目前情况不坏。但我们一度很不安！"
　　她给他解释发生的事，芳汀昨天情况很糟，现在她好多了，因为她以为市长先生到蒙费梅去找她的女儿了。嬷嬷不敢问市长先生，但她从他的神情看出，他根本不是从那里回来的。

"一切都很好，"他说，"您没有欺骗她是对的。"

"是的，"嬷嬷说，"但现在，市长先生，她要见到您，却看不到她的孩子，我们对她说什么呢？"

他沉吟了一下。

"天主会启示我们的，"他说。

"可是不能说谎，"嬷嬷小声说。

房间里变得亮堂了。亮光直射在马德兰先生的脸上。嬷嬷偶然抬起眼睛。

"我的天！先生！"她叫道，"您出了什么事？您的头发全白了！"

"白了！"他说。

森普利斯嬷嬷手边没有镜子；她搜索药箱，拿出一面小镜子，诊所的医生用它来检查病人是否死了和没气了。

马德兰先生接过镜子，照照自己的头发，说道："啊！"

他说这个字时并不在乎，似乎在想别的事。

嬷嬷在这一切中看到不可名状的东西，感到浑身冰凉。

他问：

"我能见她吗？"

"市长先生没有把她的孩子领回来吗？"嬷嬷说，几乎不敢提问题。

"当然要领，不过，至少得两三天。"

"如果她一直没有看到市长先生，"嬷嬷胆怯地说，"她就不会知道市长先生回来，让她耐心等待，事情便容易做了，等孩子来了，她会自然而然地想,市长先生带着孩子回来。我们用不着说谎。"

马德兰先生好像考虑一下,然后他庄重地说:

"不,嬷嬷,我必须见她。我也许时间紧迫。"

修女好像没有注意到"也许"这个词,它给市长先生的话增添了模糊而古怪的含义。她垂下目光,压低声音恭敬地回答:

"这样的话,她在休息,但市长先生可以进去。"

他看见门没关严,吱哑声会惊醒病人,便批评了几句。然后他走进芳汀的房间,来到床边,掀开一点床帷。她睡着了。她的呼吸从胸膛里出来带着这类病人所特有的悲戚响声,当那些可怜的母亲在她们患了不治之症的孩子睡着,为他们守夜时,这种响声会使她们心碎。但呼吸困难,几乎没有扰乱反映在她脸上的、难以形容的平静,这种平静使她在睡眠中改变了脸容。她的苍白变成了白皙;她的脸颊是殷红的。她的金黄色的长睫毛,是她的童贞和青春剩下的唯一的美,虽然闭拢和低垂,却在颤动。她整个人也在颤动,似乎有一对翅膀展开了,准备凌空飞翔,把她带走。这只令人感到,却看不出来。看到她这样,绝不会想到这个病人近乎奄奄一息。她不如说好像就要飞走,而不像就要死去。

伸手折花,树枝会颤动,仿佛欲躲避又屈就。当死神神秘的手要摘走灵魂时,人体也有这种颤动。

马德兰先生待在床边有一会儿一动不动,轮流望着病人和耶稣受难十字架,如同两个月前他第一次到这个诊所来看望她那天一样。他们俩保持原来的姿态,她睡着,他祈祷;只不过两个月过去了,如今她的头发花白,而他满头白发。

嬷嬷没有同他一起进来。他站在床边,手指按在嘴唇上,仿佛房里有人,要让那人不出声。

她睁开眼睛,看到了他,含笑平静地说:

"柯赛特呢?"

二、芳汀感到幸福

她没有表示惊讶,也没有表示高兴;她就是快乐本身。这个普通的问题:"柯赛特呢?"提出时是这样深信不疑,没有丝毫不安和疑虑,他竟至于说不出话来。

她继续说:

"我已知道您在这里。我睡着了,但我看见您。我早就看见您了。我整夜用目光跟踪着您。您处在光轮中,周围是各方神灵。"

他抬头望着耶稣受难十字架。

"可是,"她又说,"请告诉我,柯赛特在哪里?为什么不把她放在我床上,等我醒来呢?"

他机械地做了回答,但事后回想不起来讲了什么。

幸亏医生闻讯赶来了。他来帮马德兰先生的忙。

"我的孩子,"医生说,"安静下来。您的孩子在那边。"

芳汀的眼睛闪闪发光,满脸光彩奕奕。她合十双手,那副表情包含了祈祷所能具有的最强烈也最温柔的神态。

"噢!"她叫道,"把她抱到我这里来!"

母亲动人的幻想啊!柯赛特对她来说始终是给人抱着的婴儿。

"还不行，"医生又说，"现在不行。您还有一点热度。看到您的孩子，您会激动的，也对您不好。您首先要治好病。"

她急迫地打断了他：

"但我已经病好了！我对您说，我的病好了！这个医生，真是固执！啊！我呀，我想看看我的孩子！"

"要知道，"医生说，"您激动了。只要您这样，我就反对您见孩子。见她是不够的，必须为她而活着。当您有理智的时候，我再亲自把她给您领来。"

可怜的母亲低下了头。

"医生先生，我请您原谅，我真的请您原谅。以往我不是像刚才那样说话的。我遇到那么多不幸，以致有时候我不知道自己说什么。我明白，您怕我激动，我就等到您同意，但我向您发誓，看见我的女儿，对我不会有害处。我看见她，从昨天晚上以来，我的眼睛就不离开她。您知道吗？现在把她给我抱来，我会开始对她温柔地说话。真是这样。人家特意到蒙费梅去找我的孩子，我很想看见她，难道这不是自然而然的吗？我没有生气。我知道，我会十分快乐。我整夜都看见白色的东西和向我微笑的人。医生先生要是来了，他会给我抱来我的柯赛特。我没有热度了，因为我病好了；我感到一点不舒服也没有了；但是我会装得像生病一样，为了让这里的嬷嬷高兴，我不会乱动。看到我非常安静，别人会说：该把孩子给她了。"

马德兰先生坐在床边的一张椅子上。她转向他；她明显地竭力显得平静和"听话"，就像她病得体衰力弱，显得是个孩子，让人看到她这样平静，不再刁难，把柯赛特给她领来。然而，尽管约束自己，她还是禁不住向马德兰先生提出千百个问题。

"您这次旅行顺利吧，市长先生？噢！您替我去找她，真是太好了！不过请告诉我，她身体好吗？她路上吃得消吗？唉！她会认不得我了！她早就把我忘了，可怜的小宝贝！孩子们没有记性。就像小鸟一样。今天看到一样东西，昨天看到另一样东西，结果什么都不去想。她只有白衣服吗？泰纳迪埃夫妇让她保持干净吧？给她吃得好吧？噢！您知道就好了！我受罪的时候，向自己提出这些问题，心里多么痛苦啊！现在这过去了。我很快乐。噢！我多么想看到她！市长先生，您觉得她漂亮吗？我的女儿，她漂亮吗？您坐在驿车里，大概感到很冷吧！不能把她领来一小会儿吗？随后马上把她领回去。说呀！市长先生，只要您愿意，您可以作主！"

他捏住她的手：

"柯赛特很漂亮，"他说，"柯赛特身体很好，您不久会看到她，但平静下来吧。您说得太急了，再说您把手臂伸出床外，这会引起您咳嗽。"

果然，一阵阵咳嗽几乎打断了芳汀说每一句话。

芳汀不抱怨了，她担心抱怨过于强烈会损害她想令人产生的信赖。她开始说些无关紧要的话。

"蒙费梅相当美，对吗？夏天，有人到那里去消闲。泰纳迪埃夫妇生意兴隆吧？到他们那里去的人不多。这个旅店是一个低级小饭店。"

马德兰先生始终拉着她的手,忧虑不安地瞧着她;显然,他来是为了告诉她一些事,但欲言又止。医生看过病房以后,抽身出去了。只有森普利斯嬷嬷待在他们旁边。在这片沉默中,芳汀叫了起来:

"我听到她了!我的天!我听到她了!"

她伸出手臂让周围保持安静,她屏息静气,欣喜地倾听起来。

有一个孩子在院子里玩耍;这是看门女人或者某个女工的孩子。那是常见的一种巧合,似乎属于惨事的神秘安排。这个小女孩来来去去,奔跑取暖,大声笑着、唱着。唉!孩子们有什么不能玩耍呢?芳汀听到的正是这个小女孩唱歌。

"噢!"她又说,"是我的柯赛特!我听出是她的声音!"

孩子走开了,就像她走过来一样,声音消失了,芳汀还听了一会儿,然后她的脸阴沉下来,马德兰先生听到她低声说:

"这个医生真凶,不让我看我的女儿!这个人一副恶相。"

但她又恢复了思想深处的快乐情绪。她头枕在枕头上,继续自言自语:

"我们会多么幸福啊!我们首先有一个小花园!马德兰先生答应过我。我的女儿会在花园里玩耍。眼下她大概识字了。我会教她拼写。她会到草丛里追蝴蝶。我望着她。以后她第一次领圣体。啊!她什么时候第一次领圣体呢?"

她掰着指头算起来:

"……一、二、三、四……她七岁了。过了五年。她戴上一副白面纱,穿上挑花袜子,样子像一个小女人。噢,好嬷嬷,您不知道我多么愚蠢,我在想女儿的第一次领圣体呢!"

她开始笑起来。

他松开了芳汀的手。他听到这些话,就像听到刮风声,目光看着地下,脑子沉入无底的思索中。她突然不再说话了,这使他机械地抬起头来。芳汀大惊失色。

她不再说话了,不再呼吸了;她半支起身子,她瘦削的肩从衬衫裸露出来,刚才笑逐颜开的脸变得苍白,她好像盯着面前,房间另一端一样可怕的东西,她的眼睛由于恐惧而睁大了。

"我的天!"他叫道。"您怎么啦,芳汀?"

她没有回答,她的目光没有离开她好像看到的那样东西,她一只手触到他的手臂,另一只手向他示意往后看。

他回过身来,看到沙威。

三、沙威感到高兴

事情经过是这样的。

当马德兰先生走出阿拉斯刑事法庭时,十二点半刚刚敲过。他回到旅馆,正好邮车要出发,读者记得,他已订好座位。早上六点不到一点儿,他到达滨海蒙特勒伊,他第一件关心的事,就是向拉菲特先生投寄一封信,然后来到诊所看望芳汀。

但他刚离开刑事法庭,代理检察长便从最初的震惊中恢复过来,表示惋惜可敬的滨海蒙特勒伊市长的荒唐行为,声称这件怪事以后会得到澄清,但他的观点丝毫没有改变,在这期间,他要求判决这个尚马蒂厄,显然这是真正的让·瓦尔让。代理检察长的坚持明显地与听众、法庭和陪审团的意见相左。辩护律师不费什么事就驳斥了这番讲话,认为由于马德兰先生,也就是让·瓦尔让的透露,案情已彻底改变了,陪审团面对的是一个无辜的人。律师对法律上的错误发表了一通感慨,可惜并不新颖,庭长在下结论时同意辩护律师的见解,陪审团在几分钟内开释了尚马蒂厄。

然而,代理检察长需要有一个让·瓦尔让,没有了尚马蒂厄,他就抓马德兰。

释放了尚马蒂厄,代理检察长马上同庭长密议。他们商谈了"逮捕滨海蒙特勒伊的市长的本人的必要性"。这个句子有不少"的"字,出自代理检察长先生之手,写在他呈递给检察长的报告底稿上。最初的激动过去,庭长没什么异议。司法必须运转。况且,说白了,尽管庭长是个好人,相当聪明,同时他又是一个坚定的几乎是狂热的保王派,滨海蒙特勒伊市长提到戛纳的登陆时,不说"波拿巴",而说"皇帝",十分刺耳。

因此发出了逮捕令。代理检察长专门派人快马加鞭,送到滨海蒙特勒伊,由警探沙威执行。

读者知道,沙威作证以后,马上回到滨海蒙特勒伊。

专使将逮捕和押解令交到沙威的手上时,他刚起床。

专使本人也是一个非常干练的警官,他三言两语就让沙威了解到在阿拉斯发生的事。由代理检察长签署的逮捕令是这样写的:"警官沙威速将滨海蒙特勒伊市长马德兰先生逮捕,在今天的法庭上,他已承认是刑满释放的苦役犯让·瓦尔让。"

不认识沙威,在他走进诊所的候见室时看到他的人,会感到他的神态再平常不过。他冷漠、平静、庄重,花白的头发,光滑地贴在两鬓,他像惯常那样,慢吞吞地刚刚登上楼梯。深谙他和仔细观察过他的人,会不寒而栗。他的皮领的搭扣不是在颈后,而是在左耳上面。这表明他从未见过的激动。

沙威是个有完美性格的人,无论他的职责,还是他的制服,都不容许有一点皱褶;对罪犯采取行动有条不紊,对他衣服的纽扣一丝不苟。

他把衣领的搭扣搭歪,心中必定非常激动,可以把这种激动称为内心地震。

他来的时候很平常,在附近的警察所要了一名下士和四名士兵,将士兵留在院子里,看门女人没有怀疑,习惯了看到军人求见市长先生,便给他指点了芳汀的房间。

沙威来到芳汀的房门口,转动钥匙,像看护或密探那样轻轻地推开门,走了进去。

确切地说,他没有进去。他站在半掩的门口,头上戴着帽子,左手插在扣到下巴的礼服里。偌大的手杖藏在身后,肘弯处露出铅做的圆柄。

他这样站了一分钟左右,没有人注意到他。突然,芳汀抬起目光,看到了他,让马德兰先生回过身来。

当马德兰与沙威的目光相遇时,沙威纹丝不动,也不走近,变得凶相毕露。任何一种人类情感也比不上快意更可怕。

这副相貌恰如一个魔鬼刚捉回下地狱的人。

确信终于抓到了让·瓦尔让，使他心里所思所想全反映在脸上。搅动的沉渣又泛起。有点失去了踪迹，有几分钟认错了尚马蒂厄，由此感到耻辱，但他起先猜得那么准，长久以来本能是准确的，这种得意使耻辱感消失了。沙威的高兴在他不可一世的姿态中爆发出来。得意洋洋的丑态，在这狭窄的脑门上绽开。一副心满意足的嘴脸，其丑态充分展示出来。

这时，沙威像进入了天国。他没有明确地意识到，但模糊地感到自己的不可或缺和成功，他，沙威，体现了正义、光明和真理，替天行道，铲除罪恶。他身后和周围，政权、理性、已做出判决的东西、合法意识、公诉，像满天繁星，深不可测；他保卫秩序，让法律发出雷霆，为社会伸张正义，鼎力相助天主；他挺立在光环里；在他的胜利中，还有一点挑战和战斗意味；他站立着，高傲，光彩奕奕，在蓝天上展示凶恶的大天使超人的兽性；他履行的行动可怕的阴影，显现出他的拳头紧握的社会利剑发出的寒光；他既高兴又愤怒，要践踏罪行、恶习、反叛、堕落、地狱，他光辉四射，除恶锄奸，脸上含笑，在这个可怕的圣米歇尔身上，具有不可否认的崇高气概。

沙威可怕，却毫不卑劣。

正直、真诚、单纯、自信、有责任感，这些品质一旦弄错了，就会变得丑恶，但即使丑恶，仍然是崇高的；它们的庄重是人类意识所特有的，即使在丑态中依然延续下去。这是有瑕疵的德行，但也是不对的。一个狂热分子行凶作恶时表现出无情而正直的快乐，包含着难以言说的可敬而凄惨的光芒。沙威自己没有怀疑到，他在极度快乐时,却像无知的胜利者一样值得怜悯。这张脸上显现出善中的全部恶,没有什么更令人伤心和可怕的了。

四、当局重新行使权力

自从市长先生把芳汀从沙威手里救出来以后,她没有再见过沙威。她在病中,脑子意识不到什么,只不过没有料到,他要再来找她。她忍受不了这副凶相,感到自己要咽气了,她用双手掩住脸,慌张地喊道:

"马德兰先生,救救我!"

让·瓦尔让——我们今后不再用别的名字称呼他——站了起来。他用最柔和最平静的声音对芳汀说:

"放心吧。他不是冲您来的。"

然后他对沙威说:

"我知道您的来意。"

沙威回答:

"好啊,快走!"

他说这句话的声调有一种难以形容的兽性和狂热。沙威不说:"快走!"他说:"夸走!"任何写法也还原不出说话的腔调;这不再是人的说话,而是吼叫。

他不像平时那样行事;他不提什么事,也不出示传票。对他来说,让·瓦尔让是一个神秘的抓不到的斗士,是他揪住五年却摔不倒的不可思议的角斗士。这次逮捕不是斗争开始,而是结束。他仅仅说：

"好啊，快走！"

这样说着，他不迈一步；他朝让·瓦尔让投了一瞥，像掷过去一只铁钩。他就是惯于这样把可怜的人猛钩过去。

芳汀正是感到这目光在两个月前透入她的骨髓。

听到沙威的叫声，芳汀又睁开眼睛。但市长先生在那里。她怕什么呢？

沙威走到房间中央，叫道：

"喂！你不走？"

不幸的女人环顾四周。只有修女和市长先生。这样用轻蔑的你来称呼，会是对谁呢？只会对她。她不寒而栗。

这时，她看到一件不可思议的事，竟是这样匪夷所思，她在发烧引起的谵妄中也没有见到过。

她看到沙威抓住市长先生的领子；她看到市长先生低下头来。她觉得世界分崩离析了。

沙威确实抓住了让·瓦尔让的衣领。

"市长先生！"芳汀喊道。

沙威哈哈大笑，这种狞笑使他露出满口牙齿。

"这里没有市长先生！"

让·瓦尔让并不想推开那只抓住他的礼服衣领的手。他说：

"沙威……"

沙威打断了他：

"叫我警官先生。"

"先生,"让·瓦尔让又说,"我想跟您单独说句话。"

"大声说!大声说话!"沙威回答,"跟我大声说话!"

让·瓦尔让继续低声说:

"我有件事想求您……"

"我对你说大声说话。"

"但是,事情只该让您一个人听见……"

"这跟我有什么关系?我不听!"

让·瓦尔让转向他,说得很快,声音很低:

"请给我三天时间!用三天去找这个不幸女人的孩子!我来付所需费用。要是您愿意,可以陪我去。"

"你在开玩笑!"沙威叫道。"居然有这种事!我原来以为你不蠢!你要我给你三天时间走掉!你说是为了去找这个妓女的孩子!哈哈!很好!好得很!"

芳汀颤抖一下。

"我的孩子!"她叫道,"去找我的孩子!她不在这里啰!嬷嬷,请回答我,柯赛特在哪里?我要我的孩子!马德兰先生!市长先生!"

沙威跺跺脚。

"现在又来一个!住嘴,坏女人!这个鬼地方,苦役犯当行政长官,妓女像伯爵夫人一样受到照顾!嗨!一切就要改变;是时候了!"

他盯住芳汀,又一把抓住让·瓦尔让的领带、衬衫和衣领:

"我对你说,没有什么马德兰先生,也没有什么市长先生。有一个贼,一个强盗,一个名叫让·瓦尔让的苦役犯!我抓住的就是他!实际情况就是这样!"

芳汀蓦地坐起来，撑在僵直的手臂和两只手上；她瞧着让·瓦尔让，她瞧着沙威，她瞧着修女，她张开嘴想说话，从喉咙底发出一下嘶哑的喘气声，牙齿咯咯作响，她惊慌地伸出手臂，痉挛地张开手，好像在周围寻找一个落水的人，然后她突然瘫倒在枕头上。她的脑袋撞上床头，又弹回胸前，嘴巴张开，眼睛睁大，黯然无光。

她死了。

让·瓦尔让将手按在沙威抓住他的手上，像掰开孩子的手一样掰开它，然后对沙威说：

"您杀死了这个女人。"

"拉倒吧！"沙威愤怒地叫道。"我到这里来不是为了听人讲道理的。废话少说。警察就在下面。马上走，否则给你上拇指铐啦！"

在房间的墙角有一张破破烂烂的旧铁床，嬷嬷值夜班时用作行军床。让·瓦尔让向这张床走去，一眨眼工夫就把非常破旧的床头拆下来，像他这样的膂力，这是轻而易举的事；他一把抓住主撑床架，盯住沙威。

沙威退向门口。

让·瓦尔让捏住铁杆，慢慢地走向芳汀的床边。走到床前，他回过身来，用几乎听不清的声音对沙威说：

"我劝您这会儿不要打扰我。"

毋庸置疑的是，沙威瑟瑟发抖。

他想去叫警察，但是让·瓦尔让可以趁机逃走。因此他留了下来，抓住拐杖小的一端，靠在门框上，目光不离让·瓦尔让。

让·瓦尔让将手肘靠在床头的圆球上，手托住头，凝视着躺在那里纹丝不动的芳汀。他这样全神贯注，一言不发，显然不再考虑人世间别的事。他的脸上和姿态中，只有难以形容的怜悯。他沉思了一会儿，俯向芳汀，低声对她说话。

他对她说什么呢？这个被社会排斥的人，能对这个已经死去的女人说些什么呢？世上没有人听到。死去的女人听到了吗？有些动人的幻觉，也许是崇高的现实。毫无疑问的是，刚才发生的一幕唯一的见证人森普利斯嬷嬷，常常说起，正当让·瓦尔让在芳汀的耳畔说话时，她清晰地看到，在那苍白的嘴唇上浮现出难以言表的笑容，在朦胧的眸子里充满对坟墓的惊讶。

让·瓦尔让将芳汀的头捧在手里，像一个母亲对自己的孩子那样，在枕头上放好她的头，将她衬衫的带子系好，把她的头发塞进睡帽里。然后他合上她的眼睛。

芳汀的脸此刻奇异地光彩奕奕。

死亡，这是进入通明透亮的世界。

芳汀的手垂在床边。让·瓦尔让跪在这只手面前，轻轻地抬起来吻它。

然后他站起来，转向沙威：

"现在，"他说，"我听您的吩咐。"

五、合适的坟墓

沙威把让·瓦尔让投入市监狱。

逮捕马德兰先生在滨海蒙特勒伊引起轰动，或者更确切地说，引起异乎寻常的震动。我们非常遗憾,不能隐瞒这一点:只因"他曾是个苦役犯"这句话,所有的人几乎都抛弃了他。不到两小时,他做过的好事全被人遗忘了,这"只不过是个苦役犯"。话还得说回来,大家还不了解阿拉斯事件的详情。整个白天,在城里的各个地方,人们都听到这样的议论:

"您不知道吗?这是一个期满释放的苦役犯!"——"谁呀?"——"市长。"——"啊!马德兰先生吗?"——"是的。"——"当真?"——"他不叫马德兰,他有一个可怕的名字,叫贝让,博让,布让。"——"啊,我的天!"——"他给抓起来了。"——"抓起来了!"——"关在市监狱里,等着押走。"——"要押走他!就要押走他呀!把他押到哪儿去呢?"——"由于他从前在大路上抢劫,要送上刑事法庭。"——"好啊!我就疑心过。这个人太好了,太完美了,太虔诚了。他拒绝接受十字勋章,凡是遇到流浪儿就给钱。我一直想,内里一定有什么不可告人的事。"

尤其是在"沙龙",这类议论更是层出不穷。

一个订阅《白旗报》的老太太提出这样一种近乎莫测高深的见解:

"我并不遗憾。这是给波拿巴分子当头一棒!"

就这样,那个叫马德兰先生的幽灵,在滨海蒙特勒伊消失了。全城只有三四个人还始终记得他。伺候他的老看门女人属于其中之一。

当天晚上,这个高尚的老女人坐在她的门房里还惊惶不定,忧心忡忡。工厂全天关闭,大门上了门闩,街上空无一人。楼房里只有两个修女佩尔贝迪嬷嬷和森普利斯嬷嬷,她们为芳汀守灵。

将近马德兰先生平时回家的时辰,正直的看门女人机械地站起来,在抽屉里拿上马德兰先生房间的钥匙和烛台,他每天晚上都拿着这盏烛台上楼到房里去。她将钥匙挂在钉子上,他习惯从那里去取下。她把烛台放在旁边,仿佛在等待他。然后,她重新坐在椅子上,又思索起来。可怜的老女仆下意识地做完这一切。

直到两个多小时之后,她才如梦初醒,大声说:

"啊!仁慈的天主耶稣!是我还把钥匙挂在钉子上!"

这时,门房的玻璃窗打开了,一只手伸了进来,拿起钥匙和烛台,凑到点燃的蜡烛上点着了。

看门女人抬起眼睛,目瞪口呆,想喊出声来,又止住了。

她熟悉这只手,这条手臂,这件礼服的袖管。

这是马德兰先生。

她过了一会儿才能说话,她"怔住了",就像她后来叙述自己的遭遇时所说的那样。

"我的天,市长先生,"她终于叫道,"我以为您……"

她止住了,这句话的结尾会缺少开头的尊敬。让·瓦尔让对她来说始终是市长先生。

他说出她的想法:

"在监狱里。我关在里面。我砸断了一扇窗的护条,从屋顶上滚下来,来到这里。我上楼到房间里去,你给我去找一下森普利斯嬷嬷。她大概守在那个可怜的女人旁边。"

老女人赶快服从。

他对她什么也没有嘱咐，显然，她保护他会超过保护自己。

从来也没有搞清楚，他怎样不叫人打开大门就进入院子。他有一把万能钥匙，能打开一扇小边门，钥匙总是携带在身。但是，他一定被搜过身，要拿走这把万能钥匙。这一点得不到澄清。

他登上通往自己房间的楼梯。来到楼上时，他把烛台放在最后一级楼梯上，轻轻地打开房门，又摸索着关上窗子和护窗板，然后他走回来取烛台，再回到房间里。

谨慎小心是有用的；读者记得，他的窗子可以从街上望得见。

他环顾四周，瞥了一眼桌子、椅子、床，他的床三天没有动过。大前天夜里凌乱的痕迹一点不剩。看门女人"整理过房间"。她仅仅在灰烬里捡到两截铁棍和一枚被火熏黑的四十苏钱币，擦干净放在桌上。

他拿了一张纸，在上面写了几个字："这是我的两截铁棍和从小热尔维那里抢来的四十苏钱币，我在刑事法庭上提到了。"他把钱币和两截铁棍压在纸上，让人进来一眼就能瞥见。他从大柜里取出一件旧衬衫，把它撕成几条，包好两只银烛台。他既不慌忙，也不激动，在包主教的烛台时，他咬了一口黑面包。可能这是监狱里的面包，他越狱时带在身上的。

后来进行司法调查时，从房间地砖上找到的面包屑可以证明这一点。

有人敲了两下门。

"进来，"他说。

这是森普利斯嬷嬷。

她脸色苍白，眼睛红通通，手里拿着的蜡烛摇曳不定。命运的剧变有这样一个特点，不管我们多么完美和多么冷静，这种剧变也会从我们的五脏六腑里掏出人性，迫使它反映在外。在这一天的激动中，修女重新变成女人。她哭泣过，她在瑟瑟发抖。

让·瓦尔让刚才在纸上写了几行字，他把纸递给修女说：

"嬷嬷，您把这个交给本堂神父先生。"

字条是打开的。她把目光投在上面。

"您可以看，"他说。

她读道："我请本堂神父先生照看我留下的一切。他可以用来支付我的案件和今天去世的这个女人的丧葬费用。其余的捐给穷人。"

嬷嬷想说话，但她只能咕噜听不清的几声。她终于说话了：

"市长先生不想再看一眼不幸的女人吗？"

"不，"他说，"人家在追捕我，会在她的房间抓住我，这会打扰她。"

他刚说完，楼梯里就响成一片。他们听到上楼的杂沓的脚步声，看门女人发出尽可能高和尽可能尖的声音说：

"仁慈的先生，我向您发誓，整个白天和整个晚上没有人进来，甚至我没有离开过我的房门！"

有个人回答：

"可是这间房里有灯光。"

他们听出是沙威的声音。

房间的结构是，门一打开要遮住右墙角。让·瓦尔让吹灭蜡烛，躲在这个角落里。

森普利斯嬷嬷跪在桌旁。

门打开了。沙威走了进来。

传来好几个人的细语声和看门女人在走廊里的抗议声。

修女没有抬起眼睛。她在祈祷。

蜡烛放在壁炉上,只发出微弱的烛光。

沙威看到了嬷嬷,一言不发地止住了脚步。

读者记得,沙威的本质,他的要素,他的呼吸中枢,就是尊敬一切权威。这是浑然一体,不容许有异议和限制。对他来说,当然,教会的权威是首要的。他信教,他在这一点上和其他方面都是肤浅的、规矩的。在他看来,教士是不会出错的神灵,修女是不会犯罪的人。他们都是脱离红尘的灵魂,只有一扇门为真理放行。

看到嬷嬷,他的第一个动作是退出。

但是有另一个责任把他留住,威严地把他推往相反方向。他的第二个动作是留下来,至少大胆提出一个问题。

这个森普利斯嬷嬷平生没有说过谎。沙威知道这一点,因此特别尊敬她。

"嬷嬷,"他说,"这个房间里就您一个人吗?"

这时是可怕的,可怜的看门女人感到要瘫倒了。

嬷嬷抬起眼睛回答:

"是的。"

"既然这样,"沙威又说,"如果我坚持再问,请原谅我,这是我的责任,今晚您没有见过一个人,一个男人吗?他越狱了,我们在捉拿他,——这个人叫让·瓦尔让,您没有见过他吗?"

嬷嬷回答：

"没有。"

她说谎了。她连续说了两次谎，一下接一下，毫不犹豫，十分迅速，好像忠于职责一样。

"对不起，"沙威说，他深深鞠了一躬，退了出去。

噢，圣女！多少年来您已经脱离尘世；加入贞女姐妹们和天使兄弟们的光辉行列中；但愿这次说谎计入您进天堂的善行。

对沙威来说，嬷嬷的回答异常干脆，他甚至没有注意到，奇怪的是刚吹灭的那支蜡烛还在桌上冒烟。

一小时后，有一个人穿过树木和雾气，从滨海蒙特勒伊大步流星地走向巴黎。这个人就是让·瓦尔让。有两三个赶车的遇到过他，已证实他背着一个包裹，穿了一件罩衫。他从哪里弄来这件罩衫呢？人们一无所知。几天前在工厂的诊所里，有一个老工人死了，留下了他的罩衫。也许是这一件。

关于芳汀，最后交代几句。

我们大家都有一个母亲，就是大地。人们把芳汀还给她的母亲。

本堂神父认为做得很好，他把让·瓦尔让留下来的钱尽量给了穷人，也许是做对了。说到底，牵涉到谁呢？牵涉到一个苦役犯和一个妓女。因此，他草草地埋葬了芳汀，压缩到最低限度，埋入公墓里。

这样，芳汀埋入了义冢，这地方既属于大家，又不属于任何人，穷人在那里销声匿迹了。幸亏天主知道在哪里招魂。芳汀长眠于黑暗中，乱骨丛里，与骨灰相混杂。她被投入公墓。她的坟墓就像她的床。

第二部

柯赛特

第一章
滑铁卢

一、来自尼维尔途中所见

去年,一八六一年,五月一个风和日丽的上午,这个故事的叙述者来自尼维尔,前往拉于普。他以步当车,在两行树木中沿着一条铺石大道走,山冈连绵,道路起伏,像巨大的浪涛一样。他越过了利卢瓦和伊萨克领主树林。他在西面看到布雷纳-拉勒的青石屋顶钟楼,形同一个覆盖的坛子。他刚越过一片高地上的树林,在一条岔道口,有一根虫蛀的支架,牌子上写着:"四号古天堑",旁边是一个小酒店,门前招牌上写:"四面风。埃沙保独家咖啡店。"

离开这间咖啡店再走四分之一法里,他来到一个小山谷,谷底有一条小溪,从路堤的桥拱下流过。疏疏落落但青翠欲滴的树丛布满道路一侧的山谷,而分散在另一侧的牧场上,散乱而美妙地通向布雷纳-拉勒。

道路右边有一间旅店,门前有一辆四轮车,一大束啤酒花杆,一张犁,绿篱旁边有一堆干荆棘,一个方坑里石灰在冒烟,一架梯子放在麦秸隔墙的旧棚边上。一个年轻姑娘在地里锄草,地里有一张很大的黄色海报随风飘荡,或许是介绍游艺会的集市演出。在旅店一角,一群鸭子游弋的池塘旁边,一条铺得不好的石径没入荆棘丛中。这个过路人走了进去。

他沿着一道十五世纪用难看的砖砌成的尖脊院墙,走了一百来步,来到一道石拱顶的大门前,拱墩笔直,两侧有扁平的圆雕饰,具有路易十四时代的庄重风格。一道庄严的正面墙高踞在门上;一道与它成垂直角的墙壁,几乎触到大门,却突然成直角从旁边拐过去。门前的草地上,放着三把钉齿耙,其间杂乱地生长着五月的各种花卉。大门紧闭,双扇门扉油灰剥落,有一只生锈的门锤。

阳光灿烂;五月里树枝的微颤似乎来自鸟巢,而不是微风。有只大胆的小鸟,也许是发情,在一棵大树上放声鸣啭。

过路人弯下腰来,观察大门侧柱左边的石头中,有一个圆球形的大洞。这当儿,双扇门打开了,走出一个农妇。

她看到过路人,发现他在观察。

"这是一颗法国人的炮弹炸出来的,"她对他说。

她又补充一句:

"您往上看,大门上靠近钉子旁,这是大口径火铳打的洞。火铳没有穿透木头。"

"这地方叫什么名字?"过路人问。

"乌戈蒙,"农妇说。

过路人挺起身来。他走了几步,越过篱笆眺望。透过树木,他在天际看到一个高坡,上面有样东西酷似一只狮子。

他来到滑铁卢战场。

二、乌戈蒙

乌戈蒙,这是一个不祥的地方,是那个叫拿破仑的欧洲大樵夫,在滑铁卢遇到的第一道障碍,第一次抵抗;是斧头劈下时遇到的第一个树结。

原来这是一座古堡,如今只是一个农庄。乌戈蒙对考古学者来说,叫雨果蒙。这座庄园是由索姆雷尔的领主雨果建造的,正是他资助维利埃修道院的第六任院长。

过路人推开大门,从门洞下的一辆旧四轮马车旁过去,走进了院子。

第一样映入眼帘的东西是一扇十六世纪的大门,模仿圆拱形,周围已经坍塌。壮观的景象往往来自废墟。在门洞旁边的墙上,还开了另一扇门,用的是亨利四世时代的拱顶石,从门里可以看到果树。这扇门旁边,有一个肥料坑,几把镐和铲,几辆板车,一口老井和石板、铁绞盘,一匹蹦蹦跳跳的小马,一只开屏的火鸡,一座带小钟楼的小教堂,一棵贴教堂墙边繁花满枝的梨树。就是这个院子成了拿破仑攻克的梦想之地。这弹丸之地,如果他能攻占的话,也许这个世界就属于他了。散布在那里的母鸡啄起了尘土。传来一声吼叫;这是一条大狗在龇牙咧嘴,代替了英国人。

当年的英国人表现出色。库克的四连近卫军在一支大军的猛攻下,坚持了七个小时。

乌戈蒙,从地图上的几何图形看,建筑和场地包括在内,构成不规则的长方形,缺了一角。南大门形成这一角,由紧贴它的墙保护着。乌戈蒙有两道门:南门是古堡的正门,而北门是农庄的门。拿破仑派他的兄弟热罗姆进攻乌戈蒙;吉尔米诺、福瓦和巴什吕三个师在此受阻,几乎整个雷伊军团都用上了,遭到失败,凯勒曼的炮弹在这堵英勇不屈的墙上消耗殆尽。派博杜安旅攻击乌戈蒙北面,也并不是多余的,索亚旅只能突破南面,却不能占领那里。

农庄的建筑在院子南沿。北门被法军打掉一块,至今挂在墙上。这是用四块木板钉在两根横木上,还可以看到弹痕。

被法军突破的北门,后来用一块木板代替挂在墙上那一块,在院子深处半掩着;它直接开在墙上,在北面封住院子;墙的下面部分由石头垒成,上面是砖砌的。这是一道大车进出的普通大门,就像所有的租田制庭院;宽大的双扇门由粗木板做成;门外是牧场。争夺这个入口异常激烈。门的上方血迹斑斑的杂乱手印,历久不褪。博杜安就在这里阵亡。

狂风暴雨般的战斗还留在这个院子里;惨状历历在目;激战变成了化石;生死存亡,恍若隔世。墙垣垂危,石块陨落,缺口喊叫;弹洞是伤口;倾斜和颤抖的树木仿佛竭力逃遁。

一八一五年,这个院子比今日更为完整。当年工事形成的凸角堡、弯弯曲曲的战壕,早就夷平了。

英军在那里把守,法军突破了,却未能守住。教堂旁边,古堡的侧翼,乌戈蒙庄园唯一的残存物,虽然耸立,也已倾圮,仿佛开膛破腹。古堡用作指挥部，小教堂用作掩蔽所。双方伤亡惨重。法军受到四面八方火枪的射击，从墙后，从谷仓顶，从地窖，从各个窗口，从各个通气窗，从各个石头的缝隙射出子弹；他们搬来捆捆柴草，点上火去烧墙和烧人；枪击迎来的是火攻。

在毁掉的一翼，透过有铁护条的窗口，可以看到正屋拆掉砖的房间；英军埋伏在这些房间里；螺旋式的楼梯从上到下裂开了，如同被打碎的贝壳内部。楼梯有三层；英军在楼梯受到攻击，聚集在上层，断掉了下层。这是大块的青石板，在荨麻中摞成一大堆。有十来级楼梯还依附在墙上；在二楼的墙上，像三齿叉一样戳出来。这些无法踩踏的楼梯，牢牢地嵌在那里。其余的酷似脱落光牙齿的牙床。有两棵老树，一棵枯死了，另一棵根部损伤，到了四月还会长出绿枝。一八一五年以来，它越过楼梯生长。

在小教堂里进行过搏杀。如今内部复归平静，显得十分奇特。从鏖战以来，里面不再做弥撒了。但那里还有祭坛，这是粗木做的，靠着粗糙的石壁。四堵用石灰粉刷过的墙壁，一道面对祭坛的门，两扇拱顶小窗，门上是一个很大的木头耶稣受难十字架，在十字架上面有一个用干草堵住的方通气窗，地上的角落里有一只玻璃全打碎的窗框，小教堂就成了这样。靠近祭坛挂着一个十五世纪的圣安娜的木雕像；童年耶稣的头被火枪打掉了。法军曾控制过小教堂，撤离时把教堂焚毁了。火焰充满了破屋；它成了火炉；门烧掉了，地板烧掉了，木制的耶稣像没有烧掉。火已经舔掉了他的脚，如今只看到发黑的残肢，火随后熄灭了。按当地人的说法，这是显灵。童年的耶稣去掉了头，没有基督幸运。

墙上布满了题词。在耶稣的脚旁可以看到这个名字：昂吉奈。还有这些名字：德·里奥·马约尔伯爵、德·阿尔马格罗侯爵夫妇（哈瓦那）。有些法国人的名字打上了惊叹号，表示愤怒。一八四九年，人们把墙壁重新粉白。各民族的人相互侮辱。

正是在这个小教堂门口，找到一具尸体，手里还拿着一把斧头。这是少尉勒格罗的遗体。

从小教堂出来，左边可以看到一口井。这个院子里有两口井。人们要问：为什么没有桶和滑轮？这是因为不再在这里打水了。为什么不再打水呢？因为里面塞满了骸骨。

最后一个从这口井打水的人，名叫威廉·冯·吉尔松。这是一个农民，在乌戈蒙当园丁。一八一五年六月十八日，他全家逃走了，躲到树林里。

维利埃修道院周围的森林掩蔽了所有四散逃走的不幸居民，有几天几夜之久。今日仍有一些可见的痕迹，比如烧掉的老树干，标志着这些在密林深处瑟瑟发抖的可怜人宿营的地点。

威廉·冯·吉尔松待在乌戈蒙，"为了看守古堡"，他钻进一个地窖。英军在那里发现了他。把抖瑟瑟的他从躲藏的地方揪了出来，士兵们用刀面打他，逼他为他们效劳。他们口渴了；这个威廉端水给他们喝。他就从这口井里打水。许多人喝下最后一口水。许多人喝了这口井的水死了；这口井也该寿终正寝。

战斗以后，人们匆匆忙忙埋葬了尸体。死亡自有一种骚扰胜利的方式，它以鼠疫跟踪荣耀。伤寒是胜利的一种附属品。这口井很深，变成了一个坟场。往下投进三百具死尸。也许过分仓促了。所有人都死了吗？传闻是否定的。看来，在埋葬的那个夜晚，从井底传出叫唤的微弱喊声。

这口井孤零零地在院子中央。三堵半石半砖的墙，像一面屏风的合页一样折起来，好似一个小方塔，三面被围住了。第四面是敞开的。人们正是在这一面打水。朝里那堵墙像一只难看的小圆窗，也许像一个弹洞。这个小塔楼有天花板，只剩下大梁。右墙铁支架形成一个十字架。俯身去看，只见砖砌的圆筒深坑里面黑洞洞一片。井的周围，墙的下部消失在荨麻中。

这口井的前沿没有宽青石板，而比利时所有的井都是以此用作围栏的。青石板被一根横档代替，五六根多结和扭曲的难看树干支撑在上面；这些树干如同巨大的骸骨。已不再有木桶、链子和滑轮；但是还有石槽，用作泄水口。井水积存在那里，不时有一只附近森林里的鸟飞来饮水，然后飞走了。

这个废墟有一座房子，农庄的房子，还有人住。屋门朝向院子。在门上哥特式的漂亮的锁片旁边，有一个斜安的梅花形铁把手。当时，汉诺威的维尔达中尉抓住这只把手，想逃到农庄里去，一个法国工兵一斧头砍掉了他的手。

住在这座房子里的一家人，老祖父是以往的园丁冯·吉尔松，已经过世很久了。一个花白头发的女人对您说："那时我在这里，才三岁。我姐姐害怕了，哭了起来。大人把我们弄到树林里。我待在母亲的怀里。有人耳朵贴在地上听动静。我呢，我模仿大炮，砰砰地叫着。"

上文说过，院子左边的一扇门朝向果园。

果园景象可怕。

果园分三部分，简直可以说分三幕戏。第一部分是个花园，第二部分是果园，第三部分是一片树林。这三部分共有一道围墙。入口那边是古堡和农庄的建筑，左面有一道篱笆，右面是一堵墙，靠里也是一堵墙。右面的墙是砖砌的，底墙是石头垒的。先进入花园。花园地势低，种植了醋栗，长满野生植物，由一道方石砌成的壮观平台封住，带着双重鼓凸形的栏杆。这是一座领主花园，是在勒诺特尔[1]之前最初的法兰西风格；今日成了废墟，荆棘丛生。壁柱之上的球像石头炮弹。还可以数出四十三根栏杆柱子，其余的栏杆柱子掩埋在草丛里。几乎每根柱子都有弹痕。一根断掉的柱子像断腿一样挂在首柱上。

花园低于果园；第一轻步兵团的六名士兵，闯进花园，再也出不来，好似熊掉在陷阱里，受到攻击，被抓住了一样，他们只得同两连汉诺威士兵进行战斗，其中一连汉诺威士兵装备了马枪。汉诺威人凭着这些栏杆柱子，向下射击。轻步兵在下面还击，六个对两百个，英勇无比，只有醋栗作为掩体，战斗了一刻钟之久，全部阵亡。

往上走几级台阶，从花园来到真正的果园。在这几图瓦兹[2]见方的园地里，不到一小时，一千五百个人倒下了。墙壁好像准备重新开始战斗。英军在墙上凿出高高低低的三十八个枪眼，至今犹在。

---

[1] 勒诺特尔（1613～1700），法国园林学家，继承其父，成为御花园的园丁，并管理王家建筑。他建造了凡尔赛花园，成为法兰西园林的创建者。
[2] 图瓦兹，法国旧长度单位，等于1.949米。

在第十六个枪眼前面，埋着两座英军的花岗岩坟墓。只在南墙上有枪眼，主攻从这里发起。这堵墙外面有一道很大的绿篱挡住；法军来到这里，以为只同篱笆打交道，便穿越过去，却遇到这堵墙，这是障碍和埋伏，英军守在后面，三十八个枪眼同时开火，真是枪林弹雨；索亚旅碰了壁。滑铁卢战役就这样开始了。

但果园还是被夺取了。没有梯子，法军就用指甲攀登。在树下进行肉搏战。这片草地鲜血淋漓。纳索的一营人，共七百个士兵，在那里被歼灭了。凯勒曼的两个炮兵连在墙外受到狙击，墙上布满了弹痕。

这个果园像别的果园一样，对五月的来到十分敏感。长出了黄花毛茛和雏菊，杂草长得很高，犁地的马在吃草，晾衣服的皮毛绳子挂在树木之间，使行人低下头来，走在这片荒地上，脚要踩进鼹鼠洞。草丛中可以看到一棵连根拔起的树干躺在那里，长出绿枝。布拉克曼少校靠在树上咽了气。德国将军杜普拉倒在旁边一棵大树下，他出身于一个法国家庭，这个家庭在南特敕令废止[1]时避居德国。近旁有一棵害病的老苹果树倾斜着，用麦草包扎起来，涂上了黏土。几乎所有的苹果树都老朽了。没有一棵不是弹痕累累。这个果园里枯死的树比比皆是。乌鸦在树枝间飞来飞去，尽里有一座树林，长满了堇菜属植物。

博杜安战死了，福瓦受了伤，大火、屠杀，英军、德军和法军

---

[1] 南特敕令，1598年，亨利四世为平息天主教徒和新教徒的争端，颁布了南特敕令，法国人可以自由信教。但在1685年，路易十四废止了南特敕令，大批新教徒被迫迁往国外。

血流成河，乱七八糟地混在一起，井里填满尸体，纳索团和布伦斯维克团被歼灭了，杜普拉阵亡，布拉克曼阵亡，英国近卫军受到重创，雷伊军团的四十营法军损失了二十营，单单在乌戈蒙这个破旧的庄园里，就有三千人被刀砍、被劈死、被扼死、被打死、被烧死；以致今日有个农民对旅行者说："先生，请给我三法郎；如果您喜欢，我给您讲讲滑铁卢的战事！"

三、一八一五年六月十八日

追溯往事，是讲故事的人的一种权利，让我们回到一八一五年，甚至更早于本书第一部的故事开始的年代。倘若一八一五年六月十七至十八日的夜里不下雨，欧洲的未来就要改变。多下或少下几滴雨，都会决定拿破仑的成败。要使滑铁卢有奥斯特利兹的结果，上天只消多下一点雨，这个朝反方向飘过天空的乌云，足以使一个世界崩溃。

滑铁卢战役直到十一点半才打响，这就让布吕歇[1]及时赶到。为什么？因为地面湿漉漉的。必须等到地面硬实一点，炮兵才能行动。

拿破仑曾是炮兵军官，并深受这一点影响。他在给督政府关于阿布吉尔战役的报告中说："我们的一颗炮弹打死了六个人。"这很能说明这个非凡统帅的特质。他所有的作战计划都建立在炮击上。集中炮火轰击确定的一点，这是他制胜的关键。他把敌军将领的战

---

[1] 布吕歇（1742～1819），普鲁士将军，他曾被拿破仑打败，但他率军赶到滑铁卢，决定了联军的胜利。

略看成一个堡垒,他要打开一个缺口。他打击其弱点;他用炮弹开始和结束战斗。他的天才在于炮轰。攻破方阵,摧毁团队,突破防线,粉碎和驱散集结的部队,他全用这种打法,轰击,轰击,不断轰击,他把这个差使交给炮弹。可怕的打法,这与天才结合起来,在十五年间使这个战争的阴沉斗士战无不胜。

一八一五年六月十八日,由于他的大炮数量占优势,他就越发有恃无恐。威灵顿只有一百五十九门炮,拿破仑有二百四十门。

假设地面是干的,大炮可以滚动,早上六点就开仗,战役就会取胜,战斗在两点钟结束,比普鲁士军队突然来增援还早三小时。

拿破仑打败仗,有多大的错误呢?沉船要归咎于舵手吗?

这个时期,拿破仑体力明显衰退,会带来某种智力的减退吗?二十年的战争,会像磨损剑鞘一样磨损剑锋,会像磨损身体一样磨损心灵吗?在这个统帅身上,会遗憾地感到老之将至吗?一句话,像许多重要的历史学家所认为的那样,这个天才黯然失色了吗?他陷入疯狂,以掩饰自己的虚弱吗?他在命运之风的迷乱下开始游移不定吗?他变得意识不到危险,犯了将帅的大忌吗?这类所谓行动巨人也是肉体伟人,他们有天才患上近视的年龄吗?年老对理想的天才失去了控制力;像但丁和米开朗基罗那样的人,是老当益壮;像汉尼拔和波拿巴这样的人,就要委顿吗?拿破仑失去了胜利的直感吗?他到了认不出暗礁,分辨不出陷阱,看不出深渊崩坍的边沿吗?他丧失了对大难临头的嗅觉吗?从前他熟谙通往胜利的所有道路,从他的夹带雷霆的战车上,以威严的手指出胜利道路,如今他昏聩糊涂,把他乱糟糟的人马带往深渊吗?他四十六岁,就疯狂绝顶吗？这个命运的巨人般的马车夫，只不过是极端的莽汉吗？

我们决不作如是想。

他的作战计划公认是杰作。直捣联军防线的中心，在敌人当中挖一个洞，将敌人一分为二，将一半英军推向阿尔，将一半普鲁士军推向东格尔，把威灵顿和布吕歇断成两截，夺取圣约翰山，攻克布鲁塞尔，把德国人扔到莱茵河里，把英国人扔到海里。在拿破仑看来，这一切都包含在这场战斗中。然后等着瞧吧。

毫无疑问，我们不想在这里叙述滑铁卢的历史；我们叙述的悲剧陈陈相因的一个场面，与这次战役相连在一起；但这段历史不是我们叙述的本题；况且这段历史已经结束了，无论从拿破仑看来，还是从史界七俊杰[1]看来，都是出色地结束了。至于我们，我们让史学家去争论吧；我们只不过是隔开一段距离的旁观者，平原上的一个过路人，一个观察这片血肉横飞的土地的探索者，也许把表面现象看成现实；我们没有权利以科学的名义，抗拒全部事实，其中无疑有奇迹，我们既没有军事实践，也没有战略才能，提出一套方案；在我们看来，一连串偶然事件在滑铁卢主宰着两位统帅；一旦关系到命运这个神秘的被告，我们也像人民这个天真的审判官一样审判。

四、A

凡是要清晰地设想滑铁卢战役的人，只消在地上设想一个大写

---

[1] 瓦尔特·司各特、拉马丁、沃拉贝尔、沙拉斯、基内、梯也尔。——原注（按，雨果只列出六人）

A就行了。A的左撇是尼维尔大路，右撇是格纳普大路，中间一横是奥安到布雷纳-拉勒的洼路。尖顶是圣约翰山，威灵顿在那里；左下脚是乌戈蒙，雷伊和热罗姆·波拿巴在那里；右下脚是佳盟，拿破仑在那里。中间一横与右撇相交点稍下一点是圣篱。一横中间正是战役结束的地方。无意中象征帝国近卫军英勇无比的狮子，就安放在这里。

在两撇和一横之间的尖三角，是圣约翰山的高地。争夺这个高地，就是整个战役。

两军的侧翼分布在格纳普和尼维尔两条大路的左右两边；埃尔隆和皮克通对峙，雷伊和希尔对峙。

在尖顶后面，即在圣约翰山高地的后面，是索瓦涅森林。

至于其中的平地，可以想象是广阔的波浪起伏的地域；逐浪升高，趋向圣约翰山，一直到达森林。

战场上的敌对双方是两个斗士。这是一场肉搏战。一支军队要摔倒另一支军队。无所不抓；一丛灌木是一个支点；一角墙是一个掩体；缺乏一间破屋作为依靠，一个团会站不住脚；平野上的一片低地，地形的起伏，一条刚好斜插的小径，一片树林，一个沟壑，都可以挡住所谓军队这个巨人的脚踵，不让它后退。退出战场，就算打败。因此，对统帅来说，必须察看最小的树丛，深研最小的凸出地形。

这两个将军研究了圣约翰山的平原，今日称为滑铁卢平原。从上一年起，威灵顿有先见之明，把这里看作一场大战的备用战场。就这个地方的决斗而言，威灵顿占据有利的一方，拿破仑处于不利的一方。英军在上面,法军在下面。

这里不妨描绘一下拿破仑的画像:一八一五年六月十八日的黎明,他骑在马上,手里拿着望远镜,待在罗索姆高地上。几乎是多此一举。在描写他之前,读者已经见过他了。头戴布里埃纳军校[1]小帽,侧面平静,身穿绿色军装,白翻领盖住勋章,灰礼服盖住肩章,背心下露出红色绶带的一角,皮短裤,骑着白马,马被是紫红色丝绒,四角绣上带皇冠的N字和鹰徽,脚穿马靴和丝袜,银马刺,佩着马伦哥长剑。这最后一个恺撒的全身像长存在人们的想象里,受到一些人的喝彩,也受到另一些人的贬斥。

这个形象已长久存在于光辉中;这是由于大部分英雄都要摆脱传说的模糊,这模糊或长或短遮住了真相;但是,今日历史真相已大白于天下。

历史的光芒是无情的;它有奇特和神圣之处,不管它多么明亮,而且正因它明亮,它却往往将阴影投在发出光芒之处;它把同一个人变成两个不同的幽灵,相互攻击和惩罚,暴君的黑暗与统帅的光辉相争。由此,人民在盖棺定论时标准就更加准确。巴比伦遭蹂躏,降低了亚历山大[2];罗马受奴役,降低了恺撒;耶路撒冷遭杀戮,降低了提图斯[3]。暴政与暴君相连。一个人在他身后留下具有他形体的黑暗,是他的不幸。

---

[1] 布里埃纳军校,拿破仑于1779年至1794年在此学习。
[2] 亚历山大(公元前356~前323),马塞多尼亚国王,他于公元前325年选择巴比伦为首都。
[3] 提图斯(40或41~81),罗马皇帝。

五、战场"晦暗不明"

大家都知道这场战役的第一阶段；开始是混乱的，不确定的，犹豫不决，两军都威胁重重，不过对英军的威胁大于对法军的威胁。

整夜下雨；暴雨使地面泥泞不堪；平原的洼地像木盆一样，到处积满了水；有些地方，水没到辎重车队的车轴，马肚带滴着泥浆；倘若小麦和黑麦没让行进中杂沓的车轮压倒在车辙里，成了垫草，那么特别是在帕普洛特那边的山谷里，一切行动就不可能了。

大战开始得很迟；上文已经解释过，拿破仑习惯把全部炮兵集中在自己手里，像拿着手枪一样，时而对准战场的这一点，时而对准另一点，他早就想等待套上马的炮车能滚动起来和自由奔驰；为此，必须等太阳出来，晒干地面。但是太阳不露面。这不再是奥斯特利兹那样约定好了。当第一发炮弹发射时，英国将军柯尔维尔看看他的表，这时是十一点三十五分。

攻击迅猛异常，也许比皇帝期望的更加猛烈，是从法军左翼扑向乌戈蒙。同时，拿破仑派遣吉奥旅进攻圣篱，攻击中心，而奈伊[1]把法军右翼攻向固守帕普洛特的英军左翼。

扑向乌戈蒙有点在佯攻；意在把威灵顿吸引过来，让他偏向左边，这就是法军的计划。如果英国近卫军的四个连和佩尔蓬歇师勇敢的比利时人没有守住阵地，这个计划就成功了。而威灵顿并没有在那里集结部队，只限于近卫军另外四个连队和一个布伦斯维克营作为全部增援。

---

[1] 奈伊（1769～1815），法国元帅，拿破仑手下大将，被复辟王朝枪决。

法军右翼对帕普洛特的进攻十分彻底；击溃英军左翼，切断通往布鲁塞尔的大路，堵住普鲁士人的通路，强行夺取圣约翰山，逼使威灵顿退守乌戈蒙，再退到布雷纳-拉勒，再退到阿尔，打得再干脆利落不过。除了某些意外事件，这次进攻是成功的。帕普洛特被夺取了；圣篱被攻占了。

有个细节要交代。在英国步兵中，特别在康普特旅中，有许多新兵。这些年轻士兵，面对我们可怕的步兵，表现骁勇；勇敢弥补了他们的经验不足；尤其他们是出色的射手；专心致志的射手，可以说变成了自己的将军；这些新兵表现出几分法军的创造性和狂热。这支新军有点狂热，却令威灵顿不快。

夺取了圣篱后，战斗摇摆不定。

这一天，从中午到四点钟，有一段晦暗不明的间歇；战斗到一半，几乎局势不清，具有混战的不明朗。暮色降临。在雾气中可以看到大范围的起伏不定，令人眩目的幻景，今日已无人知晓的战争装备，包括火焰般的长毛高顶军帽、挂在刀旁飘荡的扁皮袋、交错佩戴的皮带、榴弹袋、轻骑兵有肋状盘花纽的短上衣、千层褶红靴、饰有璎珞的沉重高筒军帽，布伦斯维克手下几乎一身黑色的步兵与红军装的英国步兵相混杂，英国士兵用白色大圆环代替肩章，汉诺威轻骑兵头戴红毛缨铜箍椭圆形皮帽，露出膝盖、身穿方格花呢军服的苏格兰士兵，法军榴弹兵的白色长绑腿。这些如同图画一般，而不是战列，这正是萨尔瓦托·罗萨[1]，而不是格里博瓦尔[2]所需要的。

---

1 萨尔瓦托·罗萨（1615～1673），意大利画家、诗人，善画战斗。
2 格里博瓦尔（1715～1789），法国将军，由于他，法国炮兵威震欧洲。

有战役,往往总有一些风暴来干预。"Quid obscurum, quid divinum。"[1] 每个史学家都会按其所好,描写这些混战的轮廓。不管将军们采取何种手段,两军交战总有难以估计的起伏;在战斗中,双方统帅的计划便相互交错,相互改变。战场的这一点比其他地方吞噬更多的士兵,如同踏入或快或慢吸收水分的地面一样。只得不情愿地投入更多的士兵。这是难以预料的花费。战线像线一样飘荡、蜿蜒,血流成河,无逻辑可言,两军前锋起伏不定,团队进进退退,像岬角海湾一样曲折,所有这些暗礁不断地面对面移动;步兵所到之处,炮兵就赶到;炮兵所到之处,骑兵就赶到;营队如同云烟。那儿有点东西,快去找,却消失不见了;明亮之处忽又转移;幽暗的角落忽进忽退;有种坟场之风吹动着这些悲惨的人群或进或退,或聚或散。混战是什么?是变化莫测。精密的计划表达一分钟而不是一天的静止。要描绘一场战役,非得笔力雄浑的画家;伦勃朗[2]胜过范·德·默伦[3]。范·德·默伦画中午正确,画下午三点钟就不真实了。几何会骗人;唯独风暴才真实。因此,佛拉尔[4]有权驳斥波利布[5]。还要补充一点,总是有的时候战役转为混战,变得与众不同,分散为无数的细小战斗,用拿破仑自己的话来说,这些战斗"与其说属于团队的传记,不如说属于全军的战史"。在这种情况下,史学家显然有权概述。他只能抓住战斗的主要轮廓,任何叙述者,不管

---

[1] 拉丁文:晦暗不明,必有天意。
[2] 伦勃朗(1606～1669),荷兰画家,擅长明暗对比。
[3] 默伦(1634～1690),佛兰德尔画家,后入法国籍,擅长画马,被路易十四任命专画战争。
[4] 佛拉尔(1669～1752),法国军官,写过多部军事著作,如《波利布史书评点》。
[5] 波利布(约公元前202～前120),古希腊史学家,著有《努曼斯之战》等。

他多么认真,也绝对不能确定所谓战役这团可怖乌云的形状。

一切重大军事冲突中属实的东西,尤其适用于滑铁卢。

到了下午某一时刻,战局明朗了。

六、下午四点钟

将近四点钟,英军形势严峻。奥兰治亲王指挥中路,希尔指挥右翼,皮克通指挥左翼。奥兰治亲王勇敢而激动,对比荷联军喊道:"纳索!布伦斯维克!决不后退!"希尔抵挡不住,向威灵顿靠拢。皮克通战死了。正当英军夺取了法军一〇五团军旗的时刻,法军一颗子弹命中皮克通将军的头部。对威灵顿来说,战斗有两个支撑点,即乌戈蒙和圣篱;乌戈蒙还在坚持,但燃烧着;圣篱被夺取了。在守卫圣篱的德国营队中,只有四十二人尚存;所有军官不是战死就是被俘,只有五人幸免。在谷仓里有三千士兵阵亡。英国近卫军的一名中士是英国排名第一位的拳击手,被他的同伴誉为所向披靡,却被一个法国小个鼓手击毙了。巴林丢了阵地,阿尔坦被劈死。

失去了好几面军旗,其中一面是阿尔坦师的,一面是吕纳保营的,由双桥家族的一个亲王举着。灰色军装的苏格兰人无一幸存;蓬松比的大个龙骑兵被砍绝。这支骁勇的骑兵敌不过布罗的长矛队和特拉维尔的重骑兵;一千二百匹马只剩下六百匹;三个中校有两个倒在地下,哈密顿受了伤,马特阵亡。蓬松比倒下,被长矛戳了七下。戈登死了,马尔什死了。第五师和第六师被歼灭。

乌戈蒙被突破,圣篱被攻占,只剩下中路这个关键。关键处始终坚守着。威灵顿给予增援。他从梅尔布-布雷纳调来希尔部，从布雷纳-阿勒调来沙塞部。

英军的核心略呈凹形，非常密集，地形极其有利。它占据了圣约翰山高地，后有村庄，前有山坡，这山坡当时十分陡峭。英军据守一座非常坚固的石屋，当时这是尼维尔的公产，标志道路的交叉口，建于十六世纪，极为牢固，炮弹打上去会弹回来，却损伤不了它。在高地四周，英军设置了障碍，在山楂树丛中安置了大炮，炮口从树枝中间露出来，以灌木作掩护。他们的炮兵埋伏在树丛里。战争中当然允许设陷阱，用诈术，而且用得十分巧妙，以致皇帝早上九点钟派遣阿克索去侦察敌人的炮兵阵地，他却什么也没有看见，回来告诉拿破仑，没有什么障碍，除了尼维尔和格纳普两条大道上设了路障。当时正值庄稼长得很高；在高地边缘，康普特旅的一个营，即第九十五营，配备了马枪，埋伏在麦秆很高的地里。

英荷联军的核心有这样的保障和掩护，处境十分有利。

这个阵地危险之处在于索瓦涅森林，当时森林与战场毗连，而由格罗南达尔和博瓦茨福两个池塘隔开。军队撤向那里必然覆灭，团队随即会解体。炮兵陷入沼泽就完了。据好几位内行人的意见，撤退到那里，确实要各自逃命；也有人对此表示异议。

威灵顿从右翼调来沙塞旅，从左翼调来维克旅，再加上克兰顿师，加强核心。为了给英军、给哈尔凯特各团、给米切尔旅、给麦朗德卫队以支撑和掩护，他派来了布伦斯维克的步兵、纳索的部队、吉尔曼塞格的汉诺威士兵和翁普特达的德国部队。他手中掌握了二十六个营。正如沙拉斯所说:"右翼转到中路后面。"在今日称为"滑铁卢博物馆"的地方,沙袋遮住了一个大炮台。威灵顿另外把索梅塞的龙骑兵卫队,一千四百骑人马布置在凹地里。这是名不虚传的英国骑兵的另一半。蓬松比部被歼灭了,还剩下索梅塞部。

炮兵阵地设置好,几乎成了一个堡垒;它设在很矮的一堵花园围墙后面,匆匆地叠上沙袋,垒起一道宽宽的土坡作为掩体。这道工事没有完成,来不及用绿篱围起来。

威灵顿忐忑不安,但不动声色,骑在马上,整天保持同一姿态,待在圣约翰山的旧磨房前的一棵榆树下。磨房至今还在,但一个热衷于破坏文物的英国人花了二百法郎买下这棵榆树,锯走了。威灵顿既冷静又英勇。炮弹如雨落下。戈登副官刚刚倒在他身边。希尔爵士指给他看一颗爆炸的炮弹,对他说:"王爷,如果您阵亡了,您给我们留下什么指示和命令?"——"像我一样行动,"威灵顿回答。他对克兰顿言简意赅地说:"守住这里,直到最后一个人。"这一天形势明显恶化。威灵顿对塔拉维拉、维多利亚和萨拉曼卡[1]的老战友喊道:"孩子们!你们想后退了吗?想想古老的英格兰吧!"

约莫四点钟,英军的战线向后撤退。突然,在高地的脊背上只看到炮兵和狙击手,其余的都消失了;各团受到法军的榴弹和炮弹的驱赶,龟缩到今日还用作圣约翰山农庄小径所切断的底边,出现退却的行动,英军前锋躲开了,威灵顿后退了。

"开始退却啦!"拿破仑喊道。

---

[1] 塔拉维拉、维多利亚和萨拉曼卡,均为西班牙城市,威灵顿曾于1808年、1812年和1813年在此三地战胜法军。

七、拿破仑心情愉快

皇帝尽管水土不服有病,骑在马上难受,但心情却从来没有像今日这样愉快过。从早上起,别人捉摸不透的脸露出了笑容。一八一五年六月十八日,这颗像戴上了大理石面具似的深邃心灵,盲目地大放光彩。这个在奥斯特利兹曾经心情沉闷的人,在滑铁卢却很快活。天生大任在身的人,都有这种反常的表现。我们的快乐笼罩着阴影。最后一笑属于天主。

"Ridet Cæsar, Pompeius flebit,"[1] 雷霆军团的外籍军人如是说。这回庞培不该哭了,而恺撒在笑。

昨天夜里一点钟,拿破仑冒着风暴和大雨,同贝尔特朗[2]一起,骑马察看罗索姆周围的山冈,满意地看到英军的篝火一长条摆开,照亮了从弗里什蒙到布雷纳-拉勒的整个天际,他觉得命运由他当天确定在滑铁卢战场,那是正确的;他勒住了坐骑,有一会儿一动不动,望着电闪,听着雷鸣,只听到这个宿命论者在黑暗中说出这句神秘的话:"我们想法一致。"拿破仑搞错了。他们想法不再一致。

他没有睡过一分钟,对他来说,这一夜的每时每刻都留下了快乐。他跑遍了整个前沿阵地,这儿那儿停下来,同哨兵说话。两点半钟,在乌戈蒙树林附近,他听到一个纵队的行进脚步声;他一时以为是威灵顿在撤退。他对贝尔特朗说:"这是英军后卫拔营而去。

---

1 拉丁文:恺撒笑,庞培哭。
2 贝尔特朗(1773～1844),法国将军,拿破仑的忠实伙伴,曾陪伴拿破仑到厄尔巴岛和圣赫勒拿岛。1840年参加护送拿破仑的骨灰回法国。他葬在拿破仑的旁边。

我要俘虏刚刚到达奥斯唐德的六千英国人。"他喜形于色地交谈,恢复了三月一日登陆时的豪情,当时,他指着儒安海湾热情高涨的农民,对他的大将说:"喂,贝尔特朗,看呀,援军已经来了!"六月十七日至十八日的夜里,他嘲笑威灵顿,说道:"这个矮小的英国人,需要上堂课。"雨下得更大了;皇帝说话时,打起了响雷。

凌晨三点半钟,他的一个幻想破灭了;派去侦察的军官向他报告,敌人没有任何行动。一动不动;没有一堆篝火熄灭。英军在沉睡。大地万籁俱寂;只听到天籁。四点钟,巡逻队给他带来一个农民;这个农民曾当过一旅英国骑兵的向导,也许这是维维安旅,是到极左翼的奥安村设防的。五点钟,两个比利时逃兵对他说,他们刚离开他们的团队,英军等待着战斗。

"好极了!"拿破仑大声说。"我宁愿击败而不是击退他们。"

早上,在形成弗朗塞努瓦小路拐弯的陡峭的河岸上,他下地踩在泥泞中,叫人从罗索姆农庄搬来一张厨桌和一把农民椅子,铺了一捆麦草当地毯,坐了下来,在桌上摊开作战地图,他对苏尔特[1]说:"漂亮的棋盘!"

由于下了一夜雨,给养车在坑坑洼洼的路上受阻,不能在早上到达,士兵没有睡觉,衣服淋湿了,而且饥肠辘辘;这种情况不能阻止拿破仑愉快地向奈伊喊道:"我们有百分之九十的运气。"八点钟,端来了皇帝的早餐。他邀请了几位将军共进早餐。大家一面吃

---

[1] 苏尔特(1769~1851),法国元帅,大革命时期已经出名,参加了奥斯特利兹战役,百日时期与拿破仑会合,1819年回到法国,1827年入无双议会,后又与七月王朝合作。

东西一面说,威灵顿前天在布鲁塞尔参加德·里什蒙公爵夫人家的舞会。苏尔特虽是个粗鲁的军人,却有一副大主教的面孔,他说:"舞会是在今天。"奈伊说:"威灵顿不会简简单单地等待圣驾的。"拿破仑就笑话奈伊。这是他的处事方式。"他喜欢开玩笑,"弗勒里·德·沙布隆说。"他的性格的本质是脾气诙谐,"古尔戈说。"他的玩笑话多的是,与其说他机智,还不如说古怪,"本雅曼·贡斯当[1]说。巨人的快乐脾气值得强调。正是他把他的精锐部队士兵称为"老兵";他拧他们的耳朵,揪他们的胡子。"皇上就爱跟我们开玩笑,"他们当中有人这样说。在神不知鬼不觉地从厄尔巴岛前往法国的途中,二月二十七日,大海上,法国战舰"和风号"遇上拿破仑躲在里面的"易变号",便向"易变号"打听拿破仑的消息,皇帝这时还戴着厄尔巴岛那顶绣上蜜蜂、红白两色饰带的帽子,他笑着拿起话筒,亲自回答:"皇上身体很好。"这样爱取笑的人,会随便地对待事态。在滑铁卢进早餐时,拿破仑几次这样取笑。早餐后,他凝思默想了一刻钟,然后两个将军坐在麦草上,手里拿着一支笔,膝上放上一张纸,皇帝向他们口授作战命令。

九点钟,法军排成五列纵队,展开阵势,向前挺进,各个师分成两条散兵线,炮兵夹在各旅中间,乐队在前,鼓声雷动,军号齐鸣,鼓动士气,头盔、军刀和刺刀在地平线上汇成海洋,阵容强大、壮阔、欢欣鼓舞,皇帝激动得一连两次高呼:

"壮观!壮观!"

---

[1] 本雅曼·贡斯当(1767~1830),法国作家,著有小说《阿道尔夫》。

从九点钟到十点半钟,令人难以置信的是,全军排好阵势,分成六列纵队,用皇帝的话来说,形成"六个V字形"。阵势排好之后,在混战之前风雨欲来,笼罩着一片静谧。皇帝看到三队重炮行进,那是按他的命令从埃尔隆、雷伊和洛博的军中抽调出来的,目的在于进攻圣约翰山,封住尼维尔和格纳普两条大路交叉口,揭开战幕;他拍拍阿克索的肩膀,说道:"将军,瞧那二十四个美女。"

他感到胜券在握,看到第一军团的工兵连从自己面前走过,便以微笑鼓励他们;他下令,一旦夺取了村庄,工兵连就在圣约翰山筑起工事。在整个肃穆的场面中,他只讲了一句高傲而又带着怜悯的话;他看到左边今日已筑起一个大坟的地方,出色的灰军装苏格兰人骑着骏马聚集在一起,便说:"真可惜。"

然后他骑上了马,跑到罗索姆的前沿,选择了从格纳普到布鲁塞尔的大路右边一片狭窄的草坪作为观察所,这是他在这场战役中的第二站。第三站十分险恶,是晚上七点钟,在佳盟和圣篱之间,这是一个相当高的小山冈,现今尚存,近卫军聚集在山冈后面的一片平原的斜坡上。山冈周围,炮弹从地面的石头上弹起,直到拿破仑身边。像在布里埃纳一样,他的头上子弹呼啸。后来,几乎在他的坐骑的蹄下,可以捡到生虫的炮弹、旧军刀和变形的子弹,锈迹斑斑。"Scabra rubigine。"[1] 几年前,有人挖出一颗重磅炮弹,还有炸药,信管在弹壳处断裂了。皇帝的向导拉柯斯特是个抱有敌意的农民,惊惶不定,被拴在一个轻骑兵的马鞍上,每当一片弹雨落下,

---

[1] 拉丁文:锈迹斑斑。引自维吉尔的《农事诗》。

他就转过身去，竭力躲藏在骑兵后面。就在这最后一站中，皇帝对他说："蠢货！可耻啊，你会背上中弹被打死。"写下这句话的人，自己也在这个山冈松软沙土的斜坡上，挖到锈了四十六年的一颗炮弹的弹头碎片，还有像接骨木一样在手中一捏就碎的铁块。

当年拿破仑和威灵顿相遇的地方，平原高低不平，今日已不复存在，没有人知道一八一五年六月十八日的起伏地貌了。在这凄惨的战场上建起一座纪念碑，却去掉了原来凸起的地形，历史遭到破坏，也就面目全非了。为了颂扬，却反而扭曲了。威灵顿在两年后重游滑铁卢，惊呼道："别人改变了我的战场。"如今顶上凌驾着狮子的巨大土堆金字塔所在之处，当初是一条山脊，在朝向尼维尔大路那边，成斜坡下降，可以行走，但在格纳普大路那边，却几乎是一个陡坡。今日，从格纳普到布鲁塞尔大路两旁的两座大坟的高度，还能测出陡坡有多高；左边是英军的坟，右边是德军的坟。没有法军的坟。对法国来说，整个平原都是坟墓。由于成千上万车土用来堆一百五十尺高、五百尺圆周的小丘，圣约翰山的高地如今是平缓的斜坡了；战斗那一天，尤其在圣篱那边，地形陡峭险峻。斜坡几乎直上直下，英军大炮看不到下面谷底的农庄，这是战斗的中心。一八一五年六月十八日，大雨把陡坡冲成一道道沟，泥泞使爬坡更难，不仅要攀登，还要在泥淖中挣扎。沿着高地的山脊，横亘一条沟，从远处观察的人却无法推测。

这道沟是怎样的？我们来说一说。布雷纳-拉勒是比利时的一个村庄，奥安是另一个村庄。这两个村子掩蔽在低洼地里，由一条约一法里半的小路连接起来，这条路高高低低地穿过平原，仿佛犁沟一样往往深入到山丘之中,以致这条路有几个地方成了沟壑。一八一五年,就像今日一样,这条路在格纳普和尼维尔两条大路之间切断了圣约翰山的高地山脊;不过,今天这条路和平原同一水平;当时它却是一条凹下去的路。如今两个斜坡挖去,建造竖立纪念碑的小丘了。这条路过去和现在大部分地段仍是一条沟;有时达十二尺深,过分陡峭的斜坡到处崩坍,尤其在冬天,下大雨的时候。事故常常发生。在布雷纳-拉勒的入口处,道路过于狭窄,一个过路人被运货马车压死了,就像坟墓旁竖立的石头十字架所证实的,上写死者的名字:布鲁塞尔商人贝尔纳·德布里先生,车祸发生在一六三七年二月。[1]圣约翰山高地上的那条路过于低洼,以致有个名叫马蒂厄·尼凯兹的农民在一七八三年由于斜坡塌方而被压死,就像另一石头十字架所表明的那样。十字架的顶部埋入开垦的田地中,但翻倒的底座,今日还显露在圣篱和圣约翰山农庄之间大路左边的草坪斜坡上。

战斗那一天,沿着圣约翰山脊的那条凹路不露痕迹,这条在陡坡顶部的深沟,像隐藏在地里的车辙,隐而不见,就是说非常可怕。

八、皇帝对向导拉柯斯特提一个问题

滑铁卢战役那天早晨,拿破仑确实很高兴。

---

[1] 碑文如下:
　　一六三七年二月(日期分辨不清)
　　布鲁塞尔商人
　　贝尔纳·德布里先生
　　不幸被一辆马车
　　压死在此——原注

他是对的,他制定的作战计划,我们已经看到,确实是出色的。

战斗一开始,形势就曲折多变,乌戈蒙坚决顶住,圣篱固若金汤,博杜安阵亡,福瓦失去战斗力,索亚旅撞上那堵意想不到的大墙头破血流,吉尔米诺疏忽大意没有带炸药包真要了命。炮队陷在泥泞中,没有卫护队的十五门大炮被乌克布里奇掀翻在洼道上,落在英军阵地的炮弹效果甚微,钻进雨水浸泡的土地,炸出的是一团团泥浆,弹片变成了泥水迸溅。皮雷进攻布雷纳-拉勒毫不奏效,十五连骑兵几乎全部覆灭,英军右翼不用担心,左翼伤亡不大。奈伊奇怪地误解命令,没有将第一军的四个师排成纵队,而是聚集成厚厚的二十七行,二百人齐头并进,这样迎接枪炮,炮弹在人群中可怕地开花,进攻的队列散开了,斜插的炮队突然暴露出侧翼,布尔儒瓦、东兹洛和杜雷特受到连累,吉奥被击退,维厄中尉这个巴黎综合工科学校毕业的大力士,冒着防守格纳普到布鲁塞尔的大路拐弯处的英军从工事俯射的枪弹,正用斧头劈开圣篱的大门,却中弹受伤。马科涅师受到步兵和骑兵的夹击,又受到埋伏在麦田里的贝斯特和帕克两部队迎面射击,并受到蓬松比部队的刀劈。拥有七门大炮的炮队被堵住炮口,魏玛亲王尽管受到埃尔隆伯爵、弗里什蒙和斯莫汉的进攻,仍然坚守住了。一〇五团的军旗和四十五团的军旗被夺,有个穿黑衣的普鲁士轻骑兵,被在瓦弗尔和普朗塞努瓦之间侦察的三百飞骑抓住,这个俘虏说出令人不安的情况,格鲁希来晚了,在乌戈蒙果园里不到一小时一千五百人战死。在圣篱周围更短的时间内一千八百人倒下,所有这些像风暴一样席卷而来的事件,仿佛战云从拿破仑面前掠过,几乎没有搅乱他的视线，也根本没有使他充满自信的高贵的脸阴沉下来。拿破仑习惯正视战争；他从不一笔笔去算令人痛心的细账；数字对他不太重要，除非给出个总数：胜利；对于一开始陷入错误，他不感到惊慌，他相信自己主宰和控制着结局；他善于等待，设想自己没有问题，他和命运平起平坐。他好像对命运说："你没有胆量。"

拿破仑处在半明半暗中，感到自己受到善的保护，恶的宽容。他与命运有或者自以为有默契，几乎可以说与事件密谋过，这相当于古代的不受伤害者。

但是，当一个人经历过贝雷津那、莱比锡和枫丹白露，似乎就可以不怀疑滑铁卢。在天际可以见到一道神秘的皱眉蹙额。

正当威灵顿后退时，拿破仑不寒而栗。他突然看到圣约翰山高地上人走空了，英军前沿阵地消失不见。英军在集结，但躲了起来。皇帝在马镫上半站起来。胜利的闪光掠过他的眼睛。

威灵顿一旦退到索瓦涅森林，就会被歼灭，英国就要被法国最终压垮；克雷西、普瓦蒂埃、马尔普拉盖和拉米利埃的败北就可以雪耻。马伦哥的英雄抹去阿赞库之耻。[1]

皇帝考虑到可怕的变化，最后一次用望远镜观察战场的各个地方。他身后的卫士持枪肃立，带着一种虔诚的态度仰视他。他在沉思；他观察山坡，注意斜坡，细察树丛、黑麦地、小径；他似乎在数着每一棵灌木。他注视着两条大道上英军的障碍，那两处宽阔的

---

[1] 马伦哥在意大利，1800年6月14日，拿破仑在此打败奥地利人；阿赞库是英吉利海峡边上的一个村子，1415年，英王亨利五世在此战胜法军。

鹿砦，一处位于圣篱之上的格纳普大路上，装备了两门大炮，这是英军全部炮兵瞄准战场纵深处绝无仅有的两门炮；另一处位于尼维尔大路上，那里沙塞旅的荷兰步兵刺刀闪闪发光。他注意到在这障碍附近漆成白色的古老的圣尼古拉教堂，它位于朝向布雷纳-拉勒的岔道口。他俯下身低声对向导拉柯斯特说话。向导摇了摇头，可能有意骗人。

皇帝挺起身来沉思。

威灵顿后撤了。法军只要压上去，就会使他退无可退。

拿破仑突然回过身来，派出一名武装侍从，骑马前往巴黎报捷。

拿破仑是个能喷射雷霆的天才。

他刚找到雷殛的方向。

他向米洛的重骑兵下令夺取圣约翰山高地。

九、出乎意料

重骑兵有三千五百人。他们排成四分之一法里的阵线。这是些彪形大汉，骑着高头大马。他们编成二十六个连，身后有勒弗布弗尔-德努埃特师、一百零六名精锐骑兵、近卫军的一千一百九十七名轻骑兵和八百八十名长矛手作后盾。他们头戴无羽翎头盔，身穿胸甲，鞍架上的马枪插在皮套里，身佩长刀。早上，他们已受到全军的赞赏；九点钟，军号吹响，乐队奏出《保佑帝国》，他们列队而至，阵容壮观，一个炮队在侧翼，另一个炮队在中间，分成两排，行进在格纳普大路和弗里什蒙之间，在强大的第二条战线占据好阵地。第二条战线由拿破仑精心部署,左端是凯勒曼的重骑兵,右端是米洛的重骑兵,可以说这是铁的两翼。

副官贝尔纳向他们传达皇帝的命令。奈伊抽出剑来,一马当先。浩浩荡荡的骑兵连向前挺进。

场面巍然壮观。

全部骑兵高举马刀,军旗迎风飘扬,军号嘹亮,以师为一纵队,整齐划一,如同一个人,像撞开城门的青铜羊角槌一样准确,驰下佳盟山头,插入已经有许多人跌进去的可怕底部,消失在硝烟中,然后又从这阴影中出来,在山谷的另一边出现,队形始终密集,飞驰着穿过枪林弹雨,登上圣约翰山高地险恶的泥泞斜坡。他们面容严峻、气势汹汹,不可动摇地往上冲;在火枪和大炮的间隔中,可以听到轰鸣的马蹄踩踏声。他们有两个师,组成两个纵队;瓦蒂埃师在右边,德洛尔师在左边。从远处似乎看到山脊上蜿蜒着两条巨大的钢蛇。这就像奇迹穿过战场。

自从以大队骑兵夺取莫斯科河大棱堡以来,类似的场面还没有见过;缺了缪拉[1],但奈伊又在场。似乎这群人变成了妖怪,只有一个灵魂。每个骑兵连就像珊瑚虫的节环一样起伏、膨胀。透过一大片硝烟这里那里裂开的地方,可以看到他们。头盔、喊声、马刀乱成一片,坐骑在大炮和军号声中如暴风一般腾跃而过,既杂乱又纪律严明而可怕;胸甲似七头蛇的鳞片。

这些叙述好像属于另一个时代。这样的场面无疑出现在俄耳甫

---

[1] 缪拉(1767~1815),法国元帅,曾当那不勒斯王,拿破仑远征意大利时他担任副官,1800年娶了拿破仑的妹妹。1815年10月他被枪决。

斯[1]的古老史诗中；这类史诗叙述半人半马、古代的人面马身的巨怪，奔驰着登上奥林匹斯山，可怕，不可阻挡，崇高；既是神也是兽。

真是数字的奇怪巧合，二十六个营迎战二十六个骑兵连。在山脊后面伪装过的炮兵阵地的阴影中，英国步兵组成十三个方阵，每一方阵两营人，排成两条战线，第一条战线有七个方阵，第二条战线有六个方阵。枪托顶在肩上，瞄准逼近前来的敌人，平静，无声，不动，等待着。英国步兵没有看到重骑兵，而重骑兵也没有看到英国步兵。英国步兵听到如潮的人群爬上来，听到了三千匹战马的声音越来越大，它们奔驰时发出交替而有节奏的蹄声，胸甲的摩擦声，马刀的碰撞声，还有一种巨大的粗野的气息。寂静得骇人，突然，一长列高举着马刀的手臂出现在山脊上，还有头盔、喇叭、军旗，三千颗留着灰胡子的头颅呼喊着："皇帝万岁！"整支骑兵出现在高地上，如同地震来临。

骤然间，出现了惨不忍睹的场面，在英军的左方，法军的右方，重骑兵纵队的前排战马直立起来，传来可怕的喧嚣声。重骑兵来到山顶，锐不可当，正要发狂地冲下去歼灭敌军方阵和大炮，却发现他们和英军之间有一条堑壕，一个大坑。这是奥安的洼道。

这一刻惊心动魄。沟壑在那里，意料不到，张开大口，在马的脚边直上直下，两道斜坡之间深两图瓦兹；第二行骑兵将第一行推进深坑，第三行又将第二行推进去；战马挺立起来，往后倾倒，跌

---

[1] 俄耳甫斯，希腊神话中的歌手，音乐和诗歌的发明者。

坐在臀部，四脚朝天滑倒，压伤和掀翻骑手，无法后退，纵队像一发炮弹，积聚起来要摧毁英国人的力量却摧毁了法国人，无情的沟壑只能填满为止，骑兵和战马乱七八糟滚进去，互相倾轧，在这深渊中成为一堆血肉，当这个深坑填满了活人时，剩下的人马从上面踩过去。几乎三分之一的杜布瓦旅陷入这个深沟。

败北从这里开始。

当地有一种传说，显然是夸大了的，说是两千匹马和一千五百人埋在奥安洼道里。说实话，这个数字包括了战斗第二天投进去的所有死尸。

顺便指出，正是这个杜布瓦旅，伤亡惨重，一个小时以前还单独作战，夺取了吕纳保营的军旗。

拿破仑在下令米洛重骑兵进攻前，察看过地形，但没有看到这条洼道，它在高地的表面连一条皱褶也构不成。但他注意到尼维尔大路拐弯处的白色小教堂，引起警惕，可能这是个障碍，便对向导拉柯斯特提了一个问题。向导回答，没有障碍。可以说，拿破仑的灾难来自一个农民的摇头。

还出现了其他厄运。

拿破仑能打赢这场战役吗？我们回答不能。为什么？由于威灵顿？由于布吕歇？不。由于天主。

拿破仑在滑铁卢成为胜利者，这不合乎十九世纪的规律。还有一系列事件在酝酿着，再没有拿破仑的位置了。形势不利早就显露出来。

这个巨人倒下，该是时候了。

这个人的分量过重地压在人类的命运上，打乱了平衡。仅仅他一个人的份额便超过了全人类。人类过剩的精力集中在一个人的头脑里，世界升华到一个人的脑子里，这种情况如果持续下去，对文明有致命的影响。最高的铁面无情的公正，要加以谕示了。决定精神和物质均衡的原则和因素，可能颇有微词。冒着热气的鲜血，埋葬不下的墓园，泪水涟涟的母亲，这是可怕的控诉。大地不胜负荷时，冥冥中就会发出神秘的呻吟，深渊听到了。

拿破仑在无限那里受到控告，他的败局早已确定。

他妨碍了天主。

滑铁卢决不是一场战役；而是世界面貌的改变。

十、圣约翰高地

洼道显现，炮兵阵地也同时显露出来。

六十门大炮和十三个方阵迎面向重骑兵开火。骁勇的将军德洛尔向英国炮兵阵地致以军礼。

全部英国轻炮兵飞快回到方阵中。重骑兵甚至没有时间停下来。洼道的灾难使他们伤亡累累，但他们没有泄气。他们人数减少，而勇气却增长了。

只有瓦蒂埃纵队受到灾难的拖累；奈伊让德洛尔纵队朝偏左方向走，仿佛他预感到埋伏，这个纵队全部到达。

重骑兵冲向英军方阵。

他们夹马飞驰，松开缰绳，牙齿咬住马刀，手里握着短枪，这就是进攻的情景。

在战斗中,人心有时变硬了,直到把士兵变成塑像,血肉变成花岗岩。英军的营队受到疯狂的进攻,却岿然不动。

这个时刻令人胆寒。

英军的所有方阵同时受到攻击。狂烈的旋风围住他们。这冷静的步兵无动于衷。第一排跪在地上,举起刺刀对着迎面而来的重骑兵,第二排向来敌射击;在第二排后面,炮兵装好炮弹,方阵的前排闪开,让密集的子弹发射出去,然后又合拢。重骑兵报以践踏。高头大马立起前足,跨过前几排,跳越过刺刀,这些庞然大物落在四堵活人墙中间。炮弹在重骑兵当中开花,而重骑兵在方阵中打开缺口。一排排人在马蹄下踩碎了。刺刀戳进这些优秀骑手的肚子里。别的地方也许看不到这些伤口的不堪入目。方阵受到这支法国骑兵的蚕食,逐渐缩小,但岿然不动。他们毫不停歇地开枪,炮弹在袭击者中爆炸开来。战斗场面狰狞可怖。这些方阵不再是营队,而是火山爆发;这些重骑兵不再是骑兵,而是风暴。每个方阵都是一座受到乌云袭击的火山;熔岩与雷电搏斗。

右边最远的方阵,是最为暴露的,由于是在半空中,经过头几次冲击就几乎被歼灭了。它由苏格兰高地兵第七十五团组成。吹风笛的待在中间,正当他周围的人互相厮杀时,他若有所思的目光低垂着,忧郁的眼睛里充满了森林和湖泊的反光,他坐在一只鼓上,臂下夹着风笛,演奏着山歌。这些苏格兰人死时仍然想着山乡,正像希腊人回忆起阿尔戈斯城。一个重骑兵的马刀砍掉了风笛和拿着风笛的手臂,杀死了歌手,终止了歌声。

重骑兵由于沟壑的灾难而减员,人数相对不多,几乎与整支英国军队为敌,但他们以一当十,人数便倍增。有几营汉诺威人退却了。威灵顿见此情景,想到他的骑兵。倘若拿破仑这时想起他的步兵,他就获胜了。置诸脑后铸成他致命的大错。

突然,进攻的重骑兵感觉受到攻击。英国骑兵处在他们背后。他们面前是方阵,他们背后是索梅塞部;索梅塞部有一千四百个龙骑兵。索梅塞部右面是陀恩堡的德国轻骑兵,左面是特里普的比利时马枪队;重骑兵侧翼、头部、前后都受到步兵和骑兵的攻击,不得不四面迎敌。这有什么关系?他们是旋风,那种勇猛无法抵挡。

此外,他们背后,大炮始终在轰鸣。必须这样伤其后背。其中一个重骑兵,左肩胛被子弹打穿,遗物搜集在滑铁卢博物馆中。

必须是这样的英国人,才能对付这样的法国人。

这不再是一场混战,这是一片混沌,一片疯狂,一种心灵和勇气令人昏眩的冲动,一场寒光闪闪的刀剑的风暴。霎时,一千四百名龙骑兵只剩下八百;他们的中校福勒落马而死。奈伊率领勒弗布弗尔-德努埃特的长矛队和轻骑兵赶到。圣约翰山的高地被夺取了,又夺回来,再次被夺取。重骑兵离开了骑兵队,返回步兵那里,或者说得准确点,千军万马乱作一团,彼此揪住不放。方阵始终守住。有十二次进攻。奈伊有四匹坐骑倒毙。一半重骑兵留在高地上。这场战斗持续了两小时。

英军深受震撼。毫无疑问,如果重骑兵在第一次进攻时没有被洼道的灾难削弱,那就会击溃中路军,决定战役的胜利。克兰顿见过塔拉维拉和巴达约兹的大场面,这英勇非凡的骑兵也使他目瞪口呆。威灵顿已经四分之三败北,仍然气概不凡地赞叹道:"了不起![1]"

重骑兵消灭了十三个方阵中的七个方阵,夺取或封死六十门炮,夺取了英军团队的六面军旗,近卫军的三名重骑兵和三名轻骑兵,将军旗送到佳盟农庄前,献给皇帝。

威灵顿的处境恶化了。这场古怪的战役,就像两个受伤者进行的一场激烈的决斗,双方既进攻又抵挡,流尽了鲜血。两个之中谁先倒下?

高地上的战斗仍在继续。

重骑兵冲到哪里?谁也说不清。可以肯定的是,战役的第二天,就在通往尼维尔、格纳普、拉于普和布鲁塞尔四条大路的交叉口,圣约翰山马车过磅的秤架上,发现了一个重骑兵和他的坐骑的尸体。这个骑兵穿越了英军的几道防线。搬运这尸体的人中,有一个还活在圣约翰山。他名叫德阿兹。他当年十八岁。

威灵顿感到局势倾斜了。败局临近。

重骑兵一点没有成功,因为中路军没有被突破。双方都占据高地,又不是全占领,总之,大半是在英军手里。威灵顿占有村子和山顶的平地;奈伊只占有山脊和斜坡。双方似乎陷在不祥的土地上。

但英军的弱势看来不可挽救。这支军队的大出血十分可怖。左翼的康普特求援。"没有援兵,"威灵顿回答,"让他战死吧!"几乎在同一时刻,——时刻如此奇特地接近,表明两军兵力衰竭,——奈伊要拿破仑支援步兵,而拿破仑叫道:"步兵!叫我到哪里去找步

---

[1] 原话是:"Splendid!"——原注

兵？他要我怎么办？"

不过，英军病势更严重。铁甲骑兵连的猛冲，把步兵践踏个够。几个人围住一杆旗，标志着一个团的所在地，营队只由一个上尉或中尉指挥；阿尔坦师在圣篱已经受到重创，几乎被歼灭了；范·克吕兹旅的比利时精兵，沿着尼维尔大路，躺满黑麦地；那些榴弹兵，在一八一一年加入我们在西班牙的队伍，与威灵顿战斗，而在一八一五年却加入英军，同拿破仑作战；他们几乎一个不剩。军官损失惨重。乌克布里奇爵士在第二天埋葬了他的大腿，他的膝盖骨打碎了。法军方面，在这场重骑兵的战斗中，德洛尔、莱里蒂埃、柯尔贝、德诺普、特拉维尔和布朗卡都失去了战斗力。英军方面，阿尔坦受了伤，巴恩受了伤，德兰塞战死，范·梅伦战死，翁普特达战死，威灵顿的参谋部伤亡惨重，英国在这场势均力敌的血战中损失更大。近卫军步兵第二团损失了五个中校、四个上尉和三面军旗；第三十步兵团第一营损失了二十四个军官，一百二十名士兵；第七十九山地团有二十四名军官受伤，十八名军官阵亡，四百五十名士兵战死。肯贝兰德的汉诺威轻骑兵，有整整一团，在哈克上校的率领下，面对混战，掉转辔头，逃到索瓦涅森林，直到布鲁塞尔，散布溃败消息；后来他受到审判和革职处分。大炮运输车、辎重车、行李车、满载伤员的大篷车，看到法军占领了地盘，接近森林，便冲进了森林里；荷兰人受到法国骑兵的刀劈，高喊：大事不好！从绿布谷鸟到格罗南达尔，布鲁塞尔方向长达近两法里，据至今还健在的目击者说，拥挤着逃跑的人。这种惊惶不安波及在马利纳的孔戴亲王和在根特的路易十八。除了设在圣约翰山农庄的野战医院后面有少量后备骑兵，以及待在左翼的维维安旅和旺德勒旅以外，威灵顿再没有骑兵了。许多大炮拆卸开来，躺在地上。西博恩承认了这些事实；而普林格尔夸大了灾难，竟然说英荷联军减少到三万四千人。铁腕公爵保持镇静，但他的嘴唇发青了。奥地利特派员万森特和西班牙特派员阿拉瓦，战斗时在英国参谋部，他认为公爵完蛋了。五点钟，他掏出表来，只听到他嘟囔着这句阴沉的话："布吕歇不来，就是黑夜！"

大约就在这时，在弗里什蒙的高地上，远远一排刺刀在闪闪发光。

至此，这场鏖战出现了曲折。

十一、拿破仑的向导坏，布劳的向导好

人们知道拿破仑令人伤心的错误；期望格鲁希到，布吕歇却突然而至；死神代替了救星。

命运常有这类转折；期待登上世界宝座，却看到圣赫勒拿岛。

倘若布吕歇的副手布劳用作向导的牧童建议从弗里什蒙上方，而不是从普朗塞努瓦下方走出森林，十九世纪或许是另一种样子。拿破仑就会取得滑铁卢战役的胜利。普鲁士部队不从普朗塞努瓦的下方出来，而是走另一条路，来到炮兵过不去的沟壑旁，布劳就到达不了阵地。

普鲁士将军穆弗林宣称说，再晚一小时，布吕歇就会看不到威灵顿站在那里了。"这一仗完蛋了。"可以看到，布劳来得正是时候。

再说，他已经姗姗来迟。他在狄昂山扎营，拂晓就启程。但是道路难走，他的几个师在泥泞中跋涉。车辙没到炮车的轮毂。另外，要从瓦弗尔的窄桥上渡过迪尔河；通往桥上的路被法军放了火；炮兵的弹药和运货车无法在两行燃起大火的房屋之间通过，要等到大火熄灭。布劳的前锋直到中午还没有到达圣朗贝尔教堂。

如果战事提前两小时，四点钟就可能结束，布吕歇会陷入拿破仑获胜的战场上。偶然性真是太大了，与此相应，我们无法掌握无限。

从中午起，皇帝用望远镜首先看到天边有样东西，吸引了他的注意。他说："我看到那边有一块乌云，好像是军队。"然后他问德·达尔马蒂公爵："苏尔特，在圣朗贝尔教堂那边，您看到什么？"元帅举起望远镜，回答道："有四五千人，陛下。显然是格鲁希。"可是在雾中这一点纹丝不动。参谋部里人人的望远镜都在研究皇帝发现的这块"乌云"。有的人说："这是纵队在休息。"大部分人说："这是树。"事实是，乌云没有动。皇帝抽出多蒙的轻骑兵师去侦察这个疑点。

布劳确实没有动。他的前锋很弱，无法作战。要等待主力，他也接到命令，先集结兵力，再投入战斗；到五点钟，布吕歇看到威灵顿的危险，命令布劳攻击，说了这句出色的话：

"要给英军活命的空气。"

不久，洛辛、希勒、哈克和里塞尔各师，展开在洛博军团的前面，普鲁士的威廉亲王走出巴黎树林，普朗塞努瓦大火熊熊，普鲁士的炮弹开始如雨般落在拿破仑身后留守待命的近卫军中。

十二、近卫军

大家知道后来的情况：第三支军队突然投入，战斗解体了，八十六门火炮突然打响，布劳率领的皮尔茨第一团、布吕歇亲自率领的泽坦骑兵猝然而至，法军被击退，马科涅被赶出奥安高地，杜雷特离开帕普洛特，东兹洛和吉奥后退，洛博侧翼受到袭击，一场新的战斗在夜幕降临时冲击着法军四分五裂的团队，整条英军战线重新发起进攻，往前推进，法军出现巨大的缺口，英军和普军的火力互相支援，打歼灭战，前锋崩溃，侧翼崩溃，在兵败如山倒中，近卫军投入战斗。

由于它感到去赴义，便高呼："皇帝万岁！"历史上没有什么比爆发出欢呼声的垂死挣扎更动人心魄的了。

整天天空阴云密布。此刻，晚上八点，天际的乌云突然闪开，让落日阴森森的大红盘，光线透过尼维尔大路的榆树。以前它在奥斯特利兹是升起的。

近卫军每一营，为了拼死相搏，由一名将军指挥。弗里昂、米歇尔、罗盖、阿尔莱、马莱、波雷·德·莫尔旺都在那里。当近卫军的榴弹兵的高帽和大鹰徽在这场混战的烟雾中整齐、排列成行，镇定、壮美地出现时，敌人对法国肃然起敬；他们以为看到了二十位胜利女神展翅进入战场，胜利者感到战败了，便往后退；但威灵顿高喊："顶住，近卫军，瞄准！"卧倒在篱笆后面的英国近卫军的红色团队站了起来，密集的弹雨洞穿了在鹰徽周围抖动的三色军帽。英军一拥而上，大屠杀开始了。帝国近卫军感到黑暗中军心动摇，要大规模地溃退，听到逃命的喊声代替了皇帝万岁的喊声！身后法军在溃逃，帝国近卫军却继续前进，随着每走一步，受到越来越猛烈的射击，死伤更大。没有丝毫犹豫，也没有一点胆怯。其中士兵同将军一样英勇。没有一个人不为国捐躯。

奈伊情不自禁，巍巍然要拼死一搏，在这场混战中甘冒枪林弹雨。他的第五匹坐骑倒毙。他汗流满面，眼里冒火，口吐白沫，军服解开，一个肩章被一个敌人的骑兵砍去一半，他的鹰徽被一颗子弹打得凹凸不平，血迹斑斑，浑身泥浆，手中的剑折断了，他说："来看看一个法国元帅怎样牺牲在战场上吧！"但是枉然；他没有死。他不安而愤怒。他向德鲁埃·德·埃尔隆发出这个问题："你怎么没有被打死呢？"大炮在轰击这一小堆人，他在中间叫道："什么也没有打到我身上！噢！但愿所有这些炮弹打穿我的肚子！"不幸的人，你活下来是留给法国人的子弹打死的！

十三、灾　难

近卫军后面，溃败惨不忍睹。大军从各个方面，从乌戈蒙、从圣篱、从帕普洛特、从普朗塞努瓦，同时突然退却。"叛国"的喊声紧随在"快逃命"的喊声之后。一支军队溃退，等于解冻。一切弯折、断裂、爆开、飘浮、滚动、倒下、相撞、匆忙、奔逃。见所未见的分崩离析。奈伊借了一匹马，跳了上去，没有帽子，没有领带，没有长剑，横站在布鲁塞尔大路上，既挡住英国人又挡住法国人。他竭力留住大军，呼唤着它，侮辱它，想抓住溃逃。他无能为力。

士兵们避开他，喊道："奈伊元帅万岁！"杜雷特的两个团惶惶然地往来奔突，仿佛在骑兵的马刀和康普特、贝斯特、帕克和里兰特各旅的射击之间摇来晃去；最糟糕的混乱局面，就是溃败；朋友们为了逃命，互相残杀；连队和营队互相火并，夺路而逃，这是战场的惊涛骇浪。洛博在一端，雷伊在另一端，在浪涛中浮荡。拿破仑徒劳地以剩下的近卫军组成拦截的墙；他徒劳地做出最后的努力，投出他的骑兵警卫连。吉奥在维维安面前退却，凯勒曼在旺德勒面前退却，洛博在布劳面前退却，莫朗在皮尔茨面前退却，多蒙和苏贝维克在普鲁士的威廉亲王面前退却。吉约率领皇帝的骑兵连，倒在英军龙骑兵的脚下。拿破仑追赶着逃兵，训话，催促，威胁，恳求。早上高呼皇帝万岁的每张嘴巴，如今哑然无声；士兵几乎不认识他。普鲁士的骑兵刚到，冲上来，飞驰而至，刀砍，刺戳，斧劈，杀戮，歼灭。马车飞驰，炮车奔逃；辎重兵解开弹药车，骑上马逃掉；四轮朝天的运输车挡住了路，造成屠杀的机会。大家互相挤压，互相践踏，从死人和活人身上踩过去。胳臂乱推乱搡。令人炫目的一堆堆东西塞满大路、小径、桥梁、原野、山冈、山谷、树林，四千人的奔逃把这些地方塞得满满的。叫声、绝望、背包、枪支，乱扔在黑麦地里，用剑来开路，不讲什么战友，不讲什么军官，不讲什么将军，难以形容的恐惧。泽坦随意砍杀法国。狮子变成了麋鹿。这次溃逃就是如此。

在格纳普，法军谋划杀回马枪，对抗一阵，阻止溃退。洛博纠集了三百人马，在村口筑起障碍；但普鲁士人第一阵射击，法军又开始逃跑，洛博被抓住了。今天在离格纳普几分钟的大路右边一座破砖房的旧山墙上，依然看得见这阵射击的痕迹。普鲁士人冲进了格纳普，无疑因这样轻易获胜而变得疯狂。追杀的场面十分残忍。布吕歇下令格杀勿论。罗盖做出了残杀的榜样，凡是给他送来普鲁士俘房的法国榴弹兵，他都以死论处。布吕歇超过了罗盖。青年近卫军的将军杜埃斯姆退到格纳普一间店的门前，把他的剑交给了一个杀人性起的轻骑兵，后者夺过剑来，杀死了俘房。胜利以屠杀战败者结束。惩罚吧，既然我们代表历史：老布吕歇将声誉扫地。这种凶残使灾难达到顶点。绝望的溃逃掠过格纳普，掠过四臂村，掠过戈斯利，掠过弗拉斯纳，掠过沙尔勒罗瓦，掠过图安，直到边境才停止。唉！谁这样逃跑呢？是大军。

这样惊慌失措，惶恐万状，历史震惊不已的骁勇无比毁于一旦，难道没有原因吗？不。一只巨大的右手在滑铁卢投下了阴影。这是决定命运的一天，超人的力量确定了这一天。因此，那么多人吓破了胆，因此，那些心灵高尚的人束手就擒。曾经征服欧洲的人一败涂地，再也无话可说，无事可做，感到冥冥中有一种可怕的存在。"Hoc erat in fatis."[1] 这一天，人类的远景改变了。滑铁卢，这是十九世纪的铰链。一个伟人的消失，对伟大世纪的来临是必要的。人人顺从的主做出了安排。英雄们的惊慌失措得到了解释。在滑铁卢战场上，不仅有乌云，还有流星。天主一掠而过。

夜幕降临时，在格纳普附近的田野里，贝尔纳和贝尔特朗抓住一个人的衣服下摆，拉住了他，这个人慌乱，若有所思，神色黯然，一直被溃败的人流拖着走，刚刚下马，将缰绳夹在臂下，目光惶乱，

---

[1] 拉丁文：命运决定毁灭。

唯有他朝滑铁卢走去。这是拿破仑,梦想幻灭的梦游巨人,还想往前走去。

十四、最后一个方阵

近卫军的几个方阵,好像中流砥柱,在溃败的洪流中屹立不动,坚持到夜晚。黑夜来临,死神也来临,他们等待着这双重的黑影,不可动摇,让黑暗裹住。每个团与其他团分开,同溃不成军的主力没有任何联系,要决一死战。他们摆开了阵势,准备最后一战,有的在罗索姆高地,有的在圣约翰山的平地。这些可悲的方阵被抛弃在那里,败军之旅,显得可怕,牺牲得悲壮。乌尔姆、瓦格拉姆、耶拿、弗里德朗,[1]也在他们身上死去。

约莫晚上九点钟,在圣约翰山高地的下边,夜色中还剩下一个方阵。在这不祥的山谷,在这重骑兵曾攀爬过,如今布满英军的山坡脚下,在胜利的敌人炮兵集中的炮火下,在可怕的密集的弹雨下,这个方阵战斗着。由一个名叫康布罗纳的默默无闻的军官指挥。每经一次炮火轰击,方阵就缩小一点,但加以还击,以排枪回敬炮火,不断地压缩四面人墙。远处的溃军有时停下来喘口气,在黑暗中倾听这逐渐减弱的凄惨的枪炮声。

---

[1] 乌尔姆是德国西南部城市,1805 年 10 月 20 日,奥地利将军马克被拿破仑大军包围,在此投降;瓦格拉姆是奥地利的村子,1809 年 7 月 5 至 6 日,拿破仑在此取得辉煌胜利;耶拿是德国东部城市,1806 年 10 月 14 日,拿破仑在此战胜霍亨洛赫亲王指挥的普军;弗里德朗是德国东部城市,1807 年 6 月 14 日,拿破仑在此大胜本尼格森指挥的俄军。

待到这队人马只剩下屈指可数的人,他们的军旗成了一块破布,他们的枪打光了子弹,只剩下枪杆,死尸比活人更多的时候,面对这些英勇卓绝地垂死挣扎的人,胜利者中产生了一种神圣的恐怖,英军炮兵重新喘息,沉默下来。这是间歇。这些战士觉得周围鬼影憧憧,战马上的人影,黑乎乎的炮身,透过车轮和炮架瞥见的白色天空;在战场深处的硝烟中,英雄们始终看到的死神的巨头向他们逼近,望着他们。他们在暮色中可以听到开炮声,点燃的引线,在黑夜中好像虎眼,在他们的头上构成一圈,英军炮兵的点火棒一齐凑近大炮。这时,悬在他们头上千钧一发的时刻,一个英国将军,有的人称他柯维尔,还有的人称他为麦兰德,激动起来,对他们喊道:"勇敢的法国人,投降吧!"康布罗纳回答:"妈的!"

十五、康布罗纳

由于法国读者希望受到尊重,所以,一个法国人说过的也许是最美的话,就不能重复。历来不得将崇高的妙语放进历史。

我们甘冒大不韪,违犯这一禁忌。

因此,在所有这些巨人中,有一个泰坦[1]般的巨人康布罗纳。

说出这句话,然后就义。何等伟大啊!因为他这样做但求一死,如果这个人在枪林弹雨中活下来,这不是他的错。

获得滑铁卢战役胜利的人,不是最后溃败的拿破仑,不是在四

---

[1] 泰坦是希腊神话中的巨神族,共十二个。

点钟后撤、五点钟绝望的威灵顿,不是没有参加混战的布吕歇;获得滑铁卢战役胜利的人,是康布罗纳。

以这样一句话回击向你劈来的雷霆,这就是胜利。这样回应灾难,对命运这样开口,为未来的狮子奠基,[1]这样驳斥夜里的大雨、乌戈蒙那堵隐伏危险的墙壁、奥安的洼道、格鲁希的迟到、布吕歇的来到,在坟墓中嘲讽,即将倒下仍然要挺立,把欧洲联军淹没在这两个字中,把恺撒一类人领教过的脏话送给各国国王,在最粗俗的话中抽出最妙的字眼,再加上法兰西的闪光,以嬉笑怒骂来给滑铁卢收场,以拉伯雷补充莱奥尼达斯[2],用难以启齿的绝妙的话总结这场胜利,失去阵地却青史留名,在这场大屠杀之后,使对方成为取笑的对象,真是伟哉壮哉。

这是在侮辱雷霆。这就达到了埃斯库罗斯[3]的崇高。

康布罗纳的话产生山崩地坼的效果。这是胸膛因蔑视而迸裂;这是垂死的人过于愤慨而产生的爆炸。谁战胜了?是威灵顿吗?不是。没有布吕歇,他就完蛋了。是布吕歇吗?不是。如果威灵顿不是进行鏖战,他就不能收拾残局。这个康布罗纳,这个最后时刻的过客,这个无名小卒,这个大战中微不足道的人,感到其中有谎言,灾难中的谎言,加倍地令人气愤,而且正当他要发泄愤慨时,有人却要给他这种可笑的东西:生命!他怎能不暴跳起来呢?

欧洲各国的君王,幸运的将军,打雷放电的朱庇特们,他们都

---

[1] 指滑铁卢土堆上的铁狮子。
[2] 莱奥尼达斯,公元前5世纪的斯巴达国王,战死沙场,后世享有崇高声誉。
[3] 埃斯库罗斯(约前525~前456),希腊悲剧之父,著有《被缚的普罗米修斯》《阿伽门农》。

来了,他们有十万获胜的士兵,而且身后有十万、百万,他们的大炮点燃了引火索,张开大口,他们脚下踩着帝国近卫军和法军,他们刚刚打垮了拿破仑,如今只剩下康布罗纳;唯有这条蚯蚓还在抗议。他要抗议,于是他寻找字眼,就像寻找一把剑。口沫涌上他的嘴边,这口沫就是字眼。面对这奇迹般的平庸的胜利,面对这没有胜利者的胜利,这个绝望者挺起身来;他承认胜利巨大,但他看到它的微不足道;他不止向它吐唾沫;既然在数量、力量和物质方面被压倒,他就在心灵里找到一种表达方式,也就是脏话。我们重复一遍。这样说,这样做,找到了字眼,他就成了胜利者。

在这灾难临头的一刻,表达重大日子的精神进入这个默默无闻的人的心灵里。康布罗纳找到了滑铁卢的关键词,正如卢盖·德·李勒[1]找到了《马赛曲》一样,都受到上天的启迪。一股罡风离开神界,透过这两个人身上,他们受到震动,一个唱出至高无上的歌曲,另一个发出了怒吼。这句大义凛然的话,康布罗纳不仅以帝国的名义掷向欧洲,这样分量太轻;而且他以革命的名义投向往昔。人们听到了,在康布罗纳的身上认出了往日的巨人之魂。似乎这是丹东在说话,或者是克莱贝[2]在怒吼。

听到康布罗纳的话,英军回答:"开火!"炮火闪闪,山冈颤动,所有的青铜大口发出最后的震天一喷,硝烟四起,在初升的月光中微微泛白,蔓延开来,当硝烟散去时,什么也没有了。这了不起的

---

[1] 卢盖·德·李勒(1760~1836),法国军官,作曲家,1792年他写出《莱茵军团战歌》即《马赛曲》。

[2] 克莱贝(1753~1800),法国将军,大革命中闻名,随拿破仑远征埃及,后被一个穆斯林暗杀。

残军已被消灭；近卫军寿终正寝。活堡垒的四壁躺平了。依稀可见这儿那儿尸堆中有人蠕动；比罗马军团更伟大的法国军团，就这样在圣约翰山雨和血湿透的土地上，在黑黝黝的麦田里捐躯。眼下，约瑟夫驾驭着尼维尔的邮车，凌晨四点钟吹着口哨，愉快地挥鞭催马，从这里路过。

十六、QUOT LIBRAS IN DUCE[1]

滑铁卢战役是一个谜，对打赢和打输的人来说都是晦暗不明的。对拿破仑而言，这是一场惊惧[2]；布吕歇只看到炮火；威灵顿则莫名其妙。请看看报告。战报含糊其辞，评论混乱不清。有些人结结巴巴，还有些人支支吾吾。若米尼[3]把滑铁卢战役分为四个阶段；穆弗林划为三次转折；沙拉斯尽管有几点与我们评价不同，但唯有他独具慧眼，抓住了这场人类天才和天意较量的灾难的特殊轮廓。其他史家都有点目眩神迷，他们在其中摸索。这一天确实电闪雷鸣，军事专制崩溃了，令各国国王目瞪口呆的是，它波及各个王国，强权衰落，穷兵黩武垮台。

这一事件打上了超人的必然性的烙印，至于人，是无能为力的。

从威灵顿和布吕歇那里去掉滑铁卢，会剥夺英国和德国什么东

---

[1] 拉丁文："将军的分量"。
[2] "一场战役结束了，一天结束了，错误的战法弥补了，明天取得更大的胜利有保证了，一切因惊惧的一刻全葬送掉。"（拿破仑《圣赫勒拿岛口述回忆录》——原注）
[3] 若米尼（1779～1869），瑞士将军、作家，曾在拿破仑手下任旅长，后转至俄军，写过多部军事著作，如《拿破仑的政治和军事传略》。

西呢？什么也没有。无论显赫的英国和壮伟的德国，都与滑铁卢问题本身无关。感谢上天，人民伟大与穷兵黩武无涉。不管德国、英国还是法国，都不是装在一个剑鞘中。滑铁卢还只是一片刀剑声时，在布吕歇之上德国有歌德，在威灵顿之上英国有拜伦。广泛的观念勃兴是我们时代固有的，在这个黎明时期，英国和德国发出灿烂的光芒。它们因其思考而显得崇高。它们对文明水平的提高是内在因素产生的；这种情况来自它们本身，而不是来自偶然事件。它们在十九世纪的壮大，决不是以滑铁卢为本源。唯有野蛮民族才会在一次胜利之后突然成长起来。这是暴雨后涨水的急流暂时的虚涨。文明民族，尤其在我们这个时代，不会由于一个统帅的胜负就上升或下降。他们在人类中所占的特殊分量，来自比一场战斗更多的东西。它们的荣耀，谢天谢地，它们的尊严，它们的光辉，它们的天才，不是筹码，让那些赌徒似的英雄和征服者投入战场的赌博中。常常打了败仗，却获得了进步。光荣少了，自由多了。战鼓停了，理智开口了。这是输者反而赢了的游戏。因此，我们冷静地从双方去谈论滑铁卢。凡是偶然的就归于偶然，凡是天主起作用的就归于天主。什么是滑铁卢？一次胜利？不。是掷骰子掷出个双五。

这双五，欧洲赢钱，法国付钱。

实在用不着在那里竖立一头狮子。再说，滑铁卢是历史上最古怪的遭遇战。拿破仑和威灵顿。他们不是敌人，他们截然相反。天主喜欢对比，但还没有做出更鲜明的对比，更异乎寻常的对抗。一面是准确，有预见，严格，谨慎，稳妥的后退，安排好后备力量，一成不变的镇静，不可动摇的作风，因地制宜的策略，将各营均衡的战略，屠杀开始以拉绳打炮为准，作战分秒不差决不随心所欲，勇不可当有古风，绝对正派；另一面是凭直觉，靠占卜，用兵奇特，超人的本能，目光炯炯，像鹰一样注视，像雷霆一样打击，脾睨一切而又迅猛异常地出奇制胜，心灵高深莫测，与命运联合，江河、原野、森林、山冈受到责令，有时被迫服从，直至对战场颐指气使的专制者，既相信星相又相信战术，既夸大又打乱它。威灵顿是战争的巴雷姆，拿破仑是战争的米开朗基罗；这回，天才败于计算准确。

双方都等待一个人。计算准确的人获胜。拿破仑等待格鲁希；他没有来。威灵顿等待布吕歇；他来了。

威灵顿，这是后发制人的古典战法。拿破仑初露锋芒时在意大利遇到过他，把他打得一败涂地。老猫头鹰在矫健的兀鹰面前逃跑。旧战术不仅被打垮了，而且名声扫地。这个二十六岁的科西嘉人是何许人？这个光彩奕奕的无名小辈，力敌群雄，孤单无援，没有给养，没有装备，没有大炮，没有鞋子，几乎没有武器，人数寥寥无几，去对抗浩荡之众，冲向联合的欧洲，在不可能的条件下荒唐地取胜，这意味着什么？这个迅雷不及掩耳的狂人，几乎不喘一口气，用手中那点兵力，一个接一个歼灭了德国皇帝的五个军团，把博利厄推倒在阿文齐身上，把乌尔姆塞推倒在博利厄身上，把梅拉斯推倒在乌尔姆塞身上，把马克推倒在梅拉斯身上，他是从哪里钻出来的？这个像新星一样倨傲的战场新手是何许人？学院派军事家且战且退，把他革除教门。由此，老恺撒主义对新恺撒主义，正规刀法对迅雷般的剑法，正方形编队对工兵发泄无比怨恨。一八一五年六月十八日，这种怨恨有了结果，它在洛迪、蒙特贝洛、蒙特诺特、芒图、马伦哥、阿尔柯勒[1]下面写上：滑铁卢。平庸者得胜，多数人快慰。命运同意了这种嘲弄。拿破仑日落西山时，又遇到了年轻时的乌尔姆塞。

确实，要再现乌尔姆塞，只消染白威灵顿的头发。

滑铁卢是一个二流统帅赢得的一流战役。

在滑铁卢战役中，应该赞美的是英国，英国式的坚定，英国式的决心，英国式的镇静；英国的辉煌所在，请别见怪，是它自身。不是它的统帅，而是它的军队。

威灵顿奇怪地忘恩负义，他在给巴图斯特爵士的一封信中宣称，他的军队，一八一五年六月十八日曾经作战的军队，是一支"可憎的军队"。埋在滑铁卢沟壑中的乱骨幽魂作何感想呢？

英国面对威灵顿也过于谦让了。把威灵顿捧得这样伟大，就是把英国贬得渺小。威灵顿不过是一个普通的英雄。那些穿灰军装的苏格兰士兵，近卫骑兵，梅兰德和米切尔的团队，帕克和坎普特的步兵，蓬松比和索梅塞的骑兵，在枪林弹雨中吹风笛的苏格兰高地兵，里兰特的营队，刚学会使用火枪、对抗埃斯林和里沃利老营的新兵，他们才是伟大的。威灵顿是顽强的，这是他的优点，我们并不想贬低，但是，他最低微的步兵和骑兵同他一样坚韧不拔。铁的士兵与铁的公爵相当。至于我们，我们的赞美是在英国士兵、英国

---

[1] 洛迪是意大利北部城市，1796年5月10日，拿破仑在此战胜奥地利人；蒙特贝洛是意大利村庄，1800年6月9日，拿破仑在此战胜奥地利人；蒙特诺特在意大利，1796年4月12日，拿破仑在此战胜奥地利人；阿尔柯勒是意大利城市，1796年11月15日，拿破仑在此战胜奥地利人。

军队、英国人民一边。如果有战功,那也应当属于英格兰。滑铁卢的纪念柱,如果不是将一个人的形象,而是将人民的塑像建筑到高耸入云,那就更加公允了。

但伟大的英国会对我们在这里所说的话感到恼怒。在英国的一六八八年和我国的一七八九年事件之后,它还对封建制抱有幻想。它相信世袭制和等级制。在强盛和光荣方面,哪个民族也比不上英国人,他们自认为是民族而不是人民。作为人民,它甘愿处于从属地位,以一个爵士为首领。工人让人藐视;士兵让人责打。曾记否,在印凯曼[1]战役中,据一个中士所说,他救了整支军队,却不被拉格兰爵士提及,因为英国的军事等级制不允许在报告中提到任何低于军官级别的英雄。

在滑铁卢这样一场遭遇战中,我们尤其赞赏的是,命运令人惊叹的灵巧。夜雨,乌戈蒙墙,奥安洼道,格鲁希听不到炮声,拿破仑的向导欺骗他,布劳的向导指引他;整个这场大灾难安排得尽善尽美。

概而言之,在滑铁卢,屠杀多于战斗。

在所有战役中,滑铁卢是战线最短,士兵数目最多的。拿破仑占据四分之三法里,威灵顿占据半法里;双方都是七万二千人。这样密集造成了屠杀。

有人做了这个统计,列出这样的比例。人数损失:在奥斯特利兹,法军是百分之十四;俄军是百分之三十;奥军是百分之四十四。在瓦格拉姆,法军是百分之十三;奥军是百分之十四。在莫斯科河,法军是百分之三十七,俄军是百分之四十四。在博镇,法军是

---

[1] 印凯曼是塞瓦斯托波尔的郊区,1854年11月5日,英法联军血洗俄军。

百分之十三；俄军和奥军是百分之十四。在滑铁卢，法军是百分之五十六；联军是百分之三十一。滑铁卢战役死亡人数总计百分之四十一。十四万四千战士，六万人丧命。

今日，滑铁卢战场恢复了大地的平静；大地是人类无动于衷的支柱。战场又像所有的原野一样。

但是，夜晚，一种梦幻般的雾气从战场上升起，如果有旅行者路过，观看、谛听，像维吉尔一样面对腓力斯阴郁的平原在遐想，灾难的幻觉便攫住了他。六月十八日的可怕场面又出现了；徒有虚名的纪念性小丘消失了，那只普通的狮子也消失了，战场恢复了原状；散兵线在原野上起伏，疾驰的骑兵穿过天际；惊骇的沉思者看到刀光剑影，刺刀闪烁，炮弹的火光，隆隆响声可怕地交织在一起；他听到鬼影幢幢的战场模糊的呐喊，好似坟墓深处的喘气声；这些鬼影是榴弹兵；这些闪光是重骑兵；这个骨骸是拿破仑；那个骨骸是威灵顿；这一切已不复存在，但还在较量，还在战斗；沟壑变成了红色，树木瑟瑟抖动，杀气直上云天，黑暗中，所有这些荒山野岭，圣约翰山、乌戈蒙、弗里什蒙、帕普洛特，普朗塞努瓦，朦朦胧胧地出现，笼罩着一团团在互相残杀的幽灵。

十七、滑铁卢战役是好是坏？

有一个十分可敬的自由派，根本不憎恨滑铁卢战役。我们不属于这一派。对我们而言，滑铁卢战役只不过是自由的忌日。从这样一只蛋，孵出这样一只鹰，肯定出人意表。

滑铁卢战役，如果高屋建瓴地观察这个问题，是反革命处心积虑的一次胜利。这是欧洲反对法国，这是彼得堡、柏林和维也纳反对巴黎，这是守旧反对创新，这是一七八九年七月十四日在一八一五年三月二十日受到攻击，这是各个王朝蠢蠢欲动，反对法国不可制服的骚动。最终压灭二十六年来一直在喷发怒火的广大人民，他们的所思所想就是这样。布伦斯维克、纳索、罗马诺夫、霍亨佐莱恩、哈布斯堡等王室和波旁王室联合一致。滑铁卢战役背负着神权。确实，由于帝国实行专制，出于事物的自然反应，王权就必定要实施自由，令胜利者深感遗憾的是，事与愿违，从滑铁卢战役产生了立宪体制。这是因为革命不可能被真正战胜，它顺应天理，绝对不可避免，始终再现，在滑铁卢战役之前，体现在推倒旧王座的波拿巴身上，而在滑铁卢战役之后，体现在批准和忍受宪章的路易十八身上。波拿巴把一个驿站车夫[1]送上那不勒斯的王座，把一个中士[2]送上瑞典王座，以不平等显示平等；路易十八在圣都安签署了人权宣言。您想了解什么是革命吗？那就称它为进步吧，称它为明天吧。明天不可遏制地建功立业，而且从今天做起。奇怪的是，它总是达到目的。它利用威灵顿，把只是一个士兵的福瓦[3]造就成一个演说家。福瓦在乌戈蒙倒下了，却在讲坛上站了起来。进步就是这样实现的。对"进步"这个工匠来说，没有坏的工具。它毫不为难，调动那个跨越阿尔卑斯

---

[1] 指缪拉，他是旅店老板儿子，但并没有当过驿站车夫。1808 年当上那不勒斯国王。
[2] 指让-巴蒂斯特·贝纳多特，他在 1789 年是上士，1810 年遴选为瑞典王权继承人，1818 年成为瑞典和挪威国王。
[3] 福瓦（1775～1825），法国将军、政治家，百日时期投靠拿破仑，1819 年进入议院，支持言论自由。

山的人[1]和爱丽舍神父看护的那个走路不稳的善良老病号[2]，与它神圣的工作相协调。它利用那个足部痛风患者，也利用征服者；征服者在国外，痛风患者在国内。滑铁卢战役制止了用武力推翻欧洲各国的王位，其结果不过是从另一方面继续推动革命工作。征服者告一段落，轮到思想家了。滑铁卢战役企图阻止时代前进，时代却从上面越了过去，继续它的行程。这场灾难性的胜利被自由战胜了。

总之，毋庸置疑，在滑铁卢战役中获胜的，在威灵顿身后微笑的，把欧洲所有的元帅杖，据说包括法国元帅杖都交给他的，把一车车满是尸骨的土运走，建造狮子小丘的，在狮子上写上这个日期：一八一五年六月十八日的，鼓励布吕歇砍杀败退者的，从圣约翰山高地俯视法国，像俯视猎获物的，正是反革命。反革命低声吟出这个卑劣的字眼：肢解。反革命来到巴黎，就近看到火山口，感到火山灰烧脚，便改变初衷，又来嘟囔着宪章。

在滑铁卢战役中只应看到其内涵。有意主张自由吗？决不是。反革命成了自由派是不得已而为之，同样，出于一个相关的现象，拿破仑成为革命派也是不得已而为之。一八一五年六月十八日，骑在马上的罗伯斯庇尔摔了下来。

十八、神权东山再起

独裁寿终正寝。欧洲的整套体制也崩溃了。

---

1 指拿破仑，他曾远征意大利。
2 指路易十八，"爱丽舍神父"是他的外科医生的绰号。

帝国好似垂死的罗马帝国一样，倒在黑暗中。就像在野蛮时代，人们从深渊中再生。只不过，一八一五年的野蛮，应该直呼其小名反革命，底气不足，很快就气喘吁吁，突然断气了。应该承认，帝国受到人们哭悼，而且洒下悲壮的眼泪。如果光荣是在武功之中，那么帝国就是光荣本身。暴政所能发出的光芒，帝国全都散布在大地上；这是阴森森的光。更有甚者：暗光。与真正的日光相比，这是黑夜。黑暗的消失，产生了日食的效果。

路易十八返回巴黎。七月八日[1]的圆舞抹去了三月二十日的热情。科西嘉人和贝阿恩人[2]恰成对照。杜依勒里宫圆顶上的旗帜是白色的。流亡者登上了王座。哈维尔的枞木桌放在路易十四的百合花雕饰的扶手椅前。大家像昨天一样谈起布维纳和封特努瓦[3]，奥斯特利兹战役成了老皇历。祭坛和王座声威赫赫，亲如手足。十九世纪拯救社会最无可争议的形式之一，在法国和欧洲大陆确立了。欧洲佩带上白色徽章。特雷斯塔荣[4]遐迩闻名。"non pluribus impar"[5]的箴言在凯道赛兵营太阳形的拱石上重新出现。帝国近卫军待过的地方，都有一座红房子。骑兵竞技场的凯旋门，雕满了病恹恹的胜利女神，处在这些新来者中间像沦落异乡，也许对马伦哥和阿尔科勒战役有点感到羞耻，总算用昂古莱姆公爵的塑像来摆脱困境。马德兰墓地

1　1815 年 7 月 8 日，路易十八回到巴黎。
2　指路易十八，他的老祖宗亨利四世来自那里。
3　布维纳，法国北部的村子，13 世纪初，菲利普·奥古斯特等曾取得对无地约翰等的胜利，这一仗被看作法国人民族意识的第一次显露。封特努瓦，比利时城市，1745 年，萨克森元帅率领法军战胜英国人和荷兰人。
4　特雷斯塔荣，在尼姆制造白色恐怖的雅克·杜蓬的绰号。
5　拉丁文：不在众人之上。

是九三年可怕的公共墓穴，用大理石和燧石盖住了路易十六和玛丽-安东奈特埋在尘埃中的尸骨。在万森墓冢，土中露出一截墓碑，令人想起德·昂吉安公爵[1]就死于拿破仑加冕那个月。教皇庇护七世在处决公爵后不久，主持了加冕，像当初祝福拿破仑登基一样，平静地祝福他垮台。在索恩布仑，有一个四岁的小亡灵[2]，称他为罗马王，要定为叛乱罪。这些事都发生过，这些国王都恢复了王位，欧洲的主人关进了囚笼，旧政体变成了新政体，大地的黑暗与光明完全换了位置，这是由于夏天的一个下午，有个牧童对树林里的一个普鲁士人说：从这边走，不要从那边走！

一八一五年像一个阴沉沉的四月天。有害和有毒的旧现实事物覆盖上崭新的表面。谎言与一七八九年结合，神权戴上了宪章的面具，虚幻成了立宪，偏见、迷信、不可告人的想法，心里想着宪章第十四条，都粉饰为自由派。这是蛇蜕皮。

由于拿破仑，人变得既伟大又渺小。在浮华虚饰泛滥之下，理想获得了空论的古怪名字。嘲笑未来，是一个伟人的严重疏忽。人民虽是炮灰，却非常热爱炮手，用目光寻找他。他在哪里？他在做什么？"拿破仑死了，"一个行人对在马伦哥和滑铁卢战役致残的人说。——"他死啦！"这个士兵喊道，"您可真是了解他！"想象把这个垮台的人神化了。在滑铁卢战役之后，欧洲天昏地暗。拿破仑消逝以后，很长时间巨大的东西变得空空如也。

各国国王填补这个空虚。古老的欧洲趁机重整旗鼓。建立了一

---

[1] 昂吉安公爵（1772～1804），拿破仑怀疑他密谋，将他枪决，激怒了欧洲。
[2] 指拿破仑的儿子。

个神圣同盟。决定命运的滑铁卢战场早就说了出来：佳盟。

面对这个重整过的古老欧洲，一个新法兰西的轮廓成形了。皇帝嘲笑的未来闯了进来。它的额角上有这颗星星：自由。年轻一代热烈的眼睛都转向它。说来也怪，人们既爱这未来：自由，也爱这往昔：拿破仑。败北使战败者变得伟大。倒下的波拿巴好像比站着的拿破仑更高大。战胜者恐惧了。英国派赫德逊·劳看守他，法国派蒙什努监视他。他交叉抱起手臂，却令王权不安。亚历山大称他为我的失眠根子。这种恐惧来自他身上负载着那么多的革命。波拿巴分子的自由主义由此可以得到解释和原谅。这个幽灵使旧世界发抖。天边矗立着圣赫勒拿岛的巉岩，各国国王统治得不自在。

正当拿破仑在朗乌德垂危时，在滑铁卢战场倒毙的六万人静静地腐烂，他们的平静散布到世界上。维也纳会议签订了一八一五年的协议，欧洲称之为复辟。

滑铁卢战役就是这么回事。

但对无限来说，又算得了什么呢？这整场风暴，这整片乌云，这场战争，然后这和平，这整片黑暗，一刻也没有扰乱无限之目的光芒，在它看来，一只蚜虫从一根草茎跳到另一根草茎，相当于老鹰在圣母院的塔楼上飞翔于钟楼之间。

十九、战场夜景

出于本书需要，言归正传，再来谈谈阴森恐怖的滑铁卢战场。

一八一五年六月十八日正是望月。月光有利于布吕歇凶残的追逐,显示了逃跑者的踪迹,将这些不幸的人交给杀得性起的普鲁士骑兵,助了屠杀一臂之力。有时在灾难中就有这类可悲的黑夜为虎作伥。

发出最后一发炮弹之后,圣约翰山的平地空无一人了。

英军占据了法军的营盘,这是确认胜利的惯例;睡在战败者的床上。他们越过罗索姆,安营扎寨。普鲁士人穷追溃兵,向前推进。威灵顿来到滑铁卢村,给巴图斯特爵士写报告。

如果"sic vos non vobis"[1]很实用,那么肯定适用于滑铁卢村。滑铁卢丝毫没有参与,离开战场有半法里之遥。圣约翰山受到炮轰,乌戈蒙被焚烧,帕普洛特也被焚烧,圣篱受到进攻,佳盟目睹两个胜利者拥抱;这些名字鲜为人知,滑铁卢毫无战功,却享尽荣耀。

我们不属于战争颂扬者之列;机会出现时,我们要说出真相。我们并不隐瞒,战争有可怕的美;应该承认,战争也有丑恶之处。最令人惊讶的一点是,在战后马上劫掠死人。战役之后的黎明,总是升起在赤裸的尸体之上。

是谁干的?谁这样给胜利抹黑?是谁将丑恶的手偷偷伸进胜利的口袋?是什么扒手在战后得逞?有的哲学家,例如伏尔泰,断定正是这些人才是胜利者。他们说这些站着的抢劫躺在地上的人,全是一路货色,面目不变。白天的英雄转成了黑夜的吸血鬼。说到底,把人都杀死了,再从尸体上抢劫一点,这权利也是有的。至于我们,我们不敢苟同。摘取胜利桂冠,再偷走死者的鞋子,我们觉得不可

---

[1] 拉丁文:诚然这不是指您。摘自维吉尔一首讽刺诗的首句。

能是同一只手所为。

可以肯定的是,通常,在胜利者之后,来的是盗贼。但我们还是排除士兵,尤其是现代士兵。

凡是大军都有一条尾巴,需要谴责的正在这里。蝙蝠似的人,半是盗贼,半是仆役,是别名战争的这种黄昏产生的各式各样飞鼠,身穿军装却不打仗,装作有病,是可怕的瘸腿,忙碌地干走私的食堂老板,有时带着他们的女人,坐在小运货车上,把卖出的货品再偷回来,自荐给军官当向导的乞丐,随军仆役,扒手,我们不说当今,从前大军行进就拖带着这一切,以致专门语言称之为"拖尾巴"。任何大军和任何民族都不对这种人负责;他们讲意大利语,跟在德国人后面,讲法语却跟在英国人后面。塞勒索尔[1]战役胜利那天晚上,德·费尔瓦克侯爵就是让这样一个坏蛋背叛害死了,而且就在战场上被偷个精光;这个西班牙的"拖尾巴"讲法语,侯爵被他蹩脚的皮卡第方言蒙骗了,把他看成本国人。贼从盗窃产生。令人可憎的格言:"靠敌人为生",产生了这种麻风病,唯有严惩才能治愈它。有些名流欺世盗名;人们总是不明白,为什么有些将军,当然地位很高,这样名闻遐迩。图雷纳[2]受到部下爱戴,因为他纵容抢掠;容许作恶也算是仁慈,图雷纳是这样仁慈,他让部下在帕拉蒂纳烧杀抢掠。可以根据当头头的是否严厉来判断盗贼的多少。奥什和马尔索[3]的部队就没有"拖尾巴";我们要说句公道话,威灵顿的

---

[1] 塞勒索尔,意大利地名,1544年,法军在此战胜敌军,夺得一块领土。
[2] 图雷纳(1611~1675),法国元帅,他确实纵容部下抢掠。
[3] 奥什(1768~1797),法国将军,1793年曾击退奥地利人;马尔索(1769~1796),法国将军,1793年曾参加平定旺岱的叛乱。

军队也很少这种人。

但是，在六月十八日至十九日夜里，仍有人盗尸。威灵顿是严厉的，下令当场抓获，格杀勿论；可是，盗窃是顽症。战场这边在枪决盗贼，在另一角仍在偷盗。

原野上月光惨淡。

将近午夜，有个人在奥安洼道那边游荡，或者确切地说在爬行。从表面上看，这个人的特点正属于我们指出的那一类，既不是英国人、法国人、农民，也不是士兵，三分像人七分像鬼，受到死人气味的吸引，以为盗窃到手就是胜利，他是来劫掠滑铁卢的。他身穿一件有点像军大衣的罩衫，他惴惴不安又胆大妄为，他往前走，又往后看。这是何许人？黑夜也许比白天更了解他的底细。他没带口袋，但显然他的大衣底下的兜很宽大。他不时停下来，观察周围的平野，仿佛想看看是不是有人注意到他。他突然俯下身，翻动地下默然不动的东西，然后挺起身来，溜走了。他蹑手蹑脚，他的态度，他迅速而鬼祟的动作，活像黄昏时出没在废墟中的恶鬼，以往诺曼底的传说称为游魂。

有些夜间的涉禽，就是沼泽地的这种鬼影。

倘若有人仔细观察这片雾气，就会注意到，隔开一段距离，有一辆随军小贩的小货车停在那里，仿佛藏在尼维尔大路边的破屋后面，就在圣约翰山到布雷纳-拉勒的拐角上；那辆货车的柳条篷涂了柏油，驾着一匹饿得透过口嚼吃荨麻的驽马；好像有个女人坐在箱子和包裹上。也许在这辆货车和这个人之间有种联系。

黑夜静谧。天空中没有一丝云彩。大地染红，月光皎洁，这无关紧要。上天的无动于衷正在这里。牧场上，被枪炮打折的树枝还没有掉下来，被树皮吊着，在夜风中轻轻地晃荡。一阵气息，近乎呼吸，吹动了荆棘。草丛中的抖动好似灵魂离去。

远处隐约传来英军巡逻队来往走动的声音。

乌戈蒙和圣篱继续在燃烧，一东一西，两团大火由天际山冈上英军营帐展开成巨大的半圆形的一串篝火连接起来，仿佛一串解开的红宝石项链，两端缀着一颗光灿灿的深红色宝石。

上文提到奥安洼道的灾难。多少勇士死于非命，想起来就令人胆寒。

倘若有的事令人触目惊心，倘若有的现实超过梦幻，那就是：生活着，看到太阳，充满活力，健康愉快，敞怀大笑，奔向锦绣前程，感到胸中的肺在呼吸，心在跳动，意志在议论，能说话、思想、期望、热爱，有一个母亲，有一个妻子，有几个孩子，有光明，突然，只有一声叫喊的时间，不到一分钟，就崩塌在深渊里，摔下去，翻滚，往下砸，被压碎，看到麦穗、鲜花、树叶、树枝，但什么也抓不住，觉得马刀一无用处，自己身下压着人，而马压在自己身上，徒劳地挣扎，黑暗中骨头被马蹄踏碎，感到一只后跟踩出您的眼睛，发狂地咬着马蹄铁，窒息，嚎叫，扭动，心里想：刚才我还是个活人！

惨祸发出呻吟的地方，如今一片寂静。洼道的沟里填满了乱七八糟地堆在一起的马和骑兵。真是凌乱不堪。再没有斜坡。尸体堆得同原野的大路一样平，犹如满满一斗大麦填到齐路边，在低洼的部分血流成河，一八一五年六月十八日，这条路就是这个样子。

鲜血一直流到尼维尔大路，在挡住大路的树堆前积成一大摊血，至今还有人指点出来。据回忆，在相反方向，朝格纳普大路那边，正是骑兵陷落的地方。尸体的厚度可以洼道的深度来衡量。在中间平缓的地方，德洛尔师从哪里经过，哪里死尸的厚度就变薄了。

上文让读者看到的那个夜游人，从这边过来。他在搜索这个大坟场。他在张望。他可恶透顶地巡视死尸。他的脚踩在血泊中。

蓦地他站住了。

他前面几步路的地方，洼道上，尸堆截止之处，从这堆人和马的下面，伸出一只张开的手，被月光照亮了。

这只手的手指上有样东西闪闪发光，这是只金戒指。

这个人弯下腰，蹲下一会儿，当他站起来时，那只手已经没有戒指了。

说准确点，他没有站起来；他保持一种惊悸的野兽状态，背对着一堆死尸，观察地平线，跪在那里，身体的前部撑在着地的两只食指上，头越过洼道边沿上方在窥探。豺狗的四只爪子适用于某些姿势。

然后，他打定主意，站了起来。

这当儿，他吓了一跳。他感到身后有人抓住了他。

他回过身去；这是一只张开的手，刚才闭拢来抓住他的衣襟。

正直人早就吓坏了。这一个却笑了起来。

"啊，"他说，"只是个死人。我宁愿是个幽灵，而不是宪兵。"

可是那只手吃力了，松开了他。坟墓里力气衰竭得快。

"啊！"游荡者又说，"这死人是活的吗？让我们看一看。"

他又俯下身去,搜索这堆死尸,把挡着的拨开,抓住那只手,捏牢胳膊,把脑袋拉出来,抽出身体,过了一会儿,他把一个一动不动,至少是昏过去了的人拖到洼道的暗处。这是一个重骑兵,一个军官,甚至有相当高的军阶;一个金色的大肩章从胸甲下露出来;这个军官没有了头盔。狠狠的一马刀砍伤了他的脸,脸上尽是血。看来,他的肢体没有骨折,侥幸得很,如果这里可以用这个词的话,死尸在他身体上方构成拱形,使他避免了压死。他的眼睛闭着。

他的胸甲上挂着荣誉团银质勋章。

游荡者扯下这枚勋章,勋章消失在大衣下深渊般的大口袋中。

随后,他摸了摸军官的裤子小口袋,触到了一只表,拿走了。然后他搜索背心,找到一只钱袋,放进兜里。

他正在这样抢救这个垂死的人,这时军官睁开了眼睛。

"谢谢,"他有气无力地说。

摆弄他的人动作突兀,夜里的清凉,自由呼吸空气,使他摆脱了麻木状态。

游荡者没有应声。他抬起了头。原野上传来脚步声;可能有巡逻队走近了。

军官喃喃地说话,因为这是垂死者的声音:

"谁打赢了?"

"英国人,"游荡者回答。

军官又说:

"在我的口袋里找一找。您会找到一个钱袋和一只表。拿走吧。"

这已经做过了。

游荡者假装应要求翻了翻,说道:

"什么也没有。"

"有人偷走了,"军官说,"我很遗憾。本来是给您的。"

脚步声变得越来越清晰。

"有人来了,"游荡者说,迈步要走。

军官艰难地抬起手臂,拉住了他:

"您救了我的性命。您是谁?"

游荡者低声匆匆回答:

"我像您一样,属于法军。我该离开您了。如果抓住了我,会把我枪毙的。我救了您的命。现在您自己想办法吧。"

"您是什么军衔?"

"中士。"

"您叫什么名字?"

"泰纳迪埃。"

"我忘不了这个名字,"军官说。"而您呢,请记住我的名字。我叫蓬梅西。"

第二章
奥里翁舰

一、24601号变成了9430号

让·瓦尔让重新被捕。

读者会感激我们,将痛苦经历的细节飞快掠过。我们只限于转录两则短闻,那是在滨海蒙特勒伊的惊人事件之后几个月,由当时各报发表的。

文字有点简短。大家记得,当时还没有《法院公报》。

第一则短闻摘自《白旗报》,登在一八二三年七月二十五日的报上:

加来海峡行政区刚发生一件非同寻常的事。一个名叫马德兰先生的外省人,几年前采用新方法,振兴了一项地方古老工业,亦即制造黑玉和黑色玻璃。他在那里发财致富,也可以说使该区富裕起来。为了表彰他的贡献,任命他为市长。警

方发现，这个马德兰先生原来是个苦役犯，名叫让·瓦尔让，一七九六年因盗窃罪被判刑，释放后又违禁。让·瓦尔让重新入狱。他在被捕前，似乎成功地从拉菲特银行提出一笔存在那里的五十余万法郎，不过，据说这是他非常合法地在经营中获得的。自从让·瓦尔让重新关进土伦苦役监，人们无法知道他将这笔钱藏在何处。

第二则短闻要详细些，摘自《巴黎报》，在同一天刊出：

一个名叫让·瓦尔让的刑满释放苦役犯，最近在瓦尔的刑事法庭受审，案情引人注目。该犯骗过了警方的警惕；他改名换姓，成功地当上了北方一个小城的市长。他在该市兴办了一门颇有规模的贸易。多亏检察院不懈的努力，他终于面目暴露，逮捕归案。他的姘妇是一个妓女，在他被捕时惊吓而死。该犯膂力惊人，越狱成功；但在他越狱后三四天，正当他登上从首都巴黎开往蒙费梅村（塞纳-瓦兹省）的一辆小马车时，警方又重新抓获他。据说他利用这三四天自由活动的时间，从法国一家大银行提取了一笔巨款。估计此款达六七十万法郎。据起诉书称，他将此款藏在只有他知道的一个地方，无法查获。无论如何，那个让·瓦尔让因犯有八年前持械在大路抢劫罪，已在瓦尔省的刑事法庭受审，受害者是一个正直的孩子，诚如费尔奈族长在不朽的诗句中所说：

>……每年都是来自萨伏瓦,
>用手轻轻地又捅又铲
>被烟灰堵住的长烟管。[1]

  该犯放弃申辩。检察院妙语连珠,能言善辩,认定为合谋抢劫,让·瓦尔让属于南方的一个贼帮。因此,让·瓦尔让被判有罪,处以死刑。该犯拒不上诉。国王始终宽大为怀,减刑为终身苦役。让·瓦尔让随即押往土伦苦役监。

  人们没有忘记,让·瓦尔让在滨海蒙特勒伊保持宗教习惯。几份报纸,其中有《立宪报》,把这次减刑称为教士派的胜利。
  让·瓦尔让在苦役监改变了号码。他叫 9430 号。
  此外,有一点要说一下,以后就不再提及了。滨海蒙特勒伊的繁荣,随同马德兰先生一起消失;他在心潮澎湃和迟疑不决之夜所预见到的一切都成了事实;少了他,确实是"少了灵魂"。他垮掉以后,在滨海蒙特勒伊,出现了私分倒闭的大企业,这种将兴旺事业置于死地的四分五裂,每天都在人类社会默默地进行,历史只记录过一次,那是在亚历山大去世以后出现的。部将纷纷称王;工头也纷纷摇身一变,成为业主。嫉妒竞争随之而起。马德兰先生的宽敞车间关闭了;建筑变成废墟,工人各奔东西。有的离乡背井,有的改行。此后,一切都是小规模而不是大规模经营;唯利是图,而不

---

[1] 费尔奈族长指伏尔泰,此诗摘自《可怜虫》。

是为了公益。再没有中心,处处你争我夺,十分激烈。以前,马德兰先生控制一切,加以领导。他一垮台,人人都要中饱私囊;争夺精神代替了协作精神,贪婪代替了真诚,互相仇恨代替了创建者对大家的关爱;马德兰先生理顺的线成了乱麻,而且扯断了;偷工减料,产品低劣,失掉信誉;销路缩小,订单减少;工资降低,车间停工,倒闭降临。然后穷人一点也得不到。一切化为齑粉。

连政府也发现,什么地方垮掉一个人才。刑事法庭确认马德兰先生和让·瓦尔让是同一个人,判决他服苦役以后不到四年,滨海蒙特勒伊行政区征税的费用就翻了一番,德·维莱尔[1]先生在一八二七年二月的议会里指出了这一点。

二、或许这是两句鬼诗

在往下展开之前,有必要详细一点叙述一件古怪的事,这事大约同一时期发生在蒙费梅,也许和检察院的某些预测不无偶合之处。

在蒙费梅一带,有一种很古老的迷信,尤其在巴黎附近民间迷信像在西伯利亚长出芦笋一样,就更有吸引力和宝贵。我们看重一切奇花异草。蒙费梅的迷信是这样的。那里的人以为,在远古,魔鬼就选择了森林掩埋珍宝。老太婆言之凿凿,说是日落时分,在树林的偏僻处常常遇到一个黑衣人,模样像个车夫或者樵夫,脚穿木鞋,身穿长裤和粗布罩衫,从他不戴便帽或帽子,头上长着两只大

---

[1] 维莱尔(1773~1854),法国政治家,1822年任议长。

角,便可认出是魔鬼。确实一看就能认出来。这个人通常忙于挖坑。与他狭路相逢,有三种结果。第一种是接近他,同他说话。于是便发觉这个人不过是个农民,他黑乎乎的,因为暮色苍茫;他没有挖坑,他在给牛割草;农民头上看成角的东西,其实是粪叉,他背在背上,在暮色中,叉齿好像从头上长出来。这个人回家以后,不到一周就会死去。第二种是观察他,等待他挖坑,又填上这个坑,然后走掉;随后赶快跑到坑边,再挖开它,取走"珍宝",黑衣人势必将宝藏在里面。这样的话,会在一月内死去。最后,第三种是不同黑衣人说话,不看他一眼,撒腿就逃。会在年内死去。

由于这三种结果都不利,第二种至少有点好处,其中一种是掌握珍宝,哪怕只有一个月,通常能为人接受。大胆的人受到种种机会的诱惑,据说常常再扒开黑衣人所挖的坑,想偷魔鬼的东西。看来这样做所得甚微。至少,如果相信传说,特别是古拉丁文写成的两句难解的诗的话,那是诺曼底一个懂点巫术,名叫特里封的坏修士写下的。这个特里封,埋在鲁昂附近博什维尔的圣乔治修道院里,从他的坟上生出癞蛤蟆。

农民为此费了很大的劲,这些坑一般挖得很深,流汗,寻找,干一整夜,因为要在夜里进行,湿透了衬衫,蜡烛燃尽,镐头挖裂了口,当挖到坑底,伸手去取"珍宝"时,找到什么呢?魔鬼的珍宝是什么?一个苏,有时是一个埃居,一块石头,一块骸骨,一具血淋淋的尸体,有时是一个一折为四的幽灵,就像皮包里的一张纸,有时一无所有。这似乎是特里封的诗句向冒失的觅宝者所表明的含义:

他挖掘深坑，里面埋藏着珍宝，
铜板、银元、石头、尸体、雕像，没找到。

看来，今日也能在这种坑里找到东西，有时是一只火药壶和子弹，有时是魔鬼显然用过的油污发黄的旧纸牌。特里封没有提到这两种找到的东西，因为他生活在十二世纪，看来魔鬼没有想到在罗杰·培根[1]之前发明火药，在查理六世[2]之前发明纸牌。

再说，倘若用这种纸牌赌博，准定会把老本输光；至于壶里的火药，其特点是会使您的枪爆炸，弹到您的脸上。

然而，检察院发觉，释放的苦役犯让·瓦尔让，在逃跑后的那几天里，曾在蒙费梅徘徊，不久，就在这个村子里，有人注意到，有个叫布拉特吕埃尔的老养路工，在树林里"有活动"。当地人似乎听说这个布拉特吕埃尔进过苦役监；他受到警方监视，由于他哪儿都找不到工作，当地政府廉价雇用他在加尼到拉尼的岔路上当养路工。

这个布拉特吕埃尔，当地人都侧目而视，他过于恭恭敬敬，过于低声下气，对每个人都赶快脱帽，在警察面前瑟瑟发抖，脸上挂笑，据说可能加入了匪帮，受到怀疑入夜时埋伏在树丛打劫。他这样做就因为他是个酒鬼。

---

1 罗杰·培根（1214～1294），英国神学家、哲学家，绰号为"出色的博士"，有多部声学和光学的著作。
2 查理六世（1685～1740），德国皇帝，匈牙利和西西里国王。

大家似乎注意到这些情况：

近来，布拉特吕埃尔很早就离开铺石养路的活儿，带着十字镐来到森林。有人黄昏时分在最偏僻的林中空地，在最荒野的树丛里遇到他，看来他在寻找什么东西，时而在挖坑。路过的老太婆起初将他看作鬼王，然后她们认出是布拉特吕埃尔，但仍放心不下。遇到人似乎令布拉特吕埃尔非常不快。很明显，他想避人耳目，他所做的事包含着秘密。

村里人说："很清楚，魔鬼显形了。布拉特吕埃尔见过他，而且寻找他。说实话，他找到了魔鬼的财宝，那就糟了。"伏尔泰的信徒补上一句："究竟是布拉特吕埃尔追赶魔鬼呢，还是魔鬼追赶布拉特吕埃尔？"那些老太婆连连划十字。

但布拉特吕埃尔停止在树林里折腾，他又规规矩矩地干他养路工的活计。大家也就谈别的事了。

不过有的人仍然好奇，认为其中可能有东西，决不是传说中的神奇珍宝，而是比魔鬼的纸币更实在、更摸得着的意外收获，那个养路工大概发现了其中的一半秘密。最"感到吃惊"的是小学教师和旅店老板泰纳迪埃，后者跟每个人都交朋友，而且愿意和布拉特吕埃尔套近乎。

"他在苦役监关过？"泰纳迪埃说。"咦！我的天！不知现在谁坐牢，将来谁坐牢。"

一天晚上，小学教师断言，以前司法机关会调查布拉特吕埃尔在树林里干什么，他只得说清楚，必要时会拷问他，比如用水刑，布拉特吕埃尔根本顶不住。

"我们用酒来追问他,"泰纳迪埃说。

他们行动起来,让老养路工喝酒。布拉特吕埃尔喝得很多,话却很少。他把酒鬼的海量和法官的谨慎结合起来,手法巧妙,比例得当。然而,由于他们一再盘问,接近目标,还是逼他吐出几句含混不清的话。下面就是泰纳迪埃和小学教师以为了解到的情况:

一天早上,天刚亮,布拉特吕埃尔去干活,惊讶地发现在树林一角一丛荆棘下有一把铲和一把镐,他说是藏起来的。他以为也许是挑水夫六炉老爹的铲和镐,便不再去想它。但是当天晚上,他由于给一棵大树挡着,没给人看到,却看见一个人从大路向密林深处走去,"这个家伙根本不是本地人,而他,布拉特吕埃尔却非常熟悉"。泰纳迪埃翻译成:一个苦役监的伙伴。布拉特吕埃尔死也不肯说出他的名字。这个家伙拿着一个呈方形的包裹,仿佛一只大匣子或一只小箱子。布拉特吕埃尔十分诧异。但过了七八分钟,跟踪"这个家伙"的想法才来到他的脑子里。可是为时已晚,那个家伙已经走进密林,黑夜降临,布拉特吕埃尔追不上他了。于是他打定主意观察树林的边沿。"月亮升上来了。"两三小时后,布拉特吕埃尔看见那个家伙又走出树丛,现在他不是拿着小箱子似的东西,而是拿着一把铲和一把镐。布拉特吕埃尔让这个家伙走过去,没有想到走近他,因为他想,那一位比他强壮三倍,又拿着一把镐,认出他又发现自己被认出来后,可能会被打死。两个老朋友相逢,本来要有动人的感情吐露。但铲和镐对布拉特吕埃尔是一道启迪的闪光;他跑到早上那丛荆棘旁,却找不到铲和镐。他得出结论,那个家伙进了树林,是用镐挖坑,掩埋箱子,然后用铲盖上这个坑。可是,箱子太小了，装不下一具尸体，因此里面是钱。他于是开始寻找，凡是看来新近动过土的地方，他都搜索一遍。一无所获。

他什么也没有"挖到"。在蒙费梅，没有人再想这件事了。只有几个长舌妇说："可以肯定，加尼那个养路工，不会无缘无故折腾来折腾去；魔鬼准定来过了。"

三、必须准备工作做好，才能一锤砸碎脚镣

约莫就在一八二三年十月末，土伦的居民看到奥里翁号返回港口，这艘战舰遇到大风浪，要修补损坏的船体，后来在布列斯特用作训练舰，当时编在地中海舰队。

这艘战船由于受到海浪袭击而残缺不全，进港时引人注目。它不知挂的什么旗，受到十一响礼炮的正规欢迎，它也一响回一响；共计二十二响。礼炮，是王室和军队的礼仪，互致敬意的轰鸣，也是等级的标志，港湾和要塞的礼节，日出日落每天都要受到所有的堡垒和战舰的致敬，还有城门的开与闭，等等。有人计算过，在整个地球上，文明世界每二十四小时，要无用地鸣放十五万响。每一响要六法郎，每天耗费九十万法郎，每年是三亿，化成烟飘走了。这只是一件小事。与此同时，穷人却在饿死。

一八二三年，复辟王朝称之为"西班牙战争时期"。

这次战争的一个事件就包含了许多事件，而且有很多奇事。对波旁王室而言，这是一件重大的家事；法国的分支援救和保护马德里那个分支，也就是行使长房的权利；表面是恢复民族传统，也是

恢复隶属于北方长房的关系；德·昂古莱姆公爵被自由派报纸称为"昂杜雅尔的英雄"，一反平和之态，露出得意之色，压制着圣职部非常实在的老牌恐怖主义，它与自由派虚幻的恐怖主义相较量；以"卡米扎党"的名字复活的长裤党，令富孀惊恐万状；君主制阻挠进步，称之为无政府主义；一七八九年的理论遭到破坏，突然中断发展；欧洲对法国思想的抵制传遍世界；德·卡里尼昂亲王同大军统帅、法兰西的儿子肩并肩，就像查理-阿尔贝以来那样，作为志愿兵，加入各国国王反对人民的十字军征战中，戴着榴弹兵的红呢肩章；帝国士兵休息了八年之后，重返战场，但变老了，精神忧郁，戴上白色徽章；一些英勇的法国人在国外挥动三色旗，就像三十年前白旗在科布伦茨[1]飘扬一样；修士也混在我们的军队里；自由的创新的精神被刺刀镇压下去；原则被大炮轰得粉碎；法国以武力摧毁了它的精神造就的一切；此外，敌军将领被收买，士兵犹豫不决，城市受到几百万人的围攻；根本没有军事危险，但有可能发生爆炸，如同发现和闯进整个矿区；很少流血，很少获得荣誉，对一些人是耻辱，没有人感到光荣；这场战争就是这样，它是由路易十四的子孙制造的，由出自拿破仑的将军们率领。它有可悲的命运，令人既想不起伟大的战争，也想不起伟大的政治。

有几件战事是重大的行动；其中，夺取特罗卡德罗，是一次漂亮的军事行动；总之，再说一遍，这场战争的军号声音嘶哑，整个局面令人可疑，历史向法国证明，它很难接受这虚假的胜利。显然，

---

[1] 科布伦茨，普鲁士西部城市，1792年，法国逃亡贵族在此地组织军队。

有些负责抵抗的西班牙军官轻易就退却，贿赂的想法从这场胜利中油然而生；似乎战胜的是将军而不是战役，胜利的士兵返回时感到没面子。在这场丢人的战争中，旗帜上可以看到"法兰西银行"的字样。

在一八〇八年的战役中，萨拉戈斯摧枯拉朽地崩溃了；这场战役的士兵到了一八二三年，面对城池轻易攻破，皱起了眉头，开始留恋起帕拉福克斯。[1] 这就是法兰西的性格，宁愿遇到罗斯托普辛，也不愿面对巴莱斯特罗。[2]

从更严重的角度看，而且应该强调的是，这场战争在法国损害了尚武精神，激怒了民主精神。这是维护奴役的行动。在这场战役中，作为民主之子的法国士兵的目标，是为他人争取枷锁。多么令人厌恶的反常行为啊。法国的存在是为了唤醒各国人民的心灵，而不是窒息它。从一七九二年以来，欧洲历次革命都是法国革命的延续；自由从法国辐射出去。这是太阳一般的事实。看不到的人是瞎子！这是波拿巴说的话。

一八二三年的战争，是对宽厚的西班牙民族的扼杀，因此同时也是对法国革命的扼杀，却是法国犯下的；用武力扼杀；因为除了争取自由的战争，军队所做的一切，都通过武力来完成。"被动服从"的说法表明了这一点。一支军队是一个奇特的杰作，在这种组合中，力量从巨量的无能中产生。战争是人类不顾人道，为反对人类而制

---

[1] 1808年，拿破仑攻打西班牙，在萨拉戈斯遇阻，守将帕拉福克斯坚守七个月之久。
[2] 1812年拿破仑进军俄国时，罗斯托普辛是莫斯科总督；巴莱斯特罗在1823年是西班牙将军。

造出来的，由此得到解释。

至于波旁王室，一八二三年的战争对他们是致命的。他们把它看作胜利。他们一点看不到，以命令扼杀思想有多大的危险。他们过于天真，错把因犯罪而极大地削弱自身看作力量的因素，塞进他们的体制的确立中。玩弄诡计的思想进入他们的政治。一八三〇年在一八二三年萌芽。西班牙战争在他们的会议中，成为武力打击和以神权冒险的一个论据。法国在西班牙恢复了"el rey neto"[1]，也就能在自己国家恢复绝对君主。他们把士兵的服从看作民族的赞同，陷入可怕的错误中。这种自信丢掉了王位。不应在芒齐涅拉树[2]的树荫下，也不应在军队的阴影下安睡。

言归正传，再回到奥里翁号战船。

在作为统帅的亲王指挥的军队进军期间，一支舰队横越地中海。上文刚说过，奥里翁号属于这支舰队，由于海损而回到土伦港。

一艘战船在港口出现，不知怎的，能吸引人群。这是因为那是庞然大物，人群喜欢庞然大物。

一艘战船是人的天才和自然力量出色的结合。

一艘战船由最重和最轻的东西同时组成，因为它同时与三种物质形式有关，即固体、液体和气体，又要同这三种形式作斗争。为了抓住海底的花岗岩，它有十一只铁爪，为了收纳云中的风，它比昆虫有更多的翅膀和触角。它的气息从一百二十门大炮出来，就像从巨大的军号中出来一样，傲然地回应雷鸣。大海竭力使它迷失在

---

1 西班牙文：纯粹的国王。
2 这种树的果实有毒。

可怕地相似的浪涛中，但战船有它的灵魂，它的罗盘，给它出主意，总是给它指向北方。在漆黑的夜里，它的信号灯代替星光。它有绳索和帆具抵挡风，有船壳抵挡水，有铁、铜和铅抵挡岩石，有光抵挡黑暗，有指针抵挡茫茫大海。

倘若要想象战船整体的巨大比例，只消走进布列斯特或土伦港七层高的有顶船坞。正在建造的船只，可以说处在钟形罩之下。这根巨木是斜横桁；这根躺在地上望不到顶端的巨柱，是主桅杆。在船坞上，从底到顶，插入云中，长约一百二十尺，底部直径有三尺。英国造的主桅杆，高出水面二百十七尺。

我们父辈的海军用的是缆绳，我们的海军用的是铁链。有一百门炮的战舰，普通的一堆链条高四尺，一圈有二十尺，宽八尺。建造这艘船，需要多少木头呢？三千立方米。这是一片漂流的森林。

还有，要指出的是，这里谈的是四十年前的战舰，普通的帆船；蒸汽当时还处在童年时期，后来才把新的奇迹加到所谓战舰这种奇迹中。比如，眼下，一艘带螺旋桨的机帆船，是一部惊人的机器，拖动它的风帆有三千平方米的面积，锅炉有两千五百匹马力。

暂且不谈这些新的奇迹，以往克利斯托夫·哥伦布和吕伊特尔[1]的战船，是人类的伟大杰作之一。它的力量用之不竭，就像无限送出的气息一样，它的帆接住风，它在万顷碧波中行驶准确，乘风破浪。

但有时风暴会折断六十尺长的横桁，像折断麦秸一样，狂风把

---

[1] 吕伊特尔（1607～1676），荷兰海军元帅，从见习水手做起，后战死。

四百尺高的桅杆像灯芯草一样吹弯，重达万斤的铁锚在浪涛的大口中扭歪，如同白斑狗鱼的牙咬住了渔夫的钓钩，骇人的大炮发出悲哀的、无奈的怒吼，给风暴带到虚空和黑夜中，它的全部威力和雄姿淹没在更高的威力和雄姿中。

每当一种巨大的威力扩展开来，直至极弱状态，就会令人遐想。因此，在港口，好奇的人也解释不清为什么这样做，拥挤在这些奇妙的战争和航行机器周围。

每天，从早到晚，码头、突堤堤首和土伦港的防波堤，挤满了大量闲人和看热闹的人，如同巴黎人所说的那样，专门来看奥里翁号。

奥里翁号早就出了毛病。在以前的航行中，船底积了厚层贝壳，以致航行速度减低一半；去年，把它拖出水面，刮掉这些贝壳，重新下水。但这一刮损坏了船底的螺栓连接。在巴利阿里群岛附近，船壳因过度使用而开裂，当时没有铁皮的护板，船体进水。春秋分的狂风骤然而至，吹裂了左舷船首和一扇舷窗，还损坏了前桅固定侧索的腰外板。由于这些损伤，奥里翁号回到土伦。

它停泊在海军兵工厂附近。一面修理，一面补充弹药。右舷没有损伤，但按例拆下了几块板，好让空气进入底舱。

一天上午，观看的人群目睹了事故的发生。

船员正忙着起帆。负责右舷大方帆上后角的桅楼水手失去了平衡。只见他左右摇晃，麇集在兵工厂码头上的人发出一声叫喊，这个人头朝下拖着身子，绕过横桁，双手伸向深渊；他掉下去时，一只手抓住软梯，然后另一只手也抓住了，吊在那里。大海在他身下，高度令人昏眩。他摔下去时的震荡,使软梯剧烈地摆荡。这个人像投石器上的一块石头,吊在绳索上来回摆动。

救他要冒极大的危险。所有的水手都是新近招募的岸边渔民,没有人敢去冒险。然而不幸的桅楼水手疲惫了;看不清他脸上的惊慌,但可以看清他的四肢精疲力竭了。他的手臂在一阵可怕的痉挛中绷紧了。他每次想爬上去的努力,反而加剧了软梯的摆荡。他没有叫喊,生怕耗费力气。大家等着他松开绳子那一刻,人人的头不时转过去,不想看到他掉下去。一段绳子,一根竿子,一根树枝,就能救命。看到一个活人松开手,像一颗熟果子那样掉下去,真是惨不忍睹。

突然,大家看到一个人以山猫的敏捷,攀上帆索。这个人身穿红囚衣,是个苦役犯;他头戴绿帽子,是一个终身苦役犯。爬到桅楼的高度时,一阵风吹走了他的帽子,让人看到满头白发;这不是一个年轻人。

确实有一个苦役犯在船上做苦工,事故一发生,他就跑到值勤军官那里,正当船员一片混乱、犹豫不决时,正当所有的水手发抖和后退时,他却请求军官允许他冒生命危险,去救桅楼的水手。看到军官点头同意,他一锤砸碎脚踝上的锁链,然后拿起一条绳子,冲向桅楼。这时没有人注意到这条锁链轻易就砸碎了。只是后来才回想起。

一眨眼他就来到横桁上。他停下一会儿,好像在目测着。这时,摆荡着绳端的桅楼水手,对目睹的人来说,这几秒钟似乎几个世纪。苦役犯终于仰视天空,往前迈了一步。人群松了一口气。只见他从横桁上跑过去。来到尽头，他把带来的绳子系在横桁上，另一端吊下去，然后他沿着绳子用手爬下去。这一刻令人焦虑不安，现在不是一个人吊在深渊上，大家看到的是两个。

仿佛一只蜘蛛刚逮住一只苍蝇；只不过，眼下蜘蛛带来的是生命而不是死亡。上万双眼睛盯住这两个人。没有一声叫喊，鸦雀无声，人人皱紧的眉宇都一样颤动。所有的嘴巴都屏息敛气，似乎都害怕稍一透气，就会帮助风晃动这两个不幸的人。

苦役犯终于滑到那个水手身边。恰是时候：再过一分钟，水手力气用尽，失去希望，就会跌下深渊；苦役犯用一只手抓住绳子，用另一只手牢牢地用绳子系住那水手。大家看到他最后又攀上横桁，把水手提上去；他扶住水手一会儿，让他恢复力气，然后搂住他，抱了起来，通过横桁，一直走到下面的主连木，再从那里到桅楼，交到水手的同伴手里。

这时，人群鼓起掌来；有的老狱卒流下了眼泪，码头上的女人们在互相拥抱，只听到所有的人感动得发狂，叫道："赦免这个人！"

但他准备立即下来，再做苦役。为了更快地下来，他顺着帆索滑下，在下横桁上跑起来。人人的目光都跟随着他。大家一时未免担心；要么他疲倦了，要么他头昏，大家以为看到他脚步迟疑，摇摇晃晃。突然，人群发出惊叫：苦役犯掉到海里去了。

他掉下去的地方很危险。阿尔吉齐拉号巡洋舰停泊在奥里翁号旁边，可怜的苦役犯掉在两舰之间。值得担心的是，他要掉到这艘或那艘舰下面。有四个人赶紧跳进一只小艇。人们鼓励他们，大家心里重新焦虑不安起来。苦役犯没有浮上水面。他消失在海里，没有激起一丝涟漪，仿佛他跌进一只油桶里。人们探测，潜到海里。徒劳无功。一直找到黄昏；连尸体也没有找到。

第二天，土伦的报纸刊登了这几行消息："一八二三年十一月十七日——昨天，一个在奥里翁号上服役的苦役犯，救了一个水手，往回走时掉到海里淹死了。无法找到他的尸体。大家推测他卷入海军兵工厂的海角桩基下面了。这个人在狱中登记的号码是9430号，名叫让·瓦尔让。"

第三章
履行对死者的诺言

一、蒙费梅的用水问题

　　蒙费梅位于利弗里和舍尔之间，坐落在隔开乌尔克河和马尔恩河的高地南部边缘。今天，这是一个相当大的市镇，一年到头点缀着粉白的别墅，星期天，挤满了满面春风的资产者。一八二三年，在蒙费梅，既没有那么多白房子，也没有那么多心满意足的资产者。树丛中只有一个村子。这儿那儿有几幢上一世纪的别墅，从豪华的气派，从盘花的铁栏杆围住的阳台，从小块玻璃在关闭的白窗板上映出深浅不同的绿色长窗，便可以得到确认。但蒙费梅依然是个村子。歇业的呢绒商和度假的商事诉讼代理人还没有发现这里。这是一个宁静和迷人的地方，离开通衢大道，物价低廉，能过上丰富而又方便的乡村生活。只是由于地势高，水源稀少。

　　必须到相当远的地方去打水。在加尼那边的村子尽头，要到树林里景色优美的池塘汲水；村子另一头环绕着教堂，是在舍尔那一边,要到舍尔大路旁边半山坡的一眼小泉去打水,离蒙费梅大约一刻钟的路程。

因此,对每个家庭来说,打水是一件苦差事。大户人家,贵族,旅店老板泰纳迪埃也包括在内,以每桶一个里亚尔向一个老汉买水,这是他的身份,在蒙费梅以买水为业,每天大约挣八苏;但这个老汉夏天只干到傍晚七点钟,冬天只干到五点钟,夜幕一降临,底楼的窗板一关闭,自己不去打水就没有水喝,或者免却用水。

这正是小柯赛特害怕做的事,读者也许没有忘记这个可怜的孩子。大家记得,柯赛特在两方面对泰纳迪埃夫妇有用:她的母亲要交钱,他们由孩子来服侍。因此,当母亲完全停止付钱时——读者在前几章刚读到原因——泰纳迪埃夫妇还是留着柯赛特。她代替了一个女仆。按这样的身份,需要时她得跑去打水。所以,孩子一想到夜里到泉水边就非常恐惧,她非常注意不让家里缺水。

一八二三年的圣诞节,蒙费梅的景象特别多姿多彩。初冬气候温和;既没有结冰,也没有下雪。来自巴黎的卖艺人得到市长先生的许可,在村子的大街上搭起棚子。有一帮流动商贩也得到准许,在教堂广场,直至面包师小巷搭起棚铺,读者也许记得,泰纳迪埃的旅店就在这条小巷上。因此各个旅店和小酒店都住满了人,给这个小地方带来了热闹和欢乐的生活。为了当忠实的史家,我们甚至要说,在广场上陈列的吸引人的东西中,有一个动物展览摊位,一些小丑,穿着破衣烂衫,不知从哪里来的;一八二三年,他们给蒙费梅的农民展示一只巴西的凶猛的秃鹫,法国的王家博物馆直到一八四五年才收藏这种鸟,它的眼珠像一只三色徽章。我想,博物学家把这种鸟称为卡拉卡拉·波利博吕斯；它属于鹰类的鹫族。有几个退役到村里的拿破仑老兵，虔敬地去观看这只老鹰。卖艺人认为这三色徽章的眼睛是独一无二的现象，也是仁慈的天主特意为他们的动物展览而设的。

在圣诞节的当天晚上，有好几个人，包括车把式和货郎，在泰纳迪埃旅店的楼下厅堂里，围坐在四五支蜡烛旁又吃又喝。这个厅堂像所有的小酒店厅堂一样，摆着桌子、锡壶、瓶子，有喝酒的人，有抽烟的人；灯光暗淡，声音嘈杂。一八二三年的这一天，引人注目的是当时资产阶级流行的两样东西，放在桌子上，这是一只万花筒和一盏闪闪发光的白铁灯。泰纳迪埃的婆娘照看着晚餐：正在明晃晃的炉火上烧烤着。她的丈夫泰纳迪埃同顾客一起饮酒，谈论时事。

时事的主题是西班牙战争和德·昂古莱姆公爵，此外，在喧闹声中可以听到下列关于农事的离题话：

"在南泰尔和苏雷斯纳那边，葡萄酒产量很高。原本指望产十桶，却有十二桶。榨出来的葡萄汁特别多。"——"可是葡萄大概还没有熟吧？"——"在那些地方，不必等到葡萄熟就收获。要是等到熟了才收获，酒一到春天就黏稠了。"——"那么说这是很淡的酒了？"——"比本地的酒还淡呢。葡萄还青的时候就得收获。"

或者一个磨坊主嚷道：

"粮袋里的东西，我们负责得了吗？里面尽是草籽，我们哪有闲工夫挑出来，只好倒到磨盘底下；有黑麦草籽、空壳、麦仙翁籽、大麻籽、加食草籽、野豌豆籽、山萝花籽和许多杂草籽，还不说有些小麦,尤其布列塔尼的小麦,有大量石子。我不喜欢磨布列塔尼的小麦,就像锯木工不喜欢锯带钉子的木梁。想想看,磨出来的都是坏面粉。吃的时候都抱怨面粉没磨好。这是说错了。面粉不好不是我们的错儿。"

在两扇窗之间,一个割草工和一个农场主同桌,正在谈来年春天割草的价钱,割草工说:

"草打湿了决没有坏处,反而好割。露水好,先生。这种草没关系,您的草还嫩着呢,很难割。草太软,碰着刀锋就弯下去。"

柯赛特待在她平常的位置,坐在靠近壁炉的厨桌横档上。她衣衫褴褛,套着木鞋的双脚是赤裸的,她借着炉火的光为泰纳迪埃的两个女儿织毛线袜。一只小猫在椅子下面戏耍。传来旁边房间两个孩子稚嫩嗓音的说笑声:这是爱波尼娜和阿泽尔玛。

壁炉角上,一把掸衣鞭挂在钉子上。

在房子一个地方,不时传来一个小小孩的叫声,透入房间的喧闹。这是泰纳迪埃的女人在前几年的一个冬天生下的小男孩,——"不知什么缘故,"她说,"冷的结果,"——他三岁多一点。做母亲的喂他奶,但不喜欢他。小把戏的哭闹声变得太令人讨厌时。"你的儿子又乱嚷嚷了,"泰纳迪埃说,"去看看他要什么吧。"——"哦!"做母亲的回答,"他烦死我了。"小弃儿继续在黑暗中叫嚷。

二、互为补充的两幅肖像

在这本小说里,读者还只见到泰纳迪埃夫妇的侧面像;现在该绕着他们转一圈，从各个方面瞧一瞧。

泰纳迪埃刚过五十岁；泰纳迪埃太太接近四十，却像个五十岁的女人；这样，这对夫妇年龄保持平衡。

这个泰纳迪埃的女人高大，金发，红润，肥胖，肉墩墩，身材方阔，庞大，却很敏捷；她一出现，读者也许会保留一点印象。上文说过，她属于粗大的野蛮婆娘一类女人，在集市上昂首挺胸，头发上挂着几颗石子。她操持全部家务，铺床，打扫房间，洗衣服，做饭，称王称霸，颐指气使。她的仆人只有柯赛特；一只小鼠为一头大象干活。她的声音一响，一切都会抖动，包括玻璃、家具和人。她的阔脸布满雀斑，模样像漏勺。她有胡子。这是男扮女装的菜市场壮工的理想形象。她骂人精彩纷呈；她自诩一拳能砸碎一只核桃。她看过的小说不时使这个女妖怪怪模怪样地装腔作势，否则，谁也想不到会说这是个女人。这个泰纳迪埃的女人，就像一个矫揉造作的女子嫁接到粗俗的女人身上的产物。听到她说话，人家会说："这是个警察"；看到她喝酒，人家会说："这是个车夫"；看到她使唤柯赛特，人家会说："这是个刽子手。"她歇着的时候，嘴里突出一颗牙齿。

泰纳迪埃小个子，瘦削，脸色苍白，瘦骨嶙峋，病恹恹的，其实身体极好；他的奸诈就从这里开始。通常他谨慎地露出微笑，对每个人都几乎彬彬有礼，甚至对乞丐也是这样，不过拒绝施舍。他有石貂的眼神，文人的面孔。他酷似德利尔神父的肖像。他的殷勤在于同车把式喝酒。谁也不能灌醉他。他用一只大烟斗抽烟。他穿一件罩衫，罩衫下是黑色的旧衣。他自称爱好文学和唯物主义。有几个名字，他常常说出来支持自己的论点，如伏尔泰、雷纳尔[1]、帕尔尼[2]，奇怪的是还有圣奥古斯丁[3]。他宣称有一套"体系"。再说他是个大骗子。一个骗子学家。这点细微差别是存在的。读者记得，他自称服过役；他有点大胆地叙述，在滑铁卢战役中，他是第六或第九轻骑兵团的中士，他独自迎战一队死神轻骑兵，在枪林弹雨中用身体掩护和救了"一个受了重伤的将军"。他的墙上那块闪光的招牌，以及他的旅店在当地得名"滑铁卢中士小酒店"，就是由此而来的。他是自由派、古典派和波拿巴主义者。他签名支持避难场。[4] 村里人说，他曾学习过，想当教士。

我们认为，他仅在荷兰受到当旅店老板的教育。这个复合型的无赖，有可能是在佛兰德尔自称为里尔的佛兰德尔人，在巴黎自称为法国人，在布鲁塞尔自称为比利时人，脚跨边境，行动方便。他在滑铁卢的那份勇敢，读者都了解了。可以看出，他有点夸大了。能进能退，能屈能伸，不怕冒险，这是他生活的要素；心术不正，必定生活颠沛流离；确实，在一八一五年六月十八日狂风暴雨的年代，泰纳迪埃属于我们提过的随军小贩的变种。他一路窥伺，向这些人卖东西，偷窃那些人。全家，包括男人、女人和孩子，坐在破车上，追随行进的部队，本能总是要依附于胜利的军队。这次战役结束后，像他所说的，为了捞点"钱"，他到蒙费梅开了旅店。

1　雷纳尔（1713～1796），法国史学家和哲学家，倾向唯物论，后被逼流亡。
2　帕尔尼（1753～1814），法国诗人，善写情诗，对浪漫派有影响。
3　圣奥古斯丁（354～430），神学家，著有《忏悔录》《论基督教》等。
4　1818年，在法国开展签名活动，支持流亡到美国的自由派和波拿巴派，在得克萨斯州建立避难场。

这钱是由钱包、表、金戒指和银十字奖章组成的,在收获的季节从填满尸体的壕沟里搜刮来的,数目不大,没有让这个当旅店老板的随军小贩维持多久。

泰纳迪埃在举止中有一种不可名状的直统统,一句骂人话令人想起兵营,一个画十字的动作令人想起神学院。他能言善辩。他让人相信他有学问。然而,小学教师注意到,他犯"联诵错误"。他洋洋自得地给旅客开账单,但训练有素的眼睛会有时发现拼写错误。泰纳迪埃是狡猾的,贪吃的,游手好闲,又很灵巧。他不讨厌女仆,使他的妻子不想再请。这个大块头女人爱吃醋。她觉得这个面黄肌瘦的小个男人,该受到普遍的垂涎。

泰纳迪埃尤其是个既狡诈又稳当的人,这个恶棍很有节制。这类人最卑劣;其中掺杂了伪善。

并不是说泰纳迪埃不会发火,连他老婆都不如;但是这种情况很罕见,这时,他恨全人类,由于他心里有一座仇恨的大火炉,他有仇必报,将遇到的一切归罪于眼前发生的一切,总是准备把生活中的全部失意、破产和灾难当作合理合法的不满,掷向随便哪一个人。所有这些仇恨的种子在他心里滋长,在他的嘴里和眼睛里沸腾,这时他可怕之极。他的出气包就倒霉了!

泰纳迪埃除了其他优点,还很细心,有洞察力,看情况或沉默或饶舌,始终保持高度明晰。他的眼神就像海员习惯了眯起眼睛看望远镜。泰纳迪埃是个政治家。

凡是新来的人,走进旅店看见泰纳迪埃的女人,会说:"这是一家之主。"错了。她甚至不是主妇。主人兼主妇,这是丈夫。她执行，他创造。他以看不见的、连续不断的磁力领导一切。他一句话，有时一个眼色就够了；大块头女人唯命是从。泰纳迪埃的女人自己并没有太意识到，泰纳迪埃对她来说是一种君臣关系。她有自己的做人道德；她从来没有在一件小事上和"泰纳迪埃先生"意见相左。再说，这种假设不能成立，无论什么事，她不会公开说丈夫的不是。她从来不"当着外人"犯这种女人常犯的错误，用议会的说法，就叫做揭去王冠。尽管他们的和谐一致目的是为非作歹，在泰纳迪埃的女人对丈夫的顺从中，却有着敬仰。这座粗声大气的肉山，在这个羸弱的专制君主的小手指拨拉下移动。从庸人的滑稽角度看，这是有普遍意义的大事：物质对精神的崇拜；因为某些丑有理由存在于永恒美的深处。在泰纳迪埃身上，有着令人捉摸不透的东西；这个男人对这个女人的绝对控制由此而来。有时候，她把他看作一支明烛；又有的时候，她感到他是一只利爪。

这个女人是个怪物，她只爱自己的孩子，只怕自己的丈夫。她是母亲，因为她是哺乳动物。再说，她的母爱止于她的女儿，正如大家所看到的，不扩展到男孩子身上。而他，男人，只有一个想法：发财致富。

他根本做不到。他的才华没有用武之地。泰纳迪埃在蒙费梅破产了，如果说一文不名还能破产的话；在瑞士或者在比利牛斯山一带，一文不名倒会变成百万富翁。但在命运把这个旅店老板系住的地方，他只得适应环境。

读者明白，旅店老板这个词用在这里，意义是限定的，并不扩展到整个阶层。

就在一八二三年，泰纳迪埃负债约一千五百法郎，债主催债，使他坐立不安。

不管命运怎样对他持续不公，泰纳迪埃却是这样一个人，他以最深入和最现代的方式，极其明白这一点：好客，它是野蛮民族的一种美德，又是文明民族的一种商品。另外他是一个出色的偷猎者，枪法受人称赞。他有一种平静的冷笑，特别危险。

他当旅店老板的理论，有时像闪电一样迸发出来。他有一些职业格言，并灌输到妻子的脑子里。"旅店老板的责任，"有一天他低声地、恶狠狠地对她说，"就是向随便什么人卖烩肉、休息、灯光、炉火、脏床单、女仆、蚤子、微笑；就是拦住过路的人，掏空他们的小钱袋，适当地减轻他们的大钱袋，就是尊敬地给赶路的家庭住宿，就是把男人剁成碎末，就是拔掉女人的毛，就是剥掉孩子的皮；就是给打开的窗户、关闭的窗户、壁炉角落、扶手椅、椅子、圆凳、矮凳、羽毛床垫、褥子、草捆开价钱；就是知道黑暗有损镜子，但也得收费，要出五十万个鬼主意，什么都要旅客付钱，直到狗才吃的苍蝇！"

这个男人和这个女人，是诡计和狂热结婚，丑恶而又可怕的一对。

正当丈夫深思熟虑，组织策划时，他的老婆却不去想那些不在的债主，不愁昨天，也不愁明天，全身心投入到当前的生活中。

这两口子就是这样。柯赛特夹在他们中间，受到他们双重的压力，如同一只动物，既受到磨盘的碾压，又受到铁钳的撕裂。这一男一女各有惩罚的办法；柯赛特受到拳打脚踢，这来自妻子；她冬天赤脚走路,这来自丈夫。

柯赛特上楼下楼,洗刷擦扫,跑来跑去,忙个不停,气喘吁吁,搬动重物,瘦骨伶仃,却要做粗活。没有同情;女主人凶狠,男主人歹毒。泰纳迪埃旅店仿佛一张蜘蛛网,柯赛特被逮住了,瑟瑟发抖。压迫的理想范例,由这种阴森可怖的奴仆苦活实现了。这就像苍蝇在侍候蜘蛛。

可怜的孩子逆来顺受,沉默无言。

这些生灵从人生的黎明起,小不点就赤裸裸地来到人间,才刚刚离开天主呢,这究竟出了什么事呀?

三、人要饮酒,马要喝水

来了四个新旅客。

柯赛特忧郁地沉思;因为她虽然只有八岁,却已经受了那么多的苦,悲伤的神态像个老妇人。

她的眼皮发黑,是泰纳迪埃婆娘一拳打的,而那婆娘还不时说:"眼上发黑的一块多丑啊!"

柯赛特心想,天黑了,很黑了,突然到来的旅客房间里的水罐和瓶子要临时装满水,而水槽里的水用完了。

她稍为放心的是,泰纳迪埃家的人水喝得不多;口渴的人并不少,不过他们更愿意喝酒,而不是喝水。在觥筹交错中,谁要一杯水,在人人看来便好像一个蛮子。不过孩子有一刻颤抖过:泰纳迪埃的女人揭开炉子上一只沸腾的锅盖,拿起一只杯子,快步走到水槽。她打开水龙头,孩子已经抬起头来,跟随着她所有的动作。一细条水从水龙头流出来,装满了半杯子。"啊,"她说,"没有水了!"然后她沉吟一下。孩子不敢透气。

"啊!"泰纳迪埃的女人看了看半杯水,又说:"这点水足够了。"

柯赛特又干起活来,但一刻多钟里,她感到她的心怦怦乱跳,像一大团东西堵住胸口。

她计算着时间这样一分分地过去,恨不得已是第二天早晨。

不时有个喝酒的人望望街上,感叹说:"天黑得像在炉子里!"或者说:"这时候不拿提灯在街上走,猫才办得到!"柯赛特战栗起来。

突然,有个住在旅店里的流动商贩走了进来,没好气地说:

"没有给我的马饮过水。"

"不对吧,"泰纳迪埃的女人说。

"我跟您说没有饮过,大妈,"商贩又说。

柯赛特从桌子底下钻出来。

"噢!饮过!先生!"她说,"马饮过水了,它在桶里饮过水,满满一桶水,还是我给马饮的水,我跟它说过话呢。"

这不是真的。柯赛特在撒谎。

"瞧,这小姑娘像拳头那么大,说起谎来倒像房子那么大,"商贩大声说。"我对你说马没有饮过水,小滑头!它没有饮水才会那样呼气,我拿得稳。"

柯赛特坚持着,声音因不安而沙哑,刚刚听得见:

"它甚至还喝得很多!"

"得了，"商贩生气地说，"这些全是废话，快给我的马饮水，不就了结啦！"

柯赛特又钻回桌子底下。

"总之，这是对的，"泰纳迪埃的女人说，"如果这匹牲口没有饮水，就该让它饮水。"

然后她环顾四周：

"喂，人哪儿去啦？"

她弯下腰，发现柯赛特蹲在桌子另一端，几乎在喝酒的人脚下。

"你出来不出来？"泰纳迪埃的女人叫道。

柯赛特从她躲藏的洞里钻出来。泰纳迪埃的女人又说：

"丧家犬小姐，快去提水饮马。"

"可是，太太，"柯赛特有气无力地说，"没有水了。"

泰纳迪埃的女人把朝街的大门敞开。

"喂，快去提水！"

柯赛特低下头来，走到壁炉角上拿一只空桶。

这只桶比她还大，孩子可以坐在里面，自由自在。

泰纳迪埃的女人又回到炉子旁，用一只木勺尝一尝锅里的东西，一面喃喃地说：

"泉边有水。这有什么难的呢。我想，最好还是加点葱头。"

然后她在一只抽屉里找东西，里面有钱、胡椒和分葱。

"喂，癞蛤蟆小姐，"她又说，"你回来时到面包店去买一只大面包。这是十五苏的硬币。"

柯赛特的罩衫旁边有一只小口袋；她一言不发地拿了硬币，放在口袋里。

然后她一动不动,手里拿着桶,大门在前面敞开。她好像等待有人来救她。

"走啊!"泰纳迪埃的女人叫道。

柯赛特走了出去。大门重新关上。

四、布娃娃上场

读者记得,露天摊棚从教堂一直伸展到泰纳迪埃的旅店。由于有产者望午夜弥撒,即将经过,这些摊棚都点亮了蜡烛,放在漏斗形的纸罩里,正像此刻在泰纳迪埃酒店里吃饭的小学教师所说的那样,这能产生"一种魔力"。相反,天空看不到一颗星星。

最后一个摊棚正好搭在泰纳迪埃夫妇的大门对面,卖小摆设,假首饰、玻璃制品、白铁的精巧玩意儿闪闪发光。货摊前排,商贩将一只极大的布娃娃放在前面,衬上白毛巾;布娃娃高两尺,穿一件粉红绉纱连衣裙,头上是金色的乱发,那是真的头发,眼睛是珐琅质的。整个白天,这件神奇的东西陈列在那里,令不到十岁的路过孩子目眩神迷,可是在蒙费梅却找不到一个母亲要么有钱,要么大手大脚,能买给她的孩子。爱波尼娜和阿泽尔玛欣赏了好几个小时,而柯赛特也确实偷偷地大胆瞧过几眼。

正当柯赛特手里拿着水桶出了门,不管她多么发愁,多么受压抑,她还是禁不住把目光投向这只奇妙的布娃娃,她称作"贵妇人"。可怜的孩子停下脚步,看得发呆。她还没有就近看过这只布娃娃。这整个摊棚在她看来是座宫殿；这只布娃娃不是真的，而是一个幻象。这个苦命的孩子深陷在挨饿受冻的困境中，在她看来，这是欢乐、辉煌、富有、幸福，显现在虚幻的光彩中。柯赛特以孩子天真的忧虑的洞察力，衡量隔开她和这只布娃娃之间的深渊。她心里想，非得是王后，至少是公主，才能有这样一件"好东西"。她细看漂亮的粉红的裙子，漂亮的光滑的头发，她想："这只布娃娃，她该多么幸福啊！"她的眼睛无法离开这个神奇的摊棚。她越看越眼花缭乱。她以为看到了天堂。在大布娃娃后面，还有其他布娃娃，在她看来都像仙女和仙童。商贩在棚铺里走来走去，她觉得他有点像永恒的天父。

她看得入迷，忘了一切，甚至她要做的事。突然，泰纳迪埃的女人的粗嗓门把她唤回到现实：

"怎么，蠢丫头，你还没去！磨时间！我就来找你算账！我在问呢，她在那儿干什么？小妖精，快去！"

泰纳迪埃的女人刚才朝街上瞥了一眼，瞧见柯赛特看得入了迷。

柯赛特拎着水桶逃走了，步子迈得尽可能大。

五、孤苦伶仃的小姑娘

由于泰纳迪埃旅店在村里的位置靠近教堂，柯赛特就该到舍尔那边树林的泉水去打水。

她不再看商贩的陈列商品。只要走在面包铺的小巷和教堂附近，摊棚的灯光还能照亮道路，但不久，最后一个棚铺的余光消失了。

可怜的孩子待在黑暗里。她往黑暗里走。不过,由于她有点激动,一面走,她一面尽可能晃动水桶把手,发出声音,为自己做伴。

她越往前走,黑暗越浓重。街上没有人影。但她遇到一个女人,看见她走过时回过身来,一动不动,牙缝里叽咕着说:"这个孩子到哪儿去呢?难道是个狼孩?"随后那个女人认出了柯赛特。"啊,"她说,"是云雀!"

柯赛特就这样穿过舍尔那边的蒙费梅村尽头,那一带是空寂无人、弯弯曲曲的街道组成的迷宫。只要路的两边有房子,甚至只有墙壁,她就大胆地往前走。她不时看到透过窗板缝隙的烛光,有光、有生活,就有人,这使她放心。但随着她往前走,她仿佛下意识地放慢了步子。转过了最后一幢房子的墙角后,柯赛特站住了。越过最后一个棚铺,这已经够她受的了;走得更远就办不到了。她把水桶放在地上,手插入头发,慢慢地搔起头来,这是孩子恐惧和游移不定时所固有的动作。这不再是蒙费梅,这是田野。她面前是空旷漆黑的空间。她绝望地注视着这黑暗,黑暗中没有人影,却有动物,也许有鬼魂。她看得真切,听到动物在草上行走的声音,而且她清晰地看到鬼魂在树丛间走动。于是她又抓住水桶,恐惧倒给了她勇气。"啊!"她说,"我对她说没有水了!"她决意回到蒙费梅。

她几乎还没有走到一百步,便止住脚步,又搔起头来。现在是泰纳迪埃的女人出现在她眼前;这丑陋的女人嘴像鬣狗,眼里闪出怒火。孩子凄切地向前向后瞥了一眼。怎么办?怎么对付?到哪儿去?她面前是泰纳迪埃的女人的幽灵;背后是黑夜和树林的所有幽灵。眼下她要退到泰纳迪埃的女人面前。她又返回去泉水的道路,跑了起来。她跑出了村子，跑进了树林，什么也看不见，什么也听不见。直至上气不接下气才不跑了，但她没有中止往前走。她茫然无措地向前走。

她一面跑一面想哭。

森林夜间的簌簌声笼罩她全身。她什么也不想，什么也不看。这个小姑娘面对无边的夜。一边是全部黑暗；另一边是一个原子。

从树林边沿到泉水边有七八分钟的路。柯赛特白天常走，熟悉这条路。奇怪的是，她不迷路。剩下的一点本能朦胧地指引着她。她的眼睛不朝右也不朝左看，生怕在树枝之间和灌木丛里看到东西。她这样来到泉水边。

这是一个天然的窄池子，是水在黏土中冲出来的，深约两尺，四周长满苔藓和高高的蜂窝状的草，俗称亨利四世绉领，池边垫上几块大石头。一道小溪汩汩地奔涌而出。

柯赛特没有时间喘气。一片漆黑，但她习惯到这泉边。她用左手在黑暗中摸到一棵弯向水边的小橡树，橡树平时用作她的支撑点，她碰到一根树枝，便攀住了，俯下身去，将水桶浸到水中。在这关键时刻，她的力气增加了三倍。正当她这样俯下身去时，她没有注意到她的罩衫的小口袋在水里漂空了。十五苏硬币掉在水里。柯赛特既没有看到也没有听到钱币掉下来的声音。她把几乎装满的水桶提起来，放在草地上。

做完以后，她发觉自己精疲力竭了。她本想马上回去；但装满水用尽了力气，她连一步也走不动。她不得不坐下来。她跌倒在草地上，蹲在那里。

她闭上眼睛,然后又睁开,却不知为什么,但不能做别的。

在她身边,桶里晃动的水划出一圈圈,活像白色的火蛇。

她头顶上,天空布满大块乌云,仿佛一片片烟雾。黑暗的悲惨的面具似乎朦胧地俯向这个孩子。

木星睡在深处。

孩子用茫然的目光望着这颗大星星,她不认识它,它使她害怕。这个星球确实这时非常接近地平线,穿过厚厚一层雾,雾使它具有可怕的红色。雾阴森森地染成红色,把这个星球变大了,仿佛这是一个发光的伤口。

一阵冷风从原野吹来。树林黑黝黝的,没有一点树叶的沙沙声,没有一点夏天朦胧而纯净的亮光。巨大的枝干骇人地挺立着。细弱的奇形怪状的灌木在林间空地嗖嗖地响。高高的草丛在北风中像鳗鱼一样麇集在一起。荆棘扭曲,像有爪子的长手臂竭力抓住捕获物;几棵干枯的欧石南被风吹走,很快掠过,好像担心大难临头,仓皇逃窜。四面八方都是阴森可怖的旷野。

黑暗使人头昏脑涨。人需要亮光。谁陷入白天的对立面,就会感到心里揪紧。目光看到黑暗时,精神就看到混乱。在日蚀和月蚀时,在黑夜中,在一片漆黑中,会产生忧虑不安,甚至对最强有力的人也是如此。黑夜,单独在森林里走路的人,没有不颤抖的。暗影和树,是可怕的双重厚度。在不可分辨的深处,显现虚幻的现实。难以想象的东西在离你几步远的地方,像鬼怪一样清晰地显形。在空中或者在自己的脑海里,只见难以形容的朦胧而不可捉摸的东西在飘荡,仿佛梦见沉睡的花朵。天际呈现咄咄逼人的姿态。可以呼吸到黑暗那广大的虚无的气息。人们既害怕又想朝后看。黑夜的寥廓，变得凶恶的景物，一走近就消失的无声侧影，黑乎乎的乱枝，丛生的怒草，发白的水洼，像办丧事的阴森，墓地般无边的寂静，不为人知却可能有的东西，树枝的神秘下垂，形状可怕的树干，一丛丛颤动的草，对这一切，人们毫无防卫能力。再大胆的人也要颤栗，感到不安就在身边。可以觉得某种丑恶的东西，就像灵魂和黑暗混合。这种黑暗的穿透力，在一个孩子身上，是难以表达的可怖。

森林是可怕的；一个小灵魂的鼓翅，在森林可怖的穹顶下，发出垂危时的声音。

柯赛特没有意识到自己的感受，觉得被大自然这种无边黑暗慑住了。不单是恐惧攫住了她，这是比恐惧更可怕的东西。她瑟瑟发抖。这种使她凉到心里的颤栗，用文字难以表述。她的目光变得惊恐不安。她似乎觉得，第二天在同一时刻，她也许不得不再来。

于是，出于本能，为了摆脱她不理解，却使她恐惧的古怪状态，她开始高声数一、二、三、四，直到十，她数完以后，重新开始。这使她真正感觉到周围的事物。她感到手冷，她在打水时弄湿了手。她站了起来。恐惧又回到她身上，这是自然而然的、不可克服的恐惧。她只有一个想法，就是逃走；撒腿逃走，越过树林，越过田野，直到村里的房子、窗口、点燃蜡烛的地方。她的目光落在面前的水桶上。泰纳迪埃的女人使她产生了恐惧，没拎上水桶，她不敢逃走。她用双手抓住了把手，好不容易才提起了水桶。

她这样走了十来步路，水桶装得满满的，非常沉，她不得不放回地上。她歇了一会儿，然后重新拎起把手，又走了起来，这回，路走得长一点。但还需要停下。休息了几秒钟，她重新往前走。她俯身向前，头低垂着，好似一个老妇人；沉重的桶拉直和绷紧她瘦削的双臂；铁把手使她湿漉漉的小手麻木和冻僵了；她只好不时停下，而每次停下，冷水就要从桶里漫出来，洒到她的光腿上。这发生在冬夜，树林深处，远离一切人的目光；这是一个八岁的孩子。此刻，只有天主看到这件可悲的事。

无疑还有她的母亲，唉！

因为有的东西能使坟墓中的死人睁开眼睛。

她在喘气，还带着一种痛苦的声音；呜咽哽住了她的喉咙，但她不敢哭出来，她多么害怕泰纳迪埃的女人啊，即使远离她也罢。总是想象出泰纳迪埃的女人在眼前，这是她的习惯。

可是她不能这样走长路，她走得很慢。她减少停下的时间，但两次之间走尽可能长的路也没有用。她不安地想，她要走一个多小时才能回到蒙费梅，泰纳迪埃的女人要打她。这种不安掺杂了黑夜独自待在树林里的恐怖。她精疲力竭了，可是还没有走出森林。来到她熟悉的老栗子树附近时，她最后一次停下，比以前歇得更长，然后她集中全部力气，又拎起桶，勇敢地走了起来。可怜的小姑娘绝望了，禁不住喊道：

"噢，我的天！我的天！"

这当儿，她突然感到水桶没有分量了。一只手，她觉得很大，刚抓住把手，有力地提了起来。她抬起头来。一个黑衣大汉，笔直站着，在黑暗中挨着她往前走。这个人从她身后来到，她没有听见。这个人不发一言，捏住她提着的水桶柄。

人生各种际遇,都有本能的反应。孩子不害怕了。

六、也许能证明布拉特吕埃尔的聪明

一八二三年圣诞节的当天下午,有个人在巴黎济贫院大街最偏僻的地方溜达了很久。这个人好像在找住的地方,似乎看中圣马尔索区破旧的边缘最普通的房子。

下文读者会读到,这个人确实在这个偏僻的街区租了一个房间。

从衣服和整个人来看,这个人可说是所谓有教养的乞丐的典型,极端的贫困与极端的干净结合在一起。这是一种很罕见的混合,使明智的人心里产生对穷人和高尚的人双重的尊敬。他戴一顶很旧、刷得很干净的圆帽,穿一件赭黄色粗呢、绒毛磨光露出织纹的礼服,这种颜色当时没有什么古怪的。他穿一件式样古老、有兜的大背心,膝盖处发白的黑长裤,黑羊毛袜和铜扣厚底鞋。仿佛是流亡归来的、以前贵族之家的家庭教师。从他全白的头发、有皱纹的额角、苍白的嘴唇、显示出生活的磨难和疲乏的脸看来,可以设想他已六十开外。从他坚定的尽管缓慢的举止、他的动作具有的奇异活力看来,又可以认为他刚到五十岁。他脑门的皱纹恰到好处,能给仔细观察过他的人以好感。他的嘴唇闭紧时有一条古怪的皱褶,显得严肃而谦卑。他的目光深处有一种无法形容的悲哀的宁静。他的左手拿着一只小包裹,用一块手帕打了结;右手拄着一根拐杖,是从篱笆上折下来的。这根棍子仔细修削过,看起来不太吓人;那些结都加以利用,并用红色的蜡做了一个珊瑚般的圆头;这是一根粗短木棍,不过像一根手杖。

在这条大街上，尤其是冬天，行人很少。这个人好像回避而不是寻找行人，不过也不像故意的。

这一时期，国王路易十八几乎天天到舒瓦齐御苑。这是他喜爱的一个散步场所。将近两点钟，几乎一成不变，可以看到他的马车和扈从从济贫院大街飞驰而过。

这给街区的穷苦女人代替了钟表，她们说："两点了，他返回杜依勒里宫去了。"

有的人跑过来，还有的人排列成行；因为是国王经过，总要热闹一下。再说，路易十八的出现和离去，在巴黎的街道上总要产生轰动。一掠而过，但很壮观。这个肢体不灵便的国王喜欢坐车奔驰；他行走不便，却想奔跑；这个腿脚不便的人，很想风驰电掣般被拖着走。他平静而严肃地在出鞘的军刀中间掠过。他的庞大轿车全部漆成金色，粗大的百合枝画在车厢壁上，隆隆地滚过去。人们刚来得及瞥上一眼。在右边后排的角上，可以看到一张阔脸坚定而红润，戴着御鸟冠的、扑粉的额头，高傲、严峻和精明的目光，文人的微笑，两只大肩章，流苏飘拂在一件平民上装之上，金羊毛勋章，圣路易十字勋章，荣誉团十字勋章，圣灵银牌，大腹便便，一条蓝色的宽饰带，这就是国王，坐在白缎软垫上。一出巴黎，他就把白羽毛帽子放在裹着英国绑腿的膝上；当他回到城里时，便把帽子戴在头上，很少向人致意。他冷漠地望着百姓，百姓也这样回敬他。当他第一次出现在圣马尔索街区时，他获得的成功就在于街区的一个居民对同伴所说的一句话："这个大块头就是政府。"

国王在同一时刻一成不变地经过，是济贫院大街的日常事件。

穿黄礼服在溜达的人，显然不是本街区的居民，大概也不是巴黎市民，因为他不知道这个细节。两点钟国王的马车簇拥着银肩章近卫军骑兵连队，绕过硝石库，出现在大街上，他显出吃惊，几乎害怕。在这条平行侧道中，只有他一个人，他赶快站在一个院墙的角上，这可以不让德·阿弗雷公爵看到他。

德·阿弗雷公爵作为当日值班的近卫军队长，面对国王，坐在马车里。他对陛下说："这个人面目不善。"为国王开道的警察同样注意到他，其中一个接到命令跟随他。但是这个人蹿进街区的偏僻小巷中，而且由于天色开始暗下来，警察失去了他的踪迹，正如当晚写给国务大臣、警察厅长昂格莱斯伯爵的报告所证实的那样。

穿黄礼服的人摆脱了警察跟踪以后，加快了步子，他多次回头，看看有没有人跟踪。四点一刻，也就是说黑夜降临，他走过圣马丁门剧院，这一天正上演《两个苦役犯》。海报给剧院的路灯照亮了，吸引了他的注意，尽管他走得很快，还是停下来去看。过了一会儿，他来到小板死胡同，走进"锡盆"这间拉尼车行的办公室。驿车在四点半出发。几匹马已经套上了车，车夫招呼旅客，他们匆匆登上高高的铁踏板。

那个汉子问道：

"有位置吗？"

"只有一个，在我赶车的座位旁边，"车夫说。

"我要了。"

"上车吧。"

但出发之前,车夫瞥了一眼这个旅客寒酸的服装和小包裹,要他付钱。

"您一直到拉尼吗?"车夫问。

"是的,"这个汉子回答。

旅客付了到拉尼的车钱。

马车出发了。驶过城门的时候,车夫想跟他说话,但旅客只以单音节来回答。车夫只得吹起口哨,吆喝他的马。

车夫裹紧了大衣。天气很冷。那个汉子好像不觉得冷。马车就这样越过古尔奈和马尔纳河边的纳伊。

将近傍晚六点钟,马车到达舍尔。车夫在王家修道院的旧楼改成的大车旅店门前停下歇马。

"我在这里下车,"汉子说。

他拿起包裹和棍子,跳下车来。

过了一会儿,他消失了。

他没有进旅店。

过了几分钟,马车重新开往拉尼时,在舍尔的大路上没有遇到他。

车夫朝车里的旅客回过身来。

"啊,"他说,"他不是这里的人,因为我不认识他。他看来一分钱也没有;可是他不在乎钱;他付了钱到拉尼,却只到舍尔。天黑了,家家门关户闭,他不进旅店,再也看不到他。他钻进了地里啦。"

那个汉子并没有钻进地里,但他大步流星,匆匆趱进舍尔大街的黑暗中；然后他往左拐入通往蒙费梅的村间小路，来到教堂，仿佛他熟悉当地，已经来过这里。

他沿着这条路快步走去。在加尼到拉尼的旧日林荫路交叉口，他听到有人走过来，便赶紧躲在一个壕沟里，等待那些人走远了。其实谨慎几乎是多余的，因为正如上文所说，这是十二月的一个夜晚，天一片漆黑。天上只见到两三颗星星。

山冈正是从这里升起。这个汉子没有回到去蒙费梅那条路；他往右拐，穿过田野，大步来到树林。

他走进树林后，放慢了脚步，开始仔细观察每棵树，一步步往前走，仿佛在寻找只有他知道的一条神秘的路，顺着这条路往前走。有一刻他似乎要迷路，踌躇不决地停下来。他摸索着最后来到一片林中空地，那里有一大堆发白的大石头。他赶快朝这堆石头走去，透过夜雾仔细察看一番，好像在检阅。一棵大树，长满增生的树瘤，离开这堆石头有几步路。他走向这棵树，用手抚摸树皮，好像在竭力认出和计数所有的树瘤。

这是一棵白蜡树，对面是一棵栗子树，害病脱皮，被人钉了一圈锌板，包扎起来。他踮起脚尖，摸到了这块锌板。然后他在这棵树与石头之间的地上踩踏了一阵，仿佛确认地面有没有在最近翻动过。

然后，他辨明方向，穿过树林走去。

就是这个人刚遇到柯赛特。

他越过树丛朝蒙费梅的方向走，早就看到这个小黑影呻吟着往前蠕动，把重负撂在地上，又提起来，重新向前走。他走近来，认出这是一个小孩子，拎着一大桶水。于是他走向孩子，默默地抓住了水桶手柄。

七、柯赛特同陌生人并排走在黑暗中

上文说过，柯赛特不害怕了。

汉子同她说话，他的声音庄重，几乎是低沉的。

"我的孩子，这么重的东西是给你拿的吗？"

柯赛特抬起头来回答：

"是的，先生。"

"给我，"汉子说。"我来替你拿。"

柯赛特松开了手。汉子走在她的身边。

"确实很重，"他在牙缝里说。

然后又加上一句：

"小姑娘，你几岁了？"

"八岁，先生。"

"你就这样走了很远的路吗？"

"从树林里的泉水边过来的。"

"你要去很远的地方？"

"离这里有一刻钟的路。"

汉子沉吟了一会儿，然后突然说：

"你没有妈妈啰？"

"我不知道，"孩子回答。

汉子还来不及说话,她又说:

"我相信没有。别人都有。我呢,我没有。"

停了一会儿,她又说:

"我相信我从来没有。"

汉子止住了脚步,把水桶放在地上,俯下身来将两只手按在孩子的双肩上,竭力打量她,在黑暗中端详她的脸。

柯赛特瘦削的脸朦胧地显现在天空的微光中。

"你叫什么名字?"汉子问。

"柯赛特。"

汉子像触电一样抖动一下。他继续端详她,然后从柯赛特的双肩放下双手,抓住水桶,又走起来。

过了一会儿,他问:

"小姑娘,你住在哪里?"

"在蒙费梅,您知道吧。"

"我们是到那里去吗?"

"是的,先生。"

他又停了一下,然后说:

"谁这时候还打发你到树林里去打水?"

"是泰纳迪埃太太。"

汉子竭力显得无动于衷,他的声音里有古怪的颤抖:

"你的泰纳迪埃太太是干什么的?"

"她是我的东家,"孩子说。"她开旅店。"

"旅店?"汉子说。"那么,今天晚上我就住在那里。你带我去吧。"

"我们正往那儿走,"孩子说。

汉子走得相当快。柯赛特跟着他并不难。她不再感到累了。她不时带着难以形容的平静和随便,抬头看看这个人。从来也没有人教她面朝上天祈祷。但她心里感到有样东西很像希望,很像快乐,而且升向天上。

几分钟过去了。汉子又说:

"泰纳迪埃太太家没有女仆吗?"

"没有,先生。"

"女仆只有你?"

"是的,先生。"

谈话又中断了。柯赛特提高声音:

"还有两个小姑娘。"

"什么小姑娘?"

"波尼娜和泽尔玛。"

孩子把泰纳迪埃的女人喜欢的浪漫名字简化了。

"波尼娜和泽尔玛是什么人?"

"是泰纳迪埃太太的小姐。她是这样叫她女儿的。"

"这两个女孩,她们做什么呢?"

"噢!"孩子说,"她们有漂亮的布娃娃,有金光闪闪的东西,全是好玩的。她们游戏、玩耍。"

"整天?"

"是的,先生。"

"而你呢?"

"我嘛,我干活。"

"整天?"

孩子抬起大眼睛,里面噙着一滴眼泪,因为天黑,别人看不见。她轻轻地回答:

"是的,先生。"

隔了一会儿,她又说:

"有几次,我干完了活儿,人家同意,我也玩过。"

"你玩什么?"

"随便玩。让我自个儿玩。但我没有多少玩具。波尼娜和泽尔玛不肯让我玩她们的布娃娃。我只有一把小铅刀,就这么长。"

孩子伸出她的小手指。

"不能切东西吗?"

"能切,先生,"孩子说,"能切生菜和苍蝇脑袋。"

他们来到村里;柯赛特在街上给陌生人带路。他们走过面包店,但柯赛特没想到她该把面包带回去。汉子不再向她提问题,闷闷不乐,保持一声不响。他们走过教堂时,汉子看到那些露天摊棚,便问柯赛特:

"这里有集市吗?"

"不,先生,今天是圣诞节。"

当他们走近旅店时,柯赛特胆怯地碰了碰他的手臂。

"先生!"

"什么事,我的孩子?"

"我快到家了。"

"怎么呢?"

"您肯现在让我来拎桶吗?"

"为什么?"

"因为,如果太太看到有人帮我拎桶,她要打我的。"

汉子把桶还给她。一会儿,他们来到旅店门口。

八、接待一个可能是富人的穷人是件麻烦事

柯赛特禁不住朝旁边瞥了一眼始终陈列在玩具摊上的大布娃娃,然后敲门。门打开了。泰纳迪埃的女人手里拿着蜡烛出现了。

"啊!是你,小叫花子!谢天谢地,时间够长的!她玩去了,鬼丫头!"

"太太,"柯赛特浑身打颤地说,"这位先生要来住宿。"

泰纳迪埃的女人马上摆出柔和的怪脸,换掉那副怒容,这种变脸是旅店老板特有的。她贪婪地用目光打量新来的人。

"就是这位先生?"

"是的,太太,"汉子回答,将手举到帽檐上。

有钱的旅客不会这样彬彬有礼,这个动作,还有泰纳迪埃的女人用目光一扫陌生人的服装和行李,使她柔和的怪脸消失了,怒容又重新出现。她冷冷地说:

"进来吧,老头。"

"老头"进来了。泰纳迪埃的女人朝他瞥了第二眼,特别打量了他绝对皱巴巴的礼服和有点破了的帽子,摇了摇头,皱了皱鼻子,

挤了挤眼睛，询问她的丈夫，他始终在同车夫喝酒。她丈夫难以觉察地动了动食指，努了努嘴唇，在这种情况下意味着：穷到家了。于是，泰纳迪埃的女人大声说：

"啊！老头，对不起，我没有床位了。"

"随便给我个地方，"汉子说，"在仓库里，在马厩里。我照付一个房间的钱。"

"四十苏。"

"四十苏。好的。"

"好吧。"

"四十苏！"一个车夫低声对泰纳迪埃的女人说，"可是，只要二十苏。"

"对他是四十苏，"泰纳迪埃的女人用同样的声调反驳。"我让穷人住店，再少了不行。"

"不错，"丈夫柔声细气地说，"让这种人住店，弄脏了房子。"

汉子将包裹和棍子放在一条长凳上，然后坐在一张桌子旁，柯赛特赶忙放上一瓶酒和一只杯子。要饮马的那个商贩，亲自把水桶提走。柯赛特回到厨桌那个位置去编织。

汉子倒了一杯酒，抿了一小口，古怪地注视着孩子。

柯赛特显得很丑。快乐的话，她或许会漂亮。我们已经描绘过这张愁容满面的小脸。柯赛特又瘦又苍白；她将近八岁，看上去只有六岁。她的大眼睛由于哭泣，深陷下去一圈。她的嘴角因为经常恐惧，耷拉下来，在犯人和绝望的病人身上可以观察到这种现象。她的手就像她的母亲所猜测的那样，"给冻疮毁了"。这时，照亮了她的火光使她显得瘦骨嶙峋，明显地十分吓人。由于她始终瑟瑟发抖，习惯了并紧双膝。她穿着破衣烂衫，夏天令人怜悯，冬天令人吃惊。她身上的衣服尽是窟窿；与毛料无缘。可以看到她身上到处是青一块紫一块，表明泰纳迪埃的女人拧过的地方。她的光腿红通通，十分细弱。锁骨处凹下去，令人伤心。这个孩子整个人，她的举止，她的姿势，她的声音，她说话的不连贯，她的目光，她的沉默，她细小的动作，都反映和表达一种想法：恐惧。

恐惧散布到她全身；可以说把她覆盖了；恐惧使她的手肘贴紧臀部，把脚后跟缩到裙子下，占据尽可能少的地方，只让她勉强够呼吸，成了她身体的习惯，只会增加，不会改变。她的眸子深处有惊讶的角落，恐惧显现在那里。

她是那样恐惧，以致湿漉漉地回来时，柯赛特不敢去炉火旁烤干，默默地重新开始工作。

这个八岁的孩子眼神通常是这样阴沉，有时是这样悲哀，仿佛她正在变成一个白痴或魔鬼。

上文说过，她从来不知道什么是祈祷，从来没有进过教堂。——"我哪有时间？"泰纳迪埃的女人说。

穿着黄礼服的人目光不离开柯赛特。

突然，泰纳迪埃的女人嚷了起来：

"对了！面包呢？"

柯赛特每当泰纳迪埃的女人提高声音时，按习惯总是很快地从桌子底下钻出来。

她完全忘了面包。她用的是始终胆战心惊的孩子的方法。她说谎。

"太太,面包店关门了。"

"要敲门嘛。"

"我敲过了,太太。"

"怎么样?"

"没有开门。"

"明天我就知道是不是真的,"泰纳迪埃的女人说,"如果你说谎,有你跳来跳去的。这会儿,你把十五苏的硬币还给我。"

柯赛特将手伸进罩衫的口袋里,脸色变得发青。十五苏的硬币不在了。

"啊!"泰纳迪埃的女人说,"你听到我的话了吗?"

柯赛特把口袋翻过来,里面什么也没有。这枚硬币到哪里去了呢?可怜的小姑娘说不出话来。她目瞪口呆。

"你把十五苏的硬币弄丢了吗?"泰纳迪埃的女人吼叫起来,"或者你想骗我钱?"

与此同时,她伸长手臂去取挂在壁炉上的掸衣鞭。

这个可怕的动作使柯赛特恢复了叫喊的力气:

"饶了我吧!太太!太太!我再不会这样做了。"

泰纳迪埃的女人取下了掸衣鞭。

但穿黄礼服的人已在他的背心小口袋里摸过,没有人注意到这个动作。再说,其他旅客在喝酒和玩牌,什么也没有注意到。

柯赛特慌慌张张地躲到壁炉的角落里,竭力收拢和藏起她可怜的半裸的四肢。泰纳迪埃的女人举起了手臂。

"对不起,太太,"那个汉子说,"刚才我看到有样东西从小姑娘的罩衫口袋里掉出来,滚到那边。也许是钱币。"

他说时弯下了腰,好像在地上找了一会儿。

"不错。在这里,"他挺起身来说。

他把一枚银币递给泰纳迪埃的女人。

"是的,不错,"她说。

其实不对,因为这是一枚二十苏的银币,但泰纳迪埃的女人觉得赚了。她把银币放进口袋里,只对孩子狠狠盯了一眼,说道:"不要重犯,永远!"

柯赛特回到泰纳迪埃的女人所谓的"她的窝里"去。她的大眼睛盯着陌生人,有一种从来没有的眼神。这仍然只是一种天真的惊讶,但掺杂着一种吃惊的信赖。

"对了,您想吃晚饭吗?"泰纳迪埃的女人问旅客。

他没有回答。他好像在沉思。

"这是个什么人呢?"她在牙缝里喃喃地说。"这是个穷光蛋。连吃饭的钱都没有。他只付给我房钱吗?幸亏他没有想到捡走地上的钱。"

一扇门打开了,爱波尼娜和阿泽尔玛走了进来。

这确实是两个漂亮的小姑娘,宁可说是城市人,而不是乡下人,非常可爱,一个姑娘栗色的辫子闪闪发光,另一个黑色的长辫拖在背后,她们俩活泼、干净、胖乎乎的、鲜嫩、健康、悦人眼目。她们穿得很暖和,母亲手艺很好,衣服虽厚,却配合得很雅致。冬天预见到,春色还驻留。在她们的衣着、快乐和大声喧哗中,都有主子的派头。她们进来时,泰纳迪埃的女人用责备中充满疼爱的声调对她们说:"啊!你们俩,这会儿才过来!"

然后,她把她们一个接一个拉到自己的膝盖上,抚平她们的头发,打好她们的蝴蝶结,用母亲特有的温柔方式摇晃她们,最后才放开,她大声说:"她俩穿得多整齐!"

她们走过去坐在炉火边。她们有一只布娃娃,摆在膝头上翻来覆去地玩,快乐地叽叽喳喳说个不停。柯赛特不时从针线活上抬起眼睛,悲哀地望着她们玩耍。

爱波尼娜和阿泽尔玛不看柯赛特一眼。对她们来说,她像狗一样。这三个小姑娘加起来不到二十四岁,她们已经代表了整个人类社会;一边是羡慕,另一边是蔑视。

泰纳迪埃的两个姑娘的布娃娃,已经褪色,很旧很破,但在柯赛特眼里仍然很出色,她平生没有一个布娃娃,一个真正的布娃娃,我们用的是一切孩子都理解的语言。

泰纳迪埃的女人继续在厅堂里走来走去,突然,她发现柯赛特分了心,她没有干活,而是一味顾着看两个小姑娘玩耍。

"啊!我逮住你了!"她叫道。"你是这样干活的呀!我要用鞭子来让你干活。"

陌生人没有离开位置,朝泰纳迪埃的女人转过身来。

"太太,"他几乎用胆怯的神态微笑着说,"算了!让她玩吧!"

要是一个旅客在吃一块羊腿,而且晚餐有两瓶酒,外貌也不像一个穷光蛋,这样一个愿望就会是一个命令。可是,穿着这样一件礼服的人居然有一个意愿,这正是泰纳迪埃的女人所不能容忍的。她疾言厉色地说:

"她要吃饭就得干活。她什么也不干,我就不养活她。"

"她干什么活呢?"陌生人又说,柔和的声音与他乞丐似的衣服和脚夫的肩膀形成古怪的对照。

泰纳迪埃的女人赏脸回答:

"不过织袜子。给我的两个小姑娘织袜子,可以说她们什么也没有,快要光脚走路了。"

那汉子瞧着柯赛特可怜的红通通的脚,又说:

"她什么时候织完这双袜子?"

"她至少还要织三四天,这个懒鬼。"

"这双袜织好了值多少钱呢?"

泰纳迪埃的女人朝他投了蔑视的一瞥。

"至少三十苏。"

"您肯把袜子换成五法郎吗?"那个汉子说。

"当然肯!"一个在听谈话的车夫发出哈哈大笑,大声说,"五法郎!我真没想到,五法郎!"

泰纳迪埃认为该说话了。

"好的,先生,如果您有这种怪念头,可以让您拿五法郎换这双袜子。我们对旅客有求必应。"

"要马上付钱,"泰纳迪埃的女人斩钉截铁地说。

"我买下这双袜子,"汉子回答,他从口袋里掏出一枚五法郎的钱币,放在桌上,又补上一句:"我付钱。"

然后他朝柯赛特转过身来。

"现在,你的活儿归我了。玩吧,我的孩子。"

车夫看到这五法郎,太激动了,他放下杯子,跑了过来。

"是真的!"他一面察看,一面叫着,"一枚真正的后轮币!不是假的!"

泰纳迪埃走过来,一言不发地将钱币放到小口袋里。

泰纳迪埃的女人没有什么可反对的。她咬着嘴唇,她的脸流露出仇恨的表情。

可是柯赛特在发抖。她大着胆子问:

"太太,是真的吗?我可以玩吗?"

"玩吧!"泰纳迪埃的女人用可怕的声音说。

"谢谢,太太,"柯赛特说。

她的嘴在感谢泰纳迪埃的女人,她的小心灵却在感谢旅客。

泰纳迪埃重新喝酒。他的妻子在他耳畔说:

"这个黄衣人会是干什么的?"

"我见过,"泰纳迪埃说一不二地回答,"一些百万富翁,他们也是这样穿黄衣服。"

柯赛特放下针线活,但她没有离开位置。柯赛特总是尽可能少动。她从身后的一个匣子里取出几块破布和她的小铅刀。

爱波尼娜和阿泽尔玛丝毫没有留意发生的事。她们刚刚有一个重大的行动;她们抓住了猫,把布娃娃扔在地上。爱波尼娜是姐姐,她把许多红色和蓝色的破衣烂衫裹住小猫,不顾它的叫声和挣扎。她一面在做这件严肃而艰巨的事,一面对妹妹说话,用的是孩子柔和而可爱的语言,那种魅力如同蝴蝶翅膀的五颜六色,想抓住它的翅膀,它却飞走了:

"你看,妹妹,这只布娃娃比那一只更有趣。她在动,她在叫,她是热乎乎的。你看,妹妹,我们和她玩吧。她算是我的小女儿。我是一个贵妇。我来看你,而你看着她。你慢慢地会看到她的胡子,叫你吃惊。然后你会看到她的耳朵,再然后你会看到她的尾巴,叫你吃惊。你对我说:啊!我的天!而我对你说:是的,夫人。这是我的小女儿,就是这样的。小姑娘现在都是这样的。"

阿泽尔玛赞赏地听着爱波尼娜说话。

喝酒的人开始唱起一首淫秽的歌,他们笑得天花板都颤抖。泰纳迪埃给他们鼓劲,也伴着唱。

正像鸟儿什么都能筑巢一样,孩子们不管什么都能当作布娃娃。正当爱波尼娜和阿泽尔玛把猫裹起来的时候,柯赛特也裹起她的铅刀。做完以后,她让铅刀平躺在她的手臂上,她轻轻地唱歌,给它催眠。

布娃娃是女孩子一种最迫切的需要,同时也是最可爱的本能之一。照料、穿衣、打扮、脱衣、再穿衣、教书、数落一顿、摇荡、抚爱、催眠、设想东西是人,女人的整个未来就在这里。孩子一面想象,一面饶舌,一面做小襁褓和婴儿用品,一面缝小裙子、长短袖小内衣,孩子就成了小姑娘,小姑娘变成了大姑娘,大姑娘变成了女人。头生孩子接替最后一个布娃娃。

一个小姑娘没有布娃娃,就几乎像一个女人没有孩子那样不幸,而且是一样的无法忍受。

因此,柯赛特用铅刀做了一个布娃娃。

泰纳迪埃的女人走近黄衣人。"我的丈夫说得对,"她想,"这也许是拉菲特先生。有的富翁爱恶作剧！"

她过来坐在桌旁。

"先生……"她说。

听到"先生"这个词，汉子回过身来。泰纳迪埃的女人刚才还只称呼他为朋友或老头。

"您看，先生，"她摆出甜蜜蜜的神态又说，而这种神态比她恶狠狠的神态更令人讨厌，"我很乐意让孩子玩，我不反对，可是一次还可以，因为您很慷慨。您看，她什么也没有。她非得干活不可。"

"这个孩子不是您的吗？"汉子问。

"噢，我的天，不是，先生！这是一个穷丫头，我们出于好心收留了她；这种孩子笨得很。她的脑子里大概有积水。她的头很大，您看到了。我们对她是尽力而为了，因为我们并不富裕。我们写信到她的家乡也没用，已经半年没有回音了。一定是她的母亲死了。"

"啊！"汉子说，他又陷入沉思。

"这个母亲不怎么样，"泰纳迪埃的女人添上说。"她抛弃了她的孩子。"

在这场谈话中，柯赛特仿佛本能在提醒她，别人在谈论她，她的目光没有离开泰纳迪埃的女人。她模糊地听到几个字。

喝酒的人四分之三都喝醉了，更加兴致勃勃地唱淫秽的复调。这是一支颇有韵味的风流小曲，圣母和圣婴耶稣都掺杂在里面。泰纳迪埃的女人也参与进去，哈哈大笑。柯赛特在桌下望着炉火，炉火反映到她呆定的眸子里；她又开始摇刚才做好的一包东西，她一边摇一边唱着："我的母亲死了！我的母亲死了！我的母亲死了！"

在女店主的重新要求下,黄衣人,"那个百万富翁",终于同意吃晚饭。

"先生想吃什么?"

"面包和奶酪,"汉子说。

"这肯定是个乞丐,"泰纳迪埃的女人心想。

喝醉酒的人一直在唱歌,孩子在桌子底下也在唱她的歌。

突然,柯赛特停止唱歌。她刚回过身来,看到泰纳迪埃的两个小姑娘抓住小猫后丢开的布娃娃,扔在离她几步远的厨桌底下。

于是,她丢下只能满足一半心愿的包起来的铅刀,然后慢慢地扫视厅堂。

泰纳迪埃的女人低声同丈夫说话,而且在数钱。波尼娜和泽尔玛同猫玩耍,旅客们在吃东西,或者喝酒,或者唱歌,没有人看着她。她没有丢掉一点时间,手脚并用,从桌子底下爬出来,再确定一下没有人看到她,然后赶快溜到布娃娃那里,抓住它。一会儿,她回到原来位子,坐着一动不动,只侧过去一点,让暗影遮住她抱在怀里的布娃娃。她玩布娃娃的快乐是这样少,以致喜不自禁。

没有人看见她,除了那个旅客,他慢吞吞地吃着简单的晚饭。

这种快乐持续了一刻多钟。不管小柯赛特多么小心,她没有发觉布娃娃的一只脚伸了出来,壁炉的火照得明晃晃的。这只发光的粉红色的脚从黑暗中伸出来,突然吸引了阿泽尔玛的目光,她对爱波尼娜说:"瞧!姐姐!"

两个小姑娘呆住了。柯赛特居然敢拿着布娃娃!

爱波尼娜站了起来,也不扔掉猫,朝她母亲走去,拉拉母亲的裙子。

"放开我呀!"做母亲的说。"你想要我干什么?"

"妈妈,"孩子说,"看呀!"

她用手指着柯赛特。

柯赛特全身心沉浸在拥有布娃娃的快乐中,什么也看不到和听不到。

泰纳迪埃的女人的脸流露出特殊的表情,这种日常琐事都要使她变得像凶神恶煞一般的表情,使这类女人得名泼妇。

这回,尊严受到伤害,更加剧了她的愤怒。柯赛特越过了所有的界限,侵占了"小姐们"的布娃娃。

一个女沙皇看到一个农奴想戴上皇太子的蓝色大绶带,也不会有另一副面孔。

她用气得嘶哑的声音喊道:

"柯赛特!"

柯赛特瑟瑟发抖,仿佛她脚下地震了。她回过身来。

"柯赛特!"泰纳迪埃的女人又叫一次。

柯赛特拿起布娃娃,轻轻地放在地上,又是崇敬又是绝望。她合起双手,眼睛不离开它,在一个这样年龄的孩子身上,说来真是可怕,她绞着双手;然后,白天的任何一次激动,无论到树林里去,水桶的沉重,硬币的丢失,看到举起了鞭子,甚至听到泰纳迪埃的女人恶毒的话都不能办到的,——她哭了起来。她号啕大哭。

旅客站了起来。

"怎么啦?"他问泰纳迪埃的女人。

"您没有看见吗?"泰纳迪埃的女人用手指着躺在柯赛特脚边的物证说。

"那又怎么呢?"

"这个女叫花子,"泰纳迪埃的女人回答,"居然敢碰孩子们的布娃娃!"

"为这件事大吵大闹呀!"汉子说。"那么,她什么时候玩这只布娃娃的?"

"她用脏手去碰它!"泰纳迪埃的女人继续说,"用那双可怕的手!"

这时,柯赛特哭得更响。

"不许哭!"泰纳迪埃的女人叫道。

汉子笔直走向大门口,出去了。

他一出去,泰纳迪埃的女人趁他不在,对桌下的柯赛特飞起一脚,使孩子高声叫了起来。

门又打开了,汉子重新出现,双手捧着上文介绍过的神奇的布娃娃,村里所有的孩子从早上起就看个没完,他把这个布娃娃放在柯赛特面前,说道:

"拿去吧,这是给你的。"

要知道,他待在这里一个多小时,沉思的时候,他模糊地注意到那个卖小玩意的棚铺给小油灯和蜡烛照得明晃晃的,透过小酒店的玻璃窗,可以看见它,仿佛受到了启示。

柯赛特抬起眼睛,她看到这个人拿着这个布娃娃向她走来,她犹如看到太阳升起,她听到这句难以置信的话:"这是给你的。"她望着他，她望着布娃娃，然后慢慢地后退，藏到墙角桌下的尽里。

她不再哭泣，她不再叫喊，她的模样像不敢呼吸。

泰纳迪埃的女人、爱波尼娜、阿泽尔玛都成了泥塑木雕一般。连喝酒的人也停了下来。在整个小酒店，笼罩着庄严的寂静。

泰纳迪埃的女人惊呆了，默默无言，又开始猜测："这个老头是什么人呢？是个穷人吗？是个百万富翁吗？也许两者都是，就是说一个小偷。"

她的丈夫泰纳迪埃的脸显出有意味的皱纹，每当占据优势的本能以兽性的全部威力显现出来的时候，这皱纹便突出人面。小旅店老板轮流看了看布娃娃和旅客；他好像在嗅这个人，就像嗅出一袋钱那样。这只是一刹那。他走近了妻子，对她低声说：

"这东西至少值三十法郎。别干蠢事。对他俯首帖耳。"

粗野的本性和天真的本性有共同点，它们没有过渡。

"喂，柯赛特，"泰纳迪埃的女人说，她想声音柔和，却像那些泼妇说话酸溜溜的。"你不拿走你的布娃娃吗？"

柯赛特大着胆子从她的洞里钻出来。

"我的小柯赛特，"泰纳迪埃的女人用抚爱的神态又说，"这位先生送给你一只布娃娃。拿走吧。它是你的。"

柯赛特怀着一种恐惧望着这只神奇的布娃娃。她的脸还淌满泪水，但是她的眼睛开始充满快乐的奇异光辉，就像晨光曦微的天空。此刻她感受到的，有点像别人突然对她说："小姑娘，您是法国的王后。"

她觉得，如果她触到这只布娃娃，从里面就要喷出响雷。

在一定程度上，这种感觉是对的，因为她心想，泰纳迪埃的女人会责骂她和打她。

但吸引力占了上风。她终于走过去，转向泰纳迪埃的女人，胆怯地低声说：

"我可以拿吗，太太？"

任何表情都难以还原这种绝望、受宠若惊，同时又快活的神情。

"当然啰！"泰纳迪埃的女人说，"这是你的。因为这位先生给了你。"

"当真，先生？"柯赛特说，"这是当真？这个贵妇是给我的吗？"

陌生人好像眼里满含泪水。他看来非常激动，为了不至于哭出来，索性不说话。他对柯赛特点了点头，将"贵妇"的手交到她的小手里。

柯赛特赶快收回自己的手，仿佛"贵妇"的手灼痛了她，开始看着方砖。我们不得不加上一句，这一阵子，她过分地伸舌头。突然，她回过身来，冲动地抓住布娃娃。

"我要管她叫卡特琳，"她说。

柯赛特的破衣烂衫，碰到和压扁布娃娃的丝带和粉红色的、鲜艳的平纹细布，那是多么古怪的一刻啊。

"太太，"她又说，"我可以把她放在椅子上吗？"

"可以，我的孩子，"泰纳迪埃的女人回答。

如今是爱波尼娜和阿泽尔玛羡慕地望着柯赛特。

柯赛特把卡特琳放在一张椅子上，然后面对它坐在地上，一动不动，一声不吭，保持欣赏的姿态。

"玩吧,柯赛特,"陌生人说。

"噢!我在玩,"柯赛特说。

这个外来人,这个陌生人,好像是天主来造访柯赛特,这时,他是泰纳迪埃的女人在世上最憎恨的人。但必须克制自己。尽管她习惯于竭力一切行动模仿丈夫,她还是激动得不能自制。她匆匆忙忙打发两个女儿去睡觉,然后她请黄衣人允许也打发柯赛特去睡觉,"她今天也很累了,"她带着母爱的神情补充说。柯赛特抱着卡特琳去睡觉了。

泰纳迪埃的女人不时走到她的男人所在的厅堂另一头,她说:"为了放松一下心灵。"她和丈夫交换了几句气鼓鼓的话,她都不敢大声说出来。

"老畜生!他肚子里究竟有什么打算?到这里来打扰我们!想让这个小鬼玩!送给她布娃娃!把四十法郎的布娃娃送给一条狗,而给我四十苏就会送掉这条狗!再进一步,他要称她陛下,就像对贝里公爵夫人[1]说话一样!他有理智吗?这个神秘的老头,他头脑发昏了吗?"

"为什么?简单得很,"泰纳迪埃说。"他觉得好玩!你呀,小姑娘干活合你胃口,他呢,小姑娘玩耍合他胃口。这是他的权利。一个旅客,只要付钱,爱干什么就让他干什么。如果这个老头是个慈善家,这关你什么事?如果这是个傻瓜,这也不关你的事。既然他

---

[1] 贝里公爵夫人(1798~1870),1816年嫁给贝里公爵,波旁王朝覆灭后,跟随查理十世流亡。1832年回国,企图发动叛乱而被捕,在狱中生下一个女儿,因她丈夫已死,遂成丑闻。

有钱,你瞎掺和什么?"

这是主人的语言,旅店老板的议论,两者都容不得辩驳。

那汉子手肘撑在桌子上,恢复了沉思的姿势。其他旅客,商贩和车夫,分开了一点,不再唱歌。他们隔开一段距离,又敬又怕地观察他。这个衣着寒酸的怪人,那样随便地从口袋里掏出后轮币,把偌大的布娃娃送给穿木鞋的小女仆,他肯定是一个了不得的、可怕的老头。

好几个小时过去了。午夜弥撒宣讲完了,圣餐结束了,喝酒的人走了,小酒店关闭了,楼下厅堂的人走空了,炉火熄灭了,外来人始终在老位置上,保持同一姿势。他不时换一下支撑的手肘。如此而已。但他在柯赛特走后一言不发。

只有泰纳迪埃夫妇出于礼节和好奇,还留在厅堂里。"难道他就这样过夜吗?"泰纳迪埃的女人咕哝着说。凌晨两点钟敲响了,她败下阵来,对丈夫说:"我去睡觉了。你做你愿意做的事吧。"她的丈夫坐在角落的一张桌旁,点燃一支蜡烛,开始看《法国邮报》。

一小时就这样过去。好样的旅店老板至少看了三遍《法国邮报》,从日期看到印刷者的名字。外来人一动不动。

泰纳迪埃动了起来,咳嗽,吐痰,擤鼻涕,把椅子弄得嘎吱响。那汉子一动不动。"他睡着了吗?"泰纳迪埃心想。那汉子没有睡觉,但什么也不能惊动他。

末了,泰纳迪埃脱了帽,慢慢走过去,放大胆子说:

"先生不去休息吗?"

"不去睡觉"在他看来是过分唐突和亲热了。"休息"用词讲究,表示尊敬。这些字眼有神奇的出色的作用,在第二天早上能使账单的数字膨胀开来。一个"睡觉"的房间花费二十苏;一个"休息"的房间要付二十法郎。

"啊!"陌生人说,"您说得对。您的马厩在哪里?"

"先生,"泰纳迪埃含笑说,"我来给先生带路。"

他拿起蜡烛,汉子拿起他的包裹和棍子,泰纳迪埃把他带到二楼的一个房间,富丽堂皇,全部是桃花心木的家具,一张船形床,红布帘子。

"这是什么地方?"旅客问。

"这是我们结婚的洞房,"旅店老板说。"我的妻子和我,我们睡在另一间房里。这里一年只进来三四次。"

"我一样喜欢马厩,"汉子粗鲁地说。

泰纳迪埃好像没有听见这不太客气的反应。

他点燃两支新蜡烛,就放在壁炉上。壁炉炉火熊熊。

壁炉上的短颈大口瓶下面,有一副银丝的女发套,缀着橘花。

"这个呢,这是什么?"异乡人问。

"先生,"泰纳迪埃说,"这是我妻子的新娘帽。"

旅客看了这件东西一眼,仿佛说:这个妖怪也有像处女的时候。

况且,泰纳迪埃在撒谎。当他租下这幢破屋开小旅店时,他已经看到这个房间这样布置,便买下这些家具,又从旧货商那里买下这些橘花,认为这样会给"他的妻子"产生雅致的投影,他的家也会获得英国人所谓的体面。

当旅客回过身来时,老板已经消失不见。泰纳迪埃谨慎地退走了,不敢说声晚安,生怕对他准备第二天早上狠狠地剥一层皮的人过分热情,反倒会显得不恭。

旅店老板抽身回到自己的房间。他的妻子睡下了,但没有睡着。她听到丈夫的脚步声时,回过身来,对他说:

"你知道,明天我要把柯赛特赶出门去。"

泰纳迪埃冷冷地回答:

"随你的便!"

他们没有说别的话,几分钟后,蜡烛燃尽了。

至于旅客,他把棍子和包裹放在一个角落里。店主一走,他就坐在一把扶手椅上,沉思了一会儿。然后他脱掉鞋子,拿了一支蜡烛,吹灭另一支,推开了门,走出房间,环顾四周,仿佛在寻找什么。他穿过走廊,来到楼梯口。他听到轻微的呼吸声,像是孩子的呼吸。他在这声音的引导下,来到楼梯底下三角形凹进去的地方,或者说得更确切点,是楼梯本身形成的。这凹进去的地方就在踏级下面。在各种各样的旧篮子和碎片中间,在尘土和蜘蛛网中间,有一张床;如果可以说是床的话,那是一张洞穿的草垫子,露出了麦秸,还有一条洞穿的毯子,能看到草褥。没有床单。草褥放在地砖上。柯赛特就睡在这张床上。

汉子走近床边,注视着她。

柯赛特酣睡着。她穿着衣服。冬天,她不脱衣服睡觉,可以暖和些。

她紧紧抱着布娃娃,布娃娃睁大的眼睛在黑暗中闪闪发光。她不时发出很响的叹息,仿佛她就要醒来,她几乎痉挛地把布娃娃紧抱在怀里。她的床边只有一只木鞋。

在柯赛特的破屋边有一扇打开的门，让人看到一个相当大的幽暗房间。外地人走了进去。尽里面，透过玻璃门，可以看到一对雪白的小床。这是阿泽尔玛和爱波尼娜的床。床后半掩着一只柳条摇篮，没有帘子，叫了一整晚的小男孩睡在里面。

外地人揣测，这个房间与泰纳迪埃夫妇的卧室相连。他正要抽身退出，这时他的目光看到了壁炉；这是旅店的一种大壁炉，总有一点余火，而外表看起来壁炉却是冰冷的。这只壁炉没有火，甚至没有灰；这却吸引了旅客的注意。有两双童鞋，形状娇小，大小不一；旅客想起了孩子自古以来的美妙习惯：在圣诞节之夜把他们的鞋放在壁炉里，在黑暗中等待善良的仙女闪光的礼品。爱波尼娜和阿泽尔玛没有忘记这样做，她们把一只鞋放在壁炉里。

旅客俯下身来。

仙女，也就是母亲，已经来拜访过，可以看到每只鞋中，有一枚崭新的十苏漂亮硬币在闪烁。

汉子直起腰来，正要离开，这时他看到在尽里的旮旯，壁炉最幽暗的角落里，有另一样东西。他望过去，认出是一只木鞋，一只最粗糙的难看的木鞋，砸碎了一半，满是灰和干掉的泥巴。这是柯赛特的木鞋。柯赛特怀着孩子动人的信赖（总是受骗，但从不泄气），也把木鞋放在壁炉里。

一个只知辛酸泪的孩子却怀着希望，这是崇高和美妙的。

在这只木鞋里，什么也没有。

外地人在背心里摸索了一下，弯下腰来，在柯赛特的木鞋里放了一个金路易。

然后,他蹑手蹑脚回到自己房里。

九、泰纳迪埃耍手腕

翌日早上,至少在天亮前两小时,泰纳迪埃坐在小酒店楼下厅堂的一支蜡烛旁,手里拿着一支笔,在构思黄礼服的旅客的账单。

他的妻子半俯向他站着,目光注视着他的动作。他们没有交换一句话。一方在深入思考,另一方怀着宗教般的崇拜,注视人的精神奇迹如何产生和开花。屋里传来响声;这是云雀在扫楼梯。

过了整整一刻钟,做了一些涂改,泰纳迪埃产生了这个杰作:

一号客房先生的账单

晚餐	三法郎
住房	十法郎
蜡烛	五法郎
炉火	四法郎
服务	一法郎
总计	二十三法郎

服务写成了"付务"。

"二十三法郎!"女人叫道,热烈中夹杂了几分犹豫。

像所有的大艺术家那样,泰纳迪埃并不满意。

"呸!"他说。

这是在维也纳会议上,卡斯特莱[1]起草法国应付账单时的口吻。

"泰纳迪埃先生,你说得对。他该付这个数,"女人想到当着她两个女儿的面送给柯赛特的布娃娃,喃喃地说,"这是对的,但太多了,他不肯付的。"

泰纳迪埃冷峭地一笑,说道:

"他会付的。"

这笑声是信心和权威的最高表示。这样说就该这样做。女人没有坚持。她开始安排桌子;她的丈夫在厅堂里踱步。过了一会,他又说:

"我呀,我欠了一千五百法郎呢!"

他去坐在壁炉的角上,双脚搁在热灰上思索。

"啊!"女人说,"你没有忘记今天我要把柯赛特赶出门去吧?这个鬼东西!她同她的布娃娃吞食着我的心!我宁愿嫁给路易十八,也不愿把她多留在家里一天!"

泰纳迪埃点燃烟斗,吐出一口烟,回答道:

"你把账单交给那个家伙。"

然后他出去了。

他刚出去,旅客就走了进来。

泰纳迪埃马上在他后面重新出现,站在虚掩的门口一动不动,只有他的妻子能看见。

---

[1] 反法同盟打败拿破仑后,在维也纳开会,对法国提出赔款要求。卡斯特莱(1769~1822),英国的全权代表。

黄衣人手里拿着棍子和包裹。

"起得这么早啊!"泰纳迪埃的女人说,"先生要离开我们啦?"

她一面这样说,一面尴尬地在手里翻弄着账单,用指甲折了几折。她粗蛮的脸流露出一种不常有的表情:胆怯和顾虑。

将这样一份账单拿给一个外表太像"穷鬼"的人,她觉得不自在。

旅客看来有心事,若有所思。他回答:

"是的,太太。我要走了。"

"先生,"她接着说,"在蒙费梅没有事吗?"

"没有。我路过这里。如此而已。太太,"他又添上说,"我该付多少钱?"

泰纳迪埃的女人没有回答,把折好的账单递给他。

汉子打开来看,但他的注意力显然在别的地方。

"太太,"他又说,"您在蒙费梅生意不错啊?"

"不过这样,先生,"泰纳迪埃的女人回答,对看不到火冒三丈感到吃惊。

她继续用哀婉动人的声调说:

"噢!先生,这年月很艰难!再说,我们这地方有钱人很少!您看到,这是个小地方。要不是我们有时候有像您这样豪爽和有钱的旅客,那就糟了!我们负担很重。瞧,这个小姑娘要花费我们老鼻子了。"

"哪个小姑娘?"

"小姑娘,您知道的嘛!柯赛特,云雀,当地人这样叫她!"

"啊!"汉子说。

她继续说:

"这些乡下人爱用绰号,愚蠢透了!她的神态不如说像蝙蝠,而不是云雀。您看,先生,我们并不求发慈悲,但我们不能发慈悲。我们赚不到什么,而我们开支很大。营业税、人口税、门窗税、什一税!先生知道,政府要钱真吓人。再说,我有两个女儿。我不需要抚养别人的孩子。"

汉子竭力用无动于衷的声音说话,但声音还是有点发颤:

"如果有人给您卸包袱呢?"

"卸什么包袱?柯赛特吗?"

"是的。"

女店主红通通、恶狠狠的脸绽出丑恶的光彩。

"啊,先生!我的好先生!拿去吧,留下吧,领走吧,带走吧,好好待她,塞给她东西,让她喝饱,让她吃饱,祝福善良的圣母和所有天堂的圣人!"

"一言为定。"

"当真?您领走她?"

"我领走她。"

"马上?"

"马上。把孩子叫来吧。"

"柯赛特!"泰纳迪埃的女人喊道。

"这会儿,"汉子继续说,"我来付我的费用。多少钱?"

他瞥了一眼账单,禁不住吃了一惊。

他看着女店主,重复说:

"二十三法郎?"

在重复这几个字时,声音处于惊叹号和问号之间。

泰纳迪埃的女人有时间准备反击。她自信地回答:

"当然啰,先生,是二十三法郎。"

外地人将五枚五法郎的钱币放在桌上。

"把小姑娘找来,"他说。

这时,泰纳迪埃向厅堂中央走来,说道:

"先生还欠二十六苏。"

"二十六苏!"他的女人喊道。

"二十苏是房钱,"泰纳迪埃冷冷地说,"六苏是晚餐。至于小姑娘,我需要和先生谈一下。你走开一下,老婆。"

泰纳迪埃的女人灵机一动,那是才华意外的启迪。她感到伟大的演员进场了,不反驳一句,走了出去。

只剩下他们两个时,泰纳迪埃请旅客在椅子上坐下。旅客坐下了;泰纳迪埃仍然站着,他的脸呈现出天真和纯朴的古怪表情。

"先生,"他说,"啊,我要给您说说。就是我呀,我喜爱她,喜爱这个孩子。"

外地人凝视着他。

"哪个孩子?"

泰纳迪埃继续说:

"真怪!彼此相依。这些钱算什么?收起您五法郎的钱币吧。这个孩子我喜爱。"

"谁啊？"外地人问。

"咦，我们的小柯赛特！您不会从我们那里把她挖走吧？我说得很坦率，实话实说，就像您是一个正直的人，我无法同意。这个孩子，她会让我失去点什么。我看着她从小长大。不错，她让我们花掉了钱，不错，她有缺点，不错，我们不是富人，不错，光她生一次病，我就花了四百多法郎的药费！不过，应该为善良的天主做点好事。她无父无母，我把她养大了。我有面包，她就有面包。这孩子，我实在珍惜她。您明白，爱就这样产生了；我呀，我是一个善良的人；我不会讲道理；我爱她，爱这个小姑娘；我的妻子脾气急，但她也爱这孩子。您看，她就像我们的孩子。我需要家里孩子喊喊喳喳的。"

外地人始终凝视着他。他继续说：

"对不起，请原谅，先生，决不能这样白白把孩子送给一个过路人。我说得不对吗？除此以外，我没有说，您有钱，您的模样像正直的人，这是不是她的运气呢？但必须知道。您明白吗？假设我让她走了，我做出自我牺牲，我想知道她到哪里去，我不想失去她的踪影，我想知道她到哪一家去，不时去看看她，让她知道抚养她的好父亲在这里，他照看着她。总之，有的事是不能做的。我还不知道您的名字。您把她带走了，我会说：喂，云雀呢？她到哪里去了？至少得看看讨厌的破证件吧，看看一小本身份证吧！"

外地人不停地凝视着他，可以说，这目光直达他的良心，这时外地人以庄重而坚决的声调回答他：

"泰纳迪埃先生，到离巴黎五法里的地方用不着带身份证。如果我想把柯赛特带走，我就会带走，就是这样简单。您不会知道我的名字，您不会知道我的住址，您不会知道她到哪里去，而且我的意思是，她这一生不要再看到您。我扯断了缚在她脚上的绳子，她就走了。这对您合适吗？合适还是不合适？"

如同魔鬼和精灵从某些迹象能看出更高的天神出现一样，泰纳迪埃明白他在同一个强有力的人打交道。这就像直觉一样；他明晰、敏锐而精明地明白了这一点。昨夜，他一面同车夫喝酒、抽烟、唱下流的小曲，一整个晚上都在观察这个外地人，像猫一样窥测他，像数学家一样研究他。他窥伺既是为自己着想，同时也是为了满足乐趣和出自本能，好像被雇来的侦探一样。这个黄衣人没有一个手势、一个动作，逃过他的眼睛。甚至在他表现出对柯赛特感兴趣之前，泰纳迪埃已经猜测出来了。他发现了这个老头总是投向孩子的深邃目光。为什么这样感兴趣？这个人是何许人？为什么他的钱袋里有那么多的钱，衣服却这样寒酸？他向自己提出这些问题，却不能回答，而且激怒了他。他想了一整夜。这不可能是柯赛特的父亲。难道是祖父？那么为什么不马上露出身份呢？有权利就会流露出来。这个人显然对柯赛特没有权利。那么他是谁？泰纳迪埃设想不已。他隐约看到了一切，却又什么也没看到。不管他是谁，同他谈一谈，肯定里面有一个秘密，肯定这个人想藏在暗中，他感到自己是强有力的；听到外地人明晰、坚定的回答，看到这个神秘人物只是一般的神秘，他感到自己软弱无力了。他根本没有料到情况会这样。他的猜测崩溃了。他把自己的思路联结起来。霎那间他衡量了一切。泰纳迪埃是这样一种人，一眼就能判断局势。他认为要笔直和迅速地前进。他就像伟大的统帅处于决定性的时刻,只有他们才把握得住,他突然公开自己的意图。

"先生,"他说,"我需要一千五百法郎。"

外地人从左边的口袋掏出一只黑皮的旧皮夹,打开来,取出三张钞票,放在桌上。然后他用宽大的食指按住这些钞票,对旅店老板说:

"把柯赛特叫来。"

正当事情这样进行的时候,柯赛特在做什么呢?

柯赛特醒来后,跑到她的木鞋那里。她在里面找到一枚金币。这不是一枚拿破仑金币,这是复辟时期崭新的二十法郎的金币,上面的图案是普鲁士的小磨刀石,代替了桂冠。柯赛特看得目眩神迷。她的命运开始使她陶醉。她不知道一枚金币值多少钱,她从来也没有见过,她很快地藏在口袋里,仿佛是偷来的。但她感到,这是属于她的,她猜出这份礼物来自何方,她感到快乐中充满了恐惧。她很高兴;她尤其感到惊讶。如此美妙、如此漂亮的东西,她觉得不是真实的。布娃娃使她害怕,金币使她害怕。面对这些美妙绝伦的东西,她微微地颤抖。唯有外地人不使她害怕。相反,他令她感到放心。从昨夜起,她在惊讶和睡眠中,在孩子的小脑袋里,她想着这个人,他看来很老,很穷,很忧愁,却是这样富有和善良。自从她在树林里遇到这个老头,对她来说,一切都改变了。柯赛特还不如天上的一只小飞燕幸福,从来也不知道藏在母亲的荫庇下和羽翼下是什么滋味。五年来,也就是从她能记事的时候起,可怜的孩子就抖抖瑟瑟地过日子。她始终赤裸裸地待在不幸这寒风中,如今她觉得穿上了衣服。以前她的心灵是冰冷的,如今是热乎乎的。她不再害怕泰纳迪埃的女人了。她不再是孤独一个:有一个人在那里。

她很快干起每天早上的活儿。这枚路易,她藏在身上,就放在昨天丢掉十五苏硬币的罩衫口袋里,这给了她快乐。她不敢触摸它,但她每过五分钟就要欣赏它一次,应该说,同时还伸出舌头。她扫楼梯时,不时地停下来,待在那里,一动不动,忘了扫帚和整个宇宙,只顾着看在自己口袋里闪光的这颗星星。

她正在欣赏时,泰纳迪埃的女人来到她身边。

她按丈夫的吩咐来找柯赛特。真是从来没有过的事,她没有给孩子一巴掌,也没有骂一句话。

"柯赛特,"她几乎是温柔地说,"马上过来。"

过了一会儿,柯赛特走进楼下的厅堂。

外地人拿起他带来的包裹,解开了结。这个包裹装着一件小呢裙,一件罩衫,一件毛线长袖内衣,一条衬裙,一条头巾,羊毛袜,鞋子,八岁女孩的套装。所有东西都是黑色的。

"我的孩子,"汉子说,"拿去赶快穿上。"

天空露出曙光,这时,蒙费梅的居民开始打开门,看到巴黎街走过一个穿着寒酸的老头,手里牵着一个全身穿孝服的小姑娘,她怀里抱着一个粉红的大布娃娃。他们朝利弗里方向走去。

这是我们那个人和柯赛特。

没有人认识这个人;由于柯赛特不再穿破衣烂衫,很多人没有认出她来。

柯赛特走了。同谁走的?她不知道。到哪里去?她不知道。她只知道的是,她把泰纳迪埃小旅店抛在后面了。没有人想到同她说声再见,她也不对任何人说再见。她走出了这座她憎恨而人家又憎恨她的屋子。

可怜的温柔的孩子,她的心至今一直受到压抑。

柯赛特严肃地走着,睁着大眼睛,望着天空。她把金路易放在新罩衫的口袋里。她不时弯下腰来,瞧上一眼,然后看看老头。她仿佛感到自己就在善良的天主身边。

十、弄巧成拙

泰纳迪埃的女人按习惯让她的丈夫行事。她等待着有大事发生。待那个汉子和柯赛特走了,泰纳迪埃过了整整一刻钟,才把她拉到一边,给她看一千五百法郎。

"就这些呀!"她说。

从他们结婚以来,这是第一回她敢于批评一家之主的行动。

这句话打中要害。

"确实,你说得对,"他说,"我是个傻瓜。给我帽子。"

他折好三张钞票,塞进口袋里,匆匆出了门,但他搞错了,先是往右拐。他问了几个邻居,他们使他跟踪赶去。有人看到云雀和那个汉子朝利弗里方向走去。他按这个方向大步追赶,口里喃喃自语。

"这个家伙显然是穿黄衣的百万富翁,而我呢,我是个笨蛋。他先给了二十苏,随后是五法郎,然后是五十法郎,再然后是一千五百法郎,总是那么容易。他会给一万五千法郎。我就要追上他了。"

再说，事先为小姑娘准备好的一包衣服，这一切都很奇怪；里面有不少秘密。抓到了秘密，就不能松手。富人的秘密是吸满了金子的海绵；必须善于挤压。所有这些想法在他脑子里搅成一团。"我是一个傻瓜，"他说。

走出蒙费梅，来到转向利弗里的大路拐角，就可以看到这条路一直延伸到远处的高地上。来到这里，他估计应该看到那个汉子和小姑娘。他极目远眺，一无所见。他继续打听。但他失去了时间。路人告诉他，他寻找的大人和孩子，已经朝加尼方向的树林走去。他匆匆朝这个方向奔去。

他们赶在他前面，但孩子走得慢，他走得快。再说，这地方他熟悉。

突然他止住脚步，拍拍脑袋，仿佛忘了主要的事，准备往回走。

"我本该拿上我的枪！"他心里想。

泰纳迪埃是这样一种两面人，他有时经过我们中间，我们却不知不觉，我们还未认识他，他已经消失了，因为命运只暴露他一个方面。许多人的命运就这样生活在半明半暗中。在平静与和缓的情况下，泰纳迪埃具备一切条件，去做——我们不说成为——一个正直的商人、一个好资产者所应做的事。与此同时，只要条件具备，震动几下，使他的人性的沉渣泛起，他会竭尽所能，成为一个坏蛋。这个店主身上有着魔鬼的东西。撒旦有时大概蹲在泰纳迪埃生活的破屋的角落里，对着这个丑恶的杰作遐想。

他犹豫了一下：

"啊!"他想,"他们会有时间跑掉了!"

他继续往前走,走得很快,几乎显得有信心,像狐狸精明地嗅出一对山鹑。

果然,正当他越过池塘,斜穿过胜景大道右边的大片林中空地,来到几乎绕山冈一圈,遮住舍尔修道院旧水渠拱顶的草坪小径时,他看到一丛荆棘上有一顶帽子,对此,他做出了许多猜测。这是男人的帽子。荆棘长得很低。泰纳迪埃认出,那个汉子和柯赛特坐在那里。由于孩子个子小,看不到她,但看得到布娃娃的头。

泰纳迪埃没有搞错。汉子坐在那里,让柯赛特休息。旅店老板绕过荆棘,兀地出现在他要寻找的人眼前。

"对不起,请原谅,先生,"他气喘吁吁地说,"这是您的一千五百法郎。"

这样说着,他把三张钞票递给外地人。

汉子抬起头来。

"这是什么意思?"

泰纳迪埃毕恭毕敬地回答:

"先生,这意味着我要领回柯赛特。"

柯赛特瑟瑟发抖,紧靠着老头。

他呢,他定睛看着泰纳迪埃,一字一顿地回答:

"您—要—领—回—柯—赛—特?"

"是的,先生,我要领回她。我给您解释。我考虑过了。说实话,我没有权利把她给您。我是一个正直的人,您看到了。这个小姑娘不是我的女儿,她有母亲。是她的母亲托付给我的,我只能交还她的母亲。您会对我说：可是她的母亲死了。好。这样的话，我只能把孩子交给这样一个人，他带给我她母亲签名的字条。因此，我应该把孩子交给这个人。这是很清楚的。"

汉子没有答话，在口袋里摸索一阵，泰纳迪埃看到那只装钞票的皮夹又出现了。

旅店老板高兴得颤抖起来。

"好！"他想，"要坚持住。他要贿赂我了！"

在打开皮夹之前，旅客环顾四周。这地方绝对不见人影。在树林里和山谷中没有一个人。汉子打开皮夹，抽出的不是泰纳迪埃巴望的一叠钞票，而是一张普通的小字条，打开来递给了旅店老板，一面说：

"您说得对。看吧。"

泰纳迪埃拿过字条，看到：

泰纳迪埃先生：

请您将柯赛特交给来人。会付给您各种小费用。

顺致

敬意。

芳汀

一八二三年三月二十五日于滨海蒙特勒伊

"您认得这个签名吗？"汉子问。

这确实是芳汀的签名。泰纳迪埃认出来了。

没有什么可反驳的。他感到两种强烈的气恼,气恼失去他期望的贿赂,气恼被打败了。汉子又说:

"您可以留下字条,摆脱您的责任。"

泰纳迪埃步步为营地撤退。

"这个签名模仿得不错,"他咕哝着说,"算了,好吧!"

随后他尝试作了绝望的努力。

"先生,"他说,"好吧。既然您是那个来人。但要支付我'各种小费用'。欠我一大笔钱呢。"

汉子站了起来,弹了几下皱巴巴的袖子上的灰尘,说道:

"泰纳迪埃先生,一月份她的母亲算过,欠您一百二十法郎;二月份您寄给她一份五百法郎的账单;二月末您收到三百法郎,三月初又收到三百法郎。此后过了九个月,每月十五法郎是讲定的价钱,一共一百三十五法郎。您已经多收了一百法郎,还欠您三十五法郎。我刚才给您一千五百法郎。"

泰纳迪埃的感觉,正如一头狼感到被陷阱的钢牙咬住不放的滋味。

"这个鬼东西是什么人呢?"他想。

他所做的正如一头狼。他抖动一下。刚才的大胆已经成功过一次。

"我—不—知—道—名—字—的—先—生,"他口气坚决地说,这回把尊敬的态度扔到一边,"要么我领回柯赛特,要么您给我一千埃居。"

外地人平静地说:

"过来，柯赛特。"

他左手拉住柯赛特，右手捡起放在地上的棍子。

泰纳迪埃注意到棍子的粗大和地方的偏僻。

汉子同孩子走进了树林，留下旅店老板一动不动，噤若寒蝉。

他们走远的时候，泰纳迪埃注视着汉子有点伛偻的宽肩和粗大的拳头。

然后他的目光回到自己身上，落在瘦削的手臂和瘦弱的双手上。"既然我是来打猎，"他想，"没有带上枪，真是蠢得可以！"

但旅店老板不肯就此拉倒。

"我要知道他到哪里去，"他说。他隔开一段距离尾随在后。他手里剩下两样东西，一是讽刺，即芳汀签名的破字条，一是安慰，即一千五百法郎。

汉子领着柯赛特朝利弗里方向走去。他走得很慢，低着头，神态在思索，愁容满面。冬天使树林变得疏疏朗朗，泰纳迪埃看得见他们，保持相当远的距离。汉子不时回过身来，看看有没有人跟踪。突然，他看到了泰纳迪埃。他马上同柯赛特走进密林，他们俩可能消失不见了。"见鬼！"泰纳迪埃说。他加快了步子。

矮树丛很浓密，迫使他又接近他们。当汉子来到最浓密的地方时，他回过身来。泰纳迪埃想躲在树枝之间也是徒劳；他无法使汉子看不到他。汉子向他投以不安的一瞥，然后摇了摇头，继续往前走。旅店老板重新紧随在后。他们这样走了两三百步。汉子猛然间又回过身来。他看见了旅店老板。这回，他阴沉地望着他，以致泰纳迪埃认为跟下去"没用"了。泰纳迪埃走上了回头路。

十一、9430号又出现，柯赛特中了彩

让·瓦尔让没有死。

跌到海里，或者投到海里的时候，他像读者所看到的那样，没有戴锁链。他在两艘船之间游动，来到锚地的一艘船下，有只小船停泊在那里。他设法躲在这只小船中，直到晚上。入夜，他又下水游起来，到达布伦海岬不远处的海岸。在那里，由于他不缺钱，搞到了一些衣服。巴拉吉埃附近的一个小咖啡馆，当时是向潜逃的苦役犯提供衣物的地方，这是有利可图的专业。让·瓦尔让就像所有竭力摆脱法网监视和社会厄运的可悲逃犯，逃走路线隐蔽而曲折。他在博塞附近的普拉多找到第一个藏身的地方。然后他朝上阿尔卑斯地区布里昂松附近的大维拉尔走去。这是摸索着不安地潜逃，像鼹鼠的地道交叉口，无人知晓。后来有人找到他路过安省西弗里厄地区、比利牛斯省的阿孔名叫杜梅克谷仓的地方，沙瓦伊村附近，佩里盖附近戈纳盖教堂所在的布吕尼镇的踪迹。他来到巴黎。读者刚看到他在蒙费梅。

到达巴黎后，他第一件事是给七八岁的小姑娘买丧服，然后找到住处。办完以后，他到蒙费梅去。

读者记得，上次越狱时，他在蒙费梅，或者在这附近，做过一次神秘的旅行，司法机构略有所闻。

另外，大家以为他死了，这就使蒙在他身上的晦暗不明更加浓重了。在巴黎，有一张记载事实经过的报纸落在他手里。他感到放心了，几乎平静下来，仿佛他真的死了。

让·瓦尔让把柯赛特从泰纳迪埃夫妇的爪子中救出来那天晚上，他回到了巴黎。他是在夜幕降临时带着孩子，从蒙索城门进城的。他在城门坐上一辆马车，来到天文台广场。他在那里下车，付了车钱，拉着柯赛特的手，在漆黑的夜里，两人走过乌尔辛和冰库附近的无人小巷，朝济贫院大街走去。

对柯赛特来说，这一天很奇特，充满了激动人心的事；他们在篱笆后面吃了从偏僻的小旅店买来的面包和奶酪，常常换车，几次步行，她不抱怨，但她疲倦了，让·瓦尔让从她走路越来越拖着他的手感觉出来。他把她背到背上；柯赛特不松开卡特琳，把头搁在让·瓦尔让的肩上，睡着了。

第四章
戈尔博破屋

一、戈尔博师傅

　　四十年前,大胆闯入老年妇救院的偏僻地区的孤独散步者,从大马路一直走到意大利城门,来到可以说巴黎消失的地方。这里不偏僻,因为有行人;这不是乡下,因为有楼房和街道;这不是城市,因为街道像大路一样有车辙,杂草丛生;这不是乡村,因为楼房太高。这究竟是什么地方呢?这是一个居民区,却见不到人,这是一个荒凉的地方,人是有的;这是大城市的一条大街,巴黎的一条街,夜里比森林更荒野,白天比坟墓更阴森。

　　这是马市的旧街区。

　　这个散步者,如果他大胆越过马市四堵破败的围墙,如果他先把高墙保护的田舍花园撇在右边,甚至愿意越过小银行家街,然后越过一片草地,那里耸立着一堆堆像巨大的捉河狸猎人的茅屋一样的鞣料树皮,再越过一片围起来的地方,里面堆满了木料、树根、锯末和刨花,一只大狗在上面吠叫,再越过一堵完全倾圮的长长的矮墙,中间有一扇服丧似的黑门,长满了青苔,春天开满了花,再越过最偏僻的地方,一座可怕的旧建筑,上书大字:"禁止张贴",这个大胆的散步者便来到圣米歇尔葡萄园街的拐角,这是鲜为人知的地方。在一座工厂旁边,两座花园的围墙之间,当时可以看到一幢破屋,乍一看,它像茅屋一样小,实际上像教堂一样大。它的山墙对着旁边的公路;因此看来狭小。几乎整幢房子都隐蔽起来。只能看到大门和一扇窗。

这幢破屋只有两层。

仔细观察,首先映入眼帘的细部是,这扇门只能安在破房子上,而这扇窗如果是安在方石上,而不是在碎石上,就会是一座大宅的窗户。

屋门是用几块虫蛀的木板,和劈柴一样未曾刨方正的横木,胡乱拼接起来的。它直接开向一道级梯很高的笔直楼梯,踏级满是泥浆、石灰、尘土,同门一样宽,从街上看,它像梯子一样直升上去,消失在两堵墙的暗影中。这扇门上开凿的丑陋门洞上方,用一块窄木板遮住,中间锯出一个三角形的小孔,当门关上时用作天窗和气窗。门背后用墨水笔两笔写成52这个数字,在木板条上方,同一支笔涂上50这个数字,以致令人左右为难。门的上方写着50号,背后则反驳:不,是52号。不知是什么灰不溜秋的破布挂在那里,像三角形气窗的帘子。

窗户很宽,高度足够,大块玻璃的窗框,装上百叶窗;不过大块的玻璃有不同程度的损坏,却用纸巧妙地糊上,既遮住又显露出来，百叶窗支离破碎，拆掉了一些，与其说保护居住者，还不如说威胁着行人。遮光的横板条这里那里脱落了，却幼稚地垂直钉上木板条来代替；以致最初是百叶窗，最后成了护窗板。

这扇门外表不堪入目，这扇窗看来倒老老实实，尽管破烂不堪，处在同一幢楼里，给人产生的印象是两个不一样的乞丐，一起肩并肩行走，面目不一，都穿着破衣烂衫，一个始终像无赖，另一个曾经是贵族。

楼梯通向十分宽敞的建筑主体，它像一个库房，改成了一座楼房。这座建筑有一条长廊作为内部通道；通道左右两边开了大小不等的隔间，必要时可以住人，更像棚铺，而不是单人房间。这些房间朝附近的空地取光。一切都显得昏暗、难看、苍白、忧郁、有坟墓气息；从屋顶或大门的裂缝，透进冰冷的阳光或刺骨的寒风。这种住宅有趣和别致的特点，在于蜘蛛大得出奇。

在大门左边，对着大街，齐人高之处有一个气窗，开在墙上，形成一个方方的凹下去的地方，塞满了石头，是孩子们路过时扔进去的。

这座建筑的一部分最近拆毁了。今日剩下的，还能让人判断原来的模样。整体建筑存在不到一百年。一百年，这是一座教堂的青春期，是一座房子的晚年。看来人的住宅具有短暂的性质，而天主的住宅具有永恒的性质。

邮差把这座破屋叫做50～52号；但它在这个街区以戈尔博宅的名字闻名。

这个名称是怎么来的呢？

搜集逸闻的人把琐事做成标本，容易忘记的日期用别针别在他们的记忆上；他们知道，在上个世纪，约一七七〇年，巴黎沙特莱法院有两个检察官，一个叫柯尔博，另一个叫列那。[1]对这两个名字，拉封丹[2]有先见之明。机会太好了，司法界不会不大捞一把。讽刺之作马上传遍法院的长廊，诗句有点不合韵律：

  乌鸦师傅栖在卷宗上，
    嘴里叼着查封的东西；
  狐狸师傅受到气味的吸引，
    给他讲了这个故事：
  喂，你好！……

两个正直的司法工作者被嘲笑弄得很难堪，又被背后的哈哈大笑弄得对姓氏不满，于是决意改名换姓，向国王开口。请求提交给路易十五，那一天，一面是教皇大使，另一面是拉罗什-埃蒙红衣主教，两人虔诚地跪着，面对陛下，每人拿一只拖鞋，给杜巴里夫人[3]从床上伸出来的两只光脚穿上。国王在笑，笑声不止，快活地从两个主教转到两个检察官身上，要赐名字给这两个法官，或者差不多是这样。国王允许柯尔博师傅在起首字母上加一横，叫做戈尔博；列那师傅运气差些，他只允许在 R 前面加一个 P，叫做普列那，以

---

[1] 柯尔博是乌鸦的译音，列那是狐狸的译音。
[2] 拉封丹（1621～1695），法国寓言诗人，他的寓言诗多次讽刺乌鸦与狐狸。
[3] 杜巴里夫人（1763～1793），路易十五的宠姬，国王死后，她离开宫廷；大革命期间上了断头台。

致第二个名字有点像第一个名字。

但按照当地传说，戈尔博师傅是济贫院大街50～52号的房主。他甚至制作了这扇像样的窗户。

这座破屋叫戈尔博宅的名字由此而来。

面对50～52号，在大街的树木中有一棵大榆树，四分之三枯死了；几乎对面就是戈布兰街，这条街当时没有房子，没有铺石块，种了一些不合适的树，按季节要么是绿树覆盖，要么是满地泥浆，路一直通到巴黎城墙。硫酸盐的气味从邻近一家工厂的屋顶一股股逸出。

城门就在旁边。一八二三年，城墙还存在。这是比塞特尔路。在帝国和复辟时期，死囚在行刑那天，正是从这里返回巴黎。大约一八二九年，名为"枫丹白露城门"的神秘暗杀事件，就发生在这里；司法机构未能发现作案者，这个暗杀事件没有得到澄清，这个可怕的谜没有解开。您再走几步，就会找到不祥的落胡子街，于尔巴克在那里趁雷声隆隆，捅死伊弗里的一个牧羊女，就像在一出情节剧中那样。再走几步路，您就会来到圣雅克城门树顶被劈掉的可憎的榆树旁，慈善家用这种办法遮住断头台，就是以店主和商人组成的社会所拥有的庸俗而可耻的格雷夫广场，这个社会在死刑前后退了，既不敢傲然地废除，又不敢威严地加以维持。

圣雅克广场仿佛命定一样，始终是恐怖的地方；撇开这个广场不谈，三十七年前，这整条阴郁的大街也许最阴郁的地方，也就是50～52号破屋的所在之处，尽管今日仍然令人索然寡味。

有产者的房子要在二十五年之后才开始建造起来。这地方阴森森的。悲凉的念头会袭上身来，你会感到在老年妇救院（能瞥见它的圆顶）和比塞特尔（接近它的城门）之间；就是说在女人的疯狂和男人的疯狂之间。极目远眺，只能看到屠宰场、城墙和很少的几家工厂的正面，这些工厂就像军营和修道院；到处是木板屋和灰泥块，像尸布一样的黑乎乎的旧墙，像尸布一样白色的新墙；到处是一排排平行的树，笔直的房屋，平淡的建筑，冰冷的长线条，直角呈现阴森森的忧郁。没有地势的起伏，没有奇特的建筑，没有一点曲折。这是一个冰冷的、规则的、丑陋的整体。什么也不像对称令人揪心。因为对称就是烦闷，烦闷就是哀伤的本质。绝望在打呵欠。可以想象比苦受难的地狱更可怕的东西，这是感到百无聊赖的地狱。如果这地狱存在，济贫院大街的这一角就是它的林荫大道。

夜幕降临时，正当光明离去，尤其是冬天，正当黄昏的寒风刮走榆树最后几片枯黄的叶子，正当黑暗变得浓重，没有星光，或者正当月亮和风在云层里破开而出，这条大街就突然变得可怖了。直线像无限截成一段段，插入和消失在黑暗中。行人不禁想起当地无数凶险的传说。这个地方发生过许多罪案，它的偏僻有着可怕的东西。在这片黑暗中，能预感到陷阱，各种形状的黑影显得很可疑，树木之间隐约可见的长方形凹进去的地方好像是墓穴。白天，这是丑恶的；晚上，这是阴森的；黑夜，这是凄惨的。

夏天，黄昏时分，这里那里可以看到几个老太婆，坐在榆树脚下被雨水泡烂的长凳上。这些善良的老太婆往往乞讨。

另外，这个街区与其说外貌是陈旧的，还不如说是古老的，此后趋向于改变。从这时起，想看一看这里的人应该趁早。每天，整体都有一部分一去不复返。今日，而且是二十年来，奥尔良铁路线的站台就设在这里，在旧郊区的旁边，对这郊区起着影响。凡是在首都的边缘设立一个火车站，就是一个郊区的死亡和一个城市的诞生。在各国人民活动的大中心，在强大机器的运转中，吞下煤，吐出火的可怕的文明之马的呼吸中，充满胚芽的大地似乎在颤抖，张开，吞噬掉人们的旧住宅，让新住宅拔地而起。旧屋崩溃了，新屋矗立起来。

自从奥尔良火车站侵入了老年妇救院的地域后，毗邻圣维克托墓穴和植物园的古老狭窄街道受到震动，每天三四次被驿车、出租马车和公共马车的潮流轰轰然地穿过，在一个特定的时间，车流把房屋推向右或推向左；需要指出，有的怪事非常准确，同样，这样说也是千真万确的：在大城市里，中午的太阳使房屋的正面生长和扩大，可以肯定的是，车马的频繁经过，也会扩展街道。新生的征兆是很明显的。在外省的旧街区，在最蛮荒的偏僻角落，路面在上升，人行道开始爬升和延长，即使那里还没有行人。一天早上，一八四五年七月一个值得纪念的早上，人们突然看到烧柏油的黑锅冒烟了；在这一天，人们可以说，文明来到了卢尔辛街，巴黎进入了圣马尔索郊区。

二、猫头鹰和莺的巢

让·瓦尔让正是在这座戈尔博破屋前站住了。他像猛禽一样，选择最偏僻的地方筑巢。

他在背心里搜索，掏出一把万能钥匙，打开了门，走了进去，然后仔细关上门，爬上楼梯，他始终背着柯赛特。

在楼梯顶，他从口袋里掏出另一把钥匙，打开另一扇门。这个他走进去和马上关上的房间，是一间陋室，相当宽敞，有一条褥子，铺在地上，有一张桌子和几把椅子。一只点燃的炉子可以看得见火炭，放在角落里。大街的路灯朦胧地照亮了这可怜的室内。尽里面有一小间，放了一张帆布床。让·瓦尔让把孩子放在这张床上，放下时不让她醒过来。

他擦打火石，点燃一支蜡烛；一切都事先在桌子上准备好了；就像昨夜那样，他开始以赞赏的目光端详柯赛特，仁慈和温情竟达到失去理智的程度。小姑娘那种安然的信赖，只属于最强有力和最虚弱的人，她睡着时不知道跟谁在一起，继续睡着，不知自己在哪里。

让·瓦尔让俯下身来吻这个孩子的手。

九个月前，他吻过孩子母亲的手，她也刚刚入睡。

同样痛苦、虔诚、悲伤的感情充溢了他的心。

他跪在柯赛特的床边。

直到天大亮了，孩子还睡着。一道十二月的苍白阳光，透过陋室的玻璃窗，在天花板上拖出明与暗的长线。突然，一辆装载得沉甸甸的采石车，从大街上经过，像暴风雨掠过一样震动着破屋，破屋从上到下震动着。

"是的，太太！"柯赛特惊醒了，叫道，"来了！来了！"

她跳下床来，眼皮由于沉睡而半闭，朝墙角伸出手臂。

"啊!我的天!我的扫帚呢!"她说。

她完全睁开眼睛,看到了让·瓦尔让含笑的脸。

"啊!喔。是真的!"孩子说。"您好,先生。"

孩子们能马上亲切地接受快乐和幸福,因为他们天生是幸福和快乐。

柯赛特看到卡特琳在床脚,便一把抓住,一面玩,一面向让·瓦尔让提出上百个问题。"她在哪里?巴黎很大吗?泰纳迪埃太太离开很远吗?她会回来吗?"如此等等。突然她大声说:"这里多漂亮啊!"

这是一间难看的陋室;但她感到自由。

"我要扫地吗?"她终于问。

"玩吧,"让·瓦尔让说。

白天就这样过去了。柯赛特一点也弄不明白,但并不担心,在这只布娃娃和这个老头中间,她说不出的幸福。

三、两种不幸相连构成幸福

翌日拂晓,让·瓦尔让还在柯赛特的床边。他等待着,纹丝不动,他看着她醒来。

有样新东西进入他的心灵。

让·瓦尔让从来没有爱过。二十五年来,他在世上孑然一身。他从来没有做过父亲、情人、丈夫、朋友。在苦役监,他邪恶、阴沉、纯净、无知和粗野。这个老苦役犯的心充满了纯真。他的姐姐和姐姐的孩子们只给他留下模糊的遥远的回忆,最后几乎完全烟消云散。他竭尽全力要找到他们,却无法找到,便把他们忘却了。人性就是这样的。青年时代的柔情蜜意,倘若有的话,会落入深渊中。

当他看到柯赛特,拉着她,带走她,帮她解脱,他感到牵动了五脏六腑。

他心里所有的激情和柔情苏醒了,涌向这个孩子。他走到她睡着的床边,快乐得颤抖;他像一个母亲那样感到心痛,他不知道怎么回事;因为一颗开始爱的心剧烈而古怪的颤动,这是不知其所以然的、非常柔和的东西。

可怜一颗年老的心又变得年轻!

不过,由于他五十五岁,而柯赛特只有八岁,他整个一生所能有的爱,都消融在一种难以形容的光焰中。

这是他遇到的第二颗启明星。主教使道德的黎明升起在他的地平线上;柯赛特使爱的黎明升起在他的地平线上。

头几天在这种心驰神迷中过去了。

至于柯赛特那方面,她这个可怜的小姑娘,不知不觉变成了另一个人!她母亲离开她时,她是那样小,她已经记不起来。所有的孩子如同葡萄园的嫩枝,攀爬在一切上面,她也试过去爱。她做不到。大家都推拒她,包括泰纳迪埃夫妇,他们的孩子和其他孩子。她爱过狗,这条狗死了。后来,谁也不想要她。说来可悲,上文也已经指出过,八岁时她的心灵已经冷了。这不是她的错,她缺乏的决不是爱的机能;唉!她缺乏的是机会。因此,从第一日起,她的所感所想开始去爱这个老头。她感到从来没有感到过的东西,这是心花怒放的感觉。

老头甚至没有令她产生老和穷的感觉。她感到让·瓦尔让很美,同样,她感到陋室漂亮。

这正是黎明、童年、青春、快乐的印象。换了人间和生活,起了一点作用。没有什么比阁楼里幸福的五彩缤纷更迷人的了。我们大家都是这样在往昔有一间蓝色的陋室。

造化,五十年的距离,将让·瓦尔让和柯赛特深深地隔开;这种分隔,命运把它填满了。命运突然结合,并以不可抵御的力量,撮合这两个无根无底、年龄悬殊、因穿丧服而相似的生命。其实他们互为补充。柯赛特的本能在寻找一个父亲,就像让·瓦尔让的本能在寻找一个孩子。相遇,就是相聚。就在他们的双手接触的神秘时刻,这两颗心灵相互融合了。当它们发觉时,便感到互相需要,紧紧拥抱在一起。

从最可理解和最绝对的意义上来说,虽然坟墓的厚壁隔开了一切,让·瓦尔让是鳏夫,正如柯赛特是孤儿一样。这种情形使让·瓦尔让以绝美的方式变成柯赛特的父亲。

实际上,在舍尔树林的深处,让·瓦尔让的手在黑暗中抓住她的手,在柯赛特身上产生的神秘印象,不是一种幻觉,而是一种事实。这个人进入这个孩子的命运中,是天主的干预。

况且,让·瓦尔让选择好他的栖身地。他很安全,看来万无一失。

他和柯赛特占据的小房间,窗户朝向大街。这座楼只有这扇窗,不用担心任何邻居的目光,从侧面和正面都看不到。

50～52号的底层，是一间破旧的屋子，用作种菜人放工具的地方，同二楼不连通。上下由地板隔开，这不是翻板活门，也不是楼梯，好像破屋的横隔膜。二楼就像我们所指出的，有好几个房间和几个阁楼，给让·瓦尔让料理家务的老女人只占其中一间阁楼。其余房间没有人住。

这个老女人冠以"二房东"的名称，实际上充当的职责是看门女人，她在圣诞节这天把这个住宅租给他。他对她说，自己是个吃年金的人，买了西班牙债券而破产，他要和他的孙女住在这里。他提前付了六个月的房租，吩咐老女人布置好房间，就像读者所看到的那样。正是这个老女人生好了炉子，在他们到达的晚上准备好了一切。

一星期接一星期相继过去。这两个人在这所破屋里过着幸福的生活。

从黎明起，柯赛特就笑呀、说呀、唱呀。孩子们像鸟儿一样有他们的晨歌。

有时候，让·瓦尔让拉住她红通通的、因生冻疮而裂开的小手亲吻。可怜的孩子习惯于挨打，不知道这意味着什么，害羞地走开了。

她不时变得严肃起来，注视着她的小黑裙。柯赛特不再穿破衣烂衫了，她穿的是丧服。她离开了苦难，走进了生活。

让·瓦尔让开始教她读书。有时，他一面教孩子拼写字母，一面想，他在苦役监学会读书，原是想做坏事。这种想法变成教孩子读书。于是老苦役犯露出天使般的沉思微笑。

他感到这是上天的预想,是一个超人的意愿,便陷入了遐想。善良的想法和邪恶的想法一样,深不可测。

教柯赛特识字,让她玩耍,这几乎是让·瓦尔让的全部生活。后来他对她谈起她的母亲,让她祈祷。

她叫他"爸爸",不知道他有别的名字。

他看着她给布娃娃穿衣和脱衣,听她叽叽咕咕地说话,有好几个小时。他觉得今后生活充满了趣味,感到人人都是善良和公道的,他的脑子里不责备任何人,既然这个孩子爱他,他看不出有什么理由不变老。他看到自己的未来被柯赛特照亮了,就像被迷人的光照亮一样。最优秀的人也免不了有自私的想法。他有时快乐地想,她会长得丑。

这只是他个人的看法;但应该说出我们的全部想法,让·瓦尔让开始爱柯赛特的内心状态,并没有向我们证明,他继续为善就不需要这种精神给养了。他刚看到人的凶恶和社会的苦难的新形态,这些形态并不完全,而且势必只露出一点真面目,这就是体现在芳汀身上的妇女命运,体现在沙威身上的政府权力;他再一次回到苦役监,但这一次是为了做好事;新的苦难把他灌饱;他又萌生厌恶和厌倦之感;就连对主教的回忆也有时消失了,尽管后来这种回忆重现时还是光辉的、得胜的;但最后,这神圣的回忆渐渐减弱了。谁知道让·瓦尔让是不是处在泄气和重新堕落的前夕呢?他在爱,他又变得强有力。唉!他还像柯赛特一样摇摇晃晃。他保护她,她使他坚强。靠了他,她能走上人生之路;靠了她,他能继续走道德之路。他是这个孩子的支柱,这个孩子是他的支点。噢,命运的平稳作用是多么神秘莫测啊！

四、二房东的发现

让·瓦尔让十分谨慎，白天从不出门。每天傍晚时分，他散步一两小时，有时一个人，常常跟柯赛特在一起，寻找大街最偏僻的侧道，或者在夜幕降临时走进教堂。他常去圣梅达尔，这是最近的教堂。他不带柯赛特散步时，她就同老女人待在一起；但同老人一起出去是孩子的快乐。她宁愿和他待一小时，也不愿跟卡特琳快活独处。他拉着她的手走路，同她说些愉快的事。

有时候，柯赛特非常快活。

老女人做家务和做饭，上街买东西。

他们生活简朴，总是生一点火，但像生活艰难的人家那样。让·瓦尔让丝毫不改变头一天就有的家具；只不过他用一扇木板门换下柯赛特小房间的玻璃门。

他始终穿着那件黄礼服、黑长裤，戴着那顶旧帽。在街上，别人会把他看成穷人。有时，好心的女人回过身来，给他一个苏。让·瓦尔让收下这枚钱币，深深地鞠躬。有时他也遇到乞讨的穷人，他转身瞧瞧是不是有人看到，悄悄走过去，将一枚钱币放到穷人手里，往往是一枚银币，便迅速离开。这样做并不妥。街区的人开始认识他，称他为"施舍的乞丐"。

年老的"二房东"是个不好相处的人，对别人投以嫉妒的目光，细细观察过让·瓦尔让，他并没有发觉。她有点耳聋，这使她爱唠叨。她只剩两颗牙齿,一颗在上面,另一颗在下面,两颗总是相碰。她向柯赛特提出一些问题,柯赛特什么也不知道,什么也说不上来,只讲她来自蒙费梅。一天早上,这个窥伺的女人看见让·瓦尔让走进破屋没人住的一个隔间,长舌妇觉得他的神态很特别。她迈着老猫的步子紧跟着他,对着门缝看,不让他看见,却能观察他。让·瓦尔让无疑是更加小心,背对着门。老女人看到他在口袋里摸索,掏出一个针线盒、剪刀和线,然后开始拆开他的礼服下摆的衬里,从开口取出一张发黄的纸,摊开来。老女人惊讶地认出这是一张一千法郎的钞票。自从她来到世上,这是第二或第三次看到这种钞票。她慌慌张张地逃走了。

  过了一会儿,让·瓦尔让走近她,让她去兑换这张一千法郎的钞票,还说,这是他昨天领到的这个季度的利息。"到哪里取的钱呢?"老女人想道。"他傍晚六点才出门,那时政府的银行准定不会还开着门。"老女人去兑换钞票时做出自己的猜测。这张一千法郎的钞票受到评论,成倍增加,在圣马赛尔葡萄园街的长舌妇中,产生了一连串大惊小怪的谈话。

  随后几天,让·瓦尔让只穿衬衣,在走廊里锯木头。老女人待在房里做家务。她独自一人,柯赛特专心地看锯木头,老女人看到那件礼服挂在钉子上,便察看一番;衬里重新缝上了。老女人仔细摸了摸,感到衣摆和袖笼里有厚厚的纸。毫无疑问是许多一千法郎的钞票!

  她另外注意到,在几个口袋里有各种各样的东西,不仅有她看到过的针、剪刀和线,而且还有一只大皮夹,一把很大的刀,可疑的是，有几只不同颜色的假发套。礼服的每只口袋都有一些物品，看来是为了以防不测的。

破屋的居民就这样住到冬末的最后几天。

五、一枚五法郎的钱币落地有声

在圣梅达尔教堂附近，有一个穷人老是蹲在一口封死的水井石栏上，让·瓦尔让常常施舍给他。他经过这个人面前，总要施舍几个苏。有时还同他说话。羡慕这个乞丐的人说，他是"警察的眼线"。这是一个七十五岁的老教堂执事，不断地念着祷告。

一天傍晚，让·瓦尔让经过那里，他没有带柯赛特同行，他看见乞丐在刚点燃的路灯下平时的位置上。这个人按习惯像在祈祷，佝偻着腰。让·瓦尔让走近他，按惯例把布施放到他手中。乞丐突然抬起头来，盯住让·瓦尔让，然后迅速低下头去。这个动作好像闪电一样，让·瓦尔让哆嗦一下。他觉得借着路灯，看到的不是老教堂执事平静的怡然自得的脸，而是一张可怕的、熟悉的脸。他有印象，猛然处在黑暗中，面对一头老虎。他惊惧和吓呆了，后退一步，既不敢呼吸，也不敢说话、停下和逃走，注视着乞丐，乞丐耷拉着蒙一块破布的脑袋，好像不知道他还站在那里。在这奇特的时刻，一种本能，也许是保存自己的神秘本能，使让·瓦尔让一言不发。乞丐像天天那样的身材、破衫和外表。"嘿！"让·瓦尔让说，"我疯了！我在做梦！不可能！"他回家时心烦意乱。

他几乎不敢承认，他看到的仿佛是沙威的脸。

晚上，他思索的时候，后悔没有问这个人，迫使他第二次抬起头来。

第二天夜幕降临时，他又来到那里。乞丐在原来位置上。"你好，老头，"让·瓦尔让给了他一个苏，毅然决然地说。乞丐抬起头来用悲伤的声音回答："谢谢，善良的先生。"这确实是老教堂执事。

让·瓦尔让感到完全放心了。他笑了起来。"见鬼，我在哪儿看到沙威啦？"他想。"啊，我眼下老眼昏花啦？"他不再想这件事了。

几天以后，晚上八点不到，他在自己房间里，教柯赛特大声拼读，他听到大门开门声，然后是关门声。他觉得很奇怪。与他同住一屋的老女人，天黑总是睡下，不再点蜡烛。让·瓦尔让示意柯赛特别作声。他听到有人上楼梯。可能是老女人病了，不得已上药房去。让·瓦尔让倾听着。脚步声很沉重，像是男人的脚步；但老女人穿的是大木鞋，一个老女人的脚步根本不像一个男人的脚步。让·瓦尔让吹灭了蜡烛。

他打发柯赛特上床，低声对她说："轻轻地躺下。"正当他吻她的额角时，脚步声停下了。让·瓦尔让一声不响，一动不动，背对着门，坐在椅子上，没有挪动地方，在黑暗中屏息敛气。过了很久，什么也没有听到，他回过身来，不发出一点声音，眼睛始终盯着房门，他看到锁孔里射进一道光来。这道光在黑漆漆的门和墙上形成不祥的星光。显然那里有人手里拿着一支蜡烛，并且谛听着。

几分钟过去了，灯光离去。不过他再也听不到任何脚步声，这似乎表明，到门边来偷听的人，脱掉了鞋。

让·瓦尔让和衣扑在床上，整夜未能合眼。

天亮时，他因疲倦而眯着了，他被走廊尽头有个阁楼开门的吱嘎声吵醒，然后又听到昨夜那个上楼男人的同样脚步声。脚步走近了。他跳下床来，眼睛贴住锁孔，锁孔很大，他想看到夜里闯进破屋，在门边偷听那个人走过。确实有一个人走过，这回没有在让·瓦尔让的房门前停下来。走廊还太暗，不能看清他的面孔；但这个人来到楼梯口时，从外边射进来的一柱亮光显现了他的身影，让·瓦尔让完全是从背部看到了他。这个人高身材，穿着一件长礼服，手臂下夹着一根粗短木棍。这是沙威可怕的外貌。

让·瓦尔让本来可以从窗口再看到他来到大街上。但这要开窗，他不敢这样做。

显然，这个人有钥匙进来，就像回家一样。谁给他这把钥匙呢？这意味着什么？

早上七点钟，当老女人来打扫房间时，让·瓦尔让朝她投以锐利的一瞥，但没有盘问她。老女人像平时一样。

她一边打扫，一边对他说：

"先生或许听到昨夜有人进门来吧？"

在这个季节，在这条大街上，晚上八点，已经是漆黑的夜晚了。

"对了，不错，"他用最自然的声调回答。"这是谁呀？"

"这是个新房客，"老女人说，"住进楼里了。"

"他叫什么名字？"

"我不太清楚。杜蒙先生或多蒙先生。差不多这样一个名字。"

"这个杜蒙先生是干什么的？"

老女人用石貂般的小眼睛注视他，回答：

"像您一样吃年息的。"

兴许她没有任何意图。让·瓦尔让以为探听到她的一个意图。

当老女人走后,他从抽屉里取出一百多法郎,做成一卷,放进口袋里。不管他这样做时多么小心,不致让人听见取钱的声音,还是有一枚五法郎的钱币从手里掉下来,咣当一声滚到地砖上。

黄昏时分,他下了楼,仔细张望大街的四面八方。他没有看到人。大街看来绝对空寂无人。确实不可能躲在树后。

他重新上楼。

"过来,"他对柯赛特说。

他牵住她的手,他们俩一起出去了。

第五章
猎狗群在黑夜悄然追捕

一、迂回曲折的战略

在此说明一点,这对于下面几页和后来的情节,都是必不可少的。

本书作者很遗憾,不得不谈到自己;他已经有许多年不在巴黎。自从他离开巴黎以后,巴黎改变了。一个新城市出现了,可以说他已不认识。用不着说他爱巴黎;巴黎是他精神的故乡。由于拆毁和重建,他在青年时代的巴黎,他在记忆中虔诚地带走的巴黎,眼下成了旧日的巴黎。但愿读者允许他谈论那时的巴黎,仿佛它还存在似的。凡是作者把读者带往之处,他会说:"在这条街上,有这样一座房子,"可能今日既没有房子也没有街道了。读者如果愿意跑一次,可以去验证一下。至于作者,他不知道新巴黎,他写作时眼前的旧巴黎显现在他珍视的幻象中。想象他生活过的地方,还有他见过的东西,并不是一切都烟消云散了,对他来说是一件快意的事。

只要在故乡走动，就可以设想，这些街道与己无关，这些窗户、屋顶和大门对您无关紧要，这些墙壁是陌生的，这些树木是随便遇到的，这些进不去的房子对您没有用，您行走的街道铺着石块。后来，您不在那里时，会发现这些街道对您是珍贵的，您怀念这些屋顶、窗户和大门，这些墙壁对您是不可或缺的，这些树木是您所热爱的，这些进不去的房子有人天天要进去，您把自己的五脏六腑、鲜血和心都留在这些石子路上。所有这些您再也见不到，也许永远诀别，却保留了形象的地方，有着令人痛苦的魅力，带着幽灵的忧伤重新回到您的身上，对您构成可见的圣地，可以说是法兰西的形象本身；您热爱它们，记得它们今天的模样和以前的模样，并且乐此不疲。您不愿有丝毫的改变，因为珍重祖国的形象，如同珍重母亲的形象。

因此，请允许我们从过去回到现在。交代过这一点，我们请读者记住，然后继续道来。

让·瓦尔让马上离开了大街，踅入小巷，尽可能七弯八拐，有时突然回到原地，想证实一下有没有人跟踪。

这种办法是受到围攻的鹿所采用的。在印上足迹的地方，这种办法除了其他优点，还能以相反的足迹欺骗猎人和猎狗。在狩猎中，叫做"假回树林"。

这一夜是满月。让·瓦尔让并不发愁。月亮还很靠近地平线，在街道中投下大块的明与暗的区域。让·瓦尔让可以沿着暗的一面房屋与墙壁溜过去，观察亮的一面。也许他没有足够考虑到，他忽略了暗的一面。在毗邻波利沃街的所有不见人影的小巷中，他有把握没有人在后面跟踪。

柯赛特只管走路，没有提问题。她一生头六年所受的痛苦，在她的性格中插入了一点被动的成分。再说，这个见解我们以后还要不止一次提及，她不知不觉地习惯于老头的怪脾气和命运古怪。况且她感到同他在一起是安全的。

让·瓦尔让比柯赛特更不知道往哪儿去。他信赖天主，就像她信赖他一样。他觉得，他也被一个比他更强大的人牵着手；他似乎感到有一个看不见的人在引导他。另外，他没有什么固定的想法和计划。他甚至还没有绝对肯定这是沙威，再说，这可能是沙威，而沙威不知道他是让·瓦尔让。他不是化装了吗？大家不是以为他死了吗？不过，几天以来，有的事显得很奇特。他用不着想更多的事了。他决定不再回到戈尔博老屋去了。就像被赶出老巢的野兽一样，他在寻找一个躲藏的洞穴，直到找到一个居住的地方。

让·瓦尔让在穆弗塔尔区摆了几个迷魂阵，变换路线；这个街区已经沉睡，仿佛还在遵守中世纪的禁令和宵禁的束缚；他以精明的战略，在桑西埃街和柯波街，巴托瓦-圣维克托街和隐士井街之间，变着方式兜圈子。那里有小客店，但他没有进去，因为找不到合适的。其实他并不怀疑，万一有人找到他的踪迹，也会失去的。

圣埃蒂安-杜蒙教堂敲响了十一点钟，这时他经过蓬托瓦兹街的警察局，这是14号。过了一会儿，上文说过的本能使他回过身来。这时，由于警察局的灯笼暴露了他们，他清晰地看到有三个人紧紧跟随着他，相继从灯笼下走到街道的暗处。这三个人中有一个走进了警察局那条小巷。走在头里那个人，他觉得确实可疑。

"过来，孩子，"他对柯赛特说，他匆匆地离开了蓬托瓦兹街。

他转了一圈，绕过因夜深而封闭的主教巷，穿过木剑街和弩街，踅入驿站街。

他来到一个十字路口，今日这是罗兰中学所在地，通向新圣女热纳维爱芙街。

（毫无疑问，新圣女热纳维爱芙街是一条老街，而驿站街十年也没有一辆驿车驶过。这条驿站街在十三世纪时住的是陶瓷工，它的真名叫陶瓷街。）

这十字路口月光皎洁。让·瓦尔让躲在一扇门下，盘算着，倘若这些人还尾随着他，他们穿过月光时，不会不清楚地看到。

果然，三分钟不到，这些人出现了。现在他们是四个人；三个高身材，身穿褐色的长礼服，戴着圆帽，手里拿着粗棍。他们的高大身材和粗大的拳头，和他们在黑暗中阴森的行走，同样令人胆战。这简直是四个化装成市民的鬼魂。

他们停在十字路口中间，聚在一起，仿佛在商量。他们看来游移不定。带领他们的人回过身来，用右手气冲冲地指着让·瓦尔让所走的方向；另一个人好像执拗地指着相反方向。正当前者回过身来的时候，月光全照亮了他的脸。让·瓦尔让完全认清是沙威。

二、幸亏奥斯特利兹桥有马车行驶

让·瓦尔让不再疑惑了；幸亏那些人还在迟疑不决。他利用他们举棋不定；他们失去了时间，而他却争取到时间。他从躲藏的门下走出来，穿过驿站街朝植物园那边走去。柯赛特开始疲惫了，他把她抱在怀里。没有一个行人,由于有月亮,没有点燃路灯。

他加快了步子。

他大步流星地来到戈布莱陶瓷店,月光照亮了正面清晰可见的旧招牌:

> 营销小戈布莱厂的产品;
> 陶罐和水壶任你来挑选,
> 花盆,管子,砖头,样样崭新。
> 老少无欺,公道出售方砖。

他把钥匙街丢到身后,然后是圣维克托喷水池,沿着植物园走低凹的小巷,来到河边。他在那里回过身来。河边不见人影。街道不见人影。他身后没有人。他长吁了一口气。

他来到奥斯特利兹桥。

当时还要收过桥费。

他来到收费办公室,给了一个苏。

"要两苏,"那个残废的守桥人说。"您抱着一个能走路的孩子。要付两个人的钱。"

他付了钱,因过桥时受到注意而不快。凡是逃走都要一掠而过。

一辆大板车和他一起过塞纳河,像他一样来到右岸。这对他很有利。他可以在这辆车的暗影中穿过整座桥。

快到桥中央,柯赛特的脚麻木了,想下来走路。他把她放下地来,又拉住她的手。

越过桥后,他看到右前方有工地;他朝那边走去。来到那里,必须冒险穿过一片很宽的照亮的空地。他没有犹豫。追逐他的人显然失去了他的踪迹,让·瓦尔让以为摆脱了危险。受到追逐,不错;被跟踪,没有。

一条小巷,圣安东尼绿径街,从两个有围墙的工地之间穿过。这条街狭窄、幽暗,好像专为他而设的。在踏入之前,他朝后张望。

他从所在之处,可以看到整座奥斯特利兹桥。

四个人影刚刚踏入桥头。

这些人影背对植物园,朝右岸走去。

这四个人影正是那四个人。

让·瓦尔让像又被截住的野兽一样颤抖起来。

他剩下一个希望,就是这些人还没有上桥,他牵着柯赛特的手,穿过照亮的大片空地时,没有看到他。

这样的话,如果他蹓入面前的小巷,来到工地、沼泽、农田、没有建筑的空地,他就可以逃脱了。

他觉得可以信赖这条寂静的小巷。他走了进去。

三、查看一七二七年的巴黎地图

走了三百步,他来到小巷的岔道口。小巷分成两条斜路,一左一右。让·瓦尔让面前形成 Y 字的两条分支。选择哪一条路?

他毫不犹豫,踏上右面那条路。

为什么?

这是因为左面那条路通向城区，也就是通向有人居住的地方，右面那条通向郊外，也就是无人的地方。

但他们不再快走。柯赛特的脚步拖慢了让·瓦尔让的脚步。

他又开始把她抱起来。柯赛特把头靠在老头的肩膀上，一言不发。

他不时回过身来张望。他留意总是靠街道的暗处走。他身后的街道是笔直的。有两三次他回过身来，什么也没有看到，万籁俱寂，他有点放心地往前走。突然，一次他回过身时，他似乎在刚走过的那条街远处的黑暗中，看到有样东西在蠕动。

他不是走路了，向前冲去，希望找到一条斜巷，从那里逃走，再一次摆脱跟踪。

他来到一堵墙前。

这堵墙并没有挡住去路；而是傍着一条横巷，让·瓦尔让所走的那条路通到这里。

这儿又得决定取舍；往右走还是往左走。

他往右边看去。小巷分成几段，延伸在车库或仓库的建筑之间，巷尾是死胡同。可以清晰地看到死胡同的底部；一堵白色的高墙。

他往左边看去。这边的小巷没有堵死，大约两百来步的尽头，与另一条街相通。这边才是生路。

正当让·瓦尔让想往左拐，到达小巷尽头的那条街时，他看到小巷和这条要去的街的转角上，有样黑色雕像的东西，一动不动。

这是一个人，分明是刚刚守在那里，他堵住了去路，守候着。

让·瓦尔让后退了。

让·瓦尔让所在之处，位于圣安东尼区和拉佩街之间，是巴黎彻底改造的一个地段，新动工的工程，有人说是丑化，还有人说是改观。农作物、工地和旧建筑都消失了。今日那里是新建的大街、圆形剧场、马戏场、跑马场、火车站、马扎斯监狱；可见进步要有矫正的设施。

半个世纪前，传统的民间习惯用语，坚持把法兰西学院称为"四民族"，把喜歌剧院称为"费陀"，把让·瓦尔让来到的地方称为"小皮克普斯"。圣雅克门，巴黎门，中士城门，波尔什隆街，加利奥特街，则肋司定会修士街，嘉布遣会修士街，槌球林荫道，烂泥街，克拉柯维树街，小波兰街，小皮克普斯街，这些是新巴黎残存的旧名称。人民的回忆在往昔的残存物上飘荡。

再说，小皮克普斯几乎不存在了，它从来只是一个街区的雏形，近乎西班牙城市的修道胜地。道路很少铺石块，房舍稀稀落落。除了我们要提到的两三条街，处处是墙垣和荒僻之地。没有店铺，没有马车；从窗户透出的烛光疏疏落落；一过十点，灯光全熄。全是园圃、修道院、工地、沼泽；零星的低矮房屋。还有像楼房一样高的围墙。

上一世纪这个街区就是这样。大革命已经对它毫不客气。共和国市政官拆毁它、打穿它、到处开洞。那里累积起一堆堆的瓦砾。三十年前，这个街区被新建筑一笔抹掉了。今日它已被完全划掉。小皮克普斯在现今的地图上已不再保留痕迹，却相当清楚地标明在一七二七年的地图上，这张地图由巴黎的德尼·蒂埃里书局印行，它位于石膏街对面的圣雅克街上，也在里昂的让·吉兰书局印行，它位于谨慎街的服饰用品小巷。小皮克普斯有着我们称作 Y 形的街道，是由圣安东尼绿径街一劈为二组成的，左边取名皮克普斯小巷，右边取名波龙索街。Y字的两条分岔在顶端由一条横杠连起来。这条横杠叫直墙街。波龙索街通到那里；皮克普斯小巷穿越而过，往上延伸到勒努瓦尔市场。从塞纳河那边过来的人，走到波龙索街的尽头，左边就是直墙街，往右角突然一转，前面就是这条街的围墙，右边是直墙街的尾段，没有出路，叫做让罗死胡同。

让·瓦尔让就在这里。

上文说过，他看到那个黑影，守在直墙街和皮克普斯小巷的拐角上，便后退了。不用怀疑，那个黑影在窥伺他。

怎么办？

往回走已经来不及了。刚才他看到身后一段距离之外在黑暗中蠕动的，无疑是沙威和他那一队人。沙威可能已经在街口，而让·瓦尔让在街尾。看来，沙威熟悉这一小块迷宫似的地段，早有防备，派出他的一个人守住出口。这些猜测接近事实，随即在让·瓦尔让的脑海里旋转起来，如同大片灰尘在骤起的狂风中飞舞。他观察让罗死胡同；那里挡住了。他观察皮克普斯小巷；那里有一个哨兵。他看到那张黑乎乎的脸显现在浴满月光的白色石子路上。往前，要落在这个人手上。后退，这是投到沙威手里。让·瓦尔让感到落在慢慢收拢的网中。他绝望地看着天空。

四、探索逃脱

要理解下文，必须正确地想象出直墙小巷，特别是走出波龙索街尾，进入这条小巷时抛在左边的拐角。直墙小巷右边几乎完全夹在外表寒酸的房屋中，直到皮克普斯小巷；左边只有一座线条朴素的楼房，由几间房子连在一起，随着接近皮克普斯小巷，逐渐升至两三层高；以致这座建筑在皮克普斯小巷那边很高，而在波龙索街那边很低。在我们所说的拐角上，低到只有一堵墙。这堵墙没有直通到街，而是缩回去一大截，两角被遮住了，在波龙索街和直墙街的人都望不到这一段。

这堵墙从断墙的两角起，一是伸向波龙索街，直到49号，一是伸向直墙街，直到上文提到的那座幽暗的楼房，切入山墙，不过这一段短得多；因此，在街上形成一个新的凹角。这片山墙阴森森的；只见到一个窗户，或者说得更确切些，是两块包了铅皮的护窗板，而且总是关闭着。

我们在这里提供的地形极其精确，准定会在这个街区的老居民的脑海里唤起十分准确的回忆。

断墙完全被类似一道破烂的大门填塞了。这是用直条木板胡乱拼凑而成的，上宽下窄，由长条的横铁皮连起来。旁边有一扇普通大小的车马通行大门，这扇门的开设显然不超过五十年。

一棵椴树的树枝伸出断墙，波龙索街那边的墙爬满常春藤。

在让·瓦尔让危若累卵的处境中，这座幽暗的建筑好像没人居住，又很偏僻，吸引了他。他用目光迅速扫视一遍。他心里捉摸，要是能进去，也许会得救。他先有想法，后有希望。

在这座建筑伸向直墙街的正面中间部分，各层楼的所有窗户都有旧式的铅皮漏斗。从中心管道分出的支管，接通所有漏斗，在楼房正面像是连成了一棵树。这些支管七弯八拐，就像掉了叶子的老葡萄藤，盘曲在老屋的前面。

这些铅管和铁管，奇怪地依附在墙上，首先吸引了让·瓦尔让的注意。他让柯赛特背靠在一块墙基石上坐下，吩咐她不要作声，然后跑到管子通到路面的地方。也许他在想办法由此爬上去，进入楼房。但是管子朽烂了，无法利用，仅仅贴在墙上。再说，这座静悄悄的房子的所有窗户都有粗大的铁栅，甚至屋顶的阁楼也是如此。另外，月光完全照亮了房子正面，街道尽头观察他的人会看到让·瓦尔让攀爬。末了，柯赛特怎么办？怎么把她送到四层楼的高度呢？

他放弃了从管子爬上去，又顺着墙爬回到波龙索街。

当他来到把柯赛特放在那里的断墙处时，他发现那里没有人看得到他。就像上文所解释过的，他躲开了所有的目光，不管来自哪个方向。再说，他处在黑暗中。有两扇门。也许可以硬闯进去。越过墙，可以看见椴树和常春藤，这堵墙显然对着花园，至少可以藏在花园里，尽管还没有树叶，就这样度过下半夜。

时间流逝，要赶快行动。

他摸索到大门，马上认出大门里外都封死了。

他怀着更大的希望走近另一扇大门。它破旧不堪，这样巨大就更加不结实，木板腐烂了，连着的铁皮只有三条，已经锈烂了。看来可以洞穿蛀蚀的门板。

在观察时，他看到这不是一扇门。它没有铰链，没有合页，没有锁，中间没有缝。横贯其中的铁皮没有中断处。从板条的缝隙中，可以看到粗粗混合的砂石,十年前,行人还能看见。他不禁惊讶地承认,这看来像门的东西,只不过是一座建筑背后的木板装饰。很容易就取下一块木板,迎面却同一堵墙照了面。

五、有煤气灯照明就一筹莫展

这当儿,远处开始传来低沉而有节奏的响声。让·瓦尔让大胆地把头探出去,朝街角那边张望。七八名士兵排着队刚走进波龙索街。他看到刺刀闪闪发光。这是冲着他而来的。

这些士兵,他辨别出为首的是沙威高大的身材,缓慢而小心地前进。他们常常停下来。显而易见,他们探索所有的墙角、门洞和小径。

至此,猜测不会搞错了,这是沙威遇到的巡逻队,并征调来的。沙威的两名助手走在他们的队列中。

从他们的步子和停留的次数来看,他们来到让·瓦尔让所待的地方大约要一刻钟。这是千钧一发的时刻。这可怕的深渊第三次在他面前张开,再过几分钟他就要坠落下去。现在,不再仅仅是苦役监的问题了,柯赛特要彻底完蛋;就是说,她的生活就像进入坟墓一样。

只有一种可行的办法。

让·瓦尔让有这样的特点,可以说他背着两个褡裢,一个放着圣徒的思想,另一个放着苦役犯可怕的才能。必须看情况在其中一个里面摸索。

办法之一是，由于他曾在土伦苦役监多次越狱，读者记得，他被看作难以想象的攀越能手，不用绳子，不用铁钩，只靠肌肉的力量，仗着颈背、肩膀、臀部和膝盖，仅仅右墙角靠不多的石头突出部分，必要时可以爬到七层楼高；二十多年前，囚犯巴特莫尔靠这种本领成功越狱，巴黎裁判所附属监狱的院子墙角虽然可怕，却变得非常有名。

让·瓦尔让目测一下围墙，在上面看到了椴树，它大约有十八尺高。它和大房子的山墙形成的角，在下面有一个三角形的水泥块，可能是用来防备行人这类粪虫来这角落行方便。这类墙角起预防作用的填充物，在巴黎十分常见。

这一大块约五尺高。从它的顶部算起，爬到墙上只有十四尺。

墙头盖了石板，没有披檐。

困难在柯赛特身上，她不会爬墙。抛弃她吗？让·瓦尔让没有考虑。带着她爬墙不可能。一个人必须用尽全力，才能完成这奇特的攀爬。任何一点重负都会妨碍他的重心，使他摔下去。

需要一根绳子。让·瓦尔让没有绳子。半夜在波龙索街，到哪里去找到一根绳子呢？这时，如果让·瓦尔让有一个王国，他会拿来换一根绳子。

一切危急关头总有闪光，有时使我们目眩神迷，有时令我们心明眼亮。

让·瓦尔让绝望的目光遇到了让罗死胡同的路灯杆。

这个时期，在巴黎的街道上还根本没有煤气路灯。入夜，要点燃等距离置放的路灯，路灯用一根绳子升降，绳子横穿过街道，在一根路灯杆的凹槽里调整位置。操纵这根绳子的绞盘，固定在路灯下面的小铁盒里，点灯工人有钥匙，绳子到一定高度有金属管保护。

让·瓦尔让以拼死一搏的毅力，一蹦便越过街道，进入死胡同，用刀尖去掉小铁盒的锁舌，一会儿他就回到柯赛特身边。他有一根绳子。这些不幸的人，同命运搏斗，总找到办法，行动干脆利落。

我们解释过，这天夜里没有点路灯。让罗死胡同的路灯当然像其他路灯一样是没点亮的，有人从旁边经过，甚至不会注意到路灯不在原来位置上了。

但时间、地点、黑暗、让·瓦尔让的焦虑、他古怪的行为、他的来来去去，所有这一切开始令柯赛特不安。换了别的孩子，早就高声叫喊了。她仅仅拉拉让·瓦尔让的衣襟。巡逻队走近的脚步声越来越清晰地传过来。

"爸爸，"她低声说，"我害怕，那边谁来啦？"

"嘘！"不幸的人回答。"是泰纳迪埃的女人。"

柯赛特瑟瑟发抖。他又说：

"别作声。让我来应付。要是你叫喊，要是你哭，泰纳迪埃的女人候着你。她会来把你抓走。"

于是，他不慌不忙，每个动作不做两次，准确、坚决、利索，尤其是巡逻队和沙威随时会突然而至，就更显得出色，他解开领带从腋下绕过柯赛特的身体一圈，小心不弄伤孩子，将领带系在绳子一端，打了个海员所说的燕子结，牙齿咬住绳子的另一端，脱掉鞋和袜，从墙头扔过去，爬上水泥石块，在围墙和山墙的切角上往上爬升，稳当而有信心，仿佛脚跟和手肘下有梯级。半分钟还没有过去，他已经跪在墙头上。

柯赛特惊讶地看着他，一声不吭。让·瓦尔让的嘱咐和泰纳迪埃的女人的名字使她呆住了。

突然，她听到让·瓦尔让的声音很低地在叫她：

"靠在墙上。"

她照着办。

"别说话，也别害怕，"让·瓦尔让又说。

她感到从地上被提了起来。

她还没有弄清，就来到墙头上。

让·瓦尔让抓住她，背到背上，把她的两只小手抓在自己的左手里，匍匐在墙头上，爬到断墙那儿。正像他所猜测的，那里有一座建筑，屋顶从木墙上边开始，慢慢地往下倾斜，碰到椴树，非常接近地面。

情况很有利，因为这边的墙比街那边的墙高得多。让·瓦尔让看到脚下的地面很深。

他刚来到屋顶的斜面，还没有松开墙脊，一阵喧腾表明巡逻队到了。只听到沙威雷鸣般的声音：

"搜索死胡同！守住直墙街，也守住皮克普斯小巷。我担保他在死胡同里！"

士兵们冲向让罗死胡同。

让·瓦尔让沿着屋顶往下滑，一面护住柯赛特，来到椴树上，跳到地下。要么是恐惧，要么是勇敢，柯赛特一声不响。她的手有点擦伤了。

六、一个谜的开端

　　让·瓦尔让来到一个相当宽广、面貌奇特的园子里；一种令人愁惨的园子，仿佛建造起来是为了供冬夜观赏。这个园子呈长方形，尽里有一条种植了高大的杨树的小径，角落有一些大树，中央一片空地没有树荫，有一棵孤立的大树，还有几棵果树，枝干虬曲，像大丛荆棘耸立着，一畦畦菜地，一块瓜田，瓜秧培育罩在月光下闪亮，另有一口排污水老井。这里那里有一些石凳，好像黑乌乌的长满苔藓。小径两旁是一些幽暗的小灌木，全都长得笔直。杂草侵占了一半小径，绿苔藓覆盖了其余一半。

　　让·瓦尔让身旁是那座他顺着屋顶滑下来的房子，还有一堆干柴，干柴后面靠墙有一座石雕像，损坏的面部成了畸形的面具，在黑暗中若隐若现。

　　房子像废墟一样，可以分辨出一些拆毁的房间，其中一间装满了东西，好像用作仓库。

　　直墙街的大建筑拐向皮克普斯小巷，有两面成直角对着这个园子。园子里这两个正面，比临街两面更加凄切。所有的窗户都有窗栅，看不到里面有灯光。上面几层像监狱一样有窗斗。房子的一面向另一面投下影子，这影子像一大幅黑布一样落在园子里。

　　看不到其他房子。园子的尽头隐没在雾气中和黑夜中。但可以隐约分辨出一些围墙交错在一起，仿佛园外有园，还可以看到波龙索街的低屋顶。

　　难以想象比这个园子更荒僻更孤清的地方了。不见人影，这很简单，因为时候不早了；但这里不像是供人漫步的地方，即使是在中午也罢。

让·瓦尔让首先关心的是，重新找到鞋穿上，然后和柯赛特进入仓库。逃跑者总感到没有隐蔽好。孩子一直想着泰纳迪埃的女人，同他一样想法，尽可能蹲在暗处。

柯赛特颤抖着，紧偎着他。可以听到巡逻队在死胡同和街上搜索的喧闹声，枪托敲在石头上的声音，沙威对守住路口的密探的喊声，还夹杂着话语的骂声，但听不清楚。

过了一刻钟，这阵暴风雨的咆哮似乎开始远去了。让·瓦尔让不敢透气。

他刚才轻轻地用手捂住了柯赛特的嘴巴。

况且，他周围是这样古怪地僻静，这场可怕的喧闹，来势汹汹，如此接近，却没有扰乱里面。仿佛这些墙壁是用《圣经》里所说的哑石筑成的。

突然，在这岑寂中，响起了新的声音；这是美妙的、神圣的、难以形容的、令人愉悦的，更显出刚才的声音可怕。这是从黑暗中发出的圣歌声，在黑夜骇人的寂静中，祈祷与和声混合的动人乐声；妇女的声音，不过这声音由处女的纯净声调和孩子的天真声调组成，这声音不属于人间，却像新生儿还听得到，而垂死的人已经听到的声音。这歌声来自俯瞰着园子的幽暗建筑。正当恶魔们的喧嚣远去，天使的合唱仿佛接近了园子的黑暗。

柯赛特和让·瓦尔让跪了下来。

他们不知道是怎么回事，在什么地方，但他们感到两个人在一起，一个男人，一个孩子，一个悔罪，一个纯洁，他们必须跪下。

这歌声非常奇特，它并不妨碍大楼看来的空荡荡。这仿佛是一幢无人居住的楼里超自然的歌声。

正当歌声响起的时候，让·瓦尔让什么也不想了。他不再看到黑夜，他看到蔚蓝的天空。他似乎感到我们每个人内心都有的翅膀张开了。

歌声停息。也许还延续很久。让·瓦尔让说不清楚。迷醉的时刻从来只是一刹那。

一切复归于宁静。街上什么也没有，园子里什么也没有。来势汹汹的，给人安慰的，统统烟消云散。风吹动墙头上的枯草，发出轻微的阴郁的簌簌响声。

七、谜的续篇

夜风骤起，这表明大概是凌晨一两点钟了。可怜的柯赛特什么也没有说。她坐在他旁边的地上，她把头俯向他，让·瓦尔让思忖，她睡着了。他低下头来看她。柯赛特睁大了眼睛，一副沉思的神态令让·瓦尔让心里难受。

她还在发抖。

"你想睡觉吗？"让·瓦尔让问。

"我感到很冷，"她回答。

过了一会儿，她又说：

"她总在那儿吗？"

"谁?"让·瓦尔让问。

"泰纳迪埃太太。"

让·瓦尔让已经忘记让柯赛特保持沉默所使用的方法了。

"啊!"他说,"她走了,一点不用担心。"

孩子叹了一口气,仿佛从胸口卸下重负一样。

地面是潮湿的,仓库四面敞开,风越来越寒冷了。老头脱下礼服,包住柯赛特。

"这样不太冷了吧?"他问。

"噢,是的,爸爸!"

"那么,再等我一下。我马上回来。"

他从废墟出去了。沿着大房子走,寻找更好的躲避之处。他看到几扇门,但都关闭着。底层每扇窗都有铁栅。

当他越过在园内的屋角时,他注意到有几扇拱形窗,他看到有点亮光,他踮起脚尖,透过一个窗户往里看。窗户都开向一个很大的厅,厅里铺着很大的石板,由拱廊和柱子分割开,只能辨别出微弱的亮光和浓重的黑暗。亮光来自一个角落里点燃的蜡烛。这个大厅空荡荡的,没有一个活动的人。他尽力张望,似乎看到地上有样东西像个人形,盖着一块尸布,趴在地上,脸对着石板,手臂交叉,像死人一样纹丝不动。好似蛇躺在地上,这个不祥的形体好像颈上有条绳子。

整个大厅沉浸在灯光幽暗的朦朦胧胧中,幽暗更增加了恐怖。

让·瓦尔让后来常说,尽管他一生经历过阴森的景象,他从来也没有见过比这谜一样的形体更冷清和更恐怖的场面了;这形体伏在这幽暗的地方，在黑夜里隐约可见，是多么神秘莫测啊。设想这也许是死人，已经够吓人了，设想也许还活着，就更加吓人。

他大胆地把额角贴在玻璃上，窥视这东西是不是还在动。他白白地待了一会儿，这段时间他觉得很长，躺着的形体一动不动。突然，他感到被难以形容的恐惧抓住，便逃走了。他朝仓库奔去，不敢往后看。他觉得，如果他回过头来，会看到那个形体大步跟在他后面，同时挥舞双手。

他气喘吁吁地来到废墟。他的双膝弯曲起来；冷汗一直流到腰间。

他在哪里？谁能想象在巴黎城内有这种像尸体一样的东西呢？这座古怪的房子是什么地方？里面充满了黑夜的神秘，以天使的声音呼唤着冥冥中的亡灵，而天使来到时，却突然呈现这个可怖的场面，本来许诺打开天国灿烂的大门，却打开了坟墓可怕的门！而这确实是一座建筑，一幢房子，街上有门牌号！这不是一个梦！他需要触到石头，才相信是事实。

寒冷、忧虑、不安、一晚上的激动，使他真正冲动起来，他的脑海里各种各样的思想在互相碰撞。

他走近柯赛特。她睡着了。

八、谜上加谜

孩子把头搁在一块石头上，睡着了。

他坐在她身边，注视着她。随着注视，他逐渐平静下来，恢复了把握思路的自主能力。

他清醒地看出这个事实，就是他今后生活的内涵，只要她在那里，只要她在他身边，他就只需要为她着想，只为她担心。他甚至不感到很冷，因为他脱下礼服是为了盖在她身上。

但通过他陷入的沉思，他早已听到一种奇怪的声音。好像有人在摇一只铃。这声音在园子里。尽管很微弱，但清晰地传来。这好似夜里在牧场，牲口的铃铛发出的朦胧乐曲。

这声音使让·瓦尔让转过身来。

他望过去，看到园子里有一个人。

这像是一个人在瓜田的培育罩中行走。站起来又蹲下去，停下脚步，动作很有规律，仿佛在拖着或者延长地上的一样东西。这个人看来是瘸腿。

让·瓦尔让像不幸的人总在颤抖一样哆嗦起来。对他们来说，一切都是怀有敌意的，可疑的。他们不相信亮光，因为光让人看到他们；他们也不相信黑夜，因为黑夜让人突然抓住他们。刚才他发抖，是因为园子里空旷无人，现在他发抖，是因为有一个人。

他从幻觉的恐惧陷入真实的恐惧。他寻思，沙威和密探也许没有走，他们大概留下人在街上观察，如果这个人发现他在园子里，他会喊抓贼，把他扭送当局。他轻轻地把睡着的柯赛特抱在怀里，把她抱到仓库最偏的角落，一堆不能使用的旧家具后面。柯赛特没有动弹。

他在那里观察在瓜田里那个人的动作。非常古怪的是，这个人每个动作都发出铃铛声。当这个人走近时,声音也接近了。当他离开时,声音也远离;当他停止时,响声便停止。显然,铃铛缚在这个人身上;但这意味着什么呢?这个人身上挂着一个小铃铛,像挂在牛羊身上,究竟是什么样的人呢?

他一面思索着这些问题,一面抚摸柯赛特的手。她的手是冰凉的。

"啊,我的天!"他说。

他低声地叫唤:

"柯赛特!"

她没有睁开眼睛。

他剧烈地摇晃她。

她没有醒。

"她死了!"他说,他站起来,从头到脚颤抖起来。

最可怕的想法杂乱地掠过他的脑际。有时,骇人的设想像一群恶魔围攻我们,猛烈地冲击我们脑袋的隔墙。当关系到我们所爱的人时,我们的谨慎心会设想出各种各样的疯狂想法。寒夜里在露天睡觉,可能是致命的。

柯赛特脸色苍白,又倒在他脚边的地下,一动不动。

他倾听她的呼吸;她在呼吸;但他觉得很微弱,快要停止了。

怎样使她温热起来呢?怎样使她醒过来呢?与此无关的念头,从他脑际消失了。他发狂地从破屋中冲出去。

绝对需要让柯赛特在一刻钟之内来到炉火前和躺在床上。

九、挂铃铛的人

他笔直走向在园子里看到的那个人。他从背心口袋里掏出一卷钱,捏在手里。

这个人低着头,没有看到他走过来。让·瓦尔让几个大步就来到他面前。

让·瓦尔让走近他时喊道:

"一百法郎!"

这个人吓了一跳,抬起头来。

"可以挣到一百法郎,"让·瓦尔让又说,"如果您能给我过夜的地方!"

月光迎面照亮了让·瓦尔让惊慌失措的脸。

"啊,是您,马德兰老爹!"这个人说。

在这深夜,在这陌生的地方,这个陌生人喊出这个名字,使让·瓦尔让后退了一步。

他准备好应付一切局面,却没有料到这个。同他说话的人是一个伛偻、跛脚的老头,穿着近似农民,左膝盖有一个皮护膝,上面挂着一只相当大的铃。他的脸没在黑暗中,分辨不清他的脸。

这个老头脱下他的帽子,声音颤抖地叫道:

"啊,我的天!您怎么在这儿,马德兰老爹?您从哪里进来的,主耶稣啊!您是从天上掉下来的!这难不倒人,如果您是掉下来的,那只能是从天上。您是怎么了!您没有结领带,您没有戴帽子,您没有穿外衣!您知道您会使一个不认识您的人害怕吗?不穿外衣!

我的主啊,眼下圣人变成疯子了吗?您究竟怎么进来的?"

一句紧跟一句。老人像乡下人那样滔滔不绝地说话,不会令人感到不安。语气中既有惊讶,又夹杂着天真和纯朴。

"您是谁?这座房子是什么地方?"让·瓦尔让问。

"啊,真的,这太过分了!"老人叫道。"我是您安排到这里来的,这座房子就是安置我的地方。怎么!您不认识我啦?"

"不认识,"让·瓦尔让说,"您怎么认识我的?"

"您救过我的命,"这个人说。

他转过身来,一柱月光照出他的侧面,让·瓦尔让认出了割风老头。

"啊!"让·瓦尔让说,"是您吗?是的,我认出了您。"

"太幸运了!"老人带着责备的口气说。

"您在这里干什么?"让·瓦尔让问。

"看哪!我在盖瓜苗呀!"

割风老头在让·瓦尔让靠近他时,手里确实拿着一块草席正要覆盖在瓜田上。大约一小时以来,他在园子里已经这样盖了一些草席了。这个活计,让·瓦尔让从仓库看来,动作很特别。

他继续说:

"我在寻思,月光明亮,快要上冻了。我给瓜田盖上大衣怎么样?"他望着让·瓦尔让,哈哈大笑,又说:"您当真也该披上一件!您究竟怎么来到这里的?"

让·瓦尔让感到,这个人至少知道他叫马德兰,那么自己要小心行事。他提出各种问题。怪事,角色好像颠倒了。是闯入者的他在提问题。

"您在膝盖上挂上这只铃是怎么回事?"

"这个嘛?"割风回答,"这是让人避开我。"

"怎么!让人避开您?"

割风老头带着难以表达的神态眨眨眼睛。

"啊,当然!这座房子里只有女人;很多年轻姑娘。看来,遇到她们对我不便。铃声给她们提出警告。当我来了,她们就走开。"

"这座房子是什么地方?"

"嗨!您该知道。"

"不,我不知道。"

"是您把我安置在这里当园丁的!"

"请回答我,就算我一无所知。"

"好吧,这是小皮克普斯修道院嘛!"

让·瓦尔让想起来了。偶然,就是说上天,正把他投到圣安东尼区这个修道院里,割风老头被大车压成残废,两年前在他的推荐下被接纳了。他仿佛自言自语地重复:

"小皮克普斯修道院!"

"啊,确实是的,"割风又说,"见鬼,您怎么进来的,马德兰老爷?您是圣人也没有用,您是一个凡人,普通人进不了这儿。"

"您就在这里嘛。"

"也只有我。"

"可是,"让·瓦尔让又说,"我必须留下来。"

"啊,我的天!"割风大声说。

让·瓦尔让走近老人,用庄重的声音对他说:

"割风老爹,我救过您的命。"

"是我先想起来的,"割风回答。

"那么,以前我为您做的事,今天您也能为我去做。"

割风把让·瓦尔让有力的双手握在自己满是皱纹和颤抖的手里,半晌好像说不出话。末了他大声说:

"噢!如果我能给您报点恩,那就要祝福好天主!我呀!您救过我的命!市长先生,支配我这个老头吧!"

欣喜之情改变了老人。他的脸仿佛焕发出光彩。

"您要我做什么?"他问。

"我以后给您解释。您有一个房间吗?"

"我有一间孤零零的破屋,在老修道院废墟的后面一个偏僻角落里,谁也看不见。有三个房间。"

破屋确实掩蔽在废墟后面,位置恰到好处,谁也看不见,让·瓦尔让刚才就没有看到。

"很好,"让·瓦尔让说,"现在我有两件事求您。"

"哪两件,市长先生?"

"第一件,您知道我的情况,不要告诉任何人。第二件,您不要了解更多的情况。"

"就听您的。我知道,您只会做好事,您始终是好天主的人。再说,是您把我安置在这里的。事情关系到您。我听您的。"

"说定了。现在,您跟我来。我们去找孩子。"

"啊!"割风说,"有一个孩子!"

他不多说一句话，像狗跟着主人一样，尾随着让·瓦尔让。

不到半个小时，柯赛特在熊熊的炉火旁脸颊又变成粉红色，睡在老园丁的床上。让·瓦尔让又结上领带，穿上礼服；越过墙头扔进来的帽子找到了；让·瓦尔让穿上礼服时，割风已解下有小铃铛的护膝盖，挂在通风罩旁边的一颗钉子上，点缀着墙壁。两个男人坐在桌旁取暖；割风在桌上放了一块奶酪、黑面包、一瓶葡萄酒和两只杯子。老人将一只手按在让·瓦尔让的膝盖上，对他说：

"啊！马德兰老爹！您没有马上认出我！您救了别人的命，过后就忘了他们！噢！这不好！他们记得您！您让人不高兴！"

十、沙威为何扑空

可以说，读者刚看到事情的反面，其实经过极其简单。

沙威在芳汀的灵床旁逮捕他那天的夜里，让·瓦尔让从滨海蒙特勒伊的市监狱潜逃出来后，警方设想，越狱的苦役犯大概跑到巴黎，巴黎是一个大漩涡，一切消失其中，好比卷入大海的漩涡里一样，一切都消失在这人世的漩涡中。任何森林都不如人流掩蔽一个人。各种逃犯都知道这一点。他们来到巴黎，就像被吞没一样；这种吞没倒能救人。警方也知道这一点，它正是在巴黎寻找失去踪迹的人。警方在巴黎寻找滨海蒙特勒伊的前市长。沙威被召到巴黎，协助破案。沙威确实有效地帮助警方重新抓到了让·瓦尔让。沙威的尽职和智慧，这一时期受到昂格莱斯伯爵手下的警察厅秘书沙布叶先生的赏识。沙布叶先生已经保护过沙威，他把滨海蒙特勒伊的警官调到巴黎警察局。沙威可以说多次表现出色,尽管这个词用在这种差使上出人意料。

天天围猎的狗追捕今天的狼,会忘记昨天的狼;同样,沙威已不再去想让·瓦尔让。一八二三年十二月,虽说他从来不看报,这天却在看一张报;沙威是个保王派,想知道"亲王大元帅"[1]在巴约纳凯旋归来的细节。他看完感兴趣的文章后,有个名字,让·瓦尔让的名字,在一页的下面,吸引了他的注意。报纸报道苦役犯让·瓦尔让死了,介绍的措词非常肯定,沙威没有怀疑。他只说了一句:"倒是个好囚犯。"然后他扔下报纸,不再想这事。

过了一段时间,有一份塞纳-瓦兹省警察局的通知转至巴黎警察局,关于一个拐走孩子案,传闻情节离奇,发生在蒙费梅镇。通知说,一个七八岁的小姑娘,由她的母亲托付给当地的旅店老板,被一个陌生人拐走了;这个小姑娘名叫柯赛特,是一个叫芳汀的妓女的孩子,芳汀已死在医院里,时间和地点不详。沙威看到这份通知,使他陷入沉思。

芳汀的名字他非常熟悉。他记起,让·瓦尔让请求他沙威,给三天的宽限,去寻找这个女人的孩子,引得他哈哈大笑。他记起,让·瓦尔让是在巴黎登上到蒙费梅的驿车时被捕的。有些迹象表明,当时他是第二次搭乘这趟驿车了;前一天他跑了第一次,已经到过这个村子附近,因为没有人看见他进村。他到蒙费梅地区干什么?捉摸不透。现在沙威明白了。芳汀的女儿在那里。让·瓦尔让去找

---

[1] 亲王大元帅指昂古莱姆公爵,1823年4月,他率法军入侵西班牙,回国第一站是在巴约纳。

她。然而，这个孩子刚被一个陌生人劫走。这个陌生人可能是谁呢？会是让·瓦尔让吗？但让·瓦尔让死了。沙威什么也没对别人说，他到小板死胡同的锡盘车行租了一辆单人马车，到蒙费梅跑了一趟。

他期待在那里弄清真相，找到的却是一团迷雾。

出了那件事的头几天，泰纳迪埃夫妇十分懊恼，说个没完。云雀不见了，在村里引起议论。马上有几种说法，最后变成拐走孩子。警方的通知由此而来。但第一阵气恼过后，泰纳迪埃凭他出色的本能，很快明白，惊动检察官决不会有用，他以"拐走"柯赛特一事去报案，第一个后果是把司法机构敏锐的目光吸引到他、泰纳迪埃身上，牵涉到他做过的许多不明不白的事。猫头鹰最不希望的事，是给它们端来一支蜡烛。首先，他怎么说清收到的一千五百法郎呢？他刹车了，封住他妻子的嘴。当别人对他提起"拐走的孩子"时，他故作惊讶，莫名其妙；他诉苦说，那么快就把他的宝贝孩子"拐走"了；他出于温情，本想把孩子多留住两三天；但这是她的"祖父"，来找她最自然不过。他加出个祖父，效果很好。沙威来到蒙费梅时，听到的是这个故事。祖父使让·瓦尔让消失不见了。

沙威还是像探针一样，对泰纳迪埃的故事追问了几个问题。"这个祖父是谁，他叫什么名字？"泰纳迪埃轻描淡写地回答："是一个有钱的庄稼人。我看了他的身份证。我想他叫威廉·朗贝尔先生。"

朗贝尔是一个令人放心的善良人的名字。沙威回到了巴黎。

"那个让·瓦尔让确实死了，"他想，"我是一个傻瓜。"

他又开始忘掉这整个故事。一八二四年三月间，他听人谈起一个古怪的人物，住在圣梅达尔教区，人家叫他"施舍的乞丐"。据说，这个人是吃年金利息的，没人知道他准确的名字，他独自同一个八岁的小姑娘生活在一起，小姑娘什么事也不知道，除了她来自蒙费梅。蒙费梅！这个名字又出现了，使沙威竖起了耳朵。一个做眼线的老乞丐是以前的教堂执事，这个人曾向他布施过，补充了几个细节。"这个吃年金利息的人非常胆小，——从来只在傍晚出来，——不对任何人说话，——有时只对穷人说话，——不让人接近。——他穿一件寒酸的黄色旧礼服，却有好几百万，因为衣服里缝满了钞票。"这无疑引起了沙威的好奇。为了就近看到这个奇特的吃年金利息的人，而又不惊动他，一天，他向教堂执事借用破衣和位置，每天傍晚，老密探都蹲在那里，哼着祷文，在祈祷中窥伺。

"可疑的人物"确实走向乔装打扮的沙威，向他布施。这时，沙威抬起头来，让·瓦尔让似乎认出沙威时的颤抖，沙威以为从中认出了让·瓦尔让。

可是黑暗可能使他搞错；让·瓦尔让的死是正式宣布的；沙威还有疑惑，而且是很大的狐疑。沙威是审慎的人，只要心里怀疑，决不会抓人。

他跟踪这个人直到戈尔博破屋，盘问"老女人"，这不是难事。老女人向他证实礼服藏有几百万的事实，还告诉他一千法郎钞票的插曲。她看到的！她摸到的！沙威租了一个房间。当晚住了进去。他在神秘的房客的门口偷听，希望认出他的声音，但是让·瓦尔让发现了他的蜡烛光射进锁孔，保持沉默，他的侦察失败了。

第二天，让·瓦尔让要溜走。但他掉下五法郎硬币的声音被老女人注意到；她听到钱币的响动，寻思房客要走了，便匆匆通知沙威。夜里，当让·瓦尔让出门时，沙威同两个人在大街的树后等待着他。

沙威向警察局请求协助，但他说不出要抓的人的名字。这是他的秘密；他有三个理由保守秘密：首先，因为任何一点不谨慎都会惊动让·瓦尔让；然后，因为要抓一个越狱的，传说已死的老苦役犯，一个司法机构的通知曾经列为"最危险的坏蛋"的囚犯，这是了不起的实绩，巴黎警察局的老同行肯定不会让沙威这样一个新来者独占功劳，不让他去抓这个苦役犯；最后，因为沙威是个讲究擒技的人，喜欢出其不意。他憎恶事先早就张扬，失去了新鲜味的成功。他坚持暗中酝酿杰作，再突然显示出来。

沙威从一棵树到另一棵树，然后从一个街角到另一个街角，跟踪着让·瓦尔让，一刻也没有失去目标。甚至在让·瓦尔让自认为安然无恙的时候，沙威的目光依然盯住他。

为什么沙威没有逮捕让·瓦尔让？因为他仍有怀疑。

应该记得，当时警方不能为所欲为；自由派的报纸妨碍着它。报纸揭露了几起胡来的逮捕，直至议会都产生反响，使警察厅畏首畏尾。侵犯人身自由是严重的事。警察担心抓错；厅长要责怪他们；一个错误，就要辞退。请设想一下，二十份报纸同时刊登这样一则短讯，在巴黎产生的效果："昨天，一个白发苍苍的老祖父，是个可尊敬的吃年金利息的人，他同八岁的小孙女一起散步，却被逮捕，作为越狱的苦役犯，带往警察厅的拘留所！"

另外,再重复一遍,沙威还有顾虑;除了厅长的叮嘱,还有自己内心的叮嘱。他确实有怀疑。

让·瓦尔让背对着,在黑暗中行走。

忧虑、不安、焦急、沮丧,这新的不幸:不得不在夜里潜逃,为了柯赛特和自己,在巴黎漫无目的地乱找藏身的地方,要按孩子的步子制约自己的步子,这一切,不知不觉改变了让·瓦尔让的举止,给他的习惯体态打上了老态龙钟,以致体现在沙威身上的警方可能搞错,而且确实搞错了。不能太接近,流亡的家庭老教师的装束,泰纳迪埃把他看作祖父,最后,以为他死在苦役监,这一切在沙威的脑子里就更增加了疑团。

他一度想到突然查看证件。但是,如果这个人不是让·瓦尔让,如果这个人不是一个正直的吃年金利息的老人,就可能是老谋深算的坏蛋,参与密谋在巴黎干坏事,是危险匪帮的首领,布施是为了掩盖他其他的本领,这是一种老花招。他有党羽、同谋,无疑要去藏身的巢穴。他在街道里七弯八拐,好像表明这不是一个简单的老头。过快地逮捕他,这是"杀鸡取金蛋"。等待有什么不好呢?沙威有把握,他跑不了。

因此,一路上他相当困惑,对这个谜一样的人物提出了上百个问题。

直至相当晚,在蓬托瓦兹街,靠了一间小酒店强烈的灯光,他才确认是让·瓦尔让。

世上有两种人会深深地颤栗:重新找到孩子的母亲,重新找到猎物的老虎。沙威就有这种深深的颤栗。

他一旦确认了让·瓦尔让这个可怕的苦役犯，便发觉他们只是三个人，他向蓬托瓦兹街的警察分局请求援兵。在抓住一根荆条之前，先要戴上手套。

这样一耽搁，在罗兰十字路口停下，同警察商量，差一点使他失去踪迹。但他很快猜到，让·瓦尔让想让他的追逐者和自己之间隔开一条河。他低下头来思索，就像一条猎犬将鼻子凑到地上去认路。沙威凭着十拿九稳的本能，笔直走向奥斯特利兹桥。向收费员问一句话就明白了："您看到一个人带着一个小姑娘吗？""我让他付了两个苏，"收费员回答。沙威及时来到桥上，看到河那边让·瓦尔让牵着柯赛特的手，穿过月光照亮的空地。他看到他们走入圣安尼绿径街；他想到让罗死胡同就像安放在那里的一个陷阱，还想到直墙街只有皮克普斯小巷一个出口。他像猎人所说的那样，"在前面堵截"；他匆匆派出一个警察，绕道守住这个出口。返回军火库的巡逻队刚好经过，他调来一起行动。在这类较量中，士兵是王牌。况且，要使一头野猪走投无路，必须猎人用智慧和猎犬卖力，这是一条原则。这样布置停当，感到让·瓦尔让处在右边是让罗死胡同，左边有警察，他沙威在后面，最后成了囊中物，于是他吸了一撮鼻烟。

然后他开始戏耍了。他一时乐不可支，居心叵测；他让囊中物在前面走，知道会抓住他，但在抓住他时尽可能退让，感到很高兴：既抓住他，又让他自由，像蜘蛛让苍蝇扇动，猫让老鼠奔逃，以这种乐趣注视着他。爪子和网有一种凶残的肉欲；这是困兽茫然的挣扎。这种扼杀多么令人心醉神迷啊！

沙威在享受。他的网结十分牢固。他稳操胜券;他现在只要把手合拢。

他的人手这样多,不管让·瓦尔让多么有力,多么健壮,多么想拼死相搏,要拒捕是不可能的。

沙威慢慢地推进,所过之处探查和搜索街道的所有角落,就像察看小偷的口袋一样。

当他来到这张网的中心时,却找不到苍蝇。

可以想见他多么气急败坏。

他盘问直墙街和皮克普斯街口的岗哨;这个警察固守他的岗位,却不见人经过。

有时,一只鹿头上的角断裂了,却逃走了,尽管群犬紧追不舍,资格最老的猎人也哑口无言。杜维维埃、利尼维尔和德普雷兹不知所措。阿尔东日碰到这种倒霉事,会叫道:"这不是一头鹿,而是一个巫师。"

沙威也想这样喊叫。

他的失望一时变成绝望和愤怒。

毋庸讳言,拿破仑在俄国战役中犯了错误,就像亚历山大在印度战役中犯了错误,恺撒在非洲战役中犯了错误,居鲁士[1]在西徐亚战役中犯了错误,沙威在这场对让·瓦尔让的战役中也犯了错误。也许他犹豫再三,认不出以前的苦役犯是错了。对他来说第一眼就足够了。他没有到破屋中去缉拿是错了。他在波托瓦兹街确认以后

---

1 居鲁士(公元前550~前530),波斯帝国的创建者。

没有去抓是错了。他和助手在罗兰十字路口的月光下商量是错了；当然，商量是有用的，了解和询问值得信赖的狗则是好的。当猎人追逐不安的野兽，比如追逐狼和苦役犯，不该过于审慎。沙威过分考虑让狗群在路上追踪，反而打草惊蛇，吓跑了野兽。他尤其错在来到奥斯特利兹桥重新找到踪迹时，玩弄天真而莫名其妙的游戏，在线端牵住一个人。他自以为比实际的更高明，能同一头狮子玩捉老鼠的游戏。同时，当他认为有必要增援的时候，又过低估计了自己。小心误了事，失去了宝贵的时间。沙威犯了所有这些错误，仍不失为历来最精明最正派的警官之一。他完全称得上围猎术语中所说的"聪明的狗"。但是，有谁十全十美呢？

伟大的战略家也有失算的时候。

大蠢事就像粗绳一样，由好多股细绳拧成。把缆索一股股拆开，将凡是有细小拉力的纤维分开，再一一断掉，你会说：不过如此！把它们编织起来，拧成一股绳，那就有巨大的力量；这是阿提拉在东征马西安和西征瓦伦提尼安之间犹豫不决；这是汉尼拔[1]在卡普亚停滞不前；这是丹东在奥尔河畔的阿尔西安睡。

无论如何，当他发觉让·瓦尔让从他手里逃走时，沙威失魂落魄了。他深信在逃的苦役犯不会走远，他设置陷阱和埋伏，整夜在街区搜索。他看到的第一件事，是路灯的绳子切断了，弄得杂乱无章。这是宝贵的迹象，却把他引入歧途，把所有的搜索都转向让罗死胡同。死胡同里有一些低矮的墙，面向园子，围墙那边是广阔的

---

[1] 汉尼拔（公元前约247～前183），迦太基司令官，发动第二次布匿战争，虽多次获胜，但不敢进攻罗马，而在卡普亚扎营。

荒地。显然，他会从那边逃走。事实是，如果他再往死胡同深入一点，很可能这样做，那么他就完蛋了。沙威搜索这些园子和这些荒地，就像大海捞针一样。

破晓时，他留下两个精明的人观察，自己回到警察厅，如同一个被小偷耍了的密探一样羞愧。

第六章
小皮克普斯

一、皮克普斯小巷62号

半个世纪以前，皮克普斯小巷62号的大门是再普通不过了。这扇门平时半掩着，非常引人注目，让人看到两幅真算不上阴郁的景象：一个院子，围墙爬满了葡萄藤，一张在溜达的门房面孔。在底端的墙上面，可以看到一些大树。当一柱阳光使院子变得喜气洋洋，一杯酒使门房喜上眉梢时，从皮克普斯小巷62号门前经过，就会带走欢快的想法。可是，人们看到的却是一个阴森森的地方。

门口在微笑，房子却在祈祷和哭泣。

如果能越过门——这并非易事，几乎没有人办得到，因为必须知道"芝麻，把门开开"这样一句话；——如果门越过了，进入右面的一个小门厅，那里有一道在两堵墙之间、仅能通过一人的窄楼梯，如果不被楼梯墙上的鹅黄色和墙脚的巧克力色吓住，如果大胆上楼，越过第一个平台和第二个平台，就来到二楼的走廊里，鹅黄色和巧克力色对您紧追不舍。楼梯和走廊由两扇漂亮的窗取光。走廊要拐过去，变得幽暗。如果绕过这个拐弯，再走几步就来到一道门前，因为门没有关，就显得格外神秘。推开门，便来到一个六尺见方的小房间，方砖地擦洗过，干净，冰冷，糊的是十五苏一卷的小绿花南京壁纸。小块玻璃的一扇大窗透进暗淡的白光，位于左边，占据了整个房间的宽度。望过去看不到人；倾听却听不到脚步声和人语声。墙壁光秃秃，没有一点家具，没有一把椅子。

再看的话，可以看到门对面的墙上有一个约一尺见方的窟窿，装了铁栅，铁条呈交叉状，颜色发黑，有一个个结，十分牢固，形成小方块，几乎可以说呈网状，对角线不到一寸半。南京壁纸的小绿花平稳而整齐地一直升到铁条处，并不因这种阴森森的接触而害怕、拐弯。试想，一个活人非常之瘦，能通过这个方窟窿进进出出，这道铁栅也会把他挡住。铁栅决不让人身通过，但目光，也就是精神可以通过。仿佛考虑到了这一点，因为靠后一点的墙上，还加安了一块白铁皮，凿上无数小孔，比漏斗眼还小。铁皮下方开了一个口子，活像邮筒的口。一根拉铃的绳挂在装铁栅窟窿的右边。

要是拉绳，一只小铃就会叮咚响起，身边会传来一个声音，令人不寒而栗。

"谁呀？"这声音问道。

这是一个女人的声音，很柔和，柔和得阴森森的。

到了这里的人，应该知道一句咒语。如果不知道，声音就会沉默下来，墙恢复寂静，仿佛那边坟墓的黑暗惊慌失措了。

如果知道这句话，声音又会说：

"从右边进来。"

于是来人注意到右边面对窗户有一扇玻璃门，上面有一扇小玻璃窗，窗框漆成灰色。提起门闩，便越过这道门，感到的印象绝对就像赶在铁栅落下、灯光亮起之前，进入楼下包厢看戏一样。确实来到一个像剧院包厢的地方，由透过玻璃门的曚昽日光微微照亮，地方狭窄，有两把旧椅子和一张完全散掉的擦鞋垫，这是一个真正的包厢，前面在扶手栏杆的高度有一张黑木小桌。这个包厢，装上栅栏，只不过这不是像歌剧院漆成金色的木栅，而是可怕的铁栅，铁条乱接，像捏紧的拳头大小的石头疙瘩将铁栅固定在墙上。

几分钟后，目光开始习惯这地窖般的半明半暗，便想越过铁栅，可是却远离不了。遇到的是一道黑色护窗板的障碍，护窗板由漆成香料面包黄色的横木固定住。这些护窗板是拼接的，分成长条薄板，遮住了铁栅的整个宽度。护窗板始终是关着的。

过了一会儿，从护窗板后面传来叫您的声音，说道：

"我在这里。您要我干什么？"

这是一个柔和的声音，有时是甜蜜的声音。看不到人。仅仅听到送气的声音。仿佛这是透过坟墓的隔板同您说话的鬼魂之声。

如果是在某些不多见的约定情况下，一扇护窗板的窄板在您面前打开了，鬼魂的叫声便变成了鬼魂的出现。在铁栅后，在护窗板后，在铁栅所允许的情况下，可以看见一只脑袋的嘴巴和下颏；其余的遮在黑面纱下。这是黑色修女帽和盖上一块黑色裹尸布的大致形状。这只脑袋在对您说话，但不看您，永远不对您微笑。

从您背后透过来的光使得您看见她是白色的，而她看见您是黑色的。这光是一个象征。

然而您的目光通过这个开口，贪婪地观察着，但这个地方是杜绝一切目光的。曲线起伏包裹着这穿丧服的形体。您的目光搜索着这曲线，竭力辨清鬼魂周围的东西。过了一会儿，您会发觉什么也看不见。所看到的是黑夜、空虚、黑暗、夹杂着坟墓气息的冬雾、一种可怕的宁静、一种无法凝思的宁静，甚至没有叹息，一种什么也分辨不清的黑暗，甚至分辨不清幽灵。

您看到的，是一个修道院的内部。

这是一所阴森森的、严肃的房子内部，人们叫做圣贝尔纳"永敬"教派的女修道院。您来到的这个包厢是接待室。先对您说话的这个声音，是专管接待的修女的声音，她终日坐在那里，一动不动，默默无言，在墙的那一边的方形开口旁，由铁栅和千孔板像双重脸甲保护起来。

由铁栅围住的包厢所没入的黑暗，是由于接待室通向外界那边有一扇窗户，而修道院那边却没有窗户所造成的。凡人的眼睛不应看到这神圣的地方。

可是，在这黑暗之外却有某些东西，有一片光；在这死亡之内有生命。虽然这个修道院四面围墙封得密密匝匝，我们还是想进去看看，并让读者进去，有节制地描述，这是讲故事的人从来没有见过，因此从来没有说过的事。

二、马丁·维尔加的分支

一八二四年，这座修道院已经在皮克普斯小巷存在多年了，属于马丁·维尔加分支的圣贝尔纳教派的修女院。

因此，这些圣贝尔纳修女不像圣贝尔纳修士，属于克莱尔沃[1]，而像本笃会修士，属于西托。换句话说，她们并不隶属于圣贝尔纳，而隶属于圣伯努瓦[2]。

稍微看过一点书的人都知道，马丁·维尔加在一四二五年创建了一个圣贝尔纳-本笃修女会，总会设在萨拉曼卡，分会设在阿尔卡拉[3]。

这个修会的分支扩展到欧洲所有的天主教国家。

一个修会嫁接到另一个修会上，在拉丁教会中并不罕见。仅以这里提到的圣伯努瓦修会而言，不算马丁·维尔加的分支，就有四个修会属于这一派：两个在意大利，即卡散山和帕多瓦的圣茹丝丁；两个在法国，即克吕尼和圣莫尔；还有九个修会，即瓦龙布罗萨会、格拉蒙会、则肋司定会、圣罗米阿尔会、查尔特勒会、受辱修会、橄榄山会、西尔维斯特会，最后是西托修会；因为西托修会虽是其他修会的主干，却只是圣伯努瓦教派的后裔。西托修会始于圣罗贝尔，一九○八年，他在朗格尔主教区任莫莱斯姆修道院的院长。而魔鬼是在五二九年被逐出阿波罗古神庙，隐居到苏比亚科沙漠（他

1　圣贝尔纳修会，是圣贝尔纳（1091～1153）在法国北部小镇克莱尔沃创建的。
2　本笃会由圣伯努瓦创建，1098 年在西托创立的修道院，信奉圣伯努瓦的条规。
3　萨拉曼卡和阿尔卡拉是西班牙城市。圣贝尔纳-本笃修女会是雨果杜撰的。

老了。他当了隐士吗？）；当初，他通过十七岁的圣伯努瓦，住在神庙。

加尔默罗会修女赤脚走路，胸前挂一块柳木，永远不能坐下；除此以外，最严厉的教规就是马丁·维尔加的圣贝尔纳-本笃修女会的教规。她们穿黑衣，按照圣伯努瓦的特意规定，头巾一直包到下巴。一件宽袖哔叽修女袍，一条毛料的大面纱，头巾包到下巴，在胸前一刀切齐，头带遮到眼睛上，这就是她们的装束。初学修女穿同样的服装，一身皆白。已经发愿的修女，身旁还挂一串念珠。

马丁·维尔加的圣贝尔纳-本笃会修女，和所谓圣事嬷嬷的本笃会修女一样，奉行永敬教规；本世纪初，本笃会在巴黎有两所修女院，一所在神庙街，另一所在新圣女热纳维埃芙街。不过，我们所说的皮克普斯小巷的圣贝尔纳-本笃会修女，和新圣女热纳维埃芙街和神庙街的圣事嬷嬷绝对不是一派，教规中有很多不同；服装中就有不同。皮克普斯小巷的圣贝尔纳-本笃会的修女，戴黑头巾，而圣事嬷嬷和新圣女热纳维埃芙街的修女，戴白头巾，另外在胸前佩戴约三寸高、银质镀金或铜质镀金的圣体像。皮克普斯小巷的修女决不佩戴圣体像。皮克普斯小巷和神庙街的修女院都奉行永敬教规，但两派泾渭分明。圣体嬷嬷和马丁·维尔加的圣贝尔纳修女，仅仅是在奉行教规这一点上相似，正如在研究和颂扬耶稣基督的童年和生死，以及圣母的所有奥义上，下列两派有相同之处，但派别迥异，有时还敌对：意大利的奥拉托利会由菲利普·德·奈里在佛罗伦萨建立，法国的奥拉托利会由皮埃尔·德·贝吕尔在巴黎建立。巴黎的奥拉托利会想领先一步，因为菲利普·德·奈里只是圣徒，而贝吕尔是红衣主教。

我们再回到马丁·维尔加的西班牙严厉教规上。

这个分支的圣贝尔纳-本笃会的修女整年守斋,在封斋节和其他许多特定的日子里斋戒,小睡之后又要起来,从凌晨一点钟到三点钟念日课经,唱晨经,一年四季睡在草垫上,盖的是哔叽被单,从不洗澡,也不生火,每逢星期五互相鞭打,遵守缄默的教规,只在课间休息时说说话,休息时间很短,有半年穿粗毛呢衬衣,从九月十四日圣十字架瞻礼节到复活节。这半年还算是减少时间,教规是说整年;但这件粗毛衬衫,在暑热时不堪忍受,引起发烧和神经性痉挛。只得限制穿着。即使这样缓减,九月十四日,当修女穿上这件衬衫时,她们还要发烧三四天。顺从、贫困、圣洁、安心待在修院,这就是她们的誓愿,却由教规大大加强了。

女修道院长每三年由嬷嬷选举出来,这些嬷嬷俗称"有选举权的嬷嬷",因为她们在教务会有投票权。女修道院长只能连任两次,一个女修道院长任期最长是九年。

她们从来看不到主祭神父,有一面七尺高的哔叽布总是把他遮住了。在布道时,讲道师来到经堂,她们放下面幕遮住面孔。她们总是低声说话,走路时目光看着地下,耷拉着头。只有一个男人能进入修道院,那就是教区的大主教。

还有另一个男人,他就是园丁;但这总是一个老头,他始终一个人待在园子里,为了让修女知道回避,在他的膝盖上挂了一只小铃。

她们对院长唯命是从。教规规定,克己忘我,完全从属。如同听到基督的声音（ut voci Christi），一看到手势和示意（ad nutum, ad primum signum），马上，高兴、持续、盲目地服从（promptè, hilariter，perseveranter et cœca quadam obedientia），就像工人手里的锉刀（quasi limam in manibus fabri），未经特别许可，不准看书也不准写字（legere vel scribere non addiscerit sine expressa superioris licentia）。

修女要轮流做她们所说的"赎罪"。赎罪就是为人世间所有的罪孽、错误、淫乱、暴行、伤风败俗等罪行祈祷。连续十二小时，从傍晚四点钟到凌晨四点钟，或从凌晨四点钟到傍晚四点钟，做"赎罪"的修女跪在圣体像前的石板上，双手合十，脖子上挂一根绳子。待到精疲力竭时，就匍伏在地上，脸对着地，手臂交叉；放松就只有这样。她在这样的姿态中，为世间的一切罪人祈祷。真是伟大到崇高的地步。

这种圣事面对一根柱子完成，柱子上头点着一根蜡烛，所以，"赎罪"和"柱子上"说法混同。修女出于屈从，甚至更喜欢后一种说法，它包含着受酷刑和受辱的想法。

"赎罪"有一种全身心沉浸其中的作用。在柱子旁的修女即使身后打雷，也不会回过身来。

另外，总是有一个修女跪在圣体像前。每班一小时。她们像站岗的士兵一样换班。这就是永敬。

女院长和嬷嬷几乎总是起一个有特殊意义的名字，令人想起的不是圣女和殉教者，而是耶稣基督生平的重要时刻，例如圣诞嬷嬷、圣孕嬷嬷、献堂嬷嬷、受难嬷嬷。但圣女的名字并不禁止使用。

外人看到她们时，只见到她们的嘴。牙齿都是黄蜡蜡的。从来没有一把牙刷进过修道院。刷牙是在阶梯的顶部，底下是断送灵魂。

她们不说"我的"。她们没有自己的东西，也不应该要东西。她们谈到一切时说"我们的"，例如：我们的面幕，我们的念珠；她们提到衬衫时说"我们的衬衫"。有时她们喜欢一样小东西，一本《日课经》，一件圣徒遗物，一枚祝福过的勋章。一旦她们发觉开始重视这件东西，她们就应该献出来。她们记得圣女苔蕾丝[1]的话：一位贵妇在入她的教派时说："嬷嬷，请允许我派人去找一本我很珍视的《圣经》。"——"啊！您珍视一样东西！这样的话，请别进入我们的教派。"

禁止任何人关门，有"自己的家"，自己的"房间"。她们的修行室敞开着门。两人走近时，一个说："愿祭坛最崇高的圣体受到颂扬和崇拜！"另一个回答："永远是这样。"一个修女敲另一个的门时，也是同样的仪式。一有人敲门，就马上听到另一边一个柔和的声音说："永远是这样！"就像所有的仪式一样，出于习惯，这也成了机械的了；有时，"愿祭坛最崇高的圣体受到颂扬和崇拜"这句话太长，未及说完，"永远是这样"便脱口而出。

在朝拜圣母会的修女那里，进门的说："圣母经，"屋里的说："满怀圣宠。"这是她们的"你好"，确实是"充满优雅"的。

白天每一小时，修道院教堂的钟要多敲三下。听到这个信号，院长、有选举权的嬷嬷、发愿修女、杂务修女、初学修女、初修入

---

[1] 圣女苔蕾丝（1515～1582），西班牙加尔默罗修会修女，有多部著作。

会者,都中断自己的话、自己的事或者自己的所想,如果是五点钟,大家会同时说:"五点钟,每时每刻,愿最崇高的祭坛圣体受到颂扬和崇拜!"如果是八点钟:"八点钟,每时每刻,……"如此类推,按时间而稍稍变化。

这种习惯,目的在于打断思路,返回天主那里,存在于许多修会中;只不过礼节用语有变化。比如,圣婴耶稣会的修士说:"此时和每时每刻,热爱耶稣燃烧着我的心!"

五十年前,在皮克普斯小巷建立的马丁·维尔加圣贝尔纳-本笃会修女,以唱纯粹素歌的沉稳的调子唱日课,自始至终声音饱满。大凡日课唱到有星号的地方,她们就停顿一下,低声说:"耶稣-马利亚-约瑟夫。"在追思弥撒上,她们声调很低,直到女声几乎降不下去的地步。效果确实悲怆动人。

小皮克普斯修院在主祭坛下造了一个地窖,作为她们修会的墓地。照她们的说法,"政府"不允许这个地窖放棺材。因此她们死时要离开修道院。这使她们难过,像不合情理一样使她们惊讶。

稍感欣慰的是,她们获准在特定时刻和特定角落,埋葬在以前的沃吉拉墓地,这块地以前属于她们的修会。

星期四和星期日,这些修女听大弥撒、晚祷和所有的日课。另外她们严格遵守所有小节日的活动,对此,外界几乎一无所知,这是从前法国教会滥设的,至今在西班牙和意大利仍然滥设。她们在小教堂的讲道无穷无尽。至于她们祈祷的次数和时间,只要引用一个修女天真的话,就能得到明确的概念:"初修入会的人祈祷很可怕,初学修女的祈祷更糟糕,发愿修女的祈祷还要糟糕。"

每星期召集一次教务会；由院长主持，有选举权的嬷嬷参加。每个修女轮流跪在石板上，面对大家忏悔本星期内所犯的错误和罪过。有选举权的嬷嬷在每次忏悔后进行商议，大声对忏悔处以惩罚。

稍微严重一点的过错才大声忏悔，此外，她们要为所犯的错误行所谓"伏罪礼"。行伏罪礼就是在做日课时匍伏在院长面前，直至人人只称为"我们的嬷嬷"的院长轻轻敲一下祷告席的木头，示意修女，修女才能站起来。一点小事也要行伏罪礼。打碎一只玻璃杯，撕坏一张面纱，做日课无意中迟到几秒钟，在教堂里唱错一个音，等等，就足以行伏罪礼。行伏罪礼是完全自发的；罪人（从词源上来说，这个词用在这里恰是地方）自我审察，自我惩罚。过节的日子和星期日，有四个唱经嬷嬷在唱经台上四个乐谱架前唱日课的圣诗。一天，一个唱经的嬷嬷唱圣诗，本应以"看呀"开始，却大声唱出：多、西、索；她为了这一分心，行伏罪礼持续了一整场日课。错误尤其严重的是，引起了全场的笑声。

修女被叫到接待室，即令是院长，也要放下面纱，读者记得，只能露出她的嘴。

唯有院长才能与外人打交道。其他人只能看到小范围的家人，而且机会很少。如果偶尔有一个外人前来看她在社交中认识或喜爱的修女，那就必须进行一连串的交涉。如果这是一个女人，有时会得到允许；修女来了，来人隔着护窗板同她说话，护窗板只对母亲或姐妹才打开。毫无疑问，对男人总是拒绝求见的。

这就是圣伯努瓦设立的教规，马丁·维尔加改得更加严厉。

这些修女毫无快乐，不像其他修会的修女那样脸色红润和鲜艳。

她们是苍白的,沉重的。从一八二五年到一八三〇年,有三个修女发了疯。

三、严　厉

预修入会至少要两年,往往四年;初学修女要四年。二十三四岁之前发愿终身修道的很是罕见。马丁·维尔加的圣贝尔纳-本笃会修女决不接受寡妇入会。

她们在静修室中有许多不为人知的苦行,她们永远不得讲出去。

一名初学修女发愿的日子,大家给她盛装打扮,给她戴白玫瑰,给她的头发上光,做发卷。然后她跪下,身上盖了一大块黑布,大家唱起悼亡曲。于是修女分成两列;一列从她身旁经过,用哀戚的声调说:"我们的姐妹死了,"另一列用响亮的声音回答:"但活在耶稣基督心中!"

在这个故事发生的时期,有一所寄宿学校附属于这个修道院。这是个贵族少女寄宿学校,大半姑娘都很有钱,其中可以注意到德·圣奥莱尔小姐、德·贝利桑小姐,还有一个英国姑娘,叫塔尔博特,是天主教中的名门。这些少女在四堵围墙中接受修女的教育,在憎恶人世和这个世纪中长大。其中一个一天对我们说:"看见街道的石头,我就从头抖到脚。"她们身穿蓝衣服,戴白帽子,胸前佩戴银质镀金或铜质的圣灵徽章。在大节日里,特别在圣马尔特节,作为重大恩典和最高幸福,允许她们穿修女服,一整天做圣伯努瓦规定的日课和教规。开始一段时间,修女借给她们黑衣服。这样显得亵渎圣服,院长加以禁止。只允许借衣服给初学修女。值得注意的是,这种扮演,由于暗合劝人入教的精神,让这些孩子提前感觉圣衣的滋味,在修道院里无疑受到容忍和鼓励,对寄宿生来说,这是真正的幸福和真正的愉快。普通得很,她们以此取乐而已。"这是新鲜事,把她们改变了。"孩子才有的天真理由,却不能使我们这些世俗之人明白,手拿圣水刷,一连几小时站在乐谱架前大声唱歌的幸福。

这些学生除了苦行,还适应修道院的各种教规。有这样一个年轻女人,还俗结婚几年之后,每当有人敲门,还未能摆脱匆匆说道:"永远是这样!"修女和寄宿女生只能在接待室会见她们的父母。她们的母亲不允许拥抱她们。可见严厉到了何种程度。一天,一个年轻姑娘会见她的母亲和三岁的妹妹。少女哭了,因为她很想抱吻她的妹妹。不可能。她恳求至少允许孩子把小手伸过铁栅,让她亲吻。这被拒绝了,几乎愤怒地加以拒绝。

四、快 乐

这些少女对这座严厉的修道院,并不因此而不充满愉快的回忆。

有时候,童稚也在这座修道院里闪闪发光。休息的钟声敲响了。一扇门响着铰链打开了。鸟雀在说:"好!孩子们来啦!"青春的气息一下子充满这座像裹尸布一样被十字架分开的园子。光彩奕奕的脸,白皙的额角,溢满闪光和快乐的稚气的眼睛,像各种各样的朝霞,分散在黑暗中。在唱圣诗声、钟声、铃声、丧钟声、日课声以后,突然爆发出少女们的喧闹声,比蜜蜂的嗡嗡声还要柔和。欢乐的蜂巢开放了，每个姑娘都带来自己的一份蜜。她们玩耍，互相呼唤，分成一伙一伙的，奔来奔去；露出漂亮的小白牙，在角落里唧喳说话；面纱从老远监视着笑声，黑影在窥伺着光彩，但有什么关系！她们光彩焕发，笑声朗朗。这四堵阴郁的墙，也有目眩神迷的时候。墙壁被如许的快乐映照得微微发白，目睹蜂群的翩飞。仿佛一阵玫瑰雨落在这丧服上。少女在修女的目光下疯疯癫癫；不会犯罪的目光并不妨碍纯洁无邪。由于这些孩子，在长时间的严厉之后，还有天真的时刻。小姑娘跳跳蹦蹦，大姑娘手舞足蹈。在这个修道院里，玩耍有蓝天的参与。没有什么比所有这些心花怒放的鲜嫩灵魂更喜气洋洋，令人肃然起敬。荷马和贝洛[1]一起欢笑，在这个黑沉沉的园子里，有青春、健康、吵声、叫声、冒失、欢乐、幸福，足令所有的老祖母舒眉开颜，无论是史诗中的，还是童话中的老祖母，无论是王座中的还是茅屋中的老祖母，从赫库柏[2]到"老奶奶"，莫不如此。

在这座修道院里，也许比在任何别的地方，更多讲这些"孩子话"；孩子话总是那么美妙，使人欢笑，又陷入沉思。正是在这四堵阴郁的墙里，一天，有个五岁的孩子叫道："嬷嬷！一个大姐姐刚才对我说，我待在这里有九年零十个月了。多么令人高兴呀！"

下面这段令人难忘的对话，也是在这里进行的：

一位有选举权的嬷嬷："你为什么哭，我的孩子？"

孩子（六岁）呜咽着说："我对阿莉克丝说，我知道法国史。她对我说，我不知道，而我是知道的。"

---

[1] 贝洛（1628～1703），法国童话家。
[2] 赫库柏，希腊神话中特洛伊城王后。

阿莉克丝(大孩子,九岁):"不。她不知道。"

嬷嬷:"怎么回事,我的孩子?"

阿莉克丝:"她叫我随便翻开书,向她提书上的一个问题,让她回答。"

"怎么样?"

"她没有回答。"

"哦。你问她什么啦?"

"我像她那样说,随便翻开书,问她我找到的第一个问题。"

"是什么问题?"

"就是:'随后发生什么?'"

一个靠年金生活的太太,女儿多嘴多舌,又有点嘴馋,在这里得到一个深刻的评语:

"她真够可爱!她像大人一样,吃掉面包片上的黄油。"

在这座修道院的一块石板上,捡到一份忏悔书,是一个七岁的犯罪女孩,为了不致忘掉,事先写好的:

"圣父,我承认小气。

"圣父,我承认淫乱。

"圣父,我承认抬起眼睛看男人。"

下面这则童话,是一个嘴唇红殷殷的六岁女孩,在园子草坪的一张长凳上即兴杜撰,讲给四五岁的蓝眼睛听的:

"从前有三只小公鸡,拥有一个开着许多鲜花的地方。他们采摘花,塞在口袋里。然后他们采摘叶子,塞在玩具里。当地有一只狼,还有许多树;狼待在树林里;他吃掉小公鸡。"

还有这样一首诗：

"突然打来一棍子。

"是波利希内尔[1]打在猫身上。

"叫猫不好受，打得猫好疼。

"于是一位太太把他关起来。"

有一个弃女，修道院做善事收养下来，她说了一句又温柔又令人难过的话。她听到其他女孩谈到自己的母亲，在角落里喃喃地说：

"我呀，我生下时我的母亲不在那里！"

有一个负责同外界联系的修女，总能看到她带着一大串钥匙在走廊里来去匆匆，她叫阿加特修女。那些"大大姑娘"，即十岁以上的，叫她"阿加托钥匙"。[2]

食堂是个长方形的大厅，只从与花园同一水平的圆拱回廊取光，幽暗、潮湿，像孩子们所说的，满是虫子。周围所有的地方向这里提供昆虫。四个墙角的每一角，都按寄宿女生的语言，取了一个特殊的、有表现力的名字。有蜘蛛角、毛虫角、鼠妇角和蟋蟀角。蟋蟀角靠近厨房，极受重视。那里不像其他地方那么冷。取名从食堂扩展到寄宿学校，用来区分四伙人，像以前的马扎兰中学那样。根据吃饭时坐在食堂哪一角落里，就属于哪一伙。一天，大主教来巡视，看到一个满头耀眼的金发、脸色红艳艳的漂亮小姑娘走进他来到的教室，便问身边另一个寄宿女生，那是一个双颊鲜艳、褐发的迷人姑娘：

---

[1] 波利希内尔，法国木偶戏中鸡胸驼背的丑角。
[2] 阿加托钥匙，与阿加托莱斯（约公元前361～前289，西拉库萨的暴君）谐音。

"那一个是谁?"

"是个蜘蛛,大人。"

"啊!另外那个呢?"

"是个蟋蟀。"

"还有那个呢?"

"是个毛虫。"

"说实话,你呢?"

"我是鼠妇,大人。"

凡是这类修道院都有自己的特点。本世纪初,埃库昂属于这类又美妙又严厉的地方,少女的童年就在近乎庄严的幽暗中度过。在埃库昂,参加圣体的迎送仪式,分为童贞女和献花女。还有"华盖队"和"香炉队"。有的拉着华盖的绳子,还有的熏香圣体。鲜花自然由献花女捧着。四个"童贞女"走在前面。这个隆重节日的早上,常常听见走廊里问道:

"谁是童贞女?"

康邦夫人举出一个七岁的"小姑娘",对一个十六岁的"大姑娘"所说的一句话;大姑娘在队伍的前头,而小姑娘在队尾:"你呀,你是童贞女;我呀,我不是。"

五、心不在焉

在食堂的门上方用黑色的大字写上所谓的"白色祈主文",其作用在于将人们直接引向天堂。

"小小的白色祈主文，天主所立，天主所言，天主在天堂展示。晚上，我睡觉时，看到我的床上躺着三个天使，一个睡在床脚，两个睡在枕上，仁慈的圣母玛利亚睡在中间，她对我说睡在这张床上，什么都不要怀疑。仁慈的天主是我的父亲，仁慈的圣母是我的母亲，三个使徒是我的兄弟，三个童贞女是我的姐妹。天主出生时所穿的衬衫，包裹着我的身体；我胸前画着圣女玛格丽特十字架；圣母走到田野，天主在哭泣，圣母遇到圣约翰先生。圣约翰先生，您从哪里来？我来自'永生经'。您没有见过仁慈的天主吗，见过吧？他在十字架的树上，双脚垂下，双手钉住，头上戴一顶白色小荆冠。谁晚上念祷文三遍，早上三遍，最后会上天堂。"

一八二七年，这篇独特的祷文盖上三层灰浆，从墙上消失了。眼下也从当年的几个少女，如今成了老太婆的记忆中完全抹去了。

一个巨大的耶稣受难十字架挂在墙上，补全了这个食堂的装饰，上文似乎已经讲过，食堂唯一的门，开向花园。两张狭窄的桌子并排摆着，都有两排木凳，从食堂的一头到另一头，形成平行的两长条。墙壁粉刷成白色，桌子是黑色的；这两种丧事的颜色，是修道院里唯一可以互相替换的。饭食粗劣，孩子们的食物也很严格。只有一盆菜，荤素配在一起，或者是咸鱼，就算享受了。这专给寄宿女生的便餐，却是特殊照顾。孩子们在修道院的嬷嬷的监视下进餐，寂然无声。如果有苍蝇竟敢飞过，违反规定嗡嗡叫，嬷嬷就不时打开又合上一本木头书，弄出噼啪的响声。耶稣受难十字架脚下有张斜面小讲台，有人高声朗读圣徒传，算是佐餐。朗读的是一个较大的学生，值班一周。在空空的桌上，隔开一段放一只上釉的瓦钵，给学生亲自洗金属杯和餐具，有时扔进去难以下咽的东西，嚼不动的肉或臭鱼：这要受到惩罚。学生把这些瓦钵叫做"圆形水池"。

打破沉默的孩子要用"舌头画十字"。画在哪里？画在地上。她去舔石板。灰尘，这一切欢乐的终止，负责惩罚这些犯有窃窃私议罪的可怜的小玫瑰枝。

在修道院里，有一本书，是"孤本"，禁止阅读。这是圣伯努瓦的教规。肉眼不该探索的奥秘。"Nemo regulas, seu constitutiones nostras, externis communicabit."[1]

一天，寄宿女生偷到这本书，贪婪地阅读起来，因担心被发现，不时中断，匆匆又合上书。她们冒了很大的危险，只得到微不足道的乐趣。关于男孩子犯罪的几页不好理解，却是她们"最感兴趣的"。

她们在花园的一条小径里玩耍，小径两旁有几棵瘦弱的果树。尽管监视严密，惩罚严厉，有时风吹动树木，她们还是能偷偷捡到青苹果或者烂杏或者虫蛀的梨。现在，我让眼前的一封信现身说法，这封信是二十五年前一个寄宿女生写的，如今她是公爵夫人，巴黎最风雅的一个女子。我录下的是原文："大家尽可能藏起她的梨或苹果。当上楼在床上戴好面纱等待吃晚饭时，便藏在枕头下，晚上再在床上吃，做不到就在厕所里吃。"这是她们的一大乐事。

一次，还在大主教巡视修道院期间，一个少女，布沙尔小姐，和蒙莫朗西有点亲戚关系，她打赌说能从大主教那里获准一天假，这在如此严格的修道院里是很荒谬的事。大家接受打赌，但打赌的

---

[1] 拉丁文：我派教规，或我派体制，不得外传。

人谁也不相信有这种可能。这一时刻来到了,正当大主教经过寄宿女生前面时,布沙尔小姐令她的女伴们惊诧莫名,走出队列,说道:"大人,请一天假。"布沙尔小姐脸庞姣好,身材高大,粉红的小脸蛋世上无双。德·盖朗先生微笑着说:"怎么,我亲爱的孩子,请一天假!不如三天吧。我准你三天。"大主教说话了,院长无可奈何。修道院里一片愤慨,但对寄宿女生来说是快乐。效果可想而知。

这座粗俗不堪的修道院并非壁垒森严,外界的情感生活,惨剧,甚至浪漫故事也不是进不来。若要证明,只消简短地指出一个真实的、无可辩驳的事实,不过,它与我们讲述的故事毫无关系。此处提及是要在读者的头脑中补足修道院的全貌。

约莫在这个时期,修道院里有一个神秘的人物,她不是修女,却备受尊敬,大家叫她阿尔贝汀夫人。大家对她一无所知,只知她疯了,外界以为她已去世。据说其中有隐情,为了一件重大的婚姻而做出必要的财产安排。

这个女人只有三十岁,褐发,相当漂亮,大大的黑眼睛失神地望着。她看什么?值得怀疑。与其说她在走路,还不如说是在滑行;她从来不说话;说不准她在呼吸。她的鼻翅绷紧,脸色苍白得仿佛刚咽了气。碰到她的手,像碰到冰雪一样。她有一种幽灵似的奇特风韵。她所到之处,令人感到寒冷。一天,一个修女看到她经过,对另一个修女说:"她像死人一样。"另一个回答:"可能是吧。"

关于阿尔贝汀夫人,有上百个故事。这是寄宿女生永远好奇的所在。在小教堂里有一个讲台,大家叫做"牛眼"。因为讲台只有一个圆窗,即"牛眼窗",阿尔贝汀夫人在这里参加日课。她习惯独自一人，因为这个讲台在第二层，从这里可以看到布道师或主祭；这对修女是禁止的。一天，讲台上站着的是一位年轻的高级教士德·罗昂公爵先生，法兰西贵族院议员，一八一五年作为德·莱昂亲王，是红色火枪手军官，一八三〇年任红衣主教和贝尚松大主教，后来去世。德·罗昂先生是第一次在小皮克普斯修道院讲道。阿尔贝汀平日参加讲道和日课时心境宁静，纹丝不动。这一天，她一看到德·罗昂先生，便半站起身，在全场的沉寂中大声说："咦！奥古斯特！"全修道院的人都惊愕地回过头来，讲道师抬起眼睛，但阿尔贝汀又恢复一动不动。外界的一阵风，一柱生活之光，一时掠过这张了无生气和冷冰冰的脸，然后一切重归灭寂，疯女人又变成死尸。

这两个词却使修道院里听到的人议论纷纷。在"咦！奥古斯特！"中，有多少含义啊！透露了多少信息啊！德·罗昂先生确实叫奥古斯特。显然，阿尔贝汀夫人出身最上层社会，因为她认识德·罗昂先生，她本人身份高贵，因为她这样亲密地叫一个大贵族，同他有关系，也许是亲戚，但一定非常紧密，因为她知道他的"小名"。

两位非常刻板的公爵夫人，德·舒瓦塞尔夫人和德·塞朗夫人常常访问修院，无疑是以"贵妇人"的身份来访的，让寄宿生人心惶惶。当两位老夫人走过时，所有的穷姑娘都瑟瑟发抖，奄拉着眼睛。

德·罗昂先生不知不觉成为寄宿女生注目的对象。这时，他刚刚任巴黎的副大主教，后来他担任主教。时常到小皮克普斯的修女教堂做日课，是他的一个习惯。由于有哔叽帷幕，年轻修女一个也看不到他。他声音柔和，有点尖细，她们终于能听出和分辨出来。他曾是火枪手；人们说他很风雅，很会打扮，漂亮的栗色头发做成发卷，垂落在脑袋四周，他扎一根华丽的黑色宽腰带，黑道袍裁剪极为精美。他占据了十六岁的少女的想象。

外界的任何喧声进不了修道院。但有一年，一支笛声却传进来了。这是一个事件，当时的寄宿女生还记忆犹新。

吹笛的人就在附近。笛子总是吹奏同一支曲子，曲调非常古老："我的泽图贝，来主宰我的心灵吧。"白天，大家听到了两三次。

姑娘们听了几小时，有选举权的嬷嬷惊慌不安，脑子开动起来，惩罚像雨点落下。这样持续了几个月。寄宿女生多多少少都爱上了这个不认识的笛子手。人人都想成为泽图贝。笛声来自直墙街那边；她们愿献出一切，不惜牺牲一切，千方百计要看一看这个年轻人，哪怕一秒钟，瞧上一眼，他的笛子吹得这样美妙，同时也不知不觉启迪了所有少女的心灵。有个姑娘从便门溜出来，爬到面临直墙街的四楼上，想通过格子窗张望。不可能。有一个姑娘从头顶的铁栅伸出手去，挥动白手帕。有两个更大胆。她们找到办法爬上屋顶，不怕危险，终于看到了"年轻人"。这是一个流亡的老贵族，双眼瞎了，破了产，在阁楼里吹笛子解闷。

六、小修院

小皮克普斯的围墙里，有三幢截然分开的楼房：修女居住的大修院，学生居住的寄宿院，还有所谓"小修院"。小修院带花园，各教派的老修女共同住在那里，她们是大革命摧毁的修道院残存下来的；是黑、灰、白各色的混合，是各种修道团体和各式各样教派的汇聚；如果允许这样的词汇组合的话，可以称为一种杂凑修院。

从帝国开始，那些流离失所的穷姑娘允许避居在圣贝尔纳-本笃会的羽翼下。政府给她们支付一小笔寄宿费；小皮克普斯的嬷嬷殷勤地接待她们。这是一个奇特的大杂烩。各人遵守自己的教规。有时允许寄宿女生拜访她们，这是她们重要的消遣；这些少女在记忆中留下了圣巴齐尔、圣斯科拉斯蒂克和雅可布等修会的嬷嬷的形象。

这些避难的修女中，有一个几乎觉得回到自己老家。这是圣奥尔修会的一个修女，整个修会只有她一个人幸存。圣奥尔修女院从十八世纪开始，正是占据小皮克普斯的这幢楼房，后来才属于马丁·维尔加的本笃会。这个修女太穷，穿不起她的修会的华丽服装，这是一件白袍，外加朱红色圣衣，她就虔诚地给一架小人体模型穿上，得意地显示给人看，她死时遗赠给修道院。一八二四年，这个修会只剩下一个修女；今日只剩下一具木偶了。

除了这些正直的嬷嬷，有几个上流社会的老女人，如阿尔贝汀夫人，得到院长准许，蛰居在小修院里。她们当中还有德·博福·多波尔夫人和杜弗雷斯纳侯爵夫人。还有一位以擤鼻涕声音响而闻名修道院。学生们称她为"噪声夫人"。

大约一八二〇年或一八二一年，德·让利夫人[1]编辑一本小期刊，名为《无畏》，要求进小皮克普斯修道院带发修行。德·奥尔良公爵给她推荐。这一下捅了马蜂窝；有选举权的嬷嬷瑟瑟发抖；德·让利夫人写小说。但她宣称，她最憎恶小说，再说她到了世俗

---

1 德·让利夫人（1746～1830），法国作家，作品很多，不少谈宫廷秘史。

修行的阶段。天主保佑，亲王也保佑，她进来了。六个月至八个月以后，她走了，理由是园子没有树荫。修女们反倒高兴。尽管她年事已高，还弹竖琴，而且弹得非常好。

她走的时候，在修行室留下了记号。德·让利夫人很迷信，是个拉丁语学者。这两点就能相当好地勾画出她的侧影。几年前，还能看到在她的修行室放钱和首饰的小柜里面，贴着五行拉丁诗，是她亲笔用红墨水写在黄纸上的，在她看来，具有吓退小偷的功效：

> 架上挂着三具德行不同的身体；
> 狄马斯和热马斯，还有天主在中间；
> 热马斯活该下地狱，狄马斯要升天。
> 万能的天主保佑我们和财产。
> 念完这首诗，再偷你就得完蛋。

这几句诗用十六世纪的拉丁文写成，提出了一个问题，就是髑髅地那两个小偷，是否像人们一致认为的那样，叫做狄马斯和热塔斯，或者狄斯马斯和热马斯。上一世纪，德·热马斯子爵想成为那个坏小偷的后裔，这种拼法会使他大为不悦。再说，这几句诗的法力，避居的修女们都深信不疑。

修道院的教堂，将大修院和寄宿院分开，就像有一道真正的堑壕隔开一样。这样，教堂自然归寄宿院、大修院和小修院共有。临街甚至开了一扇门，供公众出入。但修道院的结构不让它的女居民看到一张外人的脸。请设想一座教堂，唱诗班所在的地方被一只巨手扭成不像普通教堂那样，在祭坛后面延长一段，而成了一个在主祭右边的厅堂或幽暗的石窟。请设想这厅堂由上文提到的七尺高的帷幕封住；在帷幕的阴影中，在祷告条椅上，左边聚集着唱诗班的修女，右边是寄宿女生，底部是杂务修女和初学修女。您就会想象出小皮克普斯的修女怎样做圣事了。这个石窟，叫做唱诗室，有一条走廊与修道院相通。教堂从园子取光。修女参加日课，按教规要保持沉默，公众听到座椅垫板起落碰撞的声音，才意识到她们在场。

七、这幽暗中的几个身影

一八一九年至一八二五年这六年期间，小皮克普斯修道院院长是德·布勒默小姐，在教会中她叫纯洁嬷嬷。她属于《圣伯努瓦修会圣徒传》的作者玛格丽特·德·布勒默家族的人。她是连任。这个女人六十多岁，又矮又胖，"像破罐一样唱圣诗"，上文提到那封信是这样说的；另外，人品很好，在整个修道院里，只有她是快乐的，因此她受到敬爱。

纯洁嬷嬷近似先辈玛格丽特，修会的达西埃夫人[1]。她有文学修养，博洽多闻，又有才干，爱好历史，满腹经纶，精通拉丁文、希腊文和希伯来文，虽是本笃会修女，却有修士气度。

副院长是一个西班牙老修女，眼睛差不多瞎了，叫西内雷斯嬷嬷。

---

[1] 达西埃夫人（1651～1720），荷马史诗《奥德修纪》和《伊利亚特》的法国译者；而纯洁嬷嬷的先辈雅克琳著有《圣伯努瓦修会圣徒传》，她们都是女才子。

有选举权的嬷嬷最重要的是司库圣奥诺丽娜嬷嬷、初学修女首席导师圣热尔特吕德嬷嬷、第二导师圣天使嬷嬷、圣器室管理员圣母领报嬷嬷、护士圣奥古斯丁嬷嬷，在整个修道院中，只有她是凶恶的；然后是圣梅什蒂德嬷嬷（戈万小姐），非常年轻，声音动听；众天使嬷嬷（德鲁埃小姐），先后在圣女修道院、吉佐尔和马尼之间的宝藏修道院待过；圣约瑟夫嬷嬷（德·柯戈吕多小姐）；圣阿德拉依德嬷嬷（德·奥维奈小姐）；慈悲嬷嬷（德·西福昂特小姐，她忍受不了苦修）；怜悯嬷嬷（德·拉米尔蒂埃尔小姐六十岁破例修行，非常富有）；天意嬷嬷（德·洛迪尼埃尔小姐）；圣母献堂嬷嬷（德·西冈扎小姐），一八四七年她当了院长；最后是圣塞利尼嬷嬷（雕刻家塞拉奇的姐妹），后来发了疯；圣尚塔尔嬷嬷（德·苏宗小姐），后来发了疯。

最美丽的修女中，有一个二十三岁的迷人姑娘，是波旁岛人，罗兹骑士的后裔，世俗名称叫罗兹小姐，在修道院叫升天嬷嬷。

圣梅什蒂德嬷嬷负责唱歌和唱诗班，喜欢选用寄宿女生。她一般配全音阶，就是说七个音阶，从十岁到十六岁各一人，并有相配的嗓音和身高，她让她们站着唱歌，按年龄排成一行，从最小到最大。看上去像少女组成的芦笛，天使组成的排箫。

寄宿女生最喜欢的杂务修女是圣厄弗拉齐嬷嬷、圣玛格丽特嬷嬷、老天真圣玛尔特嬷嬷、圣米歇尔嬷嬷，她的长鼻子令人发笑。

这几个女人对所有的孩子都很温和。修女们只是严于律己。只有寄宿院才生炉火，比起修道院，那里的伙食要讲究些。此外，还有无微不至的关心。只不过，孩子遇到修女，同她说话时，修女从来不回答。

　　保持沉默的教规产生的后果是，在整个修道院里，言语离开人，给了无生命的东西。时而教堂的钟声说话了，时而园丁的小铃开口了。有一只很响的铃，挂在与外界联络的修女身旁，全院都听得见，像有声电报一样，以不同的铃声表示物质生活中要完成的各种行动，必要的话，将院里的某个居民叫到接待室。每个人和每样物品都有特别的铃声。院长是一加一；副院长是一加二。六加五宣布上课，以致学生从来不说回到教室，而是说去六一五。四一四是德·让利夫人的铃声。往往能听到。毫无善心的人说："这是四声魔鬼。"十九下表示大事。这是打开"修道院大门"，这扇铁板门十分骇人，有几道门闩，只在迎接大主教时才打开。

　　上文说过，他和园丁除外，任何男人都进不了修道院。寄宿女生见到过另外两个人；一个是布道的巴奈斯神父，又老又丑，她们在唱诗室透过铁栅望得见他；另一个是图画老师昂西奥先生，上文那几行信拼写不同，叫做"驼背老丑八怪"。

　　可见每个男人都经过挑选。

　　这座古怪的修道院就是如此。

八、POST CORDA LAPIDES[1]

　　描述了这座修道院的精神面貌之后，再三言两语点出它的物质外形，也不是无用的。读者对它已经有了一点概念。

1　拉丁文："人心在前石头在后"。

小皮克普斯-圣安托万修道院，几乎完全占据了那片不等边四角形的宽阔场地；波龙索街、直墙街、皮克普斯小巷、在旧地图上叫奥马雷街的不通小巷，在此汇合。这四条街像堑壕一样围住这片场地。修道院由几幢建筑和一座花园组成。主要建筑整体构成平行的两组混合楼房，从空中看来，相当准确地画出放在地上的一个绞架。绞架的长臂占据了夹在皮克普斯小巷和波龙索街之间的一大段直墙街；绞架的短臂是一座灰色而刻板的高楼正面，俯瞰着皮克普斯小巷；62号的大门标志着短臂的尽头。约在楼房正面的中间，尘土和灰烬使一扇拱形的低矮旧门泛白，门上蜘蛛结网，只在星期天一至两点和修女的棺材难得抬出修道院时才打开。这是教堂的公众入口。绞架的折角是一个方形大厅，用作配膳室，修女称为"食品储藏室"。嬷嬷、修女和初学修女的修行室位于长臂。位于短臂的是厨房、带回廊的食堂和教堂。在62号大门和不通的奥马雷小巷拐角之间，是寄宿院，从外面看不到它。不等边四角形的其余部分构成园子，比波龙索街的地势低得多；这使得里面的围墙远远高于外面那截。园子微微隆起，中间是小丘的顶部，有一棵挺秀的松树，成圆锥形尖尖耸起，仿佛盾牌中心的突刺，由此伸出四条宽阔的甬道，分成双道，如果围墙是圆形的，八条小径构成的几何图形就酷似车轮的十字辐辏了。小径都通到园子不规则的围墙边，长短不一。小径两旁有醋栗树。尽头的一条小径种着高大的杨树，从位于直墙街角的旧修道院的废墟，延伸到位于奥马雷小巷拐角的小修院。小修院前面是所谓的小花园。这个整体还要加上一个院子，使内部建筑形成棱棱角角、监狱似的围墙，远景和近邻是波龙索街另一边一长列黑色的屋顶，这样，读者对四十五年前的小皮克普斯圣贝尔纳派修道院，就有个全貌了。这座修道院正好建在十四至十六世纪的一个著名网球场上，俗称"一万一千魔鬼网球场"。

另外，所有这些街道都是巴黎年代最悠久的。直墙和奥马雷这些名字，非常古老；以此为名的街道还要古老得多。奥马雷小巷叫过莫古巷；直墙街叫过野蔷薇街，因为天主在人开凿石头之前，已经让花儿开放。

九、修女头巾下的一个世纪

既然我们正在详细描绘小皮克普斯修道院从前的情况，敢于对着这隐蔽的地方，打开一扇窗户，读者也会允许我们谈一件离题小事，它与本书内容无关，但很有特点，有助于了解修道院本身的奇人怪事。

在小修院里有一个百岁老妪，来自封特弗罗修道院。大革命前，她甚至属于上流社会。她常常谈到路易十六的掌玺官、德·米罗梅斯尼尔先生和她熟谙的法院女院长杜普拉。她总是回到这两个名字上，既有乐趣，也出于虚荣。她把封特弗罗修道院说得天花乱坠，说是就像一个城市，修道院里有街道。

她说话有皮卡第口音，令寄宿女生乐开怀。每年，她要重新庄严地发一回誓愿，正当她发愿时，她对教士说："圣弗朗索瓦主教大人，向圣于连主教大人发过这个誓愿，圣于连主教大人向圣于塞布主教大人发过这个誓愿，圣于塞布主教大人向圣普罗柯普主教大人发过这个誓愿，等等；因此，我向您发这个誓愿，神父。"寄宿女生在笑，不是在斗篷下，而是在面纱下暗笑；是压抑住的可爱的窃窃笑声，令有选举权的嬷嬷蹙眉皱额。

另有一次，百岁老妪讲故事。她说，她年轻时，圣贝尔纳派修士不输于火枪手。这是一个世纪在说话，不过是十八世纪。她讲起香槟和布戈涅地区四种酒的风俗。大革命前，一个贵族，一个法国元帅，一个亲王，一个公爵和元老院议员，经过一个香槟或布戈涅的城市时，市府官员致词欢迎，用舟形银酒杯向他敬四种不同的葡萄酒。第一只杯子上写："猴子酒"，第二只上写："狮子酒"，第三只上写："绵羊酒"，第四只上写："猪酒"。这四种铭文表现醉酒的四种程度：第一种令人快乐；第二种令人愤怒；第三种令人痴呆；第四种是烂醉如泥。

她的柜子里锁着一件神秘的东西，她十分珍视。封特弗罗修道院的教规不禁止她拥有。她不愿向任何人展示这件东西。她闭门不出，这是她的教规允许的，每当她想欣赏时，就躲起来。要是她听到走廊里有人走路，她那双老手便尽可能快地关上柜子。一旦有人提起这事，她就噤若寒蝉，而她平时说话滔滔不绝。那些最好奇的姑娘对她的沉默无计可施，那些最有恒心的姑娘对她的固执也无能为力。修道院里无所事事和百无聊赖时，就议论这个话题。百岁老妪如此珍视和如此秘密的宝贝会是什么呢？大约是本圣书？罕见的念珠？证实了的圣徒遗物？莫衷一是。可怜的老妪死时，大家就急不可耐地奔向柜子，打开来看。在三层布下找到一件像圣盘的东西。这是一只法昂扎出产的盆子，画着一群飞翔的小爱神，受到拿着大针管的药房伙计的追逐。追逐场面充满怪相和可笑的姿态。有个可爱的小爱神已经被针刺穿。他在挣扎,扇动小翅膀,还想翱翔,但小丑发出恶笑。寓意:爱情被腹痛战胜。这只盆子确实非常稀奇,也许有幸启发过莫里哀,一八四五年还留存于世;摆在博马舍大街的一间旧货店里出售。

这个善良的老妪决不愿接受外人的拜访,她说:"因为接待室太凄凉了。"

十、永敬修会的起源

再说,上文介绍过的这间近乎墓室的接待室有地方原因,别的修道院不会再现这种严厉。尤其神庙街的修道院属于另一教派,黑色的护窗板被褐色的窗帘代替了,接待室是一个客厅,铺了地板,窗户悦目地挂着白纱窗帘,墙上挂着各种画框,有一幅本笃会修女不戴面纱的肖像,几幅花卉画,还有一幅土耳其人的头像。

正是在神庙街修道院的花园里,有一棵印度栗树,被看作法国最美和最大的栗树,十八世纪的老百姓誉之为"王国栗树之父"。

上文说过,神庙街修道院由永敬本笃会修女主持,这派修女不同于西托派。永敬派不很古老,上溯不超过两百年。一六四九年,在巴黎的两座教堂,圣苏尔皮斯教堂和格雷夫广场的圣约翰教堂,相隔几天,圣体受到两次亵渎,这可怕而罕见的渎神惊动了全城。圣日耳曼-草场修道院的院长、副主教下令,全体神职人员做一次庄严的迎神游行,由教皇使臣主祭。但两位高贵的女人,库尔丹夫人即德·布克侯爵夫人,还有德·沙托维厄伯爵夫人,却认为这样赎罪还不够。亵渎"祭坛极崇高的圣体",尽管是暂时的,这两位圣洁的心灵却摆脱不了,她们认为在一座女修道院里实行"永敬"才能弥补。她们两位,一个在一六五二年,另一个在一六五三年,赠巨款给卡特琳·德·巴尔嬷嬷,即本笃会修女、圣体嬷嬷,以实现虔诚的心愿,创建一座圣伯努瓦教派的修道院;第一份建院批准书,由圣日耳曼修道院的院长德·梅兹先生交给卡特琳·德·巴尔嬷嬷,"规定入院修女须带来三百利弗尔年金,合本金六千利弗尔"。在圣日耳曼修道院的院长之后,国王也签署了批准书,一六五四年,修院批准书和国王批准书,一并由审计院和高等法院认可。

这就是在巴黎创建永敬圣体本笃修女会的渊源和合法依据。她们的第一座修道院用德·布克和德·沙托维厄两位夫人的捐款,"新建"于卡塞特街。

可见,这一派决不能和西托的本笃会修女混同。它隶属于圣日耳曼-草场修道院的神父,就像圣心会的嬷嬷隶属于耶稣会会长,慈善会的修女隶属于遣使会会长一样。

它也完全不同于小皮克普斯圣贝尔纳修女院,上文已经描绘过这个修道院的内部。一六五七年,教皇亚历山大七世特谕,准许小皮克普斯的圣贝尔纳会修女跟圣体本笃会修女一样,实行永敬。但这两个修会仍然泾渭分明。

十一、小皮克普斯的结局

从复辟王朝开始,小皮克普斯修道院就衰落了,这属于修会总体衰亡的一部分。十八世纪以后,它同所有的宗教团体一样大势已去。静修和祈祷一样,是人类的一种需要;就像大革命所触动的一切事物那样,静修也要改变,从敌视变为有利于社会进步。

小皮克普斯修道院人员迅速递减。一八四〇年,小修院消失了,寄宿院消失了。既没有老女人,也没有年轻姑娘;有的人死了,还有的人走了。"Volaverunt."[1]

永敬修会的教规极其严厉,令人生畏;有入院愿望的人退却了,修会招不到人。一八四五年,还招到几个杂务嬷嬷;但没有一个唱诗班修女。四十年前,修女将近有一百个;十五年前,修女只有二十八个。今日她们有多少呢?一八四七年,女院长很年轻,表明选择的范围缩小了。她不到四十岁。随着人数减少,负担就增加,每个人的任务变得更繁重;此后可以预见到,不久只剩下一打左右吃苦受累、挺不起来的肩膀,去承受圣伯努瓦修会的沉重教规。重负一成不变,人少人多都一样。重负把人都压垮了。所以她们都奄奄一息。本书作者还住在巴黎的时候,有两个人死了。一个二十五岁,另一个二十三岁。后者可以像朱丽亚·阿尔皮努拉那样说:"Hic jaceo, vixi annos viginti et tres.[2]"正由于衰败,修道院放弃了女子教育。

这座修道院不同寻常,不为人知,幽暗异常,我们从前面经过,不会不进去,不会不让陪伴我们、听我们讲述让·瓦尔让悲怆的故事的人进去;这个故事也许对某些人不无裨益。我们已经对这

---

[1] 拉丁文:飞走了。
[2] 拉丁文:我葬在此地,享年23岁。

个团体投了一瞥,它充满古老的教规,但今天看来却非常新颖。这是封闭的园子。"Hortus conclusus."[1] 我们已经详尽地、尊敬地谈过这个奇特的地方,至少在详尽和尊敬彼此协调的范围内这样做。我们并非什么都理解,但我们决不丑化。我们一视同仁,既像约瑟夫·德·梅斯特尔连刽子手也要唱赞歌,又像伏尔泰连耶稣受难十字架也要嘲讽。

顺便说说,伏尔泰不合逻辑,因为他会像捍卫卡拉斯[2]一样捍卫耶稣;对于那些否认神灵降生的人来说,耶稣受难十字架代表着什么呢?哲人被害而已。

十九世纪,宗教思想遇到危机。人们忘掉一些事情,这样也好,只要忘掉这个,又学会那个。人的心里不能有空缺。有些东西破除了,但破除之后,要随之重新建设,这才是好的。

在这期间,让我们来研究不复存在的事物。必须了解它们,哪怕是为了避免它们。伪造过去采取假名,想称作未来。过去这个幽灵,会伪造护照。我们要了解陷阱。小心为是。过去有一副面孔,就是迷信,它有一副假面具,就是伪善。让我们揭露它的面目,去掉它的假面具。

至于修道院,提出了一个复杂的问题。这是文明的问题,文明谴责修道院;这是自由的问题,自由保护修道院。

---

[1] 拉丁文:封闭的园子。
[2] 卡拉斯(1698~1762),法国新教商人,被诬告杀害要脱离新教的儿子,处以轮刑;伏尔泰为他仗义申冤,奋斗多年。